A Faint Cold Fear Thrills Through My Veins

William Shakespeare

Pierre Boileau
Sechsmal tödlich

Colin Dexter
Die Toten von Jericho

Paula Gosling
Töten ist ein einsames Geschäft

rororo
Rowohlt

rororo thriller
Herausgegeben von Bernd Jost

Veröffentlicht im Rowohlt Taschenbuch Verlag GmbH,
Reinbek bei Hamburg, Februar 1992

Pierre Boileau, Sechsmal tödlich

Die Originalausgabe erschien unter dem Titel
«Six crimes sans assassin» bei Librairie des Champs-Élysées

Colin Dexter, Die Toten von Jericho

Die Originalausgabe erschien bei Pan Books Ltd., London, 1983
unter dem Titel «The Dead of Jericho»

Paula Gosling, Töten ist ein einsames Geschäft

Die Originalausgabe erschien bei Macmillan London Limited
unter dem Titel «A Running Duck»

Übersetzer siehe Titelseiten
Umschlaggestaltung Peter Wippermann/Britta Lembke
Gesamtherstellung Clausen & Bosse, Leck
Printed in Germany
1000-ISBN 3 499 43032 0

Inhalt

Pierre Boileau

Sechsmal tödlich

Deutsch von Ernst Sander

Zu diesem Buch

In dem vornehmen Pariser Viertel herrscht abendliche Ruhe. Da wird im dritten Stock eines der schönen Mietshäuser das Fenster aufgerissen, und eine junge Frau mit schreckgeweiteten Augen schreit: «Hilfe...! Hilfe...! Mörder...!» Dann hört man Kampfgeräusche und Schüsse.

Der Concierge und ein paar mutige Hausbewohner hasten die Treppe in den dritten Stock hinauf. Als sie die Wohnungstür öffnen, bietet sich ihnen ein Bild des Grauens: Mitten im Flur liegt Monsieur Vigneray in einer Blutlache, im Eßzimmer seine Frau vor dem Buffet, Blut sickert aus ihrem Körper. Doch sonst befindet sich niemand in der Wohnung, und alle Ausgänge sind verschlossen. Es gibt nur eine Lösung: der Mörder muß durch eine geschlossene Tür hindurchgegangen sein...

Dies ist ein früher Roman von Pierre Boileau, ganz in der Tradition des klassischen Kriminalromans geschrieben, als es noch nicht darum ging, die Realität sozialkritisch zu beschreiben, sondern den Leser zu unterhalten und zu verblüffen. Und das gelingt Boileau auf das perfekteste.

Die Hauptpersonen

Papa Gauchet	bewacht alle Ausgänge, doch der Mörder entkommt trotzdem
Marcel Vigneray	wird Opfer eines rätselhaften Verbrechens
Simone Vigneray	alarmiert die ganze Straße
Janine Vigneray	erfährt von der Tragödie nichts
Julien und Adèle Blanchot	sind ihrer Herrin treu ergeben
Roland Charasse	ist ein brillanter Anwalt, aber dieser Fall ist selbst für ihn zuviel
Alfred Rupart	wechselt ständig Namen und Wohnung
Inspektor Girard	glaubt nach und nach an Gespenster
Der Mörder	kann offensichtlich durch Wände gehen
André Brunel	läßt sich selbst durch Unmögliches nicht verwirren

I

Während der Essenszeit, und zumal zur Stunde des Abendessens, verlangsamt sich in Paris der Verkehr beträchtlich. Daher kommt es vor, daß in gewissen Vierteln, sofern die Radiohörer rücksichtsvoll sind, lange Minuten hindurch nahezu völlige Stille herrscht. Das aristokratische Passy kennt solche gesegneten Augenblicke.

An diesem Spätnachmittag im Mai war es in der Rue Greuze ruhig wie in der Provinz. Passanten folgten einander in großen Abständen, und nur das weiche, scharrende Rollen eines Autos in der Avenue Henri-Martin störte dann und wann die Stille.

Tagsüber hatte es mehrfach geregnet, was die Atmosphäre gereinigt hatte, wie man so schön sagt. Der seit dem Morgen mit schweren Wolken beladene Himmel hatte sich plötzlich aufgehellt; die Luft war von erstaunlicher Klarheit. Gleichzeitig jedoch war die Temperatur beträchtlich gesunken. Der Abend schien recht kühl zu werden. Daher war dieser Tag seit Beginn der schönen Jahreszeit der erste, an dem die Fenster geschlossen blieben.

Alle Zeugen, und es waren viele, die später über die Tragödie vor Gericht aussagten, stimmten in der Zeitangabe über ihren Beginn überein: ein Viertel nach sieben.

Es war also Punkt Viertel nach sieben, als im dritten Stock eines schönen Mietshauses neben der Japanischen Botschaft heftig ein Fenster aufgerissen wurde.

Eine große, blonde, hübsche Frau – sie trug ein helles Hauskleid – erschien und beugte sich so hastig über die Fensterbank, daß die paar Leute, die bei dem jähen Geräusch von der Straße aus unwillkürlich aufgeschaut hatten, einen Augenblick glaubten, sie wollte sich hinabstürzen.

Jenen Leuten fiel sofort der Ausdruck des Schreckens, des irren Entsetzens in den Zügen der Frau auf. Sie blieb ein paar Sekunden lang stehen, die Hände um den unteren Teil des Fensterrahmens gekrampft, den Oberkörper vorgebeugt und mit eingezogenem Kopf, als erwarte sie einen Schlag. Dann richtete sie sich mit sichtlicher Anstrengung auf, drehte sich halb um und erschauerte. Sie schrie gellend:

«Hilfe...! Mörder...!»

Für ganz kurze Zeit folgte diesen Schreien völlige Stille, als nähmen sogar die leblosen Dinge an der allgemeinen Erschütterung teil. Dann öffneten sich geräuschvoll fünf, zehn, zwanzig Fenster.

Unklugerweise lehnten sich auch die Mieter des Hauses, in dem sich die Tragödie abspielte, hinaus, doch vergebens. Denn selbstverständlich konnten sie nichts sehen.

Indessen war nur zu bald kein Fenster des gegenüberliegenden Hauses unbesetzt. Jedermann wurde von der gleichen Betäubung gelähmt, und es vollzog sich keine der Reaktionen, wie sie sonst bei Volksmengen üblich sind. So kam es, daß mitten in die wiederum eingetretene Stille abermals die Hilferufe der blonden Frau gellten.

In Wahrheit waren es jetzt keine Rufe mehr, sondern ganz einfach Schreie, schrille Schreie. Der letzte war herzzerreißend. Man hörte einen Knall. Die Frau fiel nach rückwärts und verschwand aus dem Fensterrahmen.

Darauf sahen die entsetzten Zuschauer für eine Sekunde die Schattengestalten zweier Männer, die miteinander zu ringen schienen. Im nächsten Augenblick waren die Gegner ebenfalls verschwunden, und die Zeugen konnten nur noch die typische Einrichtung eines bürgerlichen Eßzimmers sehen: einen gedeckten Tisch, auf dem ein Blumenstrauß stand, zwei Stühle und die Ecke eines Teewagens.

Von allen Seiten wurde plötzlich gerufen.

«Was ist los?»

«Ein Mörder bei den Vignerays!»

«Er bringt sie noch alle beide um!»

«Oh! Entsetzlich!»

«Wir müssen rein!»

In der Straße erhob sich ein Getümmel, ein Hasten; innerhalb weniger Augenblicke wimmelte es von Menschen. Immerhin blieben sehr viele noch an den Fenstern. Manche schlossen die Läden, als hätten sie Angst, daß weitere Schüsse abgefeuert und verirrte Geschosse über die Straße hinwegfliegen würden.

Der Concierge des Hauses, das die Zeitungen bald «das tragische Haus» taufen sollten, hatte die Schreie nicht gehört; seine Loge lag auf der Hofseite. Erst der Knall ließ ihn herauskommen. Im Eingangsflur stieß er auf die von der Straße her eindringenden Leute.

Sie setzten ihm mit ein paar Worten auseinander, was sie mit angesehen hatten.

«Im dritten Stock ist ein Mörder. Er hat eine Frau umgebracht. Rasch...!»

Ein Teil der Leute drängte in den Lift; der andere hastete die Treppe hinauf. Alle kamen gleichzeitig auf dem Treppenabsatz an. Er war leer, doch aus dem vierten Stock beugten sich ein paar Mieter über das Geländer. Sie hatten nicht gewagt herunterzukommen; sie meinten, sie seien zu wenig, um etwas unternehmen zu können. Jetzt mischten sie sich unter die neu Hinzugekommenen.

Und die unvermittelt stumm gewordene Gruppe blieb vor der Tür stehen und lauschte gespannt.

Das Geräusch, das von drinnen zu hören war, ließ sich unschwer deuten: Scharren von Füßen, von dumpfen Schlägen unterbrochen. Kein Zweifel: in der Wohnung nahm der Kampf seinen Fortgang.

«Ihren Hauptschlüssel her, Papa Gauchet!» rief einer der Mieter.

Der Concierge schlug sich an die Stirn.

«Verdammt noch mal...! Den habe ich nicht mitgenommen.»

Der Lift hielt noch am Treppenabsatz. Er stürzte hinein und drückte auf den Knopf.

In diesem Augenblick erscholl an der anderen Seite der Tür ein heftiger Schlag, dann ein langgezogener Klagelaut.

«Mein Gott! Das war Monsieur Vigneray!» sagte der Mieter. «Hoffentlich...»

Er sprach nicht zu Ende. In der Wohnung knallten zwei Schüsse.

Dann trat Stille ein. Eine Stille, die der kleinen Schar noch entsetzlicher vorkam als die Detonationen.

«Aber... wenn der Mörder nun herauskommt?» flüsterte jemand.

Diese Worte bewirkten, daß alle von der Tür zurücktraten. Die Männer fragten einander:

«Sind Sie bewaffnet?»

«Nein... und Sie?»

«Ich auch nicht.»

Das geschah alles sehr schnell. In wirrem Durcheinander entwichen die Leute zur Treppe hin und fingen an, sie hinaufzusteigen. Die Beherzten blieben auf der dritten oder vierten Stufe stehen, um die Tür nicht aus den Augen zu lassen.

«Hoffentlich bringt der alte Gauchet seinen Revolver mit», sagte eine Frau.

Der Lift kam wieder nach oben. Keiner brauchte den Concierge zu fragen. Er schwenkte einen riesigen Dienstrevolver.

Dieser Anblick beruhigte die Leute doch ein wenig; sie kamen die Stufen wieder herunter. Überdies wies eine Stimme darauf hin, daß der alte Gauchet ein ehemaliger Polizist sei, und diese Bemerkung flößte weiteres Vertrauen ein.

Inzwischen hatte der Concierge den Treppenabsatz überquert. Mit ein wenig zitternder Hand steckte er seinen Hauptschlüssel ins Schloß. Ein leichter Druck, die Tür ging auf.

Hinter Papa Gauchets Rücken entstand ein Gedränge und Geschubse. In jedem rangen Furcht und Neugier miteinander. Natürlich siegte die Feigheit über die Neugier, und in achtungsvollem Abstand sah die Gruppe zu, was der ehemalige Polizeibeamte unternahm.

Langsam machte er die Tür auf, und sobald die Öffnung groß genug war, schob er seinen Revolver durch den Spalt. Zugleich rief er mit einer Stimme, der er Festigkeit zu geben suchte:

«Hände hoch!»

Die Stimme hallte in der Wohnung wider. Durch die Türöffnung war ein Stück der Wand zu sehen; sie war mit Rupfen bespannt, und ein kleines, weißgerahmtes Bild hing daran.

«Aber die Polizei muß doch benachrichtigt werden!» sagte ein alter Mann; sein Gesicht war grün.

Ohne eine Meinungsäußerung der Anwesenden abzuwarten, machte er, daß er wegkam. Sicherlich beneideten ihn die meisten um seine Geistesgegenwart.

Die Polizei! In dem allgemeinen aufgeregten Durcheinander hatte niemand daran gedacht.

Mit einem Ruck, der etwas Verzweifeltes an sich hatte, stieß der alte Gauchet die Tür jetzt ganz auf. Die Zuschauer schrien auf.

Mitten im Flur lag ein Mann in einer Blutlache.

«Monsieur Vigneray...! Es ist Monsieur Vigneray!»

Schwankenden Schrittes betrat Papa Gauchet die Wohnung.

Zwei Mieter folgten ihm nach kurzem Zögern.

Der Flur hatte fünf Türen: zwei rechts, zwei links, eine hinten. Die Seitentüren lagen einander gegenüber.

Der ehemalige Polizeibeamte machte zuerst die Tür zur Rechten auf, die in das Wohnzimmer führte. Niemand. Dann öffnete er die zur Linken. Auch das Schlafzimmer war leer.

Der alte Gauchet ging weiter und trat an den Liegenden heran. Mit einem einzigen Blick erkannte er, daß sein Mieter nicht mehr am Leben war.

Der Concierge setzte seinen Weg fort und gelangte in das Eßzimmer, aus dessen Fenster Madame Vigneray um Hilfe gerufen hatte.

Auf dem Tisch zwei Gedecke. Eine angeschnittene Pastete, die abgeschnittenen Scheiben noch unberührt, ließ erkennen, daß die Mahlzeit gleich zu Beginn unterbrochen worden war.

Kaum hatte der alte Gauchet das Zimmer betreten, als er zusammenfuhr. Vor dem Buffet lag Madame Vigneray, das erste Opfer der Tragödie, mit bleifahlem Gesicht auf dem Rücken. Ein Blutrinnsal sickerte aus ihrem Körper und verlor sich unter dem Buffet.

«Die Ärmsten...! Alle beide tot!» rief der Concierge.

Jetzt kamen auch die beiden Mieter ins Eßzimmer. Der eine beugte sich über die Liegende.

«Nein. Sie atmet noch.»

Behutsam machte er sich daran, ihren Oberkörper hochzuheben. Währenddessen wandten Papa Gauchet und der andere Mieter sich um und gingen zurück in den Flur. Der Concierge machte die Badezimmertür auf.

«Leer.»

Jetzt blieb nur noch die Küche; sie lag am Ende des Flurs.

Gefolgt von dem Mieter, durchschritt Gauchet rasch die paar Meter, die ihn von der letzten Tür trennten. Genau in dem Augenblick, als er die Hand auf den Türknauf legte, durchschoß ihn ein Gedanke, ein primitiver Gedanke, den er aus Mangel an Kaltblütigkeit nicht früher gehabt hatte: die Dienertreppe. Sie hatten die wesentliche Vorsichtsmaßnahme außer acht gelassen, die Dienertreppe zu bewachen.

Ganz sicher war der Mörder nicht mehr in der Wohnung; er war durch diesen zweiten Ausgang entwischt.

Die Gewißheit, daß niemand in der Küche sei, gab dem Concierge seine Kaltblütigkeit wieder. Rasch riß er die Tür auf, ging drei Schritte in den Raum hinein... und blieb offenen Mundes stehen.

Freilich, in der Küche war niemand. Das Mysteriöse war nur, daß die Tür zur Dienertreppe verriegelt war: *durch einen Riegel, der nur von innen betätigt werden konnte.*

«Was soll das heißen?» rief der Mieter, der dem Blick des Concierge gefolgt war. «Der Mörder hat den Riegel doch nicht von draußen zuschieben können!»

«Tatsächlich, Monsieur Dumont, das geht nicht.»

Dumont warf seinem Gegenüber einen ratlosen Blick zu.

«Dann ist ‹er› noch in der Wohnung.»

«Sie haben sich doch selber umgesehen.»

Während er das sagte, hatte Gauchet mechanisch den Riegel zurückgeschoben und die Tür aufgemacht.

Die Dienertreppe war leer und still. Der ehemalige Polizist beugte sich über das Geländer; dann kehrte er in die Küche zurück. Er schloß die Tür und schob den Riegel wieder vor.

«Durch die Haupttür kann der Mörder nicht entkommen sein; wir haben ja alle davorgestanden. Durch die Fenster also?»

«Ausgeschlossen, wir sind im dritten Stock. Übrigens war nur eins offen, das des Eßzimmers, und zu dem starren an die hundert Leute hinauf.»

Die beiden Männer gingen zu dem Mieter zurück, der bei der Verwundeten geblieben war. Ihr Gesicht war von erschreckender Blässe.

«Mein Gott! Sie ist tot!» stammelte der alte Gauchet.

«Nein, aber ich fürchte, sie ist nahe daran», sagte der Mieter. «Das Geschoß muß in den Rücken eingedrungen sein; ihr Kleid ist blutbefleckt.»

«Ich will Doktor Lucan holen», sagte Dumont. «Der wohnt gleich nebenan.» Und er machte, daß er wegkam.

«Na und?» fragte der Mieter.

«Ja, nichts. Der Mörder ist auf und davon, das können Sie sich wohl denken.»

«Natürlich. Keiner hat an die Dienertreppe gedacht.»

Der Concierge schüttelte den Kopf.

«Da konnte er nicht raus, Monsieur Mourier. Die Tür war von innen verriegelt.»

«Ja, zum Donnerwetter, dann hat er nicht weglaufen können, dann ist er noch hier!»

Durch das offene Fenster wehte ein kühler Luftzug herein. Die beiden Männer unterdrückten ein Frösteln.

«Wir wollen noch mal nachsehen», sagte Gauchet und stand auf.

Abermals durchsuchten sie sämtliche Zimmer, und abermals vergebens. Badezimmer, Wohnzimmer, Schlafzimmer waren im gleichen Zustand, wie der Concierge sie ein paar Minuten vorher vorgefunden hatte.

Monsieur Mourier öffnete die Wohnungstür. Auf dem Treppenabsatz drängte sich jetzt eine ganze Schar von Menschen.

«Ist hier wer rausgegangen?» fragte er.

«Nein, keiner. Doch, Monsieur Dumont. Er will den Arzt holen.»

«Sonst keiner?»

«Nein, niemand. Warum denn? Warum denn?»

«Weil der Mörder nicht mehr da ist, und dabei...»

Mourier sprach nicht zu Ende. Die Menschenmenge wurde unruhig. Da keine Gefahr mehr bestand, wollten alle etwas sehen. Aber das Geräusch hastiger Schritte lenkte die Aufmerksamkeit ab.

«Der Arzt, Doktor Lucan kommt.»

Ohne Zögern ging der Ankömmling in die Wohnung. Er wollte sich über die Leiche beugen, aber Mourier zog ihn weiter.

«Hier bitte, Herr Doktor.»

Der Arzt kniete neben der Verwundeten nieder und begann, die Frau zu entkleiden, wobei der Concierge ihm half.

Der Schuß hatte sie ein wenig unterhalb der Gürtellinie getroffen. Aus der Wunde rann ein dünner Blutstrahl.

«Sie muß aufs Bett gelegt werden, sofort.»

Der Concierge und der Arzt hoben sie hoch und trugen sie aus dem Eßzimmer hinaus. Im Flur mußten sie über die Leiche hinwegsteigen.

«Wo bleibt die Polizei?» fragte Doktor Lucan, als sie die Verwundete im Schlafzimmer aufs Bett legten.

«Wird geholt. Da...»

Von der Treppe her drang Stimmengemurmel.

Der Anblick des Toten hatte die Erregung der vor der Tür versammelten Mieter gedämpft. Jetzt wichen sie hastig auseinander und machten einem neu Hinzukommenden Platz.

Es war ein ziemlich beleibter Mann mit hochrotem Gesicht und dikkem schwarzem Schnurrbart. Hinter ihm kamen ein magerer, etwa dreißigjähriger Mann und zwei Kriminalbeamte herauf.

«Diese vielen Menschen!» brummte der dicke Mann und verbreiterte den Durchgang mit den Ellbogen.

Er wandte sich an die Beamten:

«Schaffen Sie die Leute weg.»

Gefolgt von dem jungen Mann ging er in die Wohnung, unmittelbar auf die Leiche zu. Aber vor dem Schlafzimmer, dessen Tür offenstand, hielt er inne.

Der Arzt war dabei, die Verwundete zu verbinden. Der Concierge war ihm behilflich, so gut es ging.

«Tag, Gauchet, mir ganz lieb, daß ich mit Ihnen zu tun habe», rief der dicke Mann.

Der Angeredete fuhr herum und nahm instinktiv Haltung an.

«Zu Befehl, Herr Kommissar.»

Der Kommissar war an das Bett herangetreten.

«Nicht wahr, Sie sind Doktor Lucan?»

«Richtig, Herr Kommissar.»

«Schwere Verwundung?»

«Sehr. Die Frau muß möglichst sofort in die Klinik geschafft und operiert werden.»

«Schon angeordnet. Der Krankenwagen müßte längst hier sein. Das andere Opfer?»

«Tot.»

«Teufel auch! Das heißt: ein Verbrechen?»

«Augenscheinlich. Selbstmord scheidet aus. Die Einschußstelle liegt hinter dem Ohr.»

Der Concierge überbot ihn noch:

«Meiner Meinung nach unbedingt ein Verbrechen. Madame Vigneray hat um Hilfe gerufen, ihr Mann hat mit dem Verbrecher gekämpft.»

«Aber wo ist dann der Mörder?»

«Der Mörder?»

Der Concierge senkte die Stimme.

«Verschwunden.»

Der Kommissar ging aus dem Schlafzimmer und auf die Leiche zu; dabei brummte er vorwurfsvoll:

«Verschwunden...! Ausgerechnet Sie, Gauchet, ein früherer Polizist, haben ihn weglaufen lassen?»

«Nein, das habe ich *nicht* getan, Herr Kommissar; die Sache ist nur die... er ist trotzdem weg!»

«Hm! Nun, Sie können mir nachher auseinandersetzen, wieso.»

Er drehte die Leiche auf die Seite. Vigneray hatte zwei Schüsse ins Genick bekommen.

«Vedammte Schweinerei», sagte der dicke Mann und stand auf.

Erst da gewahrte er den vor dem Eßzimmer stehenden Mourier. Er warf ihm einen strengen Blick zu.

«Einer meiner Mieter», beeilte Gauchet sich zu erklären. «Wir sind zusammen in die Wohnung gegangen.»

«Schon gut. Also, Monsieur, halten Sie sich zur Verfügung; ich werde Sie gleich vernehmen.»

Mourier verbeugte sich und trat zurück.

Auf Anordnung der Kriminalbeamten hatten die Neugierigen den

Treppenabsatz geräumt. Sie standen jetzt in kleinen Gruppen auf den Stufen. Sofort wurde Mourier umringt und mit tausend Fragen bedrängt.

Doch dann trat auf der Treppe Schweigen ein. Zwei Männer in weißen Kitteln waren aufgetaucht; sie trugen eine Bahre. Einer der Beamten machte ihnen die Tür auf.

Doktor Lucan war mit dem Verbinden der Verwundeten fertig. Er half den Krankenträgern, die Bewußtlose auf die Bahre zu betten.

Der Kommissar sah den sich entfernenden Trägern nach; dann winkte er den Umstehenden, ihm zu folgen, und ging ins Eßzimmer.

«Los, Gauchet, reden Sie.»

Bedächtig begann der ehemalige Polizist seinen Bericht über das dramatische Geschehnis. Der Kommissar hörte ihm zu und durchstöberte dabei das Zimmer. Dann und wann unterbrach er den Concierge.

«Viertel nach sieben, haben Sie gesagt?»

«Jawohl, Herr Kommissar, vielleicht auch ein paar Sekunden früher oder später. Um die Zeit sind übrigens Monsieur und Madame Vigneray immer zu Tisch gegangen. Und, sehen Sie, sie müssen gerade mit dem Essen angefangen haben. Der arme Herr war eben mit dem Anschneiden der Pastete fertig.»

«Noch mal von vorn, Gauchet. Madame Vigneray hat also das Fenster aufgemacht und um Hilfe gerufen.»

«Genauso war es, Herr Kommissar. Wie ich Ihnen schon sagte: ich selber habe die Schreie nicht gehört, weil doch meine Loge nach dem Hof hin liegt. Ich weiß das alles durch die Leute von gegenüber. Ich habe bloß den Knall gehört, als der Mörder auf Madame Vigneray geschossen hat.»

Der Kommissar hatte sich über den Blutfleck vor dem Buffet gebeugt.

«Und Sie haben gesagt, die Zeugen hätten gesehen, daß ihr Mann mit dem Mörder gekämpft hätte, nachdem die arme Frau zu Boden gefallen war?»

«Ja, Herr Kommissar. Das heißt: viel haben sie nicht sehen können... Bloß zwei dunkle Gestalten... weiter nichts.»

«Bitte weiter.»

«Ich steige also, so schnell es geht, an der Spitze der Gruppe die Treppe rauf. Vor der Tür horchen wir. Der Kampf in der Wohnung geht nach wie vor weiter. Ich will aufmachen. Schweinerei! Ich habe meinen Hauptschlüssel unten in der Loge gelassen. Während ich runtergefahren bin, um ihn zu holen, hat der Mörder den armen Mann umgebracht.

Ich fahre wieder rauf, ich schließe auf. Monsieur Vigneray lag, wo er immer noch liegt, und seine Frau lag da, wo der Blutfleck ist. Und der Mörder...»

«Der ist über die Dienertreppe verschwunden.»

Der Concierge unterdrückte mit knapper Not eine Geste der Ungeduld.

«Nein, Herr Kommissar, weil nämlich die Tür zur Dienertreppe verriegelt war.»

«Na und? Wirklich, ich muß sagen, daß ich nicht recht einsehe, warum unser Mörder sich den Spaß gemacht haben sollte, die Tür hinter sich abzuriegeln; aber daraus zu schließen, daß...»

«Augenblick, Herr Kommissar, Augenblick. Ich will damit sagen, daß der Riegel nur innen vorgeschoben werden konnte. Oder, wenn Sie lieber wollen: die Tür war von innen verriegelt.»

Der Kommissar, sein Sekretär und der Arzt sahen einander an.

«Sind Sie sicher, daß sich der Mörder nicht innerhalb der Wohnung versteckt hatte?» fragte Doktor Lucan.

«Ganz sicher... oder wir müssen annehmen, daß er noch immer drin ist.»

Und als die drei Männer die Achseln zuckten:

«Das geht aber nicht, weil es kein Versteck gibt: die Wandschränke sind winzig klein.»

Der Kommissar fuhr fort:

«Wir wollen zusammenfassen. Als Sie vor der Tür ankamen, war der Mörder noch in der Wohnung, und als Sie ein paar Minuten später hineingingen, hatte er Mittel und Wege zum Verschwinden gefunden, ohne jedoch die Dienertreppe zu benutzen.»

«Genauso ist es.»

«Wenn wir im Erdgeschoß wären, könnten wir die Fenster in Betracht ziehen», sagte der Sekretär. «Aber vom dritten Stock aus...»

«Außerdem ist nur dies eine hier offen. Und es lag im Blickfeld der ganzen Straße.»

«Das tut es noch immer», sagte Doktor Lucan und deutete auf die Häuser gegenüber, deren Fenster samt und sonders besetzt waren.

Der Kommissar kratzte sich am Nacken.

«Warten Sie mal...! Vielleicht gäbe es eine Erklärung. Hm! Ich muß zugeben: berühmt ist sie nicht; aber schließlich... Passen Sie mal auf, Gauchet.

Mir ist aufgefallen, daß in dieser Wohnung je zwei Zimmer ineinandergehen: Wohnzimmer und Eßzimmer, Badezimmer und Schlafzimmer.

Angenommen, der Mörder ist hier im Eßzimmer. Sie sehen im Wohnzimmer nach, keiner drin. Sie gehen wieder raus und kommen über den Flur hier herein. Inzwischen geht unser Mann durch die Verbindungstür ins Wohnzimmer. Als Sie ein paar Augenblicke später wieder ins Wohnzimmer kommen, verschwindet er seinerseits abermals ins Eßzimmer und verschwindet wiederum daraus, als...»

«Aber selbst wenn ich zugebe, daß Sie recht haben, erklärt das noch nicht, wie er aus der Wohnung herausgekommen ist», unterbrach ihn der Concierge.

«Darauf komme ich jetzt. Es gibt nämlich einen Faktor, den wir, wie ich glaube, ein bißchen gar zu sehr vernachlässigt haben. Ich hatte auf das Durcheinander hingewiesen. Wir wollen nicht vergessen, daß in Ihrem Hause alles drunter und drüber gegangen ist. Könnte man nicht annehmen, daß bei der allgemeinen Kopflosigkeit, bei all dem Kommen und Gehen der Mörder sich einfach unbemerkt verdrückt hat?»

«Entschuldigen Sie, Herr Kommissar, aber Ihre Vermutung kommt mir unzulässig vor. Sehen Sie: Sie kennen meine Mieter nicht; sie machen Ihnen den Eindruck einer blinden Masse, durch die sich ein Fremder fortstehlen könnte; aber meine Mieter, die kennen einander... Übrigens war es mit dem Kommen und Gehen gar nicht so schlimm.»

Der Kommissar nickte. Das ermutigte den ehemaligen Polizeibeamten, und er fuhr fort:

«Ich bin mit den Herren Dumont und Mourier reingegangen. Die Mieter, die auf dem Treppenabsatz stehengeblieben waren, haben zuerst gesehen, wie Monsieur Dumont wieder rausgekommen ist; er hat Doktor Lucan geholt. Dann haben sie den Doktor reingehen sehen, dann Sie und Ihren Sekretär, schließlich die beiden Krankenträger. Eben haben sie Monsieur Mourier rausgehen sehen, dann die beiden Krankenträger. Sonst keine Menschenseele.»

«Ich merke, Sie sind nach wie vor der verläßliche Beamte, als den ich Sie gekannt habe», sagte der Kommissar lächelnd. «Dazu gratuliere ich Ihnen, Gauchet. Ich selber habe übrigens als erster zugegeben, merken Sie sich das, daß meine Erklärung nicht viel taugt; ich sehe jetzt, daß sie sich nicht aufrechterhalten läßt. Wir wollen also zusammenfassen:

1. Es liegt ein Mordfall vor und ein Mordversuch.

2. Der Mörder hat unmöglich entkommen können, ohne gesehen zu werden – weder durch die Haupttür noch durch eines der Fenster.

3. Ebenso hat er unmöglich die Tür der Dienerschaftstreppe von innen hinter sich abriegeln können.

4. Es gibt in der Wohnung weder ein Versteck noch einen geheimen Ausgang.

5. Dabei ist der Mörder nicht mehr in der Wohnung. Folgerung…»

Der Kommissar hieb mit der Faust auf den Tisch.

«Verflucht und zugenäht!»

2

Ein paar Minuten lang standen die vier Männer schweigend da. Der Kommissar lehnte sich aus dem Fenster und sog mit sichtlichem Behagen die kühle Luft ein.

In der Straße waren noch immer viele Menschen, und die vor der Haustür postierten Polizisten hatten Mühe, das Trottoir freizuhalten. Alle Blicken hingen an dem Fenster des dritten Stocks, und das Erscheinen des Kommissars steigerte die Neugierde noch.

In einer Anwandlung von schlechter Laune schloß der dicke Mann die Fensterflügel.

«Hatten Sie mir nicht gesagt, die Opfer hießen Vigneray?»

«Jawohl, Herr Kommissar, Marcel Vigneray.»

«Vorname der Frau?»

«Simone.»

«Verheiratet seit?»

«Sieben Jahren.»

Der Sekretär hatte einen Schreibblock auf die Tischecke gelegt und notierte rasch die Antworten des Concierge.

«Kinder?»

«Ein kleines Mädchen, Janine, drei Jahre. Sie ist bei ihrer Großmutter väterlicherseits in Falaise.»

«Was war Monsieur Vigneray von Beruf?»

«Generalvertreter einer Fabrik für landwirtschaftliche Maschinen, amerikanische Firma. Er hatte in der Provinz mehrere Untervertreter. Gerade heute nachmittag muß er von einer Rundreise wiedergekommen sein.»

Der Kommissar faßte sich an die Stirn.

«Eben fällt mir ein: haben die Leute keine Dienstboten gehabt?»

Der ehemalige Polizist zuckte zusammen.

«Großer Gott...! Die hatte ich vergessen... das heißt: Adèle, das Hausmädchen. Julien, ihr Mann, ist nämlich eben in Le Mans. Da haben Monsieur und Madame Vigneray einen Landbesitz, und vorgestern ist Julien hingefahren; er muß das Haus für die Pfingstferien in Ordnung bringen.»

«Gut. Sagen wir also: zwei Dienstboten, ein Ehepaar. Der Name?»

«Blanchot. Julien und Adèle Blanchot.»

«Und wo ist Adèle?»

«Ja, das wundert mich auch, Herr Kommissar! Eigentlich müßte sie hier sein. Bedenken Sie doch, zur Zeit des Abendessens! Ich kann es mir nicht erklären.»

Der Kommissar stampfte nervös mit dem Fuß auf. «Seit wann ist das Ehepaar Blanchot bei Monsieur und Madame Vigneray angestellt?»

«Solange ich hier bin, waren sie immer da. Ich glaube sogar, sie sind schon bei Madame gewesen, ehe sie geheiratet hat.»

«Die beiden haben doch wohl ihre Kammer im sechsten Stock, nicht wahr?»

«Jawohl, Herr Kommissar. Genau wie die andern Dienstboten des Hauses.»

«Na, dann wollen wir schleunigst mal rauf. Vielleicht ist Adèle da.»

Der Kommissar trat auf den Flur hinaus und ging auf die Wohnungstür zu. Der Concierge hielt ihn zurück.

«Da können wir nicht raufgehen; die große Treppe hört im fünften Stock auf. Wir müssen die Dienertreppe nehmen.»

«Gut.»

Der Kommissar rief einen der auf dem Treppenabsatz Wache haltenden Polizisten und bedeutete ihm durch einen Wink, er solle mitkommen. Der alte Gauchet ging in die Küche.

«Sehen Sie, Herr Kommissar, dies hier ist der bewußte Riegel. Sie können ohne weiteres feststellen, daß er von außen nicht verschoben werden kann.»

Sorgsam untersuchte der Kommissar die Tür.

«Tatsächlich, geht nicht», brummelte er.

Sie stiegen die drei Stockwerke hinauf und gelangten auf einen langen Korridor, auf den zahlreiche Türen mündeten. Der Concierge wandte sich nach links und ging bis zum Ende des Korridors. Vor der letzten Tür blieb er stehen.

Sie trug, genau wie die andern, ebenfalls eine kleine metallene Nummer.

«Elf», las der Kommissar.

Der Schlüssel steckte im Schloß. Er klopfte und öffnete gleichzeitig.

Die Kammer war leer. Es war ein kleiner Raum, der sein Licht durch ein einziges Fenster erhielt; es war geschlossen. Ein Waschtisch, ein Messingbett, darauf eine gelbe Überdecke mit langen Fransen, ein Nachttisch, eine Kommode und zwei Stühle bildeten das gesamte Mobiliar. Das Ganze roch nach Sauberkeit.

«Niemand», flüsterte Gauchet.

«Na, so was!» sagte der Kommissar ironisch.

Er trat ein und begann nervös auf und ab zu gehen.

«Sie sagen, diese Adèle sei zur Stunde des Abendessens immer bei ihrer Herrschaft gewesen?»

«Natürlich! Gerade dann.»

«Richtig, richtig. Was für eine Art Mädchen ist sie? Verläßlich? Hält sie auf sich?»

«Wenn eine auf sich hält, dann die. Eine Perle. Meiner Meinung nach kann sie jetzt nur Besorgungen machen.»

«Hoffentlich.»

Der Kommissar ging hinaus und schloß die Tür.

«Wir wollen wieder hinuntergehen.»

Sie machten ein paar Schritte im Korridor. Unvermittelt drehte der Kommissar sich nach dem Polizisten um:

«Man kann nie wissen. Bleiben Sie hier, Limeux, und verlassen Sie den Korridor unter keinen Umständen. Achten Sie auf alles Kommen und Gehen der Hausangestellten.»

«In Ordnung, Herr Kommissar.»

Der Kommissar und der Concierge stiegen die drei Stockwerke wieder hinunter. Abermals untersuchte der Kommissar den Riegel an der Küchentür. «Hol mich dieser und jener, wenn ich von alledem was verstehe», rief er. «Unser Mörder kann sich doch nicht in blauen Dunst aufgelöst haben!»

Er ging wieder ins Eßzimmer, und nachdem er die stummen Fragen seines Sekretärs und des Doktor Lucan mit einem Kopfschütteln beantwortet hatte, wandte er sich an seinen ehemaligen Untergebenen:

«Passen Sie mal auf, Gauchet, Sie haben mir gesagt, Monsieur Vignerays Mutter sei noch am Leben. Kennen Sie noch andere Verwandte Ihrer Mieter?»

Der Concierge stemmte die Hände in die Hüften; er lächelte beinahe, als er sagte: «Ja, ich glaube: Charasse.»

Der Kommissar fuhr auf.

«Was...? Charasse? Roland Charasse, der Anwalt? Hätten Sie das nicht eher sagen können?»

Der dicke Mann war puterrot geworden. Energisch tupfte er sich das Gesicht mit dem Taschentuch ab.

«Aber... ich habe doch nicht gewußt, Herr Kommissar», stotterte der Polizist im Ruhestand, der nichts von der plötzlichen Betroffenheit des andern begriff.

Der Kommissar warf seinem Sekretär einen bedeutungsvollen Blick zu.

«Der Fall sah auch so schon ganz danach aus, als werde er viel Staub aufwirbeln; aber das ist der Gipfel!»

Den Concierge fragte er unliebenswürdig:

«Wie ist Rechtsanwalt Charasse mit den Vignerays verwandt?»

«Ein Vetter zweiten Grades von Monsieur Vigneray ist er. Ich weiß, daß die beiden Herren wie Brüder zueinander standen.»

«Du lieber Himmel! Dann muß er sofort benachrichtigt werden. Ist hier in der Wohnung ein Telefon?»

«Nein, Herr Kommissar; aber Sie können von meiner Loge aus telefonieren.»

Der Kommissar hörte nicht weiter hin, sondern stürzte in den Flur, wo er über die Leiche hinwegsteigen mußte. An der Wohnungstür hielt er jäh inne, als er vom Treppenabsatz her eine lebhafte Auseinandersetzung hörte.

«Bedaure, ich habe offizielle Anweisung.»

«Aber wenn ich Ihnen doch sage, daß ich...»

Obwohl die Stimme merklich beunruhigt klang, blieb sie ernst und sehr korrekt. Der Kommissar hatte sie sofort erkannt. Er unterdrückte einen überraschten Ausruf, tat einen letzten, hastigen Schritt zur Tür und machte sie weit auf.

«Geben Sie den Durchgang frei, und zwar schleunigst.»

Der Polizist trat beiseite, und der Ankömmling ging rasch in die Wohnung. Es war ein etwa dreißigjähriger Mann mit schönem, zugleich energischem und sanftem Gesicht. Sein ganzes Benehmen verriet Erschütterung. Als er die Leiche erblickte, blieb er wie angewurzelt stehen und streckte hilflos die Hände aus.

«Oh! Marcel...»

Der Kommissar nahm ihn beim Arm und zog ihn behutsam ins Wohnzimmer.

«Ich bin untröstlich Maître: ich wollte Ihnen die Schreckensnachricht selber mitteilen.»

Roland Charasse hörte nicht auf ihn. Er ließ sich in einen Sessel fallen und barg das Gesicht in den Händen. Ein paar Sekunden lang saß er stumm da; dann sagte er in banger Vorahnung: «Es ist doch nicht möglich, Herr Kommissar... alle beide...? Alle beide...?»

«Madame Vigneray ist nur verwundet», beeilte der Kommissar sich zu antworten. «Sie ist ins Beaujon gebracht worden.»

Charasse ballte die Fäuste.

«Und der Mörder?»

Der Kommissar vollführte eine ausholende Bewegung mit beiden Armen.

«Der Mörder...? Das ist es ja gerade! Sehen Sie, Maître, es kommt einem unwahrscheinlich vor, an einen Mord zu glauben.»

Verdutzt schaute Charasse ihn an.

«Wieso? Sie wollen doch nicht etwa behaupten, es könnte Selbstmord gewesen sein...? Das ist ausgeschlossen, sage ich Ihnen, völlig ausgeschlossen.»

«Ich glaube ja auch nicht an Selbstmord; es handelt sich um ein Verbrechen; die Sache ist nur die...»

Er drückte den Anwalt in den Sessel zurück.

«Fühlen Sie sich imstande, mir zuzuhören und mir zu helfen?»

Mit einer raschen Geste wischte Charasse sich die Stirn ab. «Reden Sie, Herr Kommissar, reden Sie. Was ist passiert?»

Als der Kommissar mit seinem Bericht beginnen wollte, erhoben sich draußen auf dem Treppenabsatz Geräusche von Stimmen und Schritten. Die Tür ging auf, und drei weitere Herren betraten die Wohnung.

Es war der Distriktskommissar Devoux, der Gerichtsarzt Doktor Lafon und Oberinspektor Girard, einer der besten Beamten der Mordkommission.

Der Polizeikommissar ging den Ankommenden entgegen und führte sie ins Wohnzimmer.

Als der Gerichtsarzt den Anwalt bemerkte, versuchte er nicht, seine Überraschung zu verbergen.

«Nanu, Maître, schon zur Stelle?» rief er mit einem feinen Lächeln. «Das ist ganz entschieden die verkehrte Welt.»

Doch als er Charasses Gesichtsausdruck sah, stockte er.

«Oh, Verzeihung.» (Er deutete nach dem Flur hin.) «Ist der arme Kerl etwa...?»

«Mein Vetter. Ich sollte lieber sagen: mein Bruder.»

Doktor Lafon drückte dem Anwalt kräftig beide Hände. Die beiden anderen folgten seinem Beispiel.

«Ein ungewöhnlicher Fall», begann der Polizeikommissar sofort. «Ich fing gerade an, Maître Charasse die Tatsachen darzulegen, als Sie kamen.»

In knappen Sätzen faßte er das tragische Geschehnis zusammen. Seine Zuhörer lauschten ihm mit halbgeöffnetem Mund; sie waren alle zugleich überrascht und ungläubig.

«Mit einem Wort», sagte der Distriktskommissar, und in seiner Stimme war eine leichte Ironie spürbar, «der Mörder konnte die Wohnung nicht verlassen und ist trotzdem nicht mehr drin.»

«Genauso ist es», bestätigte der Polizeikommissar; den ironischen Tonfall seines Vorgesetzten schien er nicht bemerkt zu haben.

Kriminaloberinspektor Girard strich sich über die Wange.

«Stimmen alle Zeugenaussagen überein?»

«Ich habe bis jetzt nur den Concierge vernommen; auf den kann ich mich aber verlassen. Ehemaliger Polizeibeamter, hat jahrelang unter mir gearbeitet. Für mich steht fest, daß die andern Verhöre seine Aussage bestätigen werden.»

«Aber schließlich müssen Sie zugeben, daß das, was Sie uns da erzählt haben, purer Wahnsinn ist», fuhr Kommissar Devoux fort. «Es ist sogar mehr als Wahnsinn, es ist... es ist unmöglich.»

Der Polizeikommissar senkte den Kopf.

«Ich bin völlig Ihrer Ansicht: es ist unmöglich.»

Nach einer kleinen Pause fügte er hinzu:

«Und doch ist es so.»

Der Gerichtsarzt schaltete sich ein:

«Und die Möglichkeit, daß es sich um Selbstmord handeln könnte, schließen Sie aus?»

«Diese Annahme steht im Widerspruch zu den Tatsachen. Doktor Lucans Befund hat daran übrigens nicht den leisesten Zweifel gelassen.»

«Wir wollen uns die Sache mal ansehen», brummte der Arzt vor sich hin. Damit ging er in den Flur.

«Könnte man nicht ein... Familiendrama annehmen», sagte Inspektor Girard mit merklichem Zögern. «So daß die beiden Eheleute einander erschossen hätten...?»

Der Polizeikommissar kam Maître Charasses unwilliger Antwort zuvor:

«Na, hören Sie mal! Meinen Sie, das Vorhandensein des Mörders sei nicht hinlänglich bewiesen...? Und daß der Revolver verschwunden ist: wie erklären Sie sich das?»

Er wandte sich an den Anwalt: «Ich hätte gern einige Auskünfte, sogar eine ganze Menge Auskünfte.»

Charasse verbeugte sich leicht.

«Sie können mich ruhig verhören, Herr Kommissar. Ich habe mit meinen Verwandten sehr gut gestanden, und ich glaube, ich kann Ihnen alle Hinweise geben, die Sie nur wünschen können.»

Vor ein paar Augenblicken war der Sekretär des Kommissars ins Zimmer gekommen. Er setzte sich an ein Tischchen und begann zu schreiben. Der Kommissar setzte sich neben ihn und stemmte die Fäuste unters Kinn, eine für ihn typische Haltung.

«Gauchet, der Concierge, hat mir gesagt, Monsieur und Madame Vigneray seien seit sieben Jahren verheiratet.»

«Stimmt, seit sieben Jahren.»

«Kamen sie gut miteinander aus?»

«Wie in den ersten Tagen. Ich bin sicher, daß zwischen ihnen nie auch nur die geringste Trübung bestanden hat. Ich war Marcels Kindheitsfreund und habe stets sein volles Vertrauen besessen. Er verbarg mir nichts, und ich bin überzeugt: wäre in seiner Ehe etwas vorgekommen, er hätte es mir anvertraut.»

«Das Ehepaar hat eine kleine Tochter?»

«Janine, drei Jahre alt. Sie ist bei ihrer Großmutter in Falaise.»

«Haben Sie und Ihre beiden Verwandten noch andere Familienangehörige?»

«Keine, abgesehen von ein paar sehr entfernten Verwandten, mit denen wir nie zusammenkommen.»

«Stehen Sie schlecht mit ihnen?»

«Durchaus nicht; aber sie sind im Süden ansässig. Sie kommen nur ganz selten nach Paris.»

«Etwas anderes. Gauchet hat mir gesagt, Monsieur und Madame Vigneray hätten zwei Hausangestellte?»

«Ja, ein Ehepaar: Julien und Adèle Blanchot. Julien ist augenblicklich in Le Mans; er setzt das Haus dort für die Pfingstferien instand. Ich wollte mich Anfang nächsten Monats mit meinen Verwandten dort treffen.»

Das Kinn des Anwalts zitterte leicht. Er wandte den Kopf ab, um seine Erschütterung zu verbergen.

«Und Adèle?» fragte der Kommissar nach einer kurzen Pause.

«Ja, Adèle ist eine brave Person, ein vortreffliches Hausmädchen. Hatten Sie mir nicht gesagt, sie sei unterwegs?»

«Eben darauf wollte ich zurückkommen. Ich meine, Adèle servierte gewöhnlich beim Essen?»

«Allerdings.»

«Kommt es Ihnen nicht sonderbar vor, daß sie nicht da ist?»

Charasse zuckte zusammen.

«Wieso? Sie wollen doch nicht etwa sagen, daß da ein Zusammenhang besteht?»

Der Kommissar machte eine ausweichende Geste und richtete einen fragenden Blick auf seine Kollegen.

«Waren Sie oben in ihrem Zimmer?» fragte Inspektor Girard.

«Natürlich. Das Zimmer schien mir in Ordnung zu sein. Ich habe keine Spur eines überhasteten Verschwindens entdeckt. Aber wenn das Mädchen innerhalb einer Stunde nicht wieder hier ist, müssen wir die übliche Fahndung veranlassen; man kann nie wissen.»

«Vielleicht wäre das von Nutzen», sagte Girard.

Charasse vollführte eine protestierende Bewegung.

«Was? Meinen Sie tatsächlich...? Adèle ist schon seit wer weiß wie vielen Jahren bei Madame Vigneray in Stellung. Meine Cousine ist begeistert von ihr. Nein, nein, das kann ich nicht glauben...»

Der Kommissar hatte die Notizen seines Sekretärs überflogen und fuhr fort: «Monsieur Vigneray war Generalvertreter einer amerikanischen Fabrik für landwirtschaftliche Maschinen, nicht wahr?»

«Ja. Sein Büro ist am Boulevard Haussmann. Marcel war viel unterwegs. Er war gerade von einer Geschäftsreise durch die Normandie zurückgekommen. Simone hatte mich gebeten, ich solle doch mit ihnen zu Abend essen...»

Der von innerer Bewegung übermannte Anwalt mußte sich abermals unterbrechen. Dann fuhr er mühsam fort:

«Ich hatte nicht annehmen können. Sie wissen, daß ich einen großen Fall habe; ich sah während des Nachmittags meine Akten durch und rechnete damit, auch den ganzen Abend über zu arbeiten. Ich war also nur auf einen Kaffee nach dem Essen hergekommen... Ach, warum habe ich die Einladung nicht angenommen...? Dann wäre das Entsetzliche nicht passiert. Ich hätte die beiden verteidigt, ich hätte...»

Charasse versagte die Stimme. Es entstand ein Augenblick des Schweigens, den zu unterbrechen die Beamten zauderten, weil dieser Schmerz ihnen naheging; sie spürten, daß er echt war.

Doch bald hob der Anwalt wieder den Kopf, und jetzt zeigte sein Gesicht nur den Ausdruck ungemeiner Festigkeit. Der Kommissar fuhr fort:

«Wann wollten Ihre Verwandten nach Le Mans abreisen?»

«Nächsten Samstag. Zunächst wollten sie Janine bei ihrer Großmutter abholen; von Falaise aus wären sie dann direkt nach Le Mans gefahren. Dort sollte ich zu ihnen stoßen, sobald mein Prozeß hinter mir lag.»

«Besaßen Monsieur und Madame Vigneray Vermögen?»

«Das kann ich Ihnen nicht mit Bestimmtheit sagen... aber sicherlich lebten sie in dem, was man für gewöhnlich ‹geordnete Verhältnisse› nennt. Überdies hatte Marcel ja eine glänzende Stellung.»

Inzwischen war der Gerichtsarzt wieder ins Wohnzimmer gekommen. Er wirkte düster.

«Nun?» fragte Charasse mit bebender Stimme.

«Mord. Jeder Irrtum scheidet aus.»

Er wandte sich an den Kommissar:

«Madame Vigneray ist also im Beaujon?»

«Ja; vor etwa einer Stunde ist sie dort eingeliefert worden.»

«Na gut. Ich gehe jetzt.»

Doktor Lafon streckte dem Anwalt die Hand hin.

«Versprechen Sie mir, daß Sie mir sofort Nachricht geben», sagte Charasse zu ihm, «und sorgen Sie dafür, daß alles Menschenmögliche getan wird. Ich verlasse mich auf Sie.»

«Das können Sie getrost tun.»

Als der Gerichtsarzt gegangen war, schauten die Beamten einander kopfschüttelnd an.

«Die Ursache ist somit festgestellt: kein Selbstmord», sagte der Polizeikommissar und warf Inspektor Girard einen raschen Blick zu.

«Aber das Verbrechen läßt sich nicht beweisen... weil kein Mörder vorhanden ist», rief der Distriktskommissar. «Oder es muß angenommen werden, daß Ihr Concierge gelogen hat.»

«‹Mein› Concierge hat nicht gelogen», entgegnete der dicke Mann. «Übrigens brauchen wir ja bloß die andern Zeugen zu vernehmen.»

«Wir wollen mal überlegen», sagte der Inspektor von der Mordkommission kurz angebunden. «Da der Mörder durch keine der beiden

Türen die Wohnung verlassen konnte und da er dennoch nicht mehr in der Wohnung war, als der Concierge hereinkam, muß ein dritter Ausgang existieren. Eine andere Erklärung gibt es nicht.»

«Der dritte Ausgang ist das Eßzimmerfenster», sagte der Polizeikommissar, der nervös wurde. «Dieses Fenster haben aber ungefähr dreißig Leute nicht aus den Augen gelassen, seit Madame Vigneray gerufen hatte. Da, sehen Sie doch.»

Er hob einen der Vorhänge hoch.

«Noch immer sind in allen Stockwerken die Fenster voller Menschen. Die habe ich nicht verhört; aber Sie können sich wohl denken: wenn sie etwas gesehen hätten, wüßten wir es längst.»

«Dieser Weg scheidet aus. Nach *der* Seite hin ist nichts passiert», sagte der Distriktskommissar.

«Dann existiert also noch ein vierter Ausgang», beharrte Girard.

Der Sekretär antwortete jetzt:

«Andere Ausgänge gibt es nicht.»

«Sofern wir nicht einen Geheimausgang annehmen wie in Kriminalromanen», sagte ironisch der Distriktskommissar. «Aber so weit werden Sie hoffentlich nicht gehen, Girard.»

«Nicht ganz», erwiderte der Oberinspektor trocken.

Er fügte hinzu:

«Kurz und gut, ich wiederhole: x-beliebige verschiedene Lösungen gibt es hier nicht. Stimmt die Zeugenaussage, dann ist der Mörder noch hier, weil er nicht hinauskonnte.»

Der Polizeikommissar wich dem Blick der andern aus, als schäme er sich der Zusammenhanglosigkeit seiner Worte, und sagte leise:

«Die Zeugenaussage stimmt, und der Mörder ist nicht mehr hier.»

Diese ungereimte Erklärung stieß diesmal nicht auf Widerspruch.

«Ich habe mich in meiner ziemlich langen Laufbahn mit zahlreichen absonderlichen Fällen befaßt, aber so etwas ist mir bisher nicht einmal annäherungsweise begegnet», sagte der Distriktskommissar; seine Stimme klang benommen und wich merklich von seinem früheren Tonfall ab.

Er öffnete die Eßzimmertür.

«Wir wollen uns jetzt den Tatort genau ansehen.»

... Der allein gebliebene Charasse versuchte vergebens, sich noch länger zu beherrschen. Völlig gebrochen sank er in einen Sessel.

Ein leises Geräusch ließ Roland Charasse auffahren. Vor ihm stand Inspektor Girard.

«Nun?» fragte der Anwalt.

«Ja, der Kommissar hat recht. Es ist kein weiterer Ausgang vorhanden. Die Herren untersuchen gerade die Wände. Nur um ihr Gewissen zu beruhigen, wie Sie sich denken können.»

Der Inspektor fing an, im Zimmer auf und ab zu gehen.

«Ist *das* eine Geschichte! Ich sehe tatsächlich nicht, wie wir uns da herauswinden sollen.»

Plötzlich stand Charasse mit halbgeöffnetem Mund auf wie jemand, den gerade ein Gedanke durchzuckt hat... Und sein Blick begegnete dem des Inspektors.

Girard lächelte ein wenig. Sicherlich war ihm unversehens derselbe Gedanke gekommen wie dem Anwalt.

«Ja, ich meine, ‹er› wäre jetzt am Platz», flüsterte er.

Inspektor Girard schien sich gefaßt zu haben. Mit Wärme sagte er noch:

«Überdies ist er, glaube ich, mit Ihnen befreundet? Sicher wird er sich auf der Stelle herbemühen.»

«Für einen Fall wie diesen würde ‹er› bis ans Ende der Welt laufen.»

Charasse stand von seinem Sessel auf, und diesmal ging er festen Schrittes zur Wohnungstür. Als er an dem Polizisten vorbeikam, der ihm zuvor den Eingang verwehrt hatte, deutete dieser eine Art Ehrenbezeigung an.

Es war jetzt niemand mehr auf dem Treppenabsatz und auf der Treppe. Aber unten im Eingangsflur umstand eine Gruppe den Concierge, der vor kurzer Zeit wieder nach unten gekommen war. Der ehemalige Polizist lief dem Anwalt entgegen.

«Wünschen Sie etwas?»

«Ja, ich möchte telefonieren.»

Papa Gauchet machte die Tür seiner Loge auf.

«Bitte, hier, Maître. Soll ich die Nummer für Sie wählen?»

«Nicht nötig, danke.»

Und während der Concierge sich taktvoll zurückzog, hob Charasse den Hörer ab.

3

Hier beginnt das Tagebuch des Erzählers, des Freundes und Vertrauten von Privatdetektiv André Brunel.

Die Uhr hatte schon lange acht geschlagen, da steckte Prosper den Kopf durch den Spalt der Wohnzimmertür.

«Ich möchte die Herren nur darauf hinweisen, daß der Rinderlendenbraten ‹à point› gegessen werden muß.»

«Barbar!» rief André Brunel.

Ich war an jenem Abend, wie es häufig geschah, Gast in dem kleinen Haus in der Cité Malesherbes. Das Abendessen war auf halb acht angesetzt: die Sache war nur die, daß Brunel am Nachmittag einige neu erschienene Schallplatten gekauft hatte.

Wir hatten uns Bachs Doppelkonzert in d-Moll mit Menuhin und Enesco angehört, saßen tief und behaglich in den dicken Kissen, die auf der Couch lagen, und lauschten jetzt Braïlowskys eindrucksvoller Interpretation von Chopins fünfter Etüde. Natürlich hatten wir da nicht mehr ans Essen gedacht.

Schon zweimal hatte Prosper, der getreue Diener des Privatdetektivs, sich an der Tür bemerkbar gemacht. Er wußte, daß sein Herr unter gewissen Umständen keinerlei Störung duldete, und es bedurfte wahrhaftig der Tatsache, daß der Braten nahezu verkohlt war, um ihm den Entschluß abzuzwingen, unsere Versunkenheit zu stören.

«Barbar!» hatte Brunel gerufen.

Und der unselige Diener war schleunigst verschwunden, um dem Kissen auszuweichen, das ihn sonst unfehlbar im Gesicht getroffen hätte.

Aber um die Verzauberung war es geschehen. Brunel stellte den Plattenspieler ab, seine «Traumdose», wie er ihn zu nennen pflegte.

«Proper hat recht; wir wollen essen; danach kommen wir dann wieder hierher.»

Wir gingen ins Eßzimmer hinüber.

«Na, Prosper? Wir warten, mein Junge.»

Der gute Prosper war in die Küche geflüchtet; jetzt erschien er wieder, eine dampfende Suppenterrine in den Händen. Sein dickliches Gesicht trug den Ausdruck völliger Schicksalsergebenheit, was meinem Freund Spaß zu machen schien.

Doch das Läuten des Telefons ersparte dem ergebenen Diener eine ironische Bemerkung.

«Na ja!» sagte Brunel nur. «Was ist denn *das* nun wieder? Sicherlich steht geschrieben, der Braten müsse steinhart gegessen werden.»

Prosper war inzwischen ins Arbeitszimmer gegangen und kam sofort zurück. «Maître Charasse ist am Apparat.»

Brunel sprang auf.

«Der gute Roland! Ich war schon ganz verzweifelt, nichts von ihm zu hören; seit wir vor dem Schwurgericht aneinandergerieten, haben wir uns nicht gesehen. Entschuldige, mein Lieber.»

Damit lief er aus dem Zimmer.

Ein «Aneinandergeraten», wie Brunel das nannte, geschah zwischen ihm und dem berühmten Anwalt häufig. Dergleichen bildete für die Kenner einen wahren Genuß.

Ihrer beider Beruf brachte es mit sich, daß die Freunde oft gegeneinander in Harnisch gerieten, Maître Roland Charasse auf seiner Bank vor dem Angeklagten, dessen Kopf er verteidigte, und André Brunel als Belastungszeuge an der Schranke; der eine legte die Gründe dar, die seinen Verdacht auf den Angeklagten gelenkt hatten, und die Beweise, die er für dessen Schuldhaftigkeit vorbringen konnte; der andere hingegen focht Gründe und Beweise an und stellte seine eigenen Schlußfolgerungen denen des Gegners entgegen.

Muß ich hinzufügen, daß die Geschworenen sich fast immer der These des Detektivs anschlossen?

Ich habe gerade gesagt, jene Rededuelle seien ein Genuß für diejenigen, die den Vorzug besaßen, sie anzuhören; den größten Genuß daran aber hatten die beiden Gegner selbst.

Jeder schätzte die Qualitäten des andern hoch ein und zollte seiner Intelligenz und seiner Logik Anerkennung. Die Freundschaft, die Brunel und Charasse verband, war vor allem auf eine tiefe wechselseitige Bewunderung gegründet. Gibt es eine verläßlichere Freundschaft?

Ich erwartete, daß das Gespräch sogleich eine fröhliche Wendung nehmen würde; aber obwohl Brunels Stimme nur gedämpft zu mir drang, machte sein Tonfall mich betroffen.

«Wie bitte? Was sagst du da...? Marcel und Simone...? Die Ärmsten!»

Ich konnte nicht länger ruhig sitzen bleiben. Ich wechselte vom Eßzimmer ins Arbeitszimmer hinüber.

Brunels Gesicht war kaum wiederzuerkennen. Er zerdrückte den Telefonhörer buchstäblich an seinem Ohr, sein Mund war zu einer Grimasse verzerrt. Und jetzt antwortete er mit klangloser Stimme:

«Ach, entsetzlich...! Und du sagst, der Mörder...? Aber hör mal, Roland, das ist doch ausgeschlossen, weil... Ja, armer Kerl, sofort.»

Er legte den Hörer auf, schien meine Gegenwart vergessen zu haben und stürzte in den Flur. Im Vorüberhasten riß er den Hut vom Haken. Ich eilte ihm nach.

Einen Augenblick später galoppierten wir durch die Cité. Ein Taxi kam die Rue des Martyrs herab. Brunel rief es an; das klang wie ein Schrei:

«Rue Greuze... so schnell wie möglich... hohes Trinkgeld!»

«Na? Was ist nun eigentlich los?»

«Rolands Verwandte, die Vignerays, sind ermordet worden.»

«Du großer Gott! Beide tot?»

«Nein. Sie ist nur verwundet, aber schwer, glaube ich.»

«Und der Mörder?»

«Der Mörder?»

Brunel zuckte die Achseln.

«Darauf kann ich dir nicht antworten. Was Roland sagt, ist Quatsch.»

Mechanisch steckte er sich eine Zigarette an und begann hastig zu rauchen.

«Der arme Roland! Er hing so sehr an den beiden... Sie waren wie Geschwister.»

«Hast du denn Monsieur und Madame Vigneray gekannt?»

«Ja, wir haben ein paarmal zusammen gegessen. Reizende Leute. Simone ist eine wunderbare Frau.»

«Und warum sind sie umgebracht worden? Raub?»

«Ich weiß es nicht, nichts weiß ich.»

Unser Chauffeur verdiente gut und gern das ihm versprochene hohe Trinkgeld. Wir brauchten bis zur Rue Greuze knapp eine Viertelstunde.

Vor dem Haus, in dem das Verbrechen geschehen war, stand eine ansehnliche Menschenmenge. Zwei Polizisten bemühten sich vergeblich, sie zum Weitergehen zu bewegen. An allen Fenstern waren Leute. Wir zwängten uns durch die Menge und gelangten ins Haus.

Im Hausflur lagen zwei Türen einander gegenüber. Die linke hatte zwei Flügel und war verglast. Durch die Scheiben hindurch sah man die breite, gutbeleuchtete Treppe; die Stufen waren mit einem granatroten Läufer belegt. An der rechten Tür war ein Messingschild «Dienertreppe» angebracht.

Den Lift ließen wir unbeachtet; wir stiegen ohne weiteres bis zum dritten Stock hinauf. Maître Charasse lehnte über dem Geländer und wartete auf unser Kommen. Er warf sich Brunel in die Arme.

Aber weder der Anwalt noch der Detektiv waren Menschen, die ihre Zeit mit langen Herzensergüssen vertrödeln. Brunel machte sich behutsam frei.

«Wie geht es deiner Cousine?»

Charasse schüttelte traurig den Kopf.

«Doktor Lafon hat vom Beaujon aus angerufen. Simone hat einen Lebersteckschuß. Vorläufig ist nicht daran zu denken, sie zu operieren. Sie ist noch nicht wieder bei Bewußtsein.»

Brunel legte dem Freund beide Hände auf die Schultern und sagte mit Nachdruck:

«Wir rächen sie, Roland; das schwöre ich dir.»

Er deutete auf die Wohnungstür.

«Wer ist augenblicklich da drin?»

«Der Kommissar des Stadtviertels, Distriktskommissar Devoux, Substitut Maubret und Untersuchungsrichter Herberay.»

«Gut. Herberay ist ein alter Bekannter von mir. Wer sonst noch?»

«Oberinspektor Girard von der Mordkommission.»

«Ebenfalls ein alter Bekannter.»

«Außerdem noch die Inspektoren vom Fahnungsdienst. Gerade eben erst gekommen.»

«In Ordnung. Komm mit rein.»

Ungefähr in der Mitte des Flurs stand eine kleine Gruppe von Männern über einen am Boden liegenden Körper gebeugt. Ich erkannte alle Beamten, die Roland uns aufgezählt hatte. Inspektor Girard bemerkte uns als erster. Er trat auf uns zu und streckte uns die Hände entgegen.

«Ein Fall für Sie, Brunel. So was ist mir im Leben noch nicht vorgekommen. Etwas Phantastisches.»

«Ja, das hat mir Charasse auch schon gesagt... Ich möchte es schleunigst herausbekommen.»

Brunel gab allen die Hand und kniete dann sofort neben der Leiche nieder; er untersuchte sie aufmerksam.

«Wir haben gerade festgestellt, daß der arme Kerl keine Brieftasche bei sich hat. Möglich, daß der Mörder vor seiner Flucht sein Opfer beraubt hat», sagte der Distriktskommissar.

«Bliebe herauszufinden, ob Raub das einzige Motiv dieses Verbrechens gewesen ist», fügte Untersuchungsrichter Herberay hinzu.

Brunel stand langsam auf.

«Ich sehe auch, daß ein Kampf stattgefunden hat, ein ziemlich heftiger Kampf, der Unordnung der Kleidung nach zu schließen.»

«Ja, Monsieur Brunel, ein Kampf hat stattgefunden. Außerdem haben mehrere Zeugen den Lärm gehört, der dabei entstand. Der Kampf endete mit zwei Revolverschüssen... Aber Sie sind sicher begierig, alle Einzelheiten zu erfahren.»

Unter Führung des Polizeikommissars gingen wir ins Wohnzimmer; Inspektor Girard folgte uns. Die andern Beamten blieben mit den Inspektoren des Fahndungsdienstes im Flur.

«Sind Sie mit dem Rapport fertig?» fragte der Kommissar seinen Sekretär, der an einem Tischchen saß und irgendwelche Papiere ordnete.

«Ja, hier.»

Der Kommissar nahm die Blätter und reichte sie Brunel.

«Hier die Aussage des Concierge, die der drei Mieter, dazu die von drei Zeugen aus dem Haus gegenüber; ein Inspektor hat sie vorhin vernommen. Wenn Sie das alles gelesen haben, wissen Sie genausoviel wie wir.»

Brunel setzte sich in einen Sessel, und ich beugte mich über seine Schulter. Ich gestehe, daß ich mehrmals einen Ausruf nicht zu unterdrücken vermochte. Brunel las stumm, mit sichtlicher Beflissenheit, dann und wann verglich er zwei Abschnitte. Als er fertig war, blickte er auf. Sein Gesicht zeigte den Ausdruck tiefster Betroffenheit.

«Sie haben recht, Girard: phantastisch!»

Und nach ein paar Sekunden sagte er nochmals überzeugt:

«Phantastisch!»

«Kurz und gut: was hältst du davon?» fragte Charasse.

«Was könnte ich davon halten? Die ganze Sache ist unbegreiflich. Die Zeugenaussagen lauten gleich; kein Zweifel, daß alle die Wahrheit gesagt haben. Ganz abgesehen davon, daß man ein Übereinkommen zwischen so vielen Menschen kaum annehmen kann.»

«Das meine ich auch», sagte der Kommissar.

«Die Dienertreppe?» fragte Brunel.

«Scheidet aus!» rief Girard. «Überdies können Sie sie sich ja ansehen.»

«Haben Sie keine Patronenhülsen gefunden?»

«Nein. Der Mörder muß einen Trommelrevolver benutzt haben. Die Hülsen sind nicht ausgeworfen worden.»

Brunel trommelte mit den Fingern auf seinen Knien.

«So, wie es jetzt aussieht, scheint das Problem unlösbar. Also sind die Gegebenheiten falsch. Es fehlen uns wesentliche Bestandteile; aber welche?»

Er schnalzte mit den Fingern und sagte zu Charasse:

«Was hat das Verschwinden der Adèle Blanchot zu bedeuten? Du hast das Mädchen natürlich gekannt?»

«Allerdings. Aber ich kann dir nur versichern, was ich auch schon dem Herrn Kommissar gesagt habe: eine brave Frau, durch und durch ehrlich. Simone war begeistert von ihr.»

«Ich glaube aber, daß es dennoch nicht zu den Gewohnheiten dieser Adèle gehörte, zur Essenszeit zu verschwinden... Und außerdem sehe ich, daß Julien, ihr Mann, gegenwärtig in Le Mans ist. Sie war also die einzige, die den Dienst hätte versehen können. Und schließlich ist ihr Herr heute von der Reise zurückgekommen. Nein! Hier handelt es sich um mehr als um ein zufälliges Zusammentreffen.»

«Ich wollte gerade in ihrem Zimmer eine Durchsuchung durchführen lassen», sagte der Kommissar. «Bisher habe ich nur einen Blick hineingeworfen. Wenn es Ihnen recht ist, könnten wir vielleicht hinaufgehen.»

«Los!» sagte Brunel. «Und vergessen wir nicht, daß Adèles Verschwinden für uns das einzig greifbare Faktum darstellt, das einzige, das nach einer Fährte aussieht.»

Die Inspektoren vom Fahndungsdienst hatten sich von der Leiche abgewandt; sie war mit einem Tuch bedeckt worden. Jetzt durchsuchten sie das Eßzimmer.

«Hier, an dieser Stelle hat Madame Vigneray gelegen», sagte uns der Kommissar.

Die Inspektoren hockten vor dem Buffet; sie waren mit riesigen Lupen bewaffnet. Brunel ging ein paar Schritte in das Zimmer hinein.

«Sind Sie jetzt auf dem laufenden?» fragte ihn der Substitut. «Ziemlich unalltägliche Geschichte. Wieder mal eine Gelegenheit, bei der Sie sich Ruhm erwerben können.»

In seiner Stimme schwang eine Spur von Ironie.

«Das können bei dieser Gelegenheit alle Beteiligten», entgegnete Brunel. Er wandte sich wieder uns zu, und wir gingen in die Küche hinüber. Mein Freund untersuchte eine ganze Weile die Tür.

«Wie Sie sagten, Girard: die scheidet aus... Und es wird noch einige Zeit dauern, bis die Herrn Verbrecher ein Instrument ausfindig gemacht haben, mit dem sie einen solchen Riegel verschieben könnten.»

Wir stiegen die enge Treppe mit den schmalen Stufen und den scharfen Biegungen hinauf. Auf dem Treppenabsatz des obersten Stockwerks sah ich die imposante Gestalt eines Polizisten.

Auch die Inspektoren des Fahndungsdienstes hatten die Wohnung verlassen; sie machten Aufnahmen von der Küchentür. Ihre Stimmen hallten im Treppenschacht. Sie schienen glänzender Laune zu sein.

«Ganz egal, Sie haben was von einem Aperitif gesagt», rief der eine.

«Da sieht man, daß du ein Neuling in so was bist», antwortete ein anderer. «Du kannst sicher sein – um mich aus der Ruhe zu bringen, dazu gehört mehr.»

«Ich überlege schon, was bei mir dazu nötig wäre», sagte ein dritter lachend. «Wenn ich euch sage, daß ich an dem Tag, wo wir die Frau ohne Kopf...»

Wir gelangten auf den Treppenabsatz des sechsten Stocks. Hastig schoben wir Charasse in den Korridor, damit er nicht noch mehr zu hören bekam.

Der Kommissar fragte den Polizisten:

«Nichts zu melden, Limeux?»

«Nichts, Herr Kommissar.»

«Haben Sie niemanden gesehen?»

«Doch, zwei Hausangestellte. Einen Mann und eine Frau. Der Mann ist in dies Zimmer hier gegangen, um sich umzuziehen. Er bedient heute abend bei einem großen Essen im ersten Stock, hat er mir gesagt. Die Frau ist da hineingegangen. Sie ist noch drin. Sie fühlt sich nicht wohl; was hier im Haus passiert ist, ist ihr auf den Magen geschlagen.»

«Sonst nichts?»

«Nichts.»

Brunel, Girard und ich hatten dem Bericht des Beamten zugehört. Charasse war inzwischen weitergegangen. Er gelangte an das äußerste Ende des Flurs, blieb vor der letzten Tür stehen, drehte den Schlüssel im Schloß, öffnete.

Und sofort machte er einen Satz nach rückwärts, als sei er auf ein gefährliches Reptil getreten. Wir hörten einen Schreckensschrei.

«Oh...!»

Dann ging er mit vorgestreckten Armen taumelnd in die Kammer.

Einen Augenblick lähmte uns die Überraschung; dann stürmten wir blindlings, einander schubsend und stoßend, in den Korridor. Brunel war als erster an der Kammertür. Er zuckte zusammen.

Der Anblick, der sich uns bot, war ebenso erschreckend wie unerwartet.

Auf dem Bett, *das der Kommissar vor weniger als einer Stunde leer vorgefunden hatte*, lag die Leiche einer Frau.

Charasse hatte sich darübergebeugt. Er wandte uns ein verzerrtes Gesicht zu.

«Tot!»

Auch wir beugten uns über das Bett.

Die Unglückliche mochte etwa vierzig Jahre alt sein. Ihre Züge waren still und gelöst. Ihr halboffener Mund zeigte unregelmäßig stehende, aber sehr weiße Zähne. Wäre nicht die wachsbleiche Gesichtsfarbe gewesen, hätte man meinen können, sie schlafe.

«Adèle, nicht wahr?» fragte Brunel.

«Ja... Adèle», antwortete Roland tonlos.

Mein Freund deutete mit dem Zeigefinger auf die Brust der Leiche.

«Sehen Sie mal.»

Adèle Blanchot trug eine schwarze Bluse und einen schwarzen Rock, dazu eine weiße Schürze mit gesticktem Latz. Doch an der linken Seite, neben der Spitze, in die der Latz auslief, zeigte sich auf der Bluse ein brauner Fleck.

Rasch streifte Brunel den Latz herunter, knöpfte die Bluse auf und machte den Oberkörper frei. Auf der linken Brust war eine kleine, runde Wunde; das Blut darauf war geronnen und bildete eine schwärzliche Kruste. Die Wunde hatte kaum geblutet.

«Schußverletzung», flüsterte Inspektor Girard.

«Ja... und zwar durch gezielten Schuß, daran läßt sich nicht rütteln, mit derselben Waffe, mit der auch auf Marcel Vigneray und seine Frau geschossen worden ist», fügte Brunel hinzu.

Charasse hatte sich auf einen Stuhl fallen lassen. Er war totenblaß. Ich glaubte, er müsse ohnmächtig werden. Der Kommissar dagegen hieb krachend mit der Faust auf die Nachttischplatte.

«Limeux!» schrie er.

Der Beamte war uns nachgegangen. Er stand bestürzt auf der Türschwelle.

«Herr... Herr Kommissar?»

«Das ist denn doch! Limeux, Sie haben gelogen; Sie haben Ihren Posten verlassen... Los, reden Sie!»

«Ich habe mich nicht vom Fleck gerührt, Herr Kommissar, ich schwöre es Ihnen!»

Offenbar sprach der Mann die Wahrheit. Wir blickten einander fassungslos an.

«Na ja! Alles vollzieht sich in der gehörigen Reihenfolge», sagte Brunel, und seine Stimme verriet schlecht unterdrückte Wut. «Ganz entschieden hat unser Mörder Methode!»

Mit drei Schritten durchmaß er die Kammer und trat ans Fenster.

«Geschlossen, genau wie die Tür zur Dienertreppe. Und ich glaube auch nicht, daß es ein Mittel gibt, einen Fenstergriff von außen her umzudrehen.»

Brüsk riß er das Fenster auf und beugte sich hinaus. Wir traten zu ihm.

Die Straße war jetzt völlig leer. An der Ecke der Avenue Martin parkte ein Wagen der Präfektur; davor stand eine Gruppe von Menschen, die lebhaft aufeinander einzureden schienen. Wenn die auf dem Trottoir auf und ab gehenden Polizisten herankamen, löste die Gruppe sich auf, um sich sofort wieder neu zu bilden. Vor dem Hauseingang machte sich ein halbes Dutzend Journalisten Notizen; dann und wann hörten sie damit auf und aßen einen Happen von einem belegten Brot, das sie dann gleich wieder in der Tasche verschwinden ließen.

Das Kammerfenster war in das schräge Dach eingelassen; es neigte sich in einem Winkel von etwa sechzig Grad und hätte Akrobatenkünste erfordert. Die Schieferziegel glänzten, als seien sie mit Tinte überstrichen. In der Regenrinne floß ein Rinnsal.

«Ich halte es für ausgeschlossen, daß unser Mörder mit einer Leiche über das Dach gekommen ist», sagte Girard mürrisch.

«Mit oder ohne Leiche – dies Kletterkunststück scheidet aus», sagte Brunel. «Außerdem: woher sollten Mörder und Opfer denn gekommen sein? Und Sie sehen ja, daß auf dem Balkon des fünften Stocks vom Haus gegenüber Leute stehen; die hätten doch alles mitansehen müssen.»

«Auf alle Fälle könnte ich sie vernehmen.»

«Dabei käme nichts heraus», sagte der Kommissar.

«Darüber bin ich mir klar», sagte Girard und fuhr fort: «War das Fenster geschlossen, als Sie vorhin hier drin waren?»

«Ja, fest verschlossen, genauso, wie wir es eben vorgefunden haben.»

«Selbstverständlich», sagte Brunel nervös. «Wir wollen doch unsere Zeit nicht mit dem Fenster verplempern.»

«Dann bleibt nur noch die Tür», rief ich. «Weitere Auswahl haben wir nicht.»

Brunel ging rings in der Kammer umher und betastete die Wände.

«Nirgendwo ein Wandschrank... Außerdem, selbst wenn wir annehmen, der Mörder habe sich mitsamt seinem Opfer in diesem Zimmer versteckt, was ausscheidet, so hätte er doch hinterher verschwinden müssen.»

«Die arme Adèle!» flüsterte Roland Charasse und ergriff die Hand der Toten. «Und warum? Warum?»

«Warum, allerdings! Aber wie, wie?» fragte Girard zornig. Brunel war zur Tür gegangen.

«Kommen Sie mal her, Limeux.»

Und als der andere ein bestürztes Gesicht machte:

«Haben Sie doch keine Angst, Mann! Wir wollen uns bloß mal unterhalten. Also passen Sie auf: was haben Sie hier im Korridor getrieben?»

«Ja, ich bin auf und ab gegangen, bis zur Treppe, jawohl, und dann habe ich wieder kehrtgemacht.»

«Sie sind also niemals bis zu dem andern Korridor weitergegangen?»

«Nein. Mein Wort drauf. Nie über die Treppe hinaus.»

«Wo haben Sie gestanden, als die beiden Hausangestellten kamen, die Sie erwähnt haben?»

«Hier mitten im Korridor; wir haben bloß ein paar Worte miteinander gesprochen. Sie können sich wohl denken: so abgelenkt, daß mir nichts aufgefallen wäre, hat mich das nicht.»

«Scheint so. Sie haben uns gesagt, die beiden seien in ihre Kammern im andern Korridor gegangen.»

«Ja, das Hausmädchen ist noch in ihrer drin.»

Brunel vollführte eine Geste, als sei ihm das gleichgültig. Er dachte ein paar Minuten nach; schließlich sagte er:

«Ich habe mit knapper Not eine einzige Hypothese, und dabei befriedigt sie mich nur zur Hälfte, weil sie bloß die Herkunft der Leiche erklärt, keineswegs aber das Verschwinden des Mörders. Nämlich die folgende:

Ich stelle mir vor, der Mörder sei mit der Leiche seines Opfers in einem der nächstgelegenen Nachbarzimmer gewesen. Der wachhabende Beamte geht mit regelmäßigen Schritten vom hinteren Ende des Korridors bis zur Treppe. Sobald er an der Tür vorüber ist, hinter der sich der Mörder versteckt, kommt dieser geräuschlos heraus, trägt die Leiche in Adèles Zimmer und kommt dann raus, wenn der Beamte sich nach seiner Kehrtwendung abermals entfernt hat.

Diese Hypothese hat, wie ich wiederhole, nur wenig Wert, da sie mich zu der Annahme zwingt, *der Mörder sei nach wie vor in einer der Kammern, die an diesem Korridor liegen.*»

Brunel sah die Zweifel auf unsern Gesichtern.

«Oh, ich weiß alles, was Sie mir entgegenhalten könnten. Aber haben Sie eine andere Erklärung?»

Er zog einen Dietrich aus der Tasche und ging zur Kammer Nr. 9 hinüber.

«Was ich jetzt tue, ist vielleicht ungesetzlich, lieber Kommissar, aber Sie müssen zugeben: in unserer Lage...»

Er ging in die Kammer, blieb nur ein paar Sekunden drin und visitierte dann nacheinander die übrigen.

«Natürlich nichts», sagte er, als er sich wieder zu uns gesellte. «Folglich taugt meine Theorie über den Transport der Leiche noch weniger, als ich glaubte. Jetzt wollen wir sehen, ob sie in der Praxis überhaupt durchführbar ist.»

Er sagte zu dem Polizisten:

«Sie machen jetzt noch einmal Ihren Spaziergang und verhalten sich dabei genauso wie vorhin. Wenn Sie das leiseste Geräusch hören, drehen Sie sich um.»

Er ging in Kammer Nr. 9, machte die Tür zu, und der Beamte zog los.

Kaum war er an der Tür vorbei, als diese sich öffnete. Brunel kam heraus, schloß lautlos die Tür, ging dann auf den Zehenspitzen bis zu Adèles Kammer, drehte den Schlüssel im Schloß und ging hinein. Aber es blieb ihm keine Zeit, die Tür wieder zu schließen. Der Beamte war bei der Treppe angelangt und drehte sich um.

«Im letzten Augenblick!» sagte Brunel.

Das Experiment wurde dreimal wiederholt. Aber der Zwang, jedes Geräusch zu vermeiden, verbot Brunel jede Hast; er konnte den Beamten nicht durch Schnelligkeit überholen, das heißt: in Adèles Zimmer gelangen, ehe jener kehrtmachte.

«Das genügt», sagte mein Freund. «Keine Möglichkeit! Und wie wäre die Sache erst, wenn ich eine Leiche trüge!»

«Aber warum mag auch noch die arme Frau umgebracht worden sein?» fragte der Kommissar leise.

«Na, diesmal kommt das ‹Warum?› mir einfacher vor», sagte Brunel. «Der Mörder hat einen lästigen Zeugen beseite schaffen wollen. Sicherlich hätte die arme Adèle uns mit ein paar wichtigen Auskünften aufwarten können.»

Er schlug sich an die Stirn.

«Aber warum haben wir ihre Leiche nicht in der Wohnung vorgefunden? Das ist mir unverständlich. Der Kerl hat sie doch nicht vom dritten Stock bis hier herauftragen können? Und schließlich und endlich: aus welchem Grund hätte er das tun sollen?»

Abermals blickten wir einander mit einer Verdutztheit an, in die sich Schrecken mischte. Es dunkelte. Der letzte Tagesschimmer, der durch das Glasdach des Treppenschachts fiel, erhellte das äußerste Ende des Korridors nicht mehr. Und instinktiv richtete ich den Blick auf das Schattenloch.

Wir waren sechs Männer, und dennoch, ich muß es gestehen, würgte mich plötzlich Angst.

«Wir müssen die andern Herren ins Bild setzen», sagte der Kommissar.

Und zu dem Polizisten sagte er:

«Wir kommen gleich wieder rauf.»

«Jawohl, Herr Kommissar.»

Der Unglücksrabe von Polizist sprach mit zitternder Stimme. Meiner Meinung nach hätte er viel darum gegeben, wenn er hätte mit uns gehen können.

«Ich kann mir lebhaft Herberays Gesicht vorstellen, wenn er das erfährt», sagte Girard und setzte den Fuß auf die erste Stufe.

Plötzlich rief Brunel:

«Aber da fällt mir ein: wenn Adèle was gewußt hat, dann weiß ihr Mann es sicher auch...»

Er packte Charasse beim Arm.

«Julien Blanchot muß sofort angerufen werden.»

«Aber du glaubst doch nicht etwa...»

«Doch, Roland. Drei Verbrechen innerhalb einer knappen Stunde: glaubst du, ein solches Ungeheuer würde auch nur eine Sekunde lang zögern, wenn es annimmt, auch Julien sei eine Gefahr?»

«Aber Julien ist doch in Le Mans, über zweihundert Kilometer von hier entfernt.»

«Na und?»

«Ich will damit sagen: er ist kein Zeuge des Dramas gewesen.»

«Nochmals: na und? Auch Adèle ist nicht in der Wohnung gewesen, und trotzdem ist sie ermordet worden. Wir wollen nicht vergessen, daß die Eheleute Blanchot schon seit sehr langer Zeit bei den Vignerays sind. Wer weiß denn, ob dieser dreifache Mord, ob dieses... Gemetzel nicht der Epilog zu irgendeiner Tragödie im alten Stil ist?»

«Ich war Marcels bester Freund», entgegnete Roland Charasse vorwurfsvoll. «Du kannst mir glauben: ich hätte als erster etwas erfahren.»

«Ich weiß, ich weiß, Roland. Aber du redest in der Sprache der Logik über eine Angelegenheit, in der nicht die Spur von Logik waltet, in der alles ungewöhnlich und verrückt ist. Du kommst mir mit Vernunft, wo alles uns die Nichtigkeit der Vernunft beweist.»

«Haben Sie trotzdem nicht einige Hoffnung, daß Julien Blanchot uns telefonisch ein paar Fingerzeige geben könnte?» fragte der Inspektor.

«Selbstverständlich. Eben deshalb will ich ihm ja lediglich sagen, er müsse auf der Hut sein.»

«Hat das Zweck?»

«Zweck! Unerläßlich ist es, Girard! Sie kennen sich in der Örtlichkeit nicht aus. Das kleine Gartenhaus liegt mehr als zwei Kilometer von Le Mans entfernt in einer besonders einsamen Gegend. Erkundigen Sie sich lieber bei Maître Charasse.»

Wir kamen in den dritten Stock. Der Kommissar stürzte in die Wohnung, und wir hörten seine dröhnende Stimme, in die sich die verblüfften Ausrufe der Beamten mischten.

Wir stiegen weiter die Treppen hinab. Unten stießen wir auf den Concierge; er kam aus dem Keller und hielt eine Flasche Wein in der Hand.

«Ist das ein Schlag! Wir brauchten was zur Erholung», sagte er und hob die Flasche in Kopfhöhe.

Er hatte zu Girard gesprochen. Doch als er Charasse erblickte, der als letzter herankam, verstummte er und wurde rot.

«Wir möchten telefonieren», sagte unser Freund liebenswürdig zu ihm.

Wir gingen ein paar Schritte weiter den Hausflur entlang. Der ehemalige Polizeibeamte machte uns die Tür seiner Loge auf.

«Bitte treten Sie näher.»

Und nach einem leichten Zögern fragte er:

«Ist Adèle noch immer nicht zurück?»

Wir taten, als hätten wir die Frage nicht gehört. Brunel schloß die Tür.

Während Charasse wartete, bis sich das Fernamt meldete, fragte Girard:

«Was wollen Sie ihm eigentlich sagen? Soll er herkommen, oder fahren wir hin?»

Ohne die Antwort abzuwarten, sprach er weiter:

«Sicher ist es Ihnen lieber, wenn Julien Blanchot bleibt, wo er ist, und uns in dem Landhaus erwartet... nachdem er sich sicher eingeriegelt hat.»

«Richtig», sagte Brunel sehr ernst.

Charasse meldete das Gespräch an.

«Dauert etwa fünf Minuten», sagte er und legte den Hörer auf.

Nachdenklich fügte er hinzu:

«Sollen wir ihm die Wahrheit sagen? Ich kenne den armen Kerl; ich glaube, damit warten wir besser, bis wir dort sind.»

«Ja, richtig. Es hat keinen Sinn, ihn kopflos zu machen. Du sagst ihm einfach, seiner Herrschaft sei ein Unfall zugestoßen, ohne genauere Angaben. Vor allem kein Wort über seine Frau, das erfährt er noch früh genug. Du befiehlst ihm nur – hast du verstanden? –, du befiehlst ihm ausdrücklich, er solle sich in einem Zimmer des Hauses einschließen und vor unserer Ankunft nicht herauskommen. – Wann fährt morgen der erste Zug?»

«Sechs Uhr fünfzig. Um zehn sind wir da.»

«In Ordnung.»

Das Telefon klingelte.

«Hallo!» rief Roland Charasse. «Hallo! Sind *Sie* am Apparat, Julien?»

«...»

«Hier Maître Charasse. Tag, Julien. Ich rufe Sie an, weil ich Ihnen etwas recht Trauriges sagen muß, mein Bester. Ihre Herrschaft hat einen sehr schweren Unfall erlitten.»

Wir hörten den Schreckensruf des Dieners.

«Nein», antwortete Charasse auf eine Frage, deren Inhalt wir leicht errieten. «Aber sie sind alle beide schwer verletzt... Jetzt hören Sie mal gut zu, Julien. Wir müssen Sie vernehmen, die Herren von der Polizei und ich. Die Sache ist nur die... die Sache ist nur die, daß wir aus Gründen, die Ihnen auseinanderzusetzen zu lange dauern würde, annehmen müssen, daß... gewisse Leute daran interessiert sind, Sie an einer Aussage uns gegenüber zu hindern. Regen Sie sich nicht allzusehr auf über das, was ich Ihnen jetzt sage. Ich rate Ihnen... nein, ich bitte Sie dringend, ganz bestimmte Vorsichtsmaßregeln zu ergreifen. Schließen Sie sich im sichersten Zimmer des Hauses ein und verlassen Sie es unter keinen Umständen, ehe wir da sind. Wir nehmen morgen früh den ersten Zug, den um sechs Uhr fünfzig. Haben Sie mich verstanden?»

Auf einen Wink Brunels übergab Charasse ihm den Hörer.

«Hallo... hier Brunel... ja, Sie haben mich ein paarmal bei Ihrer

Herrschaft gesehen. Ich bestätige Ihnen, was Maître Charasse Ihnen eben gesagt hat. Die Sache ist sehr ernst. Nicht wahr, Sie sind augenblicklich im Arbeitszimmer? Zählen Sie mir auf, welche Verschlußmöglichkeiten es hat.»

«…»

«Das Fenster hat Eisenstangen und eiserne Läden, sagen Sie. Tadellos! Und die Tür?»

«…»

«Glänzend! Also: Sie schließen jetzt sofort das Fenster; dann verriegeln Sie die Tür und schieben den Schreibtisch davor. Dann kommen Sie wieder und berichten mir. Ich bleibe am Apparat.»

Brunel hielt den Hörer von sich weg und fragte Charasse:

«Bist du überzeugt, daß tatsächlich Julien am andern Ende der Leitung ist?»

Der Blick des Anwalts drückte lebhafteste Überraschung aus.

«Ja, natürlich! Wer denn sonst?»

«Dann hast du also ganz bestimmt seine Sprache erkannt?»

«Selbstverständlich… und auch seine Sprechweise. Ich kenne Julien seit sieben Jahren. Er ist am Apparat, da besteht nicht der leiseste Zweifel.»

«Und außerdem bedenk doch, daß der Mörder vor noch nicht zwei Stunden hier gewesen ist», rief ich. «Er hätte doch gar keine Zeit gehabt…»

Im Hörer zirpte es. Brunel hielt ihn ans Ohr.

«Hallo! Na, haben Sie es getan?»

Er konnte ein Aufseufzen nicht unterdrücken.

«Jetzt müssen Sie mir versprechen, sich nicht vom Fleck zu rühren, gleichgültig, was Sie hören. Wenn jemand kommt, wenn jemand nach Ihnen ruft, ganz gleich, wer der oder die Besucher sind, dann antworten Sie nicht. Kapiert? Ja, ich nehme den Zug sechs Uhr fünfzig, zusammen mit Maître Charasse. Gegen zehn sind wir da.»

«…»

«Also bis morgen, mein Guter… Nein, nein, Sie brauchen keine Angst zu haben; aber wir haben Sie doch lieber warnen wollen.»

Brunel legte auf. Er wischte sich mit dem Taschentuch die Stirn, auf der Schweißtropfen perlten, und fragte dabei:

«Ich weiß nicht mehr so recht, wie das Arbeitszimmer aussieht. Was meinst du, Roland?»

Charasse zuckte die Achseln.

«Augenblicklich ist Julien gegen jeden Angriff gesichert. Das Fenster ist klein und hat ein dickes Eisengitter; die Läden sind verläßlich ... Die Tür ... die hat Marcel bei einem Antiquitätenhändler gekauft. Eine antike Tür; sie stammt aus einem Schloß, geschnitztes Eichenholz, ein riesengroßer Riegel ist daran, und wenn sie außerdem noch verbarrikadiert wird ...! Glaub mir: in dem Arbeitszimmer kann Julien jedem erdenklichen Angriff Trotz bieten. Aber, meine Güte, du hast den armen Kerl vollkommen aus dem Häuschen gebracht!»

«Na wenn schon! Das ist mir egal. Du hast mitgehört, Roland. Er hat mir versprochen, daß er nicht aufmacht, nicht mal, wenn sein alter Vater nach ihm rufen würde. Immerhin: wenigstens Julien wäre in Sicherheit.»

«Als ob unser Geistermörder je die Absicht gehabt hätte, sich an ihn heranzumachen», brummelte Girard. «Wahrhaftig, Brunel, ich habe gar nicht gewußt, daß Sie ein solcher Schwarzseher sind!»

«Noch mehr als Sie glauben, Girard; und ich gestehe Ihnen ehrlich: Wenn ich nicht überzeugt wäre, es sei hier an Ort und Stelle noch nützliche Arbeit zu leisten, ich führe noch heute abend nach Le Mans.»

Wir verließen die Pförtnerloge.

«Hoffst du im Ernst, da oben noch was zu entdecken?» fragte ich.

Brunel brach los:

«Na hör mal, aber selbstverständlich. Seit einer Stunde tappen wir zwar im dunkeln, aber das bedeutet noch nicht ... Mein Gott! Wir haben es mit einem Burschen aus Fleisch und Blut zu tun, einem wie wir selber. Die Mittel und Wege, die er ausfindig gemacht hat, die müssen auch wir ausfindig machen. Wir haben das Problem falsch gestellt und weiter gar nichts. Wir müssen mit den Nachforschungen ganz von vorn anfangen ... Daß wir nicht wissen, ‹wer› der Mörder ist, noch ‹warum› er gemordet hat, das ist vollkommen in Ordnung. Aber ‹wie› er vorgegangen ist: das ist eine andere Frage ... Denn schließlich hat keiner dieser armen Menschen Selbstmord begangen; hier handelt es sich um Mord, eindeutig um Mord. Und der Mörder hat sich nicht in blauen Dunst aufgelöst. Er hat sich nicht unsichtbar machen können. Irgendwo und irgendwie, das kann nicht anders sein, ist er entkommen.»

In diesem Augenblick stoppte ein Auto vor der Haustür. Es war der Leichenwagen des Gerichtsmedizinischen Instituts. Zwei Männer mit einer Bahre stiegen aus.

Ich sah, wie Roland Charasses Augen sich mit Tränen füllten. Brunel preßte seinen Arm.

«Du wirst hier nicht mehr gebraucht. Ruh dich jetzt aus, Roland. Morgen triffst du dich mit uns. Zwanzig vor sieben am Bahnhof Montparnasse, in der Halle, unter der Uhr.»

Wir traten beiseite, um die Träger durchzulassen. Roland Charasse wischte sich hastig die Augen.

«Du hast recht; ich kann nicht mehr.»

Wir drückten ihm lange die Hände, Girard und ich, und Brunel umarmte ihn.

Der Concierge, der uns in achtungsvoller Entfernung beobachtet hatte, lief weg, um ein Taxi zu holen. Charasse wankte in den Wagen.

«Jetzt an die Arbeit!» sagte Brunel; seine Stimme sollte energisch klingen, schwankte aber vor innerer Bewegung.

Und wir stiegen wieder hinauf in die Wohnung, zum Schauplatz des Verbrechens.

4

Gegen drei Uhr morgens verließen wir die Rue Greuze. Die Nachforschungen waren um keinen Schritt weitergekommen.

Zehnmal, vielleicht sogar zwanzigmal hatten wir gemeinsam mit den Kriminalbeamten die Wohnung im dritten Stock und die Kammer der unglücklichen Adèle durchsucht. Es war uns nicht möglich gewesen, auch nur das leiseste Indiz zu entdecken.

Nur die Art und Weise, wie sich das Drama, richtiger ausgedrückt: das zweifache Verbrechen im dritten Stock abgespielt hatte, war unschwer zu rekonstruieren. Und der Kommissar hatte in seiner Zusammenfassung ausgedrückt, was alle dachten. Monsieur und Madame Vigneray hatten gerade mit dem Abendessen angefangen, als der Unbekannte hereingekommen war. Vigneray hatte sich auf ihn geworfen, und während die beiden Männer miteinander rangen, war Madame Vigneray ans Fenster gestürzt und hatte um Hilfe gerufen. Der Mörder war kräftiger als sein Gegner gewesen; er hatte sich losreißen können und auf Madame Vigneray geschossen; danach war das Ringen weitergegangen. Aber nach ein paar Augenblicken des Kampfes hatte der Eindringling sich abermals seiner Waffe bedienen können und seinen Gegner niedergestreckt.

Abgesehen davon lag alles im dunkeln. War der Mörder mit einem Dietrich in die Wohnung gelangt? Hatte er einfach geklingelt, und seine

Opfer hatten ihm geöffnet? Das wußte niemand. Übrigens schien diese Einzelheit von geringer Bedeutung zu sein im Vergleich zu dem Rätsel, das das unerklärliche Verschwinden des Verbrechers aufgab.

Was nun die Ermordung des Hausmädchens betraf (daß ein Selbstmord ausschied, war klar bewiesen), so stellte sie ein noch größeres Rätsel dar.

Zunächst: warum war Adèle nicht bei ihrer Herrschaft gewesen und hatte das Abendessen serviert?

Denn es war nicht anzunehmen, der Mörder habe das dritte Verbrechen ebenfalls innerhalb der Wohnung begangen. Warum hätte er dann nicht die Leiche seines Opfers an Ort und Stelle liegenlassen? Warum sollte er sie hinauf in den sechsten Stock geschleppt haben, und vor allem: ‹wie› hätte er die Leiche transportieren sollen?

Aber war die Annahme, das Verbrechen habe sich in der Kammer des armen Mädchens ereignet, nicht genauso unmöglich?

Die Kammer war leer gewesen, als der Kommissar sie zum erstenmal betreten hatte, und vor der Tür war ein Polizist postiert worden. Dieser Beamte hätte unbedingt den Schuß hören müssen. Und schließlich und endlich: er hätte das Mädchen und den Mörder in das Zimmer hineingehen sehen müssen.

Nun aber hatte jener Beamte behauptet, er habe nichts gehört oder gesehen, und an seiner Verläßlichkeit war kein Zweifel.

Als wir jedoch etwa eine Stunde nach der ersten Besichtigung nochmals in dieselbe Kammer gekommen waren, hatte Adèles Leiche darin gelegen.

Und auch diesmal war es ausgeschlossen, daß der Mörder durch die Tür oder das Fenster entkommen wäre, *die einzigen Ausgänge des Mädchenzimmers*.

Die einzigen Ausgänge! Das mußten wir wohl oder übel zugeben, in der Überzeugung, daß Verstecke und Geheimgänge nur in der Phantasie der Romanschriftsteller existierten. Aber gab es nicht dennoch eine alte Verbindungstür, ein Fledermausfenster, irgendeine geschickt getarnte Falltür?

Fußboden, Wände und Zimmerdecke waren genau untersucht worden und hatten uns zu dem Eingeständnis gezwungen, daß die Kammer der Adèle Blanchot ebensowenig verborgene Ausgänge besaß wie die Wohnung des Ehepaars Vigneray.

Eine Überlegung des Untersuchungsrichters Herberay faßte die Situation auf das treffendste zusammen:

«Zwei Morde und ein Mordversuch... und dennoch ist das Vorhandensein eines Mörders materiell unmöglich.»

Diesen verwirrenden und richtigen Satz wiederholte ich mir nahezu unablässig, während wir raschen Schrittes die Avenue Kléber in Richtung auf das Krankenhaus Beaujon hinabgingen.

Es war kalt; wir hatten die Kragen unserer Mäntel hochgeschlagen. Von Brunel konnte ich nur Nase und Augen sehen. Aber aus dem Runzeln der Brauen, aus der Starrheit des Blicks konnte ich erkennen, daß mein Freund unablässig nachdachte, und sah auch die Gereiztheit, die dieses vergebliche Grübeln in ihm hervorrief.

Auch Girards Gesicht war verkrampft. Häufig taten seine Lippen sich halb auf, und ich spürte, daß er nur mit Mühe Redebedürfnis unterdrückte. Er wagte wohl nicht, Brunel beim Nachdenken zu stören.

Mehrmals kreuzten meine Blicke sich mit denen des Inspektors. Dann schaute Girard jedesmal zum Himmel auf und schüttelte den Kopf wie einer, der völlig aus der Fassung geraten ist.

Wir kamen zum Krankenhaus.

Aus der bohrenden Neugier, mit der die diensthabenden Krankenwärter uns musterten, als wir baten, zu Madame Vignerays Zimmer geführt zu werden, ersahen wir, daß sie bereits um die außerordentlichen Umstände wußten, unter denen die arme Frau verwundet worden war.

Als wir bei dem Einzelzimmer anlangten, in dem Rolands Cousine untergebracht worden war, trat ein kleiner, weißbärtiger Herr mit sehr hoher Stirn zu uns, der von einem der Krankenwärter benachrichtigt worden war. Es war der Professor, der die Röntgenaufnahme gemacht hatte.

«Nun, Herr Professor?» fragte Brunel, nachdem wir den Arzt begrüßt hatten.

«Das Geschoß ist, wie Sie wissen, von rückwärts her eingedrungen, ein bißchen schräg aufwärts, und in der Leber steckengeblieben, nachdem es eine Rippe zertrümmert hatte. Die Extraktion ist eine heikle Sache; das Risiko kommt im Augenblick nicht in Frage.»

«Ist Madame Vigneray wieder bei Bewußtsein?»

«Nein. Sie liegt noch immer im Koma.»

Mit einem leichten Zögern fragte Brunel:

«Kurzum: Ihre Prognose, Herr Professor?»

Der alte Herr machte eine ausweichende Geste und antwortete nicht.

Bei unserem Kommen stand die Krankenschwester, die am Bett gesessen hatte, auf und trat ein paar Schritte beiseite, damit wir nahe herankommen konnten. Doch der Professor trat allein vor; wir blieben in der Mitte des Zimmers stehen.

Trotz ihrer erschreckend eingesunkenen Augen, ihrer spitzen Nase und ihrer Lippen, die zusammengepreßt waren, als seien sie zugenäht, war Simone Vigneray nach wie vor schön.

Das blasse Gesicht der Todkranken glänzte vor Schweiß. Sie war nur leicht zugedeckt; das Laken modellierte ihren vollendeten Körper.

Wider Willen konnte ich nicht umhin, die Reinheit ihrer Formen staunend zu betrachten. Die Verwundete lag genau in der Mitte des Bettes, die Arme eng am Körper. Sie bewegte sich nicht. Kaum daß ihre Brust sich hob. Sie wirkte wie eine Statue, ein Eindruck, der durch die Alabasterweiße ihres Gesichts noch gesteigert wurde.

Der Arzt warf einen mechanischen Blick auf die kaum angefangene Fieberkurve, die am Kopfende des Bettes befestigt war, und neigte sich über die Verwundete, wie wenn er ihren Atem belauschen wolle.

Er richtete sich auf, trat wieder zu uns und schüttelte auf wenig verheißungsvolle Weise den Kopf. Wir gingen hinaus.

«Ich bin mir nicht recht klar, was uns für den Augenblick zu tun übrig bliebe», sagte Girard, als wir uns wieder im Faubourg Saint-Honoré befanden. «Ich wohne zwei Schritte von hier und hätte nicht übel Lust, auf einen Sprung bei mir hineinzuschauen. Meine Frau weiß bestimmt nicht, wo ihr der Kopf steht. Den verliert sie meist in solchen Fällen.»

Er fügte hinzu:

«Wenn es Ihnen recht ist, kommen Sie doch mit und essen einen Happen...»

Brunel dankte ihm.

«Wenn wir mitkämen, würde Ihre Frau erst recht den Kopf verlieren. Außerdem müssen wir noch ein bißchen frische Luft schnappen... Meinst du nicht auch?»

Er wartete meine Zustimmung gar nicht erst ab.

«Also los, guten Abend, versuchen Sie ein bißchen zu schlafen. Bis morgen. Zwanzig vor sieben. Bahnhof Montparnasse.»

Nach einem Händedruck ging Girard eiligen Schrittes davon.

Brunel bog in den Boulevard Haussmann ein. Ich fragte ihn:

«Wohin wollen wir gehen?»

«Wie soll ich das wissen? Ich könnte mir lebhaft vorstellen, daß du ins Bett möchtest.»

«Allerdings.»

«Dann also weiter.»

Ich zwang meinen Freund zum Stehenbleiben und blickte ihm in die Augen:

«Kurz und gut, alter Junge, ganz unter uns, offen heraus mit deiner Meinung. Hast du eine Idee?»

Er senkte die Stirn.

«Nicht die Spur. Ich versuche lediglich nachzudenken. Seit etwa sieben Stunden versuche ich nachzudenken... ja, nicht mal das bringe ich mehr fertig.»

«Was willst du damit sagen?»

«Daß... mir die Problemstellung nicht gelingt. Ich komme zu der Überzeugung, daß die Anhaltspunkte, die ich habe, nicht stimmen. Bevor ich also an die Lösung des Problems gehe, versuche ich, es richtigzustellen.»

Er unterbrach sich kurz; dann sprach er weiter:

«Natürlich müssen wir die Faktoren alle beisammenhaben... Die unentwirrbare Situation, das Dilemma, mit dem wir uns herumschlagen, sieht jetzt folgendermaßen aus: Einerseits ist das Problem, so wie es sich stellt, unlösbar, woraus wir dann folgern, daß es falsch gestellt sei, daß die Glieder unserer Gleichung zum Errechnen des X nicht ausreichen; und andererseits scheint es unmöglich, daß es irgendwelche Glieder gibt, die uns fehlen.

Oder, klarer ausgedrückt:

1. Das Problem ist auf eine Weise gestellt, daß seine Lösung unmöglich ist.

2. Es auf andere Weise zu lösen ist unmöglich.»

«Also?»

«Also ist es, wie du siehst, schon vier Uhr morgens durch, und es herrscht eine Hundekälte... und wir gehen mit langen Schritten die großen Boulevards entlang.»

Ein Bierrestaurant war offen.

«Vielleicht wäre es gut, einen Happen zu essen und ein bißchen zu verschnaufen», fuhr Brunel fort.

Das Lokal war leer. Ein Kellner lehnte am Schanktisch und döste schläfrig vor sich hin; er stand auf einem Bein, wie ein Vogel.

Wir setzten uns in eine Ecke und bestellten Sandwiches und Bier. Wir aßen ohne Appetit.

«Ich habe schon eine ziemlich lange Laufbahn hinter mir», sagte Brunel und setzte sein Glas ab. «Dabei erinnere ich mich nicht, je unter einem ähnlichen Eindruck gestanden zu haben. Wirklich, ich habe das Gefühl, aus dem Gleichgewicht gebracht zu sein, als arbeitete ich ins Leere. Für gewöhnlich, und waren die Schwierigkeiten auch noch so groß, zeigte mir mein Instinkt das Ziel, sah ich das Gelingen, den Sieg. Diesmal sehe ich nichts. Ich bin wie ein Schwimmer, der gegen die Strömung ankämpft und nicht vorwärtskommt. Ich spüre die Nutzlosigkeit meiner Anstrengungen und schwimme dennoch weiter.»

«Im doppelten Sinn des Wortes.»

Brunel lächelte traurig vor sich hin. Wir hatten unsere Sandwiches aufgegessen und machten es uns auf der Bank so bequem wie möglich.

Ich schloß die Augen, versuchte jedoch vergebens, mich zu entspannen. Also bestellte ich ein zweites Bier.

Brunel hatte sich in eine Bankecke gelehnt und streckte die Beine von sich. Ein mir wohlbekannter Tic verzerrte in regelmäßigen Abständen seinen Mund.

Die Minuten gingen vorbei. Plötzlich leuchtete in seinen Augen etwas auf, erlosch aber rasch wieder.

Ich beugte mich zu ihm hin.

«Hast du was gefunden?»

Er verzog mißmutig den Mund.

«Nein. Bloß so ein Einfall... führt aber leider zu nichts.»

«Sag doch.»

«Hör zu. Da ich die Motive dieses Verbrechens nicht finden kann, habe ich mir plötzlich eine andere Frage gestellt, die eine leichte Verlagerung des Problems gestattet. Was hätte der Mörder getan, wenn zum Beispiel Simone Vigneray nicht um Hilfe gerufen hätte?

Hätte er trotzdem auf die beiden Eheleute geschossen? Ohne jeden Zweifel; denn der Ton der Hilferufe beweist klar und deutlich, daß sich Rolands unglückliche Verwandte in Lebensgefahr befanden.

Meine Frage aber lautet jetzt: hätte er dann auch Adèle umgebracht? Oder besser noch, wenn wir diese Frage bejahen, was hätte er mit Adèles Leiche gemacht? Wo hätten wir ihre Leiche gefunden?»

«Und wohin hat diese Überlegung dich geführt?»

«Nirgendwohin, wie ich dir schon gesagt habe. Ich spreche überhaupt nur darüber, um dir eine neue Art und Weise aufzuzeigen, wie die Sache sich betrachten ließe. Wir sind in eine Sackgasse geraten. Wer beweist uns übrigens, daß Adèle nicht als erste ermordet wurde?»

Über diesem Gespräch war es halb sechs geworden.

«Laß uns gehen», sagte Brunel.

Den Weg zum Bahnhof Montparnasse legten wir rasch zurück. Girard war schon dort. Er ging in der Halle auf und ab.

«Kein Auge habe ich zugetan», sagte er mürrisch, als er uns die Hand gab. «Ist das eine Geschichte!»

Wir waren genau eine Stunde zu früh am verabredeten Platz. Deshalb gingen wir in den Wartesaal und ließen uns heißen Kaffee bringen. Dann hielten wir in der Halle Umschau. Es ging auf sechs Uhr fünfunddreißig.

«Sollte Charasse sich verspäten?» fragte Girard und zog mechanisch seine Taschenuhr.

«Das würde mich wundern», antwortete Brunel. «Roland ist Pünktlichkeit in Person. Und er wohnt ganz in der Nähe.»

«Rue Guynemer, glaube ich.»

«Ja, Rue Guynemer.»

Inzwischen blieben kaum noch sechs Minuten bis zur Abfahrt des Zuges. Brunel wurde allmählich aufgeregt.

«Was soll das heißen?»

Ich wagte einzuwerfen:

«Vielleicht hat er die Zeit verschlafen. Der Ärmste muß doch völlig zerschlagen sein.»

«Aber hör mal! Jede Wette, daß auch er kein Auge zugetan hat.»

«Was nun?» fragte Girard.

Brunel ging erregt auf und ab. Alle Augenblicke sah er nach der Bahnhofsuhr. Es blieben uns nur noch drei Minuten bis zur Abfahrt.

Jäh blieb Brunel stehen.

«Ich habe Angst», sagte er.

Betroffen starrten wir ihn an.

«Ach, was Sie da wieder denken!» rief Girard.

«Ich denke daran, daß es das erste Mal ist, daß Roland zu spät zu einer Verabredung kommt, und daß diese Verabredung eine der wichtigsten ist, die er je getroffen hat.»

«Aber du nimmst doch nicht etwa an...» begann ich und wagte nicht zu Ende zu sprechen.

«Na los! Was wolltest du sagen?» fragte Brunel beinahe grob.

«Ich wollte sagen, daß deine Befürchtungen für Julien Blanchot vollauf berechtigt waren, weil Adèles Ermordung uns das Schlimmste annehmen ließ. Aber es liegt doch auf der Hand, daß Roland Charasse nichts weiß; sonst hätte er uns schon alles gesagt.»

«Ganz sicher weiß er nichts, aber er ist der Vetter der Vignerays, und vor allem kennt er Julien gut, er könnte ihn zum Sprechen bringen, er könnte Dinge aus ihm herauslocken, die der gute Mann *uns* vielleicht nicht sagen würde.»

Wenn wir den Zug erreichen wollten, blieb uns nur noch eine Minute.

«Fahren wir nun oder fahren wir nicht?» fragte Girard ungeduldig.

Ohne zu antworten, richtete Brunel den Blick auf den Zeiger und wartete, bis er auf sechs Uhr fünfzig stand.

«Wir fahren im Auto hin. Jetzt erst zu Roland.»

Er hastete die Treppen hinab.

«Taxi! Rue Guynemer! Rasch!»

Die Unruhe unseres Freundes hatte uns angesteckt. Der Chauffeur verstand sein Handwerk und überholte alle seine Kollegen. Und doch kam es mir so vor, als kämen wir nicht vom Fleck.

Der Wagen hielt kaum am Gehsteigrand, als wir drei auch schon draußen waren. Hinter Brunel betraten wir den Eingangsflur eines modernen, luxuriösen Wohnhauses.

Roland Charasse wohnte im zweiten Stock. Wir rannten, immer zwei Stufen auf einmal nehmend, die Treppen hinauf, und Brunel trommelte gegen die Tür.

Es verging eine Minute. Schließlich hörten wir das langsame Schlurfen von Hausschuhen. Die Tür ging auf, und wir sahen einen dicken, alten, kahlköpfigen Mann vor uns; er trug eine Hose, in die er schlecht und recht ein zu langes Nachthemd gestopft hatte. Seine Augen waren vom Schlaf verschwollen. Sein Gesicht drückte merkliche Unruhe aus, doch sobald er Brunel erkannte, beruhigte sich der dicke Mann.

«Armand, wo ist Ihr Herr?» fragte mein Freund.

«Monsieur ist nicht hier. Er ist in seiner Kanzlei Boulevard Saint-Germain.»

«In der Kanzlei? Wissen Sie das ganz genau?»

«Freilich, Monsieur Brunel. Monsieur ist gestern abend gegen zehn heimgekommen. Er war vollkommen erledigt... Verdammt nochmal, das können Sie sich denken! Nach einem solchen Schlag!»

Und der Diener legte sich beide Hände auf die Brust.

«Ich wollte, Monsieur sollte zu Bett gehen, sich ausruhen. Aber Monsieur hörte nicht auf mich. Er ist, ich weiß nicht, wie lange, in seinem Schlafzimmer auf und ab gegangen. ‹Ich glaube, das beste wäre, ich ginge arbeiten›, hat er mir schließlich gesagt. ‹Das hilft mir vielleicht, nicht dauernd daran zu denken.› Und dann ist er in seine Kanzlei gefahren. Sie kennen ja Monsieurs Angewohnheit, nachts zu arbeiten und dann den ganzen Vormittag zu schlafen. Auf diese Weise stört ihn keiner.»

Brunel hörte nicht mehr hin. Er ließ den verdutzten Diener einfach stehen und rannte mit polternden Schritten die Treppe hinab. Wir holten ihn erst ein, als er in das wartende Taxi sprang.

«Boulevard Saint-Germain, Ecke Rue du Bac.»

Meiner Meinung nach wäre er auch ohne uns losgebraust.

«Also, ich glaube, es ist ganz falsch, daß Sie sich so aufregen», sagte Girard, der völlig außer Atem war. «Monsieur Charasse hat bis spät in die Nacht gearbeitet und dann die Verabredung mit uns verschlafen.»

Brunel gab keine Antwort.

In drei Minuten waren wir bei der angegebenen Adresse. Eine Baskenmütze auf dem Kopf, säuberte der Concierge unter großem Aufwand an Wasser das Trottoir.

«Ist Maître Charasse in seinem Büro?»

Der gute Mann kratzte sich unter der Mütze den Schädel.

«Ja, ich glaube. Ich habe ihn gestern abend reingehen und nicht wieder rauskommen sehen. Behaupten kann ich natürlich nichts; das Haus ist groß, und bei all dem Kommen und Gehen...»

Mein Freund knurrte etwas Unverständliches.

Roland Charasses Büroräume lagen im Zwischenstock. Wieder hämmerten Brunels Fäuste gegen eine Tür; aber diesmal erfolgte daraufhin nichts.

«Er muß schon weg sein. Er wartet im Bahnhof auf uns», sagte ich mit einer Stimme, die nicht gerade sehr fest klang.

Ohne seine Trommelei zu unterbrechen, wandte Brunel mir halb den Kopf zu:

«Der Concierge hat einen Schlüssel, er soll ihn dir geben. Er kennt mich ja. Außerdem, wenn er sich weigert...»

Der Mann erhob keine Einwendungen. Mit wankenden Knien ging ich wieder nach oben. Brunel schloß die Tür auf.

Charasses Kanzlei bestand aus drei Räumen: einem Wartezimmer, dem eigentlichen Büro und einer winzigen Küche. Wir betraten das geschmackvoll möblierte Büro. Auf dem schweren Diplomatenschreibtisch stand neben einem aufgeschlagenen Aktenstück ein Tablett mit einer blauen Fayencekanne und einer Tasse. Der Raum schien leer zu sein.

«Sehen Sie?» sagte Girard. «Er ist weg!»

«Großer Gott!» schrie Brunel und stürzte hinter den Schreibtisch.

Roland Charasse lag am Boden, die Hände auf dem Bauch verkrampft. Sein Gesicht war violett, die Züge entsetzlich verzerrt.

Brunel kniete sich neben ihn und griff nach dem Handgelenk des Freundes.

«Nun?» fragten Girard und ich angstvoll wie aus einem Mund.

«Er lebt. Der Puls schlägt. Aber so schwach, so schwach!»

Brunel stand auf.

«Einen Arzt her, rasch. Rufen Sie Doktor Didier an, der ist mit Roland befreundet. Er wohnt zwei Schritt von hier. Das Telefonbuch liegt auf dem Schreibtisch.»

Girard beeilte sich, sosehr er konnte.

Ich beugte mich über Charasse. Man brauchte kein Fachmann zu sein, um sofort zu erkennen, was mit Roland passiert war.

«Vergiftung?» fragte ich leise.

«Vergiftung», wiederholte Brunel.

Er trat zum Schreibtisch und zog das Tablett zu sich heran. Die Kanne war noch zur Hälfte voll Kaffee; die Tasse enthielt lediglich einen schwärzlichen Bodensatz.

«Er trank immer Kaffee bei der Arbeit», erklärte Brunel. «Armand kam jeden Tag her und goß ihn auf. Roland trinkt ihn kalt und ohne Zucker. Und am liebsten ganz stark.»

Er schnupperte an der Tasse und dann an der Kanne. Darauf setzte er die Kanne an die Lippen, behielt die Flüssigkeit einen Augenblick im Mund und ging dann in die Küche, um sie auszuspucken.

«Der Kaffee hat einen Beigeschmack, aber nur ganz schwach... Man muß Bescheid wissen, um es zu merken.»

Inzwischen hatte Girard das Gespräch erledigt.

«Doktor Didier ist in einer Minute hier.»

Brunel nahm ein Kissen und schob es Roland unter den Kopf; er blieb neben ihm knien und starrte in das von Schmerzen entstellte Gesicht.

Girard stand mitten im Zimmer. Er hatte die Fäuste geballt und reckte das Kinn angriffslustig vor, als wolle er sich im nächsten Moment auf einen unsichtbaren Gegner stürzen.

«Der Schweinehund! Der Schweinehund!» knirschte er.

Doktor Didier ließ nicht auf sich warten. Er kam in Hausschuhen und ohne Krawatte.

Er schob die Lider Rolands hoch, fühlte ihm den Puls, roch seinen Atem.

«Er muß sofort in meine Praxis gebracht werden», sagte er entschieden, und nach merklichem Zögern fügte er hinzu:

«Für den Augenblick kann ich nichts sagen. Aber ich schwöre Ihnen: ich lasse nichts unversucht.»

«Danke, Herr Doktor», sagte Brunel leise.

Plötzlich aber bemerkte ich in seinen Augen eine neue Furcht. Mit einem Satz war er auf den Füßen.

«Herr Doktor, ich muß Sie bitten, selbst den Kommissar zu benachrichtigen. Wir haben keine Zeit dazu. Bitten Sie ihn, er solle schleunigst dem Untersuchungsrichter Herberay Bescheid geben, und er soll ihm auch sagen, wir hätten nicht auf ihn warten können. Er wird schon wissen, wo wir sind.»

Girard und ich hörten Brunel verblüfft zu. Der Inspektor rief:

«Nanu, Brunel, wir fahren weg?»

Brunel zuckte die Achseln und sagte heiser:

«Können Sie sich nicht denken, daß wir anderswo gebraucht werden? Hier haben wir nichts mehr zu suchen.»

Verzweifelt wiederholte er: «Nichts! Nichts! Gar nichts!»

Er drückte dem sprachlosen Arzt die Hand.

«Versuchen Sie alles, was menschenmöglich ist, Herr Doktor.»

Und nach einem schmerzlichen Blick auf Rolands verkrampftes Gesicht rannte er zur Tür.

Ich lief hinter ihm her.

«Sollten wir nicht Julien Blanchot anrufen?»

«Das brächte uns nicht weiter. Wir müssen sofort hin.»

Girard holte uns auf dem Treppenabsatz ein. Er hatte Brunels letzte Worte gehört!

«Sofort? Na so was! Was wollen Sie damit sagen? Unser Mörder kann ja schließlich nicht überall gleichzeitig sein.»

«Das ist bestimmt der Grund, warum er diesmal Gift benutzt hat. Giftmord, das an keinen Zeitpunkt gebundene Verbrechen, aus der Ferne begangen... Genau das Mittel, hier zu morden und zugleich anderswo. Verstehen Sie jetzt?»

Der Chauffeur saß schlafend auf seinem Sitz. Brunel tippte ihm auf die Schulter.

«Nach Le Mans. Ich brauche Sie eine ganze Zeit.»

Der Chauffeur riß die Augen sperrangelweit auf.

«Nach Le Mans...? Im Département Sarthe? Machen Sie keine Witze!»

«Ich glaube nicht, daß ich wie jemand aussehe, der Witze macht. Nach Le Mans, zehn Francs Trinkgeld, einverstanden?»

Als der Chauffeur uns mißtrauisch ansah, hielt Girard ihm seinen Dienstausweis unter die Nase.

Der Chauffeur nickte:

«Ach so...! Das ist was anderes.»

Brunel schob uns in den Wagen und klatschte dem Mann mit der flachen Hand auf den Buckel, als treibe er ein Pferd an.

«Ich habe Ihnen gesagt: zehn Francs Trinkgeld. Sie bekommen zwanzig, wenn Sie nicht länger als vier Stunden brauchen.»

5

Fast während der ganzen Fahrt blieb Brunel stumm. Girard und ich tauschten leise unsere Eindrücke aus, stellten tausend Hypothesen auf, versuchten das Band aufzufinden, das diese geheimnisvollen Verbrechen miteinander verknüpfte. Und immer wieder landeten wir bei den Rätseln in der Rue Greuze, bei dem unerklärlichen Verschwinden des Mörders, der unerklärlichen Beförderung der Leiche Adèles.

Offen gestanden: weder der Inspektor noch ich machten uns Sorgen über das Schicksal Julien Blanchots. Wir waren überzeugt, daß der Diener des Ehepaares Vigneray durch die getroffenen Sicherheitsmaßnahmen vor jeder Gefahr geschützt sei, sofern ihm überhaupt eine Gefahr drohte.

Julien Blanchot befand sich in einem Zimmer, dessen einzige Zugänge, Tür und Fenster, hermetisch verschlossen waren. Die dicke Holztür war mit einem zuverlässigen Riegel versehen und mußte überdies verbarrikadiert worden sein. Das Fenster war vergittert und besaß eiserne Läden. Da Julien unter keinen Umständen hinausgehen sollte und auf keinen Ruf antworten, war es nach menschlichem Ermessen unmöglich, daß ein Angriff gegen den freiwillig Eingemauerten gelingen könnte.

Oder man müßte sich eine richtiggehende Belagerung vorstellen, oder auch, daß das Landhaus in Brand gesteckt worden wäre. Aber das war lächerlich.

Nein. Jetzt kam es nur darauf an, ob Julien Blanchot uns Fakten liefern konnte, die das Drama zwar nicht vollständig erklärten, aber doch wenigstens die Nachforschungen in die rechten Wege leiten würden.

Ich persönlich rechnete nicht mit solchen Auskünften. Roland Charasses Bemerkung war stichhaltig. Wenn jemand um ein Geheimnis des Ehepaares Vigneray wissen konnte, dann war es Roland, der Freund der beiden Opfer, und kein anderer.

Was für ein Geheimnis sollten übrigens zwei glückliche Menschen haben, deren geregeltes, ruhiges Leben doch völlig klar zutage lag?

Also? Mußten wir nicht damit rechnen, daß bei unserem Unternehmen nichts herauskommen würde?

Madame Vignerays Zustand verbot vorerst jedes Verhör. Mußten wir also warten, bis der Mörder ein neues Opfer fand, ehe wir wirksam handeln konnten?

Konnten wir nur um diesen Preis kämpfen? Denn ich gestehe: von der laufenden Untersuchung erhoffte ich mir nichts, und auch nicht von der, die im Zusammenhang mit dem Giftmordversuch an unserem Freund Roland eingeleitet werden würde.

Ich richtete einen verzweifelten Blick auf Brunel. Sollten seine Intelligenz, seine unfehlbare Logik zum erstenmal in seinem Leben versagen?

Doch ich vermochte auf seinem energischen Gesicht nur tiefen Schmerz und Sorge zu lesen.

Erst bei der Ausfahrt aus La Ferté-Bernard, deren gefährliche Kurven unser Chauffeur mit unbesonnener Geschwindigkeit durchrast hatte, fand Brunel die Sprache wieder. Schon bei seinen ersten Worten wurden wir uns bewußt, daß die Erschütterung die Konzentration seines Geistes in keiner Weise beeinträchtigte.

«Unter zehn Fragen, die mir alle gleicherweise unlösbar erscheinen, gibt es eine, die nicht aufhört, mich ständig zu plagen.

Nämlich folgende: Ich überlege, ob der Verbrecher die festumrissene Absicht hatte, Marcel Vigneray und seine Frau zu töten, als er in ihre Wohnung eindrang. Mit andern Worten: ob es sich um ein vorsätzliches Verbrechen handelte.

Ein Giftmord an den beiden Unglücklichen hätte schließlich kaum mehr Schwierigkeiten gemacht als der an ihrem Vetter. Wenn der Verbrecher auch ein unfehlbares Mittel zum Verschwinden besaß, so stellte der Revolver doch ein gewisses Risiko für ihn dar. Gift wäre einfacher gewesen.»

«Tatsächlich», stimmte Girard zu. «Mir scheint also, daß sich Ihre Frage nur negativ beantworten läßt.»

«Wir wollen nicht voreilig sein, Girard. Wenn unser Mörder ohne Vorsatz gehandelt hat, wie erklären Sie es sich dann, daß er *nur wenige*

Sekunden gebraucht hat, ein Mittel zum Verschwinden zu finden, nach dem wir schon seit rund fünfzehn Stunden vergebens suchen?»

«Nehmen wir also an, das Verbrechen sei geplant gewesen», sagte ich, «und gehen wir davon aus, daß der Mörder die Gewißheit besaß, nicht geschnappt zu werden: warum hat er dann bei Roland nicht wieder den Revolver benützt? Eine solche Waffe ist schließlich viel sicherer als Gift. Roland hätte ja nur nicht mehr in sein Büro zu gehen brauchen, oder nichts trinken, oder die Kaffeekanne umstoßen, was weiß ich?»

«All das habe ich bedacht», sagte Brunel. «Ich habe zwei Antworten auf deine Frage:

Die erste deutete ich vorhin schon an: möglicherweise mußte der Mörder fern von Paris handeln. Er hatte keine Zeit, den geeigneten Augenblick abzuwarten. Also mußte er sein Verbrechen vorbereiten, ehe er wegfuhr.

Die zweite Antwort wäre, daß der Trick mit dem Verschwinden aus dem Appartement der Vignerays bei Roland unanwendbar war.»

«Ich gebe der zweiten Antwort den Vorzug», sagte Girard. «Denn sehen Sie, mir fällt die Vorstellung ziemlich schwer, daß unser Mann, nach den Anschlägen auf Monsieur Vigneray, seine Frau und das Dienstmädchen und nachdem er Charasses Kaffee vergiftet hatte, nach Le Mans gebraust sein sollte, um zu versuchen, dort ein fünftes Verbrechen zu begehen. Ein solches Massaker unter solchen Bedingungen wäre ohne Präzedenzfall.»

Brunel winkte ab und fuhr fort:

«Was jetzt vor allem festgestellt werden müßte, ist die Zeit, zu der Armand – gegen ihn besteht natürlich nicht der geringste Verdacht – hingegangen ist und den Kaffee für seinen Herrn zubereitet hat. Dadurch wird die Zeitspanne abgegrenzt, in welcher der Mörder in Rolands Büro gehen und den Kaffee vergiften konnte.»

Ich fügte hinzu:

«Meiner Meinung nach wäre es wesentlich herauszufinden, ob das Gift nicht schon vor dem Verbrechen an den Vignerays in den Kaffee getan worden ist, das hieße vor Viertel nach sieben Uhr abends.»

«Stimmt», sagte Brunel. «Aber ich fürchte leider, daß uns keine Analyse eine genaue Angabe liefert.»

Unvermittelt unterbrach er sich und beugte sich zum Chauffeur vor:

«Zweite Straße rechts, dann dritte links.»

Dann sprach er wieder zu uns:

«In ein paar Minuten sind wir da. Ich kenne den Weg: ich bin schon zwei- oder dreimal mit Roland zusammen im Auto hingefahren.»

Wir durchfuhren einen Fichtenwald, dann bogen wir in eine kleine, sehr gerade Straße ein. Zu unserer Linken, etwas tiefer, schlängelte sich ein glitzernder Bach dahin.

«Die Huisne», murmelte Brunel.

Gleich danach sagte er:

«Da sind wir.»

Das Besitztum war von hohen, alten Mauern umgeben; sie waren zum Teil von Kletterpflanzen überwuchert und oben mit blattartigen Eisenspitzen gespickt. Vor dem Tor, auf der andern Seite der Landstraße, spannte sich eine Holzbrücke über den Bach. So weit der Blick reichte, waren nur Felder zu sehen.

«Donnerwetter, Monsieur Vigneray war auf Einsamkeit versessen», sagte Girard.

«Ja, das nächste Haus liegt etwa fünfhundert Meter entfernt.

Brunel öffnete die Autotür.

«Ich glaube, es wird eine Weile dauern», sagte er zu dem Chauffeur.

Der Mann zuckte gleichgültig die Achseln und wies dann mit einer ausholenden Geste auf die Landschaft:

«Machen Sie sich um mich keine Sorgen, ich unternehme eine Rundfahrt. Ich bin sehr gern auf dem Land und kann mir diesen Luxus nicht allzuoft leisten.»

Brunel zog kräftig am Glockenstrang. Auf dem Grundstück rührte sich nichts.

«Gott sei Dank!» rief Girard. «Das beweist, daß Julien unsere Weisungen befolgt hat.»

«Wirklich: tadellos», sagte Brunel.

Mir war, als klinge seine Stimme nicht ganz sicher.

Mein Freund zog, als er das sagte, einen Dietrich aus der Tasche. Innerhalb einiger Sekunden hatte er das Gittertor geöffnet. Der Inspektor rieb sich das Kinn.

«Hoffentlich bekommt Julien es nicht mit der Angst und knallt uns ab.»

«Keine Sorge, das Arbeitszimmer liegt nach hinten, und ich glaube nicht, daß im Haus eine Waffe ist. Wenn wir nahe genug heran sind, finden wir schon eine Möglichkeit, Julien zu beruhigen.»

Ein von gestutzten Eiben gesäumter Weg führte direkt auf das Haus zu, ein zweistöckiges Landhaus mit Freitreppe. Tiefe Stille lag über dem

Besitztum. Nur das regelmäßige Zwitschern eines unsichtbaren Vogels unterbrach das Schweigen.

Brunel hatte seinen Dietrich in der Hand behalten. Es kostete ihn nur einen Augenblick, die Haustür zu öffnen, eine zweiflügelige Holztür mit verglastem Oberteil.

«Natürlich ist nichts richtig verschlossen», bemerkte er. «Julien hat das Arbeitszimmer nach unserem Anruf ja nicht mehr verlassen.»

Wir sahen eine lange, breite Eingangshalle mit Fliesenboden vor uns. Rechts und links gingen je drei Türen ab, zwischen denen von Watteau inspirierte Gobelins hingen. Diese Halle wurde lediglich durch das Oberlicht der Eingangstür erhellt; daher lag ihr hinterer Teil ziemlich im Dunkel. Brunel drehte einen Schalter.

«Das Arbeitszimmer», verkündete er und deutete auf eine braune Holztür mit klobigem Schnitzwerk; sie bildete den Abschluß der Halle und war uns bisher nicht aufgefallen.

Er rief laut: «Wir sind es, Julien, erschrecken Sie nicht! Ich bin Brunel, ich habe gestern mit Ihnen telefoniert!»

Seine Stimme hallte im Hause wider; doch niemand antwortete. Ein vages Unbehagen überkam mich.

«Julien! Keine Angst... Wenn Sie wollen, fahre ich zurück nach Le Mans zur Gendarmerie und bringe von dort jemanden mit; dann sind Sie Ihrer Sache sicher!»

Während er noch sprach, trat Brunel langsam vor und stieß dann einen jähen Ruf aus.

«Oh! Mein Gott!»

Er stürzte nach dem Hintergrund der flurartigen Halle. Wir folgten ihm verstört und beklommen. Mit zitterndem Finger wies er auf die Tür des Arbeitszimmers. Am Holz waren überdeutlich Spuren von Axthieben zu sehen.

«Sie sind ganz frisch. Der Mörder ist diese Nacht hier gewesen. Er hat versucht, die Tür einzuschlagen.»

«Und er ist nicht mit leerer Hand gekommen», sagte Girard. «Sehen Sie da, es muß etwa in Höhe des Riegels sein, da hat er etwas hineingesteckt, in den Spalt, eine Art Hebel. Aber der Riegel hat standgehalten.»

«Ja, der Mörder hat es sich was kosten lassen», sagte Brunel und fuhr mit der Hand über die Stellen, wo das Holz am tiefsten eingekerbt war.

Als sei ihm plötzlich etwas eingefallen, wandte er den Kopf und blickte zur Decke hinauf.

«Natürlich!» rief er.

Der Wand entlang, etwas oberhalb unserer Köpfe, war ein elektrischer Leitungsdraht durchgeschnitten worden. Die beiden Enden hingen lose herab.

«Das Telefon», flüsterte ich.

«Verdammt! Julien mußte natürlich daran gehindert werden, um Hilfe zu rufen!»

Alle zusammen schrien wir:

«Julien! Julien!»

Hinter der Tür herrschte nach wie vor lautlose Stille.

«Da gibt es nur *eine* Erklärung», sagte Girard. «Der arme Kerl hat solche Angst gehabt, daß er ohnmächtig geworden ist.»

«Möglich», sagte Brunel dumpf.

Girard fügte hinzu:

«Hoffentlich ist er dabei nicht draufgegangen... Herzschlag, so was kommt vor.»

Brunel zuckte die Achseln.

«Na hören Sie mal! Ein kräftiger Kerl wie Julien! Man merkt: Sie kennen ihn nicht.»

Er wandte sich mir zu:

«Geh und sieh dir das Fenster an, hinter dem Haus. Es ist das einzige, das ein Gitter hat.»

Ich lief um das Landhaus herum. Das Fenster des Arbeitszimmers lag etwa anderthalb Meter über dem Erdboden. Es waren drei dicke Eisenstangen davor, hinter denen ich die Läden erkennen konnte; sie schienen hermetisch verschlossen zu sein. Offensichtlich hatte der Feind von dieser Seite her nichts versucht. Ich rüttelte vergebens an den Läden; dann ging ich wieder zu meinen Gefährten.

Eine der in die Vorhalle mündenden Türen stand jetzt offen. Die zur Küche. Brunel hatte eine Eisenstange ausfindig gemacht, die vorn so flach war, daß sie in den Spalt der Tür des Arbeitszimmers gepreßt werden konnte. Die beiden Männer benutzten sie als Hebel; sie drückten aus Leibeskräften dagegen, um den Riegel zu sprengen. Ich half ihnen dabei.

«Na?» fragte Brunel. Seine Stirnadern traten dick hervor.

«An der Fensterseite ist nichts zu sehen. Da dürfte ein Aufbrechen noch schwieriger sein als hier.»

Mehrere Minuten lang stemmten wir uns gegen den Hebel. Soviel stand fest: ein einziger Mensch, so kräftig er auch sein mochte, hätte ihn nie aufgebracht. Endlich gab der Riegel nach und zwar mit einem Ruck und einem erschreckenden Krachen.

Aber die Tür ließ sich nur spaltbreit öffnen, und mir fiel ein, daß sie ja verbarrikadiert war. Julien hatte von der anderen Seite her den Schreibtisch seines Herrn dagegengeschoben.

Zum Glück war dieses Hindernis am leichtesten zu bewältigen. Wir stemmten uns mit den Rücken gegen die Tür und hatten das Möbelstück bald zurückgeschoben. Wir gingen hinein.

Die beiden Deckenlampen brannten und erleuchteten das Arbeitszimmer strahlend hell. Es war völlig in Ordnung, bis auf den Schreibtisch natürlich.

Der Raum war elegant möbliert: Empire-Sessel, ein Bücherschrank mit Holzschnitzereien und eine Vitrine voller Bibelots. Alte Stiche mit historischen Szenen schmückten die Wände. Ein Teppich bedeckte den Fußboden vollständig. In der Ecke stand ein Sofa.

Auf diesem Sofa lag ein Mann, das Gesicht der Wand zugekehrt.

«Da haben wir's... genau wie ich gesagt habe», meinte Girard mit tonloser Stimme. «Der arme Kerl ist ohnmächtig geworden.»

Wir gingen um den Schreibtisch herum und blieben jäh stehen.

Mitten auf dem Teppich breitete sich eine große rote Lache aus. Zwischen dieser Lache und dem Sofa sah man drei weitere, kleinere Flecken. Und vom grünen Seidenbezug des Sofas setzte sich eine Blutspur bis auf den Boden fort.

Wir beugten uns über den Mann. Von seinen Schulterblättern an war der Rock mit Blut durchtränkt. Es kostete Brunel Überwindung, die Hand auszustrecken und den Körper langsam umzudrehen.

Julien Blanchots Augen standen weit offen; ihr Blick war starr und ein wenig verschleiert. Der Mund war zu einer Schmerzgrimasse verzerrt.

«Tot!» stieß Girard hervor.

«Ja, tot, ermordet, durch einen Schuß getroffen wie Marcel Vigneray, wie Simone, wie Adèle.» Brunels Stimme war kaum zu hören.

Und dann brach es aus ihm heraus:

«Aber das ist doch unmöglich, unmöglich!»

Er lief durchs Zimmer, klopfte an die Möbel, an die Wände.

«Keine Geheimtür, kommt nicht in Frage. Nicht mal ein Kamin... Und die Zugänge...»

Er riß das Fenster auf und rüttelte heftig an Läden und Gitterstangen.

«Von hier aus nichts zu machen, kommt nicht in Frage. Bleibt die Tür; aber wir wissen ja...»

Trotzdem kniete er nieder, um den abgesprengten Riegel genau zu betrachten. Dann hob er die dicken, zu Boden gefallenen Krampen auf.

Mit einer zornigen Bewegung stand er auf, schob den Schreibtisch zurück und machte die Tür ganz auf, so daß ihre Außenseite voll beleuchtet wurde.

Jetzt sahen wir die Spuren des versuchten Aufbrechens deutlicher. Aber so heftig die Axthiebe auch geführt worden waren: kein einziger hatte genügt, eine so große Öffnung zu schaffen, *daß der Mörder gezielt hätte hindurchschießen können.*

Mit gesenktem Kopf und mutloser Miene trat Brunel wieder zu uns.

«Haben Sie nichts festgestellt?» fragte der Inspektor kleinlaut.

«Nein, Girard, nichts. Ich weiß nur:

Erstens war das Zimmer hermetisch verschlossen, mit andern Worten: *unmöglich kann im Zimmerinnern geschossen worden sein*; und zweitens: trotz aller Anstrengungen *konnte der Mörder nicht in dieses Zimmer eindringen.*»

«Aber... das ist ja toll», murmelte ich.

«Ja», sagte Brunel, «es ist toll... aber es ist nun mal so.»

Wir beugten uns wieder über den Toten. Der Diener des Ehepaars Vigneray war etwa fünfzig bis fünfundfünfzig Jahre alt. Er schien stämmig gebaut und sein Gesicht war breit und dicklich, das Haar dünn und ergraut.

«Armer Teufel!» sagte Girard. Aus seiner Stimme sprach mehr Schrecken als Mitleid. Zu Brunel gewandt, fügte er noch hinzu: «Sie hatten recht. Warum sind wir nur nicht gleich gestern abend hergefahren!»

«Tja!» sagte Brunel. «Wer hätte denn voraussehen können, daß eine Verzögerung von ein paar Stunden solche Folgen haben würde...? Hatten wir schließlich nicht Vorsichtsmaßregeln getroffen, und zwar gute?»

Er lächelte bitter.

«Gute, das kann man schon sagen!»

«Immerhin haben sie dem Mörder zu schaffen gemacht», fuhr Girard fort. «Es war für ihn kein Spaß, gegen die Tür zu wüten. Als er dabei nicht zum Ziel kam, fand er etwas anderes, ein anderes Mittel – aber was für eines? Ich muß schon sagen: mir ist das ein Rätsel.»

«Ja, ein Rätsel», echote Brunel. Nachdenklich fügte er hinzu:

«Dieses Rätselhafte ist das Kennzeichen unseres Gegners. Ein negatives Kennzeichen muß man sagen. Morde setzen einen Mörder voraus.

Aber die Umstände, unter denen unsere Morde hier erfolgt sind, scheinen die Existenz eines Mörders unmöglich zu machen.

In der Rue Greuze ein Mord und ein Mordversuch und kein Mörder, obwohl es dem Täter ‹faktisch unmöglich› war, aus dem Appartement zu entkommen.

In Adèles Zimmer eine Leiche und kein Mörder, obwohl es dem Täter ‹faktisch unmöglich› war, ungesehen in das Zimmer zu gelangen.

Und jetzt hier; ein weiterer Mord, ein ermordeter Mann (denn auch diesmal scheidet die Hypothese ‹Selbstmord› aus) und kein Mörder, obwohl es dem Täter nach menschlichem Ermessen unmöglich war, seine Tat zu begehen.»

Das «faktisch unmöglich» hämmerte Brunel jedesmal förmlich auf die anderen ein. Man hätte sagen können, er habe bei der Wiederholung dieser beiden Worte, die ja ein Eingeständnis seiner Ohnmacht waren, eine Art perverser Lust empfunden.

Dann machte er sich an eine peinlich genaue Untersuchung des Arbeitszimmers; er drehte die Sessel um, widmete dem Inhalt des Bücherschranks eine halbe Stunde, indem er sämtliche Bücher herausnahm, und ebenso verfuhr er mit der Vitrine. Schließlich überprüfte er sogar noch auf das gewissenhafteste Fußboden und Wände.

«Nichts», sagte er und wischte sich die Stirn ab.

«Ich glaube, es wäre Zeit, die Gendarmerie zu benachrichtigen», sagte Girard. (Er vergaß nie und unter gar keinen Umständen die beruflichen Formalitäten.)

«Gut. Wenn Sie wollen, fahren Sie mit dem Taxi nach Le Mans und bringen Sie die Herren mit nach hier», sagte Brunel. «Währenddessen durchsuchen wir das Haus von oben bis unten. Nicht daß ich große Hoffnungen hätte; aber man darf nichts außer acht lassen.»

Als der Inspektor gegangen war, machten wir uns ans Werk. Aber trotz gründlicher Durchsuchung vermochten wir nichts zu entdecken. Wenn der Mörder auf dem Boden der Eingangshalle Spuren hinterlassen hatte, so waren sie jetzt durch die unsrigen verwischt. Und die Axtspuren an der Arbeitszimmertür ließen nur auf einen kräftigen Mann schließen; das war alles.

Lange untersuchte Brunel das Schloß der Haustür, dann das des Gartentores.

«Nichts», brummte er vor sich hin. «Der Kerl muß Nachschlüssel oder einen Dietrich gehabt haben. Außerdem läßt sich diese Gittertür kinderleicht erklettern.»

Ein paar Augenblicke später kam Inspektor Girard in Begleitung eines Gendarmerieleutnants und eines Wachtmeisters zurück. Die Gerichtsbeamten aus Le Mans folgten kurz darauf.

Ich verzichte auf die Schilderung der Verblüffung der Beamten, als sie alle Einzelheiten der unerklärlichen Tragödie erfuhren, in die wir seit dem Vorabend verstrickt waren.

Wir verbrachten mehrere Stunden in langen, fruchtlosen Gesprächen und mit neuen Nachforschungen, die ebenfalls lang und fruchtlos waren. Der Nachmittag war schon weit vorgeschritten, als wir in Gesellschaft des Untersuchungsrichters zum Mittagessen fuhren.

Bevor er sich zu Tisch setzte, verlangte Brunel ein Ferngespräch mit Paris; er wollte Doktor Didier anrufen. Wir waren mitten beim Essen, als er die Verbindung bekam.

Mit düsterer Miene kam er aus der Zelle.

«Der Arzt rückt noch immer nicht mit seiner Diagnose heraus. Er könne erst heute abend Genaueres sagen.»

Wir aßen in aller Hast zu Ende; dann brachten wir den Untersuchungsrichter bis zu seinem Büro und machten uns auf den Heimweg nach Paris.

Während der Rückfahrt, die in einem vernünftigeren Tempo als die Hinfahrt zurückgelegt wurde, wechselten wir nur ein paar belanglose Worte. Wir ließen uns direkt zum Boulevard Saint-Germain fahren; als wir anlangten, verließ Untersuchungsrichter Herberay gerade das Haus, in dem sich Roland Charasses Büro befand.

Das betroffene Gesicht des Beamten zeigte uns, daß er bereits mit Le Mans gesprochen hatte. Er kam sofort zu unserem Taxi:

«Mein Gott, ist so etwas möglich?»

«Wie geht es Charasse?» fragte Brunel, statt zu antworten.

«Über dem Berg! Ich war vor einer halben Stunde bei Doktor Didier. Er ist zuversichtlich. Charasse ist außer Gefahr.»

Brunel stieß einen erleichterten Seufzer aus, der Inspektor Girard ein freundliches Lächeln entlockte. Aus dem Aufstrahlen seiner Augen sah ich die ganze Freude meines Freundes über diese Nachricht.

Unser Besuch bei Doktor Didier war jetzt nicht mehr so dringend. So boten wir uns an, Herberay zum Quai des Orfèvres zu fahren.

Brunel war guter Dinge. Alle trüben Ahnungen schienen von ihm gewichen zu sein.

«Jetzt können Sie langsam fahren, Chauffeur, damit wir Zeit zum Reden haben.»

Während Herberay sich unseren Bericht anhörte, griff er sich an den Kopf.

«Diesmal ist es also genau umgekehrt wie in der Rue Greuze. Gestern konnte der Mörder aus einer Wohnung nicht heraus und war trotzdem nicht mehr drin. Heute konnte er in ein Zimmer nicht rein und hat trotzdem jemanden darin ermordet. Es ist, um aus der Haut zu fahren!»

Nun überschütteten *wir* ihn mit Fragen.

Die Untersuchung war um keinen Schritt vorangekommen. Die Autopsie Marcel Vignerays und Adèle Blanchots hatte keinen neuen Hinweis für die Ermittlungen erbracht. Madame Vigneray lag zwar nicht mehr im Koma, aber ihr Zustand war nach wie vor außerordentlich ernst und ließ kein Verhör zu. Die Inspektoren vom Fahndungsdienst hatten in Rechtsanwalt Charasses Büroräumen genausowenig Erfolg gehabt wie in der Wohnung des Ehepaars Vigneray und in Adèles Kammer. Die Vernehmungen hatten nichts ergeben, was die Beamten nicht schon gewußt hätten.

Armand, Roland Charasses Diener, hatte erklärt, er habe den Kaffee für seinen Herrn morgens um elf zubereitet, als er im Büro geputzt habe. Seither sei er nicht mehr am Boulevard Saint-Germain gewesen. Dem Concierge des Mietshauses war nichts Verdächtiges aufgefallen. Das Haus bestand fast ausnahmslos aus Büros. Er sah täglich an die hundert Besucher vorbeikommen, daher zollte er ihnen nur wenig Aufmerksamkeit.

Übrigens deutete nichts darauf hin, daß der Mörder sich bei Tage eingeschlichen hatte. Er konnte genausogut abends in das Büro eingedrungen sein, kurz vor der Ankunft seines Opfers.

«Ich bin sicher, daß keiner von uns jemals mit einem so starken Gegner zu tun gehabt hat», sagte Herberay am Schluß seiner Zusammenfassung. «Ich muß sagen, es fällt mir schwer, mich in ein solches Scheusal hineinzudenken. Dieser Kerl erledigt drei Menschen, versucht ein Attentat auf einen vierten, fährt zweihundert Kilometer weit, erschießt einen fünften und geht dabei jedesmal mit der gleichen Geschicklichkeit vor, der gleichen teuflischen Präzision, ich möchte fast sagen: der gleichen Perfektion. Er kommt mir beinahe wie ein übernatürliches Wesen vor. Was für eine Energie, eine Kühnheit... ein Genie!»

«Und warum dieses Gemetzel, warum?» fragte Girard nach einem Augenblick des Schweigens.

«Nehmen wir an – und diese Annahme hat sehr viel für sich –, daß die beiden Hausangestellten ermordet wurden, um sie am Reden zu hindern», sagte ich. «Für Roland gilt dieses Motiv nicht, weil Roland nichts weiß. Also müssen wir vermuten, daß man ihn einzig und allein deshalb ermorden wollte, weil er mit den Vignerays verwandt ist.»

Meine Begleiter nickten. Ich fuhr fort:

«Könnte es nicht sein, daß die drei Mordanschläge innerhalb ein und derselben Familie als Motiv eine große Erbschaft haben?»

Diesmal schüttelten Brunel und der Untersuchungsrichter die Köpfe, und mein Freund sagte: «Aber hör mal! Wenn einer mordet, um zu erben, richtet er es möglichst so ein, daß seine Verbrechen keinerlei Argwohn erwecken: sie sehen entweder nach einem natürlichen Todesfall oder höchstens nach einem Unfall aus; jedenfalls geht er nicht so direkt vor, daß seine Untaten einen solchen Wirbel hervorrufen und in alle Welt posaunt werden. Denk doch nur an die Zeitungsartikel, an die Reaktion der Öffentlichkeit.»

«Tatsächlich», schaltete Herberay sich ein, «ganz Paris spricht von nichts als ‹dem Fall›. Seit zehn Uhr werden Extrablätter mit der Meldung über die neueste Greueltat des ‹Geistermörders› ausgerufen. Wenn eine so bekannte Persönlichkeit wie Maître Charasse einer der Betroffenen ist, können Sie sich den Effekt ja selbst vorstellen.»

«Was wird erst los sein, wenn der Mord von Le Mans bekannt wird!» murmelte Girard.

«Und dann», sagte Brunel, seinen Gedanken weiter verfolgend, «stell dir doch mal vor, was für ein Argwohn auf einem Erben lasten würde, der auf diese Weise zu einer Erbschaft gekommen ist! Dieser Erbe müßte übrigens in unserem Fall noch Vignerays Mutter und die kleine Janine umbringen. Nein, deine Hypothese läßt sich nicht aufrechterhalten.»

Er wandte sich an den Richter.

«Ich fände es durchaus angebracht, der Großmutter und ihrer Enkelin Polizeischutz zu geben.»

«Seien Sie unbesorgt», sagte Herberay, «in Falaise ist bereits das Erforderliche veranlaßt worden. Das Haus wird strengstens überwacht. Ich habe übrigens die alte Madame Vigneray für morgen vormittag vorgeladen. Wenn Sie dabeisein wollen?»

«Gern. Vielen Dank.»

Wir kamen beim Justizpalast an.

«Ach, übrigens noch etwas», sagte der Beamte. «Ebenfalls morgen, um zwei Uhr, findet die Haussuchung in Marcel Vignerays Büro am Boulevard Haussmann statt. Ich zähle auf Sie...»

Herberay und Inspektor Girard stiegen aus. Brunel befahl dem Chauffeur: «Boulevard Saint-Germain.»

«Aber da kommen wir doch her!»

«Richtig. Noch mal dahin zurück.»

Der Chauffeur hatte beschlossen, sich über nichts mehr zu wundern. Ohne Widerrede ließ er den Wagen an.

Als wir ankamen, bezahlte Brunel den Taxifahrer und gab ihm ein reichliches Trinkgeld. Der Fahrer zeigte sich ehrlich erfreut.

«Brauchen Sie mich morgen wieder?»

«Hoffentlich nicht», sagte mein Freund seufzend.

Das Lächeln Doktor Didiers bestätigte uns den Bericht des Untersuchungsrichters.

«Charasse hat zum Glück eine ungemein kräftige Konstitution. Ich glaube, jeder andere in seiner Lage...»

Er führte uns in ein kleines, helles Zimmer. Roland Charasse lag im Bett, sehr blaß, mit geschlossenen Augen. Sein Atem ging geräuschvoll und kurz. Auf seiner Stirn lag eine Kompresse.

Als wir eintraten, schlug der Kranke die Augen auf. Er erkannte uns, richtete sich ein wenig auf, sank aber gleich mit einem Stöhnen zurück.

«Armer alter Junge», sagte Brunel und ergriff seine Hand.

«Ja, ich glaube, ich war schon ziemlich hinüber, wie man so sagt.»

Sein ganzes Benehmen zeugte von Panik.

«Was ist los?» fragte er mit schwacher Stimme.

Und als Brunel zögerte:

«Sprich doch, du machst mir Angst. Ich bin schon wieder ganz in Ordnung. Du kannst mir ruhig alles erzählen.»

«Julien wurde letzte Nacht ermordet.»

Rolands Mund blieb halb offen, sein Atem stockte. Seine Augen blickten fragend, und der Arzt flüsterte:

«Tot?»

«Tot», wiederholte Brunel.

«Entsetzlich!» stieß Doktor Didier hervor.

Der Kranke war auf sein Kopfkissen zurückgefallen. Ein paar Minuten blieb er mit geschlossenen Augen liegen. Schließlich sagte er mit beinahe unkenntlicher Stimme:

«Bitte die Einzelheiten.»

Noch einmal erstattete Brunel Bericht über unsere Fahrt.

«Aber wie denken Sie nun eigentlich über den Fall?» fragte der Arzt, als er damit fertig war.

«Was könnte ich denn denken? Das Rätsel ist genauso unlösbar wie das der Wohnung des Ehepaars Vigneray und wie das von Adèles Kammer.»

Dumpf fügte er hinzu:

«Ich habe nicht den Ehrgeiz, Unerklärliches... zu erklären.»

Er hatte Rolands Hand nicht losgelassen; er drückte sie behutsam.

«Und du, Roland, was weißt du? Wie ist das mit dir passiert?»

«Oh, diesmal ist die Sache nicht so geheimnisvoll. Du weißt: als wir uns verabschiedeten, fuhr ich nach Hause. Ich war wie zerschlagen, ich wollte gleich ins Bett. Aber bald merkte ich, daß ich nicht schlafen konnte. Ich war wie ein Irrer. Also fuhr ich in mein Büro, um zu arbeiten.»

Er lächelte den Arzt traurig an.

«Arbeit ist für mich immer das beste Beruhigungsmittel. Ich machte mich über meine Akten her. Ihr wißt ja, ich habe ein paar Prozesse laufen. Gewöhnlich halte ich mich mit Kaffee wach. Aber in jener Nacht brauchte ich das nicht, und deshalb trank ich erst gegen Schluß meiner Nachtarbeit ganz mechanisch davon.»

«Diesem Umstand verdanken Sie Ihr Leben», sagte Doktor Didier. «Eine längere Zeitspanne zwischen der Resorption des Giftes und dem Eingreifen Ihrer Freunde, und es wäre aus gewesen.»

Roland bedachte Brunel und mich mit einem freundschaftlichen Blick und fuhr dann fort:

«Die Wirkung trat sehr rasch ein. Es fing an wie ein Magenkrampf. Hunger, dachte ich. Aber bald wurde der Krampf zu einem Brennen, beinahe unerträglich. Niemals hätte ich geglaubt, daß man solche Schmerzen haben könnte. Ich wollte aufstehen, aber da wurde mir schwindlig.

Erst in diesem Zimmer hier kam ich wieder zu Bewußtsein. Dank der energischen Behandlung des guten Doktors. Den ich trotz aller Wertschätzung gern möglichst bald verlassen möchte.»

«Dieser Wunsch läßt sich nur dann schnell verwirklichen, wenn Sie sich ruhig verhalten und sich nicht allzu sehr aufregen», sagte der Arzt und legte dem Kranken eine neue Kompresse auf die Stirn.

«Und was unternehmt ihr jetzt? Wie weit ist die Untersuchung gediehen?» fragte Roland nach einer kurzen Pause.

Brunel ließ die Mundwinkel sinken.

«Alle tappen im dunkeln. Morgen früh wird deine Tante vernommen. Danach ist Haussuchung in Marcels Büro. Ich sage dir klipp und klar, daß ich mir keine großen Hoffnungen mache. Aber kann man je wissen?»

«Machen Sie mich nur schnell wieder gesund, Doktor», rief Charasse, «damit ich auch in den Kampf eingreifen kann.»

Mit einem Seufzer fügte er hinzu:

«Jetzt habe ich nicht nur meine Freunde zu rächen, sondern mich selber.»

«Kämpfen? Gegen wen denn, gegen was denn, Roland?» fragte Brunel.

Der Arzt bedeutete uns, wir dürften den Kranken nicht länger anstrengen, und so gingen wir, nachdem wir Roland versprochen hatten, ihn jeden Tag zu besuchen.

Wir fuhren nach Montmartre hinauf und aßen in einem Restaurant an der Place Turgot, dessen provinzielle Atmosphäre wir sehr gern hatten. Wir waren wie gerädert, und sobald wir gegessen hatten, trennten wir uns, um schleunigst schlafen zu gehen. Wir hatten verabredet, am folgenden Tag zusammen zu Mittag zu essen, damit Brunel mir sogleich über das Verhör berichten konnte.

Es hatte noch nicht zehn geschlagen, als ich bereits tief schlief.

6

Brunel kam gegen zwölf in das Restaurant. Sein Gesicht zeigte deutlich Zeichen der Erschütterung. Schwer ließ er sich auf die Bank fallen.

«War das ein Morgen!»

Ich forschte: «Ergebnis?»

«Nichts. Die alte Madame Vigneray weiß nichts, das Ganze ist ihr unbegreiflich. Die arme Frau! Ich bin zwar an den Anblick von Schmerz gewöhnt, aber das ist mir doch nahegegangen.»

«Und die kleine Janine?»

«Ein entzückendes Kind. Natürlich hat man ihr die gräßliche Wahrheit nicht gesagt. Sie glaubt, ihr Papa und ihre Mama seien auf Reisen. Aber sie fragte dauernd ihre Großmutter, warum sie weine, und dann weinte sie ebenfalls.»

Brunel seufzte tief.

«Marcel Vigneray wird morgen früh in Falaise beerdigt. Ich will die arme Mutter hinbegleiten.»

«Seid ihr im Beaujon gewesen?»

«Ja. Simone scheint es ein bißchen besser zu gehen, aber sie kann noch immer nicht sprechen. Der Schock wirkt immer noch nach, und etwas Entsetzliches scheint sie zu bedrücken. Ich muß schon sagen: ihre Augen haben mir Angst gemacht... Die Chirurgen wollen es morgen mit der Operation versuchen.»

«Und wie ist das Programm für heute nachmittag?»

«Um zwei Zusammenkunft in Marcel Vignerays Büro.»

«Du scheinst wenig Hoffnung zu haben.»

«Stimmt. Aber eines wollen wir nicht vergessen: der Mörder hat seinem Opfer die Brieftasche abgenommen. Das läßt auf das Vorhandensein gewisser wichtiger Dokumente schließen. Wir wollen nur hoffen, daß Rolands Vetter nicht alle seine Papiere bei sich trug und daß wir in seinem Büro noch ein paar interessante Stücke entdecken.»

«Du glaubst doch nicht etwa, daß irgendein Zusammenhang zwischen den Morden und Monsieur Vignerays Geschäften besteht?»

«Nein, das glaube ich nicht. Er befaßte sich mit völlig harmlosen kaufmännischen Dingen, keine Spur von Geheimnis. Was Herberay jedoch nicht hinderte, sich mit der amerikanischen Firma in Verbindung zu setzen, die Marcel Vigneray hier vertrat, und auch mit den letzten Kunden, die er besucht hat. Du weißt ja, daß er am Abend der Tragödie von einer Geschäftsreise durch die Normandie zurückkam. Wie vorauszusehen, blieben diese Nachforschungen ergebnislos.»

«Was erhoffst du dir also von der Haussuchung?»

«Ein paar Privatdokumente, die Vigneray in seinem Büro aufbewahrt haben könnte, im Geldschrank beispielsweise.»

Schweigend aßen wir ein paar Bissen. Brunel fragte:

«Hast du die Zeitungen gelesen?»

«Ja, die Polizei wird ziemlich heftig angegriffen.»

«Die Polizei...? Und *ich* erst! Hast du die Karikatur gesehen, die von...»

«Nein.»

Brunel lächelte.

«Warum lügst du? Hättest du sie nicht gesehen, hättest du das Ende meiner Frage abgewartet. Gib zu: sie ist wirklich komisch.»

«Ich finde sie vor allem unverschämt und ungerecht.»

«Da kann man nichts machen! Die gesamte Presse ist überzeugt, die Berichte der Präfektur seien gefälscht und die Angaben über die Umstände, unter denen alle diese Verbrechen durchgeführt worden sind, pure Erfindung zur Tarnung der Unfähigkeit der Beamten. Eine verständliche Einstellung. Müssen wir nicht als erste zugeben, daß die Wahrheit ziemlich unwahrscheinlich klingt?»

Nach dem Mittagessen gingen wir zu Fuß in Richtung der Grands Boulevards und rauchten eine Zigarette nach der andern.

Vignerays Büro befand sich in einem dieser typischen Geschäftshäuser aus Glas und Stahl. Herberay ließ nicht lange auf sich warten. Devoux, der Distriktskommissar, und Inspektor Girard begleiteten ihn. Die Beamten hatten den Schlüsselbund des Toten mitgebracht.

Wir fuhren zum dritten Stock hinauf. Eine Unmenge Türen mündeten auf den Flur. Herberay schloß die Tür von Nr. 37 auf, und wir betraten einen kleinen Vorraum, der von dem eigentlichen Büro durch eine Glaswand abgetrennt war.

In diesem Vorraum standen eine kurze Lederbank und ein Garderobenständer, an dem ein Regenmantel hing. Der Untersuchungsrichter durchsuchte sofort die Taschen, fand aber nur ein angebrochenes Zigarettenpäckchen, eine Streichholzschachtel und zwei alte Métro-Billets.

Wir gingen in das Büro, ein geräumiges, sehr helles, dem Boulevard zu gelegenes Zimmer. In der Mitte stand ein Mahagonischreibtisch, und an jeder Seite voluminöse, bequeme Ledersessel. Ein dritter Sessel stand an der Wand zwischen zwei Aktenschränken. In einer Zimmerecke fand sich eine Kopierpresse, auf einem Gestell mit Fächern die Kopierbücher mit dem traditionellen grünen Einband.

Auf dem Schreibtisch lag nur wenig herum; er ließ auf einen ordnungsliebenden Menschen schließen. Eine dicke Aktentasche war darauf abgestellt worden. Herberay machte sie auf.

«Nichts von Interesse», sagte er nach ein paar Augenblicken, «Kataloge, Fotos von Maschinen und ein paar kürzlich erfolgte Bestellungen. Vigneray war gerade von einer Geschäftsreise durch die Normandie zurückgekommen. Er ist kurz hier gewesen und hat seine Aktentasche abgestellt, ehe er nach Hause fuhr; das ist nicht weiter verwunderlich; wir sind hier ja ganz in der Nähe des Bahnhofs Saint-Lazare.»

Dann machten wir uns gemeinsam ans Werk und überprüften die Briefkopien und die in den Schränken aufbewahrten Akten. Wir fanden nichts, was nicht völlig mit Recht vorhanden gewesen wäre: Briefe an die Kunden, Weiterleitungen von Aufträgen an die Fabrik und Duplikate von Rechnungen. Wir stellten die Ordner wieder an ihren Platz.

«Was jetzt drankommt, dürfte aufschlußreicher sein; wenigstens hoffe ich es», sagte Devoux und zeigte dabei auf den Schreibtisch.

Der Schreibtisch war eines der üblichen Modelle: an jeder Seite drei Schubfächer und ein breites in der Mitte. Dieses öffnete Herberay als erstes. Es enthielt Briefpapier, Umschläge, Karten mit Firmenaufdruck und eine kleine Pappschachtel ohne Deckel, die der Richter auf die Schreibtischplatte stellte.

Sie enthielt ein halbes Dutzend Amateurfotos, die alle die Mutter, die Frau oder die Tochter des Verstorbenen zeigten.

«Armer Kerl!» sagte der Beamte und stellte die Schachtel zurück in das Schubfach. Dann öffnete er die drei Schubfächer links. Zwei davon waren leer; im dritten befand sich Büromaterial: Federhalter, neue Bleistifte, Schreibmaschinenpapier, Kohlepapier.

«Schlecht», sagte Herberay mit verkniffenem Mund und zog das erste Schubfach rechts auf.

Es war geteilt; der hintere Teil, ein besonderes Fach, war verschließbar. Das Schlüsselloch befand sich ganz oben und war kaum sichtbar.

«Irgendwas sagt mir: hier wird's heiß!» flüsterte Girard.

«Hoffen wir es», sagte Herberay und suchte den kleinsten Schlüssel am Schlüsselbund des Toten.

Das Schloß ließ sich ohne weiteres öffnen, und Herberay zog das innere Schubfach heraus. Es enthielt nur ein paar Stücke gelben Papiers von kleinem Format, die er rasch an sich nahm.

Auf den ersten Blick wußten wir, was es damit auf sich hatte. Es waren Quittungen für Einschreibsendungen. Im ganzen vier. Der Beamte hielt sie auf der flachen Hand vor sich hin.

Alle Scheine trugen denselben Namen und dieselbe Adresse: *Alfred Rupart, Rue du Commerce 49a*, und dieselbe Bezeichnung für das Abgesandte: *Brief*. Nur die Wertangaben wechselten. Drei Quittungen lauteten auf fünfzig Francs, die vierte auf zweihundert Francs.

«Das ist aber doch recht interessant!» rief Devoux. «Ich sehe nämlich nicht ein, warum Vigneray gewöhnliche Belege über Zahlungen an Lieferanten gesondert aufbewahrt haben sollte.»

«Haben Sie sich die Poststempel angesehen?» fragte Brunel aufgeregt. «8., 13., 17. und... 29. Mai, das Datum des Verbrechens.»

«Donnerwetter, ja!» rief Herberay. «Und ausgerechnet der Beleg über zweihundert Francs trägt dieses Datum!»

«Sollte es sich um eine Erpressung handeln?» fragte Girard. «Und hat etwa dieser Alfred Rupart seine zweihundert Francs, die Marcel Vigneray ihm unmittelbar nach der Rückkehr von der Reise geschickt hat, nicht zur rechten Zeit bekommen, so daß er hingegangen ist und seine Opfer ermordet hat?»

«Wir wollen nicht vorschnell sein», antwortete Brunel. «Erpresser arbeiten gewöhnlich nicht mit so bescheidenen Beträgen.»

Er setzte den Hut auf.

«Was einen kleinen Besuch in der Rue du Commerce Nr. 49a nicht hindern soll; der erscheint mir ziemlich wichtig.»

Wir ließen die beiden Beamten die Haussuchung fortsetzen und eilten hinunter. Ein Taxi brachte uns nach Grenelle.

Girard hielt mit seiner Freude nicht hinterm Berg.

«Endlich eine Fährte... und mir ist, als werde sie gut sein! Großer Gott! Ich brenne darauf, mir diesen Rupart mal näher anzusehen!»

Brunel schwieg sich aus. Sein abwesender Blick sagte mir, daß er tief in Gedanken versunken war.

An der Métrostation La Motte-Picquet stiegen wir aus und gingen zu Fuß bis zur Kirche Saint-Jean-Baptiste.

Rue du Commerce Nr. 49a ist ein fünfstöckiges Haus von bescheidenem Aussehen. Links neben der Tür hängt ein Schild mit der Inschrift: «Möblierte Wohnungen».

«Natürlich!» knurrte Brunel und zeigte auf das Schild.

Die Concierge war in ihrer Loge gerade dabei, ihren Radioapparat einzustellen. Eine alterslose Frau mit gebleichtem Haar und einem fuchsroten Kater auf der Schulter.

Unser Eintreten wurde von den ersten Takten der c-Moll-Symphonie von Beethoven begleitet. Als Inspektor Girard seinen Dienstausweis gezeigt hatte, stellte sich uns die musikwütige Concierge sogleich zur Verfügung.

«Monsieur Rupart ist seit einem Monat mein Mieter. Ich bin nämlich zugleich die Hausverwalterin. Er hat eine kleine Zweizimmerwohnung im zweiten Stock, nach der Straße hin.»

«Ist er jetzt im Hause?»

«Nein. Übrigens wohnt er da gar nicht, er kommt sogar fast nie her. Ein ganz sonderbarer Mieter ist das! Im ganzen habe ich ihn vielleicht fünf- oder sechsmal zu sehen bekommen. Ich glaube, er hat die Wohnung nur gemietet, um sich seine Post herschicken zu lassen... Doch, da fällt mir ein: eines Tages hat er mal Besuch bekommen.»

«Herr oder Dame?» fragte Brunel; er mußte sehr laut sprechen, um den Lautsprecher zu übertönen.

Die Symphonie, in die sich unterschiedliche Nebengeräusche mischten, war unkenntlich geworden. Liebenswürdigerweise schaltete die Concierge ab, nicht ohne uns mit einem Lächeln anvertraut zu haben:

«Die Fünfte... die mag ich am liebsten.»

«Herr oder Dame?» fragte Brunel nochmals.

«Ein Herr.»

«Wissen Sie noch, wie er ausgesehen hat?»

Die Frau dachte einen Augenblick nach und streichelte dabei ihren Kater.

«Ein Herr von etwa vierzig, ziemlich gut angezogen, glaube ich, mit einem kleinen Schnurrbart. Ich habe ihn mir nur flüchtig angesehen.»

«Sie haben gesagt, Monsieur Rupart bekomme Briefe?»

«Ach, viele waren es nicht, drei oder vier vielleicht, aber alle eingeschrieben. Er weiß genau, wann der Briefträger kommt. Wenn ich mir die Sache richtig überlege, meine ich tatsächlich, er käme nur seinetwegen.»

«Wann haben Sie Monsieur Rupart zum letztenmal gesehen?»

«Gestern morgen! Gestern um elf, wenn der Briefträger hier austrägt, ist er gekommen. Es war übrigens was für ihn dabei.»

Girard warf mir einen raschen Blick zu. Brunel fuhr fort:

«Für wie lange hat er gemietet?»

«Für zwei Monate. Ende Juni läuft sein Vertrag ab.»

«Was für eine Art von Mensch ist er?»

«Ach, ein ganz komischer Kerl. Ein kleines Männchen, nicht mal so groß wie ich, ganz verhutzelt, ganz schmächtig, mit einer Art Totenkopf. Und bei allem noch unliebenswürdig! Kaum daß er mir guten Tag sagt!»

«Welche Wohnung im zweiten Stock hat er?»

«Die rechts... Aber Sie wollen doch nicht etwa...?»

«Keine Sorge!»

Brunel verbeugte sich leicht.

«Ich bin Ihnen für diese Auskünfte unendlich dankbar. Natürlich verlasse ich mich auf Ihre Diskretion. Kein Wort über unsere Unterhaltung an wen auch immer.»

«Da können Sie ganz beruhigt sein», antwortete die Concierge und streckte schon wieder die Hand nach ihrem Radioapparat aus.

Unter Musikbegleitung gingen wir hinaus. Im Hausflur sagte Brunel zu uns:

«Wartet auf dem Trottoir gegenüber auf mich. Ich komme gleich wieder. Ich will nur da oben mal ein bißchen Umschau halten.»

Girard wandte ein: «Und wenn unser Mann kommt?»

«Pah! Das muß ich eben riskieren, aber es würde mich wundern. Bedenkt doch, was die gute Frau uns eben gesagt hat. Jetzt wird keine Post ausgetragen. Übrigens schaue ich nur eben mal rein.»

Und er ließ sich beinahe auf alle viere nieder, um an der Glaswand der Loge vorbeizuschleichen.

Wir überquerten die Straße.

«Die Schilderung des Besuchers von Alfred Rupart war zwar ein bißchen vage, aber sie scheint doch auf Vigneray zu passen», sagte ich.

«Ganz meine Meinung», antwortete Girard.

Und anschließend sagte er:

«Dann hat Rupart also die Kühnheit aufgebracht, herzukommen und den Brief mit den zweihundert Francs abzuholen.»

«Nichts beweist, daß er der Mörder ist.»

«Richtig. Aber auf alle Fälle scheint er eine Rolle bei der Sache gespielt zu haben.»

«Aber welche?»

Ein paar Minuten später stieß Brunel wieder zu uns.

«Nichts! Die Concierge hat recht gehabt. Die Wohnung wirkt wie unbewohnt. Kein weggeworfenes Papier, nichts, überhaupt nichts weist auf einen Bewohner hin, nicht mal ein bißchen Zigarettenasche.»

«Wie ist denn die Wohnung?»

«Zwei Räume: Eßzimmer und Wohn-Schlafzimmer. Telefonanschluß; das kann von Wichtigkeit sein.»

Mein Freund sah Girard an:

«Ihre Hypothese von vorhin, erhält eine sonderbare Bekräftigung, alter Freund. Die Vorstellung, ein Erpresser miete unter falschem Namen ein kleines Pied-à-terre gerade für die Zeit, die er zur Durchführung eines Handels braucht, mutet ziemlich wahrscheinlich an. Dadurch hat er die Möglichkeit, nach Abschluß seines ‹Geschäfts› spurlos zu verschwinden. Wir müßten in diesem Fall allerdings annehmen, daß die auf den Quittungszetteln vermerkten Beträge nicht den tatsächlich übersandten Summen entsprechen; die müßten sehr viel höher gewesen sein.»

«Aber aus welchem Grund könnte Vigneray erpreßt worden sein?» fragte ich.

«Das frage ich mich auch. Vigneray war ein durch und durch anständiger Mensch, und seine Familie ist für Skandale nicht sehr ergiebig.»

«Also?»

Brunel breitete die Arme aus; das hieß: er wisse es nicht.

Girard sah plötzlich düster drein.

«Wenn unser Erpresser einer möglichen Gegenmaßnahme entwischt», brummte er, «so entwischt er gleichzeitig der Polizei. Wie sollen wir ihn jetzt schnappen? Denn daß er wieder hierherkommt, halte ich für recht unwahrscheinlich.»

«Wer weiß?» sagte ich. «Vielleicht ahnt er nicht, daß wir seine Adresse herausbekommen haben. Vielleicht denkt er gar nicht an die Quittungen für die Einschreibbriefe. Er kann ja glauben, der Absender habe sie vernichtet.»

«Könnte sein», stimmte der Inspektor zu. «Außerdem bleibt uns keine Wahl. Diese Fährte ist die einzige, die wir besitzen. Unmöglich, sie aufzugeben.»

Gerade gegenüber von 49 a befand sich ein schäbiges kleines Café.

«Das ist ein Beobachtungsposten, wie man ihn sich nicht besser wünschen kann», sagte Girard. «Wir brauchen nur nacheinander Wache zu schieben, wie beim Militär.»

Wir stießen die Tür des Cafés auf und gelangten in einen niedrigen, düsteren Raum und glaubten zuerst, er sei leer. An den Wänden führten verschlissene Bänke entlang, davor standen mit den Schmalseiten aneinander kleine Tische, die so eine lange Marmorfläche bildeten. Hinten im Raum befand sich zwischen zwei Türen ein breiter Schanktisch. In der einen Ecke führte eine Wendeltreppe nach oben.

Wir taten ein paar Schritte und bemerkten hinter dem Schanktisch einen beleibten Mann mit dickem Schnurrbart; er hatte die Ärmel aufgekrempelt und spülte Gläser.

Girard flüsterte sofort: «Oha! Das trifft sich gut», und ging mit ausgestreckter Hand auf den Schanktisch zu.

Mit einer raschen Geste trocknete sich der Mann die Hand an seiner blauen Schürze ab und reichte sie dem Inspektor. Sie fingen an, miteinander zu tuscheln.

«Girard hat recht», flüsterte Brunel mir zu. «Es trifft sich gut.»

«Ein Spitzel?»

«Bestimmt!»

Girard trat wieder zu uns.

«Auguste weiß nichts über unsern Mann, aber er stellt uns sein Eßzimmer zur Verfügung. Da sind wir völlig ungestört und können das Haus gegenüber beobachten.»

Besagter Auguste beugte sich über die Theke und machte die Tür neben der Treppe auf.

«Gehen Sie hier hinein, meine Herren; da sind Sie bestens aufgehoben. Die Gardinen sind dicht, von draußen kann Sie keiner sehen, und Sie können ungestört Umschau halten.»

Wir betraten einen kleinen Raum mit schmutziger Decke und schmutzstarrenden Wänden. Sein spärliches Licht erhielt er durch ein schmales Fenster mit gelben Gardinen. Ein Küchenschrank, ein runder Tisch mit abblätternder Wachstuchdecke und vier grobgeflochtene Strohstühle bildeten die ganze Einrichtung. Ein paar Buntdrucke zierten die Wände: ein Karpfen auf einer Schüssel, eine Obstpyramide, ein an einem Lauf aufgehängter Hase. Durch die Löcher in den Gardinen konnte man leicht alles übersehen, was auf der Straße vor sich ging.

Auf Girards Bestellung hin servierte der dicke Mann uns Apéritifs; dann zog er sich diskret wieder hinter seinen Schanktisch zurück. Wir rückten die Stühle ans Fenster.

«Besser hätten wir es uns gar nicht erhoffen können», sagte Brunel aufgeräumt. «Wenn die Verpflegung leidlich ist, hat der Wachtposten keinen Grund zur Klage...»

«Ich kann getrost behaupten, daß Augustes Frau eine recht ordentliche Köchin ist», meinte Girard schmunzelnd.

Er trank die Hälfte seines Glases aus und fügte hinzu:

«Ich will zwei oder drei Kollegen herrufen, damit wir nicht allzuoft wachen müssen. Jetzt sollten wir nur noch die Concierge bitten, uns ein Zeichen zu geben, wenn ihr interessanter Mieter sich blicken läßt.»

«Das will ich übernehmen», sagte Brunel und stand auf. «Bei einem Fall wie dem unsern könnte sich eine Verspätung von fünf Minuten katastrophal auswirken.»

Er war bald wieder zurück.

«Alles klappt bestens. Die gute Frau scheint nicht mal dumm zu sein. Sobald ihr Mieter im Haus ist, will sie vor die Tür treten und sich die Nase putzen. Also kommt nur eins in Frage: Nummer 49 a nicht aus den Augen lassen.»

«Und die ‹Fünfte›?» fragte ich.

«Geht zu Ende... die schnellen Passagen der Kontrabässe sind nicht ganz sauber.»

Unter heiterem Geplauder leerten wir unsere Gläser. Wir waren plötzlich glücklich.

Ein paar Minuten danach verabschiedeten wir uns von Girard, der die erste Wache übernahm. Zunächst fuhren wir zum Krankenhaus Beaujon, wo uns bestätigt wurde, daß die Operation am folgenden Tag stattfinden sollte.

Simone Vigneray lag mit offenen Augen da. Die Starrheit ihres Blicks gab ihr ein erschreckendes Aussehen. Sie erkannte Brunel nicht.

Vom Krankenhaus eilten wir zu Doktor Didier.

Nicht weit von der Haustür sahen wir zwei Männer stehen, die wir sofort als Kriminalbeamte erkannten.

«Devoux und Herberay sind überzeugt davon, daß der Mörder es nicht bei seinem Fehlschlag bewenden lassen und einen zweiten Versuch gegen Roland unternehmen wird», sagte Brunel.

«Glaubst du, daß diese Bewachung ausreichend ist?» rief ich.

«Bei einem Gegner wie dem, mit dem wir es zu tun haben, frage ich mich, welche Schutzmaßnahmen ausreichend wären», antwortete Brunel fast kleinlaut.

Wir stiegen schweigend die Treppen hinauf. Unwillkürlich suchten wir jedes Geräusch zu vermeiden. Die Erinnerung an die rätselhaften, aber furchtbaren Hilfsmittel, über die der Feind zu verfügen schien, hätte genügt, daß sich unsere Hoffnungen auf der Stelle verflüchtigten und der schöne Enthusiasmus, den wir eben noch bezeigt hatten, hinschwand.

An Rolands Bett fanden wir die alte Madame Vigneray. Sie war eine Frau von etwa sechzig Jahren. Der Kummer hatte tiefe Furchen in ihr Gesicht gegraben. Es war wächsern, und nicht einmal die blassen Lippen hoben sich davon ab. Alle Augenblicke kamen ihr die Tränen, und sie wischte sie mit einer regelmäßigen Handbewegung ab.

Die Sprechweise der armen Frau war langsam wie ihre Gesten. Man spürte, daß sie am liebsten ganz still dagesessen hätte und daß jede Bewegung für sie mit Schmerzen verbunden war.

Dem Kranken ging es besser. Er hatte so gut wie kein Fieber mehr, und seine Wangen zeigten einen rötlichen Schimmer. Sein Gesicht zeigte keinen Schmerz mehr, wohl aber eine tiefe Angst. Und ich mußte an die Todesdrohung denken, die über unserem Freund schwebte.

«Wie geht es Simone?» fragte Madame Vigneray, als sie Brunel die Hand reichte.

«Den gegebenen Umständen angemessen. Ein Verhör kommt augenblicklich nicht in Frage. Morgen soll versucht werden, das Geschoß zu entfernen.»

«Und die Nachforschungen?» fragte Roland.

Brunel gab eine knappe Schilderung unseres Besuchs im Büro Vignerays und der Auffindung der Quittungen auf den Namen Alfred Rupart.

«Ob der etwa der Mörder ist?» fragte Madame Vigneray.

«Das läßt sich vorerst noch nicht behaupten», antwortete Brunel. «Aber alles weist darauf hin, daß dieser Rupart in dem Drama eine wichtige Rolle gespielt hat. Haben Sie nie gehört, daß Ihr Sohn den Namen erwähnte?»

«Nein, nie», antwortete Madame Vigneray nach einigem Nachdenken.

«Und du, Roland?»

«Auch nicht. Ich höre ihn zum erstenmal. Könnte ich mich nur an der Wache vor dem Haus dieses Kerls beteiligen!»

Er schaute den Arzt an:

«Sie haben es mir versprochen, lieber Freund: innerhalb von achtundvierzig Stunden kann ich hier heraus.»

Der Arzt nickte.

«Unter der Voraussetzung, daß Sie vernünftig sind und sich nicht aufregen wie gerade eben.»

Aus dem Nebenzimmer hörte man dann und wann ein leichtes Geplapper, in das sich ein fröhliches Bellen mischte. Auf meinen verwunderten Blick hin stand Doktor Didier auf und gab mir einen Wink, ihm zu folgen.

Behutsam machte er die Tür spaltbreit auf, und ich blickte in ein hell tapeziertes Wohnzimmer. Auf einer Couch, mit dem Rücken zu uns, kniete ein ganz kleines Mädchen vor einem Affenpinscher. Sie hatte eines der Ohren des Hundes hochgehoben, damit er sie besser verstehe, und hielt ihm eine lange Rede, in der häufig die Wörter «Papa» und «Mama» vorkamen.

Wir wandten uns ab, und der Arzt schloß leise die Tür.

Roland Charasse war uns mit den Blicken gefolgt. Ich sah, daß sich seine Augen mit Tränen füllten.

«Sie darf es erst so spät wie möglich erfahren, Tante», sagte er zu der unglücklichen Großmutter.

Die alte Dame antwortete durch ein Nicken und barg das Gesicht in den Händen.

Wir verabschiedeten uns. Auf der Treppe faßte Brunel mich fest am Arm.

«Erinnerst du dich des Tages, an dem ich dir meine Einstellung zu Verbrechern erläutert habe?»

«Ja... den Verbrechern, denen du von ganzem Herzen für die gesunden Ablenkungen danktest, die sie dir verschafften, den Verbrechern, die du dir noch hundertmal abgefeimter und furchtbarer wünschtest... Ich war damals sehr schockiert.»

«Heute werde ich dich nicht schockieren.»

Er packte mich wieder am Arm und diesmal so kräftig, daß ich die Zähne zusammenbeißen mußte.

«Hätte ich den Kerl nur vor der Pistolenmündung und könnte ihn umlegen, ihm den Schädel zersprengen wie einer räudigen Bestie!»

Er zitterte vor Wut, und mit einem kurzen Auflachen, das mir durch und durch ging, knirschte er:

«Aber *welchen* Kerl? Ich vergesse, daß ja überhaupt kein Mörder vorhanden sein kann... drei Tote, morgen vier, wer weiß? Denn ganz unter uns: ich habe Angst um Simone... *vier Morde und kein Mörder!* Es ist, um mit dem Kopf gegen die Wand zu rennen!»

Vorsichtig erinnerte ich ihn:

«Und Alfred Rupart?»

«Richtig, wir haben ja noch Rupart. Aber wenn ich sage: ‹wir haben›, so ist das rein theoretisch.»

Er schaute auf seine Armbanduhr.

«Sechs. Wir wollen nochmals hin. Vielleicht hat Girard zufällig Glück gehabt.»

Als wir der Rue du Commerce entgegenfuhren, sprach Brunel weiter:

«Ich kann mir einfach nicht vorstellen, daß dieser Alfred Rupart, dessen Vorhandensein so leicht herauszufinden war, der Mörder sein soll. Ein Verbrecher, der soviel Erfindungsgeist gezeigt hat, soviel Präzision bei der Durchführung seiner Untaten, würde doch kaum eine solche Nachlässigkeit begehen: Beweismittel wie diese Posteinlieferungsscheine bestehen zu lassen, von deren Existenz er doch weiß, weil er die Einschreibbriefe bekommen hat.»

«Das kann er vergessen haben.»

Brunel schüttelte den Kopf:

«Ein solcher Mensch vergißt nichts.»

«Aber was hätte er denn tun sollen?»

«Das was wir selber getan haben. In Vignerays Büro einbrechen und sie an sich bringen.»

«Das hat er vielleicht nicht gewagt.»

«Nicht gewagt!»

Mein Freund zuckte die Achseln, und die Naivität meiner Bemerkung machte mich verlegen.

Ein Mann, der sich nach der Metzelei in der Rue Greuze bei Roland Charasse eingeschlichen hatte, um ihn zu vergiften, der dann nach Le Mans gefahren war, um einen lästigen Zeugen zu beseitigen, würde wohl kaum davor zurückschrecken, eine einfache Haussuchung vorzunehmen, mit der keinerlei ernstliche Schwierigkeit verbunden war.

War Alfred Rupart, wie Brunel befürchtete, nur ein untergeordnetes Organ, nur der unvorsichtige Komplice des «rätselhaften Mörders»?

Das Café war jetzt voller Leute. In der verräucherten Gaststube lärmten einige Belotespieler, vor denen ansehnliche Stapel von Untertassen standen. Am Schanktisch versah nun die Frau den Dienst, eine dicke Brünette mit glänzendem Kuhgesicht. Auguste strich an den Tischen entlang, zwei Flaschen in jeder Hand, unterm Arm einen Lappen, und sah den Spielern über deren Köpfen hinweg zu.

Wir trafen Girard in Gesellschaft eines kleinen, grauhaarigen Mannes mit erschreckend breitem Hinterteil, den er uns folgendermaßen vorstellte:

«Inspektor Magloire von der Mordkommission, ein ganz Gerissener.»

Brunel deutete auf die Straße. Girard schüttelte den Kopf; dann zog er ein Papier aus der Tasche und hielt es uns hin.

«Die Kopie des Rapports vom Gerichtsarzt in Le Mans; Magloire hat sie mir gerade gebracht. Julien Blanchot soll nach seiner Verwundung noch eine gute Stunde gelebt haben. Gestorben ist er an Blutverlust. Hätte der arme Teufel telefonieren können, wäre er wohl davongekommen.»

Indem er den Rapport überflog, fragte Brunel: «Sonst nichts?»

Inspektor Magloire antwortete:

«Doch. Das Gericht in Le Mans hat uns das Geschoß aus Blanchots Leiche geschickt. Die Fachleute sind einer Meinung. Herr und Diener wurden mit derselben Waffe ermordet.»

«Natürlich. Und wissen Sie, ob in Monsieur Vignerays Büro noch etwas entdeckt wurde?»

«Nichts sonst. Ich habe Devoux nach seiner Rückkehr gesprochen. Ach so: bevor ich hierherkam, ging ich beim Postamt Ecke Boulevard Haussmann und Rue Gluck vorbei; es liegt dem Bürogebäude am nächsten. Nach der Nummer in der dortigen Liste ist der Brief vom 29. Mai gegen sechs Uhr abends am Schalter aufgegeben worden.»

«Genau das hatten wir uns gedacht. Der arme Vigneray muß den Brief unmittelbar nach Verlassen des Zuges aufgegeben haben.»

Brunel trat ans Fenster und fragte:

«Viel Verkehr in Nr. 49a?»

«Nein», sagte Girard. «Alles in allem etwa ein Dutzend Leute.»

Daraufhin verfielen wir alle in Schweigen; es dauerte bis zur Stunde des Abendessens an. Girard hatte recht gehabt. Die Wirtin kochte vorzüglich. Aber wir erwiesen ihrer Kochkunst wenig Ehre.

Während des Essens besprachen wir die Reihenfolge und die Zeiten unseres Wachdienstes. Am nächsten Tag sollte uns noch ein weiterer Inspektor zugeteilt werden. Dann würden wir fünf sein, um das Haus zu überwachen. Wir setzten die Dauer für jeden auf acht Stunden fest.

Es war noch taghell, als Brunel aufstand.

«Morgen wird Marcel Vigneray begraben; da muß ich beizeiten auf sein, und ich sage euch: ich bin zum Umfallen müde.»

Girard leistete Magloire, der Wache hatte, noch ein Weilchen Gesellschaft. Brunel und ich verließen die Gaststätte.

Nach vergeblichem Warten auf ein Taxi setzten wir uns in Richtung auf den Boulevard de Grenelle in Marsch; von dort aus wollten wir mit dem Autobus nach Montmartre fahren.

Aber wir waren so tief in unsere Gedanken versunken, daß wir, statt auf dem Boulevard nach links abzubiegen, mechanisch geradeaus weitergingen, die Avenue La Motte-Picquet entlang.

Erst mitten auf dem Pont de la Concorde bemerkten wir unsere Zerstreutheit. Als wir einander anblickten, erschrak jeder von uns über den verstörten Gesichtsausdruck des andern.

Den Rest des Weges legten wir im Taxi zurück. Am Eingang der Cité Malesherbes verabschiedete ich mich von Brunel.

«Wenn es noch lange dauert, bis wir den Schlüssel zu diesem grauenhaften Abenteuer finden, dann werden wir, fürchte ich, verrückt», sagte mein Freund, als er mir die Hand drückte.

Ich war überzeugt, daß er damit nicht übertrieb.

7

Samstag, der 7. Juni. Mein Leben lang werde ich dieses Datum nicht vergessen.

Seit gut einer Woche hatten wir das Haus Rue du Commerce 49 a vergebens überwacht, und ohne es uns einzugestehen, waren wir alle überzeugt, unsere Zeit zu vergeuden, und daß der geheimnisvolle Mieter nie wieder den Fuß in seine Wohnung setzen werde. Entweder weil er mißtrauisch geworden war, oder auch, weil für ihn kein Grund zur Rückkehr in seine provisorische Behausung mehr bestand.

Ich wollte meinen fünften Wachdienst antreten und kam zu früh; meine Zeit begann erst um drei, aber es war kaum Viertel nach zwei. Im Autobus, der mich nach Grenelle brachte, dachte ich wieder über alle Einzelheiten dieser Tragödie nach, die sicherlich eine der ungewöhnlichsten unter den in der Kriminalgeschichte verzeichneten war und die vielleicht niemals aufgeklärt werden würde. Sofern der Mörder nicht noch mal etwas unternahm und sich dabei so *ungeschickt* verhielt, daß er uns eine Möglichkeit bieten würde, ihn zu schnappen.

Genau das hatte eine große Morgenzeitung sehr treffend in der lapidaren Schlagzeile zusammengefaßt:

Worauf wartet die Polizei noch? Auf ein weiteres Verbrechen?

Die Zeitungen waren voll von Aufnahmen der Opfer und der Tatorte. Man sah die Wohnung in der Rue Greuze; das Fenster, aus dem Madame Vigneray um Hilfe gerufen hatte, war durch ein Kreuz bezeichnet worden; man sah Maître Charasses Büro, das Landhaus bei Le Mans mit dem vergitterten Fenster und den eisernen Läden, *«die jedem Versuch trotzten»*, und der dicken Eichentür, *«durch die der Verbrecher vergebens einzudringen versucht hatte»*.

In den Witzblättern war eine Lawine von Karikaturen erschienen. Eine davon errang wahre Triumphe. Die Zeichnung war zweiteilig; auf der einen Seite, sehr dünn hingestrichelt, sah man einen Mann mit dem Revolver im Anschlag; auf der andern, in kräftigen Strichen, die Schar der mit dem Fall beauftragten Beamten. Darunter konnte man lesen: *«Der, von dem man nicht genug sieht»*, und: *«Die, von denen man viel zuviel sieht.»*

Auch André Brunel war nicht geschont worden. Er wurde beim Tischrücken dargestellt: *«Geist Sherlock Holmes', inspiriere mich!»*

Madame Vignerays Operation war gut verlaufen. Das Geschoß hatte entfernt werden können; aber für die arme Frau war das Schlimmste noch lange nicht überstanden. Ihr Schwächezustand verbot nach wie vor jede Vernehmung. Da man befürchtete, jede Erregung könne für die Verletzte von verhängnisvoller Wirkung sein, hatten die Ärzte sogar jeden Besuch verboten.

Mit Besorgnis verfolgten Beamte und Öffentlichkeit die täglichen Berichte über ihren Zustand. Ganz sicher wünschten viele mehr aus Hoffnung auf irgendeine sensationelle Enthüllung als aus reiner Menschlichkeit eine baldige Besserung im Befinden der unglücklichen Frau.

Es erübrigt sich, zu sagen, daß das aus der Wunde entfernte Geschoß aus dem gleichen Revoler stammte wie die andern Geschosse.

Selbstverständlich war über die Fährte, die wir durch die Posteinlieferungsscheine aufgespürt hatten, absolutes Stillschweigen bewahrt worden. Der völlig wiederhergestellte Roland Charasse hatte unsere kleine Wachmannschaft vergrößert. Er hatte bisher nur einmal Wache geschoben.

Inspektor Magloire, den ich ablösen sollte, war gerade mit dem Mittagessen fertig. Er erwartete mich, die nicht angesteckte Zigarre im Mund. (Es war Weisung erteilt worden, nicht zu rauchen. Der Lichtschein hätte durch die Gardine hindurch gesehen werden können.) Der Inspektor wirkte niedergeschlagen.

«Ich langweile mich», brummelte er, «ich langweile mich. Wie belebend wäre ein kleines Spielchen.»

Er lud mich zu einem Cognac ein und ging dann weg. Und ich begann meine fünfte Wache.

Im Grunde machte dieser Dienst mir wenig aus. Das Getriebe auf Straßen hat mich immer schon interessiert; doch nie zuvor hatte ich Gelegenheit, so lange und noch dazu von einem so günstigen Platz aus diese Bühne zu beobachten.

Nachmittags um vier (die Inpektoren hatten darauf bestanden, daß Brunel und ich von Nachtwachen verschont blieben), erfuhr ich erstaunliche Dinge.

Ich stellte fest, daß die Ausgänge der Büglerin genau mit der Stunde zusammenfielen, wo der Eisenwarenhändler von nebenan ein bißchen spazierenging; seine gefällige Ehefrau versah dann den Laden allein. «Sie sagt, ihr Mann müsse an die frische Luft; sie findet, er mache sich nicht genügend Bewegung», berichtete mir Auguste.

Ich bemerkte, daß die Mieterin vom ersten Stock des Hauses mit den möblierten Wohnungen, eine appetitliche, immer lächelnde Blondine, ausgedehnteste Beziehungen zur Männerwelt unterhielt. Ihre Besucher folgten einander in erstaunlicher Geschwindigkeit, ohne daß je einer dem andern begegnete.

Ich stellte fest, daß sich um vier Uhr zehn drei Schuljungen vor der Konditorei einfanden. Nur einer ging hinein. Ich weiß nicht, was er kaufte; aber ich stellte mir vor, daß dieser Kauf keinen andern Zweck verfolgte, als die Verkäuferin möglichst weit nach hinten in den Laden zu locken. Die beiden vor der Auslage stehengebliebenen Burschen handelten dann mit bemerkenswerter Schnelligkeit und Genauigkeit. Sie taten, als wollten sie die ausgestellten Wunderdinge aus Zuckerzeug ganz aus der Nähe betrachten und beugten sich so weit nach vorn, daß ihre aufgeknöpften Mäntel die Gläser mit den Bonbons völlig verdeckten. Die Rolle jedes einzelnen war genau festgelegt. Der eine hob den Deckel ab, der andere steckte die Hand in das Glas. Dreimal glitt die Hand in die Tasche; dann wurde der Deckel behutsam wieder aufgesetzt, und die beiden Kumpane gingen mit hocherhobenem Kopf und ziemlich hastigen Schritten davon.

Unmittelbar danach kam der dritte Lümmel wieder aus dem Laden heraus. Etwa dreißig Meter entfernt fand sich das Trio wieder zusammen. Die Teilung fand wahrscheinlich hinter der nächsten Straßenecke statt. Aber diese harmlosen Ablenkungen ließen mich natürlich mein Auftragsziel nicht vergessen, und ich ließ das Haus Nr. 49 a keine Minute aus den Augen.

Es war gegen Viertel nach vier. Schon seit einer kleinen Weile beobachtete ich die Ecke der Rue du Théâtre und wartete auf meine drei Schuljungen, da zuckte ich zusammen. Ein Mann kam um die Ecke und schritt auf mich zu.

Es war ein untersetzter Mann; er trug einen fleckigen Regenmantel und einen grünlichen, verschossenen Hut. Sein langes, mageres, bleifarbenes Gesicht war glatt rasiert. Er wirkte kränklich und notleidend. Viel zu langes, schmutzigblondes Haar fiel ihm auf den Kragen und unterstrich noch sein ungesundes Aussehen.

Ich hatte diesen Mann nie gesehen. Warum also plötzlich meine Unruhe?

Natürlich kannte ich die Schilderung der Concierge: «Ein kleines Männchen, nicht mal so groß wie ich... ganz verhutzelt... mit einer Art Totenkopf.» Aber das war vage.

Der Mann war jetzt nur noch wenige Schritte von Nr. 49 a entfernt. Ich konnte sein Gesicht besser erkennen. Es war eingefallen, man erahnte das Skelett, so dicht lag die Haut auf den Knochen. Die Augen schienen die eines Toten; sie waren glasig, ohne jeden Ausdruck, beinahe blicklos.

Der Mann war jetzt nur noch drei Schritte von der Haustür entfernt. Meine Erregung stieg auf den Höhepunkt. Ich wollte etwas tun. Mein Atem ging stoßweise.

Der Mann ging hinein.

Mir stockte der Atem. Das Blut strömte mir in die Schläfen. Jetzt gab es keinen Zweifel mehr. Der Mann im Regenmantel war tatsächlich Alfred Rupart. Daher steigerte sich meine Erregung auch nicht mehr, als ich ein paar Augenblicke später die dicke Concierge erscheinen sah.

Sie hatte sich mit einem Besen bewaffnet. Um ihr Herauskommen zu motivieren, fegte sie das Trottoir; dann zog sie ein riesiges Schnupftuch aus der Tasche und schneuzte sich zweimal ausgiebig. Danach sah sie zu meinem Fenster hinüber und ging in ihre Loge zurück.

Ich wartete. Eine Minute verrann, und mich packte plötzlich eine unbezwingliche Ungeduld. Das Vernünftigste wäre sicher, nach Ruparts Herauskommen seine Verfolgung aufzunehmen. Aber ich hatte die überdeutliche Empfindung, ich beginge eine nichtwiedergutzumachende Dummheit, wenn ich ruhig auf meinem Beobachtungsposten bliebe, während der Rätselhafte in der Wohnung war.

Warum war Alfred Rupart wiedergekommen? Was trieb er in der Wohnung? War es nicht höchst wichtig, das herauszufinden?

Fast ohne es zu wissen, als ob ich einer geheimnisvollen Macht gehorchte, verließ ich meinen Beobachtungsposten. Ich verließ das Café, überquerte die Straße, ging in das Haus Nr. 49 a. Nie werde ich den hastigen, betroffenen Blick vergessen, den die Concierge mir zuwarf, als ich an ihrer Loge vorbeiging.

Erst als ich auf dem Treppenabsatz des zweiten Stocks angelangt war, hatte ich mein Tun wieder unter Kontrolle. Ich legte das Ohr an die Tür. In der Wohnung herrschte tiefste Stille.

«Was ich hier treibe, ist blöd», sagte ich mir. «Ich muß wieder hinuntergehen. Vielleicht wartet Rupart bloß auf einen Brief; ich will den Briefträger, wenn er kommt, anhalten.»

Eilends stieg ich die Treppe hinunter. Aber ich war noch keine vier Stufen weit gekommen, als ich starr stehenblieb. Aus der Wohnung tönte ein kurzes Klingeln: das Telefon.

Ein paar Sekunden später stand ich abermals auf dem Treppenabsatz und preßte das Ohr an die Tür. Leider konnte ich nichts verstehen; der Apparat mußte in dem zweiten Zimmer sein.

Also war Rupart einzig und allein wegen dieses Telefongesprächs wieder in seine Wohnung gekommen.

Bei genauerem Überlegen verlor diese Hypothese allerdings an Wahrscheinlichkeit; denn dieser merkwürdige Mensch hätte sich doch genausogut irgendwoanders anrufen lassen können. Aber die Theorie eines Zufalls hatte auch nicht mehr für sich.

Ich zögerte nicht länger. Ich wußte, was Brunel unter diesen Umständen getan hätte, so unvorsichtig es auch sein mochte. Außerdem: jetzt oder nie war die Gelegenheit, aus den Lehren, die mein Freund mir in müßigen Minuten erteilt hatte, Nutzen zu ziehen.

Ich schob meinen Dietrich ins Schlüsselloch. Die Tür ging geräuschlos auf.

Vor mir lag ein Zimmer mittlerer Größe, ziemlich kärglich möbliert; nur ein viereckiger Tisch verlieh ihm das Aussehen eines Eßzimmers. Hinten war eine Tür. Sie mußte in das Wohn-Schlafzimmer führen, von dem Brunel gesprochen hatte.

Ich ließ die Eingangstür angelehnt, um mir eine schnelle Flucht zu ermöglichen, und ging einige Schritte in das Zimmer hinein. Vom Wohnzimmer her konnte ich eine leise Stimme vernehmen. Mit doppelter Vorsicht ging ich bis auf einen Meter an die Tür heran und beugte mich gespannt lauschend vor. Jetzt konnte ich verstehen, was gesprochen wurde:

«...also gut, Punkt halb sieben.»

«...»

«Aber selbstverständlich bin ich da... Wie...? Oh, keine Sorge. Ich werde mit jedem fertig, der mir folgt.»

Also wußte Rupart, daß das Haus überwacht wurde! Und doch hatte er gewagt wiederzukommen!

Also war sich der Mann seiner Kraft bewußt. Er schien seine Verfolger nicht zu fürchten und verachtete alle ihre Anstrengungen.

Der Gedanke: «Rupart ist im Bilde», erfüllte mich mit Schrecken. Ganz sicher war ich nicht der Typ, gegen einen solchen Gegner zu kämpfen. Er würde mich sehr schnell abschütteln, wie er ja eben erklärt hatte.

Aber ich mußte um jeden Preis den Ort der Zusammenkunft herausbekommen und seinen Gesprächspartner kennenlernen.

Denn der Unbekannte am andern Ende der Leitung war der Mörder, konnte nur der Mörder sein.

Bei diesem Gedanken wurde mir ganz schwindlig. Wo, wo um alles in der Welt konnten sich die beiden um halb sieben treffen?

Seit ich André Brunels Kampfgenosse bin, habe ich viele kritische Minuten durchlebt. Aber ich erinnere mich nicht, je eine solche Marter durchlitten zu haben wie während Ruparts Telefongespräch mit dem Mörder. Würde Rupart weitersprechen? Würde er wiederholen, wo?

«Ich danke Ihnen noch einmal für Ihre Pünktlichkeit», sagte Rupart da. «Pünktliche Menschen sind eine Wohltat!»

Ein ziemlich langes Schweigen entstand.

Die Vorstellung, beinahe in Verbindung mit dem Mann zu stehen, den wir seit so vielen Tagen verfolgten, brachte mich fast um den Verstand. Aber er konnte jeden Augenblick auflegen, und dann war die Verbindung unterbrochen. Wieder würde dann der Gegner verschwinden und sich in nichts auflösen...

Ein wildes Verlangen, die Tür aufzureißen, mich auf den Apparat zu stürzen, überkam mich. Mir war, als würde dann der Mörder gelähmt, als könnte ich ihn am Fliehen hindern.

Aber plötzlich sprach Alfred Rupart weiter:

«Also, die Sache ist klar...» begann er.

Er hatte in dem Tonfall gesprochen, der auf die Zusammenfassung bereits gegebener Erklärungen hindeutet. Mein Herzschlag stockte.

«...Sie können gar nicht fehlgehen, das letzte Haus am Rand der Teiche, wenn man von Paris kommt, wohlverstanden.»

Ich biß mir auf die Lippe, daß sie blutete.

«...Ja, eine hohe Mauer, ganz grau.»

«...Wenn Sie wollen; in diesem Fall steigen Sie in Chaville aus. Dann brauchen Sie nur durch den Wald zu gehen.»

Mehr hörte ich mir nicht an. Mit drei langen Schritten war ich auf dem Treppenabsatz und schloß hinter mir die Tür. Mir schwirrte der Kopf.

«Die Teiche... Chaville... durch den Wald gehen.»

Jeder Zweifel schied aus. Die beiden hatten sich auf halb sieben in Ville d'Avray verabredet. Der Treffpunkt war das letzte Haus am Rand der Teiche und hatte eine hohe graue Mauer.

Wie ein Irrer lief ich die Treppe hinab und stürzte in das Café hinüber. Doch vergeblich rief ich hintereinander die Nummer Brunels und dann die Roland Charasses an. Es antwortete niemand. Ebensowenig konnte ich Girard erreichen.

«Auguste, ist niemand aus Nr. 49a herausgekommen, während ich telefonierte?»

«Nein, niemand.»

«Tadellos. Briefpapier, Umschläge, rasch!»

Ich kritzelte drei Briefe mit den notwendigsten Angaben hin und beauftragte Auguste damit, sie schleunigst meinen Kollegen zu überbringen.

Es müßte mit dem Teufel zugehen, wenn keiner der drei vor dem Zeitpunkt der Verabredung erreicht werden könnte, dachte ich.

Denn mir war nicht klar, was ich ohne Verstärkung unternehmen sollte.

Ich war noch dabei, Auguste Weisungen zu erteilen, als Alfred

Rupart aus dem Haus herauskam. Er hielt nicht mal Umschau. Ruhigen Schrittes ging er in Richtung auf die Avenue Émile-Zola davon.

«Ich verlasse mich auf Sie, Auguste. Die Sache ist wichtig, sehr wichtig.»

Damit verließ ich das Café.

Erst in diesem Augenblick stellte sich mir die primitive Frage, an die ich bisher nicht gedacht hatte:

«Soll ich versuchen, Rupart zu folgen? Oder einfach zu dem Treffpunkt fahren?»

Der Mann befand sich etwa dreißig Meter vor mir. Er ging, ein wenig vorgebeugt, mit ruhigen, schleppenden Schritten. Einmal blieb er stehen, um sich eine Zigarette anzuzünden. Aus seiner ganzen Haltung sprach vollkommener Gleichmut. War es nicht idiotisch von mir, ihm nachzusteigen?

Der Satz: «Ich werde mit jedem fertig, der mir folgt», mußte ja gar nicht aus einem bestimmten Argwohn resultieren, er konnte ebensogut die Antwort auf einen banalen Rat zur Vorsicht sein. In diesem Fall durfte ich es nicht riskieren, mich zu verraten. Alfred Rupart konnte über Möglichkeiten verfügen, seinen Komplicen rechtzeitig zu benachrichtigen und die Verabredung abzusagen.

Gleich mußte er an der Ecke der Avenue Émile-Zola sein. Ich zögerte noch eine Sekunde.

«Nein, es ist unnütz», sagte ich mir. «Ich darf nicht riskieren, alles zu verderben, indem ich...»

Alfred Rupart bog um die Straßenecke... Und im Augenblick, wo ich ihn nicht mehr sehen konnte, änderte ich meinen Entschluß. Mit angewinkelten Ellbogen, alle Vorsicht außer acht lassend, lief ich bis zur Kreuzung.

Doch vergebens hielt ich nach allen Seiten Umschau; der geschickte Kerl war verschwunden.

Fassungslos blieb ich mitten auf dem Trottoir stehen.

Die Idee, ich sei hinters Licht geführt worden, schoß mir durch den Kopf.

Übertölpelt...! Er hat mich übertölpelt! Er hat gewußt, daß ich ihn belauschte. Die Verabredung in Ville d'Avray war eine Finte... Und ich hatte ihn entwischen lassen. Sie gehen mir beide durch die Lappen, er... und der andere.

Unfug! Das war ein idiotischer, wahnwitziger Gedanke. Ich war sicher, bei meinem Einschleichen in die Wohnung nicht das leiseste Geräusch gemacht zu haben. Wie hätte Alfred Rupart meine Anwesenheit argwöhnen können?

Ich sah auf meine Armbanduhr: zwanzig vor fünf. Noch fast zwei Stunden hatte ich vor mir. Es war sicher das beste, sofort nach Ville d'Avray zu fahren. Da beide Männer die Pünktlichkeit in Person zu sein schienen, war es zweckmäßig, vor der verabredeten Stunde an Ort und Stelle zu sein und sich den Schauplatz genau anzusehen. Danach brauchte ich dann nur noch zu warten... und zu hoffen.

Ich rief ein Taxi an.

«Nach Ville d'Avray!»

8

Sobald ich die leuchtenden Farbflecken der Tankstelle erblickte, ließ ich halten. Ich wollte die Stadt lieber zu Fuß durchqueren.

Welcher Pariser kennt sich in Ville d'Avray nicht aus? Daher ging ich ohne Zögern in Richtung auf die Teiche, eine steile, sehr schlecht gepflasterte Nebenstraße hinab – dann war ich da.

Die Gegend lag wie ausgestorben. Keine Menschenseele weit und breit. Über das gekräuselte Wasser der Teiche glitten kleine Wolken wie schwimmende Inseln. Das Wetter war milde; dann und wann beugte ein ziemlich heftiger Windstoß das Schilfrohr nieder.

Alle paar Augenblicke wechselte das Laubwerk des hügeligen Waldes Les Fausses-Reposes unter den flüchtigen Strahlen einer geizigen Sonne die Farbe. Eine Weile ruhte mein Blick auf einem der unebenen, sandigen, schnurgeraden Wege, die den Wald in großen, klaren Linien durchschneiden. Vielleicht schritt bald auf gerade diesem Wege der Mörder herab.

Ein friedliches Bild... Wie wenig geschaffen für die Aufklärung dieser grauenhafte Tragödie!

Aber ich verlor keine Zeit mit der Betrachtung dieser Landschaft, die Corot so geliebt hat. Seit ich den Wagen verlassen hatte, war ich sehr nervös.

Hatte man mich hinters Licht geführt? Würde ich das Haus an der angegebenen Stelle vorfinden?

Ich erhielt bald Gewißheit. Das Haus mit der grauen Mauer existierte, und es war tatsächlich das letzte in der Reihe der den zweiten Teich säumenden; seine Lage war unmißverständlich durch einen schmalen, auf die Landstraße nach Versailles mündenden Durchgang gekennzeichnet, an den sich eine neue Reihe von Landhäusern anschloß.

Allerdings war das Vorhandensein des Treffpunkts noch nicht gleichbedeutend mit dem Erscheinen der beiden Männer. Aber jetzt war ich sicher geworden.

«Sie kommen», sagte ich mir immer wieder. «Sie kommen.»

Ich war meiner Sache sicher. Ich wußte es.

Die Mauer mochte etwa drei Meter hoch sein. Eine braune, zweiflügelige Holztür führte wohl in eine Garage.

Nach einem raschen Rundblick bog ich in den schmalen Durchgang ein.

Auf halber Strecke kam ich an eine andere Tür, eine kleine, niedrige, eiserne, allem Anschein nach ein Dienstboteneingang; aber er war seit langem nicht benutzt worden, wie ich aus der dicken Rostschicht auf dem Schloß folgerte.

Auf der andern Seite des schmalen Gangs war eine Baustelle. Und ich freute mich bei dem Gedanken an die wundervolle Auswahl von Verstecken, die mir Gerüste, Tonnen und Steinhaufen bieten würden. Ich gelangte auf die große Landstraße.

Hier lag der Haupteingang des Besitztums, eine zweiflügelige Tür, ähnlich der Garagentür, nur daß das Holz zierliche Schnitzereien aufwies und in hellerer Farbe gehalten war.

Das Wohnhaus war von keiner Seite her zu sehen.

Ein wahres Gefängnis, dachte ich.

Das Nachbarhaus war mit Gittern umzäunt. Ich ging bis dorthin. Vor einem Landhaus spielten drei Kinder unter der Obhut einer weißhaarigen Dame.

Die Trennmauer war mit Efeu bewachsen. Auch von dieser Seite aus konnte ich das Dach der geheimnisvollen Behausung nicht wahrnehmen. Um nicht den Eindruck zu erwecken umherzustreunen, setzte ich meinen Weg auf das Stadtinnere zu fort und kam erst einige Minuten später wieder in den schmalen Durchgang. Ich ging auf den Bauplatz und versteckte mich hinter einer Tonne.

Jetzt handelte es sich darum, einen Schlachtplan zu entwerfen. Ich wußte nicht, ob meine Kollegen meine Nachricht rechtzeitig genug bekommen hatten, um zu mir zu stoßen. In etwa dreiviertel Stunden würden die beiden Komplicen zusammen in dem Haus sein. Was sollte ich tun, wenn ich dann noch allein war?

Offenbar war diese Zusammenkunft von lebenswichtiger Bedeutung. Aber war es nicht ein erhebliches Wagnis zu versuchen, daran teilzunehmen? Erstens wußte ich nicht, ob nicht schon jemand im Haus war. Und selbst vorausgesetzt, es wäre leer: würde es mir möglich sein, mich so zu verstecken, daß die Ankömmlinge nichts von meiner Anwesenheit ahnten? Zweitens wußte ich nicht, in welchem Zimmer die Unterhaltung stattfinden würde.

«Man darf sich nicht in die Gefahr bringen, alles zu verlieren, nur weil man zuviel gewinnen will», hatte ich mir vor einer Stunde gesagt, als ich auf die Verfolgung Alfred Ruparts verzichtete. Ich wiederholte mir diesen weisen Rat.

Wenn die beiden Komplicen etwas Verdächtiges bemerkten, liefen sie davon und verschwanden. Und wie sollte man diese Männer dann je wiederfinden, die durch diese Erfahrung noch vorsichtiger geworden sein mußten?

Kurzum: ich gestehe ohne Beschämung, daß mir der Gedanke, mich plötzlich allein dem Mörder gegenüberzusehen, Angst einjagte. Es war nicht die Angst um mein Leben, das hatte ich, seit ich Amateurdetektiv spielte, schon mehr als einmal aufs Spiel gesetzt. Es war die Angst vor dem Ungeheuerlichen, das Entsetzen, das mir jener Unbekannte einflößte.

Die Gegner, gegen die ich bisher an Brunels Seite gekämpft hatte, waren zwar auch stark gewesen. Aber dort hatte ich wenigstens die beruhigende Gewißheit, ihre Kniffe und Schliche zu kennen und die Grenzen ihrer Macht abstecken zu können. Aus seinen Methoden konnte ich den Charakter, das Temperament des Feindes erraten, und wenn man auch sein Motiv oft nicht kannte, so hatte sein Handeln wenigstens nichts Mysteriöses an sich.

Diesmal aber lag nicht nur das *Warum* im dunkeln, sondern auch und vor allem das *Wie*. Und mehr noch: den Umständen der einzelnen Verbrechen nach schien der Mörder überhaupt nicht zu existieren.

Wem hätte dieses «unbegreifliche, unfaßbare» Wesen nicht eine gewissermaßen abergläubische Furcht eingeflößt?

Daher beschloß ich, mich nicht bis in das Haus vorzuwagen. Doch jetzt ergab sich ein neues Problem. Ich konnte unmöglich allein alle drei Türen überwachen. Von der Ecke des Durchgangs und der Landstraße vermochte ich bestenfalls zwei Zugänge im Auge zu behalten. Aber die beiden Männer konnten ja den dritten benutzen.

Und selbst wenn mir der Zufall günstig gesinnt war und ich die beiden herauskommen sah: welchem sollte ich folgen, wenn sie sich trennten?

Dem Unbekannten natürlich.

Wie aber konnte ich einem so ausgekochten Burschen folgen, ohne daß er es merkte?

Ihn überrumpeln, das heißt, ihn verhaften.

Dazu besaß ich keinerlei amtliche Befugnis. Und welche Beweise hatte ich gegen den Unbekannten? Bewies die Tatsache, daß er eine Zusammenkunft mit Marcel Vignerays geheimnisvollem Briefpartner hatte, seine Schuld?

Ich stieß einen tiefen Seufzer aus... der als Echo ein leises Auflachen hatte.

Ich fuhr herum, mehr überrascht als erschreckt. Dieses Lachen kannte ich genau.

Brunel hatte sich hinter einem Holzstapel versteckt. Zwischen zwei Balken hindurch gab er mir die Hand.

«Ich bin Auguste begegnet, als er gerade mein Haus verließ. Ich war nur auf einen Sprung weggegangen. Also rasch, erzähle!»

Ich legte ihm kurz die Tatsachen dar.

«Wie lange bist du schon hier?» fragte ich abschließend.

«Gerade erst gekommen. Ich habe erst mal eine kleine Inspektion der Vorderseite vorgenommen und dann nach dir gesucht. Um nicht gesehen zu werden, machte ich einen Umweg durch den Wald, den die Vorsehung an die Landstraße nach Versailles gepflanzt hat, und kam von der Rückseite her auf den Bauplatz. Du sahst ziemlich ratlos aus, du armer Kerl; aber das ist begreiflich.»

«Ja, ich gebe zu: ich bin nicht gerade böse, daß du aufgetaucht bist. Ich war schon in Sorge, ob du meine Nachricht noch rechtzeitig vorfinden würdest.»

Brunels Miene verdüsterte sich.

«Ich war im Krankenhaus.»

«Nun, und? Du jagst mir einen Schrecken ein!»

«Simone Vigneray hatte eine Blutung, ihr Zustand ist bedenklich. Die Ärzte wissen nicht, ob sie die Nacht übersteht.»

Brunel ballte die Fäuste.

«Nun, die Abrechnung steht ja kurz bevor.»

Er sah auf die Uhr.

«Zehn vor sechs. Wir haben es mit gerissenen, pünktlichen Burschen zu tun; sie werden nicht auf sich warten lassen. Also haben wir noch vierzig Minuten vor uns. Fassen wir kurz zusammen. An dieser Seite ist noch eine zweite Tür? Bist du bis zu dem Weg am Teich gegangen?»

«Von dem bin ich hergekommen. Da ist noch eine dritte Tür, eine zweiflügelige, ähnlich wie an der Vorderseite. Eine Garage, nehme ich an.»

«Und von dieser Garage aus kann man selbstverständlich ebenfalls in den Park. Wir haben also drei Zugänge zu überwachen. Den Teufel auch! Hoffentlich haben Roland und Marcel deine Nachricht bekommen.»

«Noch ist ja Zeit.»

Brunel schnalzte mit den Fingern.

«Nein! Denn wenn ihr zu zweit aufpassen würdet, könnte ich schleunigst einen kleinen Erkundungsgang innerhalb der Mauer vornehmen. Bei Gegnern dieses Ausmaßes kann man nicht vorsichtig genug sein.»

«Daran hatte auch ich schon gedacht. Die Sache ist nur die: wir wissen nicht, ob schon wer in dem Haus drin ist.»

«Unsinn! Das weiß ich ganz genau!»

Und über meine Verblüffung lächelnd, fuhr Brunel fort:

«Richtig, das habe ich dir ja noch nicht gesagt. Ganz nebenbei habe ich mich bei den Nachbarn erkundigt. Das Haus mit der grauen Mauer steht leer. Ich weiß sogar, daß sein Mieter ‹ein komischer Kerl, lassen Sie's gut sein› ist, ‹der mit niemandem spricht›, und der für gewöhnlich nur sonntags herkommt. Heute macht er mal eine Ausnahme von der Regel.»

«Du hast dich also ohne weiteres an Leute gewandt, die du nicht kennst? Kann man denn je wissen? Vielleicht seine Helfershelfer...»

Brunel zuckte die Achseln.

«Eine alte Großmutter mit ihren Enkeln... Dann müßte man ja an der ganzen Menschheit irre werden!»

Ich schaute ihn an. Wie glücklich er aussah! Ich konnte nicht anders: ich mußte ihn darauf aufmerksam machen.

«Ja, ich bin glücklich», antwortete er mir mit leicht heiserer Stimme. «Schließlich haben wir seit vierzehn Tagen auf diesen Augenblick gewartet. Ich war am Verzweifeln... und jetzt können wir handeln, wir werden ‹ihn› kennenlernen, wissen, wie...»

Er unterbrach sich plötzlich. Ich folgte der Richtung seines Blicks. Unten, am Rand des Teiches, eine Gestalt.

«Roland!» rief Brunel erfreut. «Dem Himmel sei Dank! Wir drei schaffen es bestimmt.»

Er bedeutete mir, auf meinem Posten zu bleiben, und schlüpfte zwischen den Holzstapeln hindurch.

Gleich darauf sah ich ihn mit Charasse herankommen.

Roland Charasse besaß eine ungewöhnlich kräftige Konstitution, denn er spürte seine Vergiftung kaum noch. Das vorzeitige Ergrauen seines Haares, das Zittern, das ihn bisweilen überfiel, und die tiefen Falten auf seiner hohen Stirn waren wohl eher Zeichen des Kummers als Nachwirkungen der Vergiftung, die ihn fast das Leben gekostet hätte.

Seit jenem Unglücksfall hatte ich an Roland keinen andern Ausdruck gesehen als den tiefster Verzweiflung und ständiger Unruhe. Auch jetzt, obwohl der Gedanke an das bevorstehende Abenteuer seinem Blick den gleichen fiebrigen Glanz verlieh, den ich auch in den Augen Brunels gewahrte, drückte sein ganzes Wesen weniger Erschöpfung als vielmehr unendliche Traurigkeit aus.

«Wir rächen sie», sagte ich leise und drückte Roland die Hand.

«Wir wollen keine Zeit verlieren», sagte Brunel kurz. «Ich schlage folgendes vor: ihr stellt euch jeder an ein Ende des Bauplatzes, so daß ihr die Zufahrtswege überwachen könnt. Ich selber sehe mich im Haus um. Ich hoffe, damit fertig zu sein, bevor unsere Leute kommen; aber man kann nie wissen. Merkt einer von euch etwas, so muß er pfeifen. Aber bitte kein kurzer Pfiff, der sich wie ein Signal anhört, sondern irgendeine Melodie, wie ein vergnügter Junge. Je nach der Stelle, von wo aus der Pfiff ertönt, verschwinde ich dann durch die eine oder die andere Tür. Verstanden?»

«Alles klar.»

So wandte ich mich wieder hinauf zur Straße nach Versailles, während Roland zum Teich hinabging. Als wir beide auf unseren Beobachtungsposten angelangt waren, überquerte Brunel den schmalen Weg und machte sich an der kleinen Tür zu schaffen. Anscheinend verursachte das Öffnen ihm Mühe, und mir fiel ein, daß das Schloß ja verrostet war. Endlich verschwand er durch die dicke Mauer, und die Tür schloß sich hinter ihm.

Nach einer Viertelstunde kam Brunel wieder zum Vorschein. Es war in diesem Augenblick genau sechs Uhr siebzehn.

Er kam eilig den schmalen Weg herab und betrat den Bauplatz. Ich erriet, daß er sich mit Roland unterhielt.

Ein paar Augenblicke später kam Roland aus seinem Versteck hervor. Er ging schräg auf den Teich zu und verschwand bald hinter der Mauerecke.

Brunel kam wieder zu mir; er mußte sich zwischen Steinhaufen, Balken und Tonnen hindurchwinden. Ohne die Straße aus den Augen zu lassen, fragte ich:

«Na?»

«Ja. Ich kann dir nur wiederholen, was ich bereits Roland gesagt habe: das Haus liegt ziemlich weit nach hinten und stößt direkt an die Brandmauer des Nachbarhauses. Kein Stockwerk, nur ein Hochparterre. Das Haus hat drei Türen, je eine den Gartentüren gegenüber. Zwei Korridore bilden ein T mit sehr langem Querstrich.

Dieser Querstrich nimmt die ganze Breite des Landhauses ein; er verläuft von der Tür in Richtung Straße nach Versailles zu der Tür in Richtung Teich.

Der Fuß des T zeigt nach diesem schmalen Durchgang. Verstehst du mich?»

«Vollkommen. Nur sehe ich nicht ein, was du mit dieser Beschreibung bezweckst. Also heraus mit der Sprache: was hast du vor?»

«Ganz einfach. Roland hat sich am Rand des Teichs versteckt; ich postiere mich auf der anderen Seite der Straße nach Versailles im Wald; du bleibst, wo du bist. Wir lassen sie hineingehen. Sollten sie auf meiner Seite herauskommen, werde ich stets eine Möglichkeit finden, dir ein Zeichen zu geben. Du benachrichtigst Roland, und ihr stoßt beide zu mir. Kommen sie an Rolands Seite heraus, so benachrichtigt er dich. Kommen sie am Durchgang heraus, weil sie ja doch auf einen der beiden Zugangswege gelangen müssen, so benachrichtigst du denjenigen von uns beiden, Roland oder mich, dem sie den Rücken zukehren. Verstanden?»

«Alles klar. Aber wenn sie sich nun trennen?»

«In diesem Fall befassen Roland und du sich mit Rupart. Den andern... den übernehme *ich*.»

«Sollten wir sie verfolgen?»

Brunel blickte mich mitleidig an.

«Das glaubst du doch selber nicht. Solche Kerle verfolgen? Wir stürzen uns auf sie, hast du gehört? Und du kannst sicher sein: es wird nicht lange dauern, bis sie reden.»

Er kam meinem Einwand zuvor.

«Ja, deine Skrupel kenne ich. Unerlaubt. Wir haben keine Beweise. Wenn der gute Girard hier wäre, könnten wir es so nicht machen. Aber wir sind ja unter uns.»

Er schlug sich mit der Faust auf die Brust.

«Bedenke, daß dieser Kerl schon drei Leichen auf dem Gewissen hat, vielleicht sogar vier. Herr des Himmels! Es gibt Fälle, wo man auf gesetzmäßiges Vorgehen pfeifen muß!»

«Und wenn wir uns geirrt haben?»

«Dann ist unser Ruf hin. Was für ein Gelächter gibt es dann morgen...! Nein, nein, irgend etwas sagt mir, daß ‹er› es ist, ganz bestimmt ‹er›!»

Seine Aufregung hatte mich angesteckt.

«Aber wenn wir schon hier draußen warten, bis sie herauskommen, ehe wir eingreifen, warum befaßt du dich dann mit dem Grundriß des Hauses?»

Brunels Begeisterung brach jäh in sich zusammen.

«Warum...? Weil ich Angst habe. Weil das alles viel zu schön ist, viel zu einfach. Ich habe seit dem Augenblick Angst, wo ich das Haus verlassen habe. Vielleicht hältst du mich für naiv; aber ich war darauf gefaßt, einen Zufluchtsort zu durchstöbern, der irgendwie dem Format der beiden entsprach, hinter denen wir her sind. Aber was ich vorgefunden habe, ist ein nichtssagendes Haus, typisch für die Banlieue, ohne jedes Geheimnis.»

«Also?»

«Also erschrecken mich gerade diese Ruhe, diese Atmosphäre der Sicherheit. Ich denke an die Wohnung de Vignerays, Adèles Kammer, das Landhaus in Le Mans, und ich sage mir, daß auch da...»

«Aber schließlich, da nur drei Zugänge vorhanden sind, und da wir diese drei Zugänge bewachen... Hat das Haus einen Keller?»

«Ja. Die Treppe führt von der Küche aus hinunter. Natürlich bin ich drin gewesen. Kein Stück Kohle, keine Flasche. Vor den Kellerfenstern sind Eisenstäbe.»

«Ist das Haus groß?»

«Nein. Vier Zimmer. Kommt man zu der nach deiner Seite hin gelegenen Tür hinein, dann liegen links das Eßzimmer und rechts die Küche. Auf den anderen Korridor münden das Wohnzimmer und das Schlafzimmer.»

«Viele Möbel?»

«Nein, nur das Notwendigste. Weißt du, das Ganze erinnert ein bißchen an die Wohnung in der Rue du Commerce.»

«Und der Garten?»

«Kein Baum. Nur Rasenflächen.»

«Die Garage, deren Tür Roland bewacht?»

«Leer. Auch da nichts Geheimnisvolles.»

«Aber dann sind wir ja gut dran!»

«Handelte es sich um einen anderen Gegner, so würde ich sagen: wir haben gewonnen. Aber bei diesem ...»

Ich fiel ihm ins Wort:

«Warum wollen wir sie eigentlich überhaupt hineingehen lassen? Wollen wir nicht lieber sofort über sie herfallen?»

«Unmöglich. Sie kommen bestimmt nicht zur gleichen Zeit, und die Festnahme des einen könnte den andern zum Weglaufen bringen. Und selbst wenn sie beide gleichzeitig kämen, bliebe uns keine Zeit, uns zusammenzutun, ehe sie hineingehen. Du weißt ja, wie gefährlich diese beiden Burschen sind. Gegen solche Leute muß man mindestens in gleicher Kampfstärke antreten.»

«Das stimmt. Es steht also alles gut. Und deine Besorgnis ist mir unbegreiflich. Wir schnappen sie.»

Brunel lächelte. Seine Augen strahlten Kraft und Entschlossenheit aus.

«Ja, du hast recht, wir schnappen sie. Bis gleich, mein Junge.»

Die große Landstraße lag leer. Brunel überquerte sie mit ein paar langen Schritten und verschwand im Dickicht. Einen Augenblick später hatte ich meinen Beobachtungsposten hinter der Tonne bezogen, genau gegenüber der kleinen Tür.

Ich blickte auf die Uhr: sechs Uhr sechsundzwanzig.

In noch nicht einmal fünf Minuten mußten die beiden Komplicen in das Landhaus hineingehen. Würde ich sie dabei sehen? Nein, wohl kaum. Sie kamen beide aus Richtung Paris und würden wohl kaum bis zu dem Durchgang weitergehen, es sei denn, sie benutzten die kleine Tür, um keine Aufmerksamkeit auf sich zu lenken.

Das war nicht unmöglich. Bei der Vorstellung, in der nächsten Sekunde schon könne der Unbekannte erscheinen, wurde mir ganz heiß. Mir war, als schnüre mir ein eiserner Ring die Kehle zusammen.

Mechanisch griff ich an das Pistolenfutteral und steckte die Waffe in meine Rocktasche. Als ich den Stahl berührte, wurde ich etwas ruhiger.

Es war nicht die Gefahr, die Aussicht auf einen Kampf, die mir Angst einflößte, sondern eine unerklärliche Furcht, die von Brunel auf mich übergesprungen war. Aber ich war sicher, sie würde verschwinden, *sobald ich den Mörder gesehen hatte*.

Denn nicht der Mörder machte mir angst, sondern seine Legende. Nahm diese Legende einmal durch die Wirklichkeit ein Ende, würde dieses rätselhafte Phänomen durch ein Wesen aus Fleisch und Blut ersetzt, verging auch sicher das lähmende Entsetzen, das mich gepackt hielt.

Sechs Uhr achtundzwanzig... Sechs Uhr neunundzwanzig...

Meine Angst war so groß, daß ich sie als körperlichen Schmerz empfand.

Halb sieben.

Ich horchte mit aller Kraft.

9

Auf der andern Mauerseite knallten zwei Schüsse. Ich stürzte aus meinem Versteck auf die Tür zu, den Revolver in der Hand.

Ich spürte den Widerstand des Schlosses, und mir fiel ein, welche Mühe Brunel beim Öffnen gehabt hatte. Ich drehte meinen Dietrich so gewaltsam, daß er sich mir ins Fleisch preßte. Endlich gab der Riegel nach. Ich hastete hinein und sah Brunel und Roland auf das Haus zulaufen. Beide hatten, wie ich, ihre Revolver in der Hand.

Was wir taten war irrsinnig unklug, denn wir boten dem im Haus im Hinterhalt liegenden Schützen ein ungedecktes Ziel dar. Aber sicherlich wußten meine Freunde in diesem Augenblick genausowenig wie ich, was sie taten. Vor allem war ihnen in diesem Augenblick ihr Leben gleichgültig.

Im Haus schien sich nichts zu regen; die Fenster waren geschlossen. Die Entfernung zwischen Haus und Durchgang war merklich kürzer als die zu den beiden Zugangsstraßen hin; auf diese Weise glich sich meine Verzögerung aus, und wir langten gleichzeitig am Haus an. Ich hörte, wie die beiden Seitentüren geöffnet wurden, während ich die Haupttür aufstieß. Sie war nur einfach zugeschnappt.

Sofort erscholl dröhnend Brunels Stimme.

«Nicht reinkommen! Die Ausgänge bewachen!»

Diese Vorsicht war angebracht. Der Mann konnte warten, bis wir alle im Haus waren, und dann durch ein Fenster entkommen.

Wenige Schritte, und ich stand an der linken Hausecke, von wo aus ich gleichzeitig die Fassade und die Seite überblicken konnte, von der aus Brunel eingedrungen war. Da Roland die rechte Seite überwachte (man erinnert sich, daß das Gebäude rückwärts angebaut war und also nur drei Seiten hatte), war jedes Entkommen unmöglich.

Im Haus ging eine Tür auf und wurde gleich wieder geschlossen. Nach der Schilderung, die Brunel mir gegeben hatte, mußte es die des Eßzimmers sein. Danach ging eine andere auf, und diesmal hörte ich Brunel leicht aufschreien.

Einen Augenblick später hastete er den Korridor entlang. Ich vernahm ein paar Worte, die er mit Roland wechselte, dann ging wiederum eine Tür auf, wohl die des Schlafzimmers. Endlich war mein Freund wohl in die Küche gegangen, aus der ein dumpfes Geräusch erklang. Mir fiel ein, daß von der Küche die Kellertreppe hinabführte. Wahrscheinlich hatte Brunel die Falltür aufgeklappt.

Mehrere Sekunden verstrichen; dann kam Brunel aus der Vordertür heraus. Sein Gesicht war so verzerrt, daß es nahezu unkenntlich war.

«Niemand», rief er mir wütend entgegen. «Niemand!»

Er trat neben mich.

«Du hättest ihn doch herauskommen sehen müssen!»

«Selbstverständlich...! Außerdem sind sämtliche Fenster nach wie vor zu.»

«Und Roland hätte ihn ebenfalls sehen müssen!»

Er rief:

«Roland!»

Roland Charasse kam auf uns zu gelaufen.

«Aber Brunel, das ist doch nicht menschenmöglich!»

Mein Freund zuckte die Achseln.

«Offenbar ist es nicht menschenmöglich. Rue Greuze war auch nicht menschenmöglich, und Le Mans auch nicht.»

«Ist das Haus denn leer, absolut leer?» fragte ich.

«Beinahe. Kommt mit.»

Hinter Brunel gingen wir hinein. Die Wohnzimmertür war offengeblieben. Roland und ich stockten an der Schwelle.

Mitten im Zimmer lag ein Toter. Er hatte eine Wunde in der Stirn, und eine zweite mußte an der Brust sein, denn auf seiner Jacke breitete sich ein Blutfleck aus.

«Wer... ist es denn?» stammelte Roland.

Die Antwort gab ich:

«Alfred Rupart.»

Es war tatsächlich der Mann, den ich ein paar Stunden zuvor in die Rue du Commerce 49a hatte gehen sehen. Der Tod hatte seine Züge nicht verändert. Seine Augen waren nicht glasiger geworden. Nur war er jetzt barhäuptig, und ich konnte seinen Schädel sehen, einen höckerigen, mißgestalteten Schädel, den fadblondes, auf absonderliche Weise hervorsprossendes Haar ziemlich spärlich bedeckte.

«Hier gibt es keinen Zweifel», sagte ich leise. «Selbstmord.»

«Unsinn!» rief Brunel. «Nein! Sowenig Selbstmord wie die andern Male.»

«Hast du nach dem Revolver gesucht?»

«Selbstverständlich. Es ist keiner da. Er ist ermordet worden, sage ich euch, und ‹er› hat ihn ermordet.»

«Aber du weißt doch, daß niemand hineinkonnte!» rief ich. Brunel hieb seine Fäuste gegeneinander.

«Ganz sicher konnte niemand hinaus, und doch... und doch...»

Durch eine ungeheure Willensanstrengung gewann er seine Selbstbeherrschung zurück. Mit kaum veränderter Stimme sagte er:

«Wir sind weder blind noch irrsinnig, und an Übernatürliches glauben wir nicht. Folglich müssen wir unsern Verstand einsetzen. Paßt auf: meiner Meinung nach sind wir alle gleichzeitig am Haus gewesen.»

«Stimmt», sagte ich.

«Gut. Welche Zeitspanne lag zwischen den Schüssen und unserm Kommen? Zwölf bis fünfzehn Sekunden?»

«Allerhöchstens fünfzehn.»

«Meine ich ebenfalls», sagte Roland.

«Gut. Also hat der Mörder innerhalb von höchstens fünfzehn Sekunden Mittel und Wege zum Verschwinden gefunden... zum Verschwinden, ohne aus dem Haus hinauszugehen.»

Ich konnte eine protestierende Handbewegung nicht unterdrücken.

«Na, hör mal, das glaubst du doch selber nicht! Hast du nicht eben erst überall nachgesehen?»

«Doch. Und ich kann euch schwören: er ist nicht mehr da.»

«Es gibt nur *eine* Möglichkeit», sagte ich. «Wenn er nicht mehr da ist, dann nur, weil er in den fünfzehn Sekunden entkommen ist, die wir brauchten, um an das Haus heranzukommen.»

«Und wir sollten ihn nicht gesehen haben?»

«Ach, von Türen und Fenstern rede ich natürlich nicht; wir haben ja davorgestanden.»

«Also? Drück dich deutlicher aus! Ein unterirdischer Gang? Doppelte Wände?» (Brunel wurde erneut nervös.) «Das glaubst du doch selber nicht!»

«Vielleicht übers Dach? Er könnte über das Nachbarhaus entkommen sein.»

«Mach doch keine Witze! Eine solche Kletterpartie erfordert mehrere Minuten. Vergiß nicht: *es war alles erledigt, als wir den Garten betraten.*»

Brunel faßte sich.

«Es ist also genauso, wie ich gesagt habe. Als wir auf das Haus zuliefen, war der Mörder nicht mehr drin, war aber auch nicht herausgekommen.»

Das war heller Wahnsinn. Und dabei erhoben weder Roland noch ich Einwände.

Denn wenn es auch Wahnsinn war, dummes Zeug, «unannehmbar», so war es dennoch genau so.

Roland ließ sich in einen Sessel fallen und stützte die Stirn in die Hände.

«Auch in der Rue Greuze konnte er nicht aus der Wohnung heraus. In Adèles Kammer konnte er weder hinein noch heraus. Und in Le Mans...»

«Aber hier ist er doch hineingegangen, und ihr habt ihn gesehen!» rief ich, verdutzt, daß mir dieser Gedanke nicht schon früher gekommen war.

Roland Charasse und Brunel zuckten beide zusammen und starrten einander an.

Ich fühlte, wie sich mir die Haare sträubten, als ich auf beiden Gesichtern den gleichen Ausdruck wahrnahm, in beider Augen die gleiche Frage las, die keiner von ihnen jetzt mehr auszusprechen wagte, obwohl jeder von ihnen den Gedanken des andern erriet.

Roland sagte als erster etwas. Angestrengt stieß er hervor:

«Ja, Brunel, dann du... Du hast sie hineingehen sehen, weil...»

«Weil du sie nicht gesehen hast», ergänzte Brunel.

Sehr rasch, wie um eine Geständnis loszuwerden, fügte er hinzu:

«Nein, ich habe sie nicht gesehen.»

Ein langes Schweigen entstand, während dessen ich zum erstenmal im Leben das deutliche Gefühl hatte, den Verstand zu verlieren.

In seinem Sessel rang der niedergeschmetterte Roland Charasse die Hände. Sein Gesicht schien von Sekunde zu Sekunde hohler zu werden. Er fing an, mit den Zähnen zu klappern.

Brunel stand reglos neben der Leiche, etwas vorgebeugt, die Hände tief in den Taschen vergraben, das Kinn auf der Brust, in seiner mir wohlbekannten Haltung des Nachgrübelns.

Plötzlich fing er an, heftig zu atmen, und gleichzeitig fuhr er sich mit der Hand über die Augen wie einer, der aus einem Traum erwacht. Dann bückte er sich zu dem Toten nieder und durchsuchte dessen Taschen.

Das brachte mich wieder zu mir. Langsam wanderte ich im Wohnzimmer umher und untersuchte sorgsam jedes Möbelstück. Ich zog die Schubfächer eines kleinen Schreibtisches auf; sie waren sämtlich leer. Leer war auch der Sekretär in einer der Zimmerecken. Auf dem Arm eines der Sessel lag Ruparts Regenmantel. Ich durchsuchte die Taschen; sie waren leer.

Auch die Sucharbeit meines Freundes erwies sich als fruchtlos. Seine Beute bestand aus einem Taschentuch, einem Zigarettenetui und ein paar Geldstücken.

Wie Brunel es geschildert hatte, war das Haus nur spärlich möbliert. Im Eßzimmer zwei Lederstühle, ein Tisch und ein Buffet; es enthielt kaum genug Geschirr für zwei Personen. Im Schlafzimmer ein einschläfriges Bett, ein Sessel, ein Schrank. Die Fenster beider Räume waren geschlossen.

Wir gingen in die Küche hinüber; auch hier war das Fenster geschlossen. Ein Herd, ein Tisch aus rohem Tannenholz, ein Schemel war alles, was wir darin vorfanden. An der Wand hingen drei Kasserollen mit geschwärzten Böden. Auf dem Tisch lag ein Stück altbackenes Brot.

In einer Ecke des Raums befand sich die Falltür; Brunel hatte sie offengelassen. Wir stiegen in den Keller hinab. Er wurde durch zwei Kellerluken erhellt; mein Freund betastete sorgfältig die Eisenstäbe davor.

Hintereinander klommen wir die enge Stiege wieder hinauf. Seit Beginn unserer Suche hatten wir kein einziges Wort gewechselt. Als ich die Falltür zuklappte, sagte Brunel endlich:

«Du bist wohl meiner Ansicht: kein Versteck, keine Geheimtür?»

«Das haben wir ja festgestellt.»

Wir waren vor dem Küchenfenster stehengelieben, und unser Blick richtete sich mechanisch auf die Tür zum Durchgang, auf den Weg, den ich eingeschlagen hatte, als ich zum Haus hingelaufen war.

Ich sagte:

«Rupart und der Unbekannte müssen auf die gleiche Art ins Haus gekommen sein, wie der Unbekannte nachher wieder rauskam. Das scheint mir vernünftig.»

«Ja, wahrscheinlich gibt es dafür nur eine einzige Art, und die reicht völlig», stimmte Brunel zu und grinste nervös. «Aber welche?»

Verdrossen fügte er hinzu:

«Wenn ich mir vorstelle, daß nun alles wieder von vorne anfängt; genau wie in der Rue Greuze, in Le Mans... Dieselben Überlegungen, dieselbe Unmöglichkeit, einen vernünftigen Schluß zu ziehen... zum Wahnsinnigwerden!»

«Aber was könnten wir uns denn sonst noch ausdenken?» rief ich.

«Das weiß ich auch nicht und sehe auch keine anderen Erklärungen als die, die wir schon erwogen und verworfen haben. Aber es muß einfach noch eine andere geben.»

Nach einer kurzen Pause fuhr er fort:

«Ist dir die Ähnlichkeit des heutigen Verbrechens mit der Ermordung der armen Adèle aufgefallen? Die Umstände sind fast genau die gleichen. Vergegenwärtige dir die Tatsachen:

Der Kommissar geht in die Kammer hinein. Sie ist leer. Ein Polizist bewacht die Tür, die Nachbarn behalten das Fenster im Auge. Nichts geschieht. Niemand geht hinein, niemand kommt heraus. Und doch: als wir eine Stunde später zu der Kammer hinaufsteigen, finden wir drinnen Adèles Leiche.

Ist es hier nicht genauso?

Ich durchsuche das Haus, es ist leer. Wir bewachen die Zugänge. Nichts geschieht. Niemand geht hinein, niemand kommt heraus. Zwei Schüsse, wir stürzen hinein: eine Leiche, kein Mörder.»

«Stimmt», sagte ich. «Genau die gleiche Situation.»

Er preßte die Fäuste an die Schläfen.

«Und dabei, nein... nein, es ist doch nicht dasselbe. Mein Kopf zerspringt fast. Wenn ich nur nachdenken könnte, so intensiv wie ich es bisher noch nie fertiggebracht habe, noch nie habe tun können... Allein sein!»

Nach diesem Stoßseufzer machte er kehrt und verschwand. Ich ging ihm nach.

Roland saß nach wie vor in seinem Sessel. Er war völlig gebrochen.

Ich mußte unvermittelt wieder an den Giftmordversuch denken, der an unserem Freund verübt worden war. Wenn der Mörder Roland umbringen wollte, wenn Roland in der Liste der Opfer verzeichnet stand: Wer sollte den Verbrecher daran hindern? Und die kleine Janine und Marcel Vignerays arme Mutter: standen sie auch auf der Liste dieses Verbrechers, der einfach nicht zu fassen war?

Als Roland uns hereinkommen hörte, hob er den Kopf und blickte uns fragend an.

«Natürlich nichts», stieß Brunel hervor.

Ich schaute zu der Leiche nieder.

«Diesmal dürfte der Verlust wenigstens nicht allzugroß sein. Aber warum hat er ihn erschossen?»

«Vielleicht ein Helfershelfer, der zuviel wußte. Oder auch eine geschäftliche Auseinandersetzung», sagte Brunel.

Roland Charasse richtete sich plötzlich auf. Sein Blick wurde hell. Nach einer Sekunde des Zögerns sagte er leise:

«Aber schließlich haben wir keinen Beweis, daß dieser Mensch nicht...»

Er brauchte seinen Satz nicht zu beenden. Ich sah verblüfft zu Brunel hinüber. Tatsächlich: welche Gewißheit besaßen wir, daß Alfred Rupart nicht der Mörder der Eheleute Vigneray und ihrer Hausangestellten war?

Daß er jetzt selbst als Leiche vor uns lag, brauchte ja nicht zu bedeuten, daß er unschuldig war. Kein Verbrecher ist unfehlbar. Vielleicht war der Unbekannte nur der Komplice und hatte den Anführer umgebracht?

«Dann kann er sich jedenfalls genausogut unsichtbar machen», begann ich, «da er doch...»

Ich unterbrach mich; ich mußte an die Gefahr denken, in der Charasse möglicherweise immer noch schwebte.

«Gerade das beweist, daß sämtliche Verbrechen von ein und demselben Täter begangen wurden», sagte Brunel. «Daß derselbe Revolver benutzt wurde: reicht das nicht?»

Er bückte sich zu dem Toten nieder, betrachtete das knochige Gesicht, die hohlen Augen, den höckerigen Schädel. Und aus dem fast unmerklichen Sichsenken der Mundwinkel Brunels sah ich, daß er einfach nicht glauben konnte, das sei nun der geniale Gegner, den er sich vorgestellt hatte. Der Mörder, dessen geheimnisvolle Hilfsmittel uns fast um den Verstand brachten. Sollte er sich tatsächlich mit seinen eigenen Waffen haben schlagen lassen?

Nein! Bestimmt nicht! Rupart war nur ein ungeschickter Komplice und hatte wahrscheinlich eine Unbedachtheit mit dem Leben bezahlen müssen... Und der Unbekannte blieb auf freiem Fuß, triumphierte, war vielleicht gerade im Begriff, der schon so langen Liste seiner Verbrechen ein neues hinzuzufügen.

Es war schon ziemlich spät, als wir das Haus mit den drei Türen verließen. Im Taxi, das uns nach Paris zurückbrachte, wechselten wir kaum zehn Worte. Wir waren tief erschöpft, denn nahezu zwei Stunden lang hatten wir auf die Fragen der Kriminalpolizei und der Gerichtsbeamten antworten müssen.

Die kategorischen Erklärungen des Gerichtsarztes stellten endgültig klar, daß es sich um ein Verbrechen handelte, zu welcher Version wir uns, des verschwundenen Revolvers wegen, bereits bekannt hatten. Und wie ihre Kollegen aus der Hauptstadt schon so oft, riefen die mit der Untersuchung Beauftragten auch hier aus: «Das gibt es einfach nicht! Denn schließlich liegt hier eine Leiche, ein Ermordeter, aber das Vorhandensein eines Mörders muß ausgeschlossen werden. Ein Verbrechen wurde begangen, das niemand begehen konnte!»

Eine neue, peinlich genau durchgeführte Durchsuchung des Hauses hatte zu keinem Ergebnis geführt.

Auch die Suche nach Spuren im Garten hatte sich als vergeblich erwiesen. Der Kies auf den Wegen bewahrte keinen Fußabdruck. Alle über Alfred Rupart vernommenen Nachbarn und Ladeninhaber hatten die Erklärungen bestätigt, die die alte Dame im Nachbarhaus Brunel gegeben hatte. Der Mann hatte immer nur das Wochenende in Ville d'Avray verbracht. Sicherlich hatte er sich seine Lebensmittel stets aus Paris mitgebracht; denn im Dorf hatte er nie eingekauft; niemand erinnerte sich, je seine Stimme gehört zu haben.

Der Gerichtsarzt wollte die Autopsie am nächsten Tag vornehmen; dann sollten die beiden Geschosse den Sachverständigen vorgelegt werden. Aber stand nicht von vornherein fest, daß auch die beiden Geschosse aus demselben Revolver abgeschossen worden waren, der schon dreimal tödlich getroffen hatte?

Brunel und Roland saßen hinten im Taxi; ich hockte ihnen auf einem Notsitz gegenüber.

Wir hatten die Deckenbeleuchtung nicht angeknipst; so war es im Wageninnern dunkel, und ich konnte die Gestalten meiner Kollegen nur undeutlich erkennen. Bei der Einfahrt in Paris fiel von den Straßen her Licht herein.

Mit vorgeneigtem Oberkörper und niederhängenden Armen starrte Roland Charasse zu Boden, als könne er seine von Entsetzen erfüllten Augen nicht davon lösen. In regelmäßigen Abständen durchrann ihn konvulsivisches Zittern; seine Kinnbacken bebten. Aus einer leichten Verzerrung seines Mundes konnte ich entnehmen, daß er die Zunge zwischen die Zähne geschoben hatte, damit sie nicht aufeinanderschlugen.

Brunel hingegen saß steif aufgerichtet. Sein Rücken berührte kaum die Lehne. Die Hände hatte er flach auf die Schenkel gelegt. Seine Knie waren leicht gespreizt, und seine Füße standen auf gleicher Linie. Er erinnerte mich an die «Medien», die, um Hypnose zu simulieren, ihren Gliedern eine symbolische Anordnung geben. Diese Ähnlichkeit wurde übrigens durch seinen Blick, oder vielmehr seine Blicklosigkeit, noch gesteigert. Offenbar hatte mein Freund aufgehört, die Dinge und Menschen um sich herum wahrzunehmen. Seine Augen hatten jeden Ausdruck und jeden Glanz eingebüßt; sie machten mir den Eindruck, als hätten sie sich völlig nach innen gekehrt.

Dieser auffallende Gegensatz zwischen den beiden Männern machte die Haltung jedes einzelnen noch frappanter. Von dem grausigen Abenteuer, das wir durchlebt hatten, sah Roland Charasse nur noch das Entsetzliche, Brunel nur noch das Geheimnisvolle.

...Zeitungsverkäufer riefen die letzten Ausgaben aus. Ich ließ das Taxi stoppen und winkte einen heran.

Auf allen Blättern dieselbe fettgedruckte Schlagzeile:

«MADAME SIMONE VIGNERAY GESTORBEN.»

10

Roland erlitt eine Art Nervenzusammenbruch. Wir fuhren ihn in seine Wohnung in der Rue Guynemer und brachten ihn, unterstützt von Armand, zu Bett. Der besorgte Diener versprach uns, darüber zu wachen, daß sein Herr nicht gestört werde.

Brunel und ich stiegen zum Montmartre hinauf. Brunel mit raschen, regelmäßigen Schritten. Er hatte «seinen Blick wiedergefunden», und sein Gesicht, das vor kurzem noch wie versteinert wirkte, war jetzt erstaunlich beweglich. Am Flattern seiner Nasenflügel, an dem Tic, der dann und wann seinen rechten Mundwinkel zucken ließ, am Rhythmus seines Atems erkannte ich, daß er angestrengt nachdachte.

Ich hätte gern mit ihm gesprochen, denn ich befand mich in einem Zustand der Überreizung, der Schweigen schlecht erträgt; aber ich wagte es nicht, ihn in seiner Grübelei zu stören.

Als wir auf die Place de la Bourse kamen, konnte ich nicht länger an mich halten:

«Na, was denkst du? Sag doch was!»

«Was soll ich denn sagen?»

Diese klanglose Stimme! War das wirklich Brunel, der da gesprochen hatte?

«Aber Brunel, alter Junge, das ist ja gräßlich! Wir sind einfach in eine Sackgasse geraten. Wir haben nichts mehr, keine Waffe, kein Mittel zum Eingreifen! Bedenk, morgen schlägt er schon wieder zu... Ist jetzt Roland dran? Oder die alte Madame Vigneray? Oder die kleine Janine...? Und bedenk, daß er mordet, ohne daß jemand ihn daran hindern könnte, daß er morden kann, wo er will, wann er will!»

«Eben deshalb muß ich nachdenken.»

Ich lachte nervös auf:

«Nachdenken! Seit über vierzehn Tagen zerbrechen wir uns die Köpfe! Du weißt doch, daß nichts dabei herauskommt.»

«Ich bekomme es trotzdem heraus!»

Seine Antwort war wie ein Schrei. Ich sah ihn verdutzt an.

«Ja, ich bekomme es heraus», wiederholte er, und diesmal klang seine Stimme heiser: «Ich bekomme es heraus, hast du verstanden, weil es sein muß: denn nichts beweist, daß der Kerl mit diesen fünf Verbrechen sein Ziel erreicht hat.»

«Aber warum glaubst du jetzt mehr herauszufinden als bei den andern Malen?»

«Weil ich bei den andern Malen nicht nachdenken *konnte*.»

Brunel hatte diesen seltsamen Gedanken vorhin schon geäußert. Ich wartete auf ein erklärendes Wort, aber es kam nicht.

«Mit andern Worten: was willst du tun?» – «Heimgehen.»

Ich fühlte, daß aus ihm nichts mehr herauszuholen war und fand mich damit ab zu schweigen.

Obwohl die Nacht kühl war und das Wetter unsicher, waren noch viele Leute auf der Straße. Auf den Caféterrassen saßen sie vor ihren aufgeschlagenen Zeitungen und debattierten. Im Vorübergehen schnappte ich Bruchstücke der Unterhaltungen auf.

«Kurz und gut, Sie können sagen, was Sie wollen, aber wenn die Polizei...»

«Es ist, als würden wir an der Nase herumgeführt. Bei den Steuern, die wir zahlen...»

«Wenn *ich* die Regierung wäre...»

Wir stiegen die Rue des Martyrs hinan. Brunel schritt immer schneller aus; ich konnte kaum mitkommen. Sicherlich hatte er meine Anwesenheit vergessen. Wenn ich ihn anredete, würde er mir nicht antworten. Würde er mich überhaupt sprechen hören?

Mit einem Seufzer der Erleichterung betrat ich die Cité Malesherbes.

Wir trafen Prosper, das Juwel aller Diener, wie sein Herr ihn zu bezeichnen pflegte, halb ausgekleidet an.

«Monsieur muß entschuldigen, aber ich meinte, Monsieur kämen nicht mehr heim. Ich will Monsieurs Schlafzimmer fertig machen.»

«Nicht nötig, Prosper. Ich bleibe die Nacht über in meinem Arbeitszimmer.»

«Aber... will Monsieur denn nicht schlafen?»

«Nein, Prosper. Ich glaube nicht. Das wäre zu schön.»

Der Diener warf mir einen ratlosen Blick zu. Ich faßte meinen Freund beim Arm.

«Ja, was hast du denn vor?»

«Ich schließe mich ganz einfach in meinem Arbeitszimmer ein und denke nach.»

Die Stimme klang beinahe aggressiv. Brunel sah zu Prosper hin, der ihm wie versteinert zuhörte, und sagte noch:

«Ich will unter keinen Umständen gestört werden. Ich bin für niemanden zu sprechen... für den Herrn da (er deutete auf mich) genausowenig wie für jeden beliebigen andern... Auch nicht für Sie, Prosper. Verstanden? Ich will nichts von euch hören.»

«Aber schließlich...»

«Es gibt kein ‹schließlich›. Ihr vergeßt, daß ich existiere. Tut, als sei ich verreist. Dauer der Abwesenheit unbestimmt.»

«Aber Monsieur muß doch etwas essen.»

«Nein.»

Ich zuckte die Achseln.

«Lächerlich! Du bist verrückt!»

Auch Brunel zuckte die Achseln.

«Wir müssen aus alledem herauskommen, zum Donnerwetter! Ja, das müssen wir! Also bleibt mir nichts anderes übrig.

Ich verlasse dieses Zimmer nicht, ehe ich das Rätsel gelöst habe, hast du verstanden...? Und ich will in Ruhe gelassen werden. Was auch geschieht, was auch passiert, und selbst wenn morgen zehn Morde begangen werden: ich will nichts davon wissen. Keinerlei Verbindung mit der Außenwelt. Ich, nur ich ganz allein!»

Ironisch sagte ich:

«Und wenn du es nicht herausbekommst: willst du dann etwa verhungern?»

«Genau das. Ich gehe drauf, wenn es sein muß. Wenn du mich dagegen je wiedersiehst, dann kannst du dir sagen: *‹Er weiß Bescheid.›*»

Brunel gab mir die Hand, dann machte er brüsk kehrt, ging in sein Arbeitszimmer und zog die Tür mit einem Ruck hinter sich zu. Der Schlüssel wurde im Schloß umgedreht.

Mechanisch sagte ich noch einmal:

«Du bist verrückt.»

Prosper schüttelte langsam den Kopf:

«Verrückt oder nicht – er hält Wort.»

Und niedergeschlagen gingen wir auf Zehenspitzen davon.

Ich fuhr auf dem schnellsten Wege heim und ging zu Bett. Ich kann mich nicht erinnern, je zuvor in einem solchen Zustand der Übererregtheit gewesen zu sein; dennoch schlief ich bald ein.

Im Traum durchlebte ich nochmals die Geschehnisse dieses dramatischen Tages. Das Warten in dem kleinen Café an der Rue du Commerce, das Auftauchen des merkwürdigen Mannes, das Zeichen der Concierge. Und seltsamerweise empfand ich dabei genau dasselbe wie in Wirklichkeit, die gleiche Unruhe, das gleiche Zögern und Schwanken.

Ich stehe vor der Wohnungstür. Das Telefon klingelt. Ich gehe in das Eßzimmer.

«Halb sieben... das letzte Haus... Chaville... der Weg durch den Wald.»

Ich bin wieder im Café. Alfred Rupart verläßt das Haus. Soll ich ihm nachgehen? Ja...? Nein...?

Zu spät. Rupart ist verschwunden.

Ville d'Avray, das Haus mit der grauen Mauer, ein Bauplatz. Brunel vor der einen Tür, Roland vor der andern, ich bewache die dritte. Ja, diesmal sind alle Chancen auf unserer Seite. Wenn der Gegner kommt, ist er erledigt.

Der Gegner kommt. Er mordet... Nichts geschieht ihm.

Extrablatt: *«Simone Vigneray tot.»*

«Die andern Male habe ich nicht nachdenken können», sagt Brunel. «Wenn du mich je wiedersiehst, kannst du dir sagen: ‹Er weiß Bescheid.›»

Warum kann er einzig und allein jetzt nachdenken? Was hat ihn zuvor daran gehindert? Warum ist ihm das Geschehen in Ville d'Avray klarer als das in der Rue Greuze, als das in Le Mans? Warum? Warum?

Meine Unruhe wuchs sich zu einem körperlichen Schmerz aus. Ich wachte auf. Es war heller Mittag, und mir krampfte sich der Magen zusammen. Mir fiel ein, daß wir tags zuvor vergessen hatten, zu Abend zu essen.

Dreimal unterbrach ich mich beim Anziehen und nahm den Telefonhörer zur Hand, aber jedesmal legte ich ihn wieder hin, ohne eine Nummer gewählt zu haben. Schließlich faßte ich einen Entschluß.

«Hallo!»

Ich bekam die Verbindung sofort.

«Hallo, sind Sie am Apparat, Prosper?»

Meine Stimme zitterte, als ich nur fragte:

«Nun?»

«Ja, nichts. Ich habe Monsieur seit gestern nicht zu sehen bekommen. Eben hat Maître Charasse angerufen. Ich raffte all meinen Mut zusammen, habe Monsieur gerufen, an seine Tür geklopft. Monsieur hat mir nicht mal geantwortet. Zu Monsieur Charasse sagte ich, er sei nicht daheim. Die gleiche Antwort bekam Inspektor Girard; vor noch nicht fünf Minuten ist er von hier weggegangen.»

«Aber was tut und treibt Ihr Herr denn?»

«Nichts. Oder sozusagen doch: er geht auf und ab. Ununterbrochen. Bald hastig, sehr hastig, bald langsam, als sei er drauf und dran, stehenzubleiben. Seit Stunden höre ich mir das an. Es macht mich ganz krank.»

«Das kann ich mir denken, Prosper. Ich schaue im Laufe des Tages mal bei Ihnen rein. Auf Wiederhören.»

Darauf rief ich Roland an.

«Monsieur ist nicht zu Hause. Er ist zum Krankenhaus gefahren; er will die arme Dame zum letztenmal sehen.»

«Ist in der Nacht alles glatt gegangen?»

«Besser als ich glaubte. Monsieur ist schließlich eingeschlafen. Die Erschöpfung, die Erschütterung, er war vollkommen fertig, das können Sie sich wohl denken.»

«Und heute morgen, Armand?»

«Oh, er ist sehr viel ruhiger, sogar viel zu ruhig. Ich muß Ihnen sagen: das macht mir angst. Ehe er zum Krankenhaus fuhr, hat er zu mir gesagt: ‹Jetzt komme ich wohl dran; beim zweitenmal läßt er mich nicht davonkommen.› Und sein Gesicht war so schicksalsergeben! Ach, er hat mir so leid getan! Ohne daß ich Monsieur etwas vorschreiben möchte: ich rate Monsieur, ihn nicht allzu lange allein zu lassen.»

«Da haben Sie recht, Armand. Danke.»

Ich aß in einem nahe gelegenen Restaurant zu Mittag. Ich hatte fast sämtliche Morgenzeitungen gekauft. Nicht ohne schlimme Ahnungen durchflog ich sie.

Die Journalisten wußten noch nichts von der Auffindung der Posteinlieferungsscheine und der Fährte, die sich uns damit aufgetan hatte. Daher war ihnen auch unsere Anwesenheit vor dem Haus in Ville d'Avray unerklärlich, «zu dem sich der Mörder begeben sollte». Dagegen ließen sie sich in maßlosen Ausdrücken über das Drama aus, das heißt: über die Begleitumstände.

Ein Grundstück, drei Türen. Vor jeder dieser Türen ein *bis an die Zähne bewaffneter* Mann! Keine Geheimtüren, keine Verstecke, und vor der Nase dieser drei Männer, *dieser drei Fachleute, die weit besser als alle anderen*... hatte der Mörder abermals gemordet, war er abermals entkommen, hatte er sich in blauem Dunst aufgelöst. Mußte nicht angesichts des Versagens der französischen Polizei um ausländische Hilfe nachgesucht werden?

Als ich das las, kochte ich vor Zorn.

Dem Tod Simone Vignerays, des ersten Opfers des Unsichtbaren, waren gleichfalls ganze Spalten gewidmet. Und alle Blätter stellten die gleiche begängstigende Frage: ist die Folge mit fünf Morden abgeschlossen? Wird die blutige Liste sich demnächst um einen weiteren Namen verlängern?

Eine Sonderausgabe publizierte das *erste Interview* mit der Mutter Marcel Vignerays.

Der Artikel war ein Musterbeispiel.

Der Verfasser schilderte den trübseligen Morgen, der wie ein rückgekehrter Winter angemutet habe; dunstverhüllte Sonne, eisiger Wind, eine Natur, die Trauer zu tragen schien wie die Menschenwesen. Plötzlich habe er ‹*das Haus des Kummers*› wahrgenommen, ein weißes Haus mit grünen Läden (kleine Erinnerung an Jean-Jacques Rousseau)... und dann kamen die üblichen Klischees: die arme Großmutter, lebendes Bild der Verzweiflung, mit Augen, die nicht mehr weinten, weil sie über keine Tränen mehr verfügten, und in denen es plötzlich aufflammte, als die alte Dame von dem Scheusal sprach, das ihre Kinder umgebracht hatte.

O Wunder der Kindheit! Die kleine Janine weiß noch nichts. Eine Rose unter Rosen, fährt sie auf den dufterfüllten Gartenwegen ihre Puppe spazieren, die genauso groß ist wie sie.

Angeekelt faltete ich die Zeitung zusammen und verließ das Restaurant. Mein Kopf war leer, ich spürte es, und mir war, als torkle ich wie ein Betrunkener.

Ich folgte der Rue Livingstone, der Rue Ronsard, die wie eine Schlucht zum Square Saint-Pierre hinaufführt, und befand mich unvermittelt auf dem Platz vor der Sacré Cœur-Kirche. Daß ich die sieben Absätze der Rue Muller erstiegen hatte, war mir nicht mehr bewußt.

Vor mir Paris. Ein schmutzig anmutendes Paris unter einem grauen, niedrigen Himmel; er schien die Kuppel des Panthéon zu berühren.

Und irgendwo in diesem Paris: der Mörder.

Eine Bettlerin bot mir Postkarten, Rosenkränze, Medaillen an. Ich jagte sie weg.

Ich hatte den Blick auf zwei parallele Einschnitte im dunklen Durcheinander der Dächer gerichtet: den Boulevard de Rochechouart und die Avenue Trudaine. Dazwischen ein großes, flaches Rechteck: das Collège Rollin. Im Westen, unsichtbar, die Cité Malesherbes. Darin...

Die Bettlerin sah mich wie einen Irren davonstürmen.

Hals über Kopf lief ich in der Rue Foyatier die Treppen hinauf. Ich wollte Brunel sehen. Ich konnte nicht länger allein bleiben, allein mit meinen Gedanken.

Brunel würde mich wohl kaum vorlassen. Gleichgültig! Ich würde in seiner Wohnung sein. Ich würde seine Nähe spüren... Denn ich gestehe: ich hatte Angst.

Ja, ich hatte Angst, mehr als in Alfred Ruparts Eßzimmer, als ich das Telefongespräch mitgehört, mehr als in dem Durchgang in Ville d'Avray, als ich, hinter meiner Tonne versteckt, den Augenblick zum Eingreifen abgewartet hatte.

Eine furchtbare Angst, eben weil ich keinerlei Grund zur Angst besaß, weil mir keine bestimmte Gefahr drohte. Ich hatte Angst vor dem weiten Raum, der Leere, der Menge. Urplötzlich war ich mir meiner Schwachheit bewußt...

«Nun, Prosper?»

«Ja, Monsieur wandert noch immer. Und außerdem redet er jetzt vor sich hin.»

Wir traten an die Tür des Arbeitszimmers heran. Brunel wanderte völlig regelmäßigen Schrittes. Zehn Schritte (die Länge des Zimmers), eine kurze Pause, dann wieder zehn Schritte.

«Er hat allerhand Kilometer hinter sich gebracht», flüsterte Prosper mir zu.

Ich blickte auf die Uhr. Seit länger als fünfzehn Stunden hielt mein Freund sich eingeschlossen.

Vergebens preßte ich das Ohr an die Tür. Brunel sprach zwar, aber zu leise, als daß ich etwas hätte verstehen können.

Wir traten etwas zurück. Ich ließ mich in einen der behaglichen Wohnzimmersessel fallen.

«Hat Maître Charasse angerufen?»

«Nein. Aber Inspektor Girard hat schon zweimal nach Monsieur gefragt. Anscheinend verlangt Untersuchungsrichter Herberay Monsieur seit heute morgen. Ich habe gesagt, Monsieur sei noch nicht heimgekommen.»

Prosper seufzte kläglich.

«Das ist kein Dasein! Ich habe viele Stellungen gehabt, ehe ich zu Monsieur kam. Darunter ganz komische, das kann ich schon sagen. Aber einen Herrn wie diesen...»

«Ich weiß, Prosper, und Sie tun mir leid.»

«Bedenken Sie doch! Tagelang bekomme ich ihn nicht zu sehen. Dann kommt er plötzlich mitten in der Nacht, um zwei oder um drei. Ich höre ihn heimkommen. Morgens laufe ich in sein Schlafzimmer. Niemand da! Monsieur ist schon wieder weg! Ich habe keine Ahnung, wann ich ihn wiedersehen werde. Manchmal spricht er wochenlang kein Wort mit mir. Nicht daß er was gegen mich hätte... Er hat mich ganz einfach vergessen, er sieht mich überhaupt nicht.

Schon zweimal ist er mir mit vollkommen zerfetzten Kleidern und blutigem Gesicht nach Hause gekommen. Eines Tages, als er nicht da war, hat irgendwer seine Tür aufzubrechen versucht. Wissen Sie, was er mir geantwortet hat? Er hat geantwortet:

‹Verdammt noch mal, Prosper, ich möchte nicht in Ihrer Haut stekken.›

Und was hat er sich jetzt wieder einfallen lassen! Bei allem Respekt, den ich Monsieur schuldig bin, möchte ich sagen: wenn ich ihn da so auf und ab und hin und her gehen höre, immerzu, dann kommt er mir vor wie ein Tier im Käfig. Manchmal überlege ich, ob Monsieur überhaupt weiß...»

«Ihr Herr weiß ganz genau, was er an Ihnen hat, Prosper. Sie können sicher sein, daß er Sie als das schätzt, was Sie sind: als seinen treuen Diener. Wenn er von Ihnen spricht...»

Ich unterbrach mich und wandte mich ab. Prosper durfte keinesfalls erfahren, in welchen Wendungen sein Herr von ihm sprach. Die Tür des Arbeitszimmers ging auf.

Brunel erschien, mit verzerrten Zügen, um die Augen schwarze Ringe; der dreißig Stunden alte Bart trug vollends dazu bei, daß er wie ein Kranker aussah.

Er schwankte; seine Lider flatterten, als könne er allzu grelles Licht nicht ertragen.

«Monsieur!» rief Prosper, und sein Tonfall offenbarte alle Zuneigung, die der alte Diener diesem unmöglichen Herrn entgegenbrachte.

Brunel hörte auf zu zwinkern und sah mich an. Es war ein Blick, wie ich ihn an ihm nicht kannte; er drückte Verzweiflung und Grauen aus.

Ich blieb, wie ich war: halb aufgerichtet, reglos, außerstande, ein Wort hervorzubringen. Während der letzten beiden Wochen hatte ich manche erschütternde Minute durchlebt, aber keine davon war so ergreifend wie diese.

In meinen Ohren dröhnten noch die letzten Worte nach, die Brunel am Abend zuvor zu mir gesprochen hatte:

«Wenn du mich je wiedersiehst, dann kannst du dir sagen: ‹Er weiß Bescheid.›»

Nun aber hatte er sein Gefängnis verlassen. Er stand da, vor mir. *Er wußte alles.*

II

Mehrere Minuten verharrten wir reglos; Brunel lehnte am Türrahmen, als fürchtete er umzusinken, mit halb offenem Mund und schlaff niederhängenden Armen, und ich, der ich weder saß noch stand und mich also in einer lächerlichen Lage befand, war irrsinnig vor Angst und wagte dennoch keine Frage.

Das Klingeln der Flurglocke brachte uns zu uns selbst zurück. Prosper eilte in den Vorraum. Wir hörten ihn die Tür öffnen.

«Ihr Herr zu Hause?» fragte eine zittrige Stimme.

Es war Roland Charasse.

An dem alten Diener vorbei stürzte er ins Wohnzimmer. Er war so erregt, daß er unsere absonderlichen Stellungen gar nicht bemerkte. Nicht einmal die Hand gab er uns. Er hatte einen Brief aus der Tasche gezogen.

«Seht euch das an!»

Brunel nahm ihn hastig, öffnete ihn aber nicht gleich. Wie hypnotisiert starrte er auf das, was auf dem Umschlag geschrieben stand. Ich trat zu ihm hin.

Es war die Adresse Roland Charasses in Druckbuchstaben. Es handelte sich um einen Rohrpostbrief.

«Lest doch, so lest doch!» rief Roland. «Ich habe es bei der Heimkehr vom Krankenhaus vorgefunden.»

Langsam öffnete Brunel den Umschlag. Der Brief enthielt nur wenige Zeilen in derselben verstellten Handschrift:

Die Reihe ist an Ihnen, Roland Charasse. Sie kennen meine Macht, fügen Sie sich also. Diese Nacht soll es geschehen. Ihr Tod schließt den Kreis. Nie wieder werde ich von mir hören lassen. Nie wird jemand erfahren... Warum wissen, wenn doch alles aus ist?

Der Brief trug keine Unterschrift.

Ich schaute Roland an. Er war plötzlich ganz ruhig geworden, als habe die Tatsache, daß wir gelesen hatten, genügt, ihn von seiner Angst zu befreien. Ich bemerkte sogar auf seinem Gesicht eine gelöste Heiterkeit, die ich bei ihm seit dem Beginn dieser entsetzlichen Tragödie nicht mehr wahrgenommen hatte.

«Ihr seht, es war vorbestimmt, daß auch ich verschwinden sollte», sagte er mit weicher Stimme.

Und ganz schlicht, ohne jedes Pathos, fügte er hinzu:

«Was liegt übrigens daran, da dann doch alles aus ist? Wir hätten ‹ihn› nie besiegen können. Was kümmert mich der Tod, wenn dieser Tod der letzte ist?»

Nochmals sagte er:

«Der letzte!»

Ich wollte ihn unterbrechen; er ließ mich nicht zu Wort kommen; sehr rasch fuhr er fort:

«Ihr fragt nach dem Beweis, daß er nicht lügt? Aber welche Notwendigkeit bestand denn für ihn zu schreiben? Er hätte mich töten können, wie er die andern getötet hat, ohne Warnung. Seine Ankündigung kann nur den einen Zweck haben: kundzutun, daß ich der letzte sein werde. Versteht ihr?»

Roland hatte meine Frage erraten, und seine Antwort wirkte wahrscheinlich.

Aber welcher Zwang, welche Notwendigkeit (denn ein solcher Mensch konnte nicht ohne gewichtige Gründe handeln) besaß der Mörder für das Versprechen, dieses sechste Opfer sei das letzte, dieses sechste Verbrechen das Ziel seines furchtbaren Amoklaufs.

Mein Herz krampfte sich zusammen, und es flimmerte mir vor den Augen.

«Wie blöd ich doch bin!» entfuhr es mir unwillkürlich.

Hatte ich denn schon vergessen, *daß Brunel alles wußte*? Das war ein so neuer Umstand, daß ich mich noch nicht daran gewöhnt hatte.

Da Brunel ja Bescheid wußte, war Roland gerettet... und *den Kreis schließen* würde der Tod des Mörders.

Erst da merkte ich, daß Brunel kein einziges Wort gesagt hatte. Ich schaute zu ihm hin.

Ich glaube, in diesem Augenblick müssen meine Augen seltsam aufgeleuchtet haben. Ich spürte, wie mir heiß wurde, wie meine Schläfen pochten. Brunel dagegen stand genau so düster da, wie er mir unmittelbar zuvor erschienen war. Kein anderer Ausdruck als der der Trauer und des Grauens war in seine Augen getreten.

Wie war das möglich? Wie konnte Brunel, *der doch alles wußte*, meine plötzliche Begeisterung nicht teilen?

Ich wollte Roland zurufen: «Es geschieht Ihnen nichts!» Aber ich schwieg.

Charasse hatte jetzt nur noch Augen für Brunel. Sein Blick schien an den Lippen des Freundes zu hängen, als erwarte er einen Orakelspruch.

Aber Brunel schwieg nach wie vor.

Ich hatte Mitleid mit Roland. Ich fragte Brunel trotzig:

«Na und? Was soll nun geschehen?»

Er ließ mich geraume Zeit ohne Antwort.

«Wir tun dasselbe wie gestern», sagte er endlich. «Wir ergreifen alle unsere Vorsichtsmaßnahmen. Was könnten wir sonst tun?»

«Freilich, wir müssen alle unsere Vorsichtsmaßnahmen ergreifen...» pflichtete Roland ihm bei.

Mit fast unhörbarer Stimme fügte er hinzu:

«...der Form halber!»

Der Form halber!

War der Ärmste tatsächlich so in sein Schicksal ergeben, so überzeugt von der Unbesiegbarkeit des Gegners, daß er nicht nur darauf verzichtete zu kämpfen, sondern sogar darauf, sich zu verteidigen?

Verblüfft schaute ich zu Brunel hin. Er hätte Roland mit einem einzigen Wort beschwichtigen können; aber nicht nur, daß er dieses Wort nicht aussprach; er schien ihm darüber hinaus durch seinen hoffnungslosen Ton auch die allerletzte Illusion rauben zu wollen.

Dieses Übermaß an Pessimismus brachte mir eine Erleuchtung. Jäh begriff ich.

Da Brunel Bescheid wußte, war Roland ganz sicher gerettet. Und wenn Brunel nichts sagte, so geschah das, weil er in seinen Plan miteinbezog, daß Roland sich für unrettbar verloren halten mußte. Warum? Das war ganz einfach. Brunel fürchtete, Roland könne sich nicht hinlänglich verstellen, den Mörder nicht täuschen, der uns ja ganz sicher beobachtete, in unserm Schatten lebte. Roland täuschen hieß: den Mörder täuschen.

Im Vertrauen auf seine Macht, auf sein Genie, auf sich selber, hatte der Unbekannte jede Vorsicht außer acht gelassen; er hatte sein Verbrechen angekündigt. Keine Sekunde lang hatte er vermutet, einer seiner Gegner könne *seine Methode* herausbekommen. In der Gewißheit, unfehlbar zu sein, lieferte er sich ans Messer. Und Roland sollte als Köder dienen, als die angebundene Ziege, die der im Hinterhalt liegende Jäger dem Tiger darbietet... Aber diesmal würde der Jäger nicht mit dem Schuß warten, bis das Raubtier seine Pranken in die Beute gekrallt hatte.

Ja, so war es. Nur so konnte es sein. Und wo ich nun draufgekommen war, fragte ich mich, wie ich so lange an meinem Freund hatte zweifeln können. Ich schämte mich sehr.

In diesem Augenblick ertönte die Flurglocke. Gleich darauf erkannte ich den Schritt Inspektor Girards.

Als Roland dem Ankömmling entgegenging, beugte ich mich zu Brunels Ohr hin und flüsterte überzeugt:

«Nicht wahr, Roland geschieht nichts?»

Ohne mich anzusehen, entgegnete Brunel sehr schnell:

«Er ist erledigt.»

Girard hatte den Brief gelesen. Dann hielten wir Kriegsrat.

Der Inspektor stellte dieselbe Hypothese auf wie Roland. Durch seine Ankündigung verfolge der Mörder weniger den Zweck, sein Opfer zu quälen, als es wissen zu lassen, dieses sechste Verbrechen werde das letzte sein.

Aber warum? Das herauszufinden gelang keinem von uns. Ich ziele damit nicht auf Brunel: der beteiligte sich an der Debatte nur mit ein paar einsilbigen Äußerungen.

«Wie dem auch sei», sagte Girard, «der Bursche hat ein gottverdammtes Selbstvertrauen – was wir übrigens schon wissen –, denn schließlich konnte er sich ja wohl denken, daß Sie den Inhalt eines solchen Briefes nicht für sich behalten würden. Er meint also, er könne über alle unsere Schutzmaßnahmen triumphieren. Er ist so überzeugt von seiner Methode, daß er glaubt, sie in jeder Situation anwenden zu können.»

«Hat er denn nicht recht?» fragte Roland mit müder Stimme. «Sie wissen doch, was gestern geschehen ist. Waren nicht alle Vorsichtsmaßnahmen getroffen worden?»

Brunel sah mich durchdringend an, und ich schwieg beklommen.

Eine seltsame Unterhaltung! Ein unvoreingenommener Zeuge hätte sich schwerlich vorstellen können, daß wir so kaltblütig das Schicksal des nächsten Opfers diskutierten, das doch mitten unter uns saß.

Aber war das nicht der beste Beweis dafür, daß wir im tiefsten Herzensgrund nicht an die Drohung des Mörders glaubten?

Dabei hatte ich noch immer Brunels unheilverkündende Worte in den Ohren: «Er ist erledigt.»

Wieso sagte er das? Wir, die wir die Methode des Mörders nicht kennen, wir zweifeln, nehmen den Gedanken an ein neues Verbrechen nicht einfach hin. Brunel aber, Brunel, *der Bescheid weiß*, der die Methode kennt, gibt sich geschlagen und sagt: «Er ist erledigt.»

«Und wenn nun der Rohrpostbrief ein dummer Witz wäre, oder das Werk eines Geisteskranken?» fragte Girard, allerdings ohne jede Überzeugungskraft. Er schien es selbst zu bemerken und fuhr fort:

«Kurz und gut, jetzt geht es darum, eine Entscheidung zu treffen. Wollen Sie meine Meinung hören? Wir gehen schleunigst zum Präfekten, und der muß seine ganze Mannschaft mobilisieren...»

Roland winkte ab.

«Nein, Girard, denn ganz sicher hat der Mörder besondere Maßnahmen einkalkuliert. Wer weiß, ob der Brief nicht teilweise dazu dienen soll, sie auszulösen?»

Brunel nickte.

«Und außerdem», fuhr Roland fort, «nehmen wir einmal an, *er* könne diese Nacht nicht handeln. Ich möchte nicht fortan mein Leben inmitten einer Leibwache zubringen, noch möchte ich mit dieser ständigen Drohung über meinem Haupt weiterleben.»

«Also?» fragte Girard nervös.

«Also folgendes: ich fahre jetzt heim in die Rue Guynemer, gehe ins Bett und warte.»

Roland zögerte eine Sekunde und sagte dann noch:

«Selbstverständlich lassen wir keine Vorsichtsmaßregel außer acht; Sie kommen mit, Sie bewachen die Zugänge.»

Girard fuhr auf:

«Die Zugänge bewachen – und das nennen Sie: ‹keine Vorsichtsmaßregel außer acht lassen›? Die Zugänge bewachen, wie in Ville d'Avray! Was dabei herausgekommen ist, haben wir ja gesehen. Was meinen *Sie*, Brunel?»

«Ich bin Rolands Meinung. Sein Plan ist der einzig vernünftige.»

Der Inspektor war zunächst sprachlos vor Verblüffung; dann rief er:

«Aber das ist ja der reinste Wahnwitz!»

Und zu mir, fast grob:

«*Ihre* Meinung?»

Meine Meinung? Girard hat hundertprozentig recht. Jede Frage erübrigt sich. Allerdings, wären nicht die Präzedenzfälle, so würde meine Antwort ganz anders lauten. Ich kenne Rolands Wohnung: da schaltet jeder Kniff aus, und wir sind vier entschlossene Männer. Die Sache ist nur die: die Rue Greuze, Le Mans, Ville d'Avray sind vorhergegangen.

Wiederum lastet Brunels Blick auf mir, der Blick eines Hypnotiseurs.

Ich denke: «Girard hat recht. Girard hat recht.»

Ich möchte es sagen, es herausschreien... Aber ich kann es nicht... Brunels Blick...

Mühsam schlucke ich meinen Speichel herunter.

«Auch ich finde, Roland hat recht.»

Wir aßen in der Cité Malesherbes zu Abend (oder taten wenigstens so). Gegen zehn fuhren wir zur Rue Guynemer. Einen Teil des Weges legten wir zu Fuß zurück.

Brunel und Roland gingen voran, stumm. Girard und ich folgten ihnen. Ich höre noch den Inspektor sagen:

«Aber bedenken Sie doch! Nehmen Sie an, der Mörder hält Wort. Was für eine Blamage für uns drei!»

Girard hatte genau das ausgesprochen, was ich dachte. Aber was sollte ich ihm antworten? Ich fühlte noch immer Brunels strengen Blick auf mir lasten. Feigerweise schwieg ich.

«Dabei wäre es so leicht, vernünftige Vorsichtsmaßregeln zu treffen», monologisierte Girard weiter. «Sehen Sie: Charasse brauchte doch bloß mit zu mir zu kommen. Ich würde ein Dutzend Burschen von der Mordkommission zusammentrommeln. Und ich schwöre Ihnen...»

Ich unterbrach ihn.

«Wenn derartige Vorsichtsmaßnahmen für den Mörder ein Hindernis wären, hätte er uns wohl kaum benachrichtigt.»

Mir war, als klänge meine Stimme falsch. Der Inspektor brummelte etwas vor sich hin.

Erleichtert sah ich Brunel ein Taxi heranwinken.

«Hoffentlich ist Armand schlafen gegangen», meinte Roland, als wir am Eisengitter des Luxembourg-Parks vorbeifuhren. «Ich möchte den guten Kerl nicht aufregen.»

«Das wäre allerdings schade», spottete Girard.

Der Diener hatte geduldig die Rückkehr seines Herrn abgewartet. Als wir ankamen, saß er halb eingenickt auf einem Sessel.

Inspektor Girard schien von diesem Zufall sehr angetan, der uns einen neuen Helfer bescherte, und ohne uns um unsere Meinung zu fragen, setzte er den Diener ins Bild.

Armand las den Rohrpostbrief und war verblüfft und erschüttert. Doch sein aufgeregter Zustand war nur von kurzer Dauer. Er schaute seinen Herrn ruhig und ergeben an.

«Diese Drohungen sind lächerlich, Monsieur. Der Schurke kann weder durch die Zimmerdecke noch durch den Fußboden hereinkommen; wenn wir also die Türen bewachen…»

So spricht der gesunde Menschenverstand. Waren unsere Befürchtungen, so gerechtfertigt sie durch das Drama vom Vortag auch erschienen, nicht völlig subjektiv?

Wir gingen in Rolands Schlafzimmer.

«Zwei Türen und ein Fenster; also drei Zugänge zum Überwachen», sagte Brunel.

«Wie in Ville d'Avray», fügte Girard grausam hinzu; auf ihn hatte Armands Optimismus keinerlei Wirkung gezeigt.

Und ernsten Tones fuhr er fort:

«Wenn es Ihnen recht ist, übernehme ich das Fenster. Ich postiere mich auf dem Bürgersteig gegenüber. Dann kann ich gleichzeitig ein Auge auf das Kommen und Gehen haben.»

Wir durchschauten alle, was der Inspektor dachte. Es war keineswegs Furcht, was ihn zum Verlassen der Wohnung antrieb. Girard hatte uns oft genug Beweise seines Mutes abgelegt. Aber die Sache war die: ein Inspektor hat Vorgesetzte. Also legt er Wert darauf, einen Teil der Verantwortung von sich abzuwälzen. Wenn wirklich was passierte, hatte er sich wenigstens nicht in der Wohnung befunden.

«In Ordnung», sagte Brunel zustimmend.

Täuschte ich mich? Mir schien, als hätten sich die Züge meines Freundes ein wenig entspannt, als sehe sein Gesicht erleichtert aus.

Langsam ließ der Inspektor den Blick durch das Zimmer schweifen, so als werde er es nie wieder sehen. Das Bett, zwei Sessel, eine Kommode, ein Schrank, alles schlicht, aber vom guten Geschmack des Besitzers zeugend. Im Schlafzimmer ist kein Kamin.

Mit einem schiefen Gesicht, als ob er sagen wolle: «Idiotisch, was ich da tue!», machte Girard den Schrank halb auf und schaute unters Bett.

Dann öffnete er das Fenster, zog die Läden zu, schloß das Fenster wieder.

Ich sah zur makellos weißen Decke hinauf, musterte die Wände mit der rosafarbenen Tapete und das blankgebohnerte Parkett.

Girard untersuchte die Türen. Die eine führte zu einem kleinen Arbeitszimmer, die andere ins Wohnzimmer. Die letztere war zweiflügelig (wie man später sehen wird, eine wichtige Einzelheit!).

Das schiefe Gesicht des Inspektors wirkte jetzt richtig verdrossen. Ich hatte das Gefühl, als schäme er sich dieser lächerlichen Überprüfung.

Und dann standen wir alle fünf mitten im Schlafzimmer. Das Schweigen wurde bald peinlich.

«Ich gehe jetzt», murmelte Girard undeutlich.

Hastig, ohne aufzublicken, gab er uns die Hand und verschwand. Aber als er gerade die Tür erreicht hatte, fuhr er mit geradezu verzweifeltem Gesicht herum.

«Nein! Ausgeschlossen! Ich kann Sie nicht allein lassen.»

«Gehen Sie jetzt bitte, Girard», sagte Brunel.

Seine Stimme klang fest und bekümmert zugleich.

Girard senkte den Kopf und machte kehrt. Ein paar Sekunden später hörten wir die Haustür schwer ins Schloß fallen.

Es mußte etwa elf sein.

Wir hatten sorgfältig jedes der drei Zimmer durchsucht: Eßzimmer, Wohnzimmer, Arbeitszimmer. Vor den Augen meiner Freunde schloß ich selber die Eingangstür und schob den Riegel vor. Dann gingen wir zurück ins Schlafzimmer.

Roland hatte seine Pfeife und ein Paket Tabak auf die Kommode gelegt und einen Sessel herangerückt.

«Monsieur sollte lieber zu Bett gehen», sagte Armand, der nicht an die seinem Herrn drohende Gefahr glauben wollte. «Morgen fühlt sich Monsieur ganz steif in den Gliedern.»

«Morgen...!» murmelte Roland.

Diese Resignation reizte mich mehr, als daß sie mich beeindruckte. Überdies verblüffte mich Brunels Untätigkeit. Worauf wartete er, statt uns einen Plan zu unterbreiten? Statt uns Weisungen zu geben?

Aber welche Weisungen könnte er uns denn geben? Zweifellos war es das Vernünftigste, wenn wir alle drei bei Roland blieben. Der Mörder würde ihn wohl kaum in unserer Mitte niederstrecken können, ohne daß wir ihn bemerkten und ohne daß wir versuchten, Roland zu schützen, wovor auch immer. Ergo, falls man nicht an Hexerei glaubte...

Um die Dinge vorwärtszutreiben, fragte ich Armand möglichst unbeschwerten Tons:

«Können Sie wenigstens Bridge?»

Als habe er bloß auf diese Frage gewartet, ging Brunel ins Wohnzimmer hinüber.

«Hier übernehme *ich* die Wache.»

Er trat nochmals zu mir. «Du brauchst nichts zu tun, als dich mit Armand im Arbeitszimmer aufzuhalten.»

Ich spürte: jeder Einwand war umsonst. Ich nickte. Und es trat Schweigen ein. Ein Schweigen, das mir sogleich unerträglich wurde. Alles andere wäre besser gewesen als diese düstere Nachtwache. Das muß auch Rolands Empfinden gewesen sein, denn er sagte plötzlich:

«Wir müssen uns trennen, Freunde. Es käme nichts dabei heraus, wenn wir beieinander blieben.»

Er tat, als wolle er uns die Hand geben, schien sich aber eines Besseren zu besinnen, als fürchte er, dieser Abschied werde ihm Unglück bringen.

«Hat keinen Sinn, daß wir uns auf Wiedersehen sagen... denn alles in allem bleiben wir ja beisammen», sagte er mit erzwungenem Lächeln.

Wortlos ging Brunel ins Wohnzimmer hinüber. Mir kam es vor, als gehe er gebeugt, als sei sein Schritt unsicher. Ganz plötzlich war ich überzeugt, er müsse sich umdrehen und mit einem Wort unsere Ängste zerstreuen, der Situation ein anderes Aussehen geben.

Aber nein. Brunel verschwand. Er zog sogar die Tür zu, ohne einen Blick zurückzuwerfen.

Mein Herz krampfte sich zusammen. Am liebsten hätte ich geheult. Vor Wut? Vor Verzweiflung?

Mühsam beherrschte ich mich.

«Kommen Sie, Armand.»

Wir gingen ins Arbeitszimmer. Ich hatte das betrübliche Gefühl, mich wie ein Feigling zu benehmen... Und auch ich sah nicht zurück, wagte es nicht, Roland anzusehen, ehe ich die Tür hinter mir zuzog.

Der heftige Wind, der sich am Spätnachmittag erhoben hatte, hatte die Wolken weggefegt. Die Nacht war hell. Daher hielten wir es für unnötig, das elektrische Licht anzuknipsen. Und da das Zimmer, in dem Roland sich aufhielt, erleuchtet war, drang ein Lichtschimmer unter der Tür hindurch. Dieses bißchen Licht, ein Zeichen des Lebens, sollte mir ein schwacher Trost sein.

«Er ist erledigt.» Immer wieder dröhnten mir die furchtbaren Worte meines Freundes in den Ohren. Und jedesmal sagte ich innerlich vor mich hin: «Brunel weiß alles... Brunel weiß alles.» Waren diese beiden Wahrheiten unvereinbar?

Ich hörte Roland nebenan seine Pfeife ausklopfen. Dann hatte er sie wohl aufs neue gestopft; er strich nämlich ein Zündholz an. Dann ging er ein paar Schritte auf und ab; schließlich knirschten die Sesselfedern.

Wenn ich wollte, konnte ich die Tür aufmachen. Ich würde Roland im Sessel sitzen sehen, und wir würden einen freundschaftlichen Blick wechseln.

Allerdings konnte diese einfache Geste mißverstanden werden und unseren unglücklichen Freund erschrecken.

Einige Sekunden lang preßte ich meine glühende Stirn an eine der Fensterscheiben.

Vor mir lag der Luxembourg-Park im Mondschein. Ein breiter Spalt teilte das Laubwerk, das von unwirklichem Grün war: die zur Rue Soufflot führende Allee. Jenseits des Eisengitters ein graublauer Fleck: das Massenet-Denkmal. Diesseits des Gitters, an der steinernen Einfassung, ein liegender Menschenkörper.

«Irgendein Clochard», müssen die wenigen Passanten denken.

Ein Polizist trat an den Clochard heran und klopfte ihm auf die Schulter. Der Mann stützte sich auf einen Ellbogen und sagte dem Beamten rasch ein paar Worte. Der andere ließ von ihm ab, tippte mit dem Zeigefinger an sein Käppi, als wolle er eine Ehrenbezeigung andeuten, und machte, daß er wegkam... Und Inspektor Girard ging wieder in seine horizontale Lage über.

Ich trat abermals zur Tür und blickte nachdenklich auf den Lichtstreifen.

Warum hatte Brunel uns nicht im Schlafzimmer bleiben lassen? Warum wollte er, daß Roland allein drin blieb? Was hatte er im geheimen geplant?

... Halb zwölf... Mitternacht... halb eins...

Armand saß reglos in der Ecke neben einem Bücherschrank. Wäre nicht sein kurzer, rasselnder Asthmatikeratem, ich hätte seine Anwesenheit vergessen. Ich gehe jetzt unablässig zwischen Tür und Fenster hin und her; sie liegen vier Schritte auseinander. Das Massenet-Denkmal... der liegende Inspektor Girard... der Lichtstreifen...

Einige Male schellten verspätet heimkehrende Mieter an der Haustür. Ich konnte sie heraufkommen hören und durchlebte sogar einen Moment intensiver Spannung, als ich auf dem Treppenabsatz des zweiten Stocks einen Schritt sich verlangsamen, beinahe anhalten hörte. Ein Mieter hatte wohl nach seinen Schlüsseln gesucht und ging dann weiter.

Der letzte Autobus Porte des Lilas – Plaisance ließ die Fensterscheiben erklirren. Vom Lycée Montaigne schlug es eins.

... Das Massenet-Denkmal... Inspektor Girard... der Lichtschimmer... das Denkmal...

... Im Schlafzimmer das Geräusch überstürzter Schritte. Zwei Schreie: «Herkommen...! Hilfe...!» Ein Schuß.

Auf diese Geräusche, diese Schreie war ich seit drei Stunden gefaßt gewesen. Den Revolver in der Faust warf ich mich gegen die Tür, drehte den Knauf.

Die Tür ging nicht auf.

Die Tür, die ich beim Hinausgehen bloß hinter mir zugezogen hatte, war jetzt verschlossen. Der Schlüssel im Schloß war umgedreht worden.

Im Schlafzimmer ein Getöse von Krachen und Splittern. Ich kann mir denken, was geschieht: Brunel hat die Tür gesprengt; auch sie war verriegelt gewesen.

Armand stößt Schreie aus, an denen nichts Menschliches mehr ist, und klammert sich an mich. Ich stoße ihn brutal zurück, trete bis ans äußerste Ende des Arbeitszimmers zurück und werfe mich, die Schulter voran, gegen die Tür.

Dreimal mußte ich das tun; dann erst gab das Schloß nach und ich taumelte ins Schlafzimmer.

Brunel stand vornüber gebeugt mittendrin. Zu seinen Füßen lag Roland, die Hände auf dem Herzen; es war, als presse er es zusammen. Schmerz und Angst verzerrten seine Züge. In den Mundwinkeln leichter Speichelschaum.

Ich hatte das Gefühl, der Boden weiche unter mir. Ich ließ einen völlig verstörten Blick durch das Zimmer schweifen. Die beiden Sessel, der Schrank, die Kommode, die makellos weiße Zimmerdecke, die rosa Tapete. Das Fenster nach wie vor zu.

Keinerlei Unordnung. Abgesehen von den geborstenen Türen war das Zimmer in genau demselben Zustand, wie wir es verlassen hatten. Nicht die leiseste Spur des Geschehenen. *Außerdem hat ja gar nichts geschehen können.*

... Und Roland stirbt, ein Geschoß in der Brust. Armand ist hinter mir hereingekommen.

«Monsieur...! Monsieur...!» ächzt er verzweifelt.

Doch fast im gleichen Augenblick wird sein Mitleid durch eine andere, alles übrige verdrängende Regung ersetzt: durch Furcht, durch bis zum Paroxysmus gesteigertes Entsetzen.

Wie für alle nicht unmittelbar an dem grausigen Geschehen Beteiligten war Armand die offizielle Version, die «Legende vom unsichtbaren Mörder», bisher völlig unwirklich erschienen. Jetzt plötzlich wurde er sich der Wirklichkeit bewußt, enthüllte sich ihm die Macht des Verbrechers.

Schwankend trat ich zu Brunel hin und kniete nieder, oder vielmehr: ich brach neben ihm zusammen. Mein Freund hatte den Arm unter den Hals des Verwundeten geschoben und hob behutsam seinen Oberkörper an. Sein Gesicht war dem Rolands ganz nahe, als lausche er auf ein letztes Zeichen, ein letztes Wort.

Auch ich richtete den Blick auf das Gesicht des Sterbenden, auf seine Augen, «die gesehen haben», auf seine Lippen, die mir jetzt den Schlüssel zu dem schrecklichen Rätsel ausliefern könnten, und die der Tod versiegeln wird.

«Aber auch Brunel weiß ja alles», sagte ich mir; «Brunel, der ihn nicht hat retten können...»

Und es durchfuhr mich ein schmerzlicher Gedanke. Hatte Roland, für den es jetzt kein Geheimnis mehr geben konnte, durchschaut, daß auch Brunel die Wahrheit gewußt hatte, die Wahrheit, die er jetzt mit seinem Leben bezahlen mußte?

Als ob er mir darauf antworten wollte, blickte der Sterbende Brunel an. Und in diesem Blick las ich ein Sichanklammern, eine Zuneigung ohne Grenzen.

Rolands Lippen öffneten sich halb. Wollte er etwas sagen? War seine Stimme schon so schwach, daß sie nicht mehr bis zu mir drang?

Und aus den Augen, die starr an denen Brunels hafteten, rannen zwei dicke Tränen.

Rolands Oberkörper sank leicht in sich zusammen. Der Mund blieb halb offen.

... Aber da noch immer die Tränen über seine Wangen rannen, verstand ich nicht sofort.

Brunel hielt den Körper nach wie vor in den Armen; aber er hatte rasch den Kopf abgewandt, und ich sah, daß seine Schultern bebten.

Lange blieb ich, mit schlaff niederhängenden Armen, auf den Knien liegen, wie ausgelöscht. Endlich konnte ich aufstehen, und mit automatischen Schritten gelangte ich ans Fenster. Ich öffnete es, stieß die Läden auf.

Girard sah mich; mit einem Satz war er auf den Beinen. Ich winkte ihn heran und schloß ihm die Wohnungstür auf. Und ging wieder ins Schlafzimmer.

Im Gesicht Rolands hatte sich eine Wandlung vollzogen. Die Merkmale der Angst und des Schmerzes, die sich hineingehöhlt hatten, waren verschwunden. Die Züge waren milder und weicher, das Gesicht wieder jung geworden. Die Stirn durchfurchten keine Falten mehr; sie war klar und heiter. Obwohl immer noch halb offen, deutete der Mund ein Lächeln an.

Der Tod hatte uns den Roland von ehemals zurückgegeben.

Girard warf einen Blick auf die Leiche, auf die beiden eingeschlagenen Türen, und trat zu Brunel hin. Aber der Gesichtsausdruck meines Freundes hatte etwas so Erschreckendes, daß der eingeschüchterte Inspektor den Kopf abwandte. Leise fragte er mich:

«Na und?»

Mit ein paar Worten berichtete ich ihm, was ich von dem Drama wußte. Mechanisch fügte ich meinem knappen Bericht an:

«Sie haben natürlich von Ihrem Platz aus nichts bemerkt?»

«Natürlich nicht.»

Sein Tonfall tarnte nur schlecht seinen zurückgehaltenen Zorn, und auf seinem Gesicht las ich einen Vorwurf, den zu äußern er nicht die Grausamkeit aufbrachte.

Girard bückte sich über die Leiche und sah sich die Verwundung an.

«Der Schuß ist aus nächster Nähe abgegeben worden», sagte er. «Das Jackett ist versengt.»

Dann kroch er auf allen vieren im Zimmer umher. Als er aufstand, war seinen forschenden Blicken kein Quadratzentimeter entgangen.

Dann untersuchte er die Wände, machte Schranktüren und Schubfächer auf.

«Warum vergeude ich nur meine Zeit?» brummte er vor sich hin, ohne sein Tun zu unterbrechen. «Ich habe schon seit langem den Ehrgeiz aufgegeben, irgendwas zu begreifen.»

«Wenn der Mörder nicht gelogen hat, ist es jetzt vorbei mit dem Alpdruck», sagte ich zögernd.

Girard vollführte eine wütende Geste.

«Wenn Sie sich damit zufriedengeben...!»

Langsam kam Brunel wieder zu sich. Er wischte sich die Augen, die Stirn, die schweißnaß war. Und schweren Schrittes trat er zu uns hin.

«Girard, tun Sie mir einen Gefallen?»

Der Inspektor schaute ihn erstaunt an.

«Benachrichtigen Sie den Kommissar, tun Sie alles Erforderliche», fuhr Brunel fort. «Morgen stehe ich den Herren zur Verfügung; aber heute nacht kann ich nicht mehr; ich fühle mich elend.»

Tatsächlich schien Brunel sich kaum noch auf den Beinen halten zu können; er schwankte. Sein Gesicht war entstellt, seine Hände zitterten. Girard und ich wären nie auf den Gedanken gekommen, daß dieser stählerne Mann uns eines Tages einen solchen Anblick bieten würde.

Und ich konnte mir denken, wie dieser jämmerliche Anblick eines besiegten André Brunel dem Inspektor naheging. Er drückte meinem Freund die Hände, als wolle er sie zermalmen, und in einem Ton, der mir zeigte, daß er all seinen Groll vergessen hatte, sagte er:

«Verlassen Sie sich auf mich, alter Junge... Gehn Sie nach Hause... Und lassen Sie den Mut nicht sinken. Vergessen Sie nicht, daß Sie André Brunel sind.»

«Danke, mein guter Girard.»

Brunel schob seinen Arm in den meinen. Mir war, als suche er Halt an mir.

«Komm, mein Junge.»

12

Ein Taxi brachte uns zur Cité Malesherbes. Während der Fahrt sprach Brunel kein einziges Wort. Er saß in sich zusammengekauert da, das Gesicht in den Händen. Ich glaubte den Roland bei unserer Heimfahrt von Ville d'Avray vor mir zu sehen.

Geräuschlos wie Einbrecher betraten wir das kleine Stadthaus; wir wollten Prosper um keinen Preis aufwecken. Wir begaben uns sofort ins Arbeitszimmer. Als ich die Hand nach einem Schalter ausstreckte, hielt Brunel mir den Arm fest.

«Legst du Wert auf Licht?»

Ich bestand nicht darauf. Außerdem erhellte ein Mondstrahl das Zimmer zur Genüge. Ich setzte mich auf einen Stuhl, und Brunel ließ sich mir gegenüber in einen Sessel fallen.

Es entstand ein langes Schweigen, währenddem ich mir unablässig sagte:

«Er weiß die Wahrheit... Worauf wartet er noch...? Warum sagt er sie mir nicht?»

Denn ich hatte längst darauf verzichtet, allein dahinterzukommen und zu begreifen.

Ein Zimmer, zwei Zugänge; das Fenster rechne ich nicht einmal mit. Keiner konnte herein, keiner konnte heraus, und doch ist Roland tot, ermordet.

In keines der Dramen, aus denen sich diese entsetzliche Folge zusammensetzte, war ich so unmittelbar verwickelt wie in dieses, das morgen «Das Geheimnis der Rue Guynemer» heißen wird. Ich war hinter der Tür, ich habe alles gehört, was im Schlafzimmer vor sich ging. Ich kann fast sagen: «Ich habe dem sechsten Verbrechen beigewohnt.» Und eben deshalb kam mir dieses Rätsel noch verwirrender, noch schrecklicher vor als die andern. Ich spürte, ich konnte nicht einmal mehr versuchen, darüber nachzudenken, wie ich es nach dem Gemetzel in der Rue Greuze, dem Mord in Le Mans oder dem in Ville d'Avray getan hatte.

Da sagte Brunel, der meinem Gedankengang gefolgt zu sein schien, leise und mühsam:

«Und wenn dieser letzte Tod ein Einzelfall wäre...? Wenn ihm nicht fünf Morde vorangegangen wären?»

Ich war grenzenlos überrascht:

«Wieso? Was willst du damit sagen?»

«Damit will ich sagen: wie würdest du auf die Tragödie dieser Nacht reagieren, wenn sie ohne Vorspiel wäre? Damit dir die Antwort leichter fällt, mußt du dich von dem Aberglauben an ein mit übernatürlichen Kräften begabtes Wesen freimachen. Denn dieser Aberglaube verleitet dich dazu, Trugschlüsse zu ziehen.»

«Trugschlüsse? Na, hör mal! Rolands Tod ist doch kein Trugschluß, ebensowenig der Ruparts oder der Julien Blanchots!»

Brunel unterbrach mich mit einer Handbewegung, und in plötzlicher Erregung sagte er: «Du verstehst nicht... Ach, desto besser, desto besser... Dann verstehen es auch die andern nicht, nie... Aber augenblicklich geht es nicht um die andern, sondern um dich, mein Junge, und du, du sollst, du *mußt* es wissen.»

Seine Stimme wurde ganz weich.

«Roland ist im Schlafzimmer. Wir bewachen die beiden Türen. *Keiner kann herein.* Ein Schrei, wir finden Roland tödlich verletzt, ein Geschoß in der Brust. Jetzt folgere.»

«Wieso und was soll ich denn folgern? Auch in Le Mans...»

«Immer diese Besessenheit, diese Befangenheit! Es ist nicht von Le Mans die Rede. Hat ein Mörder in Rolands Schlafzimmer eindringen können?»

«Nein, aber...»

«Es gibt kein Aber. Da kein Mörder in das Schlafzimmer gekommen ist, konnte Roland nicht ermordet werden.»

Ich sprang auf.

«Das ist nicht wahr, Brunel, du willst doch nicht etwa sagen, Roland habe sich... Außerdem war kein Revolver da.»

«Ich habe dir gesagt, du sollst über Tatsachen nachdenken, nicht über Gespenster. Du hast Le Mans erwähnt. Auch in Le Mans war das Nichtvorhandensein des Revolvers eine Tatsache. Der Revolver war nicht im Zimmer. Daraufhin konnten wir behaupten: es ist ein Verbrechen verübt worden. Hier...»

«Aber hier ist doch dasselbe der Fall.»

Brunel sieht mich lange an.

«So? Sind wir *zusammen, zur selben Zeit* in Rolands Schlafzimmer gekommen?»

Ich starrte meinen Freund an. Durch diese einfache Frage hatte er den Schleier zerrissen.

«Das kann doch nicht sein... der Revolver?»

Brunel griff in seine Tasche und legte ein metallenes Etwas auf die Schreibtischplatte, das im Mondlicht funkelte.

«Er wird keinen mehr töten.»

Jeder andere, der nicht, gleich mir, in das ungewöhnliche Abenteuer verstrickt gewesen wäre, hätte sicherlich den Sinn von Brunels Worten sofort begriffen. Ich brauchte ziemlich lange Zeit, ehe ich verstand. Doch dann wehrte ich mich mit allen Kräften gegen die entsetzliche Enthüllung.

«Wenn der Mörder sein Ziel erreicht hat, so hat er deswegen noch nicht Wort gehalten.»

«Warum?»

«Er hätte Roland ermorden müssen.»

«Na und?»

«Ja, da Roland sich...»

«Das ist es ja. Der Mörder hat Wort gehalten.»

Ich versuchte vor der Wahrheit davonzulaufen. Aber sie hielt mich umzingelt. Ich konnte nicht mehr zurück. Ich flüsterte:

«Roland...? Roland...?»

Sehr rasch antwortete Brunel:

«Ja, Roland, der Mörder.»

Brunel schien erleichtert. Er stand auf, ging auf und ab und begann mit klarer, durch keinerlei Erschütterung mehr veränderter Stimme mit seinen Erläuterungen.

Er war nicht länger der betrübte Freund, der ermattete Ringer; an deren Stelle war jetzt der fühllose, unversöhnliche Analytiker getreten:

«Die Methode habe ich dir bereits aufgezeigt. Nachdenken, nicht nur so tun. Auf Grund der Tatsachen, einzig und allein auf Grund der Tatsachen seine Schlüsse ziehen, nicht Beweis und Wahrscheinlichkeit verwechseln. Die Sache ist nur die, daß keiner das getan hat, daß keiner das hat tun können; und vor der Ermordung Alfred Ruparts in Ville d'Avray habe ich selber...

Warum nicht schon früher? Weil ich bis dahin, und zwar trotz der zahlreichen Beweise, die Dinge und Menschen uns lieferten, nicht an die Version der Verbrechen glauben konnte, wie sie sich aus all diesen Beweisen und Aussagen ergab. Weil in den gegebenen Situationen die Verbrechen unmöglich schienen, daß sich also die Zeugen irrten, die Dinge logen.

Ich hatte das Gefühl, mit falschen Ziffern zu rechnen, eine unrichtig gestellte Gleichung zu lösen. Die Gewißheit, so nur eine ungenaue Lösung finden zu können, hinderte mich an jedem vernunftgemäßen Gedankengang. Ich war von der Nichtigkeit meiner Bemühungen überzeugt; wie hätte ich da Erfolg haben können?

Das Drama in Ville d'Avray, *in das ich unmittelbar verstrickt war*, gab mir den Funken, nämlich die verblüffende Erleuchtung, daß die Gleichung, so unlösbar sie auch schien, dennoch lösbar war.

Wäre ich nicht unmittelbarer Zeuge des Dramas gewesen, so sagte ich mir, würde ich abermals glauben, die Zeugen täuschten sich, die Dinge lögen; ich hätte mir immer wieder gesagt: da das Verbrechen unter den Umständen, unter denen es begangen wurde, nicht möglich war, müssen einfach Bedingungen und Umstände anders sein.

Inzwischen aber ‹weiß› ich, daß die Bedingungen dennoch genau die sind, die meine Vernunft nicht anerkennen wollte. Das heißt, daß die Gegebenheiten, die mir unzulänglich schienen, zulänglich, daß die Ziffern richtig, daß das Problem korrekt gestellt ist.

Bis zu Alfred Ruparts Ermordung habe ich nachgegrübelt, ohne an einen Erfolg zu glauben. Nach meiner Rückkehr aus Ville d'Avray habe ich nachgegrübelt und wußte, daß ich die Lösung finden könnte. Siehst du den Unterschied?

Von dem Augenblick an, da die Vernunft wieder in ihre Rechte eingetreten war, mußte alles klarwerden. Die Tatsachen mußten sich mit unerbittlicher Logik miteinander verketten. Die furchtbare Erklärung mußte ans Licht kommen.

Nach dem Rätsel von Ville d'Avray, das zur Lösung jedes Problems dieselbe rigorose Methode lieferte, konnte ich das Geheimnis der Rue Greuze und das von Le Mans erklären.

Ist eine bestimmte Tatsache wirklich unmöglich? Ja. Also hat sie nicht stattgefunden. Ist eine bestimmte andere ebenfalls unmöglich? Nein. Diesmal erweckte sie nur den Anschein der Unmöglichkeit. Also schließt sie ganz oder teilweise die Wahrheit in sich ein.

Vielleicht sollte ich mit Ville d'Avray anfangen, um dir den Gang meiner Überlegungen klarzumachen; aber ich möchte lieber, daß du den Ereignissen in ihrem chronologischen Ablauf folgst. Hör also gut zu.»

Brunels Stimme war kurz und knapp.

«Man könnte meine Überlegungen ‹die Methode des ‚Also' nennen.

In der Wohnung in der Rue Greuze drei Personen: Marcel Vigneray, seine Frau, der Unbekannte. Simone Vigneray reißt ein Fenster auf, ruft um Hilfe, sinkt verwundet um. Nachbarn kommen auf den Treppenabsatz gestürzt. Andere schauen aus dem Fenster. In diesem Augenblick ist der Unbekannte nach wie vor in der Wohnung, denn die Zeugen hören Geräusche eines Kampfes, eines Ringens, dann die beiden Revolverschüsse, die Marcel Vigneray töteten. Als aber diese Zeugen in die Wohnung eindringen, ist der Mörder verschwunden.

Nun aber besitzt jener Mörder keineswegs die Fähigkeit, sich unsichtbar zu machen. Anderseits konnte er auch nicht durch die Wände – zweite Unmöglichkeit. Also hat er einen der drei Ausgänge benutzt. Welchen?

Das Eßzimmerfenster? Unmöglich. Die Wohnung liegt im dritten Stock, außerdem wurde das Fenster beobachtet. Die Wohnungstür? Unmöglich. Davor standen die Nachbarn.

Nur die Dienertreppe war nicht bewacht. Also ist der Mörder hier entkommen.

Oh, deinen Einwand kenne ich schon. Die Tür war von innen verriegelt. Aber diesmal besteht die Unmöglichkeit nur dem Anschein nach. Von außen her konnte der Riegel nicht vorgeschoben werden: das ist die einzige materielle Unmöglichkeit. Also ist die Tür von jemandem verriegelt worden, der in der Wohnung geblieben war. Von wem?

Marcel Vigneray war tot. Bleibt nur noch eines:

Simone Vigneray hat ihre Wunde zusammengepreßt, damit keine Blutspur sie verraten könne, hat sich dicht an den Wänden, um nicht von draußen gesehen zu werden, bis in die Küche geschleppt, hat die Tür hinter dem Geflüchteten verschlossen, damit keiner auf den Gedanken kam, ihn nach dieser Seite hin zu verfolgen, schleppte sich dann zurück ins Eßzimmer und brach dort, erschöpft von der Anstrengung, ohnmächtig zusammen.

Aber warum hat Simone den Mörder gerettet, nachdem sie ihn fast ins Verderben gestürzt hatte? Denn durch ihre Hilferufe wurde die Straße doch erst in Aufruhr versetzt. Eine anscheinend sinnlose Situation. Laß uns scharf nachdenken.

Wenn Simone den Unbekannten rettete, so geschah das, weil sie ihn nicht dem Verdacht preisgeben wollte. Also war, als sie um Hilfe rief, nicht sie, sondern der Unbekannte in Gefahr.

Ich merke, du fängst an zu verstehen.

Es hat eine Vertauschung der Rollen stattgefunden. Der Angreifer, der Feind war nicht der Unbekannte… sondern der Ehemann.

Der Ehemann nämlich drang als dritter in die Wohnung ein, der Ehemann, der nicht erwartet wurde und der seine Rückkehr vorverlegt hat, um die ungetreue Gattin und den Freund zu überraschen und zu bestrafen. Die beiden Gedecke auf dem Tisch sind die des Liebespaars, und das Hausmädchen Adèle hatte Ausgang, weil Madame Vigneray ungestört bleiben wollte.

Der betrogene Ehemann hat also den Beweis der Untreue. Wie hat er davon erfahren? Wer hat ihm den Beweis geliefert? Das werden wir gleich sehen, genauso wie wir sehen werden, wieso ich den Unbekannten mit Namen nennen kann.

Marcel Vigneray richtet den Revolver auf das Liebespaar. Roland stürzt sich auf ihn… Und da in diesem Augenblick der Geliebte unbewaffnet und also in Gefahr ist, reißt Simone das Fenster auf und ruft um Hilfe.

Marcel kann sich jedoch aus der Umklammerung des Gegners lösen. Er schießt auf seine Frau und streckt sie nieder. Dieses Verbrechen muß Rolands Kräfte verzehnfacht haben; nach kurzem Ringen entreißt er den Händen des Feindes die Waffe und schießt seinerseits.

Dann kommt die Flucht; ich habe sie dir schon erklärt.

Warum nun aber diese Flucht? Charasse als Anwalt weiß besser als jeder andere um die Nachsicht der Richter bei Verbrechen aus Leidenschaft. Kurzum: er konnte sich auf Notwehr berufen. Angst vor der Justiz hatte Roland nicht.

Wollte er also nichts, als die Ehre derjenigen zu retten, die er liebt, und seine eigene? Nein. Denn wenn dieses Motiv notfalls auch seine Flucht erklären könnte, reicht es andererseits zur Rechtfertigung dessen absolut nicht aus, was nun folgt: die Serie der schrecklichen, rätselhaften Geschehnisse, auf die ich gleich zu sprechen kommen werde.

Es gibt also noch etwas anderes. Was?

Es gilt eine andere Ehre zu retten. Eine andere, verstehst du?»

Ich zögerte mit der Antwort. Dennoch flüsterte ich schließlich mit kaum vernehmbarer Stimme:

«Janine?»

«Ja, Janine. Das arme Kind darf nie erfahren, wer sein wahrer Vater ist.»

«Sein wahrer Vater?»

«Ja, einzig diese Erklärung macht die Fortsetzung der gräßlichen Tragödie verständlich. Die Furcht vor einem Skandal hätte Roland nicht zum Verbrecher gemacht. Dazu war etwas Stärkeres, etwas Größeres nötig: sein Kind sollte niemals etwas über die fragwürdige Haltung der Mutter erfahren… sollte nie erfahren, daß es das Kind eines Verbrechers sei.»

Brunel las wohl in meinen Augen einen leisen Zweifel, denn er fuhr sehr rasch fort: «Du glaubst mir noch immer nicht. Aber du wirst schon sehen, wenn ich dir den ganzen Gang der Ereignisse dargelegt habe, wenn du und ich gemeinsam dem Mörder bei allen seinen Taten gefolgt sind, dann wirst auch du keine Zweifel mehr haben.

Der Mörder steht also jetzt auf dem Treppenabsatz. Sein einziger Gedanke hätte Flucht sein müssen. Ist nicht das ganze Haus in Bewegung?

Doch etwas hemmt ihn, hält ihn zurück. Es darf nichts herauskommen. Es gibt aber einen Zeugen, und dieser Zeuge weiß um die Identität des Mannes, der in der Wohnung gewesen ist, dieser Zeuge kennt den Namen des dritten Akteurs in dem Drama: Adèle Blanchot, das Hausmädchen.

Vergiß nicht, daß das Ehepaar Blanchot schon vor Simones Heirat in ihren Diensten gestanden hat. Die beiden wissen um die Liebschaft ihrer Herrin. Sie hängen an ihr, sie haben sie nie verraten, vielleicht haben sie sogar ihr Verhältnis begünstigt. Angesichts eines Verbrechens jedoch werden sie den Mund auftun.

Roland steigt also die Dienertreppe hinauf; sie muß leer sein, denn von dieser Seite her kam keinerlei Geräusch. Er kommt vor die Kammer. Der Schlüssel steckt im Schloß. Er geht hinein.

Da um diese Zeit alle Hausangestellten bei der Arbeit sind, ist niemand sonst im sechsten Stock. Keiner hört den Schuß.

Ich weiß, was du jetzt sagen willst.

Du willst sagen, als der Polizeikommissar hineinsah, sei das Zimmer leer gewesen. Ich habe das nicht vergessen.

Warum war das Zimmer leer? Oder vielmehr: warum schien das Zimmer leer zu sein?

Weil dem Kommissar, der ja einen lebendigen Menschen suchte, auch nicht für einen Sekundenbruchteil der Gedanke kam, unter dem Bett nachzusehen. Unter dem Bett aber lag eine Leiche.

Woher ich das weiß?

Ganz einfach. Als unser Kommissar die Kammer verläßt, stellt er im Flur einen Polizisten auf. Da es von diesem Augenblick an *unmöglich* war, die Leiche in die Kammer zu schaffen, muß sie vorher bereits drin gewesen sein.

Als Roland die arme Adèle tot zu seinen Füßen sah, mußte er die Leiche verschwinden lassen, sie tarnen. Ein gar nicht so seltenes psychologisches Phänomen. Dafür zu sorgen, daß die Leiche des Opfers möglichst spät gefunden wird, ist bei vielen Mördern ein Reflex, auch wenn es sich bei diesem ‹möglichst spät› nur um ein paar Minuten handeln sollte.

Roland schob die Leiche unters Bett und ergriff dann die Flucht.

Eine kurze Flucht…

Vor der Haustür stehen Leute. Der Ausgang ist blockiert. Roland muß in den Keller flüchten, der am Fuß der Dienerschaftstreppe liegt.

Hatte der Unglücksmensch überhaupt die Absicht wegzulaufen? Das glaube ich nicht. Roland denkt nur an die, die er liebt. Ist Simone der Verwundung erlegen? Er will Gewißheit.

Er bringt seine Kleidung in Ordnung, beseitigt alle Spuren des Kampfes mit Marcel Vigneray, geht dann durch den jetzt menschenleeren Hausflur – die Beamten haben ihn geräumt – und steigt auf der Haupttreppe zur Wohnung hinauf. Um sein Kommen zu so gelegener Zeit zu motivieren, erklärt er dem Kommissar, er habe bei seinen Verwandten den Kaffee nach dem Essen trinken wollen.

Die Entdeckung der Wahrheit hätte im Grund nur von einer Frage des Kommissars an den vor der Haustür Wache haltenden Polizisten abgehangen. Hätte jener Beamte erklärt, *er habe Charasse nicht ins Haus hineingehen sehen*, der Mörder wäre entlarvt gewesen.

Aber warum sollte der Kommissar Rolands Worte in Zweifel ziehen? Wer hätte die wahre Ursache seiner Erschütterung geargwöhnt? Wer hätte sich nicht, genauso wie wir, von der Echtheit seines Schmerzes täuschen lassen? Übrigens war jener Schmerz vollkommen ehrlich.

Roland bricht in Tränen aus. Er weint über seine im Sterben liegende Geliebte. Wir haben lediglich den Schmerz falsch interpretiert, daran liegt alles... Während des ganzen Verlaufs der Geschehnisse haben wir ständig Rolands Gefühle falsch interpretiert.

Ich glaube, es wundert dich nicht weiter, daß der Unglücksmensch mich hinzugezogen hat. Befreundet, wie wir waren, hätte er nicht anders handeln können. Im übrigen weiß er: benachrichtigt *er* mich nicht, so tut es Inspektor Girard.

Kurz und gut: auf diese Weise wird Roland in die Untersuchung verstrickt. Eben hat er noch wie im Fieber gehandelt, ohne jede Überlegung; jetzt aber bekommt er Angst. Kann das unwahrscheinliche Verschwinden des Mörders die Gehirne auf längere Zeit verwirren?

Wer weiß, ob wir nicht schließlich doch alles durchschauen, ob wir nicht doch eine plausible Lösung des Rätsels mit dem vorgeschobenen Riegel finden und somit den Ausgangspunkt der Tragödie? Nebenbei, erinnerst du dich an Rolands Protest, als irgend jemand auf ein *‹häusliches Drama›* anspielte? Eine Hypothese, die uns leicht auf die richtige Spur hätte bringen können.

Und nun bietet ihm unerwarteterweise der Zufall die Gelegenheit, die Legende von einem Geistermörder glaubwürdig zu machen. Wenn der

Mörder ein zweites Rätsel schafft, genauso unlösbar wie sein Verschwinden aus der Wohnung, dann kann er die Untersuchung in die falsche Richtung leiten, die Nachforschenden so verwirrt und ratlos machen, daß sie zu dem Schluß gelangen müssen: was in der Wohnung geschah, in der das Verbrechen begangen wurde, hängt keinesfalls mit der Tatsache der Anwesenheit dieser oder jener Persönlichkeit in eben jener Wohnung zusammen. Auch nicht mit der Lage oder Zahl der Ausgänge besagter Wohnung. Was geschah, ist ein Ergebnis gewisser ungewöhnlicher Möglichkeiten und Fähigkeiten des Mörders, die dieser überall anwenden kann.

Der Zufall bietet dem Mörder folgende Situation an:

Da wir in Adèles Zimmer eine Durchsuchung durchführen wollen, steigen wir zum sechsten Stock hinauf. Erinnere dich an die Szene.

Wir bleiben vorn im Korridor stehen und reden mit dem wachhaltenden Beamten. Währenddessen geht Roland allein weiter. Er macht die Tür auf.

Ich gehe jede Wette ein, daß ihm erst in gerade diesem Augenblick die Idee kam.

Roland findet natürlich die Kammer in genau demselben Zustand vor, wie er sie zurückgelassen und wie der Kommissar sie bei seiner ersten Besichtigung vorgefunden hat. Das heißt: die Leiche liegt nach wie vor unter dem Bett und ist nicht zu sehen. Nun stößt er einen Schreckensschrei aus, streckt die Hände aus wie beim Anblick von etwas Entsetzlichem und geht taumelnd in die Kammer hinein.

Blitzschnell bückt er sich, hebt die Bettdecke hoch, zerrt die Leiche seines unglücklichen Opfers hervor und hebt sie auf das Bett.

Als wir auf der Türschwelle ankommen, sehen wir unsern Freund über die Leiche gebeugt. In Wirklichkeit hatte er keine Zeit mehr, sich wiederaufzurichten.

Wer hätte auf den Gedanken kommen können, das Ganze sei *nach* Rolands Betreten der Kammer geschehen? Sein Verhalten beim Öffnen der Tür, als die Leiche noch nicht zu sehen war, hat den gräßlichen Vorgang für uns zeitlich *verschoben* und mithin das Rätsel geschaffen.

Die Legende vom Geistermörder hat Gestalt angenommen.»

Brunel schwieg kurze Zeit und sammelte seine Gedanken; dann sprach er weiter:

«Als wir Adèles Leiche sahen, hatten wir sofort eine Befürchtung:

Wenn der Mörder das Hausmädchen umgebracht hat, dann nur,

weil die Unselige sein Geheimnis kannte, weil sie für ihn eine Gefahr bildete. Aber sicher ist auch Julien Blanchot im Bilde. Also ist er bedroht.

Deshalb rufen wir Julien an und sagen ihm, er solle auf der Hut sein. Wir lassen ihn alle Vorsichtsmaßnahmen treffen, die wir für angebracht halten, und teilen ihm mit, wir würden am andern Morgen kommen.

Unmittelbar nach diesem Ferngespräch verläßt Roland uns. Ich bin der erste, der ihm rät, sich auszuruhen.

Sich auszuruhen...! Dabei muß der Unglücksmensch seine blutige Serie fortsetzen. Er ist in ein furchtbares Räderwerk geraten; er kann nicht mehr zurück.

Eben noch war er lediglich der traurige Held eines Dramas aus Leidenschaft. Jetzt ist er ein Mörder.

Damit nichts herauskommt, hat Roland Adèle umgebracht. Damit nichts herauskommt, muß er ihren Mann umbringen.

Denn wenn der alte Diener das tragische Geschehnis erfährt, wird er sofort die Wahrheit erraten.

Roland geht in die Rue Guynemer, zieht sich um und begibt sich in sein Büro. Er sorgt dafür, daß der Concierge ihn sieht. Bald danach geht er unbemerkt wieder weg.

Vom Boulevard Saint-Germain ist es nur ein kurzer Weg zum Bahnhof Montparnasse. Der Mörder nimmt den D-Zug zweiundzwanzig Uhr dreißig. Um ein Uhr fünfundvierzig ist er in Le Mans.

Um zu verstehen, was jetzt folgt, nämlich das Rätsel des Arbeitszimmers, müssen wir auf die logischen Schlußfolgerungen zurückgreifen, die wir bei der Erhellung des Doppelgeheimnisses der Rue Greuze benutzt haben.

Wir haben Julien Blanchots Leiche in einem hermetisch verschlossenen Raum vorgefunden:

Es war unmöglich:

1. daß der Mörder in das Arbeitszimmer eindringen konnte;

2. daß er von außen her in das Zimmer hineinschießen konnte.

Folgerung: das Verbrechen ist nicht in dem Raum verübt worden, in dem wir die Leiche fanden.

Kurz nach zwei Uhr morgens (wir dürfen nicht vergessen, daß das Landhaus etwa zwei Kilometer von der Stadt entfernt liegt) hört Julien Charasse vor dem Haus rufen.

Wie soll der arme Kerl mißtrauisch sein? Er denkt einfach, wir hätten unsere Reise vorverlegt. Er kommt aus seinem Zufluchtsort heraus und schließt die Haustür auf.

Doch als er sieht, daß der Ankömmling allein ist, bekommt der alte Diener Angst. Er macht kehrt und läuft zu seinem Zufluchtsort zurück.

Roland zieht den Revolver, schießt und verwundet den Diener, als dieser gerade an der Schwelle des Arbeitszimmers anlangt.

Ein letzter langer Schritt, und Julie ist im Zimmer. Er schiebt den Riegel vor, rafft alle Kraft zusammen und rückt den Schreibtisch, den er nur leicht beiseite geschoben hatte, wieder vor die Tür.

Müßige Vorsichtsmaßnahme! Zwar war der Unglückliche außer Reichweite des Gegners, aber seine Verletzung ist tödlich. Julien Blanchot starb nach einer Stunde an Blutverlust, wie uns später die Autopsie sagt.

Stell dir Rolands Schrecken und Wut vor, als er sieht, daß der Diener vor seinen Schüssen in Sicherheit ist! Er schneidet die Telefondrähte durch, damit sein Opfer keine Hilfe herbeirufen kann, und macht sich dann an die Tür. Muß er den Verwundeten nicht fertigmachen? Aber die Tür leistet seinen Angriffen Widerstand.

Wir können uns die Verzweiflung des Unglücklichen lebhaft vorstellen, als er das Vergebliche seiner Anstrengungen einsieht und sich zum Weggehen entschließt. Roland glaubt, sein Opfer werde am Leben vorgefunden werden und er sei erledigt.

Dieses fehlgeschlagene Attentat hat Adèles Ermordung überflüssig gemacht. Dem Mörder bleibt nichts, als zu büßen.

Er nimmt den ersten Zug, den um drei Uhr elf. Um halb sieben ist er in seinem Büro. Sicherlich gelten seine letzten Gedanken der Unglücklichen, die in ihrem Krankenhausbett im Sterben liegt, und der kleinen Janine, seinem Kind.

Grausiges Spiel des Zufalls! Wäre in dem Revolver noch eine Patrone verblieben, so hätte das Rätsel schnell seine Lösung gefunden. Aber es ist ein Trommelrevolver mit fünf Schüssen, und fünf Patronen sind abgeschossen worden. Der Revolver ist leer. Roland ist gezwungen, sich zu vergiften.»

Wieder eine Pause, eine sehr kurze. Brunel fährt fort:

«... Und nun kommt unsere Fahrt nach Le Mans, die Entdeckung der Leiche in dem Zimmer, ‹in das niemand hineinkonnte›.

Beachte, daß die Frage der Waffe hier gleichfalls eine Rolle spielt. Hätte Roland eine Selbstladepistole gehabt, so hätten wir die Hülse in der Vorhalle gefunden und uns das Drama leicht rekonstruieren können. Aber ein Trommelrevolver hat keine Vorrichtung zum Auswerfen der Hülsen. Woraus sich ergibt: neue Untat des Geistermörders.

...Inzwischen entgeht der rechtzeitig aufgefundene Roland dem Tod.

Wie muß unser Kommen ihn erschüttert, wie muß er sich gefreut haben, als er hört, was mit Julien Blanchot geschehen ist!

Der Alpdruck ist zu Ende, denkt der Verbrecher. Keiner wird je etwas erfahren.

Und er schöpft neue Hoffnung.

Simone kann wieder gesund werden. Er wird dafür sorgen, daß sie alles vergißt. Und dann leben sie mit ihrem Kind glücklich.

Aber jetzt tritt eine neue Gestalt auf den Plan und wirft die Zukunftspläne des Unglücklichen über den Haufen. Nein! Roland Charasses gräßliche Aufgabe ist noch nicht zu Ende. Bald wird abermals Blut fließen.

Ich komme jetzt zu einer Tatsache die ich bei meiner Erklärung des Dramas in der Rue Greuze absichtlich im dunkeln gelassen habe.

Auf welche Weise hat Marcel Vigneray den Beweis seines Mißgeschicks erhalten? Wie kam es, daß er gerade im richtigen Augenblick in seiner Wohnung anlangte?

Hier tritt die unangenehme Gestalt Alfred Ruparts in Erscheinung, eines Privatdetektivs, des einzigen Opfers der Tragödie, dem man keine Träne nachzuweinen braucht.

Marcel Vigneray hat die Untreue seiner Frau geahnt und wendet sich an Rupart, und der ‹Detektiv› tritt auf den Plan. Seine Auskünfte werden ihm durch Einschreibbriefe bezahlt: drei Sendungen zu je fünfzig Francs, eine zu zweihundert Francs; die letzte stellt die Abschlußzahlung dar.

Marcel Vigneray hat jetzt sämtliche Beweise seines Unglücks in der Hand. Unter diesen Beweisen finden sich höchstwahrscheinlich Fotos des ehebrecherischen Paars, die der Spion heimlich aufgenommen, und höchstwahrscheinlich auch Briefe, die Rupart sich verschafft hat, weiß der Teufel, wie. (Du wirst gleich sehen, warum ich an das Vorhandensein einer solchen Dokumentensammlung glaube.)

Die letzten Auskünfte erhält Marcel Vigneray auf seiner Geschäftsreise durch die Normandie. Wahnsinnig vor Schmerz und Wut unterbricht er seine Reise und fährt nach Paris.

Abgesehen von andern genauen Angaben weiß der Unglückliche, daß sein Vetter bei Abwesenheit des Hausherrn stets zum Essen in die Rue

Greuze kommt. Er wartet also die Stunde ab, da die beiden Liebenden beisammen sind. Während dieser Wartezeit schickt er Rupart die zweihundert Francs als Abschlußzahlung.

Endlich ist es sieben. Den Revolver in der Tasche eilt Marcel Vigneray zur Rache, in den Tod.

Den Rest weißt du. Wir können noch hinzufügen, daß dem Drama eine hastige Auseinandersetzung vorangegangen ist. Der betrogene Ehemann hielt den Schuldigen seine Beweise unter die Nase; sie leugneten. Er hat die Briefe, die Fotos gezeigt; diese Dokumente hat Roland nach dem Verbrechen natürlich mitgenommen. Erinnere dich, daß die Brieftasche des Toten verschwunden war.

...Aber zurück zu Rupart. Die Existenz seines provisorischen Domizils ließ uns vermuten, mit welcher Art Individuum wir es zu tun hatten. Wir haben uns nicht geirrt.

Unser Privatdetektiv entpuppte sich tatsächlich als Erpresser, und aus Furcht vor einer stets möglichen Vergeltung legte er sich bei jedem neuen Handel eine neue Wohnung zu. War das Geschäft abgeschlossen, nahm er einen andern Namen an und verschwand. Wer seine Spur wiederfinden will, muß schon ein heller Kopf sein.

Mit welch brennendem Interesse muß ein Mensch wie dieser Rupart in den Tagen nach der Lieferung von Unterlagen an seine Klienten die Zeitungen aufgeschlagen haben! Für wie viele Verbrechen aus Leidenschaft trägt ein solcher Mensch die Verantwortung!

Rupart ist wie vor den Kopf geschlagen, als er die Berichte über die Tragödie liest. Er durchschaut auf der Stelle, was hier gespielt wird. Der Geistermörder, das ist der Liebhaber... Und die Ermordungen der Adèle und des Julien Blanchot sowie der Giftmordversuch, dessen wahre Ursache er ahnt, beweisen ihm, welchen Preis Roland Charasse für Stillschweigen zu zahlen bereit ist. Hier tut sich eine neue Einnahmequelle auf.

Und sobald Roland wiederhergestellt ist, setzt die Erpressung ein. Der Erpresser hat natürlich Duplikate der an seinen Klienten gelieferten Fotos und Briefe zurückbehalten. Er schreibt an Roland und weist ihn auf die Existenz dieser Dokumente hin, die für die Justiz von hohem Interesse seien, zeigt sich aber durchaus geneigt, sie ihm unter vernünftigen Bedingungen abzutreten; er vereinbart mit dem Verbrecher für Samstag, den 7., eine Zusammenkunft in der Rue du Commerce 49a (der Adresse, deren er sich für den Handel mit Vigneray bedient hatte).

Erschrecken Rolands beim Empfang eines solchen Briefes; um so größeres Erschrecken, als er ja weiß, daß das Haus mit den möblierten Wohnungen überwacht wird. Ausgerechnet *du* hattest an jenem Tag die Wache.

Roland ruft also Rupart an, weist ihn auf die Gefahr hin und bittet ihn um Angabe eines anderen Treffpunkts. Das Ende dieses Gesprächs hast du mitangehört. Deine Ahnung hat dich nicht getäuscht; tatsächlich war der Mörder am andern Ende der Leitung. Aber wie hättest du ahnen können, wer es in Wirklichkeit war?

...Und nun kommen wir zu dem Rätsel von Ville d'Avray. Beachte, nebenbei gesagt, die außerordentliche Kaltblütigkeit, die Roland an den Tag legte, als er uns vor dem Landhaus entdeckte. Denn selbstverständlich hatte er deine Nachricht noch nicht erhalten und kam einfach zu der Zusammenkunft mit dem Erpresser. Jemand wie Charasse hätte kaum die Unklugheit begangen, von seiner Wohnung aus zu telefonieren. Er rief von einem Fernsprechautomaten aus an und war weder nach Hause noch in sein Büro zurückgekehrt. Und wir glaubten natürlich, er sei, wie ich ja auch, auf deine Nachricht hin gekommen.

Kurz und gut: jetzt stehen wir jeder vor einer Tür. Du auf dem Bauplatz, ich auf der Straße nach Versailles und Roland an der von ihm erwählten Stelle vor der Garage, an der Teichseite.

An der Teichseite ist es einsam; sie ist ein idealer Ort für die Zusammenkunft. Ich glaube, jetzt ist dir alles klar.

Rupart kommt, findet Roland vor der Tür stehen, und die beiden Männer betreten zusammen das Grundstück. Das Geschäft wird im Arbeitszimmer ausgehandelt. Für wieviel will Rupart sein Schweigen verkaufen? Wir wissen es nicht, und darauf kommt es auch nicht an.

Aber Roland kennt sich in Menschen wie dem, mit dem er es zu tun hat, aus. Er wird die Fotokopien der Dokumente kaufen, und nach einiger Zeit erhält er einen zweiten Brief, in dem der Erpresser ihm mitteilt, er habe noch weitere Beweisstücke gefunden.

Der lebende Alfred Rupart ist eine unaufhörliche Bedrohung, das Schwert des Damokles...

Roland tut, als sei er mit Ruparts Bedingungen einverstanden. Dieser rückt die Dokumente heraus.

Da streckt ihn der Mörder, der seine Waffe inzwischen natürlich wieder geladen hatte, mit zwei Schüssen nieder, nimmt die Brieftasche des Toten an sich und läuft nach draußen.

Als wir die Schüsse hören, stürzen wir jeder zu unserer Tür hinein.

Erinnere dich des Grundrisses des Besitztums, der Lage des Hauses im Garten. Roland bleibt keine Zeit, bis zur Garage zurückzulaufen. Er rennt nur etwa zwanzig Meter, macht dann kehrt, läuft wieder auf das Haus zu und fuchtelt mit dem Revolver, mit dem er unmittelbar vorher sein Opfer umgebracht hat.

Ich konnte ihn nicht sehen, denn ich war ja auf der andern Hausseite; und als du endlich deine Tür mit dem widerspenstigen Schloß geöffnet hattest, mußtest du annehmen, Roland komme von draußen her, genau *wie wir, durch die Schüsse herbeigelockt.*

...Und so kommen wir alle drei zusammen an das Haus, das Haus, aus dem der Mörder unmöglich herausgekommen ist und in dem wir ihn dennoch nicht finden. Also eine neue Leistung, die das geisterhafte Scheusal auf seine Aktivseite buchen kann. Ein fünfter Mord... ohne Mörder.

Wie ich dir zu Anfang schon sagte: dieses Drama, das einzige, in das ich unmittelbar verstrickt gewesen bin, habe ich mir als das erste erklären können.

Das Haus war leer, als wir es umstellten, habe ich mir gesagt, und es hat keinen Geheimausgang. Also sind der Mörder und sein Opfer durch eine der Türen hineingelangt. Durch welche?

Da gab es für mich nur eine einzige Gewißheit: nämlich daß sie nicht von der Seite aus hineingelangt waren, die ich überwachte.

Doch weiter:

Hätte der Mörder zwischen den Schüssen und meinem Eindringen in den Garten Zeit zum Verlassen des Grundstücks gehabt?

Nein.

Also war er noch drin.

Nun hatte ich jedoch festgestellt, daß du nicht drin sein konntest, weil du noch draußen, in dem Durchgang, damit beschäftigt warst, deine Tür aufzubekommen.

Jetzt brauchte ich nur wieder die Methode des ‹Also› anzuwenden, und weil ich wußte, daß das Problem diesmal richtig gestellt war, erstand damit die volle, grausige Wahrheit vor mir. Mit diesen ‹Alsos› und ihren rigorosen Verkettungen habe ich entdecken können, ‹wie?›, ‹wer?› und ‹warum?›

Den Epilog fasse ich kurz zusammen.

Es waren jetzt keine gefährlichen Zeugen mehr übrig. Diesmal hatte Roland seine furchtbare Aufgabe zu Ende gebracht, gut zu Ende gebracht.

Aber auch sein Zukunftstraum wird zunichte gemacht. Bei unserer Rückkehr nach Paris erfahren wir, daß Simone Vigneray gestorben ist.

Mit der, die er liebt, ist Rolands Lebenszweck dahin. Wie könnte er für sich allein die Last seiner entsetzlichen Vergangenheit tragen? Außerdem hat er gute Gründe anzunehmen, daß ich jetzt in der Lage bin, das Rätsel zu lösen.

Aber der Unselige greift nicht zu Gift. Dieses Mittel, das hat er ja erlebt, ist nicht sicher, und die Wiederholung könnte die Justiz auf die Fährte der Wahrheit setzen. Und der Mörder hat nur *einen* Gedanken: die Ehre seiner Tochter zu retten.

Jetzt verstehst du den wahren Sinn von Rolands Besuch bei mir, als er mir das Todesurteil überbrachte, das er an sich selbst geschickt hat. Er bat mich um einen Gefallen, nämlich ihm das Schafott zu ersparen, mich so zu verhalten, daß seine Verbrechen nicht gänzlich umsonst waren.

Für alle übrigen wird er als das letzte Opfer des unsichtbaren Mörders gelten. Sein Tod wird den Kreis schließen, und die Tragödie wird für alle Zeit ein Geheimnis bleiben.

Damit jedoch der Selbstmord wie ein Mord wirkt, darf der Revolver nicht gefunden werden, müssen überdies Zeugen durch ihre Anwesenheit die Version von einem sechsten Mord ohne Mörder erhärten.

Wer hätte in meiner Lage die Bitte des Unseligen nicht erhört? Wer hätte das Leben der schuldlosen Janine zerstören wollen?

Die arme Kleine! Möge sie das Andenken ihrer Mutter ehren!

Jetzt begreifst du wohl die ganze Härte und Grausamkeit der Lage, in der Roland und ich uns während des Nachmittags und während jener grauenhaften Nachtwache befanden. Du kannst dir wohl unsere Angst vorstellen, als ihr, Girard und du, euch den Kopf darüber zerbracht, auf welche Weise der Verbrecher handeln würde, und vor allem, als der Inspektor mit seinem an sich durchaus vernünftigen Plan aufwartete, der den unsern zunichte gemacht hätte.

Eine letzte Kleinigkeit ist dir sicherlich entgangen. Als es um die Überwachung der Türen ging, vertraute ich Armand und dir die mit nur einem Flügel an, also die widerstandsfähigste, die am schwierigsten einzudrückende, und behielt mir selbst die zweiflügelige vor, die nur relativ geringen Widerstand bietet und es mir ermöglichste, *als erster zur Stelle zu sein*. Ich bin fertig, mein Junge. Gebe der Himmel, daß nie jemand darauf verfällt, bei der Untersuchung dieses blutigen Rätsels die *Methode des ‹Also›* anzuwenden.»

Brunel unterbrach sich für eine kurze Weile; dann sagte er leiser:

«Gerne will ich auf immer die Schmach dieses ‹Fehlschlages mit Pauken und Trompeten› tragen... meines schönsten Sieges!»

Ich weiß um die Bescheidenheit meines Freundes, und dennoch spürte ich seine Bitterkeit. Wenn ich nicht auch um seine Abneigung gegen jeden Gefühlsüberschwang wüßte, würde ich ihn umarmen.

«Laß nur! Du wirst schon Revanche nehmen! An Mördern ist kein Mangel. Bald kommen neue Kämpfe, Triumphe, die das Licht nicht zu scheuen brauchen!»

Brunel legte mir herzlich die Hand auf die Schulter. Aber rasch bekämpfte er seine Rührung, wurde wieder der Fachmann, der Lehrer, und fuhr fort:

«Noch ein letztes Wort über den ganzen Fall, wenn es dir recht ist; denn danach wollen wir nie wieder davon reden. Eine letzte Erklärung, und zwar eine psychologischer Natur.

Vielleicht fragst du dich, wieso wir, die wir in täglicher, unmittelbarer Verbindung mit dem Mörder standen, nichts gewittert haben. Wie wir uns durch seine abscheuliche Komödie hinters Licht führen lassen konnten.

War Roland ein so genialer Schauspieler?

Die Antwort ist einfach. Es war gar keine Komödie. Roland hat nicht gespielt. Er war ehrlich und aufrichtig.

Ich bin überzeugt: einen Verbrecher, der zweimal, dreimal, viermal hintereinander aus Eigennutz gemordet hätte – den hätte ich entlarvt, weil ein solcher Mensch einen Bruch in sich gehabt hätte, ein aus der Bahn Geworfener gewesen wäre. Roland aber war kein geborener Verbrecher. Er war, wenn ich mich so ausdrücken darf, ein Gelegenheitsverbrecher. Er war ein normaler Mensch.

Morden war für Roland eine grauenhafte Notwendigkeit. Er tötete seine Opfer voller Verzweiflung. Er litt. Er war ein tief unglücklicher Mensch. Und somit erweckte er keinen Argwohn.

Vergiß übrigens nicht, daß sein erstes Verbrechen keines war. Roland hatte in Notwehr geschossen, um sich seines Lebens zu wehren. Ich könnte darauf schwören, wäre Roland nach Marcel Vignerays Tod auf den Gedanken gekommen, er müsse drei weitere Morde begehen, um sich der Justiz zu entziehen – er hätte sich gestellt. Aber der Unselige handelte jetzt wie im Fieberrausch. Er ist ein Roboter und schießt die unglückliche Hausgehilfin nieder. Danach ist es zu spät; er muß weitermachen bis ans Ende, ein Rad greift ins andere...

Nein, Roland hat nicht gelogen. Er war kein genialer Schauspieler, nicht einmal ein Heuchler. Sein Schmerz war echt. Er vergötterte Simone... er liebte Marcel wie einen Bruder.

Und seine Angst, ist dir die begreiflich? Hat er seine furchtbare Aufgabe durchgeführt? Wird er entdeckt? Denk an seinen Zusammenbruch in Ville d'Avray.

Ich will noch sagen, daß Roland auch nicht gelogen hat, wenn er den unsichtbaren Mörder, das Scheusal, erwähnte, wenn er seinen Haß laut herausschrie.

Das Scheusal war für ihn das Schicksal, das erbarmungslose Schicksal, dessen erstes Opfer er selber war.

Ich habe das Gefühl, du stimmst mir nicht zu. Versteh mich recht, mein Junge. Ehe du richtest und verurteilst, denk nach.»

Brunel verstummt, ein wenig schwerfällig läßt er sich in seinen Sessel nieder.

Es ist heller Tag. Die Stadt erwacht.

Läden und Türen knallen. Bastonade der Fußmatten.

Ein Autobus fährt die Rue des Martyrs hinauf.

Das Leben...

Colin Dexter

Die Toten von Jericho

Deutsch von
Marie S. Hammer

Zu diesem Buch

Er hatte das Gefühl, etwas presse ihm die Brust zusammen, und plötzlich verspürte er den Drang loszulaufen, loszulaufen, so schnell er konnte, um vielleicht doch noch ... Aber tief in seinem Innern wußte er, daß er zu spät kommen würde, und in diesem Augenblick größter Angst sah er auf einmal sein Leben mit nie gekannter Klarheit und begriff, daß er schon immer zu spät gekommen war und daß hier der Grund für sein Scheitern lag.

Detective Chief Inspector E. Morse gehört zu den erfolgreichsten – und wohl auch schwierigsten – Beamten der Thames Valley Police. Als er jedoch die Ambulanz vor dem Haus von Anne Scott sieht, weiß er, daß jede Hilfe zu spät kommt.

Eigentlich geht ihn die ganze Sache gar nichts an. Die Polizei stellt fest, daß Anne Scott Selbstmord begangen hat, auch wenn sie keinen Abschiedsbrief findet. Aber Morse hat Anne Scott vor nicht allzu langer Zeit kennengelernt, es aber nicht über sich gebracht, sie wieder anzurufen, obwohl er sie sehr sympathisch gefunden hatte. Jetzt war es endgültig zu spät, und so wollte er wenigstens die Gründe für ihren Selbstmord versuchen aufzuspüren. Chief Inspector Bell ist davon wenig erbaut, für ihn ist der Fall eindeutig – bis auf den merkwürdigen Umstand, daß jemand Morse in das Haus der Toten hat hineingehen sehen, ehe der Polizei der Selbstmord von einem anonymen Anrufer gemeldet worden war. Und im Notizkalender von Miss Scott sind am Todestag die Buchstaben E. M. durchgestrichen.

Und dann gibt es noch einen Toten im Stadtteil Jericho von Oxford: Mr. Jackson, der Nachbar von Anne Scott. Chief Inspector Bell hat eine ernste Unterredung mit Chief Inspector Morse.

Colin Dexter, 1930 geboren, studierte in Cambridge und gehörte zur Prüfungskommission der Universität Oxford. Mit diesem Roman gewann er zum zweitenmal den Silver Dagger der British Crime Writers' Association. Darüber hinaus für seinen Roman Mord am Oxfordkanal (Nr. 2960) den Gold Dagger. Seine Kriminalserie um Chief Inspector Morse ist ein großer Erfolg bei der BBC.

Die Hauptpersonen

Anne Scott	trifft eine alte Liebe wieder und auf ein altes Problem.
Celia Richards	trifft eine wichtige Entscheidung.
Charles Richards	trifft selten die richtige Wahl.
Conrad Richards	trifft verschiedene Verabredungen.
Edward Murdoch Michael	trifft mit seinem Bruder eine Abmachung.
Jackson	trifft seinen Mörder.
Sergeant Lewis	trifft einen wunden Punkt.
Chief Inspector Morse	trifft fast immer ins Schwarze.

Für Patricia und Joan,
die in Jericho
zu Hause sind

Prolog

Und ich frag mich,
wie hätten sie zusammenfinden sollen!
T. S. Eliot, La Figlia Che Piange

Schön ist sie eigentlich nicht, dachte er. Einmal vorausgesetzt, Schönheit ließe sich überhaupt objektiv messen: *sub specie aeternae pulchritudinis* sozusagen. Sie waren einander gleich zu Anfang vorgestellt worden und hatten dabei nur die üblichen Höflichkeitsfloskeln gemurmelt. Doch seither waren sich ihre Blicke über den Raum hinweg immer wieder begegnet, und sie hatten sich für Momente in die Augen gesehen. Nach seinem dritten Glas Rotwein – die Sorte war gar nicht übel – gelang es ihm, sich dem kleinen Kreis von drei, vier flüchtigen Bekannten, mit denen er zusammengestanden hatte, unauffällig zu entziehen.

Die Gastgeberin Mrs Murdoch, eine stattliche Frau Ende vierzig von bisweilen geradezu einschüchternder Energie, begann eben die ersten Gäste mit freundlicher Bestimmtheit in Richtung auf das kalte Buffet zu dirigieren, das am anderen Ende des großen Raumes auf einigen Tischen angerichtet war. Als sie an ihm vorbeikam, trat er einen Schritt auf sie zu und sprach sie an.

«Ein netter Abend!»

«Ich freue mich, daß Sie kommen konnten. Jetzt dürfen Sie aber auch nicht die ganze Zeit allein hier herumstehen. Sie sollten ein bißchen auf die Leute zugehen! Habe ich Sie übrigens schon bekanntgemacht mit ...?»

«Danke, lassen Sie nur. Ich werde mich umsehen. Versprochen.»

«Ich habe den meisten hier schon von Ihnen erzählt.»

Er nickte nur, ohne allzu große Begeisterung zu zeigen, und blickte ihr aufmerksam in das großflächige, nicht besonders anziehende Gesicht. «Sie sehen gut aus.»

«Ich fühle mich auch gut.»

«Was machen die Jungen? Die müssen doch jetzt auch schon (ja *was* eigentlich?) äh ... bald erwachsen sein?»

«Michael ist achtzehn. Edward siebzehn.»

«Wie doch die Zeit vergeht! Da sind sie wahrscheinlich bald mit der Schule fertig?»

«Michael hat nächsten Monat Abitur.» («Das kalte Buffet ist dort hinten, Rowena. Bitte bedien dich.»)

«Ich hoffe, er verfügt über die nötige Ruhe und Zuversicht?»

«Mir scheint, als sei Zuversicht eine reichlich überschätzte Haltung. Finden Sie nicht auch?»

«Ja, vielleicht haben Sie recht», antwortete er etwas zögernd. Darüber hatte er noch nicht nachgedacht. (Täuschte er sich, oder hatte er in Mrs Murdochs Augen ein leichtes Unbehagen bemerkt?) «Weiß er schon, was er studieren will?»

«Biologie, Französisch und Wirtschaftswissenschaften.» («Ja, dort hinten. Bitte nehmen Sie sich selbst.»)

«Ach, wie interessant», sagte er, während er sich im stillen fragte, welche Gründe den jungen Murdoch bewogen haben mochten, so weit auseinanderliegende Fächer zu wählen. «Und Edward? Was ...?»

Er sprach ins Leere, denn Mrs Murdoch war schon weitergegangen und kümmerte sich um andere Gäste. Er fand sich auf einmal allein. Seine Gesprächspartner von vorhin beugten sich inzwischen am anderen Ende des Raumes über diverse Häppchen, kalten Braten und Salate, stießen ihre Gabeln in Hühnerbrüstchen und beluden sich die Teller mit Krautsalat. Er fixierte ungefähr zwei Minuten mit nachdenklich zusammengezogenen Brauen die nahe Wand, und man hätte meinen können, er sei in eine kritische Betrachtung des dort hängenden Aquarells versunken, das offensichtlich das Werk eines dilettierenden Freizeitmalers war. Doch dann setzte er sich plötzlich in Bewegung. Vor dem kalten Buffet hatte sich eine Schlange gebildet. Sie stand ganz am Ende, und er stellte sich hinter sie.

Er wagte einen Vorstoß. «Sieht gut aus, nicht?» Keine besonders originelle Bemerkung, aber sie hatte ihren Zweck erfüllt, denn sie wandte sich zu ihm um. «Hungrig?» fragte sie. Hatte er Hunger? Er wußte es nicht. Aus der Nähe sah sie noch anziehender aus mit ihren großen dunklen Augen und dem zarten, klaren Teint. Sie lächelte ihn an.

«Ein bißchen vielleicht», sagte er.

«Ich glaube, Sie essen zuviel.» Sie legte ihre Hand dorthin, wo sich unter dem weißen Hemd sein Bauch abzeichnete, und spreizte die Finger. Das Hemd hatte er extra für diesen Abend gewaschen und gebügelt – eigenhändig. Ihre Finger waren schlank und kräftig, die Nägel sorgfältig manikürt und dunkelrot lackiert.

«Aber alles in allem bin ich doch noch ganz passabel, oder?» Er genoß die Situation, und seine Stimme klang übermütig, fast wie die eines Schuljungen.

Sie neigte den Kopf leicht zur Seite und tat so, als versuche sie, seine Qualitäten herauszufinden. «Hm, nicht übel», konstatierte sie gnädig und schürzte die Lippen zu einem aufreizenden Schmollmund.

Um die Schüssel mit den roten Beten zu erreichen, mußte sie sich weit über den Tisch recken, und er betrachtete beinahe andächtig die sanfte Kurve ihres schmalen Hinterns. Und dann, von einem Moment auf den andern, fühlte er sich wieder einmal allein und verlassen. Sie hatte eine Unterhaltung mit dem Mann vor sich begonnen, einem jungen Burschen Mitte Zwanzig, groß, blond, sonnengebräunt und mit einem athletischen Körper, an dem kein Gramm Fett zuviel war. Er schüttelte den Kopf, und ein schmerzlich resigniertes Lächeln spielte um seine Lippen. Daß er doch immer noch einmal auf diese alten Wunschphantasien hereinfiel ... Mit Fünfzig kam man zum Glück in das Alter, wo die Sehnsüchte allmählich nachließen. Aber eben erst allmählich.

Auf dem letzten Tisch hatte man einen Teil der Fläche freigelassen und einige Stühle bereitgestellt. Dort würde er sich hinsetzen und in aller Ruhe sein einsames Mahl verzehren. Wenigstens ersparte er sich so die Verdauungsprobleme, die ihn unweigerlich erwarteten, wenn er die Torheit begehen und sich in einem der Sessel niederlassen würde, um in jener furchtbar unbequemen, vornübergebeugten Stellung zu essen, wie sie die anderen Gäste offenbar zu bevorzugen schienen. Er füllte sein Glas nach, zog sich einen Stuhl heran und führte gerade den ersten Bissen zum Mund, als sie plötzlich neben ihm stand.

«Sie sind anscheinend der einzige vernünftige Mensch hier», sagte sie.

«Ich muß Rücksicht nehmen auf meine Verdauung», erwiderte er kurz, ohne von seinem Teller hochzublicken. Wozu versuchen, einen guten Eindruck auf sie zu machen? So sehr er sich auch anstrengen mochte, die Tatsache blieb bestehen, daß er ein Mann war, der die besten Jahre hinter sich hatte. Und man sah ihm sein Alter an. Er hatte einen Bauch, und sein Haar begann sich auch schon zu lichten. Doch dafür sprossen ihm seit längerem Borsten aus den Ohren. Nein, dachte er mutlos, sie beide paßten nicht zusammen. Besser, sie hielte sich an den lüsternen jungen Adonis dort drüben, der sie schon die ganze Zeit mit seinen Blicken verschlang.

«Darf ich mich zu Ihnen setzen?»

Er sah endlich auf, betrachtete sie in ihrem hellen, eng anliegenden Kleid und wies mit einer Handbewegung auf den Stuhl neben sich.

«Ich hatte Sie schon verlorengegeben», sagte er nach einer Weile. «Ich dachte, Sie hätten sich den anderen angeschlossen.»

Sie hob ihr Glas an die Lippen, trank einen Schluck und fuhr mit dem Ringfinger ihrer linken Hand sacht den Innenrand des Glases entlang. «Und haben Sie es bedauert?» fragte sie leise, den Mund dicht an seinem Ohr.

«Ja», sagte er. «Ich hätte Sie gerne weiter für mich gehabt. Ich bin eben ein großer Egoist.» Es sollte scherzhaft klingen, aber in dem Blick, mit dem er sie ansah, lagen Kränkung und Mißtrauen.

«Und ich habe mir gewünscht, Sie würden mir zu Hilfe kommen», sagte sie. «Dieser blonde Stiesel da drüben – oh, hoffentlich bin ich jetzt nicht ins Fettnäpfchen getreten? Er ist nicht zufällig ein alter Bekannter von Ihnen, oder?»

Er schüttelte den Kopf. «Nein, ich kenne ihn nicht.»

Sie blickte sich um. «Ich kenne überhaupt niemanden hier.» Beide widmeten sich schweigend ihrem Essen.

«Ein paar von denen», er wies mit dem Kopf zu einer kleinen Gruppe von Männern am anderen Ende des Raumes, «wären sicher hoch erfreut, Ihre Bekanntschaft zu machen», sagte er nach einiger Zeit.

Sie lächelte. «Kann schon sein. Aber sie öden mich alle an mit ihrem Geschwätz. Es sind solche schrecklichen Langweiler. Ich weiß nicht recht, ob Sie das verstehen können.»

Er hob die Schultern. «Mich müssen Sie da nicht fragen. Ich selbst bin auch einer.»

«Das glaube ich nicht!»

«Ich will damit nur sagen, daß ich keinen Deut besser bin als andere Männer.»

«Was meinen Sie damit?» Ihre Stimme hatte einen leichten nordenglischen Akzent. Vielleicht kam sie aus Lancashire.

«Wollen Sie, daß ich es Ihnen erkläre?»

«Ja, bitte.»

Wieder, wie schon zu Beginn des Abends, sahen sie sich einen Moment lang in die Augen, dann senkte der Mann den Blick auf seinen Teller. Er hatte nur wenig gegessen. «Ich finde Sie sehr attraktiv», sagte er ruhig. «Das ist alles.»

Sie sagte nichts, und beide wandten sich wieder ihrem Essen zu, jeder mit seinen eigenen Gedanken beschäftigt.

«Wirklich gut», sagte der Mann schließlich, wischte sich mit einer orangefarbenen Papierserviette den Mund ab und wollte aufstehen. «Was darf ich Ihnen holen, Madame? Also – da wären ... äh, Obstsalat und Kuchen und dann noch so ein Karamelzeug ...»

Sie legte ihm ihre Hand auf den Arm. «Lassen Sie uns doch einfach ein bißchen hier sitzen und uns unterhalten. Ich habe immer Schwierigkeiten, gleichzeitig zu essen und zu reden. Aber ich bin anscheinend wieder mal die einzige, der das so geht.»

Ihre Bemerkung war zutreffend. Der große Raum war – das wurde ihm erst jetzt bewußt – von Besteckgeklapper und Stimmengewirr erfüllt.

«Noch etwas Wein?» fragte er.

«Ich glaube, ich habe genug gehabt, oder?»

«Sobald man meint, genug zu haben, ist es an der Zeit für mehr.»

Sie lachte ihn an. «Haben Sie sich das ausgedacht?»

«Nein, das habe ich mal auf der Rückseite einer Streichholzschachtel gelesen.»

Sie lachte wieder, und beide tranken einen Schluck Wein.

«Übrigens ... was Sie da eben gesagt haben ... daß Sie mich ... also, daß Sie ...»

«Daß ich Sie attraktiv finde?»

Sie nickte.

«Und?»

«Ich möchte gerne wissen, warum Sie es gesagt haben.»

Er zuckte mit den Achseln, wie um Gleichgültigkeit zu demonstrieren. «An solche Äußerungen müßten Sie sich doch eigentlich inzwischen gewöhnt haben. Bestimmt haben Ihnen Dutzende von anderen Männern vor mir schon dasselbe gesagt. Warum nehmen Sie es nicht einfach zur Kenntnis, und damit hat sich's? Strenggenommen ist Ihr Aussehen ja auch gar nicht Ihr Verdienst – der liebe Gott hat es in diesem Punkt eben nur besonders gut mit Ihnen gemeint. So wie ich ganz ohne eigenes Zutun einen überragenden Verstand mitbekommen habe.»

«Sie haben meine Frage noch nicht beantwortet.»

«Nein?! Ich dachte ...»

«Meine Frage bezog sich nicht darauf, *daß* Sie es gesagt haben, sondern *wie*.»

«Und wie habe ich es gesagt?»

«Das ist schwer zu beschreiben. Irgendwie nett eben, aber gleichzeitig auch irgendwie etwas traurig.»

«Sie sollten sich abgewöhnen, dauernd ‹irgendwie› zu sagen.»

«Ich wollte Ihnen einen Eindruck wiedergeben und hatte Schwierigkeiten, die richtigen Worte zu finden. Aber ich kann auch den Mund halten, wenn Ihnen das lieber ist.»

Er schüttelte langsam den Kopf. «Da sieht man mal wieder, wohin einen Ehrlichkeit führt. Gleich bekommen wir noch Streit. Und alles bloß, weil ich gesagt habe, was ich denke. Ich finde Sie nun mal attraktiv. Neben Ihnen zu sitzen und Sie anzusehen tut mir gut. Und wenn Sie es genau wissen wollen: ich glaube, je länger ich Sie ansehe, um so attraktiver werden Sie. Das muß wohl am Wein liegen.» Sein Glas war leer, und er streckte die Hand nach der Weinflasche aus.

«Das Traurige ist nur, daß die meisten Männer, wenn sie eine Frau attraktiv finden, nur einen Gedanken im Kopf haben: möglichst schnell mit ihr ins Bett zu gehen.»

«Und wieso ist das traurig?»

«Weil es zwischen Männern und Frauen mehr geben kann als nur Sex. Viel mehr.»

«Vielleicht haben Sie recht. Mir fehlt, um da mitreden zu können, leider die Erfahrung.»

«Aber wenn Sie eine Frau mögen, dann doch für das, was sie *ist*, und nicht nur für ihr Aussehen, oder?» Sie hatte sich ihm zugewandt. In ihren Augen stand ein Ausdruck ungestümer Zuneigung.

«Jetzt würde mich aber wirklich interessieren, wie Sie zu dieser ...» Er mußte plötzlich schlucken und konnte nicht mehr weiterreden. Sie hatte unter dem Tisch nach seiner Hand gegriffen und verschränkte ihre Finger mit den seinen.

«Würden Sie mir wohl mal den Wein rüberreichen?» Einer der Gäste, ein massiger, schon älterer Mann mit ungesund roter Gesichtsfarbe, war, ohne daß sie es bemerkt hatten, hinter sie getreten und blickte anzüglich lächelnd auf sie hinunter. «Tut mir wirklich leid, daß ich Ihr trautes Beisammensein stören muß, aber ich sitze nun mal nicht gern auf dem trocknen.»

Sie rückten wie ertappt auseinander und blieben auch so, denn die übrigen Gäste begannen jetzt erneut, sich vor dem kalten Buffet zu sammeln, um sich ihren Nachtisch zu holen.

«Es ist wohl besser, wir schließen uns den anderen wieder an», sagte er ohne rechte Überzeugung. «Ich fürchte, wir fallen sonst auf.»

«Würde Ihnen das etwas ausmachen?»

Er schien einen Moment lang ernsthaft nachzudenken, dann verzog sich sein Mund zu einem breiten Grinsen. «Also, wenn ich es mir recht überlege – eigentlich schert es mich einen Dreck, was die Leute hier von mir denken. Außerdem geht es überhaupt niemanden etwas an. Und wenn wir die ganze Nacht hier zusammensäßen! Das wäre übrigens gar keine schlechte Idee. Ich hätte große Lust dazu, und wenn Sie auch wollen ...»

«Das dürften Sie doch jetzt eigentlich wissen! Sie können sich also Ihre Worte sparen. Holen Sie mir lieber ein Stück von dem Kuchen dort drüben. Und hier!» Sie leerte mit einem Zug den Rest ihres Weins. «Sie können mir auch gleich noch ein Glas Wein mitbringen. Aber bitte voll!»

Nachdem beide ihren Kuchen aufgegessen und sie sein Angebot, ihr Kaffee zu holen, dankend abgelehnt hatte, nutzte er eine Gesprächspause und bat sie, ihm von sich zu erzählen. Sein Interesse schien sie zu freuen, denn sie begann, ohne zu zögern.

Ihr Geburtsort war Rochdale. Sie war eine intelligente, dazu sehr strebsame Schülerin gewesen und hatte es so geschafft, ein

Stipendium an einem College in Oxford, der Lady Margaret Hall, zu bekommen. Dort hatte sie Neuere Sprachen studiert und nach dem Examen, das sie mit der Note *gut* bestanden hatte, Oxford verlassen, um die Auslandsabteilung eines kleinen, in Croydon ansässigen Verlages zu übernehmen. Die Firma war erst wenige Jahre zuvor von zwei ebenso ehrgeizigen wie geschäftstüchtigen Brüdern gegründet worden und verlegte Lehrbücher für Englisch als Fremdsprache. Die rasche Zunahme der Auslandsaufträge hatte es angebracht erscheinen lassen, die Geschäftsverbindung zu den Kunden auf dem Kontinent zu intensivieren. So war sie zu ihrem Job gekommen. Die Tätigkeit erwies sich als interessant und war sehr gut bezahlt, zumal wenn man bedachte, daß sie von geschäftlichen Dingen bisher keine Ahnung gehabt hatte. Es gehörte zu ihren Aufgaben, Charles, den älteren der beiden Brüder, auf den häufig notwendigen (manchmal auch nicht so notwendigen) Reisen zu begleiten. Ihre Arbeit machte ihr großen Spaß, und so blieb sie acht Jahre dabei. Der Verlag florierte, die Zahl der Beschäftigten stieg von zehn auf über zwanzig, ein neues Verlagsgebäude wurde errichtet, die modernsten Maschinen angeschafft. Manchem war der geschäftliche Erfolg der beiden Brüder nicht ganz geheuer, und es kursierten Gerüchte über gefälschte Spesenabrechnungen und Steuerhinterziehung. Irgendwann in dieser Zeit war dann auch der unvermeidliche Rolls-Royce angeschafft worden – in seriösem Schwarz. Ein paar Jahre später, kurz vor ihrem Weggang, kam noch ein zweiter, in Hellblau, dazu. Zum Besitz der Brüder hatte auch eine Jacht gehört. Sie lag in der Nähe von Reading, und einige auserwählte Top-Angestellte hatten das Privileg gehabt, von Zeit zu Zeit ihr Wochenende dort verbringen zu dürfen. Ihr Gehalt war jedes Jahr, manchmal sogar in kürzeren Abständen, erhöht worden, so daß sie, als sie sich vor vier Jahren entschloß zu gehen, genug Geld zusammengespart hatte, um für einige Zeit finanziell unabhängig zu sein. Was sie nun damals genau zu ihrem Entschluß gebracht hatte, konnte sie nicht einmal sagen. Acht Jahre waren einfach eine lange Zeit, und auch der spannendste Job verliert irgendwann einmal an Reiz, ist plötzlich keine Herausforderung mehr. Irgendwann hat man das Gefühl, alles in- und auswendig zu kennen, nicht zuletzt die Kollegen. Was die betraf, da hätte sie manchmal wirklich ... ach, egal. Sie war weggegangen, weil sie den starken Wunsch nach Veränderung gehabt hatte. Und sie hatte ihn sich erfüllt. In Oxford hatte sie Französisch und Englisch studiert und durch ihre Verlagstätigkeit gute Deutschkenntnisse erworben. So war sie an eine Gesamtschule im Osten Londons gegangen (eine dieser Mammutschulen – 1000 Schüler!), um dort Deutschunterricht zu geben. Der Schulalltag war erheblich nervenaufreibender gewesen, als sie ihn sich zu Anfang vorgestellt hatte. Sie wollte gar nicht bestreiten, daß jeder ihrer Schüler tief in seinem Innern eine sanfte, verletzliche Seele besaß, das Verhalten in der Gruppe war jedoch ruppig und obszön gewesen, und sie hatte geargwöhnt, daß sich einzelne in der hinteren Reihe dann und wann während der Stunde entblößten. Die größten Schwierigkeiten hatten ihr jedoch die Mädchen bereitet. Sie hatten in ihr, kaum daß sie dagewesen war, die Rivalin gewittert, die die Aufmerksamkeit der Mitschüler und der Lehrer von ihnen ablenken würde. Dabei war ihr Verhältnis zu den Kollegen eher so lala gewesen. Ein paar von ihnen hatten anfangs versucht, sich an sie heranzumachen – meistens ausgerechnet die Verheirateten. Sie hatte es ihnen jedoch nicht allzu übelgenommen. Man mußte ihnen zugute halten, welch geradezu heroischer Anstrengung es bedurfte, jeden Tag erneut den Kampf gegen das immer mehr um sich greifende Schwänzen, das trotzige Sichverweigern, die sinnlose Zerstörungswut aufzunehmen – einen fast aussichtslosen Kampf, denn die üblicherweise gültigen Umgangsnormen waren diesen Jugendlichen fremd, ja zuwider; von einem Ideal persönlicher Integrität und Wahrhaftigkeit, das ihnen Maßstab hätte sein können, ganz zu schweigen. Nun, zwei Jahre hatte sie durchgehalten, dann hatte sie das Handtuch geworfen. Im nachhinein wünschte sie manchmal, sie wäre länger geblieben. Die Jungen und Mädchen ihrer Klasse hatten es sich nicht nehmen lassen, ihr zum Abschied sechs absolut scheußliche Weingläser zu schenken, und diese Gläser bedeuteten ihr mehr als jedes andere Geschenk, das sie im Laufe ihres Lebens erhalten hatte. Die Übergabe fand am letzten Tag vor den Ferien statt, im Anschluß an die allgemeine Schulfeier. Keiner ihrer Schüler fehlte. Als sie sie alle da vor sich stehen sah, waren ihr auf einmal die Tränen gekommen. Einer der Jungen hatte eine unbeholfene Rede voller Albernheiten gehalten. Eine ganz und gar hinreißende Rede. Daraufhin hatten ein paar der Mädchen ebenfalls zu weinen angefangen, und selbst die zwei größten Rüpel, die ihr die ganze Zeit über das Leben schwergemacht hatten, waren ganz zahm gewesen, hatten ihr die Hand gedrückt und verlegen ein paar Sätze gemurmelt, in denen durchklang, daß sie ihr Fortgehen bedauerten und ihr gegenüber sogar so etwas wie Dankbarkeit empfanden. Es war unbeschreiblich rührend gewesen. Was sie danach gemacht hatte? Ach, so dies und das. Vor zwei Jahren schließlich war sie nach Oxford zurückgekommen und hatte eine Anzeige aufgegeben, daß sie Schüler suche. Es hatten sich so viele gemeldet, daß sie etliche hatte abweisen müssen. Sie hatte sich ein kleines Haus gekauft, und ... tja, seitdem lebte sie nun hier.

Sie hatte bei ihrer Schilderung etwas Wesentliches ausgelassen, dessen war er sich sicher. Er hatte, wenn auch etwas vage, noch im Gedächtnis, wie Mrs Murdoch sie vorgestellt hatte; vor allem aber sah er noch deutlich ihren Ringfinger vor sich, mit dem sie den Innenrand des Weinglases entlanggefahren war. Ob sie nur dieses eine ausgelassen hatte, oder ob es da noch anderes gab? Aber er hatte keine Lust nachzufragen. Er war zufrieden, hier neben ihr zu sitzen – etwas verliebt und reichlich beschwipst.

Es war bereits nach Mitternacht. Einige der Gäste hatten sich schon verabschiedet. Die meisten der noch Anwesenden waren inzwischen bei ihrer zweiten oder dritten Tasse Kaffee angelangt, aber niemand holte sich Kuchen, als bestehe eine unausgesprochene Übereinkunft, daß man das ungleiche Paar, das dort, umgeben von den Resten des kalten Buffets ein Refugium gefunden zu haben schien, nicht stören dürfe.

«Jetzt möchte ich aber auch etwas über Sie erfahren», sagte sie. «Bisher haben Sie sich ja sehr zurückgehalten und mich allein reden lassen.»

«Von mir gibt es nicht viel zu erzählen. Mein Leben ist nicht halb so interessant wie Ihres. Wirklich. Und mir ist auch gar nicht nach Reden. Ich möchte nur einfach weiter hier so neben Ihnen sitzen.»

Er hatte den ganzen Abend über reichlich getrunken und sprach etwas verzögert und mit schwerer Zunge. Doch sie störte das nicht; im Gegenteil. Sie fühlte sich auf merkwürdige Art hingezogen zu diesem nicht mehr ganz jungen, gefühlsseligen, etwas altmodischen Mann, und sie mochte, wie er ab und zu mit den Fingerspitzen leicht die Innenfläche ihrer Hand streichelte.

Um zwanzig nach eins schrillte das Telefon.

Mrs Murdoch kam diskret auf die beiden zu, legte ihm die Hand auf die Schulter und sagte leise: «Ein Anruf für Sie.» Ihren wachsamen Augen blieb nicht viel verborgen, und ein ganz klein wenig amüsiert, aber durchaus wohlwollend, hatte sie innerlich konstatiert, daß sich zwischen den beiden offenbar etwas entspann. Jammerschade, daß sie nun stören mußte, aber er hatte ja gleich zu Beginn des Abends gesagt, daß er möglicherweise weggerufen werde.

Er folgte ihr in den Flur und nahm den Telefonhörer auf. «Was ...?? Sie, Lewis? Warum zum Teufel ... Ah, ja. Ich verstehe. Na gut.» Er sah auf die Uhr. «Ja. Ja doch. Ich weiß, daß ich es Ihnen selbst gesagt habe.» Er legte unsanft auf und ging in den Raum zurück.

Sie saß genauso da, wie er sie verlassen hatte, und blickte, als er zu ihr trat, fragend zu ihm empor. «Eine schlechte Nachricht?»

«Ja, schon. Aber nichts Persönliches. Nur ... ich muß jetzt leider sofort aufbrechen.»

«Aber Sie können mich doch vorher noch nach Hause bringen, oder? Bitte!»

«Nein, es tut mir leid, aber das geht nicht. Ich habe heute nacht Bereitschaftsdienst und ...»

«Sind Sie Arzt oder so etwas?»

«Ich bin bei der Polizei.»

«Du liebe Zeit!»

«Es tut mir leid.»

«Das sagten Sie schon.»

«Lassen Sie uns den Abend doch nicht auf diese Weise beschließen», sagte er ruhig.

«Nein, Sie haben recht. Das wäre schade. Entschuldigen Sie, daß ich so wütend geworden bin. Es ist nur ...» Sie blickte ihn an, und in ihren Augen war die Enttäuschung zu lesen. «Aber vielleicht hat das Schicksal es nicht anders gewollt ...»

«Jetzt reden Sie keinen Unsinn.»

«Glauben Sie etwa nicht, daß es so etwas wie ...»

«Kann ich Sie wiedersehen?»

Sie nahm einen kleinen Kalender aus ihrer Tasche, riß hinten eine Seite heraus und schrieb ihm ihre Adresse auf: *Canal Reach 9.*

«Ihr Wagen ist da», sagte Mrs Murdoch.

Der Mann nickte und wandte sich zum Gehen. Doch dann drehte er sich noch einmal um. «Sie sind verheiratet, oder?»

«Ja, aber ...»

«Einer von den beiden Brüdern?»

Einen Moment lang stand in ihren Augen so etwas wie Mißtrauen – oder war es nur Überraschung? Dann sagte sie: «Nein. Meine Ehe lag lange vor der Zeit im Verlag. Ich war so dumm, schon mit neunzehn zu heiraten, und das ...»

Ein untersetzter Mann hatte den Raum betreten und kam etwas verlegen auf sie zu. «Können wir los, Sir?»

«Ja, sofort.» Er sah sie an und wollte noch etwas sagen, doch ihm fiel nichts ein.

«Sie haben meine Adresse?» fragte sie kaum hörbar.

Er nickte. «Aber Sie müssen mir noch Ihren Namen sagen.»

«Anne. Anne Scott.»

Er lächelte sie an.

«Und wie heißen Sie?»

«Morse.»

Im Wagen legte er den Sicherheitsgurt an. Sie passierten den Kreisverkehr am oberen Ende der Banbury Road und fuhren mit hoher Geschwindigkeit ins Tal hinunter nach Kidlington.

«Was haben Sie gesagt, wo es geschehen ist, Lewis?»

«Woodstock Crescent, Sir. Ein Mann, der seine Frau erstochen hat. Er ist gleich hinterher zu uns gekommen, um ein Geständnis abzulegen. Na, zur Abwechslung ausnahmsweise mal ein einfacher Fall.»

«Wieso ausnahmsweise? Was Sie da eben erzählt haben, ist eher die Regel. In der überwiegenden Zahl aller Mordfälle steht der Täter von Anfang an fest. Anscheinend haben Sie sich das bisher noch nie so richtig klargemacht, Sergeant, oder? Bei über vierzig Prozent erfolgt die Verhaftung sofort und noch am Tatort oder jedenfalls ganz in der Nähe, weil die meisten Täter – und das sollte für Sie ein Grund zu tiefer und ständiger Dankbarkeit sein, Lewis –, weil die meisten Täter nämlich erst gar nicht den Versuch machen zu fliehen. Und in, ich glaube, es waren fünfzig Prozent der Fälle, müssen wir davon ausgehen, daß zwischen

Täter und Opfer eine Beziehung bestanden hat, oft eine sehr enge Beziehung.»

«Sehr aufschlußreich, Sir», sagte Lewis und bog direkt gegenüber dem Präsidium nach links ab. «Sie haben wohl wieder einen Ihrer Vorträge gehalten?»

«Nein, stand alles heute morgen in der Zeitung», sagte Morse und stellte überrascht fest, daß er offenbar wieder ganz nüchtern war.

Sie fuhren durch ein Gewirr dunkler Seitenstraßen, bis plötzlich vor ihnen das rotierende Blaulicht einer Unfallambulanz auftauchte. Morse öffnete umständlich seinen Gurt und stieg aus. «Übrigens, Lewis», sagte er und beugte sich noch einmal ins Wageninnere, «wissen Sie zufällig, wo Canal Reach ist?»

«Im Süden von Oxford, Sir. In Jericho.»

ERSTES BUCH

Kapitel Eins

Es war ein Mensch, der ging
von Jerusalem hinab gen Jericho.
Lukas 10, Vers 30

Die wichtigsten Sehenswürdigkeiten Oxfords liegen dicht beieinander. So können selbst Tagestouristen nach der Besichtigung einer Reihe der alten Colleges, die sich in ihrer Mehrzahl im Geviert zwischen High Street und dem runden, kuppelgeschmückten Bau der Radcliffe Camera befinden, in ihren Luxus-Reisebus zurückklettern mit dem befriedigenden Gefühl, sich von einer weiteren englischen Stadt – und dazu angeblich einer der schönsten – einen ausreichenden Eindruck verschafft zu haben. Und das geradezu in Rekordzeit. Die Großartigkeit dessen, was sie gesehen haben, hat sie vielleicht aber auch ermüdet. Zum Glück ist gleich um die Ecke die Cornmarket Street, in deren Cafés und Schnellrestaurants der Besucher sich von den Strapazen erholen und in seinem frischerstandenen Reiseführer lesen kann, der ihn detailliert auch über diejenigen Colleges, ihre Entstehungszeit und ihre Mäzene informiert, die ihm bei seiner schnellen Sightseeing-Runde entgangen sind. Doch irgendwann kommt dann der Zeitpunkt, an dem sein Wissensdurst gestillt ist; er läßt Kultur Kultur sein und begibt sich vielleicht, der Fußgängerzone folgend, ins Westgate-Einkaufszentrum, das sich neben der St.-Ebbe's-Kirche erhebt. Hier drängten sich früher eine Vielzahl alter Häuser, und wohl aus diesem Grund mag es den Stadtvätern besonders geeignet erschienen sein, ihren Modernisierungswillen zu demonstrieren und der unbestreitbaren Antiquiertheit des Stadtbildes wirksam etwas entgegenzusetzen, indem sie die alten Gebäude dem Abriß preisgaben, um an ihre Stelle eine Betonfestung zu setzen, in der Geschäfte und Büros der kommunalen Verwaltung untergebracht wurden. *Solitudinem faciunt: architecturam appellant.*

Sollte aber der eine oder andere Besucher mehr Zeit mitbringen, dann vermag Oxford ihm durchaus noch weitere Attraktionen zu bieten, die allerdings nicht unbedingt im Reiseführer zu finden sind. So könnte er zum Beispiel die Cornmarket Street immer geradeaus, am *Hotel Randolph* vorbei, in die Beaumont Street schlendern, wo es etliche, einen eleganten Bogen bildende, klassizistische Häuser zu bewundern gibt. Und vielleicht hat er Lust, wenn er schon einmal an Ort und Stelle ist, dem Ashmolean Museum, das gleich an der Ecke Beaumont-Magdalen Street liegt, einen Besuch abzustatten, wenn er es nicht doch vorzieht, statt dessen in den Gärten des nahegelegenen Worcester College zu lustwandeln. Geht unser Besucher von hier aus weiter in nördliche Richtung, so erreicht er kurz darauf das untere Ende der Walton Street und findet sich, folgt er ihr, bald in einer Gegend, die, durch welche glücklichen Umstände auch immer, von der Kahlschlagplanung der kommunalen Bürokratie bisher verschont geblieben ist. Irgendwann wird ihm auffallen, daß er keine Colleges mehr sieht: er hat Oxford, die Universitätsstadt, hinter sich gelassen, und zu seiner Linken das imposante Gebäude der Oxford University Press, dessen rasenbedeckter Innenhof durch ein hohes schmiedeeisernes Gitter abgesperrt ist, wirkt in seiner strengen Majestät hier seltsam fehl am Platz. Spätestens jetzt kehren die meisten Besucher denn auch um und wenden sich wieder in Richtung Innenstadt. Die wenigen, die es weiterzieht, entdecken bald darauf den rotblauen Namenszug des Phönix-Kinos, und nicht lange, so taucht die schwärzlichgraue Fassade des Radcliffe-Krankenhauses vor ihnen auf. Sie befinden sich mitten im Stadtteil Jericho.

Jericho ist fast ausschließlich Wohnbezirk und reicht von der Westseite der Walton Street bis an das Ufer des Kanals. Die Straßen, von denen einige, wie zum Beispiel die Wellington und die Nelson Street, durch ihre Namen von Englands ruhmvoller Vergangenheit künden, sind nichtsdestoweniger trist und schmucklos. Sie sind in der Mehrzahl von einfachen Reihenhäusern gesäumt, die Mitte des neunzehnten Jahrhunderts gebaut wurden.

Hier wohnten Werft- und Eisenbahnarbeiter, Drucker der Oxford University Press und Arbeiter aus Lucy's Eisengießerei in der Juxon Street mit ihren Familien. Wie die Gegend zu ihrem merkwürdigen Namen kam, läßt sich heute nicht mehr feststellen. Keines der vielen Bücher zur Stadtgeschichte im City Museum in der St. Aldate's Street vermag darüber Auskunft zu geben. Denen, die hier leben, ist es wohl ohnehin egal, weil sie sich längst damit abgefunden haben, daß viele Dinge sich nicht erklären lassen, daß es Menschen gibt und daß sie sterblich sind, daß manche dem Alkohol verfallen sind und andere sich rettungslos verlieben.

An einem Mittwoch, Anfang Oktober, seit Mrs Murdochs Party in Nord-Oxford waren fast vier Monate vergangen, befand sich Detective Chief Inspector Morse von der Thames Valley Police auf dem Weg von Kidlington nach Oxford. Er folgte zunächst der Woodstock Road, wandte sich dann nach rechts in die Bainton Road und fuhr diese immer geradeaus bis zur Walton Street. Während er seinen Lancia mit erhöhter Aufmerksamkeit durch die recht enge Straße steuerte, bereit, schnell zu reagieren, falls von den zu beiden Seiten abgestellten Autos plötzlich eines aus der Parklücke ausscheren sollte, registrierte er im Vorbeifahren, daß im *Phönix Der Sex der grünen Witwen* lief; doch gleich darauf fiel sein Blick auf ein Straßenschild mit der Aufschrift *Jericho Street*, und für mögliche Phantasien über ein, zwei Stunden erotischen Kinovergnügens war auf einmal kein Raum mehr. Ganz hier in der Nähe mußte Anne Scott wohnen. Er hatte zwischendurch immer wieder an sie gedacht, aber die Aussicht auf eine Beziehung zu ihr war ihm bereits am nächsten Morgen, im nüchternen Tageslicht, längst nicht mehr so verlockend erschienen wie in der Nacht zuvor. Sie war schließlich verheiratet, und das gab immer Komplikationen! Er hatte deshalb damals nichts mehr von sich hören lassen, doch heute schien die Gelegenheit günstig zu einem unverfänglichen Wiedersehen ...

Am Vormittag hatte er in Kidlington eine Gruppe frisch ausgebildeter und überaus ernsthafter junger Kriminalbeamter über das Prozedere bei einem Mordfall aufzuklären versucht. Ihren Mienen hatte er ansehen können, daß seine Ausführungen sie langweilten, und Morse gestand sich hinterher selbstkritisch ein, daß er nicht gut in Form gewesen war. Er war jedoch fest entschlossen, sich durch diesen Mißerfolg nicht die Laune verderben zu lassen. Schließlich hatte er den Rest des Tages frei und dazu, zum erstenmal seit Wochen, einen legitimen Grund, nach Jericho zu fahren. Als Mitglied der Oxforder Literarischen Gesellschaft hatte er vor kurzem die Mitteilung erhalten, daß am heutigen Mittwoch um acht Uhr abends Dame Helen Gardner einen Vortrag über das *New Oxford Book of English Verse* halten werde, und die Aussicht, diese hervorragende Gelehrte reden zu hören, hatte ihn bewogen, seine übliche Trägheit zu überwinden und zum erstenmal in diesem Jahr einer Veranstaltung beizuwohnen. Der Ankündigung von Dame Helens Vortrag schloß sich die Bitte an, jedes Mitglied möge den Inhalt seines Bücherschranks einer kritischen Prüfung unterziehen und Bücher, an denen kein Interesse mehr bestehe, zur Verfügung stellen, da vor dem Vortrag ein Buchbasar geplant sei, dessen Erlös helfen solle, die fast leere Kasse der Gesellschaft wieder etwas aufzufüllen. Morse war dieser Bitte nachgekommen und hatte am Dienstagabend etwa dreißig Taschenbücher aussortiert, die jetzt wohlverstaut in einem Karton auf dem Rücksitz seines Wagens lagen. Die Bücher sollten zwischen fünfzehn und siebzehn Uhr im Clarendon Press Institute in der Walton Street, wo die Veranstaltungen der Gesellschaft gewöhnlich stattfanden, abgegeben werden. Jetzt war es zwanzig nach drei; er brauchte also nicht gleich dorthin zu fahren.

Unmittelbar vor dem Gebäude der Oxford University Press bog er nach rechts ab, fuhr langsam die Great Clarendon Street hinunter und passierte eine Reihe von Nebenstraßen, bis er schließlich zu seiner Rechten auf einem Straßenschild den Namen *Canal Street* entdeckte. Da lag Canal Reach doch wahrscheinlich ganz in der Nähe? Den ganzen Tag über hatte es ununterbrochen geregnet, und als er in die verlassene Straße einbog, klatschten Regenböen gegen seine Windschutzscheibe. Er fuhr im Schritttempo und hielt Ausschau nach einer Parkmöglichkeit. Doch die Suche gestaltete sich schwierig. Auf der einen Straßenseite herrschte absolutes Halteverbot, gegenüber wiesen eine Reihe blauer Schilder mit einem weißen ‹P› darauf hin, daß diese Plätze Anwohnern mit Parkerlaubnis vorbehalten waren. Es gab dort eine oder zwei Lücken, aber eine tief in ihm verwurzelte, fast schon verbohrte Gesetzestreue und nicht zuletzt auch die Angst, erwischt zu werden und ein saftiges Bußgeld zahlen zu müssen, hinderten ihn, sich dort hinzustellen. Er kreuzte weiter durch das unübersichtliche Gewirr kleiner Nebenstraßen, bis er schließlich direkt am Kanal, unter dem freistehenden Glockenturm der St.-Barnabas-Kirche eine von weißen Markierungen begrenzte Stellfläche fand, die noch nicht besetzt war. *‹Parkdauer maximal zwei Stunden, Rückkehr nicht vor einer Stunde.›* Er setzte mit Bedacht rückwärts in das vorgeschriebene Rechteck, schaltete die Zündung aus und blickte sich um. Durch ein geöffnetes Tor sah er ein blaues, ein braunes und ein rotes Hausboot, die in einer Reihe nebeneinander am Ufer vertäut lagen. Über dem Wasser entfernten sich – den Hals weit vorgestreckt – mit laut klatschendem Flügelschlag drei Enten in Richtung Norden. Sie waren gegen den schon dämmrigen Nachmittagshimmel nur als schwarze Silhouetten zu erkennen. Er stieg aus, blieb eine Weile im Regen stehen und sah den schmutziggelben Turm hinauf, dessen massige Form die Straße beherrschte. Er hätte gern einen Blick ins Innere geworfen, aber die Tür war verschlossen. Gerade bemühte er sich, den angehefteten Zettel zu entziffern, *‹Wegen zahlreicher Akte von Vandalismus, die auf das Treiben jugendlicher Rowdies zurückzuführen sind, sehen wir uns leider gezwungen …›*, als er hinter sich eine Stimme hörte.

«Gehört der Wagen hier Ihnen?»

Eine junge, triefend nasse Politesse – das Zeichen ihrer Würde, das gelbe Band am Hut, war bestimmt erst wenige Tage alt – stand neben seinem Lancia und bemühte sich ungeachtet des wieder stärker werdenden Regens, auf einer durchweichten Seite ihres Blocks eine Eintragung zu machen.

«Ich darf da aber doch stehen, oder?» fragte Morse, plötzlich unsicher geworden, und kam in langen Schritten eilig die flachen Kirchenstufen heruntergelaufen.

«Sie sind hier an der Seite über der weißen Linie, und außerdem müssen Sie zurücksetzen. Sie haben hinten noch reichlich Platz!»

Gehorsam manövrierte Morse den Lancia in die vorgeschriebene Position, dann kurbelte er sein Fenster herunter. «So richtig?»

«Vergessen Sie das nächste Mal, wenn Sie den Wagen verlassen, nicht wieder das Abschließen. Heutzutage werden eine Menge Autos gestohlen. Und denken Sie daran, daß Sie hier nicht länger als zwei Stunden stehen dürfen.»

«Aber ich schließe immer ...»
«Eben aber nicht!»
«Das war doch nur, weil ich ganz in der Nähe ...»
Sie war schon gegangen, offenbar interessierten sie seine Einwände nicht. Morse sah, wie sie ein Stück weit die Straße hinauf stehenblieb, um einem armen Parksünder einen vor Nässe durchscheinenden Strafzettel unter den Scheibenwischer zu klemmen, und rief hinter ihr her:
«Ich suche Canal Reach!»
Sie drehte sich um und deutete mit dem Daumen hinter sich. «Um die Ecke in die Canal Street. Dann die zweite links.»

Morse bemerkte, als er in die Canal Street einbog, daß die junge Politesse ungeachtet des Regens auch hier schon tätig geworden war. Im Weitergehen registrierte er, daß es auch einen hellblauen Rolls-Royce, der auf der anderen Straßenseite, an der Ecke Victor Street, geparkt stand, erwischt hatte. Das riesige Luxusgefährt stand in auffallendem Kontrast zu der eher ärmlichen Umgebung. Morse dachte jedoch nicht weiter darüber nach, denn die nächste Querstraße war Canal Reach. Er blieb einen Moment lang stehen. Warum war er überhaupt hier? Was wollte er ihr eigentlich sagen, wenn er sie sah?
Canal Reach war eine Sackgasse, die nach weniger als hundert Metern vor den Toren einer kleinen Bootswerft endete. Autos war die Zufahrt untersagt; drei etwa meterhohe Betonzylinder in der Mitte der Fahrbahn sorgten dafür, daß das Verbot auch tatsächlich befolgt wurde. Zu beiden Seiten der engen Straße standen jeweils fünf schmale, eher niedrige Reihenhäuser: zwei kleine Zimmer unten, zwei oben, das war alles. Die Häuser waren billig und ohne jeden Komfort gebaut; in früheren Jahren waren hier vermutlich die am Kanal beschäftigten Arbeiter mit ihren Familien untergebracht gewesen. Hinter den Fenstern mit den Netzgardinen war alles dunkel, und wenn nicht neben einigen Türen Fahrräder gelehnt hätten, so hätte man die Häuser für unbewohnt halten können. Morse schritt die Straße hinunter bis zum Ende und blieb dann stehen. Er war nervös und unentschlossen. Automatisch klopfte er seine Manteltaschen nach Zigaretten ab. Aber er mußte sie wohl im Auto liegengelassen haben. Hinter ihm fuhr

ein Wagen die Canal Street entlang. Die Reifen verursachten auf der nassen Fahrbahn ein zischendes Geräusch. Er drehte sich kurz um. Der Fahrer hatte schon das Standlicht eingeschaltet.

Nach ein paar Minuten gab Morse sich einen Ruck und klopfte. Er wartete, aber niemand kam. Fast war er erleichtert. Trotzdem klopfte er noch ein zweites Mal, ein bißchen lauter jetzt, trat einen Schritt zurück und ließ seine Augen prüfend über die Fenster gleiten. Das Erdgeschoß hatte zur Straßenseite nur ein einziges Fenster, das sich gleich rechts neben der Haustür befand. Doch die leuchtendroten Vorhänge waren vorgezogen und verwehrten den Blick in den dahinterliegenden Raum. Die beiden Fenster im ersten Stock gehörten wahrscheinlich zu ihrem Schlafzimmer. Plötzlich stutzte er. Wenn ihn nicht alles täuschte, so brannte dort oben irgendwo Licht. Er kniff die Augen zusammen. Ja, kein Zweifel. Vermutlich stand die Tür offen, und der Lichtschein kam vom Flur oder von dem Zimmer, das nach hinten hinaus lag. Den Blick noch immer auf das Haus gerichtet, bemerkte er auf einmal den reizvollen Farbkontrast, der sich aus dem reihenweisen Wechsel von längsliegenden dunkelroten Ziegelsteinen, sogenannten Läufern, mit querliegenden blaugrauen Bindern ergab.

Noch immer kam niemand, um ihm zu öffnen.

Sollte er einfach wieder gehen? Es war sowieso töricht gewesen herzukommen. Er hätte beim Mittagessen nicht so viel Bier trinken sollen. Der Genuß von Alkohol hatte seit einigen Jahren eine merkwürdige Wirkung auf ihn; längst totgeglaubte Sehnsüchte begannen sich plötzlich wieder zu regen, und er hatte Anwandlungen sexuellen Verlangens, vor denen er sich in nüchternem Zustand verschont wußte. Auf einmal war ihm, als hätte er drinnen ein Geräusch gehört. Sie war also doch da! Er klopfte wieder, sehr laut diesmal, und nach einer weiteren halben Minute, in der sich drinnen nichts rührte, drückte er langsam die Klinke herunter. Die Tür war offen.

«Hallo? Ist jemand da?» Die Tür führte direkt in einen überraschend großen Raum, der mit Teppichboden ausgelegt und sehr behaglich eingerichtet war. Morse blickte sich um und speicherte, was er sah, rein aus Gewohnheit, in seinem Gedächtnis.

«Hallo! Anne? Anne?!»

Links hinten in der Ecke führte eine Treppe nach oben. Unten über dem Geländer lag eine teuer aussehende lammfellgefütterte

Lederjacke, auf der dunkle Spuren von Regentropfen zu sehen waren.

Obwohl er ganz still stand und angestrengt horchte, hörte er nicht den geringsten Laut. Schon merkwürdig, wegzugehen und einfach alles offenzulassen. Er ging hinaus, schloß leise die Tür hinter sich und stand wieder auf der Straße. Das Haus gegenüber trug die Nummer zehn, für Morse Anlaß, sich wieder einmal über die in manchen Straßen praktizierte unsystematische Numerierung zu wundern, als er plötzlich drüben hinter einem der Fenster im oberen Stockwerk eine kaum merkliche Bewegung der Gardine wahrzunehmen glaubte. Oder sah er schon Gespenster? Er zuckte die Achseln. Schon im Weggehen blickte er noch einmal zurück auf das Haus, das er gerade eben verlassen hatte. Und auf einmal wurde ihm bewußt, daß er sie doch gerne wiedergesehen hätte. Aber da hätte er wohl früher kommen müssen ...

Er brauchte einige Sekunden, bis er begriff, was er sah. Der Lichtschein im oberen Zimmer war erloschen, die Fenster waren dunkel. Und Morse verspürte aus unerklärlichen Gründen plötzlich eine Gänsehaut im Nacken.

Kapitel Zwei

Gegen das Tor zum Rosengarten hin,
Das wir nie geöffnet.
T. S. Eliot, Burnt Norton
(Vier Quartette)

Wie sie von ihnen sprach, hätte man meinen können, sie hätte die großen Dichter alle persönlich gekannt, und so war es kein Wunder, daß Dame Helens Vortrag vor Oxfords Literarischer Gesellschaft ein großer Erfolg war. Sie hatte lange Jahre am Merton College den Lehrstuhl für Englische Literatur innegehabt, war aber inzwischen emeritiert. Trotz oder vielleicht wegen ihres ungeheuren Wissens trat sie bescheiden auf und schlug den Bogen von

Dante zu T. S. Eliot mit einer ruhigen Selbstverständlichkeit, die große Souveränität verriet. Ihre Zuhörer dankten ihr mit geradezu frenetischem Applaus. Morse, der sonst mit Beifallskundgebungen jeder Art eher zurückhaltend war, klatschte genauso heftig wie die anderen und nahm sich fest vor, daß ihn die spröde und hermetische Sprache Eliots nicht länger abhalten solle und er sich gleich heute abend wieder einmal die *Vier Quartette* vornehmen würde. Warum besuchte er nicht öfter Veranstaltungen wie diese? Er hatte sich lange nicht mehr so wach und lebendig gefühlt. Einen intelligenten Vortrag anzuhören war ganz sicher eine sinnvollere Art der Freizeitentspannung, als sich, wie er das in den letzten Jahren nur allzuoft getan hatte, nach Feierabend das Hirn mit Alkohol zu vernebeln. Und leben hieß doch: sich immer wieder auf die Suche zu begeben. Bereit zu sein, sich auf etwas Neues einzulassen, *Tore zu öffnen*, wie Dame Helen eben in Anspielung auf Eliot gesagt hatte, Tore zu öffnen und hindurchzuspähen, um vielleicht dahinter doch noch den Rosengarten zu entdecken ... Wie lauteten gleich die Zeilen, die sie zitiert hatte? Er hatte sie vor langer Zeit einmal auswendig gewußt, aber inzwischen fast vergessen.

In der Erinnerung widerhallen Schritte
Den Gang entlang, den wir niemals beschritten,
Gegen das Tor zum Rosengarten hin,
Das wir nie geöffnet.

An der Bar herrschte großes Gedränge. Morse kannte niemanden und zog sich mit seinem Bier in eine ruhige Ecke zurück. Er würde noch etwas hier sitzen bleiben, zwei, vielleicht drei Gläser trinken und sich dann, nicht allzu spät, auf den Heimweg machen.

Draußen fuhr mit heulender Sirene ein Polizeiwagen vorbei (oder war es eine Ambulanz?); ein Ton, der ihn an den Anfang eines der Chopinschen Nocturnes erinnerte, welches, fiel ihm nicht ein, denn ihn beschäftigte die Tatsache, daß irgendwo ein Unfall passiert sein mußte: zu Tode erschrockene Zeugen, die Gesichter noch weiß. Neugierige Passanten. Erste zögernde Berichte für das Notizbuch der Constables. Die hellen Türen des offenen Krankenwagens. Und auf der Straße eine dunkle, klebrige Blutlache. Ihm graute, wenn er daran dachte.

«Sie sitzen hier ja so allein. Darf ich Ihnen Gesellschaft leisten?» Sie war groß, hübsch und etwa Anfang dreißig.

«Das würde mich freuen», sagte Morse. Es war mehr als nur eine Floskel.

«Sie war gut, nicht?»

«Ja, ganz hervorragend.»

Sie unterhielten sich angeregt über den Vortrag, und Morse blickte ihr verzaubert in die großen, lebhaften Augen und wünschte sich, sie möge recht lange bei ihm sitzen bleiben.

«Ich glaube, ich kenne Sie nicht», sagte er.

Sie lächelte ihn spitzbübisch an. «Aber ich Sie. Sie sind doch Inspector Morse, oder?»

«Woher ...?»

«Sie brauchen keinen Schrecken zu bekommen. Es geht alles mit rechten Dingen zu. Ich heiße übrigens Annabel. Ich bin die Frau unseres Vorsitzenden.»

«Ach so.» Man konnte seiner Stimme anhören, daß er enttäuscht war.

Draußen ertönte erneut Sirenengeheul. Er lauschte, um herauszufinden, welche Richtung der Wagen nahm, aber es ließ sich nicht feststellen.

Ein paar Minuten später bahnte sich ein bärtiger Hüne den Weg durch die Menge und trat an ihren Tisch. Annabels Mann. «Wie wär's mit einem neuen Glas, Inspector?»

«Nein, nein. Lassen Sie *mich* gehen. Was darf ich Ihnen holen?»

«Kommt gar nicht in Frage. Tut mir leid, daß ich mich nicht gleich zu Ihnen setzen konnte, aber ich hielt es für meine Pflicht, unsere verehrte Gastrednerin nach Hause zu fahren. Sie wohnt in Eynsham.»

Er ging, um die Biere zu holen. Als er an den Tisch zurückkam, sagte er: «Die Fahrt eben hat länger gedauert, als ich angenommen hatte. Die Walton Street war völlig verstopft. In Jericho muß etwas passiert sein. Polizeiautos, Krankenwagen und dann die Schaulustigen, die einfach ihren Wagen mitten auf der Straße stehenlassen und aussteigen, um zu sehen, was los ist. Na, Ihnen muß ich das ja nicht näher beschreiben, Inspector. Sie kennen das sicherlich sehr viel besser als ich.»

Aber Morse hörte ihm schon nicht mehr zu. Er war aufgestanden, murmelte, daß er gebraucht werde, und war schon auf dem

Weg nach draußen. Eilig schritt er ein Stück die Walton Street hinunter und bog dann ab in die Richmond Road. Der Anblick der Peitschenmasten, die beiderseits der Straße in jeweils dreißig Meter Abstand versetzt aufgestellt waren, verursachte ihm Beklemmung; mit ihren tief heruntergezogenen, fahles Licht verstrahlenden Leuchtröhren kamen sie ihm vor wie Ehrenwachen an einem Katafalk. Die außerhalb des Lichtradius liegenden Häuser schienen sich in der Dunkelheit zu ducken, als fürchteten sie die nächtlichen Schrecken. Er hatte das Gefühl, etwas presse ihm die Brust zusammen, und plötzlich verspürte er den Drang loszulaufen, loszulaufen, so schnell er konnte, um vielleicht doch noch ... Aber tief in seinem Innern wußte er, daß er zu spät kommen würde, und in diesem Augenblick größter Angst sah er auf einmal sein Leben mit nie gekannter Klarheit und begriff, daß er schon immer zu spät gekommen war und daß hier der Grund für sein Scheitern lag. In der Canal Street kam ihm ein kalter Wind entgegen, und hundert Meter weiter die Szene vor ihm war genauso, wie er es den ganzen Weg über geahnt, nein, mehr, gewußt hatte: Im Schatten des drohend aufragenden Turmes von St. Barnabas stand mit rotierendem Blaulicht eine Ambulanz, nicht weit davon parkten auf dem Bürgersteig zwei Polizeiwagen. Vor der Sackgasse drängten sich die Neugierigen, doch ein Polizist, der in der Mitte der Fahrbahn Posten bezogen hatte, verwehrte ihnen den Zutritt.

«Es tut mir leid, Sir, aber ...» Dann erkannte er Morse. «Entschuldigung, Sir, ich habe ...»

«Wer ist zuständig?» fragte Morse leise.

«Chief Inspector Bell, Sir.»

Morse nickte stumm, den Blick gesenkt. Er ging das Sträßchen hinunter bis zum letzten Haus, klopfte kurz an und trat ein.

Der Raum schien ihm merkwürdigerweise völlig vertraut: gleich rechts neben der Eingangstür die Couch, an der sich anschließenden Längswand das achteckige Mahagonitischchen mit dem Fernsehgerät und mit den beiden bequemen Sesseln davor; an der Wand gegenüber die wuchtige Anrichte, darauf ein Stapel Teller – weiß mit kirschrotem Rand – und direkt ihm vis-à-vis, rechts von der Treppe, die Tür. Es bedurfte nur eines Sekundenbruchteils, um seine detailgetreue Erinnerung vom Nachmittag und den Raum, wie er jetzt war, miteinander zu vergleichen. Alles schien unverändert. Oder doch fast alles. Aber bevor er Zeit hatte, darüber nachzudenken, worin der Unterschied bestand, bemerkte er plötzlich, daß er nicht allein im Zimmer war. Etwas seitlich von ihm, ein paar Schritte entfernt, stand ein untersetzter junger Kriminalbeamter in Zivil. Morse hatte das Gefühl, als ob er den Mann vor kurzem erst irgendwo gesehen hätte, aber dies war nicht der rechte Augenblick, um lange darüber nachzugrübeln.

«Wo finde ich Bell?»

«Gleich hier durch, Sir.» Der Beamte wies auf die Tür, und Morse spürte, wie ihn ein plötzlicher Schwindel ergriff. «Da drin also?» fragte er kaum hörbar.

«Ja, in der Küche.»

Hinter der Tür befand sich die Küche. Natürlich. Und vermutlich hatte man irgendwann im Laufe der Jahre noch weiter angebaut, so daß es hinter der Küche, wie bei vielen Häusern dieser Art, die er kannte, noch ein enges Badezimmer und ein Klo gab. Er fuhr sich mit einer Geste verzweifelter Ratlosigkeit über die Augen und fragte sich, was er machen sollte. Oh, lieber Gott! Was sollte er bloß tun?

«Möchten Sie hineingehen, Sir?»

«Nein, nein!» Morse hob abwehrend die Hände. «Ich war rein zufällig in der Nähe, im Clarendon Institute war ein Vortrag. Jemand dort sagte mir, daß in Jericho etwas passiert sei.»

«Wir konnten nichts mehr tun, Sir.»

«Ist sie ... ist sie tot?»

«Ja. Schon eine ganze Weile. Der Arzt ist gerade drin; er wird vermutlich gleich ...»

«Und wie?»

«Sie hat sich erhängt. Hat sich auf einen Schemel gestellt und ...»

«Wie haben wir es erfahren?»

«Ein anonymer Anrufer. Das ist übrigens, wenn Sie mich fragen, das einzig Merkwürdige an der ganzen Sache. Von draußen, vom Garten her konnte man sie nämlich nicht sehen. Der Anrufer muß also ...»

«Hat sie einen Abschiedsbrief hinterlassen?»

«Wir haben bis jetzt noch keinen gefunden, aber die oberen Zimmer sind auch noch nicht richtig durchsucht worden.»

Einen flüchtigen Moment lang zögerte er, die nächste Frage zu stellen. Was tust du, Morse? Was *tust* du? Doch er wußte, daß es ihm unmöglich war, jetzt aufzuhören.

«War die ... äh, war die Haustür offen?»

Der junge Beamte blickte ihn interessiert an. (Ein Constable. Morse erinnerte sich jetzt wieder; er gehörte zu der Gruppe frischgebackener Polizeibeamter, die sich heute morgen sein Referat angehört hatten, und sein Name war, wenn ihn nicht alles täuschte, Walters.) «Komisch, daß Sie danach fragen, Sir. Sie war nämlich offen. Wir sind hier einfach so reingegangen – jeder x-beliebige Fremde hätte das auch tun können.»

«Und die Tür zur Küche?»

«Wir haben zuerst gedacht, sie sei abgeschlossen, aber dann haben wir gemerkt, daß sie nur klemmte. Man braucht sich ja bloß anzusehen, wie schief sie in den Angeln hängt, und dann noch die Feuchtigkeit um diese Jahreszeit ... Wir mußten ziemlich dagegendrücken, aber dann bekamen wir sie schließlich auf.»

Er machte einen Schritt in Richtung Tür, als wolle er demonstrieren, wie sie es angestellt hatten, aber Morse winkte schnell ab. «Was ich noch gerne wissen würde, Constable ... ist aus diesem Zimmer hier irgend etwas entfernt worden?»

«Nein, nichts, Sir – das heißt, hier innen auf der Türmatte lag ein Schlüssel, den haben wir an uns genommen.»

Morse hob überrascht den Kopf. «Ein Schlüssel?»

«Ja. Dort auf der Matte. So als ob ihn jemand durch den Briefschlitz geworfen hätte. Ganz blank, wohl noch ziemlich neu. War das erste, was wir gesehen haben, als wir hier hereinkamen.»

Morse wandte sich zum Gehen. Auf der hellgrün gekachelten Fläche vor der Eingangstür stand eine kleine Lache schmutzigbraunen Regenwassers. Doch der schwarze Herrenschirm, den er bei seinem ersten Besuch in der Ecke hatte lehnen sehen, war nicht mehr da.

«Ist aus diesem Zimmer irgend etwas entfernt worden, Constable?» fragte er abwesend.

Walters sah ihn erstaunt an. «Dasselbe haben Sie mich eben schon mal gefragt, Sir, und ...»

«Wie? Ach so, ich dachte, daß Sie vielleicht ... War nur so eine Idee.»

«Und Sie wollen Chief Inspector Bell wirklich nicht sprechen, Sir?»

«Nein. Ich bin ja nur vorbeigekommen, weil ich zufällig hier in der Gegend war und ...» Was folgte, war nur mehr ein unverständliches Gemurmel, denn er hatte die Tür geöffnet und stand schon auf der Schwelle, doch irgend etwas schien ihn zurückzuhalten. «Die oberen Zimmer sind noch nicht gründlich durchsucht worden, sagten Sie?»

«Nein, Sir. Wir haben natürlich mal kurz hochgeschaut.»

«Brannte dort Licht?»

«Nein, Sir. Es gibt oben zwei Räume, auf jeder Seite des Flurs einen. Waren beide dunkel.»

Morse nickte. Er wußte genau, wie die Räume lagen, so als habe er tatsächlich dort oben schon einmal die Nacht verbracht, und nicht nur beinahe ... Wenn er damals vor zwei Monaten mit zu ihr nach Hause gegangen wäre ... Vielleicht hätten sie beide sich dort oben in ihrem Schlafzimmer geliebt – er und sie, die jetzt unbegreiflicherweise gleich dort hinter der Tür ausgestreckt auf den kalten Fliesen des Küchenfußbodens lag. Tot. Und nicht eines natürlichen Todes gestorben, sondern durch eigene Hand umgebracht. Erhängt. Eine warmherzige, anziehende junge Frau – und sie hatte nicht mehr leben wollen. Warum nur? *Warum?*

Draußen auf der Straße wurde Morse sich bewußt, daß er unter einem Schock stand, unfähig, einen zusammenhängenden Gedanken zu fassen. Die Häuser ringsum waren hell erleuchtet, nur Nr. 10 direkt gegenüber lag im Dunkeln. An der Hauswand lehnte ein altmodisches Fahrrad mit niedrigem Sattel und Gesundheitslenker. Es war mit einer Kette an den Regenabfluß angeschlossen. Morse ging langsam die wenigen Schritte bis zur anderen Straßenseite, wandte sich um und blickte hinüber zu ihrem Haus. Im oberen Stock kein noch so schwacher Lichtschein ... Alles dunkel, wie der Constable gesagt hatte. Plötzlich krauste Morse die Nase und sog scharf die Luft ein. Fisch? Er hörte, wie unten am Kanal Wasser aufspritzte. Vermutlich eine Stockente. Er drehte sich um, beugte sich zu dem Fahrrad herunter und begann, leise schnüffelnd, daran herumzuriechen. Ja, eindeutig. Der unbekannte Besitzer des Fahrrades mußte vor nicht allzulanger Zeit Fisch mit nach Hause gebracht haben.

Auf dem Weg zurück mußte er sich an einem Grüppchen Anwohner vorbeidrücken und fühlte, wie ihm ihre Blicke folgten. Als er nach rechts in die Canal Street einbog, bemerkte er auf einmal die Telefonzelle. Ohne selbst recht zu wissen warum, zog er die schwere Tür auf und trat hinein. Der Boden war mit Papierabfällen und Zigarettenstummeln übersät. Er nahm den Hörer ab, lauschte einen Moment auf den Wählton und hängte dann wieder ein. Der Apparat war also intakt. Sein Blick fiel auf das aufgeschlagene Telefonbuch. Mit zunehmendem Alter hatte seine Sehkraft nachgelassen, und das Licht in der Zelle war nicht sehr hell, aber die fettgedruckten Namen rechts und links oben auf den Seiten konnte er dennoch erkennen: Plumeridge – Pollard – Pollard – Popper. Und auf der Mitte der rechten Seite in Großbuchstaben das Wort: POLIZEI. Darunter, für ihn kaum zu entziffern, die verschiedenen Reviere; eins davon, Oxford Mitte, St. Aldate's Street, Oxford 49881. Aber war da nicht schon wieder dieser Geruch? Er ging mit seiner Nase dicht an das Telefonbuch und spürte plötzlich, wie er eine Gänsehaut bekam. Er hatte sich nicht getäuscht. *An den Seiten haftete der Geruch von Fisch.*

Morse ließ Jericho hinter sich, überquerte die Walton Street und die Woodstock Road und schritt dann in Richtung Norden die Banbury Road hinauf nach Hause. Dort angekommen, ließ er sich in einen Sessel fallen und blieb fast eine Stunde unbeweglich sitzen. Schließlich stand er auf, suchte sich unter seinen Schallplatten die Barenboim-Aufnahme des Klavierkonzerts Nr. 21 von Mozart, stellte den Plattenspieler an und hoffte, daß ihn das überirdisch schöne Andante seine Bedrückung vergessen lassen würde. In der Vergangenheit war es ihm manchmal gelungen, auf diese Weise die Sorgen des Alltags hinter sich zu lassen.

Doch die Schatten des heutigen Tages lasteten zu schwer.

Kapitel Drei

Dort sehen wir die Frau, erhängt,
um ihren Hals die Schlinge,
die sie sich geflochten.
Sophokles, König Ödipus

Constable Walters schloß mit leichtem Kopfschütteln hinter Morse die Tür. Welch merkwürdige Dinge der Chief Inspector hatte wissen wollen! Aber es war ja bekannt, daß er etwas sonderbar war. Walters hatte schon viel von Morse gehört, obwohl dieser im Präsidium der Thames Valley Police in Kidlington arbeitete, während er selbst dem Revier Mitte in der St. Aldate's Street angehörte. Persönlich gesehen hatte er ihn zum erstenmal heute morgen, als er sich Morse's Referat angehört hatte, das übrigens, gemessen an seinen Erwartungen, eher enttäuschend gewesen war. Morse nämlich ging ein gewisser Ruf voraus. Es hieß, er sei ein unberechenbarer Choleriker mit spinnerten Ideen; doch selbst seine entschiedensten Gegner mußten anerkennen, daß er mehr Fälle gelöst hatte als jeder andere und daß er einen überaus wachen und scharfen Verstand besaß.

«Chief Inspector Morse war vor ein paar Minuten hier, Sir.» Bell, ein schwarzhaariger Hüne von Mann, blickte Walters fragend an. «Und was zum Teufel hat er hier gewollt?» In seiner Stimme schwang Mißtrauen und eine gewisse Erbitterung mit.

«Eigentlich nichts, Sir. Er hat nur ein paar Fragen gestellt und ist dann wieder gegangen.»

«Aber er hat hier überhaupt nichts zu suchen!»

«Er sagte, er sei zufällig in der Nähe gewesen. Im Clarendon Institute. Dort hat ihm jemand gesagt, daß hier etwas passiert sei.»

Bells mürrisches Gesicht hellte sich etwas auf. Sein Mund verzog sich zu einem leichten Grinsen, er gab jedoch keinen Kommentar.

«Kennen Sie ihn gut, Sir?»

«Morse? Na ja, wie man's nimmt. Wir haben ein-, zweimal zusammen gearbeitet.»

«Er soll ja etwas komisch sein.»

«*Etwas komisch*? Verdammt eigenartig, wenn Sie meine Meinung wissen wollen», schnaubte Bell.

«Aber dafür soll er ja ungeheuer was los haben», sagte Walters.

«So? Soll er? Na ja, aber das ist auch nicht alles.» Er war weit davon entfernt, Walters' fast ehrfürchtige Bewunderung für Morses geistige Fähigkeiten zu teilen, doch war er andererseits ein fairer Mann, und so fügte er hinzu: «Ich weiß schon, was Sie meinen. Morse ist wohl tatsächlich der intelligenteste Kopf, den wir haben, aber das heißt nun nicht, daß er immer recht hat. Ganz im Gegenteil. Er sieht allerdings meistens ein bißchen weiter als wir anderen – ich weiß auch nicht, wie er das anstellt.»

«Dann ist er bestimmt ein erstklassiger Schachspieler.»

«Morse und Schachspielen?! Nee, also, was das angeht, der kann einen Bauern nicht von einem Läufer unterscheiden. Wenn er freihat, sitzt er meistens im Pub – oder er hört Wagner.»

«Er ist nicht verheiratet, oder?»

«Ich nehme an, daß er zu egozentrisch ist und seine Ruhe wohl auch zu sehr liebt, als daß ihn die Ehe reizen könnte. Aber ...» Bell hielt inne und sah den Constable scharf an. «Vielleicht verraten Sie mir jetzt endlich mal, warum Sie sich auf einmal so für Morse interessieren. Also los, Walters. Ich warte.»

Der Constable wiederholte, so gut er konnte, die Fragen, die Morse ihm gestellt hatte, und Bell hörte ihm schweigend zu. Seine Miene verriet keine Überraschung, nicht einmal besonderes Interesse. Die Tatsache, daß Anne Scott die Haustür nicht abgeschlossen hatte, war in der Tat eigenartig – der Meinung war er auch –, und natürlich mußte man herausfinden, wer der anonyme Anrufer war, der sie informiert hatte, und wieso er (oder war es eine Sie?) die Tote in der Küche entdeckt hatte. Aber schließlich standen sie erst am Anfang, und vieles würde sich im Laufe der Ermittlungen von selbst klären. Und wenn nicht, nun, dann würde er sich darüber keine grauen Haare wachsen lassen, da der Tathergang leider auf traurige Weise völlig eindeutig war. Sie mußte eine gewisse manuelle Geschicklichkeit besessen haben, jedenfalls hatte sie aus mehreren Enden Bindfaden einen Strick geknüpft, ihn zu einer Schlinge gelegt und an einem eingedübelten Deckenhaken festgeknotet. Anschließend war sie auf einen Plastikhocker gestiegen, hatte den Kopf in die Schlinge gelegt, den Hocker weggetreten und sich so erhängt. Entgegen der landläufigen Meinung waren Selbstmorde durch Erhängen relativ häufig. Bell hatte, seit er bei der Polizei war, Dutzende von Berichten gelesen, die alle den gleichen Wortlaut gehabt hatten: ‹*Tod trat ein infolge von Asphyxie auf Grund von Erhängen. Suizid.*› Auch Anne Scotts Tod war auf diese Ursache zurückzuführen, davon war er überzeugt. Ein Selbstmord mehr. Und er war sowohl erfahren als auch kompetent genug, um seinem Urteil trauen zu dürfen. Zwar hatten sie keinen Abschiedsbrief gefunden, aber das irritierte ihn nicht; das war sowieso von Mal zu Mal verschieden. Und außerdem stand eine gründliche Durchsuchung der Räume noch aus, und es war durchaus denkbar, daß sich noch etwas finden würde, was ihr Motiv erhellte. Seine diesbezügliche Hoffnung galt vor allem den beiden oberen Zimmern. Einen Punkt gab es allerdings doch, der ihn stutzig machte, einen einzigen Punkt. Er hatte ihn weder Walters noch dem Polizeiarzt gegenüber erwähnt und während der vergangenen Stunde, als es darum gegangen war, die bei einem mutmaßlichen Selbstmord üblichen Untersuchungen in Gang zu setzen, auch vor sich selbst jeden Gedanken daran verdrängt. Aber jetzt fühlte er sie wieder, diese leise bohrende Beunruhigung, denn es war in der Tat befremdlich und nur schwer vorstellbar: eine Frau steigt auf einen wackligen Küchenhocker und stößt ihn in der schrecklichen, unwiderruflichen Sekunde der Entscheidung von sich, doch der Hocker fällt nicht um, sondern steht, als man sie findet, aufrecht, zwei Yards (genau gesagt 1,72 m, er hatte selber nachgemessen) von ihrem linken Fuß entfernt, der leblos nur ein paar Zentimeter über dem rotweiß gefliesten Küchenboden schwebt. Und der Hocker war auch nicht etwa beim Aufdrücken der Tür weitergeschoben worden. Bell selbst hatte sich mit seiner breiten Schulter dagegengestemmt, weil sie klemmte, und wenn gleich hinter der Tür ein Hocker gestanden hätte, so hätte er das gemerkt. Doch hinter der Tür hatte nur die Leiche gehangen und bei ihrem Eindringen leise begonnen sich zu drehen. War das mit dem Hocker vielleicht nur eine dieser verrückten Unwahrscheinlichkeiten, die man nicht für möglich hält und die es nichtsdestotrotz immer wieder gibt? Wie dem auch sei, es machte eigentlich keinen Unterschied, denn Bell war nach wie vor der Überzeugung (und das Obduktionsergebnis am nächsten Morgen gab ihm darin recht), daß Ms Anne Scott gestorben war infolge von Asphyxie auf Grund von Erhängen. Und die am Tag darauf in der *Oxford Mail* erscheinende Meldung über ihren Tod endete dementsprechend mit dem Satz: «Die Polizei schließt ein Fremdverschulden aus.»

«Kommen Sie», sagte Bell und ging auf die schmale, teppichbelegte Treppe zu. «Aber fassen Sie nichts an, bevor ich es Ihnen sage. Wenn wir Glück haben, finden wir dort oben einen Abschiedsbrief oder irgendeine Notiz, die darauf hindeutet, was sie vorhatte. Das ist mir immer am liebsten; ich habe alles gerne klar und zweifelsfrei, damit ich einen Fall beruhigt *ad acta* legen kann.

Bells Hoffnungen sollten sich jedoch nicht erfüllen. Ein Abschiedsbrief fand sich nicht an. Und doch hatte Anne Scott an ihrem letzten Abend zumindest noch einen Brief geschrieben, aber dieser Brief war, als Bell mit seinen Ermittlungen begann, dem Empfänger längst überbracht worden ...

Im Haus Canal Reach Nr. 10 stand George Jackson noch immer an einem der Fenster des oberen Stockwerks hinter der Gardine und beobachtete das Haus gegenüber. Er war ein älterer Mann, sechsundsechzig, um genau zu sein, hager und nicht besonders groß, mit scharfen Gesichtszügen und trüben, wäßrig blauen Altmänneraugen. Zweiundvierzig Jahre lang hatte er in Lucy's Eisengießerei in der nahe gelegenen Juxon Street gearbeitet. Doch vor einigen Jahren, als die Aufträge immer weniger wurden und es auch nicht so aussah, als ob sich daran in absehbarer Zeit etwas ändern würde, hatte ihm die Firma eine relativ großzügige Abfindung angeboten, und er hatte sich vorzeitig pensionieren lassen und war in das Reihenhaus in Canal Reach gezogen. Er hatte in der Nachbarschaft ein paar Bekannte, darunter einen oder zwei frühere Arbeitskollegen, besaß aber keine wirklichen Freunde. Er hätte auch schlecht zur Freundschaft getaugt, denn es schien ihm bei allem, was er sagte und tat, immer nur um seine eigenen, oftmals eher schäbigen Interessen zu gehen, und seine Haltung gegenüber seinen Mitmenschen war geprägt durch eine gewisse höhnische Gehässigkeit. Dennoch hielten die Leute in der Umgebung zu ihm einen oberflächlichen Kontakt, weil er geschickte Hände hatte und sie sich dadurch, daß sie bei Reparaturen auf ihn zurückkommen konnten, nicht mit irgendwelchen Handwerkern herumzuärgern brauchten. Zwar ließ er sich seine Arbeit jedesmal teuer bezahlen, dafür war er jedoch pünktlich und, wenn auch nicht gerade schnell, so auch nicht allzu langsam und vor allem akkurat und sorgfältig.

Außerdem angelte er.

Jackson trank nur selten Alkohol, doch an diesem Abend hielt er, während er im dunklen Zimmer am Fenster stand, einen schmierigen Stumpen in der Hand, und auf einem niedrigen Schränkchen befand sich in Reichweite eine Flasche *Teacher's* Whisky. Von seinem Fensterplatz aus hatte er das Eintreffen der Polizei beobachtet: Zuerst zwei Polizisten, dann ein Mann mit einer Tasche, vermutlich der Arzt, kurz darauf zwei weitere Beamte und schließlich ein Mann in mittleren Jahren, das Haar vom Wind zerzaust, der wohl ebenfalls zur Polizei gehören mußte, denn man hatte ihn ohne weiteres eingelassen. Jackson erkannte ihn sofort wieder; er war am Nachmittag schon einmal dagewesen. Jackson wußte nicht recht, was er davon halten sollte ... Der Mann war nicht lange geblieben. Dann waren Krankenträger mit einer Bahre gekommen, um sie abzuholen, und drüben im Haus hatte es Bewegung gegeben; immer wieder war im oberen Stockwerk das Licht angegangen, bis es irgendwann dann doch endgültig dunkel geworden war. Und noch immer verharrte er auf seinem Beobachtungsposten, ab und zu an seinem Whisky nippend. Doch er hatte viel weniger Furcht und fühlte sich wesentlich entspannter, als er es noch vor ein paar Stunden für möglich gehalten hätte. Hatte ihn jemand gesehen? Das war seine große Sorge gewesen. Aber nun war es ihm schon fast egal, denn inzwischen hatte er sich eine hübsche kleine Lüge zurechtgelegt, so daß sie ihm nichts anhaben konnten.

Es war weit nach Mitternacht, als die letzten Beamten das Haus drüben verließen. Jackson hatte die ganze Zeit über seinen Platz am Fenster nicht verlassen. Die Whiskyflasche war längst leer, doch er vermißte nichts. Er hatte wichtige Entscheidungen zu treffen und nahm die einsame Wache als Gelegenheit, sich die Dinge auf seine langsame Art gründlich zu überlegen. Irgendwann merkte er, daß er Hunger hatte. In der Küche unten lag noch der Fisch, den er gestern gefangen hatte. Doch als er einige Zeit später einsah, daß vor dem Morgen drüben nichts mehr passieren würde und er seinen Beobachtungsposten jetzt also ruhig aufgeben konnte, war der Hunger plötzlich nicht mehr so wichtig. Er zog die fadenscheinigen Übergardinen vor, dann beugte er sich unter sein Bett, streckte den Arm aus und zog einen Stapel Pornohefte hervor. Beim zweitenmal mußte er den Arm noch weiter nach hinten schieben. Dann hielt er in der Hand, wonach er gesucht hatte, und auf seinem Gesicht erschien ein hämisches Grinsen.

Etliche Stunden früher und einige Zeit bevor ein anonymer Anrufer dem Polizeirevier in der St. Aldate's Street Anne Scotts Selbstmord melden sollte, saß Mrs Celia Richards in ihrem luxuriösen Bungalow etwas außerhalb von Abingdon und wartete auf die Rückkehr ihres Mannes. Endlich hörte sie das vertraute Geräusch von knirschendem Kies: ihr Mann fuhr die Einfahrt zur Garage hoch. Sie atmete erleichtert auf. Er kam später als gewöhnlich, das geschmorte Hühnchen war schon lange fertig.

«Hallo, mein Schatz. Tut mir leid, daß es so spät geworden ist. Sei froh, daß du hier im Warmen sitzen konntest. Das Wetter draußen ist ekelhaft!»

«Warum hast du mir nicht Bescheid gesagt, daß du heute abend ...»

«Du weißt, daß ich das nicht immer so vorhersehen kann, und ich habe auch schon gesagt, daß es mir leid tut, oder?» Er setzte sich ihr gegenüber, griff in seine Jackentasche und holte eine Pakkung Zigaretten heraus.

«Du willst doch nicht etwa so kurz vor dem Essen noch rauchen?»

«Hast ja recht», sagte er und schob die Zigarette in die Schachtel zurück. «Aber dann können wir wenigstens vorher noch etwas trinken.» Er stand auf. «Was willst du haben? Einen Gin, wie immer?»

Celia merkte, wie die Anspannung allmählich von ihr wich. Es war schön, daß er wieder bei ihr war. Doch jetzt meldete sich gleich wieder ihr schlechtes Gewissen – sie hatte sich, um die Angst zu betäuben, die sie jedesmal spürte, wenn er sie warten ließ, in der letzten Stunde bereits zwei große Gläser Gin genehmigt. Um ihre Verlegenheit zu überspielen, erhob sie sich und sagte hastig: «Nein, du setzt dich jetzt wieder hin und rauchst deine Zigarette. Ich mach uns die Drinks.» Sie zwang sich zu einem Lächeln, holte einen Whisky für ihn und für sich noch einen Gin.

«War Conrad heute da?»

Richards sah müde aus und schien mit seinen Gedanken weit weg zu sein. «Conrad?» wiederholte er fragend, als wisse er nicht, von wem sie spreche.

«Nun, er ist schließlich dein Partner in eurem euch so teuren Verlag, da sollte man doch meinen, daß er ...»

«Ach, *Conrad*! Entschuldige, mein Schatz, ich bin heute ziemlich erledigt. Conrad geht's gut. Ich soll dich, wie immer, von ihm grüßen. Die Reise hat ihm Spaß gemacht, sagt er, aber wir haben uns schon mittags getrennt – ich hatte da noch eine ... äh, heikle Angelegenheit zu erledigen. Der Vertrag mit den Schweden. Du erinnerst dich doch, ich habe dir davon erzählt.»

Celia nickte unbestimmt und schwieg. Das kurze Glücksgefühl von eben hatte sich bereits wieder verflüchtigt, und sie sank kraftlos in den Sessel zurück, den Blick ins Leere gerichtet, um den Mund einen bitteren Zug von Resignation – eine reiche, elegante, anziehende Frau, die alles hatte und doch von Tag zu Tag mehr erdrückt wurde von dem Gefühl, das Leben entgleite ihr langsam. Sie wußte, daß Charles ihr in den letzten Jahren oft untreu gewesen war; sie besaß eine Art sechsten Sinn dafür, er konnte es nicht vor ihr verheimlichen. War er heute nachmittag auch wieder ...? Oh, lieber Gott, oder bildete sie sich das in ihrer Angst nur ein? Die Gefühle von Zweifel, Schmerz und Ohnmacht waren einen Augenblick lang so übermächtig, daß ihr fast übel wurde. Und das schlimmste war, sie selbst trug die Schuld daran, daß es ihn immer wieder zu anderen Frauen zog. Sie empfand keine Lust dabei, wenn sie miteinander schliefen; die körperliche Seite der Liebe war ihr immer fremd geblieben. Vielleicht hing es damit zusammen, daß sie nie daran gedacht hatten, Kinder zu bekommen. Und jetzt war es vermutlich dafür ohnehin zu spät – sie wurde dieses Jahr achtunddreißig.

Charles hatte seinen Whisky ausgetrunken, und sie ging hinaus, um das Hühnchen zu holen. Als sie die Küche betrat, fiel ihr Blick auf seinen schwarzen Schirm, der aufgespannt vor der Tür zum Garten stand. Er war bestimmt schon trocken; sie würde ihn gleich jetzt in den Wagen zurücktun (Charles liebte es, wenn die Dinge an ihrem Platz lagen). Sie klappte den Schirm zu, ging hinaus in die Garage, knipste dort das Licht an, öffnete eine der hinteren Türen des Rolls und legte den Schirm auf die Ablage vor dem Rückfenster.

Es war schon fast halb acht, als sie mit dem Essen fertig waren. Celia hatte die ganze Mahlzeit über kein einziges Wort gesprochen. Sie hatte fieberhaft überlegt. Und nach und nach hatten sich ihre Gedanken auf eine bestimmte Person konzentriert: auf Conrad Richards, ihren Schwager.

Eine knappe Stunde später war auf dem Revier Mitte der anonyme Anruf eingegangen, der die Polizei darüber informiert hatte, daß sie in der Küche eines Hauses in Jericho eine Tote finden werde.

Kapitel Vier

Ich leg mich nieder und schlummre,
Erwach jeden Morgen neu.
Wes ist der nachtlange Atem,
Der mich am Leben erhält?
A. E. Housman, More Poems

In den frühen Nachtstunden, zur selben Zeit, als Bell und Walters in Anne Scotts Haus nach ihrem Abschiedsbrief suchten, saß Edward, der jüngere der beiden Murdoch-Brüder, das Kopfkissen im Rücken, in seinem Bett, vor sich auf den Knien ein aufgeschlagenes Buch – *Franz Kafka, Sämtliche Erzählungen.* Edward beherrschte die deutsche Sprache mehr schlecht als recht und hatte in der Vergangenheit wenig Interesse gezeigt, sich gründlicher mit ihr zu beschäftigen. Doch dann, im letzten Sommer, hatte es jemand unternommen, ihm die Augen für ihre Schönheiten zu öffnen und es vermocht, ihn zu begeistern. Es war eine Frau, der dies gelungen war – Ms Anne Scott. Edward hatte einen Teil des

Abends damit zugebracht, sich in Formulierungen für den von ihm geplanten Essay über Kafkas Kurzgeschichte *Das Urteil* zu üben. Doch irgendwann hatte er gemerkt, daß er sich den Text noch einmal genau würde ansehen müssen, bevor er mit dem Schreiben anfangen konnte. Gerade eben war er mit seiner Lektüre fertig geworden, doch seine Augen verweilten beim letzten Satz, um ihn noch weiter auf sich wirken zu lassen. *In diesem Augenblick ging über die Brücke ein geradezu unendlicher Verkehr.* In Gedanken übersetzte er die ihm inzwischen vertrauten Worte ins Englische: *In this moment there went across the bridge a* (das ‹geradezu› bereitete ihm Schwierigkeiten, und er ließ es erst einmal aus) *continuous flow of traffic.* Wow! Was für ein Satz! Denn während oben die Menschen gleichgültig und nichtsahnend in ihren Autos die Brücke passierten, hing unter der Brücke der Held (Held?), mit immer schwächer werdenden Händen die Geländerstangen umfassend, entschlossen und dazu verurteilt, seinem Leben durch Selbstmord ein Ende zu setzen. Edward hatte plötzlich eine Idee, worauf das ‹geradezu› abzielen mochte. Er machte sich am Rand eine Notiz und klappte das Buch zu. Ein weißer Umschlag (mit dem kurzen Brief noch darin) markierte die Stelle, wo im Anschluß an die Erzählung die Anmerkungen begannen. Er lehnte den Band gegen einen Stapel Bücher auf seinem Nachttisch und löschte das Licht. Dann lag er, die Arme hinter dem Kopf verschränkt, mit offenen Augen im Dunkeln und begann zu träumen ... Der Mittelpunkt des Traumes war sie – Anne Scott. Michael, der der ältere von ihnen beiden war, kannte sie länger und besser und hatte des öfteren Andeutungen fallenlassen, daß er und Anne ... Er hatte nie so recht gewußt, was er davon halten sollte, bei Michael konnte man schon, als er noch klein war, Wunsch und Wirklichkeit nicht unterscheiden. Aber seit letztem Mittwoch war er fast geneigt, ihm zu glauben. Und wie in den Nächten zuvor begann er, sich den Nachmittag vor einer Woche wieder in allen Einzelheiten in Erinnerung zu rufen, um noch einmal jenen aufregenden Moment zu durchleben, als sie ...

Er hatte am letzten Mittwoch zunächst vor verschlossener Tür gestanden. Das war ungewöhnlich, sie sperrte sonst nie ab. Da es keine Klingel gab, hatte er geklopft. Zuerst zaghaft, dann kräftiger. Als sich endlich drinnen etwas rührte, hatte er erleichtert aufgeseufzt. Gleich danach hörte er, wie der Schlüssel ins Schloß gesteckt und mit metallischem Klicken umgedreht wurde. Und dann stand sie vor ihm.

«Edward! Du bist es! Komm doch herein. Ich habe völlig die Zeit verschlafen.» Ihre Haare, die sie normalerweise hochgesteckt trug, hingen ihr offen auf die Schultern. Sie hatte einen gestreiften Morgenmantel an, dessen gedeckte Farben ihn an das Gewand einer ägyptischen Königin erinnerten, das er irgendwo einmal ausgestellt gesehen hatte. Aber vor allem ihr Gesicht hatte es ihm angetan. Sie lächelte, nein strahlte, als ob sie voller Erwartung sei und sich riesig freue, ihn zu sehen. Ihn! Mit einer flüchtigen Bewegung ordnete sie sich das Haar, dann trat sie zurück, um ihn einzulassen.

«Du kannst gleich mit nach oben kommen. Ich brauche nicht lange.» Sie hakte sich leicht bei ihm ein und führte ihn die Treppe hinauf in das hintere Zimmer, das sie als «mein Arbeitszimmer» bezeichnete. Sie ließ ihn während des Unterrichts immer an ihrem Schreibtisch sitzen. Meistens gab sie ihm einen deutschen Text in die Hand, und er rackerte sich eifrig ab – für sie, denn sie saß an seiner Seite, und er wollte, daß sie mit ihm zufrieden war. Sie kam mit ins Zimmer, um das elektrische Öfchen anzustellen, und als sie sich herunterbeugte, um den Schalter zu betätigen, öffnete sich der Ausschnitt ihres Morgenmantels, und er sah, daß sie darunter nackt war. Der kurze Moment reichte aus, um ihn in einen Taumel erotischer Phantasien zu versetzen. Sie richtete sich wieder auf und ging hinüber ins andere Zimmer, um sich anzuziehen.

Eine oder zwei Minuten später rief sie nach ihm.

«Edward? *Edward?*»

Er ging hinüber. Ihre Schlafzimmertür war offen, aber er blieb befangen auf der Schwelle stehen.

«Komm doch richtig rein! Oder hast du Angst, daß ich dich beiße?»

Sie stand mit dem Rücken zu ihm am Fuß eines breiten Doppelbettes und war dabei, sich den Verschluß ihres hellgrauen Rockes zuzuhaken. Der Rock war am Saum etwas eingerissen. Dieser eingerissene Saum war merkwürdigerweise immer das erste, was er vor sich sah, wenn er in späteren Jahren an diese Szene zurückdachte. Und er dachte oft daran zurück: wie sie dagestanden hatte, die Hände in Taillenhöhe, um den Reißverschluß zuzumachen und den Rock zurechtzuziehen, vor allem aber, wie sie sich dann halb zu ihm umgewandt hatte, so daß er ihre Brüste hatte sehen können, denn sie hatte nichts als den Rock angehabt.

«Bist du so lieb und springst schnell runter in die Küche? Unten über dem Wäschetrockner hängt noch mein BH; ich habe ihn gestern abend gewaschen. Bringst du ihn mir hoch?»

Er ging wie schlafwandelnd die Treppe hinunter und hörte kaum, daß sie ihm von oben hinterherrief: «Den schwarzen!» Als er zurückkam, drehte sie sich ganz zu ihm herum. Sie trug noch immer nicht mehr als ihren Rock. Mit einem Lächeln des Dankes nahm sie ihm den BH ab und bemerkte erst in diesem Moment, daß er sie wie hypnotisiert anstarrte.

«Entschuldige, Edward. Bin ich etwa die erste Frau, die du so siehst? Geh schon mal vor ins andere Zimmer, ich komme gleich nach; ich will mir nur noch die Haare hochstecken.»

Die nächste Dreiviertelstunde hatte er sich tapfer geschlagen: Er hatte mit aller Kraft dagegen angekämpft, weiter an sie zu denken, und sich gleichzeitig so heftig wie selten zuvor bemüht, den Text, den sie ihm vorgelegt hatte, zu verstehen. Es war Kafkas Erzählung *‹Das Urteil›* gewesen. Den letzten, so unerbittlichen wie schrecklichen Satz hatte sie ihm laut vorgelesen. Er hatte den Ton ihrer Stimme noch im Ohr ...

Er drehte sich auf die Seite und dachte daran, daß der zurückliegende Tag für ihn mit einer großen Enttäuschung begonnen hatte. Er war am Morgen als erster aufgewesen, hatte sich Teewasser aufgesetzt, Weißbrot in den Toaster gesteckt und das Radio angemacht. Gegen zwanzig nach sieben hatte er das Klappern gehört, als der Zeitungsbote die *Times* durch den Briefschlitz gesteckt hatte. Als er hinausgegangen war, um sie zu holen, hatte er auf der Türmatte den schmalen weißen Umschlag liegen sehen. Es war eigentlich noch zu früh für die Post, und als er den Brief aufgehoben und umgedreht hatte, hatte er gesehen, daß er nicht frankiert war. Er war an ihn adressiert. Mit etwas zittriger Hand hatte er ihn geöffnet und die wenigen Zeilen gleich überflogen.

Auf den Ellenbogen gestützt, richtete er sich halb auf, knipste die Nachttischlampe an, zog den Brief aus dem Buch und las noch einmal, was sie ihm geschrieben hatte.

Lieber Edward,
es tut mir leid, aber unsere gewohnte Stunde muß heute ausfallen. Lies weiter Kafka – du wirst merken, was für ein großer Schriftsteller er war. Alles Gute für Dich!

Deine Anne (Scott)

Er hatte sie nie ‹Anne›, sondern immer nur ‹Miss Scott› genannt. Das ‹Miss› geriet ihm dabei häufig zu prononciert, was daran lag, daß er es, mehr unbewußt als bewußt, absetzen wollte gegen die Anrede ‹Mrs›, die er affektiert fand und schon rein vom Klang her ablehnte. Sollte er nächste Woche einfach mal etwas riskieren und sie mit ihrem Vornamen ansprechen? Nächste Woche ... bis dahin war es noch lang.

Er löschte das Licht und schlief bald darauf ein.

Morse wachte am nächsten Morgen gegen Viertel nach sieben auf. Er fühlte sich verspannt und zerschlagen. Eine halbe Stunde später beim Rasieren verzog er den Mund zu einem bitter-geringschätzigen Grinsen, nickte seinem Spiegelbild zu und sagte leise: «Dreckskerl!» Plötzlich fiel ihm ein, daß er gestern abend seinen Wagen auf dem Hof des Clarendon Institute hatte stehenlassen, und ausgerechnet heute morgen mußte er schon um neun Uhr in Banbury sein. Da gab es nur zwei Möglichkeiten: entweder er nahm den Bus oder rief Lewis an.

Die Entscheidung fiel ihm nicht besonders schwer.

Zu seinem großen Ärger mußte Morse, als er und der Sergeant am Clarendon Institute eintrafen, feststellen, daß man ihm einen Zettel an die Windschutzscheibe geklebt hatte, und zwar – offenbar mit voller Absicht – gerade so, daß er ihm beim Fahren die Sicht versperren würde. Es war eine mehr oder minder offizielle Mitteilung, unterzeichnet ‹Oxford University Press. Die Verlagsleitung›.

Dieser Hof ist Privatgelände, Fremden ist das Abstellen ihres Fahrzeugs untersagt. Wir fordern Sie deshalb auf, Ihren Wagen unverzüglich zu entfernen. Das Kennzeichen ist notiert worden, und die Delegierten der Oxford University Press werden, sollten Sie noch einmal widerrechtlich hier parken, umgehend Klage gegen Sie einreichen.

Die mühselige Arbeit, den Zettel abzukratzen, fiel natürlich Lewis zu, der Morses halbherziges Angebot zu helfen gleich abgelehnt hatte, wohl weil er wußte, was davon zu halten war.

Kapitel Fünf

Die meisten Menschen führen ein Leben voll stiller Verzweiflung.
Henry David Thoreau

Detective Constable Walters war beeindruckt von der Umsicht und Überlegtheit, mit der Bell die Untersuchung anging. Die grausige Prozedur der Abnahme der Leiche war von ihm mit einer ruhigen Zurückhaltung, gleichwohl Autorität geleitet worden, die ihr so etwas wie Würde gab, und anschließend hatte er mit einer Kompetenz, wie sie nur aus langer Erfahrung erwächst, die notwendigen Maßnahmen für die spätere Obduktion und die gerichtliche Untersuchung der Todesursache angeordnet. Für Walters, der ihm auf Schritt und Tritt gefolgt war, stand nach ein paar Stunden fest, daß er sich Bell zum Vorbild nehmen würde.

Bei der Durchsuchung der beiden oberen Räume hatte Bell eine in Walters' Augen geradezu bewunderungswürdige Fähigkeit an den Tag gelegt, Wichtiges von Unwichtigem zu trennen. Sie hatten sich zunächst das Schlafzimmer vorgenommen. Es machte einen aufgeräumten und übersichtlichen Eindruck. Das Bett war gemacht, es lag nichts herum, und nach einem kurzen Blick in die Schubladen ihrer Frisiertoilette und in ihren Kleiderschrank hatte Bell entschieden, daß sie sich hier weitere Mühen sparen konnten. Im hinteren Raum hatte er sich mehr Zeit gelassen. In der rechten Schreibtischhälfte waren sie auf eine Unmenge von Briefen gestoßen, grob sortiert und zum größten Teil gebündelt. Das erste dieser Bündel umfaßte die Kontoauszüge der letzten zwei Jahre, Zahlbelege über die Hypothekenraten für das Haus sowie Stromrechnungen. Es war mit einem dicken Bindfaden verschnürt, der für ein schweres Paket geeigneter gewesen wäre.

«Hieraus hat sie sich den Strick geknüpft», hatte Bell gesagt, war mit dem Zeigefinger unter den Bindfaden gefahren und hatte ihn leicht angehoben.

Ein Teil der Briefe lag in losen Stapeln; sie mußte die Verschnürung abgestreift haben, denn die geknoteten Schlaufen lagen noch daneben. Vielleicht hatte sie die Briefe vor ihrem Tod noch einmal durchgesehen, vielleicht einige von ihnen noch ein letztes Mal lesen wollen. Bell hatte fast eine Stunde gebraucht, sie zu sichten, schließlich hatte er sie jedoch alle wieder zurückgepackt. Dann war die Mittelschublade des Schreibtisches an die Reihe gekommen. Sie enthielt einen Brief ihrer Mutter, der vor nicht allzulanger Zeit in Burnley aufgegeben worden war, ein Adressenbüchlein und zwei Notizkalender – einen für das zurückliegende und einen für das laufende Jahr. Bell hatte das Adressenbüchlein Seite für Seite langsam durchgeblättert, aber anscheinend war keiner der dort aufgeführten Namen von besonderem Interesse, denn er hatte es wieder beiseite gelegt. Den neueren Notizkalender allerdings hatte er weiterer Beachtung für wert gefunden und ihn Walters aufgeschlagen über den Schreibtisch zugeschoben.

«Dem sollten wir nachgehen, mein Junge. Könnte hilfreich sein.»

Unter dem Datum des 2. Oktober stand eingetragen: ‹Summertown Bridge Club 8 Uhr›; für den folgenden Tag, Mittwoch, den 3. Oktober, hatte sie notiert: ‹E. M. 2.30 Uhr›. Das war der Tag, an dem sie sich erhängt hatte.

Als Walters dem Chief Inspector einen Tag später Bericht erstattete, hatte er das Gefühl, gute Arbeit geleistet zu haben. Bell war derselben Ansicht und sprach ihm ein Lob aus. Sie hatten jetzt eine klare Vorstellung von Anne Scotts Lebensgeschichte – jedenfalls, was die äußeren Daten anging.

Sie war das einzige Kind des Reverend Thomas Enoch Scott, der als Geistlicher in einer Baptistengemeinde gewirkt hatte, und dessen Frau Grace Emily Scott. Thomas Enoch Scott war vor dreieinhalb Jahren verstorben; seine Witwe war nach seinem Tod nach Burnley gezogen. Zum Zeitpunkt von Annes Geburt und während ihrer Kindheit hatte die Familie in Rochdale gelebt. Anne hatte das dortige Gymnasium besucht. Sie war eine hervorragende Schülerin gewesen und hatte schließlich sogar ein Stipendium für die Lady Margaret Hall in Oxford bekommen und dort angefangen, Neuere Fremdsprachen zu studieren. Doch dann gab es in diesem bis dahin so geradlinigen Lebenslauf plötzlich einen Knick. Anne hatte einen jungen Mann kennengelernt, einen gewissen John Westerby, der wie sie in Oxford studierte. Sie hatte sich Hals über Kopf in ihn verliebt und war mit ihm ins Bett gegangen – und zwar offenbar ohne vorher geeignete Verhütungsmaßnahmen getroffen zu haben. Sie war schwanger geworden. Hochwürden Scott, aufs tiefste verletzt durch diesen unverzeihlichen Schritt vom rechten Weg, hatte ihr jeden Beistand versagt und bis zu seinem Tod unnachgiebig auf seinem Entschluß beharrt, die Tochter niemals wiedersehen zu wollen. Am Tage seines Begräbnisses war Anne zum erstenmal wieder zu Hause gewesen; in den Jahren danach hatten sie und ihre Mutter in regelmäßigem Briefwechsel gestanden, in größeren Abständen war sie auch nach Burnley gefahren, um sie zu besuchen. Anne und John Westerby hatten sich, nachdem Anne durch ihren Vater verstoßen worden war, standesamtlich trauen lassen. Sie war neunzehn, er zwanzig. Fast unmittelbar darauf, es war der Anfang der langen Sommersemesterferien, hatten die beiden Oxford verlassen. Sie hatten niemandem erzählt, was sie vorhatten. Nach dreieinhalb Monaten war Anne allein zurückgekehrt und hatte erklärt, daß sie und John sich in beiderseitigem Einvernehmen getrennt hätten. Darüber, was sich in der Zwischenzeit ereignet hatte, ließen sich nur Vermutungen anstellen. Wahrscheinlich hatten sie sich zunächst auf die Suche nach einem Arzt begeben, der bereit war, in irgendeiner Hinterhofpraxis die illegale Abtreibung vorzunehmen; danach, so konnte man sich vorstellen, waren Wochen voller Niedergeschlagenheit und Selbstvorwürfe, wechselseitiger Gereiztheit, Streit und Versöhnung gefolgt, bis sie schließlich irgendwann zu der Einsicht gekommen sein mochten, daß sie nicht zueinander paßten. Anne hatte in den folgenden Jahren ihr Studium abgeschlossen und beruflich Karriere gemacht. Ganz anders dagegen das Leben von John Westerby. Er war in einem Heim aufgewachsen, hatte danach jedoch offenbar Anstrengungen unternommen, seine triste Kindheit und Jugend hinter sich zu lassen, sich um einen Studienplatz in Oxford bemüht und angefangen, Geographie zu studieren. Doch nach dem Scheitern seiner Ehe hatte er das Studium an den Nagel gehängt. Eine Zeitlang hatte er mit Gebrauchtwagen gehandelt, war auch als Versicherungsvertreter herumgezogen. Das Geld, das er verdiente, hatte gerade gereicht, um sich in der Gegend um die Cowley Road ein schäbiges Zimmer als Untermieter zu leisten. Seine Zimmerwirtin wußte nur Gutes über ihn zu berichten, überhaupt schienen die Frauen ihn gemocht zu haben. Wenn er Geld hatte, so hatte er großzügige Geschenke gemacht – das war seine Art gewesen, Freundschaft zu zeigen. Doch er hatte niemanden wirklich an sich herangelassen, war, was persönliche Dinge anging, verschlossen gewesen und unberechenbar in seinen Launen. Zwei frühere Arbeitgeber hatten ihn übereinstimmend als antriebslos beschrieben und noch im nachhinein seinen mangelnden Ehrgeiz beklagt. Ob die verschiedenen Äußerungen, die Walters zusammengetragen hatte, ihm wirklich gerecht wurden, war nicht mehr zu entscheiden, denn John Westerby selbst konnte dazu nicht mehr gehört werden, da er nicht mehr lebte. Er war vor etwas über einem Jahr auf der Straße von Oxford nach Bicester mit seinem Wagen frontal auf ein entgegenkommendes Fahrzeug geprallt. Obwohl die Autopsie ergab, daß er mehr getrunken hatte als zulässig, hatte es sich offenbar um einen jener Unfälle gehandelt, bei denen eine eindeutige Schuldzuweisung nicht möglich ist. Aber während der Fahrer des anderen Wagens, ein sehr junger Mann, der noch Anfänger war, den Sicherheitsgurt angelegt und so überlebt hatte, war Westerby unangeschnallt gefahren. Er war mit dem Kopf durch die Windschutzscheibe gegangen und sofort tot gewesen.

«Fassen Sie das alles in einem Bericht zusammen, und tippen Sie es ab», sagte Bell. «Es wird ihn vermutlich niemand lesen, aber wenigstens haben wir unsere Pflicht getan.»

Bell hatte einen arbeitsreichen Tag vor sich. Während der vergangenen Nacht hatte es zwei schwere Einbrüche gegeben; einer davon in Nord-Oxford. Dort waren unbekannte Täter in eine Großhandlung eingestiegen und hatten sie fast vollständig ausgeräumt. Heute morgen würde er sich nicht mehr darum kümmern können, denn schon in einer halben Stunde mußte er auf dem Gericht sein, wo er als Zeuge geladen war, und um ein Uhr hatte er eine Verabredung mit dem Präsidenten von *Oxford United*, um mit ihm bei einem Mittagessen zu besprechen, wie gegen den immer wieder aufflammenden Vandalismus der jugendlichen Fans, die meinten, ihren Club durch gewalttätige Aktionen außerhalb des Fußballstadions unterstützen zu müssen, effektiver vorzugehen sei. Außerdem waren in der letzten Woche eine ganze Menge Akten liegengeblieben, die er dringend aufarbeiten mußte. Angesichts dieser Belastung verbot sich eine eingehende Untersuchung des Selbstmords fast von selbst. Zudem empfand Bell gegenüber Selbstmördern eine Art scheuer Ehrfurcht und war der Meinung, daß sie, falls sie das vorzogen, ein Recht darauf hatten, ihre Motive für sich zu behalten. Doch das war seine Privatansicht. Als Polizeibeamter hatte er an die gerichtliche Untersuchung zu denken. Und da spielte das *Warum* eine zentrale Rolle. Auch diesmal würden unweigerlich wieder dieselben Fragen gestellt werden: Hatte sie in letzter Zeit besondere Schwierigkeiten gehabt? Eine Krankheit? Geldsorgen? Sexuelle Probleme? Ärger mit der Familie? Und die Antwort hätte vermutlich in der Mehrzahl der Fälle ‹ja› lauten müssen. Ja, ja, ja. Doch die Verwandten, Freunde, früheren Kollegen würden bedrückt und voller Schuldgefühle vor dem Coroner stehen und alle diese Fragen verneinen, ohne sich einer Lüge bewußt zu sein, weil sie die Tote noch im nachhinein vor der Wahrheit verschonen wollten. Und sich selbst auch. Bell seufzte deprimiert. Letztlich war die Frage, warum sich jemand umgebracht hatte, ohnehin sinnlos, denn keine Antwort, und käme sie der Wahrheit noch so nahe, würde das Geschehene rückgängig machen können. Was Bell wirklich bewegte, war denn auch eher die Überlegung, wie viele es schafften, trotz großer Belastungen von Tag zu Tag weiterzuleben. Irgendwie ... Er stand auf und nahm seinen Mantel vom Haken hinter der Tür.

«Wissen Sie schon, wer ‹E. M.› ist?»

«Nein, Sir, leider noch nicht», antwortete Walters geknickt. Was er herausgefunden hatte, war, daß Anne Scott offenbar einer Reihe von Jugendlichen bei sich zu Hause Privatunterricht gegeben hatte. Soweit er hatte feststellen können, existierten über diese Tätigkeit jedoch keinerlei schriftliche Belege. Weder hatte sie eine Liste mit den Namen der Schüler geführt noch Rechnungen ausgestellt oder Schecks in Empfang genommen. Allem Anschein nach war sie jeweils gleich am Ende der Stunde bar bezahlt worden. Vermutlich hatte sie diese Einnahmen auch nie versteuert. Die Nachbarn hatten registriert, daß eine Reihe junger Leute bei ihr ein und aus gegangen waren; sie seien meist mit dem Fahrrad gekommen und hätten Bücher dabeigehabt. Diese Besuche waren aber wohl nicht regelmäßig gewesen, die Gesichter hatten ständig gewechselt, und keiner der von ihm Befragten war in der Lage, auch nur einen ihrer Schüler näher zu beschreiben, geschweige denn ihm einen Namen zu nennen. Sein Pech. Er bekam allmählich eine Vorstellung davon, welche Unmenge von Arbeit mit der Ermittlung selbst banalster Details verbunden war, und begann einzusehen, daß einfach nicht genug Zeit war, um wirklich jedem Hinweis nachzugehen. Trotzdem wurmte es ihn, daß es ihm nicht gelungen war, den Initialen (wenn es überhaupt welche waren) einen Namen zuzuordnen.

Bell hatte ihn beobachtet und lächelte ihm jetzt verständnisvoll zu.

«Kein Grund, den Kopf hängenzulassen, Walters. ‹E. M.› ist ohnehin mit ziemlicher Sicherheit völlig unwichtig. Es wäre etwas anderes, wenn wir in einer Mordsache ermittelten, aber die Geschichte in Canal Reach war ja eindeutig Selbstmord. Wie sie da hing – das war echt, so etwas läßt sich nicht arrangieren. Und wenn ich das sage, dann dürfen Sie mir das ruhig abnehmen, ich bin schon zwanzig Jahre dabei, und wenn Sie wüßten, wie viele Selbstmorde ich in der Zeit schon gesehen habe ... Worum wir uns kümmern müssen, ist allein das Motiv. Die gerichtliche Untersuchung wird uns vermutlich etwas Aufschluß darüber geben, aber machen Sie sich nicht zu viele Hoffnungen – wir werden nie mit absoluter Sicherheit sagen können, warum sie es getan hat. So ein Entschluß, sich das Leben zu nehmen, baut sich ganz allmählich auf und geht meist auf ein ganzes Bündel von Ursachen zurück. Enttäuschungen, Sorgen, schließlich das Gefühl, daß es schrecklich anstrengend ist, sich immer wieder zusammenzureißen. Und dann irgendwann der Punkt, wo man sich fragt, was zwingt mich eigentlich dazu? Es wäre doch viel einfacher, wenn ich dem allen ein Ende machen würde.» Bell zog sich den Mantel über und öffnete die Tür. «Und jetzt kommen Sie mir bloß nicht, das Leben sei ein Geschenk und heilig und niemand habe das Recht, es wegzuwerfen ... Das ist nämlich einfach nicht wahr. Tagtäglich werden in den Abtreibungskliniken Hunderte von

Ungeborenen einfach in den Mülleimer geschmissen, und in jeder Sekunde – machen Sie sich mal klar, was das bedeutet! – stirbt irgendwo auf der Welt ein Mensch an Hunger. Und dann die Flutkatastrophen und Erdbeben und Seuchen und Flugzeugabstürze und die Folter und die Erschießungen und die Kriege ... Ich finde, da braucht man sich gar nicht zu wundern, daß ab und zu jemand zu dem Entschluß kommt, sich etwas früher vom Leben zu verabschieden, weil es so viel ohnehin nicht zu verpassen gebe ... Ihre Selbstmörderin in Canal Reach war vielleicht eine von denen, die besonders viel wollte, die mit hohem Einsatz gespielt und verloren hat.»

Walters vermochte Bells stoisch-resignative Haltung nicht zu teilen. Ob Morse sich auch so leicht zufriedengegeben hätte? Das wagte er stark zu bezweifeln. Morse hätte sicherlich nicht eher mit den Nachforschungen aufgehört, als bis er den Hintergrund der Tat befriedigend aufgehellt hätte. Der hätte Ungereimtheiten bestimmt nicht einfach so stehenlassen.

«Ich wollte Sie noch mal an die Sache mit dem Schemel erinnern. Beunruhigt es Sie nicht, daß wir ...»

In diesem Augenblick klingelte das Telefon. Bell nahm ab, legte dann die Hand über die Sprechmuschel und sagte, während er darauf wartete, daß das Gespräch zu ihm durchgestellt wurde: «Mich beunruhigt es nicht. Aber ich habe den Eindruck, daß es *Sie* beunruhigt. Dagegen sollten Sie etwas tun. Und dann versuchen Sie doch auch gleich, noch zwei Zeugen für die gerichtliche Untersuchung aufzutreiben.»

Damit war Walters entlassen. Als er wenig später in die morgenhelle St. Aldate's Street hinaustrat, ahnte er nicht, welche Kette von dramatischen Ereignissen der Tod Anne Scotts noch auslösen sollte.

Kapitel Sechs

... den Schicksalsschlüssel,
Das schnöde Werkzeug aller unsrer Pein.
Milton, Das verlorene Paradies

Noch am selben Nachmittag trieb es Walters erneut zum Canal Reach. Das kurze Gespräch mit Morse vor zwei Tagen hatte ihn auf eine Idee gebracht, und beim Mittagessen, vor sich eine Fleischpastete und ein Bier, hatte er sich entschlossen, sie weiterzuverfolgen. Das bedeutete, daß er noch einmal mit Mrs Purvis würde sprechen müssen. Sie wohnte in Nr. 7, gleich neben dem Haus von Anne Scott.

«Mir ist da noch etwas eingefallen, Mrs Purvis, was ich gestern vergessen habe, Sie zu fragen.» Mrs Purvis, eine unscheinbare grauhaarige Witwe, sah ihn überrascht an.

«Ich wüßte gerne, ob Mrs Scott irgendwann einmal einen Hausschlüssel bei Ihnen hinterlegt hat.»

Sie nickte. «Ja. Vor ungefähr einem Jahr. Er muß in dem kleinen Topf ... Ich werde ihn eben mal holen.»

Das Haus von Mrs Purvis war anders geschnitten als das von Anne Scott. Es besaß einen kleinen Flur, von dem zu beiden Seiten je ein Zimmer abging. Rechts hinten war die Treppe zum oberen Stockwerk. Mrs Purvis verschwand hinter der linken Tür und kehrte gleich darauf mit dem Schlüssel in der Hand zurück. Walters nahm ihn dankend in Empfang und betrachtete ihn interessiert.

«Hat sie ihn zwischendurch mal wiederhaben wollen?»

«Nein. Aber es ist wohl früher mal passiert, daß sie sich ausgesperrt hat, und da war es für sie eine Beruhigung zu wissen, daß sie im Notfall einen zweiten Schlüssel bei mir holen konnte. Es ist ja auch schrecklich, wenn man draußen steht und plötzlich merkt, daß man nicht mehr hineinkommt. Ich erinnere mich, wie mir einmal ...» Walters nickte höflich, während sie den viele Jahre zurückliegenden Vorfall aus ihrem Gedächtnis hervorkramte.

«Wissen Sie vielleicht noch, wie viele Schlüssel man Ihnen ausgehändigt hat, als Sie hier einzogen?»

«Wie viele ...? Oh, ich glaube, zwei.»

Sie kam Walters heute irgendwie nervös und fahrig vor; gestern bei ihrem ersten Gespräch hatte sie einen ruhigeren Eindruck gemacht. Oder bildete er sich das nur ein? Vermutlich. Er verabschiedete sich von ihr und ging die Canal Street entlang zur Great Clarendon Street, die direkt auf die Walton Street und den dort sich befindenden tempelähnlichen Sandsteinbau der St.-Paul's-Kirche mit ihren kannelierten Säulen zuführte. Und genau gegenüber der Kirche, auf der linken Seite, befand sich tatsächlich das kleine Eckgeschäft, das er neulich im Vorüberfahren meinte bemerkt zu haben. *A. Grimes. Schlosser.*

Mr Grimes saß, umgeben von einer Unmenge Schlüssel, Schlösser und Diebstahlsicherungsanlagen, hinter einem gelb gestrichenen Ladentisch, damit beschäftigt, eine Anzahl von Hausnummern, teils aus Plastik, teils aus Messing, in entsprechende Kästen einzusortieren. Bei Walters' Eintritt legte er die große weiße ‹9›, die er gerade in der Hand hielt, beiseite. Der Constable wies sich aus und stellte dann seine erste Frage.

«Es kommen doch sicher häufiger Leute zu Ihnen und wollen einen zusätzlichen Schlüssel angefertigt haben?»

Grimes rückte bedächtig seine Brille zurecht und nickte dann. «Ja, schon», sagte er zurückhaltend. «Schlüssel gehen nun mal häufig verloren.»

Walters streckte ihm die linke Hand entgegen. Auf seinem Handteller lagen drei Schlüssel. Einer davon, von stumpfem Braun, war offenbar schon älter (das war der, den sie in ihrem Wohnzimmer auf der Anrichte gefunden hatten); die beiden anderen sahen neu und blank aus, so als seien sie noch nicht oft benutzt worden. Walters wies auf die beiden hellen Schlüssel. «Könnte es sein, daß die von Ihnen sind?»

«Schon möglich.» Grimes zögerte einen Moment, dann fragte er: «Sind das die Schlüssel von Canal Reach Nr. 9? Da, wo die Frau sich umgebracht hat?»

«Und wenn?»

Grimes schien innerlich etwas abzuwägen, dann sagte er: «Ja, also ich glaube, die Schlüssel sind von mir.»

«Ich nehme an, Sie werden irgendwelche schriftlichen Unterlagen darüber haben. Den Auftrag oder die Rechnung. Ich hätte gern mal einen Blick darauf geworfen.»

In den Augen des Schlossers erschien ein Ausdruck von Wachsamkeit. «Ich fürchte, da muß ich Sie enttäuschen, Officer. Ich hebe diesen Papierkram nur immer eine gewisse Zeit auf, dann schmeiße ich ihn weg. Und daß ich die Schlüssel da gemacht habe, ist schon eine ganze Weile her. Ein bis zwei Jahre, so um den Dreh. Sie hat mich geholt, weil sie sich ausgesperrt hatte, und ich habe ihr damals geraten, sich doch noch zwei zusätzliche Schlüssel anzuschaffen – zur Sicherheit, falls sie noch einmal in eine solche Lage käme.»

«*Zwei* zusätzliche Schlüssel?»

«Ja.»

«Und wie viele Schlüssel wird sie bei ihrem Einzug bekommen haben? Auch zwei, oder?»

«Wahrscheinlich.»

«So daß sie dann insgesamt vier hatte», sagte Walters nachdenklich.

«Ich würde eher sagen, daß sie im Laufe einiger Jahre vier verschiedene Schlüssel besaß.»

Walters fing an sich zu ärgern. «Sonst noch was?»

Grimes zuckte die Achseln. «Nicht daß ich wüßte.»

Walters wandte sich zum Gehen. Doch die Stimme des Schlossers hielt ihn zurück; anscheinend hatte er es sich anders überlegt. «Wenn ich Ihnen einen Tip geben darf, Officer – es gibt da jemanden in Canal Reach, der Ihnen, was die Schlüssel angeht, mehr sagen könnte.»

«Interessant. Ich müßte allerdings schon wissen, wer.»

Grimes fand offenbar, er habe schon genug geredet, er kramte in seinen Kästen nach einer Hausnummer und hielt sie in die Höhe. Es war eine ‹10›; das Haus mit dieser Nummer lag genau gegenüber dem von Anne Scott.

Wenige Minuten später stand Walters, nun schon zum zweitenmal an diesem Nachmittag, in Canal Reach. Vor dem Haus Nr. 9 zog er einen Schlüssel aus der Tasche (einen der beiden neueren). Er ließ sich leicht ins Schloß stecken; die Tür öffnete sich ohne Schwierigkeiten. Walters hielt sich erst gar nicht vorne auf, sondern ging gleich durch in die Küche. Nichts erinnerte mehr daran, daß hier ein Mensch eines gewaltsamen Todes gestorben war. Walters trat ans Fenster und blickte hinaus in das eher bescheidene

Gärtchen. Die Gartenmauer war an einer Stelle ausgebessert – die Reparatur konnte nicht lange zurückliegen, denn die neuen Steine hoben sich noch leuchtend ziegelrot von der braungrünlichen Färbung des übrigen Mauerwerks ab. Die Arbeit machte den Eindruck, als sei sie von einem Fachmann ausgeführt worden. Walters verließ die Küche, stieg die schmale Treppe ins obere Stockwerk hinauf und ging in ihr Schlafzimmer; dort sah er sich eine Weile um, wobei er darauf achtete, nicht zu nahe ans Fenster zu kommen, das, wie er gleich bei seinem Eintritt registriert hatte, keine Vorhänge besaß. Ihr Bett sah genauso aus, wie er es in Erinnerung hatte: der dunkelrote Überwurf war glattgestrichen und schloß an allen Seiten gleichmäßig ab. Wie so oft seit dem Gespräch mit ihm, mußte er auch jetzt wieder an Morse denken. Ob dem hier irgend etwas auffallen würde? Aus einem plötzlichen Entschluß heraus machte er zwei große Schritte auf das Fenster zu und bekam im Bruchteil einer Sekunde noch die fast unmerkliche Bewegung mit; gleich darauf hing die geblümte Gardine hinter dem Fenster gegenüber wieder still wie zuvor. Genau, was er erwartet hatte! Es hatte ganz den Anschein, als ob der Raum hier unter ständiger Überwachung stünde. Er lächelte grimmig, während er von dem Haus gegenüber eine Art Bestandsaufnahme machte: Ziegelbau, schiefergedeckt, Schiebefenster, quadratische Schornsteine mit gedrungenen gelben Köpfen und nach hinten hinaus vermutlich, genau wie hier, ein kleines Stück Garten, das aber wohl nur durch die Küche zu erreichen war. Das würde erklären, warum überall in der Straße die Fahrräder vorne neben den Haustüren abgestellt waren. Walters nickte ein paarmal nachdenklich mit dem Kopf. Es wurde höchste Zeit, Nr. 10 einen Besuch abzustatten. Es war eins der beiden Häuser, wo er gestern vergeblich geklopft hatte.

Heute wurde ihm sofort geöffnet. «Ja?»

«Ich bin von der Polizei, Mr ... äh?»

«Jackson.»

«Ich würde gern einen Moment hereinkommen, wenn Sie gestatten, Mr Jackson.»

Wie im Haus von Anne Scott waren auch hier die Zwischenwände im Erdgeschoß herausgerissen und aus ursprünglich zwei kleinen Räumen ein großer gemacht worden. Doch während dieser Raum bei ihr behaglich und geschmackvoll war, hatte man hier eher den Eindruck einer Rumpelkammer. Überall lehnten Angelruten, standen Setzkescher, Körbe, Behälter mit Angelhaken und schmutzige Eimer. Walters mußte erst einen Stapel zerfledderter Ausgaben des *Anglers* beiseite räumen, ehe er in dem schmuddeligen, schon reichlich ramponierten Sessel Platz nehmen konnte. Er beugte sich vor, sah Jackson aufmerksam an und bat ihn, von Anne Scott zu erzählen; immerhin sei sie fast zwei Jahre seine Nachbarin gewesen.

«Ich kann Ihnen da nich besonders viel sagen. Sie war nett. Immer sehr freundlich, aber ich hab sie nich näher gekannt.»

«Hat sie Ihnen irgendwann mal den Schlüssel von ihrem Haus gegeben?» Plötzlich war da ein Ausdruck in seinen Augen – war das Furcht, was da aufschien? Und warum zögerte er so lange mit der Antwort? Es überraschte ihn; er konnte es sich nicht erklären. Die Antwort, als sie endlich kam, überraschte ihn allerdings noch mehr.

«Ja, hat sie. Ich mach ab und an in der Nachbarschaft Reparaturen, und ein-, zweimal hab ich auch für sie gearbeitet.»

«Und bei diesen Gelegenheiten hat sie Ihnen den Schlüssel gegeben?»

«Ja. Weil ... sie war nachmittags oft weg, und ich bin häufig morgens unterwegs – da konnt ich dann rübergehn, wenn es mir paßte.»

«Waren Sie das, der die Mauer in ihrem Garten ausgebessert hat?»

Auf Jacksons etwas verschlagenem Wieselgesicht erschien ein breites Lächeln der Befriedigung. «Sieht anständig aus, nich?» Er schien ganz entspannt, und Walters war geneigt anzunehmen, daß der Ausdruck in Jacksons Augen, den er für Furcht gehalten hatte, am Ende doch nicht mehr gewesen war als das übliche Gefühl diffuser Panik, das auch den rechtschaffensten Bürger befällt, wenn er sich in seinem eigenen Haus den Fragen eines Polizisten ausgesetzt sieht.

«Wann haben Sie die Arbeit ausgeführt?»

«Diese Woche erst. Montag und Dienstag nachmittag. War ja man keine große Sache. Ich hab dafür nicht mehr als vier, fünf Stunden im ganzen gebraucht.»

«Sie waren also am Dienstagnachmittag damit fertig?»

«Ja. Mrs Purvis in Nr. 7 war gerade draußen und hat noch mitbekommen, wie ich die letzten Fugen zugeschmiert hab. Sie fand es gut, daß Miss Scott die Mauer endlich hat in Schuß bringen lassen, und meinte, ich hätte das ja wirklich sehr ordentlich gemacht. Hat mich, ehrlich gesagt, gefreut, das zu hören.» Jackson sah Walters ruhig, fast ein wenig herausfordernd an.

«Haben Sie den Schlüssel noch?»

Jackson schüttelte den Kopf. «Nein. Miss Scott hat gesagt, ich soll ihn ihr, wenn ich mit der Arbeit fertig wär, zurückgeben ...»

«Und das haben Sie also auch getan?»

«Nich gleich. Erst am nächsten Tag. Sie war Dienstag nachmittag zu Hause, und als ich fertig war, bin ich reingegangen; sie wollte mir das Geld gleich geben, und wir haben noch ein bißchen geredet, und dann hab ich gar nich mehr an den Schlüssel gedacht. Sie muß es aber auch vergessen haben, sie hat nämlich nichts gesagt. Am Mittwoch isses mir dann wieder eingefallen. Ich war morgens beim Angeln, und als ich zurückkam, so gegen ... also wann das war, das kann ich nich mehr so genau sagen, irgendwann am Nachmittag jedenfalls, da bin ich dann kurz rüber ...»

«Und?» drängte Walters.

«... und habe ihn ihr durch den Briefkastenschlitz geworfen.»

«Oh.» Das also war die Erklärung für den Schlüssel hinter der Tür. Und was hatte er für komplizierte Überlegungen angestellt! Na, da hatte er sich ganz schön vergaloppiert. Vielleicht konnte Jackson ihm dabei helfen, noch ein, zwei andere offene Fragen zu klären.

«War die Haustür abgeschlossen?»

Jackson runzelte die Stirn, so als bemühe er sich um äußerste Konzentration. Dann schüttelte er langsam den Kopf. «Keine Ahnung. Kann ich nichts zu sagen; ich hab die Tür gar nicht angefaßt, weil ich den Schlüssel ja nur ...»

«Und um welche Zeit war das? So ungefähr müssen Sie das doch sagen können!»

«Ich ... also, es kann eigentlich nicht vor ... Nein, ich weiß es einfach nich mehr. Beim Angeln vergeß ich immer alles um mich rum; da achte ich dann auch nicht mehr auf die Zeit.» Plötzlich sah er Walters pfiffig an: «Aber vielleicht hat einer meiner Nachbarn mich gesehen. Fragen Sie doch einfach mal nach.»

«Würden Sie sagen, daß man hier mitbekommt, was bei den

anderen so vorgeht?» Walters hatte seine Worte mit Bedacht gewählt und sah Jackson jetzt aufmerksam an.

«Nun – das is hier ja man bloß eine kleine Straße.» Jackson hob unbehaglich die Schultern. «Läßt sich doch kaum vermeiden, daß man ...»

«Ja, ich verstehe. Was ich eigentlich auch nur wissen möchte, Mr Jackson, ist, ob Sie am Mittwochnachmittag, nachdem Sie vom Angeln zurückkamen, jemanden bemerkt haben, der Miss Scotts Haus betrat.»

«Das Problem is ...» Jackson seufzte schwer, «wenn man so in die Jahre kommt, dann gehen in der Erinnerung alle Tage ineinander über, so daß man gar nich mehr sagen kann, was an welchem Tag war.»

«Aber der Mittwoch liegt ja nun gerade erst zwei Tage zurück!»

«Ja schon. Ich glaube, jetzt fällt es mir auch wieder ein. Die Zeit weiß ich nich. Aber ich hab jemanden gesehen. War kurz nachdem ich den Schlüssel rübergebracht hab. Ich war einkaufen, und als ich zurückgekommen bin, is grade jemand bei ihr rein. Aber wenn Sie jetzt nich danach gefragt hätten ... also, ich hatte das glatt vergessen.»

«Sie sahen also jemanden hineingehen?»

«Ja. Und ein paar Minuten später wieder herauskommen.»

Na, das war ja wirklich eine interessante Mitteilung. Walters hatte Mühe, seine Aufregung nicht zu zeigen. «Würden Sie ihn wiedererkennen? Es war doch ein Mann, oder?»

Jackson nickte. «Ja.»

«Können Sie ihn beschreiben?»

«So um die fünfzig. Trug einen Regenmantel. Kein Hut. Hatte schon ein bißchen 'ne Glatze.»

«Haben Sie ihn früher schon mal gesehen?»

«Nein.» Walters lehnte sich zurück. Er mußte erst einmal verdauen, was er da eben gehört hatte. Doch dazu ließ ihm Jackson keine Zeit.

«Ich hab ihn aber später noch mal gesehen.»

«Sie haben *was*?!»

«Ihn später noch mal gesehen. Er is gekommen, als *Sie* da waren. So gegen Viertel nach zehn. Sie müssen eigentlich wissen, wer das is. Sie haben ihn doch selbst reingelassen. Ist wohl auch 'n Polizist, oder?»

Nachdem Walters gegangen war, setzte sich Jackson in die Küche und trank erst einmal in Ruhe eine Tasse Tee. Er hatte das Gefühl, das Gespräch gut hinter sich gebracht zu haben. Mehr als gut. Was seine letzte überraschende Mitteilung anging, so war er sich zu Anfang nicht ganz sicher gewesen, ob es ratsam sei, damit herauszurücken. Aber jetzt war er froh, daß er es gesagt hatte. Er hatte sich eine ausgeklügelte Strategie zurechtgelegt, die nicht ganz ohne Risiko war, und je mehr Aufmerksamkeit er von sich weg auf andere lenken konnte, um so besser. Und wie gut, daß er den Schlüssel noch gehabt hatte! Er hatte mit dem Gedanken gespielt, ihn verschwinden zu lassen – zum Kanal waren es ja nur wenige Schritte –, aber das wäre ein Fehler gewesen, wie er jetzt wußte. Er hatte ihn dann statt dessen durch den Briefschlitz geworfen; genau wie er es dem Constable gesagt hatte. Seine Aussage entsprach in diesem Punkt also völlig der Wahrheit. Da hatte er nichts zu fürchten. Sehr beruhigend. Die Wahrheit zu sagen konnte manches erleichtern. Allerdings auch nur manches.

Kapitel Sieben

Ich sage immer: ‹Schafft das Bridgespiel ab!›
Es müßte doch möglich sein,
auf angenehmere Art und Weise
miteinander unglücklich zu sein.
Don Herold

Der erst kürzlich gegründete Summertown Bridge Club in Nord-Oxford hatte sich in zwei Anzeigen in der *Oxford Times* sowie gelegentlich auf Aushängen in den Schaufenstern der lokalen Zeitungshändler als Verein für alle diejenigen zu empfehlen gesucht, die Scheu davor hatten, den alten renommierten Clubs beizutreten, in denen sich das Gespräch, wie zu vermuten war, nur um Dinge wie die Herbert-Konvention, As-und-Trumpf-Unterstützung-meldende-Rückgebote und das Atout-Echo drehte, wo man damit rechnen mußte, auf Leute zu treffen, die ihr Spiel bereits in Turnieren auf Grafschaftsebene erprobt hatten, und wo anzunehmen war, daß selbst der schwächste Spieler keine Schwierigkeiten haben würde, alle zweiundfünfzig Karten gleichzeitig im Kopf zu haben. Der Summertown Bridge Club dagegen war ein Club für Leute, die Spaß hatten am Bridge, ohne gleich eine Wissenschaft daraus machen zu wollen. Der Club war in einer großen Villa im Middle Way untergebracht, einer eleganten Wohnstraße westlich der Banbury Road und parallel zu ihr, die Squitchey Lane mit South Parade verband. Die Räume waren dem Club von der Besitzerin der Villa, Mrs Gwendola Briggs, die auch Clubpräsidentin war, zur Verfügung gestellt worden. Mrs Briggs war eine quirlige, für ihr Alter etwas zu schrill gekleidete Witwe Mitte Sechzig, die auch sämtliche anderen Funktionen, die der Club zu vergeben hatte – angefangen von der Sekretärin bis hin zur Schatzmeisterin –, an sich gezogen hatte. Sie begrüßte Walters bei seinem Eintritt mit geradezu überschwenglicher Herzlichkeit, was allerdings an einem Mißverständnis lag: sie hatte im ersten Moment angenommen, daß es sich bei ihm um einen Neuzugang – dazu noch einen durchaus attraktiven Neuzugang – handele, und ihre Freude mag verständlich scheinen, wenn man weiß, daß der Club ansonsten vorwiegend weibliche Mitglieder hatte. Nachdem Walters sie über sein tatsächliches Anliegen informiert hatte, schickte sie sich mit Anstand darein. Immerhin war er an näheren Einzelheiten über den Club interessiert, und Mrs Briggs als selbsternannte Public-Relations-Agentin war nur zu gern bereit, ihn mit Informationen zu versorgen. Ms Scott («Dazu müßte man allerdings sagen, daß sie immer einen Ring trug») war seit einem halben Jahr Mitglied gewesen. Sie hatte eine gewisse Begabung für das Spiel gehabt und war – eine wichtige Voraussetzung – mit dem nötigen Ernst bei der Sache gewesen («Bridge läßt sich nun einmal nicht mit links spielen, Constable»), und ihre Technik der Reizung hatte sich schon sehr verbessert. Das Ganze war wirklich eine Tragödie! In ein paar Jahren hätte aus ihr möglicherweise eine wirklich gute Spielerin werden können. Leider hatte es ihr noch sehr an Konsequenz gemangelt ... aber, du meine Güte, wer wollte ihr das jetzt noch vorwerfen! Angesichts dieser ... ja, es war wirklich das einzig passende Wort, dieser Tragödie! Und es war für sie alle so unerwartet gekommen! *Völlig* unerwartet! Nein, sie hatte nicht die geringste Ahnung, was der Grund gewesen sein konnte. Sie spielten immer am Dienstagabend, und Anne («Mein Gott, die Arme!») war immer regelmäßig erschienen. Man begann so gegen zwanzig Uhr und hörte oft erst nach Mitternacht auf. Ein paarmal war es sogar bis drei, vier Uhr gegangen. In der Regel waren sechzehn bis zwanzig Spieler anwesend; nur ein einziges Mal, an einem Katastrophenabend im letzten Winter, hatten sie nur zu neunt hier gesessen («Ganze neun, Constable, stellen Sie sich vor!»). Anne hatte am Dienstag an verschiedenen Tischen gespielt, aber, so Mrs Briggs, sie sei sich ganz sicher, daß sie den letzten Rubber zusammen mit Mrs Raven («Die Ravens aus der Squitchey Lane, vielleicht kennen Sie sie ja zufällig?»), dem alten Mr Parkes («Er ist leider schon ziemlich klapprig!») und Miss Edgeley («Eine schrecklich schusselige Person!») gespielt habe.

Walters notierte die Adressen und verabschiedete sich. Er nahm den unangenehmen Eindruck mit, als beschränke sich für Mrs Briggs die Tragödie darauf, daß einer der Stühle an einem der grünbespannten Tische auf einige Zeit verwaist sein würde. Ob Bridge einen schlechten Einfluß auf den Charakter hatte? Wie auch immer – ganz sicher würde die Atmosphäre eines solchen Clubs, wo alles Denken um Schlemms und Strafpunkte kreiste und wo man einander nur nach der Qualität seines Spiels beurteilte, Charaktereigenschaften wie Güte oder Einfühlung nicht gerade fördern. Walters wurde auf einmal klar, warum ihn Bridge oder ähnliche Spiele nie gereizt hatten.

Sein erster Besuch galt Miss Edgeley, doch wie sich schnell herausstellte, war sie nicht da. Ihre Freundin, mit der sie die Wohnung teilte, ein hübsches dunkelhaariges Mädchen, erklärte ihm, Cathy habe am Morgen ein Telegramm erhalten, daß ihre Mutter schwer erkrankt sei und sei deshalb sofort nach Hause gefahren. Die Mutter lebe in Nottingham. Sie bot ihm eine Tasse Tee an, die er jedoch dankend ablehnte.

«Wo arbeitet Miss Edgeley?»

«Sie studiert noch. Sie ist am Brasenose College.»

«Ach, haben sie da jetzt auch Frauen?»

«Soviel ich weiß, hatten sie da schon immer Frauen», sagte das Mädchen.

Aber Walters war manchmal etwas begriffsstutzig; er runzelte leicht die Stirn, ließ es aber auf sich beruhen, denn er hatte es eilig, in die Squitchey Lane zu kommen. Seine Eile erwies sich als völlig überflüssig. Mrs Raven traktierte ihn mit einem ermüdend ausführlichen Bericht, der ihm jedoch nicht einen Schritt weiterhalf. Mr Parkes in der Woodstock Road, dem sein nächster Besuch galt, faßte sich wenigstens kurz, hatte aber auch nichts Wichtiges zu sagen. Nun, da konnte man nichts machen.

Walters hatte an diesem Tag einfach Pech gehabt. Doch alle Polizeiarbeit braucht, um Erfolg zu haben, auch ein bißchen Glück; selbst Beamte mit mehr Grips und Kombinationsvermögen als Walters sind darauf angewiesen, daß ihnen ab und zu Kommissar Zufall auf die Sprünge hilft. Trotzdem war, was Walters herausgefunden hatte, gar nicht einmal wenig. Während er jetzt zu Hause in Kidlington neben seiner Frau im Bett lag, ging er in Gedanken alles noch einmal durch. In einem Punkt gab er Bell völlig recht: Anne Scott hatte Selbstmord begangen. Auch wenn die Gründe dafür noch im dunkeln lagen – an dieser Tatsache war nicht zu rütteln. Aber das war auch schon fast das einzige, was klar war. Ansonsten gab es jede Menge offener Fragen. Da war zum Beispiel der Bridgeabend (Abend war gut!). Er war gegen 2.45 Uhr zu Ende gewesen, und anschließend hatte Anne Scott den Heimweg angetreten. Aber wie? Hatte sie einer von den anderen Spielern nach Hause gefahren? Hatte sie sich ein Taxi kommen lassen? Oder hatte sie ein Fahrrad dabeigehabt? (Er hätte diese Schreckschraube Briggs danach fragen sollen!) In den Stunden danach war dann die Entscheidung gefallen. Es hatte kein langes Zögern mehr gegeben; der Zeitpunkt ihres Todes war nicht ganz exakt feststellbar gewesen, aber der Autopsiebericht ging davon aus, daß sie, als man sie fand, bereits seit mindestens zehn Stunden tot war, was bedeutete ... ja, was eigentlich? Walters war sich da nicht ganz sicher. Etwas unvermittelt fiel ihm plötzlich wieder die offene Haustür ein. Wieso hatte sie nicht abgeschlossen? Hatte sie es einfach vergessen? Unwahrscheinlich. Oder hatte da jemand anderer aufgeschlossen? Später. Das würde voraussetzen, daß Anne Scott den Schlüssel nach dem Abschließen nicht hatte steckenlassen. So abwegig war das gar nicht mal. Er selbst zog abends auch immer den Schlüssel ab und legte ihn in den Flur auf das Tischchen mit dem Telefon. Er hätte nicht sagen können warum. Es war einfach eine Angewohnheit. Drei Schlüssel ... drei Schlüssel ... vielleicht sogar vier ... Mit einem von ihnen war aufgeschlossen worden. Und wenn nicht von Anne Scott und nicht von Mrs Purvis, von wem dann? Jackson? Wäre es nicht vorstellbar, daß er den Schlüssel, den er noch besaß, benutzt hatte, um sich Zutritt zu verschaffen, daß er drinnen nach ihr gerufen, und nachdem er keine Antwort erhalten hatte, nach hinten durchgegangen war? Das würde auch die Sache mit dem Schemel erklären! Jackson hatte gegen die Küchentür gedrückt (er würde ja gewußt haben, daß man etwas Kraft dazu brauchte, sie zu öffnen) und dabei den Schemel umgestoßen. Dann war er hineingegangen, hatte den umgefallenen Schemel aufgehoben, und als er sich umdrehte, hatte er sie entdeckt. Aber wenn es so gewesen war, warum hatte er dann nicht sofort die Polizei informiert? Anne Scott hatte Telefon, er hätte gleich von ihrem Haus aus anrufen können. Oder hatte er Angst gehabt, sich mit der Polizei in Verbindung zu setzen? Vielleicht weil er kein ganz reines Gewissen hatte? Weil er die Gelegenheit genutzt und irgend etwas an sich genommen hatte? Geld möglicherweise oder etwas anderes, das er für wertvoll oder nützlich hielt? Das alles war zugegebenermaßen noch sehr spekulativ, aber so oder so ähnlich konnte es gewesen sein. Wenn sich das Rätselraten doch nur auf Jackson beschränken würde! Aber da war ja auch noch Morse. Es mußte Morse gewesen sein, den Jackson am Nachmittag gesehen hatte. Was um Himmels willen hatte er dort gewollt? Hatte er bei ihr Deutschunterricht genommen? Walters rief sich die Fragen ins Gedächtnis zurück, die der Chief Inspector ihm am Mittwochabend, nach seinem überraschenden Auftauchen gestellt hatte. Diese merkwürdig zögernden und gleichzeitig so eindringlichen Fragen! Er hatte den Ton noch im Ohr. «Ist sie – ist sie tot?» Moment mal, wieso hatte er überhaupt wissen können...? Vielleicht, daß ihm die Polizisten draußen...? Nein, das war nicht möglich. Die waren zu dieser Zeit ja noch gar nicht darüber informiert worden, wen man da gefunden hatte. Walters fuhr plötzlich in die Höhe, sprang aus dem Bett, raste nach unten und blätterte mit ungeschickten Fingern fieberhaft im Telefonbuch, bis er beim Buchstaben ‹M› angelangt war. Und tatsächlich, da stand es, schwarz auf weiß: *Morse, E., The Flats 45, Banbury Road.*

‹E. M.›! Sie war also mit Morse verabredet gewesen! Nun mal langsam, ermahnte er sich. Morse war nicht der einzige mit diesen Initialen, es gab bestimmt noch tausend andere. Andererseits – Morse *war* am Nachmittag da gewesen; daran bestand kein Zweifel. Das erklärte auch die Fragen nach der Tür und dem Licht und ob sie etwas entfernt hätten. Ja, jetzt auf einmal ergaben sie einen Sinn. Und wenn es gar nicht Jackson gewesen war, der sie gefunden hatte, sondern Morse? Aber warum hatte er es dann nicht gemeldet? Hatte er Angst gehabt, sich irgendwie zu kompromittieren, wenn die Kollegen ihn am Ort des Selbstmords angetroffen hätten? Hatte er vorgehabt, irgendwann später noch anzurufen? Walters ging wieder nach oben und legte sich ins Bett. Aber er konnte nicht einschlafen. Er hatte das Gefühl, als seien seine Augäpfel in ständiger Bewegung, aber seine Versuche, sie dadurch, daß er einen festen Punkt fixierte, zur Ruhe zu bringen, scheiterten. Erst in den frühen Morgenstunden fiel er in einen unruhigen Schlaf, aus dem er immer wieder hochschreckte mit dem Gedanken, wie um alles in der Welt er das bloß Bell beibringen sollte.

Kapitel Acht

Der Mann, der mehr Leben durchlebt als eins,
Schaut mehrmals dem Tod ins Gesicht.
Oscar Wilde,
Die Ballade vom Zuchthaus zu Reading

Auch Charles Richards fand in dieser Nacht wenig Schlaf. Doch seine Unruhe war qualvoller als die von Walters und auch nicht nur vorübergehender Natur. Er fürchtete um den Bestand seiner Ehe, fürchtete, daß Celia ihn verlassen könne – und all das nur, weil er im entscheidenden Moment falsch reagiert hatte. Wie hatte ihm das nur passieren können, bei seiner Erfahrung im Täuschen und Verheimlichen! Warum bloß hatte er, als Celia das lange blonde Haar auf seinem Jackett entdeckt hatte, nicht einfach die Achseln gezuckt, nonchalant und unbekümmert, statt sich in diese komplizierten und unglaubwürdigen Erklärungen zu verrennen. Er sah ihr Gesicht vor sich, das ihm, ungeachtet ihres angestrengten Bemühens um Selbstbeherrschung, verriet, daß sie zornig war und eifersüchtig, daß sie sich von ihm im Stich gelassen und gedemütigt fühlte, vor allem aber, daß sie sich in ohnmächtigem Schmerz wieder einmal ihrer eigenen Grenze bewußt geworden war. Und das zu sehen tat ihm weh, mehr weh, als er je für möglich gehalten hätte. Vielleicht hatte sie schon früher manchmal etwas geahnt; in letzter Zeit hatte sie sicher einen Verdacht gehabt – doch seit gestern wußte sie nun endgültig Bescheid; daran konnte kein Zweifel bestehen. Während er sich unruhig von einer Seite auf die andere warf, fragte er sich, wie er jemals mit diesem Gefühl von Schuld umgehen sollte, das er empfand.

Sein Frühstück am nächsten Morgen bestand nur aus einer Tasse Kaffee und einer Zigarette. Allein am Küchentisch sitzend, spürte er eine nie gekannte Hilflosigkeit, die ihn erschreckte. Er hatte rasende Kopfschmerzen, und als er die Zeitung aufschlug in der Hoffnung, seine eigenen Sorgen würden sich angesichts der Meldungen über Hungerkatastrophen, Erdbeben und Seuchen relativieren, verschwammen die Zeilen vor seinen Augen, und er mußte sie weglegen. So war er wieder bei sich und seinen Problemen und zog eine bittere Bilanz: Er verlor seit einigen Jahren allmählich die Haare, und er verlor an Vitalität. Doch etwas viel Wesentlicheres, nämlich seine Integrität als Mensch und Mann hatte er schon lange davor eingebüßt. Und nun war abzusehen, daß er auch noch seine Frau verlieren würde. Er trank zuviel, kam von den Zigaretten nicht los, und seine sexuellen Wünsche trieben ihn immer wieder aufs neue in die Arme irgendwelcher Frauen ... O Gott, wie er sich für all das haßte.

Samstags war es meistens sehr ruhig in der Firma; doch gab es immer irgendwelche Briefe zu schreiben, es konnte ein wichtiger Anruf kommen, und manchmal hatte einer der Angestellten eine Frage, so daß Charles es sich schon seit Jahren zur Gewohnheit gemacht hatte, auch an diesem Tag im Büro zu erscheinen. Seine Sekretärin hatte ebenfalls anwesend zu sein, und er erwartete auch von seinem Bruder Conrad, daß er sich wenigstens kurz blicken ließ, so daß sie, bevor sie zusammen ihren gewohnten mittäglichen Drink nahmen, Gelegenheit hatten, die Geschäftsabschlüsse der letzten und die Pläne für die nächste Woche zu besprechen. An diesem Samstag hatte Charles, wie immer, wenn er keine geschäftlichen Verpflichtungen außerhalb hatte, für den kurzen Weg von zu Hause bis ins Zentrum von Abingdon den Mini genommen. Der Regen der letzten Tage hatte aufgehört; der Himmel war von zartem Blau und wolkenlos. Heute würde man endlich einmal keinen Schirm mehr brauchen. Im Büro angekommen, rief er seine Sekretärin zu sich, um ihr mitzuteilen, daß er nicht gestört zu werden wünsche; er habe sich mit wichtigen Unterlagen zu befassen.

Eine halbe Stunde lang saß er da, das Kinn in die linke Hand gestützt, und tat gar nichts, starrte nur vor sich hin und rauchte eine Zigarette nach der anderen. Langsam keimte in ihm der Entschluß, aufzuhören mit der Qualmerei – vielleicht konnte das der erste Schritt sein. Er schwor sich, daß dies die letzte Schachtel sein würde (zum Glück hatte er sie gerade erst gekauft!), und dann würde er von dieser unseligen Angewohnheit ablassen und auf diese Weise nicht nur Herz, Kreislauf und Lungen vor weiteren Schäden bewahren, sondern obendrein auch noch eine Menge Geld sparen und (so hatte er jedenfalls gelesen) eine unerhörte Steigerung seiner Potenz erleben. Angesichts dieser immensen Vorteile sollte es doch wirklich möglich sein, sich zu beherrschen! Einen flüchtigen Moment lang bedauerte er, während er sich, ohne nachzudenken, gleichsam automatisch schon die nächste Zigarette ansteckte, daß die Packung noch fast voll war. Aber spätestens gegen Mittag würde keine Zigarette mehr übrig sein, und dann begann die Zeit der großen Kasteiung – bei seinem Drink mit Conrad würde er allerdings schon noch eine rauchen. Falls Conrad heute überhaupt kam ... Mit fast schon wieder lustvollem Selbstmitleid sinnierte er über den labilen Charakter der Menschen schlechthin (vor allem natürlich der Männer!) und seine eigene Schwäche insbesondere. Wieder und wieder hatte er Anläufe genommen, sich zu ändern, hatte sich, immer dann, wenn hinter den Süchten und Räuschen die Schalheit und Leere sichtbar geworden war und er sich plötzlich mit der ganzen Wahrheit seines Lebens konfrontiert gesehen hatte, gleich einem reuigen Sünder auf einer Erweckungsversammlung an die Brust geschlagen, seine Schuld bekannt und Besserung gelobt. Doch dem jähen Erschrecken und dem Entschluß zur Umkehr war noch jedesmal wieder ein neuer Sündenfall gefolgt. Inzwischen glaubte er eigentlich nicht mehr daran, daß er wirklich in der Lage sei, sich zu wandeln. Da es ihm an Stärke mangelte, Versuchungen zu widerstehen, mußte er ihnen eben – so hatte er vor Jahren geschlossen – möglichst aus dem Weg gehen. Die Zahl seiner Liebschaften hatte sich denn auch deutlich verringert, und er hatte sich weniger stark in sie verstricken lassen. Das war alles, wozu er sich in der Lage sah, und bisweilen war es ihm schon viel erschienen, und er hatte sich eingeredet, Celia auf seine Art ein treuer Ehemann zu sein. Denn das war es, worum er sich bemühte, weil ihm nichts mehr zuwider war, als sie zu verletzen. Und das zu verhindern, war er bereit, eine Menge zu tun. Fast alles.

Um Viertel nach zehn rief er seinen Bruder an. Conrad war achtzehn Monate jünger als er, schlanker, aber mit mehr grauen Haaren an den Schläfen. Charles hatte ihn immer bewundert, weil er soviel ausgeglichener, freundlicher, rücksichtsvoller und anteilnehmender war als er selbst. Sie waren stets gut miteinander ausgekommen, und ihre geschäftliche Partnerschaft hatte sich für beide in all den Jahren als vorteilhaft erwiesen. Conrad war der einzige Mensch, dem sich Charles, was seine Affären anging, rückhaltlos anvertrauen konnte; er hatte bei diesen Gelegenheiten immer eine gewisse Abgeklärtheit und großes Verständnis an den Tag gelegt.

«Hast du eigentlich vor, heute noch mal hier vorbeizukommen, Conrad? Es ist schon nach zehn!»

«Ja, ich weiß. Zwanzig nach. Und in genau vierzig Minuten geht mein Zug. Du scheinst vergessen zu haben, daß ich heute wegfahre; dabei kam der Vorschlag dazu von dir.»

«Ja, du hast recht. Jetzt fällt es mir wieder ein. Entschuldige. Ich werde wohl alt.»

«Ach, tröste dich, da bist du nicht der einzige.»

«Conrad ... ich ... äh, ich möchte dich um einen Gefallen bitten.»

«Ja?»

«Es ist auch wirklich das letzte Mal; ich verspreche es.»

«Kannst du mir das schriftlich geben?»

«Ich glaube fast, ja.»

«Steckst du in Schwierigkeiten?»

«Bis zum Hals. Aber ich komme da schon wieder raus – wenn du mir hilfst. Ich brauche so etwas wie ein Alibi ... für gestern nachmittag.»

«Das ist jetzt schon das zweite Mal in dieser Woche.» (Schwang da in seiner Stimme ein neuer, ungewohnter Ton von Gereiztheit mit?)

«Ja, ich gebe es zu. Aber, wie ich eben sagte, es ist bestimmt das letzte ...»

«Was haben wir also gemacht?»

«Äh, ich dachte, am besten wäre, du sagst, wir hatten ein Treffen mit unserem schwedischen Kunden ...»

«Und wo?»

«Äh ... vielleicht High Wycombe?»

«Gut, also High Wycombe. Sind wir in meinem Wagen hingefahren?»

«Äh, ja. Ich ... äh, wir waren so gegen sechs Uhr fertig.»

«Gegen sechs. Na schön.»

«Es ist nur für alle Fälle – du verstehst, was ich meine? Ich bin mir ziemlich sicher, daß Celia, falls sie sich bei dir erkundigt, nicht nach Einzelheiten fragen wird, aber ...»

«Ich habe verstanden. Du brauchst dir keine Sorgen zu machen.»

«Das sagst du so einfach!»

«Hör mal, Charles, es tut mir leid, aber ich muß jetzt langsam los. Es ist schon ...»

«Ja, natürlich. Entschuldige! Ich wünsche dir eine gute Reise. Und, Conrad ... was ich noch sagen wollte: vielen Dank; du hast mir sehr geholfen!»

Charles hatte kaum aufgelegt, da klingelte es, und seine Sekretärin teilte ihm mit, daß sie einen Anruf von außerhalb für ihn habe. Privat.

«Richards. Guten Morgen.»

«Charles!» Ihre Stimme war zärtlich und hingebungsvoll.

«Ich habe dir doch gesagt, du sollst mich nicht hier im Büro ...» Der Ärger war ihm deutlich anzuhören, aber sie ging unbekümmert darüber hinweg.

«Aber Liebling, nun hab dich mal nicht so. Du bist doch allein. Ich habe deine Sekretärin extra vorher gefragt.»

Charles holte tief Luft. «Was willst du also?»
«Dich!»
«Hör zu, ich ...»
«Ich hatte heute morgen einen Anruf von Keith. Er muß noch mindestens eine Woche in Südafrika bleiben. Eine Woche! Deshalb wollte ich dich fragen, ob ich nicht so gegen halb zwei, zwei im Schlafzimmer die Heizung anstellen soll ...?»
«Hör zu, Jenny! Ich kann heute nicht kommen. Du weißt doch, daß es samstags nicht geht», sagte er unfreundlich.
«War ja nur eine Frage! Du brauchst deshalb doch nicht gleich so ärgerlich zu werden. Dann sehen wir uns eben morgen. Ich dachte nur, ich könnte es ja mal versuchen. Es hätte ja sein können, daß du vielleicht ausnahmsweise ...»
«Hör zu ...»
«Nun laß doch endlich mal dieses blöde ‹Hör zu›!»
«Tut mir leid. Entschuldige bitte. Was ich dir sagen wollte, war, daß wir uns nächste Woche nicht werden treffen können. Es ist zu riskant. Gestern ...»
«Was soll das heißen?»
Charles dachte an ihr langes blondes Haar und ihren schlanken Körper und fühlte, wie eine verzweifelte Angst in ihm hochstieg. «Hör zu, Jenny», sagte er bittend, «ich werde versuchen, es dir zu erklären, nur jetzt ...»
«Auf *die* Erklärung bin ich gespannt!»
«Ich kann jetzt nicht. O Gott!» Es war wie ein Aufschrei.
«Wann denkst du, daß wir uns sehen können?» fragte sie kühl.
«Ich werde mich bei dir melden. Aber nächste Woche ist es unmöglich. Es geht einfach nicht ...»
Doch sie hatte schon aufgelegt.
Charles lehnte sich schwer atmend in seinem Ledersessel zurück. Der scharfe, krampfartige Schmerz zwischen seinen Schulterblättern drohte ihm die Luft zu nehmen. Er wollte eine Tablette nehmen, doch als er die Schachtel öffnete, sah er, daß sie leer war.

An diesem Samstag brachte die *Oxford Mail* auf Seite zwei einen verspäteten Bericht über den Selbstmord einer gewissen Anne Scott aus Jericho, Canal Reach Nr. 9. Unter denen, die ihn lasen, waren auch einige, die sie gekannt hatten: die Murdochs, Conrad

Richards, Morse. Daß auch Charles Richards ihn zu Gesicht bekam, war wohl nichts anderes als Zufall. Er hatte, nachdem die Arbeit im Verlag erledigt war, den *White Swan* aufgesucht und sich dort drei doppelte Whiskies genehmigt. Bei seiner Ankunft zu Hause stellte er fest, daß Celia sich den Rolls genommen hatte. In der Küche lag ein Zettel, sie sei nach Oxford zum Einkaufen gefahren. «Bin gegen fünf wieder da. Im Kühlschrank steht eine Pastete für dich.» Als sie zurückkam, hatte er im Wohnzimmer gesessen und gerade die Sportschau gesehen. Sie hatte eine *Oxford Mail* mitgebracht, die sie, als sie wieder hinausging, beiläufig neben ihn auf den Wohnzimmertisch legte – Seite zwei nach oben.

Kapitel Neun

Die schlimmste Art Mord
ist der Selbstmord,
denn er läßt keine Chance
mehr für Reue.
John Collins

Der Termin der gerichtlichen Untersuchung des Selbstmords war auf Dienstag nächster Woche angesetzt worden. Bell hatte das Wochenende über alle Hände voll damit zu tun, die für den bevorstehenden Besuch eines hohen chinesischen Politikers in Oxfordshire angeordneten umfangreichen Sicherheitsmaßnahmen zu organisieren. Abgesehen von ein paar geknurrten Ermahnungen in Walters' Richtung, er solle endlich aufhören, sich den Kopf zu zerbrechen, hatte er sich nicht mehr zu der Sache geäußert. Für ihn war sie abgeschlossen. Walters hatte ihn gleich am nächsten Morgen über alles informiert, was er erfahren hatte, und auch die Morse betreffenden Einzelheiten nicht verschwiegen. Doch Bell hatte das alles nicht weiter interessiert; er hatte auch keinerlei Überraschung gezeigt, wohl auch tatsächlich keine empfunden.

Walters' Aussage am Dienstag vor der Leichenschaukommission war gründlich und detailliert. Er beschrieb zunächst das Auffinden der Toten (einschließlich der ein, zwei Merkwürdigkeiten), um dann von seinen eigenen Ermittlungen zu berichten. Nachdem er fertig war, stellte ihm der Coroner in seinem üblichen, etwas nöligen Ton noch zwei Fragen, die Walters, der seine anfängliche Nervosität inzwischen überwunden hatte, klar und eindeutig beantwortete.

«Ihrer Meinung nach, Officer, handelt es sich bei dem hier zu verhandelnden Todesfall eindeutig um Selbstmord?»

«Ja, Sir.»

«Und es liegen keinerlei Anzeichen für Fremdverschulden vor?»

«Nein, Sir.»

Der einzige andere Zeuge war der bucklige Pathologe, der auch diesmal die Erwartung all derer, die möglichst schnell nach Hause wollten, nicht enttäuschte und die Ergebnisse seiner Autopsie mit einer Wahnsinnsgeschwindigkeit herunterratterte. Zuhörer mit einwandfreiem Hörvermögen und schneller Auffassungsgabe erfuhren, daß die Tote vermutlich irgendwann zwischen sieben und neun Uhr dreißig am Morgen des Tages, an dem man sie fand, gestorben war; daß sie also bereits elf Stunden tot gewesen war, als man sie abnahm. Sie habe sich in einem guten körperlichen Zustand befunden und sei seit acht, höchstens zehn Wochen schwanger gewesen. Schwanger. Das Wort stand einen Moment lang im Raum; es trat eine Pause ein, bis die Verhandlung, genauso abrupt, wie sie stehengeblieben war, plötzlich wieder in Gang kam. Bell starrte vor sich auf die Dielenbretter und scharrte leise mit den Füßen.

Der Coroner hatte diesmal nur eine Frage.

«Gibt es Ihrer Meinung nach irgendwelche Zweifel daran, daß die Tote Selbstmord begangen hat?»

«Darüber zu befinden ist Sache der Kommission.»

Bell schüttelte leicht den Kopf und lächelte nachsichtig. Seit nunmehr zwanzig Jahren gab der bucklige Mediziner auf diese Frage immer dieselbe Antwort. Nur ein einziges Mal in all der Zeit hatte es eine Nachfrage gegeben, und er war gezwungen gewesen, den Satz näher zu erläutern. Der jetzige Coroner hatte sein Amt damals gerade erst neu angetreten und ihn noch nicht gekannt. Bell war inzwischen manchmal schon fast überrascht, daß er überhaupt zu irgendwelchen verbindlichen Äußerungen bereit war; bei seiner schon krankhaften Furcht, sich festzulegen, mußte ihn das jedesmal große Überwindung kosten. Der Eindruck trog nicht; es fiel ihm tatsächlich von Jahr zu Jahr schwerer. Naturwissenschaftler, der er war, stand er schnellen, einfachen Definitionen und Erklärungen mehr als skeptisch gegenüber. Die Tätigkeit der Polizei konnte er deswegen nur mit einer gewissen herablassenden Geringschätzung betrachten. Es gab nur einen Beamten, der ihm Respekt abnötigte, und das war Morse, der ihm bei einem Glas Bier einmal unmißverständlich zu verstehen gegeben hatte, welch tiefe Verachtung er seinerseits für die Gerichtsmediziner mit ihren pingeligen, zögerlichen Beurteilungen empfand.

Die Entscheidung der Leichenschaukommission lautete auf ‹Tod durch Selbstmord›. Der Fall Anne Scott galt damit offiziell als abgeschlossen.

Noch am selben Abend rief Morse den buckligen Pathologen zu Hause an.

«Hast du Lust, mit in den Pub zu kommen, Max?»

«Nein.»

«Wieso nicht? Bist du auf einmal Abstinenzler geworden?»

«Nein, aber ich trinke seit einiger Zeit zu Hause. Das ist billiger.»

«Und außerdem gibt es keine Polizeistunde.»

«Ja, das ist der zweite Vorteil.»

«Und wann fängst du gewöhnlich so an?»

«Wie du – kurz vor dem Frühstück.»

«Hat diese Anne Scott Selbstmord begangen, Max?»

«O nein! Nicht du auch noch!»

«Ja oder nein?»

«Ich interessiere mich, wie du langsam wissen solltest, Morse, nur für die Verletzungen und ihre Folgen, also in diesem Fall ihren Tod. Zu erklären, wie sie zu diesen Verletzungen kam, ist eure Sache.»

«War es Selbstmord, Max? Es ist mir wichtig, deine Meinung zu wissen.»

Am anderen Ende entstand ein langes Schweigen. Doch schließlich hatte er sich offenbar zu einer Antwort durchgerungen: «Ja.»

ZWEITES BUCH

Kapitel Zehn

... die Noten
Sind der Notiz nicht wert,
notiert Euch das.
Shakespeare,
Viel Lärmen um nichts,
2. Akt, 3. Szene

Am Samstag, vier Tage nach dem Gerichtstermin, bei dem über die Todesursache von Anne Scott befunden worden war, klopfte in Canal Reach ein Mann an die Tür von Nr. 2 und erklärte der nervösen, hochschwangeren jungen Frau, die ihm öffnete, er sei im Auftrag des Archivs der Bodleian Library unterwegs zwecks Forschungen über die sozioökonomische Entwicklung Jerichos in der zweiten Hälfte des neunzehnten Jahrhunderts. Sie konnte ihm dazu, wie nicht anders zu erwarten, nicht viel sagen, und er verabschiedete sich höflich und ging weiter zum Nachbarhaus. Dort war anscheinend niemand da. Der Mann in Nr. 6, ein Hüne in mittleren Jahren, dessen Arme von den Schultern bis hinunter zu den Handgelenken über und über tätowiert waren, riet ihm schroff, ‹Leine zu ziehen, aber ganz schnell, mit ihnen habe er nichts am Hut›. Offenbar war er der Annahme, ein in Missionstätigkeit sich übendes Sektenmitglied vor sich zu haben. In Nr. 8 traf er einen schmalen, blassen jungen Mann mit Brille an, der sich in bezug auf die lokale Geschichte als wahre Fundgrube erwies. Der Mann von der Bodleian Library kam gar nicht schnell genug nach ... ‹Wichtigstes Jahrzehnt 1821–31, dazu eine Monographie von Eliza M. Hawtrey (?–1954) – müßte bei Ihnen in der Bibliothek eigentlich vorhanden sein, würde ich gern mal reinsehn –

unterschiedliche Dachkonstruktionen, Backstein, Schiebefenster – ein Mensch ging von Jerusalem hinab gen Jericho und fiel unter die Mörder – Ansiedlung von Künstlern – 1825 Lucy's Eisengießerei – Umzug der Oxford University Press auf ihr heutiges Grundstück 1826 – und nicht zu vergessen: der Kanal, Oxford–Banbury–Coventry–Midlands, fertiggestellt 1790 – nicht zu vergessen auch St. Paul's, begonnen 1835, und St. Barnabas, begonnen 1869.›

«Wunderbar – wirklich ganz wunderbar!» sagte der Mann von der Bodleian Library, der den Auftrag hatte, die sozioökonomische Entwicklung Jerichos in der zweiten Hälfte des neunzehnten Jahrhunderts zu erforschen, als der Redestrom des jungen Mannes erste, nicht unwillkommene Anzeichen zeigte, allmählich nachzulassen. «Höchst interessant und, vor allem, von so immenser Wichtigkeit. Sie sind Historiker, nehme ich an?»

«Nein, nein. Ich arbeite bei Morris in Cowley.»

Der Mann von der Bodleian Library mußte erst noch einen langen Vortrag, in dem ihm ungeahnte Einzelheiten über den Bau der Eisenbahn offeriert wurden, über sich ergehen lassen, für den er sich, seiner Rolle entsprechend, lebhaft bedankte, ehe es ihm gelang, sich zu verabschieden. Als die Tür von Nr. 8 sich endlich schloß, stieß er einen Seufzer der Erleichterung aus. Die meisten Anwohner würden inzwischen von seiner Anwesenheit Kenntnis haben – ganz wie es in seiner Absicht gelegen hatte. In Nr. 10 machte niemand auf; das Fahrrad war nicht da. Er überquerte die schmale (wirklich lächerlich schmale!) Straße und klopfte an die Tür von Nr. 9, dreimal, laut und vernehmlich, während er verstohlen die Türklinke herunterdrückte. Es war abgeschlossen. Zur Begrüßung von Mrs Purvis in Nr. 7 setzte er sein gewinnendstes Lächeln auf, und als sie hörte, daß er damit befaßt sei, für die Royal Architectural Society ein Buch über die Innenaufteilung – zwei Räume unten, zwei Räume oben – bestimmter um die Mitte des neunzehnten Jahrhunderts gebauter Häuser zu schreiben, lud sie ihn umgehend ein, doch näherzutreten. Zehn Minuten später saß er hinten in dem niedrigen Küchenanbau, vor sich eine Tasse Tee, und gab sich den Anschein, als könne er sich nichts Schöneres vorstellen, als mit ihr zu plaudern, so daß Mrs Purvis ihrer verheirateten Tochter am nächsten Tag begeistert berichtete, sie habe noch nie einen so wohlerzogenen und gebildeten Menschen kennengelernt.

«Ich sehe, Sie ziehen Ihr Gemüse selbst», sagte Morse, stand auf und sah vorbei an dem dunkelgrünen Schuppen, in dem sich vermutlich das Außenklo befand und eine Ecke für die Kohlen, auf das kleine Stück Garten hinaus. «Das finde ich vernünftig. Ich wollte neulich bei mir in Summertown einen Blumenkohl kaufen, und sie haben einen so unverschämten Preis dafür verlangt, daß ich es gelassen habe.»

Sie strahlte geschmeichelt. Morse wußte, daß er jetzt den zweiten Schritt tun konnte, ohne daß sie mißtrauisch werden würde.

«Was haben Sie hier eigentlich für einen Boden, Mrs Purvis? Lehmig oder ...» Morse versuchte sich zu erinnern, welche Eigenschaften man einem Boden noch zuschreiben konnte, «oder eher alkalisch?»

Sie hob etwas hilflos die Schultern. «Also da fragen Sie mich wirklich zuviel.»

Morse lächelte ihr zu. «Na, wenn Sie wollen, kann ich ja mal einen Blick ...»

Einen Moment später standen sie draußen im Garten. Morse bückte sich, nahm etwas Erde auf und ließ sie mit Kennermiene durch die Finger rieseln. Dabei blickte er unauffällig zu Anne Scotts Haus hinüber. Der bei den Häusern in dieser Gegend übliche niedrige Küchenanbau war hier erweitert und durch eine geschickte Dachkonstruktion in das Haus einbezogen worden. An der Schmalseite des Gartens gab es eine Mauer, die offenbar frisch ausgebessert worden war; die Mauer an der gegenüberliegenden Längsseite dagegen wies, wohl als Folge jahrelanger Frosteinwirkung, viele abgeplatzte Stellen auf. Gleich hinter dieser Mauer begann das Gelände der Bootswerft. Von dort aus müßte es eigentlich möglich sein ... Er warf noch einen letzten Blick in die Runde, dann verabschiedete er sich von Mrs Purvis. Er hatte erfahren, was er wissen wollte. Es war bezeichnend für Morses Gründlichkeit (manche nennen es auch krankhaften Perfektionismus), daß er sich die Mühe machte und, um den Anschein aufrechtzuerhalten, auch noch bei Nr. 5, 3 und 1 anklopfte, wenn auch, das sollte der Ehrlichkeit halber hinzugefügt werden, nicht besonders laut. Er hatte Glück. In Nr. 5 war niemand da, und das Gespräch mit der Frau in Nr. 3 war nur kurz, da sie schwerhörig war. Gegenüber dem taperigen Alten in Nr. 1, der gleich einen Schritt auf ihn zu machte, so als sei er nicht abgeneigt, ein längeres Schwätzchen zu halten, flüchtete Morse in die Frage, ob er ihm sagen könne, wo ein gewisser Mr ... äh, Mr Green zu finden sei. Zu seiner großen Verblüffung nickte der Alte sofort zustimmend mit dem Kopf und wies mit einem knochigen, arthritisgekrümmten Finger hinüber zu Nr. 8, dort, wo Morse den so überaus beschlagenen jungen Automobilarbeiter angetroffen hatte.

Morse hätte jetzt gehen können, doch der Alte ließ ihn so schnell nicht wieder ziehen. «Habe ich Sie nicht schon mal irgendwo gesehen, Mister?» fragte er, trat noch einen Schritt näher an Morse heran und blickte ihm mit vorgerecktem Hals forschend ins Gesicht.

Morse spürte plötzlich eine ganz irrationale Angst, entlarvt zu werden, und beeilte sich zu erklären, daß er öfter in der Gegend sei, weil er die Geschichte Jerichos erforsche («im Auftrag der Bibliothek, wissen Sie!»). Der Alte nickte, und sie kamen ins Gespräch. Morse erfuhr, daß er jeden Abend zwei Stunden im *Printer's Devil* verbrachte («von acht bis zehn, Mister, regelmäßig wie Stuhlgang»).

Morse hörte es mit großem Interesse. Wenn – dann also zwischen acht und zehn. Was konnte schon groß passieren?!

Sein nächster Besuch galt dem Schlosser (es war derselbe, den Walters vor einer Woche aufgesucht hatte). Er blieb ihm gegenüber einigermaßen bei der Wahrheit, wies sich korrekt als Inspector aus und erklärte, er habe sich im Haus Nr. 9 Canal Reach umsehen wollen (was der Wahrheit entsprach), aber leider feststellen müssen, daß er den Schlüssel für das Haus im Präsidium habe liegenlassen (was schlicht gelogen war) und ob er, Mr Grimes, ihm vielleicht mit einem Schlüssel für die Haustür aushelfen könne. Aber Mr Grimes bedauerte: er habe keinen passenden Schlüssel da. Natürlich könne er mitkommen und das Schloß öffnen, das sei kein Problem. Das Schloß, das er nicht aufbekomme, müsse erst noch gebaut werden ... Falls also der Inspector einverstanden sei ... Morse schüttelte energisch den Kopf. Mit einem Schlosser in Canal Reach anzurücken war wirklich das letzte, was er wollte.

Er nahm einen neuen Anlauf. «Wissen Sie», sagte er, «eigentlich dürfte ich nicht darüber reden, aber die Sache ist die, wir haben da einen Hinweis erhalten ... wegen der Selbstmordgeschichte, Sie erinnern sich. Wir müssen dem natürlich nachgehen, aber wir möchten vermeiden, daß die Nachbarn etwas mitbekommen und dann vielleicht unruhig werden. Nun hat dummerweise einer unserer Sergeants die beiden Schlüssel verlegt, so daß wir ...»

«Sie meinen, die *drei* Schlüssel, oder, Inspector?»

Der Schlosser berichtete von Walters' Besuch; Morse hörte ihm zu und kam ins Grübeln ...

«Daß es noch einen zur Hintertür gibt, habe ich ihm nicht gesagt», fuhr Grimes fort, «er hat mich nicht danach gefragt, und es erschien mir nicht wichtig.»

Morse schob wortlos eine Fünfpfundnote über den Ladentisch, und der Schlosser förderte einen Schlüssel zutage. Der passe auf jeden Fall, er selbst habe vor einem halben Jahr das Schloß eingebaut und wisse noch genau, um welchen Typ es sich handele. «Ich kann mich doch auf Ihr Stillschweigen verlassen, oder?» fragte Morse, der sich einen Moment lang vorgestellt hatte, was sie im Präsidium sagen würden, wenn sie dahinterkämen, was er hier trieb ... Das halbherzige Nicken, das er zur Antwort erhielt, war wenig geeignet, ihn zu beruhigen. Irgendwie war er ja wirklich verrückt ... Andererseits – dieser Fall ging ihn ganz persönlich an, und wenn er es recht bedachte, so war ihm das Risiko eigentlich egal.

Kapitel Elf

Lesen und schreiben kann er nicht,
Euer Ehren, aber seine drei Kreuze
macht er so gut wie jeder andere.
Maria Edgeworth, Love and Law

An ebendiesem Samstag, dem 13. Oktober, bekam Charles Richards morgens einen an seine Privatadresse gerichteten Brief. Er war als Brief 1. Klasse frankiert, dem Absender mußte an einer schnellen Beförderung gelegen gewesen sein. Die Marke war gleich zweimal entwertet worden. Der erste Stempel, *Oxford, 8. Oktober*, war gut zu erkennen, der zweite, darüberliegende, verwischt und unleserlich. Daß der Brief erst jetzt, nach fünf Tagen, zugestellt worden war, lag daran, daß ursprünglich eine falsche Hausnummer angegeben worden war: Oxford Avenue 61 statt 261. Irgend jemand, vermutlich der Bewohner von Nr. 61, hatte den Fehler korrigiert und den Brief erneut in den Kasten geworfen. Der Umschlag, ein einfaches weißes Kuvert, war mit Tesafilm zugeklebt. Auf der Vorderseite, oben links in der Ecke, stand in Druckbuchstaben PERSÖNLICH; der Ortsname ‹Abingdon› war fehlerhaft wiedergegeben worden als *Abindon*. Der Schreiber schien nicht viel Übung zu haben – nicht nur waren die einzelnen Buchstaben ungelenk, auch die Zeilen sackten gegen Ende immer mehr nach unten ab. Richards riß den Umschlag ziemlich achtlos auf und stellte fest, daß er noch einen zweiten enthielt, in der Mitte gefaltet, mit der Aufschrift CHARLES RICHARDS sowie dem erneuten Hinweis NUR PERSÖNLICH. Diesen zweiten Umschlag öffnete Richards schon mit mehr Sorgfalt. Er enthielt einen einzelnen Bogen Papier von guter Qualität.

> Sehr geehrter Mister Richards!
> Es ist wegen Missis Scott, das ich ihnen schreibe. Ich weis über sie beide bescheid. Ich weis ALLES! Ich hab ein Brief in dem alles drinsteht. Es ist besser sie glauben mir weil ich sonst alles Missis Richards erzäle und ihr den Brief gebe. Wenn sie mir helfen erzäle ich NICHTS. Sie sind reich und 1000 Pfund sind nicht fiel Geld für sie. Ich verspreche ihnen das ich nie wider schreibe.
> Die Polizei weis nichts und ich habe nimand was erzält. Ich sag ihnen jezt was sie tun müsen. Sie gehen in die Walton Street und dann links in die Walton Well Road und dann immer grade aus über die Brüke über den Kanal und über die Eisenbahnbrüke und dann sind sie auf ein Parkplaz. Da dren sie sich um und dann sehn sie ein Paar Weidenbäume. Der 5. von links hat so 1 ½ m über dem Boden ein groses Loch. Da tun sie das Geld reinlegen und farn weg. Ich bin da und kucke. Ich rufe sie noch an und sage bescheid wann. Hohlen sie *nicht* die Polizei. Dann sage ich es Missis Richards und geb ihr den Brief.

Richards zwang sich, nachdem er begriffen hatte, um was es ging, zu kühler Unbeteiligtheit und studierte den Brief wie ein Stück

Prosa, das ihm zur Begutachtung vorgelegt worden war. Er las den Brief ganz durch, las ihn noch einmal, schließlich ein drittes Mal. Sein Gesicht spiegelte zunächst Verblüffung, dann Ärger und nahm schließlich einen Ausdruck von Besorgnis an, der jedoch weit entfernt war von Panik oder Verzweiflung. Und dazu sah er in der Tat keinen Grund. Er faltete den Bogen sorgsam wieder zusammen, steckte ihn in den Umschlag zurück und legte ihn mit dem zweiten Kuvert in seine Brieftasche.

Fünf Minuten später brachte er Celia das Frühstück hoch. Er wartete geduldig, bis sie sich verschlafen aufgesetzt und eine Strickjacke um die Schultern gelegt hatte, dann stellte er ihr das Tablett auf den Schoß und gab ihr einen Kuß auf die Stirn. Er müsse heute morgen nach Oxford, ob sie einverstanden sei, daß er den Mini nehme. Um eins zum Mittagessen sei er ganz sicher wieder zu Hause. Gab es irgend etwas, das er ihr mitbringen konnte? Übrigens würde er heute abend vermutlich noch einmal nach Oxford fahren müssen.

Celia hörte, wie er das Haus verließ. Sie saß vornübergebeugt, das Gesicht in die Hände vergraben, und dachte voll ratloser Verzweiflung über ihn nach. Wie konnte jemand so falsch sein und gleichzeitig so liebevoll bemüht erscheinen? Es war reiner Zufall gewesen, daß sie ausgerechnet letzten Samstag nach langer Zeit wieder einmal die *Oxford Mail* gekauft und so auf den Bericht über Anne Scotts Tod gestoßen war. Bei ihrer Rückkehr hatte sie die Zeitung so liegenlassen, daß Charles ihn eigentlich nicht hatte übersehen können. Er hatte ihn wohl auch gelesen. Trug er die Schuld daran, daß sie sich umgebracht hatte? So etwas war immer schwer zu entscheiden, und sie merkte, daß es ihr im Grunde gleichgültig war. Das einzige, was sie interessierte, war, den jetzigen unhaltbaren Zustand zu beenden; die Situation wurde für sie von Tag zu Tag unerträglicher. Nein, sie durfte es nicht länger aufschieben. Er hatte gesagt, daß er bis zum Mittagessen zurück sein würde, danach würde sie sich ein Herz fassen und mit ihm reden, endlich alles, was sie wußte, herauslassen, ihm die Wahrheit entgegenschleudern. Sie mußte es tun, um ihrer selbst willen, sie würde sonst noch daran ersticken. Conrad hatte ihr abgeraten, aber er würde sie trotzdem verstehen. Er hatte sie immer verstanden ... Sie kaute ein Stückchen des inzwischen hart gewordenen Toasts und trank einen Schluck lauwarmen Tee. Charles war also heute morgen in Oxford. Dabei betonte er doch immer, wie unumgänglich notwendig es sei, gerade am Samstagmorgen in der Firma zu erscheinen. Was gab es in Oxford Wichtiges, das ihn von dieser geheiligten Gewohnheit abbrachte? Anne Scott war ja nun tot; sie konnte also kaum der Grund sein.

Auf der Intensivstation des *John Radcliffe Zwei* warf Dr. Philips einen besorgten Blick auf den Jungen, der dort völlig regungslos unter der weißen Decke lag, und betrachtete dann stirnrunzelnd die letzte Eintragung auf dem Krankenblatt: *Fieber und unregelmäßiger Puls.*

«So ein Dummkopf», bemerkte er seufzend zu der Schwester, die neben ihm stand.

«Werden wir ihm helfen können?» fragte sie.

Philips zuckte die Achseln. «Da bin ich skeptisch. Wenn jemand erst mal angefangen hat mit dem Zeug ...»

«Wissen wir inzwischen eigentlich, was es war?»

«Nicht sicher, aber es deutet alles auf Kokain hin – das Fieber, die erweiterten Pupillen, die Schweißausbrüche, die Gänsehaut, der erhöhte Blutdruck ... Er scheint es sich gespritzt zu haben, das hat die Wirkung noch verstärkt.»

Sie nickte. «Glauben Sie, daß er es überstehen wird?»

«Wenn – dann hat er das einzig und allein Ihrer großartigen Pflege zu verdanken, Schwester.»

Schwester Warrener freute sich über das Lob; außerdem gab ihr die Auskunft wieder etwas Mut. Michael Murdoch. Sie hatte das Gefühl, sie würde ihn mögen. Er war neunzehn, genau wie sie, und hatte gerade erst vor kurzem einen Studienplatz am Lonsdale College bekommen. Sie würde alles tun, um ihn durchzubringen. Er war einfach noch zu jung, um zu sterben; er hatte doch noch alles vor sich. Sie dachte an seine Mutter. Auf den ersten Blick wirkte sie so energisch und vernünftig und machte den Eindruck, als sei sie der schlimmen Situation gewachsen, aber die junge Schwester hatte während ihrer Ausbildung schon genug Menschenkenntnis erworben, um das Unglück und die tiefe Verzweiflung zu ahnen, die sich hinter einer Fassade aus Kompetenz und Beherrschung zu verbergen suchte.

Kapitel Zwölf

Die Ereignisse, deren Zeuge Sophokles wurde,
waren in ihrer national- und weltgeschichtlichen
Dimension zweifellos begrenzt,
in bezug auf die Intensität der Handlungen
und Emotionen jedoch ohne Beispiel.
Aus der Einleitung zu ‹Sophokles, Die Thebanischen Dramen›,
Penguin Klassiker

Morse blieb seinem einmal gefaßten Entschluß treu; gegen neun war er wieder in Jericho, parkte seinen Lancia im absoluten Halteverbot direkt vor dem *Printer's Devil* und ging hinein, um sich mit zwei doppelten Whiskies für sein Vorhaben Mut anzutrinken. Eine Viertelstunde später stand er in Canal Reach. Mit Erleichterung sah er, daß Mr Jackson in Nr. 10 offenbar nicht zu Hause war. Das Tor der kleinen Werft war nur angelehnt; Morse blickte sich verstohlen um und schlüpfte dann schnell hindurch. Er wandte sich nach links und bewegte sich sehr langsam und vorsichtig, da überall irgend etwas herumzuliegen schien – Benzinfässer, Spieren und nicht genau zu identifizierende Teile eines abgewrackten Schleppkahns. Wie er erwartet hatte, war das Gelände um diese Zeit völlig verlassen. Die Tür der kleinen Holzhütte, in der das Büro der Werft untergebracht sein mochte, war für die Nacht mit einem Vorhängeschloß gesichert. Rings umher war alles still, nur ab und zu drang vom Kanal her das leise Quaken einer Ente herüber. Der Mond lag hinter einer dicken Wolkendecke verborgen, und es herrschte eine fast undurchdringliche Dunkelheit.

Er zog sich eines der Benzinfässer heran, kletterte hinauf und spähte über die Mauer zum Haus von Anne Scott. In den Nachbarhäusern war nach hinten hinaus alles dunkel. Er stemmte die Arme auf die Mauerkrone, zog sich hoch und blieb einen Moment lang geduckt oben sitzen, bevor er sich auf der anderen Seite hinuntergleiten ließ. Beim Aufkommen verspürte er einen scharfen, stechenden Schmerz im rechten Fuß – er war in einen Blumentopf getreten und hatte sich an den Scherben geschnitten. Das Herz klopfte ihm bis zum Hals, als er, im Schatten der Mauer stehend, abwartete, ob jemand etwas gehört hatte. Aber nichts rührte sich.

So leise wie möglich ging er zur Hintertür. Er schloß auf und stand in der Küche. Es dauerte einen Augenblick, bis seine Augen sich an das Dunkel gewöhnt hatten und er um sich sehen konnte. Die Tür gleich rechts führte vermutlich zu einem kleinen Badezimmer, hinter der Tür am anderen Ende der Küche lag das Wohnzimmer. Die Tür klemmte – Walters hatte ihn vor zehn Tagen bei seinem ersten Besuch darauf hingewiesen –, und er brauchte etwas Kraft, um sie aufzuziehen. Das scharrende Geräusch, mit dem die untere Kante über den Boden schleifte, schien das ganze Haus zu erfüllen. Das Wohnzimmer war ihm noch vertraut, und er fand den Weg zur Treppe ohne Schwierigkeiten. Oben nahm er seine Taschenlampe heraus und knipste sie an, hielt aber die Hand darüber, damit der Lichtschein nicht nach draußen dringe. Er hatte vor, sich den hinteren der beiden Räume anzusehen; das Schlafzimmer, das nach vorn hinaus lag, zu durchsuchen schien ihm zu riskant. Die nächste halbe Stunde brachte er damit zu, in ihrem Schreibtisch herumzustöbern. Er kam sich vor wie einer jener häßlichen großen Geier, die sich gierig auf alle Kadaverreste stürzen, die ihnen Schakale und Hyänen übriglassen. Schließlich war er fertig und schob die Schubladen wieder zu. Unter den Dingen im Schreibtisch hatte sich ein Taschenkalender vom vergangenen Jahr befunden, den er einsteckte. Er wandte sich zum Gehen und leuchtete noch ein letztes Mal durch den Raum. Der Strahl seiner Taschenlampe traf auf ein Bücherregal. Er lächelte wehmütig, als er die schwarzen Rücken der Penguin Klassiker-Ausgaben erkannte – die hatte sie also auch gemocht. Die Bände standen nach Autoren geordnet; von A – wie Äschylos bis X – wie Xenophon. Plötzlich stutzte er. Klaffte da nicht eine Lücke? Ja, zwischen Senecas *Tragödien* und Suetons *Leben der Cäsaren* war ein schmaler Zwischenraum. Was konnte da gestanden haben? Vielleicht Sophokles. Ja, ganz sicher sogar. Er zuckte die Achseln. Und wenn schon. Er verließ das Zimmer und stieg vorsichtig die knarrende Treppe hinunter.

Unten blieb er einige Zeit bewegungslos stehen, bis er auf einmal merkte, daß ihn fror. Wie hatte sie überhaupt geheizt? Eine Zentralheizung gab es nicht, auch keine elektrische Nachtspeicherheizung. Oben hatte sie ein kleines elektrisches Heizöfchen gehabt. Und hier unten? Gab es einen Kamin? Er trat ein Stück weit ins Zimmer hinein und blickte sich um. Ja, dort links, eingerahmt von hellen Kacheln. Er hatte ihn bei seinem ersten Besuch übersehen, damals hatte das Mahagonitischchen mit dem Fernsehgerät davorgestanden. Ohne sagen zu können, warum, beugte er sich hinunter und tastete den Rost ab. Asche. Er knipste die Taschenlampe an und leuchtete in die dunkle Öffnung. Viel war nicht zu sehen, nur geschwärzte Papierschnipsel, die sich in der Hitze der Flammen zusammengerollt hatten und die, als Morse sie vorsichtig berührte, zu Staub zerfielen. Doch durch den Rost hindurch, in der Aschenlade, konnte er etwas Weißes leuchten sehen. Ein Fetzen Papier, der die Verbrennung überstanden hatte. Morse hob ihn behutsam mit den Fingerspitzen heraus. Es schien sich um das Fragment eines gedruckten Briefkopfes zu handeln; auf dem geretteten Papierschnipsel stand in Großbuchstaben die Silbe *ICH*. Morse ließ die Asche durch seine Finger gleiten und fand einen weiteren, noch kleineren Schnipsel, der von demselben Briefkopf zu stammen schien. Er war leicht angesengt, und Morse war nicht sicher, ob er die Buchstaben nun als *KAT* oder *RAT* lesen sollte. Bei genauerem Betrachten doch wohl eher *RAT*. Er steckte die beiden Schnipsel zwischen zwei Seiten des Taschenkalenders, den er von oben mitgenommen hatte. Morse brauchte nie viel Anlaß, um Spekulationen anzustellen. Er kniff die Augen zusammen und grübelte. War nicht *ICH* das deutsche Personalpronomen der ersten Person Singular? Und hatte nicht Anne Scott Deutschunterricht gegeben ...? Während er noch immer in dem dunklen, ungemütlichen Zimmer neben dem kalten Kamin stand, durchzuckte ihn plötzlich ein Gedanke. Was für ein Idiot er gewesen war! Was für ein unglaublicher Idiot! Selbstkritisch gestand er sich ein, daß seine monumentale Blindheit ihre Ursache hatte in seinem Versuch, den Besuch bei Anne Scott um jeden Preis zu verschweigen. Und dies allein deshalb, weil er befürchtete, die Kollegen könnten ihm ins Herz sehen, wüßten sofort, daß er sie nur hatte sehen wollen, um mit ihr zu schlafen, um endlich wieder einmal sein Verlangen nach Sexualität zu befriedigen, das ihn lästigerweise von Zeit zu Zeit immer noch überfiel.

Er verließ das Haus auf demselben Weg, den er gekommen war, und schloß hinter sich ab. Suchend blickte er sich nach etwas um, das er als Tritt benutzen konnte, um wieder über die Mauer zu gelangen. Er hätte den Rückweg vorher planen sollen! Wenn er nun nichts fand ... Plötzlich entdeckte er vor der Mauer an der

Schmalseite des Gartens eine Kelle und ein etwa 30 mal 30 Zentimeter großes Holzbrett, auf dem offenbar jemand Mörtel angerührt hatte, und sofort setzte sein Verstand zu neuen kombinatorischen Volten an. Irgendwann landete er dann wieder auf dem Boden der Tatsachen und entsann sich seines Problems mit der Mauer. Die Ablenkung durch Kelle und Brett schien jedoch eine Sperre beseitigt zu haben, denn ohne groß weiter nachdenken zu müssen, fiel ihm ein, daß es hier doch irgendwo eine Mülltonne geben müsse. Er hatte recht mit seiner Vermutung, trug sie zur Mauer, stellte sich darauf, zog sich hoch und landete mit einem Sprung sicher wieder auf der anderen Seite. Er erreichte ohne weitere Probleme die Straße, erleichtert darüber, daß alles glattgegangen war, und dachte an den Whisky, den er sich gleich genehmigen würde, als sich plötzlich von hinten eine Hand auf seine Schulter legte und eine harsche Stimme ihm zuraunte: «Immer schön weitergehen, Mister.»

Zur selben Zeit, als Morse sich auf eigene Faust und etwas außerhalb der Legalität in Anne Scotts Haus umsah, fuhr ein aus Abingdon kommender Mini auf der Umgehungsstraße westlich an Oxford vorbei, bog dann im Norden der Stadt auf den North Way und befand sich nach nochmaligem Abbiegen auf dem oberen Ende der Woodstock Road.

Der Fahrer hielt sich so weit links wie möglich und fuhr nur knapp zwanzig. Er passierte eine Reihe ausladender, eleganter Villen, die sich in einiger Entfernung von der Straße auf kleinen Anhöhen inmitten gepflegter Gärten erhoben und ihren Besitzern, wie man vermuten durfte, ein Höchstmaß an Privatheit garantierten. Vor einer Telefonzelle hielt er an, löschte die Scheinwerfer, stieg aus, betrat die Zelle und nahm den Hörer ab. Er lauschte einige Sekunden auf den Wählton und nickte dann; der Apparat schien in Ordnung zu sein. Er legte den Hörer jedoch nicht gleich wieder auf, sondern hielt ihn weiter ans Ohr und tat so, als ob er telefoniere. Dabei sah er mit großer Aufmerksamkeit in beiden Richtungen die Straße hinunter. Es war niemand zu sehen. Er hängte ein und ging hinaus. Unmittelbar hinter der Zelle verlief eine niedrige, von Efeu überwucherte Mauer. Er trat einige Male dagegen, wie um ihre Stabilität zu prüfen. Das Ergebnis schien ihn zu befriedigen, und er kehrte zu seinem Wagen zurück. Er fuhr nur knapp hundert Meter, dann hielt er an und notierte sich den Namen der Querstraße vor ihm. Er setzte seinen Weg fort, bog einige Ecken weiter nach links ab in die Squitchey Lane, folgte ihr bis zur Banbury Road, bog erneut nach links ab, gelangte wieder auf den North Way und fuhr in westlicher Richtung, bis er auf die Woodstock Road stieß. Er ging mit der Geschwindigkeit herunter und blickte konzentriert um sich; er schien sich Einzelheiten der Umgebung einprägen zu wollen. Als er die Höhe der Squitchey Lane erreicht hatte, gab er Gas und brauste davon.

Sein Plan stand fest.

Am selben Abend gegen zehn Uhr öffnete Michael Murdoch zum erstenmal die Augen und erblickte über sich das freundlich-besorgte Gesicht von Schwester Warrener. Sie lächelte ihn an, und er registrierte mit hypersensibilisiertem, fast schmerzhaft scharfem Wahrnehmungsvermögen jede kleinste Unregelmäßigkeit ihrer kräftigen weißen Zähne und die Goldkrone ganz hinten, dort, wo das Lächeln schon fast nicht mehr hinreichte.

«Fühlen Sie sich besser?»

Er fühlte eigentlich gar nichts, nicht einmal Erstaunen, daß er hier lag, und nickte nur leicht mit dem Kopf, weil das am einfachsten war. Er schloß wieder die Augen und spürte plötzlich, wie er fiel und fiel und fiel ... Ihm brach der kalte Schweiß aus, doch eine kühle Hand auf seiner Stirn holte ihn wieder zurück, und er beruhigte sich. Doch nur für einen Moment. Dann öffnete sich sein Mund zu einem stummen Schrei des Entsetzens. Vor Grauen wie gelähmt, beobachtete er, wie die große, braune Ratte neben seinem Ohr unaufhaltsam Zentimeter um Zentimeter näher kam, während ihr nackter, rosa Schwanz tief und tiefer in sein Ohr glitt. Ihre spitze Schnauze war leicht geöffnet, und er wußte, daß sie sich im nächsten Moment mit ihren scharfen kleinen Zähnen hineinfressen würde in jene grauweiße Masse direkt vor ihr.

Die Masse war sein *Gehirn*.

Er schrie gellend auf.

Miss Catharine Edgeley kehrte an diesem Abend nach etwas mehr als einwöchiger Abwesenheit aus Nottingham zurück. Ihre Mutter war vor vier Tagen an einem Hirntumor gestorben. Gestern hatte man sie beerdigt. In Miss Edgeleys Gedanken war wenig Raum für etwas anderes als den gerade erlittenen Verlust. Ganz bestimmt nicht für den letzten Bridgeabend. Und auch nicht für Anne Scott. Sie wußte nicht einmal, daß Anne tot war.

Kapitel Dreizehn

Sit Pax in Valle Tamesis
Wahlspruch der
Thames Valley Police Authority

Zu seinem eigenen Erstaunen fühlte sich Morse, obwohl seinem Vorhaben nun doch nicht der friedliche Ausgang beschieden gewesen war, den er sich gewünscht hatte, merkwürdig ruhig. Während er tat, wie ihm befohlen, und, den Blick starr geradeaus, ‹immer schön weiter› ging, stellte er sich mit geradezu frivoler Unbekümmertheit vor, daß er, wenn er ein Deutscher wäre, seine Situation als ernst, aber nicht hoffnungslos, wenn er dagegen ein Österreicher wäre, als hoffnungslos, aber nicht ernst charakterisieren würde. Oder war es genau andersherum? Bevor er sich entschieden hatte, war er von seinem unsichtbaren Begleiter um die Ecke dirigiert worden und fand sich zu seiner Verblüffung neben einem dort geparkten Polizeiwagen wieder. Er drehte sich abrupt um und sah, schräg nach oben blickend, in das erschrockene Gesicht eines noch ziemlich jungen Mannes.

«Oh, Sir! Sie, Sir!» Es war Walters. Morse stieß einen tiefen Seufzer aus, eine Mischung aus Ärger und Erleichterung, und sah ihn mit hochgezogenen Augenbrauen an.

«Ich hoffe, das Verhaften von Vorgesetzten wird Ihnen nicht zur lieben Gewohnheit.»

Sie fuhren zu Morse nach Hause – der Chief Inspector in seinem

Lancia vorweg, Walters, noch immer etwas verwirrt, im Polizeiwagen hinterher. Morse stellte Whisky und Gläser auf den Tisch und begann dann freimütig über seine reichlich unorthodoxen Ermittlungen zu berichten. Walters mochte ihm an Offenheit nicht nachstehen und bekannte, daß ihm Morses Rolle in der ganzen Angelegenheit schon etwas merkwürdig vorgekommen sei, berichtete dann über die Ergebnisse seiner bisherigen Nachforschungen und äußerte seine Besorgnis über gewisse, immer noch vorhandene Ungereimtheiten, derentwegen er die ganze Sache noch weiter verfolgen wolle. Daß er zu so später Stunde noch in Canal Reach aufgetaucht war, hatte allerdings einen banaleren Grund. Er hatte bis spät in den Abend auf dem Revier in der St. Aldate's Street zu tun gehabt und im Anschluß daran den Taschenkalender für das laufende Jahr, den sie in Anne Scotts Schreibtisch gefunden und mitgenommen hatten, zurückbringen wollen. Er habe gerade vor ihrem Haus gestanden, als er einen dunklen Schatten durch das Tor der Bootswerft habe schleichen sehen. Die Gestalt sei ihm verdächtig vorgekommen. Er habe sich an die Hauswand gedrückt und abgewartet, bis der Unbekannte auf der anderen Straßenseite ein Stück weitergegangen sei, um dann hinterherzugehen. Morse hörte ihm mit ausdrucksloser Miene und ohne ihn zu unterbrechen zu, so als stehe er über den Dingen. Ganz zu Anfang, als Walters über die Ungereimtheiten gesprochen hatte – den Küchenschemel und den Schlüssel auf der Matte hinter der Tür –, hatte er gleichmütig genickt. Entweder waren ihm die beiden Tatsachen unwichtig oder aber in ihrer Bedeutung klar. Nur bei Walters' Vermutungen hinsichtlich Mrs Gwendola Briggs' Gefühllosigkeit war einen Moment lang ein zorniges Blitzen in seine Augen getreten.

«Sie sind in einer schwierigen Lage, junger Mann», sagte Morse, als Walters seinen Bericht beendet hatte. «Sie kommen dahinter, daß einer Ihrer Vorgesetzten ohne dienstlichen Auftrag in einem fremden Haus herumschnüffelt, in einem Haus, dem er laut Aussage eines Zeugen schon vorher einen Besuch abgestattet hat, und zwar ausgerechnet an dem Tag, an dem eine Frau dort Selbstmord begangen hat ... Tja, Walters, was tun Sie denn da nun?»

«Ich weiß es nicht, Sir.»

«Das sollten Sie aber!» Die plötzliche Schärfe in Morses Ton ließ Walters erschrocken zusammenzucken. «Gebrauchen Sie Ihren Verstand, Mann! Die erste Frage, die Sie mir hätten stellen müssen, ist doch, wie ich überhaupt hineingekommen bin. Als Polizeibeamter darf man sich nie damit begnügen, sich anzuhören, was einem erzählt wird. Was *nicht* erzählt wird, ist meist ungleich wichtiger.»

Walters öffnete den Mund, um etwas zu sagen, aber Morse fuhr schon fort: « Wie lange sind Sie jetzt schon bei uns?»

«Insgesamt achtzehn Monate, aber die ersten fünfzehn ...»

«Es wird Zeit, daß Sie anfangen zu lernen, Constable.»

«Ich bin die ganze Zeit dabei, Sir.»

Morse griente ihn plötzlich an. «Na schön. Dann sperren Sie mal die Ohren auf, denn jetzt werde ich Ihnen erklären, worin Ihre Pflicht besteht. Ich nehme an, daß Sie sich darüber noch nicht völlig im klaren sind. Also: Sie werden über alles, was heute abend geschehen ist, Inspector Bell Bericht erstatten. Verstanden?»

Walters nickte. Genau dieser Punkt hatte ihm schweres Kopfzerbrechen bereitet, und er war Morse dankbar, daß er ihm den Weg aus dem Dilemma wies. Wieder wollte er etwas sagen, aber Morse redete schon weiter.

«Aber nicht gleich morgen, haben Sie gehört? Als erstes muß der Assistant Chief Constable informiert werden. Und das möchte ich selber tun.»

Er goß Walters und sich selbst einen kräftigen Schluck nach und begann dann, den jungen Constable nach seiner Ausbildung, seinen Beförderungsaussichten und seinen Plänen zu befragen. Walters blühte angesichts von Morses Interesse förmlich auf und gab lebhaft und ausführlich Auskunft. Um halb eins stand für ihn fest, daß es sein größter Wunsch war, mit diesem Mann arbeiten zu können. Und eine Viertelstunde später, beim Abschied, händigte er Morse auf dessen Bitte hin bereitwillig und ohne zu zögern Anne Scotts Taschenkalender aus. An diesem Abend hätte Morse ihn noch um ganz andere Dinge bitten können.

Schon draußen auf dem Gartenweg, drehte er sich jedoch plötzlich noch einmal um: «Sir, was ich Sie die ganze Zeit noch fragen wollte ... Wie sind Sie denn nun wirklich hineingekommen? Hatten Sie einen Schlüssel, oder ...?»

«Man braucht nicht unbedingt einen Schlüssel, um eine Tür zu öffnen, Constable. Das ist auch etwas, was Sie noch lernen werden. An der Hintertür befindet sich ein Yale-Schloß. Und ein Yale-Schloß aufzubekommen ist – wenn man weiß wie – ein Kinderspiel. Man braucht nur ein Stück flaches Plastik, eine Kreditkarte zum Beispiel, und ...»

«Ich weiß, wie es geht. Aber ich dachte, so was machen sie nur in Fernsehkrimis.»

«So?»

«Ja. Und das Schloß an der Hintertür ist gar kein Yale-Schloß. Da müssen Sie sich wohl geirrt haben. Gute Nacht, Sir. Und vielen Dank für den Whisky.»

Morse ging, obgleich er müde war, nicht sofort zu Bett, sondern beschäftigte sich noch bis gegen drei Uhr früh mit den beiden Taschenkalendern, die er sich völlig unrechtmäßigerweise und mit einer gehörigen Portion Chuzpe an Land gezogen hatte. Da Anne Scott offenbar kein Tagebuch geführt hatte und auch keine Briefe existierten, die Aufschluß über ihr Leben hätten geben können, waren diese beiden schmalen Büchlein vermutlich die einzige Möglichkeit, eine Vorstellung – wie vage auch immer – davon zu bekommen, was sie in den letzten beiden Jahren getan hatte. Sehr aufschlußreich waren die Eintragungen allerdings wirklich nicht. Es handelte sich fast ausschließlich um Daten von Einladungen und Termine von Unterrichtsstunden – vorausgesetzt, er hatte recht mit seiner Annahme, daß sich hinter den Initialen, die neben den Uhrzeiten eingetragen waren, tatsächlich Schüler verbargen. Ein paar schienen über einen Zeitraum von mehreren Monaten regelmäßig gekommen zu sein; einige wenige sogar noch länger. Am Mittwoch, dem Tag ihres Selbstmords, hatte sie eine Verabredung mit einem gewissen ‹E. M.› gehabt. Morse hätte gern gewußt, für welchen Namen die Buchstaben standen, und konnte sich lebhaft vorstellen, zu welchen Vermutungen sie bei Bell und Walters geführt hatten. Er konnte es ihnen nicht einmal übelnehmen; denn auch ihm selbst fiel bei ‹E. M.› erst einmal nur sein eigener Name ein. Leider. Auf diese Art wurde er einmal mehr an seinen gräßlichen Vornamen erinnert, den er seit seiner Kindheit mit Inbrunst verabscheute und dessentwegen er seinen Eltern, obwohl ihr Mißgriff nun ein halbes Jahrhundert zurücklag, noch immer gram war.

Irgendwann legte er die Kalender zur Seite und ging zu Bett. Er schlief ruhig und tief und wachte erst spät auf. Mit frischem Elan begann er, die bekannten Fakten noch einmal Revue passieren zu lassen, und versuchte sich in Zuordnungen und Erklärungen.

Die sich leider alle als falsch erweisen sollten.

Kapitel Vierzehn

Chaos ging dem Kosmos voraus;
und in ein Chaos ohne Form
und ohne Leere sind wir wieder gestürzt.
John Livingstone Lowes,
The Road to Xanadu

Am Montag ging Morse seinen dienstlichen Pflichten nur der Form halber nach und war froh, als er das Präsidium am frühen Nachmittag verlassen konnte, um sich endlich wieder der selbstgestellten Aufgabe, gewisse Unstimmigkeiten beim Tode Anne Scotts aufzuklären, widmen zu können. Mrs Gwendola Briggs war sich, kaum daß sie ihm gegenübersaß, darüber im klaren, daß der Chief Inspector von anderem Kaliber war als der höfliche, etwas unsichere junge Constable, der sie vor zehn Tagen aufgesucht hatte. Dieser Mann hier gab sich nicht die geringste Mühe, höflich zu erscheinen, war ruppig und kurz angebunden, und er stellte seine Fragen auf eine Art, die den Gedanken an ein Verhör nahelegte. Wer war an jenem Abend noch dagewesen? Wo hatten die einzelnen Spieler gesessen? Worüber hatte man sich unterhalten? Hatte es Absagen gegeben, oder war irgend jemand erst in letzter Minute erschienen? Hatte sie die Blätter mit den Ergebnissen noch? Um welche Zeit war Schluß gewesen? Wo hatten die Autos gestanden? Wie viele der Spieler waren überhaupt mit dem Wagen gekommen? Wer genau? Die schnelle Abfolge der Fragen, die Schärfe, mit der er darauf bestand, daß sie sich genau erinnere, machten sie unsicher und nervös, und sie hätte viel darum gegeben, wenn statt Morse noch einmal der große, etwas ungelenke

Constable gekommen wäre, dessen freundliche, niemals insistierende Fragen sie ganz entspannt hatte über sich ergehen lassen können. Morse dagegen brachte sie in Bedrängnis, ließ sie spüren, daß er ihre Antworten für unzulänglich hielt, und sie empfand fast so etwas wie Schuldgefühl, sich nicht besser erinnern zu können. Er erzielte jedoch (wie sie im nachhinein zugeben mußte) mit seiner Art durchaus die von ihm gewünschte Wirkung. Wenn man es genau betrachtete, so hatte er sie quasi gezwungen, ihm alles mitzuteilen, was sie wußte, und das war weit mehr, als sie vorher für möglich gehalten hätte. Morse war denn auch, als er – in der Hand eine Liste aller Gäste und ihrer Adressen – aufstand, um sich zu verabschieden, recht zufrieden mit dem, was seine Fragen zutage gefördert hatten. Zudem schloß er nicht aus, daß er von dem einen oder anderen der Spieler noch etwas erfahren würde. Da es beim Bridge (wie er gerade eben gelernt hatte) offenbar üblich war, daß das Paar, welches den Rubber gewonnen hatte, den Tisch wechselte, war es mehr als wahrscheinlich, daß Anne im Laufe des Abends mit allen Anwesenden irgendwann, wenn auch vielleicht nur kurz, gesprochen hatte.

«Alles in allem war es also ein ganz normaler Bridgeabend wie sonst auch?» fragte Morse abschließend.

«Nun, wie man's nimmt. Nicht so ganz. Dieser Dienstag war der erste Jahrestag unserer Clubgründung, und so haben wir gegen elf eine kurze Pause gemacht, um auf die Zukunft anzustoßen und darauf, daß es den Club noch viele, viele Jahre geben möge. Oh ...» Sie hielt inne. Ihr war wohl aufgegangen, daß ihre Begeisterung in Anbetracht dessen, daß eine Mitspielerin wenige Stunden später Selbstmord begangen hatte, vielleicht fehl am Platze war, und sah Morse Entschuldigung heischend an. Doch der musterte sie nur mit einem Blick kühler Geringschätzung, und sie flüchtete sich schnell in ein verspätetes Bedauern.

«Wenn man bedenkt, daß das nun Annes letzter Abend war ... Die arme, arme Anne! Aber sie hat sich auch nie etwas anmerken lassen, sonst hätte man ja vielleicht ...»

«Hat letzten Dienstag wieder ein Bridgeabend stattgefunden?»

«Ja, natürlich.»

«Sie hatten nicht das Gefühl, daß man den Abend auf Grund besonderer Umstände vielleicht besser einmal hätte ausfallen lassen sollen?»

Sie sah ihn erstaunt an. «Nein», sagte sie entschieden und fügte ein wenig von oben herab hinzu: «Das Leben muß schließlich weitergehen, Inspector.»

Morses Gesichtsausdruck nach zu schließen sah er dafür, was sie anging, keine unbedingte Notwendigkeit. Er enthielt sich jedoch eines Kommentars und begann statt dessen, die Gästeliste zu überfliegen. Bei dem Namen Murdoch hielt er inne. War das etwa dieselbe Mrs Murdoch, auf deren Party in Nord-Oxford Anne und er sich begegnet waren? Wahrscheinlich. Er dachte zurück an jenen ersten Abend ... Nein, nicht ersten Abend, es war ja kein anderer mehr gefolgt ... An jenen einen Abend also, den sie zusammen verbracht hatten, und wie sie beide dagesessen hatten, getrennt von den anderen, in einer Welt für sich. Und bestimmt wäre er mit zu ihr nach Hause gegangen. Doch dann war der Anruf gekommen ... Ach, nicht mehr daran denken! Nicht an den Abend und auch nicht an sein Verhalten danach. Er hätte sich wieder bei ihr melden sollen. Aber hätte das wirklich etwas geändert? Was aber nun das Vergessen-Wollen anging, war es nicht eigentlich doch seine Pflicht, sich zu erinnern? Vielleicht hatte sie etwas gesagt, das sich erst jetzt im nachhinein als wichtig erwies. Es war jedoch eine traurige Tatsache, daß seinem Erinnerungsvermögen, was jenen Abend anging, enge Grenzen gesetzt waren. Er hatte einfach zuviel getrunken. Die Wechselwirkung zwischen Alkoholgenuß und Gedächtnisleistung war übrigens ein ausgesprochen faszinierendes Phänomen. Er hatte gerade vor kurzem etwas darüber gelesen. Wenn man dem Artikel Glauben schenken durfte, so hatten Psychologen der Universität Oxford folgendes herausgefunden: Ließ man einen Studenten in betrunkenem Zustand lernen, so war er nach ein paar Stunden, wenn er wieder nüchtern war, kaum oder gar nicht in der Lage, das Gelernte zu reproduzieren. Ließ man ihn umgekehrt zwar nüchtern lernen, gab ihm aber später Alkohol zu trinken und forderte ihn dann auf, sich an den gelernten Stoff zu erinnern, so zeigte es sich, daß auch dieser Student kaum etwas behalten hatte. Und jetzt kam der Clou: Stand nämlich ein Student, bereits während er lernte, unter Alkohol und man gab ihm weiterhin zu trinken und befragte ihn einige Stunden später, so konnte er, betrunken wie er war, den Stoff hervorragend wiedergeben. Er hätte also, dachte Morse, um sich den Abend wieder ins Gedächtnis rufen zu können, gar nicht mehr nüchtern werden dürfen ... Aber dafür war es nun zu spät. Leider. Denn er war sich fast sicher, daß sie irgend etwas gesagt hatte, an das er sich hätte erinnern sollen. Einen Moment lang, er war schon an der Tür, meinte er, eine Idee zu haben, was es gewesen sein könnte ... Doch schon verflüchtigte sie sich wieder. Er fühlte sich plötzlich gereizt und frustriert, und sein einziger Trost war die Hoffnung auf ein Bier. Doch da würde er noch etwas Geduld haben müssen, die Pubs machten erst in zwei Stunden auf.

Er hörte, wie Mrs Briggs mit Nachdruck hinter ihm die Tür schloß, und fragte sich einen Augenblick, ob er nicht doch etwas verbindlicher hätte sein sollen. Doch dann schüttelte er den Kopf. Nein, er hatte sie behandelt, wie sie es verdiente.

Morse fuhr nach Nord-Oxford, um Mrs Murdoch aufzusuchen, doch einer der Jungen öffnete die Tür. Wie waren gleich die Namen? Michael und ...

«Guten Abend, Michael.»

«Ich bin Edward.»

«Oh, ja natürlich. Ich bitte um Entschuldigung. Könnte ich wohl deine Mutter sprechen?»

«Sie ist nicht da. Sie ist bei Michael. Er liegt im Krankenhaus.»

«Ein Verkehrsunfall?» Wie kam er bloß darauf? Als ob es nicht tausend andere Gründe für einen Krankenhausaufenthalt geben konnte. Merkwürdigerweise schien die Frage dem Jungen peinlich zu sein. Er schluckte nervös und biß sich auf die Lippen.

«Nein, kein Verkehrsunfall», sagte er schließlich. «Michael hat Drogen genommen. Und neulich hat er dann wohl eine Überdosis erwischt.»

«Das tut mir wirklich leid. Ist es ernst?»

Der Junge nickte. «Ich glaube ja.»

Auf einmal konnte Morse sich wieder erinnern. Genau. Dies hier war der *jüngere* Bruder, drei, vier Zentimeter größer als Michael, mit etwas bräunlicherem Teint und dunklerer Haarfarbe. Und plötzlich kam ihm die Erleuchtung. ‹E. M.› ... Edward Murdoch! Aber natürlich. Immer mittwochs nachmittags. Und die Initialen ‹M. M.›, die bis etwa Juni dieses Jahres in Anne Scotts Kalender aufgetaucht waren, konnte er sich jetzt ebenfalls erklären. Sie standen für Michael Murdoch.

Noch ganz unter dem Eindruck seiner unverhofften Erkenntnis, ging er ohne Umschweife aufs Ziel los. «Wie war das denn am Mittwoch vorletzter Woche, an dem Tag, an dem Ms Scott Selbstmord beging? Hättest du da nicht eigentlich Unterricht bei ihr gehabt?» Er wartete gespannt auf eine Reaktion des Jungen, doch der blieb völlig ruhig und sah ihn mit seinen dunklen Augen unverwandt an.

«Ja.»

«Du bist also hingegangen?»

«Nein. Sie hat mir in der Woche davor gesagt, daß sie ... daß sie an dem Mittwoch nicht könne.»

«Ich verstehe.» Etwas im Ton des Jungen hatte ihn aufhorchen lassen, und aus einer Intuition heraus fragte er: «Mochtest du sie?»

«Ja.» Er sagte es entschieden und zugleich sehr sanft.

Morse hätte gerne weiter nachgefragt, lenkte dann aber doch zu einem unverfänglicheren Thema über.

«Du machst nächstes Jahr Abitur?»

Der Junge nickte. «Ja. Ich habe Deutsch, Französisch und Latein gewählt.»

«Und wie sieht's aus? Bist du zuversichtlich?»

«Nicht besonders.»

«Ach, an deiner Stelle würde ich mir nicht zu viele Sorgen machen. Und auf Zuversicht kommt es im Grunde nicht an. Das ist sowieso eine reichlich überschätzte Haltung. (Waren das nicht Mrs Murdochs Worte gewesen an jenem Abend vor mehr als vier Monaten – gleich zu Anfang, als sie ihn begrüßt hatte? Offensichtlich waren doch nicht alle Eindrücke verlorengegangen; was die ersten Stunden anging, schien sein Gedächtnis offenbar zu funktionieren.) Und laß es dir von einem alten Mann wie mir gesagt sein: wenn du im Leben weiterkommen willst, dann ist das einzige, was zählt, Arbeit, Arbeit und nochmals Arbeit.» Morse hörte sich reden, viel zu laut und unerträglich gönnerhaft, doch der strenge, beinahe etwas verächtliche Blick des Jungen ließ ihm keine Chance zu einem ehrenhaften Rückzug.

«Ich saß gerade am Schreibtisch, als Sie kamen, Inspector.»

«Tüchtig, tüchtig! Nun, dann will ich dich nicht länger aufhalten.» Er wandte sich zum Gehen. «Was ich nur noch gerne wissen möchte – hat Ms Scott dir gegenüber irgendwann einmal eine Andeutung über ihr Privatleben gemacht?»

«Ist das der Grund, warum Sie Mutter sprechen wollten – um ihr Fragen zu stellen über Ms Scott?»

«Ja.»

«Also, mir hat sie nichts erzählt.»

Das klang ja fast wie eine Verteidigung. «Und dein Bruder? Hat er irgendwann einmal etwas in dieser Richtung erwähnt?»

«Was erwähnt?»

«Ach, ist nicht so wichtig. Richte bitte deiner Mutter aus, daß ich da war, und sag ihr, daß ich in den nächsten Tagen noch einmal wiederkomme.» Er sah den Jungen einen Moment lang durchdringend an, dann drehte er sich um und ging.

Miss Edgeley war die letzte auf Morses Liste. Ja, sie hatte an dem Abend mit Anne gesprochen. Anne hatte sie um einen Gefallen gebeten: sie komme doch auf dem Heimweg am Haus der Murdochs vorbei, ob sie wohl einen Brief bei ihnen durchstecken könne. Edward Murdoch sei einer ihrer Schüler, und sie habe eine Nachricht für ihn.

«Und warum hat sie ihn nicht Mrs Murdoch mitgegeben?»

«Es war schon ziemlich spät. Ich glaube, Mrs Murdoch war zu diesem Zeitpunkt nicht mehr da. Sie ist ein bißchen früher gegangen als die anderen. Ihr Tisch war wohl schon fertig, und wenn sie sowieso keinen Preis zu erwarten hatte ... Aber das ist jetzt nur so eine Vermutung von mir. Ich habe Anne gesagt, daß ich den Brief mitnehmen könne, und sie holte ein Blatt Papier heraus und stellte sich an die Anrichte ...»

«Sie hat die Nachricht *dort* geschrieben?»

«Ja. Auf der Anrichte. Ich habe noch ihren eleganten Kugelschreiber bewundert. Ein silberner Parker.»

«Was hat sie auf Sie für einen Eindruck gemacht? War sie bedrückt?»

«Nein, das würde ich nicht sagen. Eher ein bißchen hektisch. Aber wir hatten alle etwas getrunken ...»

«So gegen elf haben Sie doch eine Pause eingelegt, um auf das einjährige Bestehen Ihres Clubs anzustoßen. Da werden Sie doch vermutlich alle etwas zusammengestanden und sich unterhalten haben. Können Sie sich noch erinnern, um was es da ging? Ich meine, mal abgesehen von Bridge.»

Miss Edgeley schüttelte den Kopf und lächelte bedauernd. «Nein, es tut mir leid, aber es ist jetzt schon fast vierzehn Tage her.»

«Denken Sie nach, es fällt Ihnen bestimmt wieder ein!» bat Morse beschwörend. Es schien ihm viel daran zu liegen, und so versuchte sie, sich zu konzentrieren. Worüber hatten sie denn bloß gesprochen? Über das Wetter? Über die steigenden Preise? Auch nicht. Moment! Jetzt hatte sie's. Kinder. Sie hatten über Kinder gesprochen. Es hatte da vor einiger Zeit einen Aufruf von *Oxfam* gegeben, man möge Geld spenden für kambodschanische Flüchtlingskinder. Oder waren es koreanische Kinder gewesen? Egal. Jedenfalls für Kinder in einem dieser Länder da unten in Asien.

Morse seufzte innerlich. Sehr hilfreich war das ja alles nicht. Aber immerhin wußte er jetzt, daß Anne wenige Stunden vor ihrem Tod Edward Murdoch noch eine Nachricht hatte zukommen lassen wollen. Merkwürdig, daß der Junge dies keiner Erwähnung für wert befunden hatte. Da würde er noch einmal nachhaken.

Armer Morse! Da hatte er soeben eine wichtige Information erhalten und es nicht einmal gemerkt. Irgendwann fiel es ihm auf – aber erst sehr viel später.

Kapitel Fünfzehn

Zeit heilt die Herzen von Zärtlichkeit,
und jetzt kann ich sie gehen lassen.
Thomas Hardy, Wessex Heights

Am nächsten Morgen fand Morse in seiner Post das monatliche Rundschreiben der Oxforder Literarischen Gesellschaft. Er öffnete es, während er beim Frühstück saß, überflog ohne sonderliches Interesse den begeisterten Bericht über Dame Helens Vortrag, nahm zur Kenntnis, daß möglicherweise im Dezember ein

Buchbasar in Aussicht stand, und wollte die zusammengehefteten Blätter gerade zur Seite legen, als er plötzlich innehielt.

> *Mit tiefer Erschütterung haben wir erfahren, daß unser Mitglied Anne Scott am 3. Oktober plötzlich verstorben ist. Miss Scott arbeitete seit Anfang des Jahres im Geschäftsführenden Ausschuß mit. Wir schätzten sie wegen ihrer steten Freundlichkeit und Bereitschaft, sich auch für weniger angenehme Pflichten mit großer Selbstverständlichkeit zur Verfügung zu stellen. Mehr als einmal hat uns ihr konstruktiver Rat in schwierigen Situationen geholfen. Wir werden sie vermissen. Der Vorsitzende hat als Vertreter der Oxforder Literarischen Gesellschaft an der Beerdigung teilgenommen.*

Morse nickte wehmütig. Vielleicht, nein ziemlich sicher sogar hätten er und Anne sich an jenem Abend im Clarendon Institute wiedergetroffen, wenn sie nicht ... Und wenn er nicht so träge gewesen wäre und schon früher regelmäßig an den Veranstaltungen der Gesellschaft teilgenommen hätte, dann ... Wenn, wenn, wenn ... Eine verpaßte Chance mehr. Aber solche nicht gesehenen und nicht genutzten Möglichkeiten machten wohl einen Teil eines jeden Lebens aus. Auf dem letzten Blatt sprang ihm ein fettgedruckter Hinweis in die Augen:

> *Unsere nächste Veranstaltung findet nicht, wie angekündigt, am Mittwoch dem 24. 10., sondern bereits am kommenden Freitag, dem 19. statt. Unser Gastredner Mr* CHARLES RICHARDS *bedauert die kurzfristige Terminverschiebung, die auf Grund dringender geschäftlicher Verpflichtungen leider unumgänglich war. Das Thema von Mr Richards' Vortrag lautet (wie bereits früher angekündigt) ‹Sorgen und Freuden eines kleinen Verlegers›. Die Wahl des Themas erfolgte auf vielfachen Wunsch, und wir hoffen auf Ihr zahlreiches Erscheinen.*

Morse schlug seinen Taschenkalender auf. Er hatte am Abend des 19. nichts vor und machte sich einen kurzen Vermerk. Wer weiß, vielleicht würde er sich ja aufraffen. Aber es war eigentlich eher unwahrscheinlich.

An eben diesem Dienstagmorgen saß Charles Richards in seinem Büro und war gerade dabei, seiner Sekretärin einen Brief zu diktieren, als gegen halb elf das Telefon klingelte. Er nahm selbst ab.

«Richards.»

Er hörte eine heisere Stimme, die mehr flüsterte, als daß sie sprach. «Sie kenn mich nich, aber ich kenn Sie. Es wär Ihn bestimmt nich recht, wenn ich zu Ihrer Missis gehn täte und ...»

Erst jetzt begriff er. Die Hand über die Sprechmuschel gelegt, wies er seine Sekretärin an, das Zimmer zu verlassen. Er wartete, bis sie die Tür hinter sich geschlossen hatte, dann legte er los.

«Ich weiß nicht, wer Sie sind, und ich habe auch kein Interesse daran, einen Lumpen wie Sie kennenzulernen. Ich bin bereit, auf Ihren Vorschlag einzugehen – das heißt, ich werde zahlen –, aber nur ein Viertel der Summe, die Sie verlangt haben. Mehr ist nicht drin. Kapiert?»

Der Mann (es war doch ein Mann?) am anderen Ende schwieg.

«Und den Übergabeort bestimme ich. Hören Sie also jetzt gut zu: Morgen abend genau um halb acht werde ich langsam die Woodstock Road entlangfahren. Ich komme aus Richtung Norden, vom Kreisverkehr. Ich fahre einen hellblauen Rolls, der dürfte nicht zu übersehen sein. Ich werde in einer Querstraße anhalten. Die Straße heißt Field House Drive. Merken Sie sich den Namen. *Field House Drive.* Etwa fünfzig Meter die Woodstock Road hoch gibt es eine Telefonzelle. Gleich dahinter ist eine niedrige Mauer. Sie ist dicht mit Efeu bewachsen. Ich werde das Geld in einer braunen Plastiktasche direkt an die Mauer stellen, so daß sie durch den Efeu verdeckt ist. Ich werde dann zu meinem Wagen zurückgehen und wegfahren. Sie können sich das Geld holen – es gehört Ihnen. Aber denken Sie nicht, daß Sie nochmal kommen können. Ich zahle nur dies eine Mal, und das ist mein letztes Wort. Sollten Sie mich weiter behelligen, bringe ich Sie um.» Richards hielt inne. Der Anrufer schwieg noch immer. Nur sein schwerer, stoßweiser Atem war zu hören.

«Haben Sie alles mitbekommen?»

Der Mann räusperte sich. «Is gut von Ihn, Mr Richards. Und is bestimmt das beste – auch wegen der Missis.» Damit hängte er ein.

Charles Richards legte das Blatt, von dem er seine Anweisungen abgelesen hatte, beiseite und rief seine Sekretärin herein.

«So, dann wollen wir mal wieder.» Seine Stimme klang völlig ruhig, doch er spürte, wie sein Herz klopfte, während er weiterdiktierte.

Mr Parkes war, wie Mrs Briggs Constable Walters gegenüber ganz richtig festgestellt hatte, schon recht klapprig und hatte wohl nicht mehr lange zu leben. In den letzten Jahren hatte er zu trinken angefangen, doch das machte, fand er, nun auch nichts mehr aus. Denn wenn er in gelegentlichen Momenten überaus großer Klarheit auf seine siebzig und mehr Jahre zurückblickte, so stellte er jedesmal bitter fest, daß er sein Leben vertan hatte. Er war Lehrer gewesen – zuletzt zwanzig Jahre Rektor einer Grundschule in Sussex –, doch sein pädagogisches Talent war nicht sehr ausgeprägt gewesen. Seine wahre Begabung hatte ganz woanders gelegen. Schon als Junge hatte er sich mit Leidenschaft auf alle möglichen kniffligen Fragen gestürzt, stundenlang über Schach- und Bridgeproblemen gebrütet, komplizierte Kreuzworträtsel ersonnen und sich an neuen mathematischen Beweisen versucht. Zu einem gescheiterten Leben gehört immer auch ein Traum. Mr Parkes' Traum war es gewesen, die Geheimnisse einer der toten Sprachen zu enträtseln. Des Etruskischen etwa oder der ‹Linear B›-Schrift, oder war es ‹C›? Er wußte es nicht mehr. Es lag alles schon so lange zurück. Wenn damals vor dreißig Jahren die Universität sich bereit erklärt hätte, seine Forschungen zu finanzieren ...

An Anne Scott dachte er schon seit Tagen nicht mehr.

Für Mrs Raven und ihren Mann gab es, während sie bei einem späten Frühstück saßen, natürlich nur ein Thema: die Zusage, daß ihren langen Bemühungen um die Adoption eines Babys jetzt endlich Erfolg beschieden sein würde. Sie waren beide zunächst überrascht, dann befremdet, schließlich empört gewesen, wie schwer man es ihnen machte, ihren menschenfreundlichen Entschluß in die Tat umzusetzen. Die Antragsformulare einschließlich aller Zusatzdokumente, Einkommensteuererklärung, Erklärung über die Kirchenzugehörigkeit sowie ein Abriß der Familiengeschichte mußten in dreifacher Ausfertigung vorgelegt werden. Sodann hatten sie ein Papier zu unterschreiben, auf dem sie feierlich gelobten, ‹unter keinen Umständen den Namen oder den Wohnort der leiblichen Eltern herauszufinden, noch auch irgendwelche anderen Informationen über sie einzuholen ...› Besonders Mrs Raven hatte in den letzten Monaten sehr gelitten. Es lag, wie eindeutig festgestellt worden war, an ihr, daß Mr Ravens unermüdlichen Versuchen, Nachwuchs zu zeugen, kein Erfolg beschieden gewesen war. Nur wegen ihrer Unfähigkeit, ein Kind zu bekommen, hatten sie sich also diesem nervenaufreibenden und demütigenden Auswahlprozeß unterwerfen müssen. Aber jetzt war zum Glück das Schlimmste überstanden. Sie freute sich schon. In den ersten Monaten würde sie mehr zu Hause bleiben müssen. Keine Tennisnachmittage mehr, und auch den Bridgeabend würde sie eine Zeitlang absagen.

Auch Mrs Raven dachte nicht mehr an Anne Scott.

Catharine Edgeley mußte ein Referat schreiben über die Funktion der Ironie in den Romanen von Jane Austen. Die Aufgabe nahm sie voll und ganz in Anspruch, und so dachte auch sie nicht mehr an Anne Scott, hätte wohl auch, wenn sie weniger beschäftigt gewesen wäre, nicht mehr an sie gedacht – sie hatte sie ja schließlich nur zweimal getroffen. Es war allerdings merkwürdig, daß Morse, dem sie sogar nur einmal begegnet war, ihr noch eine ganze Weile im Kopf herumspukte. Nicht übel der Mann – nur leider zwanzig Jahre zu alt.

Mrs Gwendola Briggs widmete sich am Dienstag nachmittag bei einer Tasse Tee der Lektüre des monatlich erscheinenden Bridgejournals. In den USA hatte man sich ein phantastisches, neues Bietsystem ausgedacht. Das würde sie heute abend gleich ausprobieren. An Anne Scott dachte sie nur noch beiläufig, im Zusammenhang mit ihrer Nachfolgerin, die heute zum erstenmal dabeisein würde. Mrs Briggs war einigermaßen stolz darauf, daß es ihr so schnell gelungen war, Ersatz zu besorgen. Die Mitglieder würden es ihr danken. Anders als dieser ungehobelte und lächerlich sentimentale Inspector waren sie ganz ihrer Meinung: das Leben mußte weitergehen.

Bei Mrs Murdoch war der Gedanke an Anne Scotts Tod sehr schnell in den Hintergrund getreten. Die Sache mit Michael hatte alles andere verdrängt. Und was ihn anging, so waren noch längst nicht alle Schrecken überstanden. Um Viertel vor sieben klingelte das Telefon, und ein junger, in diesen Dingen noch unerfahrener Medizinalassistent versuchte, ihr die furchtbare Nachricht möglichst schonend beizubringen. Aber was heißt schonend, wenn die Nachricht lautet: «Ihr Sohn hat versucht, sich die Augen auszustechen.» Er hörte ihren entsetzten Aufschrei, ihr klagendes «Nein, o nein!» und fragte sich hilflos, was er ihr sagen könne, um sie zu trösten. Doch ihm fiel nichts ein.

Charles Richards war seit Tagen zu sehr mit anderen Dingen beschäftigt, als daß er um Anne Scott hätte trauern können. Es gab so viel, was er bedenken mußte. Gegen neun rief er den ehrenamtlichen Schriftführer der Oxforder Literarischen Gesellschaft unter seiner Privatnummer zu Hause an, um ihm mitzuteilen, daß er leider an dem vor seinem Vortrag stattfindenden Abendessen – dessen Ehrengast er hatte sein sollen – nicht teilnehmen könne. Es tue ihm sehr leid, aber er habe unaufschiebbare geschäftliche Verpflichtungen. Er werde zusehen, daß er gegen Viertel vor acht dasei. Ob das reiche? Der Schriftführer beeilte sich, ihm zu versichern, das sei völlig in Ordnung. Was hätte er sonst auch sagen sollen? Doch kaum hatte Richards den Hörer aufgelegt, machte er seinem Herzen Luft: «So eine Ungehörigkeit! Würde mich nicht wundern, wenn er am Freitag gar nicht auftaucht.»

Morse verbrachte den Abend in seiner Stammkneipe. Er hatte sich an einen der hinteren Tische verzogen, um in Ruhe überlegen zu können. Dabei dachte er durchaus auch an Anne Scott. Aber das hatte nicht viel mit ihrer Person, dafür aber um so mehr mit den Umständen ihres Todes zu tun, die immer noch Fragen offenließen.

Nur im Leben von Anne Scotts Mutter bedeutete der 3. Oktober einen unwiderruflichen Einschnitt. Sie wußte, daß sie – mochte auch der erste heftige Schmerz irgendwann abklingen – den Tod ihrer Tochter niemals verwinden würde. Bis an ihr Lebensende würde die Frage nach dem Warum sie begleiten. Und die Selbstvorwürfe. Wenn sie doch bloß etwas geahnt hätte ... Nun war es zu spät.

Kapitel Sechzehn

Die Burschen für die Mädchen
und die Burschen für den Schnaps sind da.
A. E. Housman, A Shropshire Lad

Am nächsten Tag saß Morse gegen zwölf Uhr bei seinem ersten Bier im *Mitre,* als der Rektor des Lonsdale College auf ihn zutrat und ihn fragte, ob sie nicht zusammen Mittag essen wollten. Doch Morse lehnte ab. Ihm war nicht nach Gesellschaft zumute. Er trank sein Bier aus, verließ den Pub, ging die High Street hinauf Richtung Carfax und wandte sich dort nach rechts in die Cornmarket Street. Er wollte gerade die Straße überqueren, weil er gegenüber bei Woolworth einige Einkäufe zu erledigen hatte, als er plötzlich den Schritt verhielt. War das da vorne nicht Edward Murdoch? Er hatte graue Flanellhosen und ein kariertes Jakkett an und hielt eine braune Aktentasche unter dem Arm. An der Bushaltestelle blieb er stehen und reihte sich in die Schlange der dort Wartenden ein. Morse blieb gleichfalls stehen und tat so, als betrachte er die Auslagen eines Schuhgeschäfts, während er unauffällig versuchte, den Jungen im Blick zu behalten. Edward trug seine Schulkrawatte – schwarz mit roten Schrägstreifen –, er besuchte also offenbar die Magdalen College School. Hatten sie dort mittwochs ihren Sportnachmittag? Aus seiner eigenen Schulzeit wußte Morse, daß es an diesen Nachmittagen mit der Anwesenheitskontrolle meist nicht so genau genommen wurde. Gut möglich, daß Edward dies ausgenutzt hatte, um sich ein paar freie Stunden zu machen. Aber aus irgendeinem Grund war er unruhig, sah alle zwanzig, dreißig Sekunden auf die Uhr und reckte jedesmal, wenn ein Bus in die Straße einbog, den Hals, um die Linie zu erkennen. Nach fünf Minuten schien er sich plötzlich anders entschieden zu haben, er nahm seine Aktentasche, die er zwischen den Beinen abgestellt hatte, auf, verließ die Schlange und verschwand in einem winzigen Seitengäßchen gleich hinter Woolworth. Vor einem ziemlich heruntergekommen aussehenden Kellerlokal mit dem Namen *The Corn Polly* sah er sich kurz um, nahm seine Krawatte ab und stieg dann die Treppe hinunter. Es war zehn nach eins.

Direkt gegenüber der Treppe lag ein großer, ziemlich kahler Raum mit einer langen Theke. Die Gäste waren meist junge Männer Anfang Zwanzig, fast alle trugen Jeans und Windjacken. Edward schien sich hier auszukennen. Er ging gleich durch in den rückwärtigen Raum. Hier herrschte eine beinahe gemütliche Atmosphäre. Rings um die Wände standen gepolsterte Sitzbänke mit ein paar niedrigen Tischen davor. An einigen der Tische saßen ältere Männer und verzehrten ihr Mittagsmahl, ‹Würstchen mit Fritten›.

«Ich hätte gern ein Halbes Bitter.»

Ob es nun an seiner gepflegten Sprechweise, der höflichen Form seiner Bestellung oder an seinem jugendlichen Aussehen lag – die junge Frau hinter der Theke musterte ihn erst einen Augenblick lang, bevor sie ihm sein Bier zapfte. Er ging zurück in den Saal. Links neben der Tür befand sich ein hölzernes Podium, nur ungefähr dreißig Zentimeter hoch, fünf Meter breit, drei Meter tief und mit stumpfbraunem Linoleum belegt, das so abgetreten aussah, als seien Scharen von Bergwanderern in ihren Nagelstiefeln darübergetrampelt. Es gab nur wenige Stühle, aber das schien keinen zu stören. Wer hier herkam, hatte kein Interesse, sich hinzusetzen, um vielleicht ein ruhiges Gespräch zu führen. Und wenn doch, so würde er vermutlich schnell wieder das Weite suchen; das betäubende Geplärr der Musicbox machte jede Unterhaltung unmöglich. Edward hockte sich auf den Rand des Podiums, nahm ab und zu einen Schluck aus seinem Glas und schien auf irgend etwas zu warten. Und nicht nur er. Auch bei den übrigen Männern war plötzlich eine gewisse erwartungsvolle Spannung zu beobachten. Fast unmerklich begannen sie sich um das Podium zu scharen.

Dort strahlten auf einmal gelbe und blaue Scheinwerfer auf, die Musicbox verstummte. Ein vollbusiges Mädchen, das bis dahin zusammen mit zwei Männern in einer Nische gesessen und Gin getrunken hatte, war aufgestanden und betrat jetzt die behelfsmäßige Bühne.

Fünfzig Paar Männeraugen folgten ihr wie gebannt, als sie nun den Verschluß ihres schwarzen Umhangs öffnete und ihn zu Boden gleiten ließ. Aus der Musicbox tönte jetzt eine schwüle, erregende Musik, zu deren Klängen sie sich langsam zu entkleiden begann. Stück um Stück ihrer glitzernden Garderobe landete auf dem Boden, bis sie zuletzt nur noch in Slip und BH dastand. Sie vollführte ein paar ungelenke Tanzschritte, dann öffnete sie den BH, schwenkte ihn einen Moment lang über dem Kopf und ließ ihn fallen. Der Anblick ihrer nackten Brüste entlockte den Umstehenden rauhe Begeisterungsschreie, in die sich einzelne Rufe mit der Aufforderung mischten, sie solle ihren Slip ausziehen. Sie reagierte nicht darauf, sondern paradierte, die Hände unter den Brüsten, wie um sie den begehrlichen Blicken besser darzubieten, am Rande des Podiums, auf dem Gesicht ein Lächeln, das über die Köpfe der Männer hinweg ins Leere ging. Die Musik hörte abrupt auf, und im gleichen Augenblick erlosch ihr Lächeln. Sie legte sich den Umhang über die Schultern und verschwand durch eine Seitentür.

Der Halbkreis um das Podium löste sich auf, die Männer gingen zurück zur Theke, einige verließen den Saal. In fünf Minuten war der nächste Auftritt. Edward setzte sich wieder auf das Podium. Aus den Augenwinkeln registrierte er, daß neben ihm ein Mann Platz genommen hatte.

«Noch ein Bier?» fragte Morse.

Edward sah ihn an und senkte dann sofort schuldbewußt den Blick zu Boden, als sei er gerade bei einem Ladendiebstahl erwischt worden, nahm das Angebot jedoch an. «Ja, bitte.»

Morse hatte damit gerechnet, daß er ablehnen würde, und überlegte, während er an der Theke stand und auf die Biere wartete, ob der Junge sich in der Zwischenzeit davonmachen würde. Aber das glaubte er eigentlich nicht. Er schaffte es, kurz bevor erneut Gedränge um das Podium einsetzte, wieder zurückzusein. Gemeinsam beobachteten sie den zweiten Entkleidungsakt der ‹Sinnlichen Susi›. Nachdem sie abgetreten und es um sie herum wieder ruhiger geworden war, wandte der Junge sich ihm zu und fragte halb neugierig, halb verlegen:

«Kommen Sie oft hierher?»

Morse nickte. «Ja, aber nicht jeden Mittag. Und du?»

«Ich bin heute das dritte Mal hier.»

«Hättest du nicht eigentlich Schule?»

«Ich habe heute nachmittag frei. Und Sie?»

Morse begann die Unterhaltung Spaß zu machen. «Ich? Ach, ich mache heute einfach das, was ich am liebsten jeden Tag machen würde: Mädchen ansehen, ein Bier trinken – na, du weißt schon. Wenn man wie wir beide über achtzehn ist, darf man sich so etwas zum Glück ab und zu leisten. Ich nehme an, du bist schon über achtzehn, oder? Sonst dürftest du nämlich gar nicht hier sein.»

Der Junge überging die Frage. «Was wollen Sie von mir?»

«Dich fragen, warum du mich angelogen hast.»

«Ich Sie angelogen?!»

«Ja. Du hast mir erzählt, Ms Scott habe dir eine Woche vor ihrem Tod gesagt, daß sie am folgenden Mittwoch nicht könne. Ich habe inzwischen erfahren, daß das nicht stimmt.»

Der Junge nickte resigniert: «Können wir uns wenigstens woanders hinsetzen, wo es ruhiger ist?»

Anfangs blieb er in dem, was er sagte, vage, versuchte ein-, zweimal durch patzige Bemerkungen sich vor einer Antwort zu drücken. Doch schließlich mußte er einsehen, daß sich Morse nicht so würde abspeisen lassen, und begann zu reden. Er erzählte von den Andeutungen, die sein Bruder Michael über seine Beziehung zu Anne gemacht hatte, davon, wie er selbst sie am Mittwoch vor ihrem Tod nur mit einem Rock bekleidet gesehen und wie ihn das aufgeregt habe, schließlich über ihren Brief. Und während er erzählte, begann er allmählich Vertrauen zu Morse zu fassen, entstand fast ein Gefühl der Zuneigung für ihn. Denn Morse tat weder überrascht noch empört, er reagierte weder spöttisch noch herablassend, sondern schien seine Gefühle vollkommen zu verstehen und sie zu akzeptieren. So jemanden wie ihn hätte er sich als Vater gewünscht. Edward hatte seinen Vater nie kennengelernt.

Morse konnte die Gefühle des Jungen gut nachempfinden, und seine Offenheit rührte ihn. Er besaß einen gewissen unbeholfenen Charme – Frauen würden ihn mögen. Auch Anne schien ihn gemocht zu haben ... Nachdem der Junge gegangen war, überlegte Morse, ob er bleiben und sich die mittlerweile fünfte Stripteasenummer der ‹Sinnlichen Susi› ansehen sollte. Aber so besonders aufregend hatte er es die ersten vier Male nicht gefunden. Waren das Anzeichen dafür, daß er alt wurde? Das nun doch sicherlich nicht! Nein, es lag vermutlich daran, daß der nackte weibliche Körper heute kaum noch von einem Geheimnis umgeben war. Wo man hinsah, auf Kalendern, Plakaten, in Zeitungsanzeigen, Filmen und im Fernsehen – überall sah man nackte Brüste, Schenkel, Pos. Früher, in seiner Jugend, war das noch völlig anders gewesen. Da war der Gipfel voyeuristischen Genusses erreicht, wenn man beim verstohlenen Blättern in der Zeitschrift *Lilliput,* die immer beim Friseur auslag, das keusche Foto einer nackten Frau entdeckte, die mit geschlossenen Beinen seitwärts auf dem Schemel vor ihrem Toilettentisch saß.

Die Zeiten hatten sich seitdem entschieden geändert.

Kapitel Siebzehn

Geh nur voran! ich folge dir.
Shakespeare, Hamlet, 1. Aufzug, 4. Szene

Bereits eine halbe Stunde vor der von Richards genannten Zeit hockte George Jackson zusammengekauert hinter einer Hecke an der Woodstock Road; sein Fahrrad hatte er ein paar Meter weiter unter einem Busch versteckt. Er war gestern gleich nach dem Telefongespräch losgezogen, um die Gegend zu erkunden, und hatte ziemlich schnell gefunden, was er suchte. Das Grundstück, auf dem er sich jetzt befand, lag, wenn man von Norden kam, auf der rechten Seite. Die große, Anfang des Jahrhunderts erbaute Villa stand ungefähr fünfzig Meter weit zurückgesetzt, fast völlig verdeckt von Büschen und Bäumen, die auch verhindern würden, daß man ihn vom Haus aus sah. Zur Zeit bestand in diesem Punkt allerdings sowieso keine Gefahr. Die nach vorn hinausgehenden

Zimmer waren alle dunkel. Was aber für Jackson den Ausschlag gegeben hatte, war, daß sein Platz hinter dem oberen Ende der Hecke fast genau in der Mitte zwischen den beiden strategischen Punkten lag: der Field House Drive befand sich schräg gegenüber, ungefähr zwanzig Meter weiter rechts; die Telefonzelle, hinter der das Geld deponiert werden sollte, in etwa derselben Entfernung links die Straße hinauf. Um diese Zeit waren kaum noch Passanten unterwegs. Und wenn, so hatten sie es eilig, nach Hause zu kommen, und sahen sich nicht groß um. Das Liebespaar, das kurz vor halb neun eng aneinandergeschmiegt die Straße hinunterschlenderte, war viel zu sehr mit sich selber beschäftigt, als daß es einen Blick für seine Umgebung gehabt hätte. Auf der Straße herrschte nur wenig Verkehr – ab und zu ein Auto, gelegentlich ein Radfahrer, das war alles.

Pünktlich um halb neun tauchte aus Richtung Norden der hellblaue Rolls-Royce auf. Der Fahrer fuhr kaum mehr als zwanzig Stundenkilometer, und Jackson fühlte, wie sein Herz zu klopfen begann, als der linke Blinker aufleuchtete und der Wagen in den Field House Drive abbog. Der Fahrer hielt gleich hinter der Ecke an, stieg aus, drückte die Tür zu und schloß ab. Die Schlüssel in der Hand, ging er nach hinten zum Kofferraum, öffnete ihn, warf einen kurzen Blick hinein und klappte den Deckel dann wieder zu. Einen Moment lang verlor Jackson ihn aus dem Blick, als er um den Wagen herum zur Beifahrerseite ging. Offenbar hatte er eine der beiden Türen dort geöffnet, denn Jackson hörte das satte «Plopp!», als er sie wieder zuschlug. Gleich darauf sah er ihn die Woodstock Road hinaufkommen. In der rechten Hand hielt er eine braune Tragetasche. Er schien völlig ruhig zu sein und weder neugierig noch besorgt, denn er sah sich nicht ein einziges Mal um.

Als er Jacksons Höhe erreicht hatte, konnte dieser ihn im Licht der Straßenlaterne deutlich erkennen: ein untersetzter, mittelgroßer Mann, ungefähr vierzig bis fünfundvierzig Jahre alt mit noch vollem, dunklem Haar, das jedoch an den Schläfen schon deutlich grau zu werden begann. Er trug einen blauen Nadelstreifenanzug und sah genau so aus, wie Jackson ihn sich vorgestellt hatte: wohlhabend und eine Spur arrogant – eben wie jemand, der im Leben Erfolg gehabt hatte. Jackson beobachtete ihn, wie er die Straße hinaufschritt, die Telefonzelle betrat, den Hörer abnahm, ihn wieder einhängte, die Zelle verließ und erneut hineinging, als eine ältere Frau, die wohl ihren Terrier Gassi führte, ihm entgegenkam. Plötzlich spürte Jackson, wie ihn eine Welle von Panik ergriff. Richards hatte wieder den Hörer in der Hand und schien mit jemandem zu sprechen. Hatte er ihn gelinkt und rief jetzt die Polizei herbei? Gleich darauf atmete er erleichtert auf. Offenbar hatte Richards das Telefongespräch nur vorgetäuscht, um die Frau nicht mißtrauisch zu machen, denn kaum war sie an der Zelle vorbei, hängte er ein, kam heraus und ging auf das Mäuerchen hinter der Telefonzelle zu. Dort bückte er sich. Als er wieder hochkam und sich umdrehte, waren seine Hände leer. Er ging zu seinem Wagen zurück und stieg ein. Die Limousine umschrieb einen eleganten Halbkreis; Jackson sah den Kühlergrill silbern aufblitzen, als sie an ihm vorbei nach Norden brauste. Auf der Straße herrschte eine Stille wie auf einem nächtlichen Friedhof.

Jackson befand sich jetzt in einem Zwiespalt, den er mit seinen beschränkten intellektuellen Fähigkeiten nicht vorausgesehen hatte. Sollte er seinen Beobachtungsposten nun sofort aufgeben, sich die Tasche schnappen und zusehen, so schnell wie möglich die unübersichtlichen Seitenstraßen und Gäßchen des ihm vertrauten Jericho zu erreichen? Oder sollte er auf Nummer Sicher gehen, warten, bis er sich davon überzeugt hatte, daß nichts zu befürchten war, dann über die Straße schlendern, in aller Ruhe die Tasche hinter dem Efeu hervorholen und gemächlich und frech wie ein geübter Ladendieb die hellerleuchtete Woodstock Road hinunter davonradeln? Er entschloß sich zu warten. Fünf Minuten, zehn Minuten vergingen. Schließlich eine Viertelstunde. Und noch immer traute er sich nicht aus seinem Versteck. Plötzlich ging in einem der Räume in der Villa hinter ihm das Licht an. Er duckte sich noch etwas tiefer. Es wurde Zeit, daß er hier verschwand! Er stand auf, holte sein Fahrrad unter dem Busch hervor und ging dicht an der Hecke entlang bis zum Tor. Der kalte Schweiß stand ihm auf der Stirn, und er verspürte ein unbehagliches Prickeln zwischen den Schulterblättern, als er die wenigen Meter die Straße hinaufradelte. Weit und breit war niemand zu sehen. Er stieg ab und lehnte das Fahrrad gegen die Telefonzelle. In einiger Entfernung hörte er einen Hund bellen und blieb einen Moment angespannt lauschend stehen. Dann war alles wieder ruhig. Er holte tief Luft und ging auf das Mäuerchen zu, bückte sich und tastete nach der Tasche. Er brauchte keine drei Sekunden, um sie zu finden, machte kehrt, ging zu seinem Fahrrad zurück und verstaute sie in dem Angelkorb, den er auf dem Gepäckträger befestigt hatte. Er schwang sich auf sein Rad und fuhr die Woodstock Road hinunter Richtung Jericho. Unterhalb South Parade wurde der Verkehr dichter, und Jackson, nunmehr Teil eines großen Stroms, begann sich sicherer zu fühlen. Er hatte es also tatsächlich geschafft! Plötzlich hörte er hinter sich das anschwellende Brummen zweier schnell herankommender Motorräder und wandte sich um. Zwei jugendliche Raser, noch die Plakette mit dem ‹A› für ‹Anfänger› am Schutzblech, brausten mit überhöhter Geschwindigkeit, im Zickzack zwischen den Autos lavierend, die Straße hinunter. Ein Don, der mit geblähtem Talar, einen Bücherstapel unter dem Arm, nur wenige Meter hinter Jackson radelte, brachte sich in letzer Sekunde am Straßenrand vor ihnen in Sicherheit. Dann waren sie vorbei, das satanische Geknatter wurde schwächer und war schließlich gar nicht mehr zu hören. Das gleichmäßige Rauschen des normalen Verkehrs war jetzt fast beruhigend. Bei einem Pub mit dem Namen *The Horse and Jockey* bog Jackson nach rechts ab in die Observatory Street, kreuzte die Walton Street und fuhr weiter geradeaus die Cranham Street hinunter bis zur Canal Street. Dort bog er nach links und radelte die wenigen Meter bis zum Anfang von Canal Reach, wo er wegen der Betonzylinder auf der Fahrbahn abstieg. Doch bevor er in der Sackgasse verschwand, sah er sich noch einmal verstohlen um. Auf dem Bürgersteig vor dem *Printer's Devil* vertrieben sich ein paar Jungen die Langeweile, indem sie mit ihren Fahrrädern Faxen machten und freihändig gewagte Kurven fuhren. Zwei Frauen verließen gerade die Saloon Bar des Pubs, gegenüber versuchte ein Mann, seinen Wagen rückwärts in eine Parklücke zu setzen. Ausgerechnet heute abend mußten noch so viele Leute draußen sein, dachte er. Sonst war um diese Zeit kaum ein Mensch auf der Straße. Aber im Grunde konnte es ihm egal sein. Er war sicher überhaupt nicht bemerkt worden.

Doch da täuschte er sich. Er war durchaus bemerkt worden – von einem Mann, der sich, als er sich umdrehte, um die Straße hinunterzusehen, blitzschnell hinter einen Wagen geduckt hatte und sich nun angelegentlich am Rücklicht seines funkelnagelneuen Klapprades zu schaffen machte. Das Licht hatte übrigens die ganze Strecke von der Woodstock Road bis hierher tadellos funktioniert. Im Korb auf dem Gepäckträger befanden sich ein zusammengefalteter Talar und ein paar Bücher. Als Jackson nun sein Fahrrad in die Sackgasse schob, richtete sich der Mann auf und ging ihm langsam nach. Vor seinem Haus schloß Jackson das Fahrrad an den Regenabfluß, hob den Angelkorb vom Gepäckträger und zog seinen Hausschlüssel aus der Hosentasche. Gut, daß er die Sache hinter sich hatte! Die Aufregung war ihm doch ganz schön an die Nieren gegangen. Obwohl es im Grunde ein Kinderspiel gewesen war, aber das wußte man immer erst hinterher. Er ging ins Haus und schloß hinter sich die Tür. Sein Verfolger lächelte befriedigt. Das letzte Haus auf der rechten Seite also. Er ging zurück in die Canal Street, stieg auf sein Rad und fuhr davon.

Kapitel Achtzehn

Ein erfahrener, umtriebiger, ehrgeiziger
und oft sehr phantasievoller Lügner.
Mark Twain,
Private History of a Campaign that Failed

Der Vorsitzende der Oxforder Literarischen Gesellschaft stieß einen Seufzer der Erleichterung aus, als er den hellblauen Rolls-Royce endlich auf den Parkplatz des Clarendon Institute einbiegen sah. Es war sechs Minuten vor acht. Richards hätte wirklich zeitiger kommen können, dachte er. Der Abend hatte ihm nachgerade schon genug Aufregung und Unannehmlichkeiten beschert. Statt der erwarteten hundert oder mehr Leute waren nur lächerliche fünfzehn erschienen, und zwei ehrenamtliche Helfer waren immer noch dabei, aus dem großen Saal im ersten Stock, den man sich in der Hoffnung auf starken Zuhörerandrang extra hatte reservieren lassen, die überzähligen Stühle hinauszutragen. Freitagabend war eben immer ein ungünstiger Termin, und die kurzfristige Vorverlegung trug sicher ebenfalls Schuld an der mageren Besucherzahl. Trotzdem war es peinlich – für die Oxforder Literarische Gesellschaft ebenso wie für den geladenen Redner.

Morse kam auf immerhin fünfundzwanzig Anwesende, als er um fünf nach acht so leise wie möglich in der letzten Reihe Platz nahm und die klägliche Schar vor sich schnell einmal durchzählte. Eigentlich hatte er gar nicht kommen wollen. Doch nachdem er sich wie jeden Abend, sofern ihm nichts dazwischenkam, im Radio die neue Folge der *Archers,* einer Endlos-Familienserie, angehört hatte, war ihm nicht recht klar gewesen, was er mit sich und dem Abend anfangen sollte. Der Gedanke, daß sich nach dem Vortrag möglicherweise die Gelegenheit ergeben würde, mit dem Vorsitzenden ein paar Worte über Anne Scott zu wechseln, hatte schließlich den Ausschlag gegeben. Und so saß er nun hier. Nach ein paar Minuten war er froh, daß er sich aufgerafft hatte. Der untersetzte, mittelgroße Mann da vorne auf dem Podium beeindruckte ihn. Nicht weil er eine besondere Ausstrahlung besessen hätte – obwohl man ehrlicherweise sagen mußte, daß er in seinem gutgeschnittenen dunklen Anzug durchaus eine distinguierte Erscheinung war –, sondern durch die Art seines Vortrags. Er schilderte seine Entwicklung zum Verleger so unprätentiös, dabei so geistreich und selbstironisch, daß es eine Lust war, ihm zuzuhören. Er hatte als Lehrer angefangen, sein großes Interesse an Büchern hatte ihn aber bald dazu geführt, einen kleinen Verlag zu gründen. Die ersten Jahre waren schwierig gewesen; der Verlag hatte ein paarmal dicht vor dem Bankrott gestanden, doch allmählich waren die Geschäfte in Gang gekommen, er hatte die ersten großen Aufträge hereinholen können, und die Finanzen hatten sich allmählich konsolidiert; man hatte sogar vergrößern können. Der bisherige Höhepunkt dieses positiven Trends war der vor drei Monaten erfolgte Umzug der Firma in ein eigens modernisiertes Gebäude in Abingdon. Ein paarmal während seines Vortrags zitierte er Kipling – sehr zu Morses Freude, zu dessen Lieblingsschriftstellern er gehörte.

Richards war ein begabter Redner, daran konnte kein Zweifel bestehen. Es gelang ihm scheinbar mühelos, seinen Zuhörern den Eindruck zu vermitteln, als spreche er zu jedem von ihnen persönlich. Und wie die lebhafte Reaktion hinterher bewies, kam er damit beim Publikum an. Die Fragen wollten gar nicht wieder aufhören, so daß Morse nach einer Weile unwillig auf die Uhr blickte. Da war es schon halb zehn; er hatte an diesem Tag noch kein einziges Bier gehabt.

«Wir müssen zum Schluß kommen – ich kann leider nur noch eine Frage zulassen», sagte der Vorsitzende.

«Mr. Richards, Sie sagten, Sie hätten zu Anfang als Lehrer gearbeitet», begann eine Frau in der ersten Reihe, «was mich interessieren würde: waren Sie ein guter Lehrer?»

Richards hob in gespieltem Entsetzen die Hände und lächelte entwaffnend. «Ich hatte gehofft, daß mir diese Frage erspart bleiben würde. Denn meine Antwort muß ehrlicherweise lauten: Nein. Ich war leider ein eher schlechter Lehrer. Ich hatte vor allem Probleme mit der Disziplin. Meine Stunden verliefen gewöhnlich tumultuarisch wie Sitzungen im Unterhaus, wenn Mrs Thatcher versucht, dort eine Rede zu halten. Ich glaube, Sie alle wissen, was ich meine.» Es war ein guter Abschluß. Die Leute klatschten und lachten – mit einer Ausnahme. Morse, die Hände im Schoß, runzelte irritiert die Stirn; ihm war während der letzten Minute der Verdacht gekommen, daß Richards sein Publikum an der Nase herumführte.

Unten an der Bar wurde Morse vom Vorsitzenden begrüßt: «Ich freue mich, daß Sie gekommen sind. Darf ich Sie mit unserem Redner bekanntmachen? Mr Richards. Chief Inspector Morse.» Die beiden Männer schüttelten sich die Hände.

«Ihr Vortrag und die Art, wie Sie hinterher mit den Fragen umgegangen sind, haben mir gefallen ...»

Richards neigte leicht den Kopf. «Danke.»

«... mit Ausnahme der letzten Antwort.»

«Ach – und wieso?»

«Sie haben behauptet, ein schlechter Lehrer gewesen zu sein – und das nehme ich Ihnen nicht ab.»

Richards zuckte die Achseln. «Nun, ich hätte es auch anders und vielleicht weniger drastisch sagen können: mir wurde ziemlich schnell klar, daß ich nicht die für einen Lehrer notwendigen Qualitäten besaß.»

Morse sah ihn zweifelnd an. Er war eben selbst Zeuge gewesen, wie Richards es ohne große Mühe geschafft hatte, sein zu Anfang eher abwartendes Publikum innerhalb weniger Minuten in seinen Bann zu ziehen, so daß es ihm mit ständig wachsendem Interesse zugehört hatte – anderthalb Stunden lang. Und da wollte er mit so viel empfänglicheren und begeisterungsfähigeren Zuhörern, wie es Schuljungen waren, Schwierigkeiten gehabt haben? So wie er Richards einschätzte, hatte er sie um den Finger wickeln können.

«Ich muß gestehen, ich bin nicht so recht überzeugt. Ich glaube immer noch, daß Sie ein ausgezeichneter Lehrer waren, und wenn ich Direktor einer Schule wäre – Sie würde ich sofort anstellen.»

«Na ja», gab Richards zu, «Sie haben schon recht – vielleicht habe ich ein bißchen übertrieben. Sie kennen doch die Redensart, ‹dem Affen Zucker geben›. Man will ja auch ankommen.»

Morse nickte. So konnte man es natürlich auch ausdrücken. Er selbst beurteilte es allerdings weniger großzügig. In seinen Augen hatte Richards das Publikum schlicht angelogen. «Sie sind noch nicht sehr lange hier – ich meine, in der Gegend von Oxford?»

Ungefähr drei Monate. Sie können aber nicht gut zugehört haben, Inspector, sonst ...»

In diesem Moment trat der Vorsitzende auf sie zu. Er bitte um Entschuldigung, daß er stören müsse, aber es gebe einige Mitglieder, denen sehr daran gelegen sei, Richards' Bekanntschaft zu machen. Der Verleger verabschiedete sich von Morse mit einem Kopfnicken und ließ sich vom Vorsitzenden beiseite führen.

«Kennen Sie übrigens ...» hörte Morse den Vorsitzenden fragen. Richards verneinte, aber das sei kein Wunder, er komme kaum je nach Oxford. Das letzte Mal ...

Morse stand mit seinem Bier plötzlich allein inmitten lauter fremder Leute und spürte, wie ein Gefühl von Langeweile in ihm hochstieg. Dabei hatte er soeben ein paar wichtige Informationen erhalten – doch das konnte er zu diesem Zeitpunkt nicht einmal ahnen.

Als Richards sich gegen zehn Uhr verabschiedete, war das für Morse das Zeichen, sich der Gruppe um den Vorsitzenden zuzugesellen, um doch noch mit ihm ins Gespräch zu kommen und möglicherweise von ihm etwas über Anne Scott zu erfahren. Er ging geradewegs auf sein Ziel los und fand in seinem Gegenüber einen bereitwilligen Gesprächspartner.

«Ach Gott, ja, die arme Anne! Viel kann ich Ihnen leider nicht erzählen, sie war ja noch nicht sehr lange Mitglied, und im Geschäftsführenden Ausschuß hat sie erst seit Anfang des Jahres mitgearbeitet. Das Beeindruckendste für mich war immer, daß sie ständig neue Ideen zu haben schien. Der heutige Abend geht übrigens auch auf ihre Anregung zurück. Unser größtes Problem besteht im Grunde darin, ein ungefähres Gleichgewicht herzustellen zwischen dem, was auf den, nun sagen wir einmal, literarischen Aspekt von Büchern eingeht, als da wären Autorenlesungen, Vorträge von Literaturwissenschaftlern und ähnlichem und dem mehr technischen Aspekt, Herstellung, Vertrieb etc. Wir im Vorstand haben, wie ich leider gestehen muß, im Grunde ein stärkeres Interesse an ersterem, aber es gibt eben eine Menge Mitglieder, für die die praktische Seite ebenso wichtig oder noch wichtiger ist. Jemand wie Charles Richards ist da für uns natürlich ein ungeheurer Glücksfall, da er von beidem etwas versteht. Und der Vorschlag, ihn einzuladen, kam von Anne. Sie hat früher mal bei ihm gearbeitet, und es bestanden wohl noch immer irgendwelche Kontakte ... Der ganze Abend geht jedenfalls auf ihre Initiative zurück, und sie hat auch an der Organisation maßgeblichen Anteil gehabt. Ist übrigens alles gut gelaufen, nicht wahr? Der Mann ist ja aber auch ein glänzender Redner und versteht es, sein Publikum zu packen. Er besitzt eben Dynamik. Das sieht man ja auch daran, wie erfolgreich er seinen Verlag führt. Wenn man sich vorstellt – er hat vor ein paar Jahren mit nichts angefangen, na, und inzwischen fährt er, wie ich vorhin gesehen habe, einen hellblauen Rolls-Royce. Ein wirklich interessanter Mann. Schade, daß wir keine bessere Beteiligung hatten. Wer heute abend nicht da war, hat wirklich etwas verpaßt. Aber die Leute müssen selber wissen, was ihnen wichtig ist. Zum Teil liegt es natürlich sicher auch an der kurzfristigen Terminverlegung ...»

Morse nickte zu allem mechanisch, ohne noch zuzuhören. Ihm war eben blitzartig eine Erleuchtung gekommen, deren Implikationen zu verarbeiten ihn voll und ganz in Anspruch nahm. *‹... und inzwischen fährt er einen hellblauen Rolls-Royce.›* Da hatte es auf einmal geklickt. Am Nachmittag des 3. Oktober, als er Anne hatte besuchen wollen, hatte eine Ecke vor Canal Reach an der Victor Street ein hellblauer Rolls gestanden – im Halteverbot. Er erinnerte sich an den Strafzettel, der unter dem Scheibenwischer geklemmt hatte – das Werk der pflichteifrigen jungen Politesse. Er mußte unwillkürlich lächeln, wurde aber schnell wieder ernst. Anne hatte ihm auf der Party von Mrs Murdoch von ihrer Tätigkeit bei einem Verlag erzählt und dabei erwähnt, daß, als die Firma langsam angefangen habe zu florieren, in schneller Folge zwei Rolls-Royce angeschafft worden seien – erst ein schwarzer, dann ein hellblauer. Die Luxuslimousine war ihm an dem Nachmittag – gerade auch in der eher ärmlichen Umgebung – schon aufgefallen, aber er hatte sie nicht mit Anne Scott in Verbindung gebracht. Später – nach ihrem Tod – hatte er tagelang das dunkle Gefühl gehabt, sich an irgend etwas erinnern zu sollen, was sie ihm gesagt hatte, aber er war, trotz allen Grübelns, nicht darauf gekommen. Jetzt endlich wußte er es wieder, und soviel war nun klar: der hellblaue Rolls-Royce, der Ecke Victor Street im Halteverbot gestanden hatte, gehörte Charles Richards, und das hieß, daß er sich am 3. Oktober, dem Tag ihres Todes, in Jericho aufgehalten hatte, und zwar keine drei Minuten von ihrem Haus entfernt. Anne und er hatten sich also offenbar auch nach Annes Weggang nicht ganz aus den Augen verloren. Wie hatte der Vorsitzende vorhin gesagt? ‹Es bestanden wohl noch irgendwelche Kontakte ...› Offensichtlich.

Plötzlich zuckte er zusammen. Draußen auf der Straße fuhr mit heulender Sirene erst eine Ambulanz, dann ein Polizeiauto vorbei. In einer Art *déja acouté* durchfuhr ihn der Gedanke: Wieder ein Unglück in Jericho!

Er lief die Treppe hinunter ins Foyer, steckte ein Fünfpencestück in den Fernsprechautomaten, wählte die Nummer des Präsidiums und fragte nach Bell. Bell war nicht im Haus, und der diensthabende Sergeant konnte ihm nicht sagen, wo er sich im Moment aufhielt. Er war vermutlich schon unterwegs nach Jericho. Ein Mord.

«Geben Sie mir die Adresse, Sergeant, schnell.»

«Einen Moment. Hier ... Canal Reach, das ist eine Seitenstraße der ...»

Aber Morse hatte schon aufgelegt.

«Etwa schon wieder ein Vortrag im Clarendon Institute, Sir?» fragte Walters und konnte ein Grinsen nicht ganz unterdrücken.

Morse tat so, als habe er die Frage nicht gehört. «Was ist passiert?»

«Jackson ist tot, Sir.» Walters deutete mit dem Daumen zur Decke. «Er liegt oben. Wollen Sie raufgehen und ihn sich anschauen? Er ist allerdings kein hübscher Anblick – man hat ihn übel zugerichtet.»

«Ist Bell schon da?»

«Nein, aber er müßte eigentlich bald hier sein. Er hatte in Banbury zu tun, aber wir haben ihn, nachdem wir den Anruf erhalten hatten, zu erreichen versucht, und er weiß inzwischen Bescheid.»

«Ein Anruf? Von wem?»

«Anonym, Sir.»

«Um wieviel Uhr?»

«Ungefähr Viertel nach neun.»

«Um Viertel nach neun schon? Das kann doch wohl nicht ganz stimmen.»

«Ich fürchte doch, Sir. Sie können, wenn Sie wollen, nachfragen, der Wachhabende hat sicher die genaue Uhrzeit notiert. Der Punkt ist, daß der Anrufer sich nicht so ganz klar ausgedrückt hat...»

«Und dann ist die Meldung abgelegt worden, und kein Schwein hat sich mehr darum gekümmert. Na großartig!»

«Das ist jetzt aber wirklich ungerecht, Sir. Es ist einfach unmöglich, auf jeden Anruf sofort zu reagieren. Wenn wir gewußt hätten...»

«Manchmal habe ich den Eindruck, Constable, als säßen in den Revieren nur Idioten», schnaubte Morse. «Aber was soll's. Ich kann es nicht ändern. Gehen wir lieber hoch.»

Oben auf dem Treppenabsatz blieb Morse einen Moment stehen, dann gab er sich einen Ruck und betrat das vordere Zimmer. Jackson lag quer über dem zerwühlten Bett, das linke Bein hing leblos über die Kante. Sein blutiges, von Verletzungen entstelltes Gesicht war zur Tür gedreht, und aus starren Augen blickte er den Eintretenden wie anklagend entgegen. Der Boden um das Bett war übersät mit Pornoheften und Anglermagazinen.

«Er liegt da, so wie ich ihn gefunden habe, Sir», sagte Walters ein wenig unsicher. «Ich konnte nichts mehr für ihn tun.»

Morse nickte. Ja, für Jackson kam jede Hilfe zu spät. Zu beiden Seiten seines Kopfes hatte sich ein träger, dunkelroter, klebrig aussehender See von Blut ausgebreitet. Jackson war so tot, wie man nur sein konnte.

«Was die Todeszeit angeht, da kann ich Ihnen vielleicht weiterhelfen, Constable», sagte Morse, dessen Ärger schon wieder verflogen war. Aber bevor er dazu kam, nähere Einzelheiten mitzuteilen, hörten sie unten die Tür gehen, und Bell kam die Treppe heraufgepoltert. Seine Begrüßung war, wie zu erwarten, nicht besonders enthusiastisch.

«Wie zum Teufel kommst du hierher, Morse?»

Im Laufe der nächsten halben Stunde trafen noch zwei Spezialisten von der Spurensicherung sowie ein Fotograf in Canal Reach ein, und die nunmehr sechs Männer mußten aufpassen, sich in den engen Räumen des kleinen Hauses nicht allzusehr in die Quere zu kommen. Da sie sich redlich Mühe gaben, lief jedoch alles einigermaßen reibungslos – bis zur Ankunft des buckligen Pathologen. Dieser weigerte sich schlichtweg, irgendwelche Rücksichten zu nehmen, und erklärte, er werde auch nicht *einen* Blick auf den Toten werfen, ehe er nicht das Obergeschoß für sich allein habe. Den anderen blieb nichts übrig, als sich nach unten zu verziehen, wo sie grollend darauf warteten, daß er endlich fertig wurde, damit sie weitermachen konnten. Nach einer halben Ewigkeit öffnete sich oben die Tür, und der Arzt kam die Treppe hinunter. Auf Bells unvermeidliche Frage nach der Todeszeit knurrte er nur unwirsch: «Zwischen halb acht und neun», ohne sich auf weitere Erläuterungen einzulassen. Das Zugeständnis, das man ihm gemacht hatte, schien seine Laune nicht gebessert zu haben.

Walters sah mit fragend hochgezogenen Augenbrauen zu Morse, der in einem Pornoheft blätterte, das er sich aus Jacksons Schlafzimmer mit nach unten genommen hatte.

«Du kannst von dem Dreckzeug wohl nie genug kriegen», sagte der Arzt bissig.

«Ach, weißt du, Max, kein Mensch ist vollkommen», antwortete Morse und blätterte ungerührt weiter in seinem Heft. «Du zum Beispiel untersuchst da oben eine Leiche, und dann kommst du schließlich nach Stunden herunter und stellst dich hin und nennst den Kollegen eine falsche Todeszeit.»

«Ach, was glaubst *du* denn, wann er gestorben ist?» Seinem Ton nach zu urteilen, hatte Morses Bemerkung ihn nicht getroffen, und er wirkte, wie er so dastand und gespannt auf dessen Antwort wartete, auf einmal richtig menschlich.

«Was *ich* glaube, ist ja nicht ausschlaggebend – *du* bist der Experte. Aber wenn du schon fragst – ich würde die Tatzeit *eine Spur* früher ansetzen, so zwischen Viertel nach sieben und Viertel vor acht.»

Der bucklige Pathologe schüttelte heftig den Kopf, und auf seinem Gesicht erschien ein siegessicheres Grinsen. «Bist du bereit, darauf eine Wette einzugehen?»

«Bei dir muß man da vorsichtig sein. Du formulierst deine Wetten so trickreich ... Am Ende wettest du darauf, daß er irgendwann heute abend gestorben ist, und ich stehe wieder als der Dumme da.»

«Ich bin der Meinung, wohlgemerkt – es ist nur eine Meinung –, daß er später gestorben ist, als du annimmst, wobei mir immer noch nicht ganz klar ist, wieso ich mich überhaupt auf eine Diskussion mit dir einlasse. Das muß wohl der Schock sein, daß jemand wie du, der von Pathologie und den benachbarten Gebieten nicht auch nur die geringste Ahnung hat, die Unverfrorenheit besitzt, ein Urteil abgeben zu wollen.»

«Ich weiß immer noch nicht, wie deine Wette lautet, Max», sagte Morse mit seiner sanftesten Stimme.

Der Pathologe dachte einen Augenblick nach. «Also – aber nur ganz inoffiziell – ich würde sagen ... nein, Moment! Du hast eine Marge von einer halben Stunde, nicht? Na gut, dem schließe ich mich an. Ich behaupte: zwischen Viertel nach acht und Viertel vor neun. Damit liegen wir genau um eine Stunde auseinander.»

«Wie hoch?»

«Ein Zehner?»

«Abgemacht!» Sie schüttelten sich die Hände. Der Arzt nahm seine Tasche und ging.

«Ich bin ja mal gespannt, wer die Wette gewinnt», sagte Bell, aber Morse antwortete nicht darauf. Bell nahm an, er sei schon wieder in sein Pornomagazin vertieft. Tatsächlich fühlte Morse sich aber durch die kruden, drastischen Fotos, die der Phantasie überhaupt keinen Spielraum mehr ließen, schon längst angeödet und blätterte nur noch rein mechanisch in dem Heft, während er sich in Gedanken mit dem Mord an Jackson beschäftigte. Die Untersuchung des Tatorts hatte nicht viel gebracht: Die Tatwaffe hatte sich nicht angefunden, und die Fingerabdrücke, die man entdeckt hatte, stammten alle von Jackson selber. Morse stellte sich vor, wie sich die Sache für Bell ausnehmen würde: Ein eindeutiger Mord, Motiv und Täter unbekannt. Er selbst sah da ja zum Glück ein ganzes Stück klarer. Für ihn war der Mord, kaum daß er zum Fall geworden war, ja schon gelöst gewesen: er kannte die Tatzeit und den Tathergang, konnte das Motiv nennen – und sogar den Namen des Mörders! Bell tat ihm fast leid.

Zehn Minuten später kehrte Walters, der von Bell losgeschickt worden war, sich in der Nachbarschaft umzuhören, von seinem Erkundungsgang zurück und erstattete Bericht.

Jackson war am Abend noch gesehen worden: um halb sechs hatte er in der Bäckerei an der Ecke ein kleines Graubrot gekauft, um Viertel vor sieben wa er bei Mrs Purvis gewesen und hatte die Spülung ihres WCs reguliert; um kurz nach acht schließlich ...

«Was?!» Morse war erregt aufgesprungen.

«... um kurz nach acht tauchte er im *Printer's Devil* auf und trank zwei Bier ...»

«Blödsinn! Kompletter Blödsinn!»

«Aber es gibt mindestens ein Dutzend Leute, die ihn gesehen haben, Sir! Er war wirklich da. Er hat ein bißchen am Automaten gespielt und ist gegen zwanzig nach acht wieder gegangen.»

Morse sackte auf den nächsten Stuhl. Er war völlig fertig. Alle seine Annahmen waren also falsch. Alle? Alle! Denn wenn Jackson tatsächlich nach acht Uhr noch im *Printer's Devil* gesehen worden war, dann kam Charles Richards als Mörder nicht in Frage.

«Den Zehner bist du los, Morse», sagte Bell und zeigte nicht die Spur von Mitgefühl.

Kapitel Neunzehn

Alibi (lat. alibi, anderswo);
Nachweis der Abwesenheit
vom Tatort zur Tatzeit
Konversationslexikon

Weder ein Richards (C.) noch eine Richards Publishing Company waren im Telefonbuch verzeichnet, und Morse fragte sich, was zum Teufel das zu bedeuten habe, als ihm plötzlich einfiel, daß Richards ja erst vor drei Monaten nach Oxfordshire gekommen war – da konnte es natürlich noch keinen Eintrag geben! Er rief die Auskunft an und erhielt zwei Nummern: die von Richards, C., 261 Oxford Avenue, Abingdon, und die der Richards Press, 14 White Swan Lane, Abingdon. Morse versuchte es zuerst unter der Geschäftsnummer. Eine weibliche Tonbandstimme teilte ihm mit, daß im Augenblick leider niemand zu erreichen sei und er sein Anliegen dem Band anvertrauen möge. «Bitte warten Sie den Signalton ab.» Er legte auf und wählte die zweite Nummer. Er hatte Glück. Richards war selbst am Apparat.

«Was kann ich für Sie tun, Inspector? Ich nehme an, es handelt sich nicht um einen Druckauftrag oder ähnliches?»

«Nein, Sir. Ich wollte Sie fragen, ob Sie schon gehört haben, was sich gestern abend in Jericho ereignet hat.»

«Nein. Da bin ich aber neugierig. Hat mein kleiner Vortrag die Zuhörermassen derart ergriffen, daß es hinterher noch zu Tumulten gekommen ist?»

«In Jericho wurde gestern abend ein Mann ermordet.»

«So.» Morse runzelte die Stirn – hatte da ein Fragezeichen mitgeklungen oder nicht? Durch das Rauschen in der Leitung hatte er den Tonfall nicht genau gehört. «Sein Name war Jackson. George Jackson. Ich dachte, daß Sie ihn möglicherweise gekannt haben.»

«Da muß ich Sie leider enttäuschen, Inspector. Ein Mr Jackson aus Jericho ist mir nicht bekannt. Ich kenne überhaupt niemanden in Jericho.»

«Jetzt vielleicht nicht mehr, aber früher schon.»

«Wie?» (So schlecht war die Leitung doch nun auch nicht!)

«Sie kannten doch Anne Scott.»

«Ja, das stimmt. Aber ich verstehe nicht ganz, was das mit Ihren Mordermittlungen ...»

«Jackson wohnte im Haus gegenüber.»

«Ach?»

«Sie und Anne waren miteinander befreundet?»

«Ja.»

«Enger, als vielleicht angebracht war?»

«Ja, das könnte man wohl so sagen», bestätigte Richards leise.

«Sie haben sie ab und zu in Jericho besucht?»

«Nein, nie!»

«Aber sie hat sich, nachdem Sie nach Abingdon gezogen sind, bei Ihnen gemeldet?»

«Sie hat mir geschrieben, ja. Aber nichts Persönliches. Sie fragte im Auftrage der Oxforder Literarischen Gesellschaft bei mir an, ob ich einen Vortrag halten wolle ... aber das wissen Sie ja. Ich schrieb ihr zurück, daß ich einverstanden sei. Das war alles.»

«Wieso hat sie eigentlich von Ihrem Umzug nach Abingdon gewußt?»

«Hören Sie, Inspector, warum schleichen Sie wie eine Katze um den heißen Brei herum? Was Sie wissen wollen, ist doch, ob ich ein Verhältnis mit ihr gehabt habe. Und die Antwort ist: Ja. Ich habe Anne einmal sehr geliebt und eine Zeitlang sogar überlegt, ob ich mich ihretwegen scheiden lassen solle. Die Dinge haben sich dann jedoch anders entwickelt. Anne hat die Firma verlassen, und unsere Beziehung verlief in ruhigeren Bahnen.»

«Was meinen Sie mit ‹ruhigeren Bahnen›?»

«Wir haben uns nur noch geschrieben.»

«Aber doch wohl keine Briefe im Stil von ‹Mir geht es gut, wie geht es Dir›?»

Richards zögerte, und Morse hörte, wie er tief Luft holte. «Ich sagte Ihnen doch schon, Inspector, ich habe Anne sehr geliebt.»

«Und sie – hat sie Sie auch geliebt?»

«Lange Zeit ja.»

«Haben Sie eine Erklärung dafür, warum sie Selbstmord begangen hat?»

«Nein.»

«Wissen Sie zufällig noch, wo Sie sich am Nachmittag des 3. Oktober aufgehalten haben?»

«Ja. Ich las die Nachricht von ihrem Tod in der *Oxford Mail* ...»

«Dann sagen Sie mir bitte, wo.»

«Darüber möchte ich zum jetzigen Zeitpunkt keine Auskunft geben. Wenn es wirklich notwendig sein sollte, bin ich selbstverständlich bereit, den Namen ...»

«Demnach bestreiten Sie also, daß Sie sich am fraglichen Nachmittag in Jericho aufgehalten und Ihr Auto Victor/Ecke Canal Street geparkt hatten?»

«Ganz entschieden sogar.»

«Und wenn ich es nun beweisen kann?»

«*Den* Beweis möchte ich erst einmal sehen, Inspector!»

«Na schön, vergessen wir das mal; das ist im Moment auch nicht so wichtig», sagte Morse und räusperte sich verlegen, «aber ich muß darauf bestehen, daß Sie mir den Namen der Person nennen, mit der Sie am Nachmittag des 3. Oktober zusammengewesen sein wollen. Sie müssen schon Verständnis haben, daß ...»

«Also gut, Inspector. Aber ich bitte Sie dringend, die Angelegenheit mit äußerster Diskretion zu behandeln.»

«Ich denke, das kann ich Ihnen zusichern.»

Morse rief die junge Frau sofort an. Ihr Ton war zunächst freundlich und entgegenkommend, wurde jedoch zunehmend kühler, als sie begriff, worum es ging. Anfangs weigerte sie sich, ihm überhaupt zu antworten, gab dann aber, wohl weil sie einsah, daß es keinen Zweck hatte, nach. Ja, Richards sei am Nachmittag des 3. bei ihr gewesen. Was sie gemacht hätten? Also – wirklich! Aber wenn er es unbedingt wissen müsse: sie seien miteinander im Bett gewesen. Wie lange? Das war ja wohl ihre Sache, oder? Aber bitte, wenn er darauf bestand: von halb zwölf Uhr morgens bis fünf Uhr nachmittags. Ob er vielleicht noch nähere Einzelheiten wissen wolle? Morse blieb höflich, bedankte sich für ihre Auskünfte und hängte ein. Fünfeinhalb Stunden! Er seufzte. Wie sie wohl aussehen mochte, diese Mrs Jennifer Hills? Ihre Stimme hatte jedenfalls aufregend geklungen – sehr weiblich, sehr temperamentvoll. Sie wohnte in Radley, ziemlich genau auf halbem Weg zwischen Oxford und Abingdon. Praktisch! Er würde sich vorsichtshalber ihre Adresse notieren. Im Interesse möglicher weiterer Ermittlungen – und auch im eigenen Interesse. Jennifer

Hills – wieder ein Teil des neuen Bildes, das sich allmählich in seiner Vorstellung auszuformen begann, stückweise und ohne daß man vorher wußte, was am Ende daraus wurde. Fast wie bei den Malvorlagen für Kinder, bei denen man die verschiedenen Bildausschnitte nach Anweisung rot, grün, gelb und so weiter ausmalen mußte und dann auf einmal den ‹Sonnenaufgang in der Bucht von Galway› vor sich sah – oder aber ‹Donald Duck und Goofy› –, je nachdem.

Morse konnte nicht ahnen, wie willkommen er Jennifer Hills gewesen wäre. Ihr Mann Keith, leitender Angestellter einer Ölgesellschaft, war noch immer aus dienstlichen Gründen in Südafrika, während sie nun schon seit Wochen allein in Radley saß – jung, unausgefüllt und einem erotischen Abenteuer durchaus nicht abgeneigt ... Hmm! Sie verspürte ein angenehmes Prickeln, wenn sie an seine Stimme dachte. Gebildet – aber nicht distanziert, sondern im Gegenteil, fast intim. Im nachhinein ärgerte sie sich, daß sie auf seine Fragen so gereizt reagiert hatte. Aber daran war nur Charles schuld! Er hatte ihr mit seiner Absage neulich gründlich die Laune verdorben. Seitdem hatte sie nichts mehr von ihm gehört, und die Erfahrung sagte ihr, daß es besser sei, ihn in Ruhe zu lassen – wenigstens eine Zeitlang. Sie blickte sehnsüchtig zum Telefon. Vielleicht hatte der Inspector eben eine Frage vergessen und rief noch einmal an.

Doch sie wartete vergebens.

Kapitel Zwanzig

Certum est quia impossibile est.
Tertullian, De Carne Christi

«Du hattest übrigens recht mit deiner Vermutung», bemerkte Bell, als Morse am Samstag nachmittag bei ihm im Büro vorbeischaute. «Die Gesichtsverletzungen haben schlimmer ausgesehen, als sie in Wirklichkeit waren. Daran wäre er jedenfalls nicht gestorben. Es ist tatsächlich so gewesen, wie du vermutet hast: jemand hat ihn gepackt und mit dem Kopf gegen den Bettpfosten gerammt. Das hat er nicht überlebt.»

«Wenn du statt ‹Bettpfosten› ‹Pfosten› gesagt hättest, hätte ich glatt angenommen, du redest von einem Fußballspiel.»

«Na, Boxkampf träfe es wohl eher.»

«Jackson hat doch ziemlich geblutet. Derjenige, der ihn auf dem Gewissen hat, müßte doch eigentlich was abbekommen haben, oder?»

«Ich denke schon. Und nicht zu knapp. Der hat seine Klamotten inzwischen bestimmt weggeschmissen oder verbrannt.»

«Glaubst du, daß er ihn eigentlich nur verprügeln wollte und daß das mit dem Bettpfosten sozusagen nur ein unglücklicher Zufall war?»

Bell wiegte den Kopf hin und her. «Schwer zu sagen – er muß jedenfalls ziemlich in Rage gewesen sein.»

Morse nickte. Jetzt wußten sie also, *wie* es geschehen war – und nicht zuletzt dank seines Hinweises. Der Bettpfosten war ihm gleich, als er das erste Mal Jacksons Schlafzimmer betreten hatte, wegen seiner scharfen Kanten aufgefallen. Mit bloßem Auge hatte er nichts entdecken können, aber solche Dinge konnte man getrost dem gerichtsmedizinischen Labor überlassen. Dort hatten sie die geeigneten Methoden, um auch noch mikroskopisch kleine Spuren nachzuweisen. Was den Tathergang betraf, hatte er sich nun also doch nicht geirrt. Und eigentlich glaubte er nach wie vor, daß er, auch was das Motiv anging, mit seiner ersten Annahme richtig gelegen hatte. Sollte er Bell einen Tip geben? Wie es den Anschein hatte, tappte der arme Kerl ja noch völlig im dunkeln.

«Jacksons Schlafzimmer machte auf mich ganz den Eindruck, als sei es durchwühlt worden.»

Bell nickte. «Nicht nur das Schlafzimmer.»

«War das dieselbe Person, die ihn umgebracht hat, was meinst du?»

Bell nickte wieder. «Vermutlich.»

«Glaubst du, daß er gefunden hat, was er suchte?»

Bell zuckte die Achseln. «Woher soll ich das wissen? Übrigens ist mir im Augenblick völlig unklar, in welcher Richtung ich weitermachen soll. Wir haben das ganze Haus auf den Kopf gestellt, um etwas zu entdecken, was uns vielleicht weiterhelfen könnte. Aber die Mühe hätten wir uns sparen können! Angelruten, Angelkörbe, Eimer, Kescher und Werkzeug, jede Menge Werkzeug – Sägen, Bohrer und was es sonst noch alles gibt, das ganze Do-it-yourself-Sortiment. Nun wissen wir also, daß Jackson gerne angeln ging und es ihm Spaß machte, sich handwerklich zu betätigen.»

«War unter seinen Sachen auch eine Kelle?»

«Eine Kelle? Wie kommst du ausgerechnet auf eine Kelle?»

«Er hat für Anne Scott die Gartenmauer ausgebessert – einen Tag vor ihrem Tod ist er damit fertig gewesen. Wußtest du das?»

Bell sah ihn mit zusammengekniffenen Augen an. «Zufällig ja. Aber allmählich beginne ich mich zu fragen, woher du ...»

«War er eigentlich auch ein Vogelliebhaber?»

«Sag mal, willst du mich verarschen?!»

«Auf seinem Nachttisch lag ein Fernglas.»

«Ich weiß. Na und? Vielleicht hat er ab und zu wirklich Vögel beobachtet.»

«Vom Schlafzimmer aus?»

«Also worauf willst du eigentlich hinaus?»

«Ich glaube, daß er das Fernglas benutzt hat, um Anne Scott zu beobachten.»

«Du meinst, er ...?»

«Sie hatte vor ihrem Schlafzimmer keine Vorhänge.»

«So ein dreckiges kleines Schwein!»

«Nun reg dich mal ab. Ich an seiner Stelle hätte vielleicht dasselbe gemacht.»

«Ja, das glaub' ich dir sofort! Was ich dich übrigens schon längst fragen wollte – wieso bist du übrigens damals, als wir zu Anne

Scott gerufen wurden, so prompt dort aufgetaucht? Soviel ich weiß ...»

«Das war Zufall. Reiner Zufall.»

«Daß ich nicht lache! Statistisch gesehen, ist die Wahrscheinlichkeit, daß du per Zufall ...»

«Bah! Statistisch gesehen – wenn ich das schon höre! Statistisch gesehen, ist das ideale Alter, schwanger zu werden, neunzehn Jahre; andererseits sollte eine Frau, wieder statistisch gesehen, möglichst nicht vor dem sechsundzwanzigsten Lebensjahr Verkehr haben. Da hast du deine Statistik!»

Bell winkte irritiert ab und trommelte mit den Fingern der rechten Hand nervös auf die Schreibtischplatte. «Der Fall Jackson wird mir noch eine Menge Kopfschmerzen bereiten, das weiß ich jetzt schon. Ich habe absolut keine Anhaltspunkte. Niemand hat irgend jemanden in Jacksons Haus gehen sehen. Das liegt an dieser verdammten Bootswerft nebenan. Dadurch sind sie in der Straße an fremde Gesichter gewöhnt und achten nicht mehr darauf.»

«Hast du schon mit den Leuten gesprochen, die gestern abend im Pub waren, als er reinkam?»

«Mit den meisten, ja. Der Wirt hat mir übrigens gesagt, daß er seine Uhr immer um fünf Minuten vorstellt; also ist Jackson etwa um Viertel nach gegangen.»

Morse kaute nachdenklich an seinem Daumen. Demnach hatte Charles Richards also wirklich ein unumstößliches Alibi – schließlich hatte er selbst ihn von fünf nach acht bis nach halb zehn im großen Saal des Clarendon Institute auf dem Podium stehen sehen und reden hören. Es war also ein Ding der Unmöglichkeit, daß Richards Jackson ermordet hatte. Morse wußte aus langer, schmerzlicher Erfahrung, daß es auf die Dauer nichts half, Fakten zu leugnen. Sollte er also nicht lieber anerkennen, daß Richards unschuldig war, und neue Überlegungen anstellen? Aber Morse hatte dem Wort ‹unmöglich› schon immer skeptisch gegenübergestanden und es eher als Herausforderung denn als Hinderungsgrund aufgefaßt. Statt sich also – wie die Vernunft zweifellos geboten hätte – nach einem neuen Täter umzusehen, begann er erneut, über das Alibi nachzugrübeln. War es wirklich so wasserdicht, wie es schien? Oder ließ es sich nicht doch am Ende knacken – wenn man den Hebel nur richtig ansetzte ... Im Hinblick darauf war der anonyme Anruf zum Beispiel interessant. Als ob jemandem sehr daran gelegen gewesen wäre, die Polizei wissen zu lassen, daß Jackson um Viertel nach neun schon tot war – um diese Zeit hielt Richards im Clarendon noch immer seinen Vortrag ...

Wenn er wüßte, wer da angerufen hatte, wäre er schon einen Schritt weiter. Jackson war es diesmal jedenfalls nicht gewesen. Oder? War es möglich, daß ...

Bell hatte offenbar über genau dieselbe Frage nachgedacht. «Wer, glaubst du, war der Anrufer? Dieselbe Person, die uns über den Tod von Anne Scott informiert hat?»

«Nein, das glaube ich nicht. Ich bin mir ziemlich sicher ...» Morse hielt inne.

«Du hältst mit irgend etwas hinter dem Berge! Worüber bist du dir ziemlich sicher?»

Morse schwieg einen Moment betreten, dann entschloß er sich, Bell zu erzählen, was er wußte: angefangen bei der Party in Nord-Oxford, auf der er Anne kennengelernt hatte, bis hin zu seinem Telefongespräch mit Jennifer Hills. Einmal dabei, reinen Tisch zu machen, beichtete er sogar, daß er den Schlosser mit fünf Pfund hatte bestechen müssen, um an den Schlüssel für die Hintertür zu kommen. Ohne daß es den beiden klar war, hatten sie eine Menge der Informationen, die ihnen zur Lösung des Falles verhelfen sollten, schon beisammen. Oder anders ausgedrückt: eine Reihe von Bildausschnitten war schon in der richtigen Farbe ausgemalt. Aber Morse und Bell fehlte es an Vorstellung, auch die noch weißen Flächen zu erfüllen, um das Bild als Ganzes erstehen zu lassen.

«Ich danke dir für deine Offenheit, Morse», sagte Bell. «Und wenn du irgendeine Idee hast – du weißt, ich kann im Moment jede Anregung gut gebrauchen.»

«Ja, ich weiß, alter Freund», sagte Morse. «Ich will dir sagen, was ich tun werde: Ich werde nachdenken. Ich habe das Gefühl, als ob wir irgend etwas übersehen hätten. Aber ich komme einfach nicht darauf, was es sein könnte.»

Kapitel Einundzwanzig

Ernannt schon hab ich meinen Offizier.
Shakespeare, Othello, 1. Akt, 1. Szene

Bell hatte sich längst daran gewöhnt, wenn nötig, auch sonntags zu arbeiten, und es machte ihm nicht mehr viel aus. Doch als er an diesem Nachmittag in seinem Büro saß, haderte er doch etwas mit seinem Los, weil er das Gefühl hatte, daß er seine Zeit zu Hause sinnvoller hätte verbringen können, zum Beispiel um auf dem ohnehin schändlich vernachlässigten Rasen endlich das Herbstlaub zusammenzuharken. Zwar trafen immer noch neue Berichte ein, doch es ließ sich nichts Rechtes damit anfangen. Man hatte inzwischen ein paar Verwandte von Jackson ausfindig gemacht, ertfernte Vettern und Cousinen, die ihn aber seit Jahren nicht gesehen hatten und nichts über ihn sagen konnten. Auch eine Befragung der Nachbarn und früheren Arbeitskollegen hatte kaum etwas gebracht. Gehässig und mißgünstig, wie Jackson gewesen war, hatte keiner engeren Kontakt zu ihm haben wollen. Bell hatte an diesem Nachmittag genug Muße, noch einmal in Ruhe über den Fall nachzudenken. Was sie bisher wußten (oder doch glaubten zu wissen), war dies: am vergangenen Freitag war Jackson zwischen halb neun und neun Uhr von jemandem aufgesucht worden, der versucht hatte, ihn zu überreden, eine ganz bestimmte Sache, die sich in seinem Besitz befand und auf die der Unbekannte offenbar großen Wert legte, herauszugeben. Jackson mußte sich geweigert haben, denn aus dem anfänglich wohl vergleichsweise friedlichen Gespräch war bald eine gewalttätige Auseinandersetzung geworden. Der Unbekannte hatte Jackson gepackt und geschlagen (davon zeugten seine Gesichtsverletzungen) und dabei war Jackson mit dem Kopf an den Bettpfosten geprallt ... Der Mann (es war doch wohl ein Mann!?) hatte Jackson in seinem Blut liegenlassen und begonnen, das Haus zu durchsuchen. Der Tathergang war also einigermaßen klar; doch sie wußten weder, was der Mann gesucht hatte, noch wer er war. Und da es nicht einmal eine Beschreibung seiner Person gab ... Bell hatte inzwischen erfahren, daß am Freitag abend zur fraglichen Zeit im Fernsehen die Wahl zur ‹Miss World› übertragen worden war. Da hatten sie in Canal Reach natürlich alle vor der Glotze gehockt, und es hätte schon ein Gerät explodieren müssen, um die Leute vom Fernseher weg ans Fenster zu locken. Der arme Jackson hatte das Ende der Miss-Wahlen nicht mehr erlebt und sich statt dessen unerwartet plötzlich dem eigenen Ende gegenübergesehen.

Walters hatte am Sonntag ebenfalls Dienst und schaute bei Bell herein, um ihm seine eigenen Theorien über den Fall zu unterbreiten. Er sei der Ansicht, so Walters im Brustton der Überzeugung, daß der Fall Jackson nur in Verbindung mit dem Fall Scott gelöst werden könne. Bell hörte ihm zu und erwiderte dann ungnädig, er brauche sich auf seine Erkenntnisse nichts einzubilden, so weit sei er selber schon gekommen. Walters sah, daß Bell müde war, außerdem schien er von dem Fall die Nase voll zu haben. Es war wohl klüger, den Mund zu halten. Am besten ging er gleich wieder, doch in der Tür drehte er sich noch einmal um. «Ist Ihnen aufgefallen, Sir, daß wir in Jacksons Haus kein einziges Buch gefunden haben?»

«Was Sie nicht sagen», erwiderte Bell gelangweilt.

Mr Parkes war an diesem Nachmittag glücklich. Eine Sozialarbeiterin vom Ferry Centre war überraschend vorbeigekommen und hatte ihm einen Kuchen gebracht. Zu Tränen gerührt über soviel Aufmerksamkeit, hatte er sie ins Haus gebeten und ihr einen Sherry kredenzt. Sich selbst hatte er auch ein Glas eingeschenkt. Es war Jahre her, daß jemand an seinen Geburtstag gedacht hatte. Nachdem sie gegangen war, goß er sich noch einmal neu ein und setzte sich in seinen bequemsten Sessel, um das Glücksgefühl der letzten halben Stunde noch etwas in sich nachwirken zu lassen. Woher sie wohl gewußt hatten, daß heute sein Geburtstag war? Plötzlich runzelte er die Stirn. Geburtstag – aber natürlich! Das war es, worüber sie sich auf dem Bridgeabend vor drei Wochen, als sie eine Pause eingelegt hatten, um auf das einjährige Bestehen des Clubs anzustoßen, geredet hatten. Es war zwar keine großartige Information – aber der junge Constable und später der Inspector hatten ihm so nachdrücklich eingeschärft, daß er sich auf jeden Fall melden solle, wenn ihm noch etwas einfalle ... Er wählte die Nummer des Reviers Mitte.

«Ah ja, ich verstehe», sagte Bell. «Sehr interessant. Über Geburtstage also.» Er bedankte sich höflich und legte in seine Stimme mehr Herzlichkeit, als er eigentlich empfand, aber schließlich hatte der Alte es ja nur gut gemeint. Geburtstage! Mit was für Scheiß die Leute einem aber auch kamen! Aus Gewohnheit machte er eine Notiz und legte sie in den Ablagekorb. Walters konnte sie morgen zu den anderen Sachen einordnen.

Diese Notiz sollte Bells letzter Beitrag zum Fall Jackson sein.

Morse war ein wenig überrascht gewesen, als er Mitte der Woche beim Assistant Chief Commissioner um einen Termin für eine Unterredung nachsuchte und dieser seinerseits den Wunsch äußerte, sich mit ihm zu unterhalten. «Ich erwarte Sie dann am Sonntag bei mir in Beckley zum Tee.» Morse erschien pünktlich um halb fünf. Es war einer der letzten schönen Herbsttage, und so tranken sie ihren Tee draußen im Garten, auf einem makellos gepflegten Rasen sitzend, mit Blick auf das weite Grün von Otmoor. Morse berichtete über seine gegen alle Vorschriften verstoßenden Ermittlungen, und der ACC hörte ihm, ohne ihn zu unterbrechen, zu. Nachdem Morse geendet hatte, saß der Chef eine Weile schweigend, und Morse machte sich auf ein paar harsche Worte gefaßt. Doch der erwartete Tadel blieb aus, der ACC ging auf seine Verfehlung mit keinem Wort ein.

«Es trifft sich gut, daß Sie so detailliert über den Fall Jackson informiert sind, Morse. Ich möchte nämlich, daß Sie ihn übernehmen. Sie scheinen mir dafür geeigneter zu sein als Bell.»

«Aber Sir, es lag mir fern, Sie zu bitten ...»

«Nun, ich gebe Ihnen den Fall eben trotzdem.»

«Es tut mir leid, aber da muß ich ablehnen, Sir. Bell den Fall zu entziehen bedeutet eine Herabsetzung, die er nicht verdient hat. Ich halte ihn für einen fähigen Kollegen und glaube ...»

«Herabsetzung?» Der ACC lächelte, als sei er insgeheim amüsiert, und Morse hatte das unbehagliche Gefühl, jemand spiele mit ihm Katz und Maus. «Über Bell brauchen *Sie* sich keine Gedanken zu machen. Ich werde anrufen und es ihm mitteilen.»

«Aber ich ...»

«Vielleicht lassen Sie jetzt endlich Ihre Einwände und hören mir zur Abwechslung einmal zu.» (Wieder dieses rätselhafte Lächeln!) «Was Sie mir da eben erzählt haben, hat mir eine Entscheidung erleichtert. In gewisser Weise kommt mir Ihr regelwidriges Vorgehen gerade recht. Ich weiß, daß Sie sich nicht um den Posten des Superintendenten beworben haben, aber ich hatte trotzdem überlegt, ob ich Sie nicht vielleicht vorschlagen sollte ... Ich denke, nach dem, was ich heute von Ihnen erfahren habe, brauche ich mir darüber kein Kopfzerbrechen mehr zu machen. Zu den Aufgaben eines Super gehört unter anderem auch, die Polizei nach außen zu repräsentieren. Wir werden in der Öffentlichkeit nicht zuletzt nach unseren Superintendenten beurteilt. Wenn ich Sie mir so ansehe, Morse, auch im Lichte dessen, was Sie mir eben berichtet haben, so bin ich der Ansicht, daß Sie dafür ganz bestimmt nicht der richtige Mann sind.

«Ich weiß nicht, Sir, ob Sie da nicht vielleicht doch etwas voreilig ...»

«Nun, es lag ja noch die Bewerbung von Bell vor. Er ist, glaube ich, sowieso länger dabei als Sie, oder?»

«Na, also die zwei Jahre ...» murmelte Morse.

«Und er ist, wie Sie selbst ja eben bemerkt haben, ein fähiger Mann. Nicht unbedingt ein brillanter Kopf, aber Brillanz wird auf diesem Posten auch nicht erwartet. Sie brauchen wegen Bell also kein schlechtes Gewissen zu haben, er erfährt keine Herabsetzung, sondern im Gegenteil ...»

«Wenn ich es mir recht überlege, Sir, so würde ich eigentlich gerne noch einmal in Ruhe darüber nachdenken, ob der Posten des Super nicht vielleicht doch für mich ...»

«Dafür ist es zu spät, mein Lieber. Die Entscheidung ist bereits gefallen.»

«Oh.» Morse fühlte einen leichten Stich von Neid. Aber dann tröstete er sich. Der ACC, so geschwollen er auch immer daherredete, hatte schon recht: um als Aushängeschild zu dienen, war er wohl wirklich nicht der geeignete Mann. Sich gut benehmen zu müssen hatte ihn schon immer schrecklich ermüdet.

Doch der ACC war noch nicht fertig. «Wissen Sie, Morse, ich denke oft, daß Sie die Dinge nicht richtig angehen. Ihnen fehlt es an taktischem Geschick. Mit Ihren Fähigkeiten könnten Sie, wenn Sie es richtig angestellt hätten, jetzt auf meinem Stuhl sitzen und würden eine Menge mehr verdienen als in Ihrer jetzigen Position.»

«Ich bin auf das Geld nicht angewiesen, Sir. Wie Sie wissen, verfüge ich noch über ein Privateinkommen.»

Der ACC sah ihn erstaunt an. «Ich dachte, Ihr Vater sei Taxifahrer gewesen?»

Morse war schon aufgestanden. «Das ist richtig, Sir, aber er hat den Aga Khan gefahren.»

Der ACC verzog irritiert den Mund. «Ich nehme an, Sie wollen wieder mit Lewis zusammenarbeiten?»

Auf Morses Gesicht erschien ein Lächeln. «Unbedingt, Sir.»

DRITTES BUCH

Kapitel Zweiundzwanzig

... denn diese Milchbrust,
Die durch die Fenster
kirrt der Männer Augen.
Shakespeare, Timon von Athen,
4. Akt, 3. Szene

Selbst wenn Lewis' Eltern mit Reichtum gesegnet gewesen wären und sich einer gewissen gesellschaftlichen Stellung erfreut hätten, hätte Winchester den jungen Lewis vermutlich nicht aufgenommen. Aber es muß ja auch nicht jeder eine Public School besuchen. Dennoch hatte er mit Zähigkeit eine ganze Menge erreicht. Mit fünfzehn war er von der Schule abgegangen, hatte sich aber in Tageskursen und in unzähligen anstrengenden Stunden in der Abendschule eine Reihe praktischer Fähigkeiten erworben. Mit zwanzig war er der Polizei beigetreten. Er hatte die Entscheidung nie bereut. Vor zehn Jahren war er zum Sergeant befördert worden. Was ihn in Morses Augen auszeichnete, war, daß er einerseits wußte, was er konnte, und von daher Selbstvertrauen besaß, sich aber andererseits auch über seine Schwächen im klaren war und offen darüber redete. Vor sechs Jahren hatte er zum erstenmal mit Morse zusammengearbeitet, und im nachhinein hatte es ihn mit Stolz erfüllt, daß er diesem mitunter genialen Mann bei seinen Ermittlungen hatte zusehen und einen, wenn auch bescheidenen, Beitrag zur Lösung des Falles leisten dürfen. Aber, wie gesagt, im nachhinein. *Während* der Arbeit hatte er Morse mehr als einmal zum Teufel gewünscht, und an diesem Auf und Ab der Gefühle hatte sich auch in den folgenden Jahren, wann immer Morse ihn für einen neuen Fall angefordert hatte, nicht viel geändert. Morse war eben eine schwierige Persönlichkeit. Andererseits empfand er es als große Ehre, daß ein Mann von diesem Ruf Wert auf seine Mitarbeit legte, und darüber hinaus schätzte er ihn als Menschen. Er mochte reizbar, launisch, vulgär, stur und mitunter, was das Trinken und Rauchen und die Einhaltung des Polizeireglements anging, von einer Disziplinlosigkeit sein, daß es Lewis grauste – das alles tat seinen freundschaftlichen Gefühlen für ihn jedoch keinen Abbruch. Denn während Morse bei Vorgesetzten und Kollegen trotz seiner Erfolge als exzentrischer Spinner galt, hatte Lewis oft genug Gelegenheit gehabt, hinter all dem Negativen den nachdenklichen, empfindsamen und rücksichtsvollen Morse zu entdecken. Inzwischen waren Morse und er bei der gesamten Thames Valley Constabulary als ein Paar bekannt – ihrer beider Namen wurde in einem Atemzug genannt so wie Gilbert & Sullivan, Moody & Sanky oder Lennon & MacCartney. Im Fall Jackson (der Morse allerdings bis dato nicht offiziell übertragen worden war) hatte Lewis' Beitrag bisher darin bestanden, daß er ihn vor vierzehn Tagen morgens zum Clarendon Institute kutschiert und ihm die Abmahnung von der Windschutzscheibe des Lancia gekratzt hatte, keine besonders ruhmvolle Tat, und wieso hatte der faule Kerl nicht überhaupt den Bus genommen? Das wäre außerdem viel schneller gewesen.

Aber als bei Lewis am Montag morgen um halb acht das Telefon klingelte und Morse am Apparat war, löste sich auch die letzte Spur etwa noch vorhandenen Ärgers in nichts auf.

«Ja, Sir?»

«Ich brauche Ihre Hilfe, Lewis.»

«Was soll ich denn tun, Sir? Heute wird es aber nicht mehr gehen – ich bin den ganzen Tag unterwegs. Wir führen doch im Moment die Sicherheitswoche in den Schulen durch, *Augen auf im Straßenverkehr!*, und ...»

«Sie sind ab sofort davon freigestellt. Ich habe gestern mit dem ACC geredet und ihm gesagt, daß ich Sie brauche.»

Bei diesen Worten ging Lewis das Herz auf. Er wurde gebraucht!

«Ich freue mich, Sie. Sie wissen, daß ich gerne mit Ihnen zusammenarbeite. Wann soll ich denn im Präsidium sein?»

«Ich bin schon im Büro. Ziehen Sie Ihre Pantoffeln aus, und steigen Sie in Ihr Auto; und dann kommen Sie her.»

Lewis, nicht mehr ganz jung und sonst eher schwerfällig, bewegte sich auf einmal leichtfüßig wie ein Jüngling. Seine Frau, eine Waliserin, stand gerade am Herd und brutzelte Eier mit Speck, als er hereinkam. Sie spürte die Veränderung sofort und wandte sich ihm lächelnd zu.

«Du brauchst mir gar nichts zu sagen. Das war Inspector Morse, hab ich recht? Ich merke es dir sofort an, wenn du mit ihm gesprochen hast, du bist dann immer so aufgekratzt.»

Lewis nickte nur, aber es bedurfte zwischen ihnen auch nicht vieler Worte. Sie freute sich für ihn. Er war ein guter Mann, und sie wünschte sich, daß er Anerkennung fand. Anders als sonst schlang er heute das Frühstück herunter, ohne recht zu wissen, was er auf dem Teller hatte, aber das störte sie nicht. Er hatte wieder diesen bestimmten Ausdruck im Gesicht, und sie wußte: es hatte ihn wieder gepackt. Und das war gut so.

Als Lewis um zehn nach acht bei Morse eintrat, bedurfte es nur eines Blicks in den von Stummeln überquellenden Aschenbecher, um festzustellen, daß – erstens – Morse sich wieder in einer seiner Rauchphasen befand (er hatte die Angewohnheit, entweder exzessiv Kette zu rauchen oder gar nicht) und daß er – zweitens –, der Anzahl der Kippen nach zu urteilen, bereits seit mehreren Stunden dasein mußte. Deshalb war es fast verständlich, daß er Lewis' schnelles Erscheinen weder durch eine Geste noch durch irgendwelche Dankesworte honorierte, sondern gleich zur Sache kam.

«Ich habe da eine Frage. Wenn ich meinen Wagen falsch parke und dabei von einer Politesse erwischt werde – was passiert dann?»

«Sie bekommen ein Strafmandat, Sir», antwortete Lewis prompt.

«Sie Schlauberger! Das weiß ich selbst. Was mich interessiert, ist der anschließende Amtsweg. Wo wird das Ganze registriert?»

«Na ja, also erst mal klemmt sie Ihnen die Anzeige unter den Scheibenwischer, und hinterher, nach Dienstschluß, geht sie mit den Durchschlägen ...»

«Wieso Durchschläge?» fragte Morse irritiert.

«Das, was sie Ihnen an die Windschutzscheibe steckt, ist sozusagen das Original, Sir. Dann gibt es aber noch zwei Kohlepapierdurchschläge. Der erste geht ans Fixed Penalty Office und der zweite zum Magistrate's Clerk.»

«Hm. Und woher wissen Sie das alles?»

«Das müßten Sie eigentlich auch wissen, Sir.»

«So? Na, jetzt weiß ich's ja. Wenn ich nun mein Strafmandat gleich bezahlen will – wo muß ich da hin?»

«Zur Kasse im Magistrate's Office.»

«Und wenn nun die Politesse noch nicht dagewesen ist und den Durchschlag noch nicht abgegeben hat?»

«Das macht nichts. Hauptsache, Sie haben Ihren Strafzettel dabei. Die ganzen Sachen wandern am Ende sowieso zur Archivierung ins Fixed Penalty Office.»

«Und könnte man dort nachfragen, wer die Buße bezahlt hat?»

«Ja, natürlich.»

«Sehr schön. Dann möchte ich, daß Sie sich gleich mal auf den Weg machen, Lewis ...»

Bei seiner Rückkehr überreichte Lewis ihm eine Durchschrift der Aktennotiz, in der der Vorgang in allen Morse interessierenden Einzelheiten festgehalten war.

> *Strafzettel, ausgestellt am Mittwoch, den 3. Oktober um 15.25 für Rolls-Royce, amtliches Kennzeichen ‹LMK 306V›, abgestellt Victor/Ecke Canal Street im absoluten Halteverbot. Geldbuße wurde am Freitag, den 5. Oktober mit Scheck des Bankhauses Lloyd's von C. Richards, 261 Oxford Avenue, Abingdon, bezahlt.*

«Ganz, wie ich es mir gedacht habe», sagte Morse, pfiff leise durch die Zähne, zog sich das Telefon heran und wählte die Nummer der Richards Press. Er meldete sich mit seinem vollen Titel (eine Form der subtilen Drohung) und fragte nach Mr Charles Richards. Seine Sekretärin, eine offenbar noch junge Frau, deren Stimme Morse sehr anziehend fand, erklärte ihm, Richards sei außer Haus. Ob Morse es noch einmal versuchen wolle – am besten morgen früh.

«Morgen früh?» fragte Morse empört. «Nachmittags arbeitet er wohl nicht?!»

«Mr Richards arbeitet sehr hart!» belehrte ihn die Sekretärin. Der Klang ihrer Stimme war nach wie vor angenehm, der Ton jedoch merklich kühler. «Soviel ich weiß, hat er heute nachmittag eine geschäftliche Besprechung.»

«Oh, dafür habe ich natürlich volles Verständnis», sagte Morse. «Das ist selbstverständlich sehr viel wichtiger, als der Polizei bei ihren Ermittlungen zu helfen.»

«Ich ... äh ... ich könnte versuchen, ihn zu erreichen.»

«Dann rate ich Ihnen, das schleunigst zu tun», sagte Morse. Er gab ihr seine Nummer und hängte ein.

Zehn Minuten später klingelte sein Telefon.

«Inspector Morse? Hier Richards. Tut mir leid, daß Sie eben vergebens angerufen haben. Sind Ihnen noch weitere Fragen eingefallen?»

«Ja. Es gibt da einen oder zwei Punkte, die ich gern mit Ihnen geklärt hätte.»

«So? Na, dann schießen Sie mal los. Was du heute kannst besorgen ...»

«Ich möchte Sie eigentlich lieber persönlich sprechen. Am Telefon ist das so eine Sache ...»

«Da bin ich, ehrlich gesagt, nicht ganz Ihrer Meinung.»

Das konnte Morse gut verstehen. Sein Wunsch entsprach auch mehr pragmatischen als prinzipiellen Erwägungen. «Nun, die Dinge, um die es geht, sind, nun sagen wir mal, delikater Natur. Ich glaube wirklich, daß es auch in Ihrem eigenen Interesse liegt, wenn wir uns sehen.»

«Wie Sie wünschen.»

«Wäre Ihnen morgen recht?»

«Ja, das ginge.»

«Gegen zehn?»

«Gut.»

«Gibt es bei Ihnen vor dem Verlag einen Parkplatz?» Die Frage klang unschuldig genug.

«Sie können hinten bei uns auf dem Hof parken. Da müßte eigentlich etwas frei sein.» Richards lachte. «Kann sich ja manchmal ganz schön schwierig gestalten, so eine Parkplatzsuche.» Es klang nicht weniger unschuldig.

Draußen an der Kneipentür prangte die Inschrift *Verweilet in Jericho, bis euch Bärte gewachsen sind!* Joe Morley, ein alter Stammgast, hievte sich, unter seiner Leibesfülle ächzend, auf einen der hohen Hocker vor dem Tresen. Bei seinem Eintreten hatte der Wirt, ohne die Bestellung abzuwarten, gleich angefangen, ein Guiness zu zapfen.

«Na, wie geht's denn so, Joe?»

«Wie soll's gehen.»

«Bei euch in der Straße lebt sich's ja gefährlich, nach allem, was man so hört.»

Joe wischte sich den Schaum von den Lippen. Du meinst die Sache mit George?»

«Du hast ihn doch ziemlich gut gekannt, oder?»

«Den kannte keiner gut. Der war ein Einzelgänger. Merkwürdiger Typ, wenn du mich fragst. Aber vom Angeln hatte er Ahnung.»

«Na, und zum Angeln braucht man ja eine ganze Menge Geduld, die scheint er wohl gehabt zu haben, wenn man sich sein anderes Hobby so ansieht.»

«Was für ein anderes Hobby?»

«Leute beobachten. Die Frau von gegenüber zum Beispiel. Die, die sich neulich umgebracht hat. Er soll immer mit einem Fernglas am Fenster gestanden haben.»

«Woher weißt du das?»

«Mrs Purvis hat es dem alten Len erzählt – du weißt doch, der mit dem Holzbein. Aber sie war ja auch selber schuld. Soll im Schlafzimmer nicht mal Vorhänge gehabt haben.»

«Da gab's bestimmt hübsch was zu sehen für ihn.»

Der Wirt beugte sich mit dem Oberkörper etwas nach vorn. «Und soll ich dir noch was sagen? Der George hat mit seinen Gelegenheitsjobs ganz schön Knete gemacht. Letzten Donnerstag hat er bei Barclay's zweihundertfünfzig Pfund auf sein Konto eingezahlt.»

«Woher weißt du denn das nun schon wieder?»

«Du kennst doch den alten Alf, der immer herkommt. Na, und seine Frau, die hat eine Schwester, die da arbeitet. Und die hat ihr erzählt ...»

Ein paar Jugendliche kamen herein, und der Wirt griff hinter sich und reichte ihnen zwei Sätze Darts. «Für jeden ein Lager, wie immer?»

Der ältere Mann, der allein an einem Tisch gesessen hatte, stand auf, um für die Dartsspieler Platz zu machen. Allmählich bekam er Hunger. Um diese Zeit saß er sonst zu Hause am Abendbrottisch, doch Morse war, nachdem er die Liste der in Frage kommenden Pubs zusammengestellt hatte, der Ansicht gewesen, man müsse möglichst gleich, wenn sie öffneten, zur Stelle sein, da dies die Zeit sei, wo einerseits noch ein bißchen Muße sei für etwas Klatsch und Tratsch, andererseits der Lärmpegel niedrig genug sei, daß man diesen Klatsch auch aus einiger Entfernung noch belauschen könne, ohne den Leuten gleich auf die Pelle rücken zu müssen. «Sie holen sich ein Bier, und dann sperren Sie die Ohren auf», hatte Morse erklärt. «Ich wette, daß der Mord an Jackson noch das Tagesgespräch Nummer eins ist.»

Diese Vermutung schien jedoch nicht zuzutreffen. In seiner Gegenwart drehten sich die Gespräche um Darts, Fußball und den gerade angehobenen Bierpreis. Der Name *Jackson* fiel nicht ein einziges Mal. Seine Ermordung war nur eine aufregende, etwas verstörende Unterbrechung gewesen, und jetzt ging das Leben wieder seinen gewohnten Gang – nur, daß Anne Scott und George Jackson daran nicht mehr teilhatten. Aber das war in Jericho kein Thema mehr.

Als Morse gegen neun Uhr abends ziemlich angeheitert noch einmal im Präsidium vorbeischaute, fand er in seinem Büro einen Bericht vor. Er hatte darauf bestanden, daß die Leute von der Spurensicherung sich Jacksons Haus noch einmal vornahmen. Und sie hatten, beinahe wider Erwarten, Erfolg gehabt. Im Schlafzimmer hatten sich zwei prachtvolle Fingerabdrücke gefunden, die ihnen beim erstenmal entgangen sein mußten – sehr schön klar und deutlich. Und vor allem: nicht von Jackson.

Morse fand, es sei alles in allem ein guter – doch wirklich! – ein guter Tag gewesen.

Kapitel Dreiundzwanzig

... und machte ihm einen bunten Rock.
1. Buch Mose, Kap. 37, Vers 3

Morse rechnete für den Weg von Kidlington nach Abingdon eine halbe Stunde, um auch noch pünktlich zu sein, falls er einige Zeit brauchen würde, um die White Swan Lane und Richards Press zu finden. Seine Vorsicht erwies sich jedoch als überflüssig; er entdeckte die Straße, kaum daß er im Stadtzentrum war. Der Verlag war in einem modernisierten Backsteinbau aus dem letzten Jahrhundert untergebracht. Morse fuhr auf den Hof, wo er, wie Richards gesagt hatte, sofort einen Parkplatz fand. Beim Aussteigen blickte er kurz hoch und sah, wie sich hinter einem der Fenster im ersten Stock jemand abwandte. Seine Ankunft war also registriert worden. Eine Hinweistafel informierte ihn, wo Richards zu finden sei, und er stieg über eine breite, sehr elegante Treppe ein Stockwerk höher. Eine Tür mit Milchglasscheiben trug die Aufschrift *Bitte treten Sie ein*.

Hinter einem mit Papieren übersäten Schreibtisch sah ihm eine aparte, sehr gepflegte Frau entgegen, die jedoch erheblich älter war, als Morse bei ihrem gestrigen Telefongespräch vermutet hatte.

«Ich nehme an, Sie sind Inspector Morse», sagte sie. «Mr Richards erwartet Sie schon.»

Sie ging quer durch den Raum zu einer Tür, klopfte, meldete Richards seine Ankunft und zog sich wieder zurück.

Richards hatte sich bei seinem Eintritt erhoben und kam ihm ein paar Schritte entgegen. Die beiden Männer schüttelten sich die Hände. Der Verleger führte Morse hinüber zu einer Sitzecke und bat ihn, Platz zu nehmen.

«Nun?»

Morse kam gleich zur Sache. «Bei unserem Telefongespräch am letzten Samstag habe ich Sie gefragt, ob Sie am Nachmittag des 3. Oktober in Jericho gewesen seien. Sie haben das energisch abgestritten. Für Ihren Wagen wurde jedoch an diesem Nachmittag ein Strafmandat ausgestellt, weil er Victor / Ecke Canal Street im Halteverbot gestanden hat.»

Richards sah ihn hilflos an. «Ich verstehe das nicht.»

«Das Bußgeld wurde mit einem Scheck bezahlt, der auf Ihr Konto ausgestellt und mit *C. Richards* unterschrieben war. Haben Sie dafür eine Erklärung?»

«Ein Scheck, also ... also ich ...»

«Aus all dem müssen wir wohl schließen, daß jemand anderes an diesem Nachmittag Ihren Wagen gefahren hat. Denn Sie haben ja ein Alibi. Ich habe die junge Dame, deren Namen und Telefonnummer Sie mir freundlicherweise gegeben haben, angerufen, und sie hat mir bestätigt ...»

Richards beugte sich, offensichtlich erregt, vor, hob abwehrend die Hand und bewegte sie rasch hin und her, so als stünden Morses Worte mit Kreide geschrieben auf einer Wandtafel und er versuche, kaum daß sie dort erschienen, sie mit einem Schwamm wieder auszulöschen. «Ich möchte Sie bitten, sie aus dem Spiel zu lassen. Ich ... ich möchte nicht noch jemanden in diese Geschichte hineinziehen.»

«Das wird sich wohl kaum vermeiden lassen. Da Sie an diesem Nachmittag, soweit ich feststellen konnte, nicht in Jericho waren, muß jemand anderes Ihren Wagen benutzt haben. Und ich möchte von Ihnen wissen, wer das war.»

«Hören Sie Inspector, ich glaube, ich bin Ihnen eine Erklärung schuldig.» Richards seufzte schwer. «Es war dumm von mir zu versuchen, Sie zu täuschen, wo durch dieses Strafmandat ja quasi schon aktenkundig war, daß der Wagen an jenem Nachmittag in Jericho geparkt war. Aber ich habe, ehrlich gesagt, nicht damit gerechnet, daß das zu Ihrer Kenntnis gelangen würde ...» Er schüttelte den Kopf, als könne er immer noch nicht so ganz verstehen, wie Morse dahintergekommen war. «Da muß einer Ihrer Männer ein sehr gutes Gedächtnis und Kombinationsvermögen gehabt haben.»

Morse war viel zu sehr gespannt, was Richards ihm erzählen würde, als daß er sich über dieses widerwillige Kompliment freuen konnte. Richards holte tief Luft und fuhr dann fort: «Ich werde Ihnen jetzt die Wahrheit sagen, Inspector. Dazu muß ich allerdings etwas ausholen. Wie Sie wissen, hat Anne Scott jahrelang für mich gearbeitet. Sie war eine sehr anziehende Frau, sowohl von ihrem Äußeren her als auch in bezug auf ihr Wesen. Sie begleitete mich häufig auf Geschäftsreisen, und in solchen Situationen ... Nun, ich glaube, ich brauche das nicht weiter auszuführen. Ich bin ein verheirateter Mann, und ich liebe meine Frau, und trotzdem verliebte ich mich in Anne. Es war weit mehr als nur eine Affäre. Auf den Geschäftsreisen gaben wir uns in den Hotels als Ehepaar aus. Derartige Gelegenheiten waren allerdings nicht sehr häufig. Vielleicht fünf- oder sechsmal im Jahr.»

«Wußte Ihre Frau davon?»

«Nein, ich glaube nicht.»

«Und? Wie ging es dann weiter?»

«Nun, es passierte, was vermutlich vielen Liebenden passiert. Die Spannung und die Erregung beim Wiedersehen lassen nach, die Euphorie der ersten Monate beginnt allmählich zu schwinden ... Irgendwann entschied Anne, daß es besser sei, sie ginge, und ich versuchte nicht, sie zurückzuhalten. Um ehrlich zu sein, war ich eher froh. Es ist schon eine merkwürdige Sache mit den Gefühlen.»

«Aber Sie schrieben sich?»

Richards nickte. «Ja. Nicht allzuoft, aber wir blieben in Kontakt. Als wir dann in diesem Sommer mit dem Verlag nach Abingdon übersiedelten, lebten wir plötzlich wieder in relativer räumlicher Nähe zueinander. Sie schrieb mir und ließ durchblicken, daß sie sich freuen würde, mich wiederzusehen. Und ich fand sie nach all den Jahren, die wir uns nicht getroffen hatten, wieder sehr aufregend. Sie hatte in der Regel jede Woche einen Nachmittag, an dem sie frei war. An diesen Nachmittagen habe ich sie des öfteren besucht – und auch am Nachmittag des 3. wollte ich zu ihr.

«Hatten Sie einen Schlüssel?»

«Einen Schlüssel? Äh ... nein.»

«War die Tür offen, als Sie ankamen?»

«Äh, ich glaube, äh ... ja. Sonst ...»

«Dann hätte ich jetzt von Ihnen gerne eine Schilderung, was Sie gemacht haben, nachdem Sie das Haus betraten.»

Richards schwieg und starrte auf den Boden, als suche er hinter dem komplizierten Muster des Teppichs einen verborgenen Sinn zu entdecken. Schließlich hob er den Kopf und sagte: «Nun, ich rief nach ihr.»

«Weiter!»

«Das Haus wirkte irgendwie verlassen, und ich dachte, sie sei vielleicht etwas besorgen, und ging schon nach oben.»

«Nach oben?»

Richards sah ihn fast herausfordernd an. «Ja, nach oben», sagte er.

«In welchen Raum sind Sie gegangen?»

«In den hinteren. Da hatte sie sich ein Arbeitszimmer eingerichtet; aber das brauche ich Ihnen ja nicht zu erzählen. Sie werden das Haus ja inzwischen kennen.»

Morse nickte.

«Wir hatten so eine Gewohnheit, daß wir vorher noch ein bißchen zusammensaßen und ein Glas Wein tranken, ehe wir dann ins Schlafzimmer hinübergingen ...»

«Kam Ihnen das eigentlich überhaupt nicht riskant vor, ich meine, so bei hellem Tageslicht?»

Richards schien nicht zu wissen, wovon er sprach, und Morse schossen einige merkwürdige Ideen durch den Kopf.

«Fast alles, was Spaß macht im Leben, ist riskant», sagte Richards schließlich vage.

«Nun ja, aber man kann das Risiko mindern, wenn man zum Beispiel die Vorhänge zuzieht.»

Richards lächelte erleichtert. «Ach, jetzt weiß ich, worauf Sie anspielen. Es stimmt. Sie ist in all der Zeit nicht dazu gekommen, jemanden zu bestellen, der ihr da oben Vorhänge angebracht hätte.»

(1:0 für Richards!) «Sie saßen also da oben im Arbeitszimmer und warteten. Und dann?»

«Nach ungefähr zwanzig, fünfundzwanzig Minuten wurde ich unruhig. Es muß schon gegen halb vier gewesen sein, und ich überlegte, was wohl passiert sein könne. Aber ich wußte nicht, was ich hätte tun sollen, und so bin ich gegangen.»

«Sie haben nicht vorher noch schnell in die Küche geschaut?»

«Nein, nein. Ich habe die Küche auch vorher nie betreten.»

«Hatte es schon angefangen zu regnen?»

«*Angefangen?* Ich glaube, es hat den ganzen Nachmittag ununterbrochen geregnet. Auf jeden Fall hat es schon geregnet, als ich kam, sonst hätte ich für den kurzen Weg vom Wagen bis zu ihrem Haus nicht den Schirm mitgenommen. Ich weiß noch, daß ich ihn gleich bei der Eingangstür abgestellt habe, um ihr keine Flecken auf den Teppich zu machen.»

«Wenn man reinkommt, gleich rechts?»

«Ich kann mich nicht hundertprozentig erinnern, aber ich

glaube, es war links – ich hätte wohl eher sagen sollen, *hinter* der Tür. Aber vielleicht irre ich mich da.»

«Nein, Sie irren sich nicht! Sie müssen schon entschuldigen, aber ich möchte ganz sicher sein, daß wirklich Sie an dem Nachmittag dagewesen sind, und deshalb habe ich Sie ein bißchen aufs Glatteis geführt – sozusagen als Test, ob Sie die Wahrheit sagen. Es hat nämlich jemand, während Sie oben waren, das Haus betreten, und so wissen wir, wo genau der Schirm gestanden hat.

Richards kaute nervös an seiner Unterlippe.

«Vorhin, als Sie anfingen, war ich mir gar nicht so sicher, ob das stimmte, was Sie sagten, aber inzwischen haben Sie mich überzeugt: Ihr Wagen an der Ecke, Ihr schwarzer Schirm hinter der Tür und Ihr dunkler Regenmantel über dem Treppengeländer – da werden Sie es wohl gewesen sein.»

«Ich war ein Dummkopf, daß ich nicht gleich ...»

«Sie *sind* ein Dummkopf!» donnerte Morse.

«Was? Wieso? Ich ...» Richards sah ihn erschrocken an.

«Weil Sie mich noch immer zu belügen versuchen. Das müßten Sie selbst doch am besten wissen! Die Wahrheit ist, daß nicht Sie, sondern irgend jemand anderer sich an diesem Nachmittag in Anne Scotts Haus aufgehalten hat.»

«Aber, Inspector, nun machen Sie sich doch nicht lächerlich! Alles, was ich gesagt habe, entspricht ...»

Morse stand auf. «Und wenn ich Ihnen nun sage, daß über dem Treppengeländer kein dunkelblauer Regenmantel, sondern ein grauer Dufflecoat gehangen hat?»

«Dann habe ich mich eben geirrt.»

«Besitzen Sie einen grauen Dufflecoat?»

«Ich ... äh, nehmen Sie doch bitte einen Moment wieder Platz. ich ... äh, ich habe nicht gelogen, ich ...» Er senkte den Kopf und preßte die Hände gegen die Schläfen.

Morse spürte auf einmal, wie ihn eine Gänsehaut überlief. Ohne daß er es gemerkt hatte, war jemand hinter ihn getreten, und er hörte eine Frauenstimme sagen: «Nun gib es doch auf, siehst du nicht, daß es keinen Zweck mehr hat? Natürlich hast du den Inspector angelogen, wie du unsere ganze Ehe hindurch mich angelogen hast. Nur daß du es diesmal getan hast, um mich zu schützen. Aber du siehst, du kommst damit nicht durch.» Sie setzte sich zu ihnen auf einen freien Sessel. Es war die Frau, die

Morse zu Anfang begrüßt und ihn in Richards' Zimmer geführt hatte. Sie wandte sich zu Morse: «Ich bin Celia Richards. Charles hier ist mein Mann. *Mein Mann*!» Sie lächelte bitter. «Aber das ist ja wohl die korrekte Bezeichnung, da wir nun einmal miteinander verheiratet sind. Er hat mir gesagt, daß Sie heute kommen würden – er hatte keine andere Wahl –, und er wollte nicht, daß Josephine, das ist die Sekretärin und vermutlich, wie ich Charles kenne, nicht nur das, von Ihrem Besuch erführe, und deshalb schlug er vor, daß ich mich an ihrer Stelle ins Vorzimmer setzen solle. Wir wußten natürlich, weswegen Sie ihn sprechen wollten, und dachten uns eine Geschichte aus, von der wir hofften, daß Sie sie akzeptieren würden. Aber für den Fall, daß Sie etwas merken sollten, war verabredet, daß ich hereinkommen würde. Die Tür nach nebenan war nur angelehnt, ich habe also Ihr ganzes Gespräch mitbekommen. Tja, Charles, nun müssen wir wohl mit der Wahrheit herausrücken.»

Richards sagte nichts. Er saß völlig in sich zusammengesunken in seinem Sessel, so, als hätte er eine große Niederlage erlitten.

«Haben Sie eine Zigarette für mich, Inspector?» fragte Celia. Sie nahm einen tiefen Zug, dann sagte sie: «So, ich denke, jetzt bin ich an der Reihe. Ich habe übrigens, während ich draußen saß und zuhörte, feststellen können, daß nicht nur Charles faustdicke Lügen erzählt hat, sondern Sie ebenfalls, Inspector. Wie Sie sich in die Brust geworfen und von dunkelblauen Regenmänteln und grauen Dufflecoats geredet haben – du meine Güte, was für ein Schmierentheater! Mir hätten Sie damit nicht kommen dürfen. Wie Sie sich vielleicht schon gedacht haben, bin ich selbst nämlich dieser Jemand, der am Nachmittag des 3. in Anne Scotts Haus war. Und ich trug weder einen dunkelblauen Regenmantel noch einen Dufflecoat, sondern eine hellbraune Lederjacke. Sie wollen sie doch sicher sehen, oder?» In ihrer Stimme lagen Haß und Verachtung.

Kapitel Vierundzwanzig

In alle Wahrheit mischt sich Lüge.
Longfellow, The Golden Legend

Während er nach Oxford zurückfuhr, dachte Morse darüber nach, was Celia Richards ihm gerade erzählt hatte. Sie hatte sich selbst dabei nicht geschont, und er hatte ihre beherzte Offenheit insgeheim bewundert. Er zweifelte nicht, daß ihr Bericht der Wahrheit entsprach. Während der Zeit, als Anne für den Verlag gearbeitet hatte, war ihr immer wieder etwas über ein Verhältnis zwischen ihr und Charles zu Ohren gekommen; sie hatte dafür jedoch nie einen Beweis gehabt und sich immer wieder damit getröstet, daß diese Gerüchte ja nicht stimmen mußten. Dann war Anne gegangen, und sie hatte allmählich ihre innere Ruhe wiedergefunden. Ob nun etwas zwischen den beiden gewesen sein mochte oder nicht, nun war es vorbei. Bis vor ein paar Wochen die vermeintliche Sicherheit mit einem Schlag wieder zerstört worden war. Charles war an dem Tag zu Hause geblieben, weil er sich fiebrig fühlte, und sie war nach Abingdon zum Verlag gefahren, um mit ihrem Schwager Conrad, dessen Zimmer ein Stockwerk über dem von Charles lag, zu reden. Sie war jedoch zuerst in Charles' Büro gegangen. Der Brief mußte gerade an dem Tag eingetroffen sein und lag offen auf dem Schreibtisch, gleich neben der Kristallkugel, die er als Briefbeschwerer benutzte. Sie hatte die Schrift sofort erkannt. Oben in der linken Ecke des Umschlags stand der Vermerk *Persönlich und vertraulich.* Da wußte sie Bescheid. Sie hatte, ohne zu überlegen, den Brief an sich genommen, sich draußen in den Wagen gesetzt und ihn gelesen. Und während sie las, wurde ihr klar, daß die beiden sich, seit der Verlag vor einigen Wochen nach Abingdon umgezogen war, regelmäßig getroffen hatten. In ihrem Brief bat Anne Charles um ein erneutes Wiedersehen – es sei dringend! Sie befinde sich in großen Schwierigkeiten, und er sei der einzige, an den sie sich wenden könne. Sie erwähnte, daß sie Geld brauche, vor allem aber müsse sie ihn so schnell wie möglich sehen! Sie habe alle seine Briefe aufgehoben und sei, so deutete sie an, falls er ihrem Wunsch nicht nachkomme, verzweifelt genug, sie zu benutzen, um ihm damit zu schaden, Sie wisse, daß das einer Erpressung gleichkomme und schäme sich deswegen, ihre Situation lasse ihr jedoch keine andere Wahl. Nachdem Celia den Brief zu Ende gelesen hatte, war sie nach Hause gefahren und hatte ihn dort verbrannt. Ihr Entschluß stand fest: sie würde Anne Scott aufsuchen. Und bei der nächsten sich bietenden Gelegenheit hatte sie ihren Entschluß in die Tat umgesetzt. Sie hatte den Rolls nehmen müssen, weil Charles wie so oft mit ihrem Mini zur Arbeit gefahren war. In den winkligen Straßen Jerichos war es schwer gewesen, einen Parkplatz zu finden, und so hatte sie den Wagen schließlich einfach im Halteverbot abgestellt und gehofft, daß das Regenwetter den Eifer der Politessen vielleicht dämpfen würde und sie ohne Strafzettel davonkäme. Sie war die Sackgasse hinunter zu Anne Scotts Haus gegangen und hatte geklopft, aber es hatte niemand aufgemacht. Sie hatte prüfend die Klinke heruntergedrückt und festgestellt, daß die Tür offen war. («Ja, da bin ich ganz sicher, Inspector, da ich keinen Schlüssel hatte, wie hätte ich sonst hineinkommen sollen?») Drinnen hatte sie nach ihr gerufen, aber alles war still geblieben. Sie hatte sich in dem großen Raum unten kurz umgesehen und war dann die Treppe hinauf in den ersten Stock gestiegen. Dort war sie zufällig geradewegs ins Arbeitszimmer gegangen und hatte, nachdem sie ein paar Minuten gesucht hatte, in einer Schreibtischlade die Briefe entdeckt, von denen Anne gesprochen hatte. Bis zu diesem Zeitpunkt war sie vor lauter Verletztheit so rabiat gewesen, daß sie alle Zweifel und Bedenken hinsichtlich ihres Vorgehens einfach unterdrückt hatte, aber dann war sie da oben auf einmal von Angst gepackt worden. Wenn Anne nun zurückkam ... Ihre Furcht vor Entdeckung war jedoch gar nichts gegen den Alptraum der nächsten zwei Minuten. Sie hatte plötzlich gehört, wie unten die Eingangstür geöffnet wurde und eine Männerstimme nach Anne rief. Der Mann war bis an den Fuß der Treppe gekommen, und sie hatte wie versteinert oben gestanden, zitternd, daß er heraufkommen werde. In ihrem ganzen Leben hatte sie noch nie eine solche Panik gefühlt!

Und dann war auf einmal alles vorbei gewesen. Der Mann war wieder gegangen, und nachdem sie noch vier oder fünf Minuten abgewartet hatte, hatte sie die Briefe in ihre Handtasche gesteckt und das Haus verlassen. Bei ihrer Rückkehr hatte sie am Wagen das Strafmandat vorgefunden, doch das war, verglichen mit dem, was sie eben durchgemacht hatte, eine Lappalie. Sie hatte einen Scheck ausgestellt («‹C.› für ‹Celia›, Inspector!») und die Sache damit für erledigt gehalten. Charles' Briefe hatte sie wie zuvor den von Anne verbrannt, allerdings ohne auch nur einen von ihnen gelesen zu haben. Damit konnte Anne Scott nun kein Unheil mehr anrichten! Drei Tage später hatte sie durch Zufall aus der Zeitung von ihrem Selbstmord erfahren und realisiert, daß zu dem Zeitpunkt, wo sie sich in Annes Haus aufgehalten und in ihrem Schreibtisch nach den Briefen gesucht hatte, diese Anne nur wenige Meter entfernt von ihr hinter der Küchentür gehangen hatte. Diese Erkenntnis hatte ihr einen solchen Schock versetzt, daß sie unbedingt mit jemandem darüber hatte sprechen müssen. Zuerst hatte sie an ihren Schwager gedacht. Er hörte gut zu und verurteilte nicht. Er war ihr immer ein zuverlässiger Freund gewesen. Doch dann war sie zu dem Schluß gekommen, daß sie Charles alles erzählen mußte. Das hatte sie dann auch getan. Charles hatte ihr sofort angeboten, alle Schwierigkeiten, die sich eventuell ergeben würden, auf sich zu nehmen. Jetzt nachträglich erschien ihr ihrer beider Lügenmärchen selbst als reichlich kindisch.

Während Celia sprach, hatte Richards schweigend dagesessen, auch Celia selbst verfiel, nachdem sie fertig war, in Schweigen. Morses Einladung, jetzt, nachdem alles sich geklärt habe, im *White Swan* zusammen einen Drink zu nehmen, lehnten sie ab. Morse hatte sich daraufhin entschlossen, sich noch etwas zu gedulden und in seinen Pub in Kidlington zu gehen. Im Vorbeifahren sah er draußen ein Straßenschild, das den Weg nach Radley wies. Wohnte hier nicht die junge Frau mit der aufregenden Stimme, Richards' Geliebte? Nun, wenn das, was Celia ihm eben erzählt hatte, stimmte, brauchte Richards ohnehin kein Alibi mehr ...

Aber hatte sie ihm wirklich die Wahrheit gesagt? In ihm begannen sich die ersten Zweifel zu regen ...

Celia stand am Fenster und sah Morse abfahren – so wie sie schon seine Ankunft beobachtet hatte. Sie blieb dort noch eine ganze Weile stehen, nachdem er längst nicht mehr zu sehen war, doch schließlich wandte sie sich um.

«Er ist ein intelligenter Mann. Wir sollten ihn nicht unterschätzen.»

«Da bin ich nicht ganz deiner Meinung.»

«Glaubst du ...?»

«Denk nicht mehr daran! Versuch dich zu entspannen. Möchtest du einen Drink?»

«Ja, bitte.»

Sie drehte sich wieder zum Fenster und starrte in den Hof. Sie hatte Morse nicht in allen Punkten die Wahrheit gesagt. Wenn er es herausbekäme – das wäre das Ende. Sie hatte Angst.

Kapitel Fünfundzwanzig

Ohne Bildung ist das Leben
eines Mannes gleich dem Tod.
Cicero

Das helle Licht des sonnigen Oktobertages verlieh den schäbigen Straßen ein beinahe freundliches Aussehen, und auch die eintönigen Fassaden der Reihenhäuser wirkten weniger trist als gewöhnlich. Hier und da standen Frauen zu einem kleinen Schwatz beieinander, sie wienerten ihre Türklinken, in der Hoffnung daß jemand vorbeikäme, mit dem sich ein Gespräch anfangen ließe, oder gingen einkaufen. Da die Männer um diese Stunde bei der Arbeit, die Kinder in der Schule waren, ließen sie sich Zeit. Der strahlende Sonnenschein wirkte belebend auf das Gemeinschaftsgefühl.

Auch Sergeant Lewis, der am Morgen von Morse nach Jericho geschickt worden war, um Erkundigungen über Jackson einzuziehen, profitierte von dem schönen Wetter – alle Leute, auf die er traf, waren gutgelaunt und gesprächig. Wieder zurück im Präsidium, erstattete er Morse Bericht. Mittels diskreter Fragen hatte er herausgefunden, daß Jackson durchaus nicht arm gewesen war. Durch seine gelegentlichen Aushilfsjobs, bei denen oft recht umfangreiche Arbeiten auszuführen waren, hatte er seine Rente erheblich aufbessern können. Das Haus, in dem er gewohnt hatte, war sein

Eigentum gewesen, er hatte an die fünfzehnhundert Pfund Erspartes, dazu Pfandbriefe im Wert von noch einmal zweihundertfünfzig Pfund. Seine Angelausrüstung war sicher auch nicht billig gewesen. Lewis schätzte, daß sie an die tausend Pfund gekostet haben mochte. Trotz dieses relativen Wohlstands hatte er fast immer, wenn er etwas kaufte, am Preis herumgenörgelt und zu feilschen versucht. Manchmal hatte er auch Schulden gemacht, die er jedoch am Ende immer beglichen hatte. Auch die Raten für seine neue Angelrute hatte er pünktlich bezahlt. Merkwürdigerweise schien niemand wirklich etwas gegen ihn gehabt zu haben; es war eher so, daß er ihnen gleichgültig gewesen war – im Leben wie im Tode. Lewis fand das fast noch schlimmer, als wenn sie ihn gehaßt hätten.

Morse hörte seinen Bericht mit Interesse an und erzählte dann seine eigenen, ungleich dramatischeren Erlebnisse.

«Haben wir eine schriftliche Aussage von ihr?» fragte Lewis.

«Eine schriftliche Aussage?»

«Aber ohne die geht es nicht, Sir.» Was blieb Lewis übrig, als bei Mrs Richards anzurufen, um mit ihr einen Termin für die schriftliche Fixierung ihrer Aussage zu vereinbaren. Sie war einverstanden, daß er am Nachmittag vorbeikäme. Lewis dachte insgeheim, daß er sich diesen Weg hätte sparen können, wenn Morse gleich daran gedacht hätte, das Nötige zu tun, sagte aber nichts. Er wußte, daß Morses Interesse an formalen Dingen gering war – zumal, wenn die Aussage wie hier nur dazu diente, eine offene Frage zu klären, für die Lösung des Falles jedoch keinerlei Bedeutung besaß. Und tatsächlich war Morses Wissensdurst, die Familie Richards betreffend, im Schwinden begriffen. Gleich nach Verlassen des Verlages hatte er beschlossen, sich intensiver als bisher mit der Person des toten Jackson zu befassen. Ein Besuch in Canal Reach konnte da nicht schaden, auch wenn er nicht hätte sagen können, was er sich davon eigentlich erwartete.

So stand Morse am Nachmittag gegen zwanzig vor drei auf der Türschwelle von Nr. 10. Er schloß auf und ging gleich in den oberen Stock. Die blutbefleckte Bettwäsche war abgezogen worden, nur die Decken lagen, ordentlich zusammengefaltet, noch am Fußende. Irgendjemand hatte die verstreuten Zeitschriften aufgesammelt und zwei Stapel gemacht, die Pornohefte und die Anglerzeitschrift sorgfältig geschieden. Er setzte sich aufs Bett, nahm sich eines der Pornohefte und blätterte es durch. Die wenigen

gen Sätze Text waren in Dänisch oder Schwedisch, aber die Fotos waren so eindeutig, daß man die Kenntnis dieser Fremdsprachen entbehren konnte. Gelangweilt legte er die Magazine bald wieder beiseite, verließ das Zimmer und ging nach unten in die Küche.

Jackson hatte nur wenig Geschirr und so gut wie kein modernes Küchengerät besessen. In der Vorratskammer standen nur ein paar Dosen Baked Beans, das war alles. Unter dem schmierigen Spültisch lag eine Nummer der *Sun*; daneben lagen abgewaschen in einem gelben Plastikkorb der Teller und das Besteck, die er zu seiner letzten Mahlzeit benutzt hatte. Nein, hier gab es nichts zu entdecken.

Im vorderen Zimmer war es nicht viel anders – auch hier gab es nichts, was Morse interessiert hätte. Auf dem staubigen Kaminsims stand die Miniaturausgabe einer Kanone aus der Zeit des Burenkrieges; einziger Schmuck an der verblichenen grünen Tapete war der Kalender eines Anglerclubs, der noch den Monat September anzeigte. Auf einem Schränkchen lag neben einem unordentlichen Haufen Papierkram ein Transistorradio. Morse drehte geistesabwesend am Schalter, doch es blieb stumm. Vermutlich war die Batterie leer. Bei Ermittlungsarbeiten war er von penibler Gründlichkeit, und so nahm er sich seufzend und obwohl er sich nicht viel davon versprach, auch noch den Stapel Papier vor: ein veralteter Versandhauskatalog, Jacksons Rentenbuch, ein ungeöffneter Brief mit der letzten Gasrechnung, eine alte Ausgabe des *Oxford Journal,* ein illustrierter Führer durch *Die Fischwelt der britischen Inseln,* zwei Broschüren mit dem Titel *Wir packen es,* eine schmale Schachtel mit zwei neuen weißen Taschentüchern, ein Reklamezettel. Plötzlich hielt Morse inne und griff nach den Broschüren. Ja, genau – jetzt fiel es ihm wieder ein. Die beiden Hefte waren Begleitmaterial zu einer Fernsehserie gleichen Titels, die sich speziell an Analphabeten oder Beinahe-Analphabeten wandte. War Jackson auch Analphabet? Und war dies der Grund, warum sich in seinem Haus kaum ein Buch befunden hatte? Wie anders sah es dagegen im Haus gegenüber aus, wo Anne Scott Regale voller Bücher um sich gehabt hatte, die vielen Reihen von Penguin Klassikern zum Beispiel; Homer, Platon, Thukydides, Äschylos, Sophokles, Horaz, Livius, Vergil ... Wenn Jackson diesen Reichtum hätte sehen können ... Aber wahrscheinlich hätte es ihn gar nicht interessiert; es hatte dort anderes zu sehen gegeben, das ihn vermutlich viel mehr gereizt hatte, zum Beispiel eine Frau und ihren Liebhaber, die sich bei hellichtem Tage auszogen ...

Morse stieg wieder nach oben in den ersten Stock, nahm das Fernglas, das auf dem Nachttisch lag, trat ans Fenster und sah hinüber zu Nr. 9. Wow! Das war ja fast, als sei man selbst drüben im Zimmer. Er verließ seinen Fensterplatz, ging in den hinteren Raum und blickte in dem schon dämmrigen Nachmittagslicht auf den schmalen Streifen Garten hinaus. In etwa dreißig Meter Entfernung, ganz am Ende, befand sich ein Schuppen. Aus purer Spielerei setzte er das Fernglas ans Auge; die schmutzigen Fensterscheiben behinderten jedoch die Sicht, und so legte er das Glas beiseite, um den Haken zu lösen und das Fenster hochzuschieben. Während er sich noch damit abmühte, war ihm plötzlich, als sehe er in dem Schuppen einen Schatten. Er riß das Fernglas hoch und war sich, nachdem er einen Blick hindurchgeworfen hatte, ganz sicher: *da machte sich jemand in Jacksons Schuppen zu schaffen.* Er raste die Treppe hinunter, durch die Küche zur Hintertür, drehte so leise wie möglich den Schlüssel herum, holte tief Luft, schob die Riegel zur Seite und stürzte hinaus.

Unglücklicherweise stolperte er nach wenigen Metern über den Mülleimer. Vermutlich hatte ihn einer der Beamten nach der Durchsuchung des Gartens dort stehenlassen. Der Deckel fiel laut klappernd herunter und drehte sich scheppernd fort und fort wie ein Kreisel. Morse stieß einen unterdrückten Schrei aus, halb aus Schmerz, halb vor Wut. Der Krach, den er veranstaltet hatte, hätte selbst einen Tauben gewarnt. Wenn der Jemand, der in Jacksons Schuppen herumgegeistert war, nicht schon vorher, als er oben das Fenster geöffnet hatte, aufmerksam geworden war, dann jetzt ganz bestimmt! Er rieb sich einen Moment das schmerzende Schienbein. Als er sich aufrichtete, sah er gerade noch den schattenhaften Umriß einer Person, die sich an der Mauer hochzog. Der sich drehende Deckel war zur Ruhe gekommen, und der Garten lag in völliger Stille. Morse atmete aus. Puh! Wenn er Lewis dabeigehabt hätte, hätte er sich vielleicht an die Verfolgung gemacht. Aber so, allein, hatte er sich einer möglichen Konfrontation nicht gewachsen gefühlt. Wenn er es hier mit Jacksons Mörder zu tun hatte, so war mit dem Mann nicht zu spaßen.

Der Schuppen war unaufgeräumt und voll mit nutzlosem Zeug. Löchrige Eimer, kaputte Kescher und dazwischen ein paar

Gartengeräte, eine verrostete Harke und ein grober Besen. Morse hatte das Gefühl, daß, wenn er ein Teil davon anfaßte und hervorzuziehen versuchte, alles andere gleich auf ihn herunterstürzen würde. An der linken Seite schien es etwas aufgeräumter zu sein. Hier lehnten ordentlich hintereinander sieben Angelruten, die der Tür am nächsten stehende sah sehr durchgestylt aus und schien noch wenig gebraucht zu sein – das war vermutlich die Neuanschaffung, für die er noch Raten zu zahlen gehabt hatte. Doch Morse hielt sich nicht lange bei der Betrachtung der Angelruten auf, denn vor allem beschäftigte ihn die Frage, wo der Eindringling hier etwas gesucht hatte. Beim zweiten Hinsehen entdeckte er es: auf einer angebrochenen Plastiktüte mit Torfmull lag umgekippt ein Weidenkorb, wie ihn Angler benutzten. Der Inhalt war achtlos auf dem Boden verstreut: Haken, Dosen mit Köder, Schwimmer, Gewichte, eine Zange, Rollen Angelschnur, ein Messer. Morse sah sich die Bescherung an und seufzte. Was hatte der Mann nur gesucht? Er hatte nicht die geringste Idee. Und das kam selten genug vor.

Als er das Haus verließ und auf der Straße stand, dachte er sich, daß er schnell noch einmal gegenüber bei Nr. 9 hereinschauen konnte. Er schloß auf und betätigte den Lichtschalter gleich links von der Tür. Doch der Strom war schon abgeschaltet, es blieb alles dunkel. Er fand, daß er heute schon genug mitgemacht hätte und nicht auch noch in einem kalten, dunklen Haus herumtappen mußte. Auf der Matte an der Tür lag ein brauner Briefumschlag, hinter dessen Sichtfenster mit Schreibmaschine getippt Annes Name und Adresse stand. Wahrscheinlich eine Rechnung. Die würde nun wohl nicht mehr bezahlt werden. Morse nahm das Kuvert auf und steckte es ein.

Er fuhr links die Canal Street hinunter, vorbei an den grünen Toren von Lucy's Eisengießerei und bog dann nach rechts in die Juxon Street. Die Kreuzung Juxon / Ecke Walton Street war verstopft. Während er wartete, ließ er seinen gelangweilten Blick über die nächststehenden Gebäude wandern und registrierte, wenn auch nur unterschwellig, die Firmennamen auf den Türschildern: *The Jericho Testing Laboratories, Welsh & Cohen, Zahnärzte* ... Dann war die Kreuzung wieder frei, und er fuhr los.

Lewis war schon zurück aus Abingdon. Er legte Morse die Aussage von Celia Richards vor, und dieser überflog sie kurz.

«Ja, das können Sie dann abtippen. Aber *vermeintlich* wird mit ‹t› geschrieben, und *regelmäßig* mit ‹ß›.»

Lewis schwieg. Er wußte, daß Rechtschreibung nicht seine starke Seite war.

«Wieviel hat eigentlich Jacksons neue Angelrute gekostet?» fragte Morse plötzlich.

«Danach habe ich mich nicht erkundigt, Sir», antwortete Lewis verblüfft. «Es ist eine von diesen neuen, die ganz leicht und innen hohl sind, aber trotzdem sehr viel aushalten.»

«Ich habe Sie nach dem Preis gefragt, nicht nach ihren Qualitäten. Ich will ja schließlich keine kaufen.»

Lewis kannte diese Stimmung bei ihm. Morse war dann gereizt und bissig, und das beste war, man ließ ihn in Ruhe. Meistens hatte er sich vorher über sich selbst geärgert, und in der Regel dauerte es nicht lange, bis er in tiefes Grübeln verfiel, um am Ende mit einer erstaunlichen Entdeckung überzukommen.

Am frühen Abend fuhr Conrad seinen Bruder Charles zum Flughafen Gatwick. Die Maschine startete planmäßig um halb zehn, und Charles lehnte sich aufatmend in die Polster zurück. Er war auf dem Weg nach Madrid.

Kapitel Sechsundzwanzig

Es gibt eine Gruppe von Kreuzworträtseln,
bei der das Lösungswort
in der Frage selbst verborgen ist –
und zwar in der richtigen Reihenfolge
der Buchstaben.
D. S. Macnutt, Des Ximenes Buch
über die Kunst des Kreuzworträtsels

Am nächsten Morgen hatte Morse vor sich auf dem Schreibtisch zwei Aktenordner liegen, der eine rot, der andere grün, mit der

Aufschrift *Anne Scott* und *George Jackson.* Morse starrte sie mit Widerwillen an, ohne sie zu öffnen. Er hielt es für unwahrscheinlich, daß er aus ihnen irgend etwas erfahren würde, was das Rätsel der beiden Tode aufhellen würde. Für ihn stand fest, daß das Zusammentreffen der beiden Todesfälle innerhalb so kurzer Zeit und in derselben kleinen Straße kein Zufall sein konnte. Aber worin der Zusammenhang nun bestand, hatte er trotz allen Grübelns nicht herausbekommen. Das machte ihn fuchsig, und Lewis, der um Viertel vor neun morgenfrisch und nichtsahnend das Büro betrat, hatte es auszubaden.

«Was liegt heute an, Sir?»

Morse deutete auf die Aktenordner. «Wir beschäftigen uns zur Abwechslung mal mit dem, was Bell und seine Jungs herausbekommen haben. Wie ich die kenne, wird ein Haufen überflüssiger Informationen dabei sein, und vermutlich kaum geordnet – na ja.»

Lewis nickte und nahm Morse gegenüber Platz. «Mit welchem der beiden fangen wir an?»

Morse schien seine Frage nicht gehört zu haben. Er blickte abwesend zum Fenster hinaus auf den Parkplatz und war in die Betrachtung der dort abgestellten Polizeiwagen, meist BMWs und Fords, versunken.

«Wie?»

«Ich habe gefragt, mit welchem wir anfangen.»

«Was fragen Sie *mich*? Es gibt wohl gar nichts, was Sie mal allein entscheiden können.»

Lewis hatte verstanden, daß dicke Luft war, griff wortlos nach dem roten Ordner und begann, die Unterlagen zu Anne Scotts Selbstmord zu studieren. Nach kurzer Zeit riß auch Morse sich vom Anblick der Autos los und zog, unlustig, wie es schien, den grünen Ordner zu sich herüber.

Eine halbe Stunde lang beschäftigten sich beide schweigend mit dem von Bells Leuten zusammengetragenen Material.

«Warum, glauben Sie, hat sie sich umgebracht?» fragte Morse unvermittelt.

«Weil sie schwanger war.»

«Ist das nicht ein bißchen schwach als Motiv? Eine Abtreibung ist doch heutzutage kein Problem mehr.»

«Für viele ist das aber nach wie vor eine furchtbare Sache.»

«Denken Sie, daß sie gewußt hat, daß sie schwanger war?»

«Müßte sie eigentlich. Hier steht, die Schwangerschaft hat seit acht bis zehn Wochen bestanden.»

«Hm.»

«Also, meine Frau hat es immer gewußt.»

«So?»

Ja. Sie war sich natürlich nicht hundertprozentig sicher, und deshalb ist sie dann auch immer in die Klinik zur Schwangerensprechstunde gegangen.»

«Und was haben die dort gemacht?»

«Ich glaube, sie mußte Urin abgeben, und der wurde dann an ein Labor geschickt, und ...»

Auf Morses Gesicht breitete sich ein strahlendes Lächeln aus, er sprang hoch, kam um den Schreibtisch herum und klopfte dem verdatterten Lewis anerkennend auf die Schulter.

«Lewis, Sie sind ein Genie!»

«Aber wieso? Was habe ich denn ...?»

«Fangen Sie an zu suchen! Er muß hier irgendwo dazwischen sein. Ein Umschlag mit ein paar Resten halbverbrannten Papiers.»

Der Umschlag war schnell gefunden, und Lewis holte die beiden Papierfetzen heraus: *ICH* und *RAT*. Sie sagten ihm nichts.

«Gestern nachmittag bin ich dran vorbeigefahren, aber es ist mir nicht aufgefallen – als ob ich Stroh im Kopf hätte!» Morse schien erst jetzt zu bemerken, daß Lewis immer noch nicht begriffen hatte, worum es eigentlich ging, und bequemte sich endlich zu einer Erläuterung. «Diese Buchstaben hier sind Teile eines Briefkopfes.» Doch der Sergeant blickte noch immer verständnislos, und Morse demonstrierte es ihm, indem er es aufschrieb. *JerICHo Testing LaboRATories*. «Rufen Sie dort an, Lewis, und bringen Sie in Erfahrung, wann sie Anne Scott das Ergebnis zugeschickt haben.»

«Aber warum ist denn das so wichtig?»

«Wenn sie den Brief einen Tag vor ihrem Tod bekommen hat, dann könnte das bedeuten ...» Er sprach den Satz nicht zu Ende, wohl, weil er seiner Sache selbst nicht ganz sicher war. «Und dann rufen Sie gleich auch noch bei der Post an und erkundigen sich, wann in Jericho normalerweise Zustellung ist.»

«Na, so gegen acht, würde ich denken.»

«Es ist mir lieber, Sie fragen noch einmal nach. – Acht bis zehn Wochen! Wie lange ist Richards schon in Abingdon?»

«Aber was hat das denn ...»

«Drei Monate, Lewis. Ich glaube, er hat in seinem Vortrag von drei Monaten gesprochen. Rufen Sie ihn an, Lewis, und ...»

«Also, Sir, jetzt lassen Sie mich aber erst mal machen, und geben Sie mir nicht immer neue Aufträge, sonst komme ich zu gar nichts.»

«Ja, machen Sie nur, machen Sie, Lewis, ich werde Sie jetzt in Ruhe lassen.»

«Wen soll ich zuerst anrufen?»

«Was fragen Sie *mich*?! Es gibt wohl nichts ...» Doch dann lächelte er Lewis huldvoll zu. «Wen immer Sie für richtig halten, mein lieber Lewis. Ich glaube, die Reihenfolge spielt keine große Rolle.»

Ein Abglanz des Lächelns lag noch auf seinem Gesicht, als er sich jetzt wieder dem Aktenordner zuwandte. Endlich hatte er den Einstieg, nach dem er so lange gesucht hatte. Jetzt konnte er loslegen.

Lewis hatte innerhalb einer halben Stunde alle Telefonate erledigt. Bei den *Jericho Testing Laboratories* hatte er erfahren, daß Anne Scott am Nachmittag des 1. Oktober angerufen habe, um sich zu erkundigen, ob sie schwanger sei. Man hatte ihr mitgeteilt, das Ergebnis werde ihr, sobald es vorliege, zugeschickt, und das war auch geschehen. Am 2. Oktober war der Befund hinausgegangen – er war positiv gewesen. Der Anruf bei der Post brachte die Information, daß – wie Lewis gesagt hatte – alle Briefe gegen acht, spätestens halb neun in den Händen der Empfänger seien. Das Gespräch mit Charles Richards kam nicht zustande. Bei ihm zu Hause hob niemand ab, und als Lewis im Verlag anrief, verband man ihn mit seinem Bruder Conrad. Der antwortete auf Lewis' diesbezügliche Frage, ohne lange überlegen zu müssen, der Umzug nach Abingdon liege etwa drei Monate zurück – drei Monate und vier Tage, um genau zu sein. Morse hatte, während Lewis telefonierte, die Akte Jackson studiert und während des Lesens ein paarmal befriedigt genickt. Er war jedoch nur mit halber Aufmerksamkeit bei der Sache gewesen und hatte gar nicht bemerkt, wie eins der Blätter zu Boden gefallen war. Lewis sah es dort liegen, hob es auf und gab es dem Chief Inspector.

«Gehört das nun zu meiner oder zu Ihrer Akte, Sir?» Morse warf einen Blick auf die Notiz. «In Ihre Akte. Irgend so ein alter Knacker hat gemeint, sich melden zu müssen, um uns mitzuteilen, daß sie sich am Dienstag vor Anne Scotts Tod im Bridgeclub über Geburtstage unterhalten haben. Mit was für einem Scheiß manche Leute kommen ...»

Lewis nickte und wandte sich wieder seiner Akte zu. Als er ein paar Sekunden später zufällig hochblickte, saß Morse starr wie ein Ölgötze da, die Augen unverwandt ins Leere gerichtet. Aus der Zigarette, die vergessen im Aschenbecher lag, stieg ein zarter blauer Rauchfaden.

Kurz vor Mittag rief Conrad Richards seinen Bruder in Madrid an.

«Hallo, Charles! *Buenas* – na, du weißt schon! *Como está*?»

«Gut, sehr gut. Und dir?»

«Ich hatte heute morgen einen Anruf von der Polizei. Sie wollten wissen, wie lange wir schon in Abingdon sind.»

«Das war alles?»

«Ja.»

«Hm. Ich verstehe», sagte Charles nachdenklich. «Wie geht es Celia?»

«Ganz gut, glaube ich. Sie ist nach Cambridge gefahren, um Betty zu besuchen. Sie wird vermutlich bei ihr übernachten. Ich habe ihr jedenfalls zugeredet, daß sie es tut.»

«Da bin ich erleichtert.»

«Und – Charles, jetzt mal was anderes. Ich habe da eine Anfrage bekommen von der Prüfungsbehörde hier; sie möchten, daß wir fünfhundert Exemplare irgendeines klassischen Textes nachdrukken, der nicht mehr aufgelegt wird. Copyright und so weiter ist kein Problem. Sollen wir es machen? Was meinst du?»

Sie diskutierten ein paar Minuten über die Kalkulation, dann sagte Charles, Conrad möge die Entscheidung treffen, die er für richtig halte. Sie verabschiedeten sich.

Ein paar Minuten später verließ Charles Richards sein Hotel

und ging die sonnendurchflutete Calle de Alcatá hinunter, betrat das *Café Léon* und bestellte sich einen Cuba Libre.

Die ganze Fahrt nach Cambridge kehrten Celias Gedanken immer wieder zu den Ereignissen der letzten drei Wochen zurück. Sie war sich bewußt, daß sie nicht mit der nötigen Aufmerksamkeit fuhr, und versuchte immer wieder, sich ausschließlich auf den Verkehr zu konzentrieren, aber es wollte ihr nicht gelingen. In Bedford übersah sie einen Autofahrer, der sie in einer Einbahnstraße in der Innenstadt – durchaus zulässig – links hatte überholen wollen und hätte ihn beinahe gerammt, was er mit wütendem Gehupe quittierte. Später fuhr sie ein kurzes Stück auf der A 1 und verpaßte um ein Haar die Ausfahrt nach St. Neots. Das laute Quietschen der Reifen, als sie bremste, ging ihr so durch und durch, daß sie erst an den Straßenrand fahren und sich ein paar Minuten erholen mußte, bevor sie sich traute, die Fahrt fortzusetzen. Was war bloß in diesen drei Wochen aus ihr geworden, dachte sie verzweifelt.

Sie hatte die beiden Brüder kennengelernt, kurz nachdem sie in Croydon ihren Verlag gegründet hatten. Von Anfang an hatte sie nur für Charles Augen gehabt. Charles – mit seinem Charme, seiner Lebensfreude, seiner ausgeprägten Männlichkeit. Ziemlich schnell, noch vor ihrer Ehe, hatte sie jedoch auch die Schattenseiten seines Charakters gesehen: das schnelle Gekränktsein, seine Empfänglichkeit für Schmeicheleien, die kalte Rücksichtslosigkeit, was geschäftliche Dinge anging. Und schon damals hatte er jeder hübschen Frau hinterhersehen müssen. Die unverhohlene Begehrlichkeit, die in seinen Augen zu lesen war, hatte sie verstört, so daß sie den Blick jedesmal hatte abwenden müssen. Trotzdem waren sie in den ersten Jahren ihrer Ehe noch relativ glücklich gewesen. Sie hatten einen großen Freundeskreis gehabt und ein geselliges Leben geführt. In dieser Zeit war es ein paarmal vorgekommen, daß sie dem Werben eines Bekannten nachgegeben und mit ihm geschlafen hatte. Aber das waren nie mehr als kurze Episoden gewesen; sie hätte nie zugelassen, daß daraus eine Affäre wurde. Charles dagegen hatte zu allen Zeiten andere Frauen neben ihr gehabt – flüchtige Abenteuer manchmal, aber auch dauerhaftere Beziehungen. Sie wußte es von ihm selbst; er hatte es ihr einmal gestanden. Und dann im Vergleich dazu Conrad – der gute, treue Conrad! Damals, ganz zu Anfang, war er genauso verliebt in sie gewesen wie Charles. Aber dessen sprühende Lebhaftigkeit und mitreißender Elan hatten sie gleich so gefangengenommen, daß sie sich nicht die Mühe gemacht hatte, ihn näher kennenzulernen. Ihr Urteil über ihn hatte schnell festgestanden: zu unentschlossen, zu passiv, nicht männlich genug. In den Jahren danach lernte sie ihn allmählich als Freund schätzen, und ihr wurde klar, wie unrecht sie ihm getan hatte. Er war nicht unentschlossen und passiv, nur vorsichtiger als Charles, auch rücksichtsvoller und besaß nicht dessen unbedingtes Durchsetzungsvermögen, das sie inzwischen abstieß, weil sie wußte, was dabei alles auf der Strecke blieb – Anstand, Großzügigkeit, Mitgefühl ... Sie rief sich Conrads leises, ein wenig scheues Lächeln ins Gedächtnis zurück, wenn er sah, daß es ihr gutging. Wäre sie heute glücklicher, wenn sie ihn statt Charles geheiratet hätte? Er hatte sie nie gefragt, weil von Anfang an Charles Ansprüche auf sie geltend gemacht hatte. Für Charles wäre Konkurrenz eine Herausforderung und ein Ansporn gewesen, während Conrad sich in solchen Situationen lieber zurückzog. Schon seltsam, dieser Unterschied der Temperamente, und dabei sahen sie sich äußerlich so ähnlich ... Aber Charles war durch und durch eine Kämpfernatur, während Conrad ... Doch auch diese Einschätzung würde sie vielleicht korrigieren müssen. In den letzten Tagen war bei Conrad eine neue, ganz überraschende Seite zum Vorschein gekommen ...

In Cambridge bog sie in die Huntingdon Road ein, die nach Girton führt, wo ihre Schwester wohnte.

Als Betty mit den Sherrygläsern zurück ins Wohnzimmer kam, saß Celia, von heftigem Schluchzen geschüttelt, zusammengekauert in einem Sessel.

«Wenn du darüber sprechen magst, kannst du es mir erzählen, aber du mußt nicht. Hier, trink erstmal einen Sherry, das wird dir guttun. Ich hoffe, du bleibst über Nacht. Das Bett ist schnell gemacht, und ich habe zwei Theaterkarten.»

Nach einer Weile sah Celia auf und lächelte ihrer Schwester verloren zu. «Ach, Betty, ich bin so froh, daß ich hierherkommen kann. Aber ich glaube, ich möchte wirklich nicht darüber sprechen.»

Kapitel Siebenundzwanzig

Die Zeit ist aus den Fugen.
Shakespeare, Hamlet,
1. Aufzug, 5. Szene

Obwohl Morse nachdrücklich die Ansicht vertrat, daß ein Mittagessen in flüssiger Form die unübertroffen beste Nahrung für die Gehirnzellen sei, beharrte Lewis unbelehrbar auf Chips mit Würstchen und Ei – zum Bier, versteht sich. «Könnte man eigentlich sagen, daß wir einen Fortschritt gemacht haben, Sir?» fragte er zwischen zwei Bissen.

«Fortschritt? Aber natürlich! Fortzuschreiten, Lewis, ist das Gesetz des Lebens. Man schreitet selbst dann fort, wenn man rückwärts geht, so paradox das klingen mag. Aber ich nehme an, Ihre Frage bezog sich auf unsere Ermittlungen. Was die angeht, so kann ich Ihnen erfreulicherweise dieselbe Antwort geben, ja, es geht voran!»

«Wirklich?»

«Wirklich! Ich denke, Sie werden mir zustimmen, wenn ich sage, daß wir mittlerweile ein ziemlich klares Bild davon haben, wie sich die beiden Todesfälle ereignet haben – sowohl der Selbstmord von Miss Scott als auch der Mord an Jackson. Wir wissen, daß Miss Scott am Abend vor ihrem Tod zum Bridgespiel in ihren Club ging. Vermutlich ist sie schon seit längerer Zeit psychisch in keiner guten Verfassung, vielleicht fühlt sie sich der Schwangerschaft nicht gewachsen, und dann geschieht etwas. Vielleicht macht irgend jemand eine Äußerung, die sie den Entschluß fassen läßt, ihrem Leben ein Ende zu setzen. Sie schreibt eine Nachricht an Edward Murdoch, daß der Unterricht am morgigen Mittwoch ausfallen müsse. Gegen drei Uhr ist sie zu Hause, und wir können nur ahnen, wie sie die letzten Stunden zugebracht haben mag – grübelnd, ihren Entschluß noch einmal abwägend, vielleicht in Gedanken Abschied nehmend. Als sie am nächsten Morgen mit der Post den Brief erhält, der ihr bestätigt, daß sie schwanger ist, ist dies vermutlich nur noch der allerletzte Anstoß. Sie nimmt sich den Strick, den sie in der Nacht zuvor aus Bindfäden geknüpft hat, knotet eine Schlinge und steigt auf einen Schemel ...

Und jetzt kommt Jackson ins Spiel. Er hat für Anne Scott am Montag und Dienstag nachmittag Ausbesserungsarbeiten an ihrer Gartenmauer vorgenommen. Wie wir von ihm selbst wissen, hat er aber nicht gleich daran gedacht, die Schlüssel zurückzugeben. Als ich mich am Samstag abend bei Anne Scott umsah, bemerkte ich draußen vor der Gartenmauer eine Kelle und ein Mörtelbrett. Ich kann mir gut vorstellen, was geschah: Jackson fällt im Laufe des Mittwoch ein, daß er die Sachen bei ihr vergessen hat. Aber das ist nicht weiter schlimm; er kann ja rübergehen, um sie zu holen. Und genau das tut er auch. Um in den Garten zu kommen, muß man durch die Küche. Jackson weiß, daß die Küchentür klemmt, drückt kräftig dagegen – und schiebt dabei den Schemel weiter, der gleich hinter der Küchentür steht oder auch liegt, denn wahrscheinlich ist er ja umgefallen, als sie ihn mit den Füßen weggestoßen hat. Jackson betritt die Küche, hebt als erstes, ohne besonders nachzudenken, den Schemel auf, und dann, als er sich umdreht, sieht er sie dort hängen. Das Nächstliegende wäre gewesen, entweder uns zu informieren oder aber eine Unfallambulanz zu rufen. Aber er tut weder das eine noch das andere. Die Frage ist, warum nicht. Eigentlich hat er nichts zu befürchten. Er hat schon oft in der Nachbarschaft irgendwelche Arbeiten ausgeführt, und es gibt eine Menge Leute, die bezeugen können, daß Anne Scott ihn geholt hat, damit er ihre Mauer repariert. Warum ruft er also nicht sofort an? Und die Betonung liegt auf *sofort,* Lewis, denn ich bin der Überzeugung, daß der anonyme Anrufer, der uns später informiert hat, Jackson war. Aber nun zurück zu unserer Frage. Ich denke, es gibt für sein Verhalten eine einfache Erklärung. Er findet etwas; und weil er eine miese kleine Ratte ist, stiehlt er es. Anfangs war ich der Meinung, daß er Geld habe mitgehen lassen. Aber davon bin ich abgekommen. Wie Sie wissen, Lewis, fanden wir keinen Abschiedsbrief von ihr; ich halte es aber für unwahrscheinlich, daß sie, ohne eine einzige Zeile zu hinterlassen, aus dem Leben schied. Meine Erklärung wäre, daß es einen Abschiedsbrief gab – vielleich lag er auf dem Küchentisch. Jackson findet ihn und steckt ihn ein. Danach wird er es eilig gehabt haben wegzukommen. So eilig, daß er sogar vergißt, weswegen er eigentlich gekommen ist, und das Mörtelbrett und die Kelle bleiben im Garten liegen. Und hier haben Sie auch die Erklärung für die offene Tür. In der Eile vergißt er, hinter sich abzuschließen.»

«Aber sie wußte doch, daß Jackson den Schlüssel noch hatte. Hätte sie da nicht, wenn sie vorhatte, sich umzubringen, den Schlüssel von innen stecken lassen, um ganz sicher zu sein, daß sie nicht vielleicht von ihm überrascht würde?»

Morse ließ den Einwand nicht gelten. «Möglicherweise wollte sie auf diese Art und Weise sogar dafür sorgen, daß sie gefunden wird, wer weiß. Aber bleiben wir mal bei Jackson. Nachdem er wieder in seinen eigenen vier Wänden ist, liest er sich erst einmal den Brief durch.»

«Aber Sie haben doch gestern nachmittag gesagt, daß Sie herausgefunden hätten, daß er vermutlich weder lesen noch schreiben konnte.»

Diesmal überging Morse den Einwand der Einfachheit halber gleich. «Der Adressat des Briefes ist der Mann, der jahrelang ihr Geliebter gewesen ist, zu dem sie in den letzten Wochen erneut eine Beziehung aufgenommen und dem sie erst vor wenigen Tagen einen verzweifelten Brief geschrieben hat – Charles Richards, vermutlich ihre einzige große Liebe. So ein Abschiedsbrief, ob er nun voller Anklagen ist oder Verzeihung, ist für den Empfänger immer eine schlimme Sache – jedenfalls bestimmt nichts, was er irgendwie in die Öffentlichkeit gezerrt sehen möchte. Das dürfte Jackson, wenn es ihm nicht schon gleich klar war, ziemlich schnell begriffen haben, als er ihn las, und es bringt ihn auf eine Idee. Aber klammern wir diesen Punkt erstmal aus. Bleiben wir bei den weiteren Ereignissen dieses Tages. Außer Jackson taucht nämlich auch noch Celia Richards in Canal Reach Nr. 9 auf. Ich bin ziemlich sicher, daß Jackson ihr Besuch nicht entgangen ist, genauso wie er mitbekommen hat, daß ich da war. Er hat natürlich nicht die leiseste Ahnung, daß es sich bei ihr um Mrs Charles Richards handelt – die Frau des Mannes, an den Anne Scotts Brief gerichtet ist. Als er sieht, wie sie so ohne weiteres das Haus betritt, fällt ihm jedoch ein, daß er vergessen hat, hinter sich abzuschließen, und daß er auch noch den Schlüssel hat. So geht er, als sie (und ich) wieder weg sind, hinüber und steckt den Schlüssel durch den Briefschlitz. – Genauso hat sich alles abgespielt, Lewis, da können Sie Gift drauf nehmen.»

«Kann schon sein», murmelte Lewis und wischte sich mit einem Kartoffelchip etwas Eigelb aus dem Mundwinkel.

«Hat Sie wohl nicht sehr beeindruckt, was?»

«Na ja, um ganz ehrlich zu sein, das meiste habe ich mir selbst schon so vorgestellt und Bell und seine Leute bestimmt auch.»

«Ach, wirklich?» fragte Morse etwas beleidigt, leerte sein Glas und schob es zu dem Sergeant hinüber. «Für ein Bier haben wir gerade noch Zeit.»

Lewis schob ihm das Glas über den Tisch zurück und stellte sein eigenes daneben. «Ich habe die beiden letzten bezahlt; für mich aber nur noch ein kleines bitte, Sir.»

«Wie ich eben schon angedeutet habe», begann Morse, als er mit den Bieren wieder zurück war, «bringt der Brief Jackson auf eine Idee – Charles Richards zu erpressen. Anne Scotts Abschiedsbrief ist somit das Verbindungsstück zwischen den Fällen Scott und Jackson.»

Lewis nickte. «Jackson scheint ja zunächst mit seinem Plan Erfolg gehabt zu haben. Am Tag vor seiner Ermordung hat er auf sein Konto bei Barclay's zweihundertfünfzig Pfund eingezahlt. Ich denke mir, er hat Richards geschrieben oder ihn angerufen, und der hat sich erst einmal bereit erklärt zu zahlen – als Köder sozusagen. Sie haben eine Vereinbarung getroffen, wo das Geld zu hinterlegen sei, und dann hat Richards den Ort beobachtet und ist Jackson, als er sich das Geld geholt hat, gefolgt. Ein paar Tage später hat Richards ihn dann aufgesucht. Vielleicht wollte er ihn gar nicht umbringen, sondern ihm nur drohen und ihn dazu bringen, den Brief herauszurücken. Aber in der Wut ist es dann passiert.»

Morse schüttelte den Kopf. Lewis hatte eben einen möglichen Tathergang geschildert, aber in Wirklichkeit war es anders gewesen – mußte es anders gewesen sein. «Sie haben sicher in vielen Punkten recht, Lewis, aber in einem ganz sicher nicht – Charles Richards kann es nicht gewesen sein, der Jackson umgebracht hat. Und bis jemand beweist, daß die Erde nicht rund ist und ein Dreieck keine drei Seiten hat, kommen wir an diesem Faktum nicht vorbei. Denn Charles Richards hat zur Tatzeit nachgewiesenermaßen einen Vortrag gehalten – ich selbst saß im Publikum und habe ihn gesehen und reden hören.»

«Könnte es nicht sein, daß ...»

«Nein. Jackson war, wie wir wissen, bis zwanzig nach acht im Pub – da hatte Richards seinen Vortrag schon begonnen – und als der anonyme Anruf kam, um Viertel nach neun – da stand er immer noch auf dem Podium. Und er hat es zwischendurch nicht eine Minute verlassen, Lewis, das kann ich bezeugen. Leider.»

«Das habe ich ja auch gar nicht behauptet, aber es könnte doch sein, daß der, der Jackson erledigt hat, in seinem Auftrag gehandelt hat, wenn auch vielleicht nicht *genau* nach dem Auftrag, wenn er ihn nur einschüchtern sollte.»

Morse nickte. «Ja. Ein interessanter Gedanke. Ist mir auch schon gekommen. Spinnen Sie den mal etwas aus.»

«Na, Charles Richards ist verheiratet ...»

«Nein, also das kann ich mir, ehrlich gesagt, nicht vorstellen. Glauben Sie, daß eine Frau es geschafft hätte, Jackson die Treppe hochzutreiben? Er war zwar kein Herkules und auch nicht mehr jung, aber ich denke, ganz drahtig und ziemlich zäh. Es kann aber vielleicht trotzdem nicht schaden, wenn wir uns mal erkundigen, was sie an dem Abend eigentlich gemacht hat ...» Er verfiel von einem Moment zum andern ins Grübeln und wischte abwesend mit dem Zeigefinger über ein paar vereinzelte Biertropfen, so daß sie zu einer kleinen Pfütze zusammenwuchsen.

«Er hat ja auch noch einen Bruder», sagte Lewis ruhig.

Sofort war Morse wieder da und blickte Lewis hellwach an. «Einen Bruder? Ja, stimmt! Ich habe mich schon gefragt, wann Sie ihn wohl erwähnen würden. Ich glaube, es ist höchste Zeit, daß wir uns einmal mit ihm unterhalten.»

«Wir haben doch die beiden Fingerabdrücke aus Jacksons Schlafzimmer, Sir. Müssen Prachtexemplare sein; die Leute von der Spurensicherung waren richtig begeistert. Wir könnten doch Conrad Richards' Fingerabdrücke nehmen – das ließe sich ohne Umstände machen – und sie mit den Abdrücken, die wir haben, vergleichen.»

«Ja, das wäre bestimmt nicht falsch.»

«Sollen wir dann gleich zu ihm rausfahren?» fragte Lewis zögernd, weil Morse irgendwie unentschieden wirkte.

«Ja, warum nicht. Aber Zeit für ein Bier haben wir noch ...»

«Ich möchte keins mehr. Aber wenn Sie ...»

«Ja, bitte. Ein großes. Das ist sehr freundlich von Ihnen.»

«Ich habe mir gerade etwas überlegt, Sir», sagte Lewis, als er zurückkam.

«Ich mir auch. Folgendes – hören Sie zu: Wir fahren jetzt beide Richtung Süden. Wenn wir schon einmal in der Gegend sind, können wir doch gleich zwei Fliegen mit einer Klappe schlagen. Wir unterhalten uns mit Richards, und wir besuchen diese junge Frau, die Charles für den Nachmittag des 3. ein Alibi gegeben hat.»

«Aber was wollen wir denn noch von ihr? Wir wissen doch eigentlich ...»

«Wir werfen eine Münze, Lewis. Kopf – dann gehen Sie zu Richards; Zahl – ich gehe. Einverstanden?» Morse nahm eine Zehnpencemünze aus der Tasche, warf sie in die Höhe und schielte dann unter seine etwas gewölbte Hand, ohne das Geldstück zu zeigen. Schnell ließ er es wieder in seiner Tasche verschwinden und verkündete: «Kopf, Lewis! Was hatten wir noch mal vereinbart? – Daß bei Kopf Sie zu Richards gehen, oder? Herzlichen Glückwunsch! Na, dann muß ich es wohl auf mich nehmen, diese Mrs ... wie heißt sie doch gleich ... aufzusuchen.»

«Hills, Sir. Mrs Hills.»

«Ah, ja.» Morse lehnte sich behaglich zurück und nahm einen tiefen Zug aus seinem Glas. Auf dem Nachbartisch hatte jemand einen *Daily Mirror* liegenlassen. Er zog ihn zu sich herüber und schlug die Rennseite auf. «In letzter Zeit mehr Glück gehabt beim Wetten, Lewis?»

«Nein, Sir. Ist bei mir nicht so wie bei Ihnen. Will einfach nicht klappen.»

Als sie aufbrachen, fiel Morse seine Wette mit dem Pathologen wieder ein. «Glauben Sie, Lewis, daß irgendeine Möglichkeit besteht, daß Jackson vor acht getötet wurde?»

«Nee, Sir, unmöglich.»

Morse nickte miesepetrig. «Die Antwort hatte ich befürchtet.»

Kapitel Achtundzwanzig

Besitzt du große Fähigkeiten,
so wird Fleiß sie noch steigern;
sind sie nur mäßig,
dann wird Fleiß den Mangel ausgleichen.
Sir Joshua Reynolds

Lewis wußte, kaum daß er Conrad Richards' Büro im zweiten Stock des Verlagsgebäudes betreten hatte, daß der Mann ihm sympathisch war. Er hatte ihn höflich, wenn auch reichlich vage über den Zweck seines Besuches informiert («Wir ermitteln immer noch im Fall Jackson, und da hielten wir es für unsere Pflicht, Sie aufzusuchen»), und Richards hatte keine Einwände erhoben. Zwar schien er (wie Lewis Morse anschließend berichtete) über das Ansinnen, sich Fingerabdrücke abnehmen lassen zu sollen, etwas erstaunt, hatte aber nicht protestiert, sondern bereitwillig alle zehn Finger erst auf das Stempelkissen und dann auf die Karte gedrückt.

«Es geschieht alles zum Zweck der Eliminierung, Sir», sagte Lewis, der es dank Morses Vorbild inzwischen auch schon recht weit in der Kunst gebracht hatte, pompös klingende und dabei vollkommen nichtssagende Erklärungen zu liefern.

«Ich verstehe schon, aber ...»

«Ich weiß, Sir. Es ist, weil Ihre Abdrücke jetzt aktenkundig sind, nicht? Das ist allen immer unangenehm – da sind Sie nicht der einzige.»

Es war Richards, wie er so dastand, die Arme ausgestreckt und die Hände gespreizt wie eine Frau, die sich die Nägel gerade frisch lackiert hat, anzusehen, daß er seine Lage etwas mißlich fand. «Hätten Sie etwas dagegen, wenn ich mal auf die Toilette gehe und mir die Finger wasche?»

«Nein, das können Sie selbstverständlich tun. Ich gehe sowieso gleich. Ich habe nur noch eine Frage – reine Formalität, Sie verstehen. Können Sie mir sagen, wo Sie sich am Abend des 19. zwischen 20 und 21 Uhr aufgehalten haben?»

Richards runzelte die Stirn und schüttelte dann den Kopf. «Nein, tut mir leid. Ich kann versuchen, es herauszubekommen –

vielleicht fällt es mir auch von selbst wieder ein –, aber im Moment bin ich überfragt. Wahrscheinlich war ich zu Hause und habe gelesen, aber ich weiß es nicht sicher.» Er schüttelte wieder den Kopf, schien jedoch nicht übermäßig davon beunruhigt zu sein, daß er die Antwort schuldig bleiben mußte.

«Sie leben allein, Sir?»

«Ja, ich bin ein überzeugter Junggeselle.»

«Gut – denken Sie in Ruhe noch einmal darüber nach und geben uns in den nächsten Tagen Bescheid.»

«Das werde ich tun. Vermutlich kann ich, wenn ich richtig anfange zu überlegen, den Abend irgendwie rekonstruieren, aber das heißt ja noch immer nicht, daß ich wirklich ein hieb- und stichfestes Alibi hätte.»

«Das haben sowieso nur die wenigsten, Sir. Damit rechnen wir gar nicht.»

«Na, das erleichtert mich.»

Lewis stand auf. «Ich würde übrigens gern schnell noch Ihren Bruder sprechen ...»

«Mein Bruder ist verreist, Officer. Er ist geschäftlich in Spanien und wird erst in ungefähr einer Woche wieder zurück sein.»

«Ach so. Dann melde ich mich noch mal, wenn er wieder hier ist.»

Nachdem Lewis gegangen war, saß Conrad Richards am Schreibtisch, das Kinn in die Hand gestützt, und dachte nach. Seinem Gesichtsausdruck war nichts zu entnehmen, es sei denn eine gewisse Entschlossenheit. Dann schien er zu einem Ergebnis gekommen zu sein. Er zog das Telefon zu sich heran, nahm den Hörer ab und wählte eine Nummer.

Derweil saß Morse frustriert und mißgelaunt neben der Kirche in Radley auf einer Bank und wartete, daß Lewis ihn abholen kam. Zwar hatte er es sich nicht recht eingestehen wollen, aber sein Besuch bei Mrs Hills war weniger dienstlich motiviert gewesen (obschon er durchaus noch einige Zweifel hegte, was das Alibi anging, das sie Charles Richards für den Nachmittag des 3. Oktober ausgestellt hatte) als aus der ganz privaten, frivolen Hoffnung, daß es sich bei ihr um eine junge, sinnliche Frau handele (Telefonstimmen konnten natürlich auch trügen!), mir der er eine angenehme halbe Stunde verbringen könnte. Aber sie war nicht dagewesen. Das Haus hatte einen abweisenden, verlassenen Eindruck gemacht, und auf sein Klingeln hatte niemand geöffnet. Von einer Nachbarin erfuhr er schließlich, daß sie gestern nachmittag verreist sei. – Er war einen Tag zu spät gekommen.

Noch immer mit sich selbst zerfallen und trübe zu Boden starrend, bemerkte er den weißen Polizeiwagen erst, als er dicht neben ihm anhielt.

«Na, hat sich der Besuch gelohnt, Sir?» erkundigte sich Lewis, als Morse neben ihm Platz nahm.

«Ja, war ganz aufschlußreich», sagte Morse in einem Ton, der Lewis signalisieren sollte, daß weitere Fragen unerwünscht seien.

Lewis schwieg denn auch eine Weile, doch dann siegte seine Neugier, und er begann erneut: «Sieht sie gut aus?»

«Woher soll ich das wissen?» blaffte Morse. «Ich hab sie doch gar nicht getroffen. Sie ist verreist – nach Spanien.»

«Nach Spanien?» Lewis pfiff leise durch die Zähne. «Sieh mal einer an. Da zieht's ja heute wohl mächtig viele hin.» Er berichtete Morse von seinem Besuch bei Conrad Richards und erwähnte, welch positiven Eindruck er von ihm gewonnen hätte. Morse hörte ihm, ohne ihn zu unterbrechen, bis zum Ende zu. Für Lewis wieder einmal ein Grund, sich zu wundern: Im Pub beim Bier kriegte man bei Morse kein Wort dazwischen, aber sobald er in einem Auto saß, wurde er schweigsam wie ein Trappist. War schon ein merkwürdiger Mensch, der Chef!

«Was schlagen Sie also vor, Lewis?»

«Ich finde, wir sollten die Fingerabdrücke so schnell wie möglich ins Labor bringen, damit sie dort einen Vergleich anstellen – vielleicht ist der Fall Jackson dann ja schon gelöst. Ich glaube nämlich, daß Charles Richards seinen Bruder im Wagen mitgenommen hat, als er an dem Abend nach Oxford zum Clarendon Institute fuhr, und daß er ihn irgendwo in Jericho rausgelassen hat. Na, und dann ist Conrad losmarschiert, um ihm einzuheizen, und ist ein bißchen gewalttätig geworden ...»

«Sie meinen also, Charles Richards habe seinen Bruder ins Vertrauen gezogen und ihm gesagt, daß er erpreßt wurde?»

Lewis nickte. «Charles Richards ist Jackson, wie Sie vorhin sagten, gefolgt, als der sich das Geld geholt hat, und dann, als er wußte, wo er wohnte, ist er zu Conrad gegangen, hat ihm alles erzählt und ihn um seine Hilfe gebeten. Eigentlich sehr geschickt von ihm! Er selbst besorgt sich für die Tatzeit ein wasserdichtes Alibi, und auf Conrad fällt ja sowieso kein Verdacht.»

«Hm.» Morse blickte skeptisch. Es war nicht auszuschließen, daß Conrad, wie Lewis gemeint hatte, sich sozusagen an Charles' Statt Jackson vorgeknöpft hatte. Aber er hatte noch gut Jacksons blutiges, entstelltes Gesicht in Erinnerung. Da hatte jemand ohne Rücksicht auf die Folgen unbarmherzig zugeschlagen, auch wenn die schwere Schädelverletzung, die zu seinem Tode geführt hatte, ihm vielleicht unabsichtlich zugefügt worden war. Nach dem, was Celia Richards ihm von ihrem Schwager erzählt hatte, aber auch nach Lewis' eigener Schilderung hatte Morse von ihm jedoch eher den Eindruck eines rücksichtsvollen, alles in allem eher sanften Mannes gewonnen. Nun hatte er zwar im Laufe seiner Tätigkeit bei der Polizei schon manche Überraschung erlebt und glaubte inzwischen, daß jeder grundsätzlich zu allem fähig sei – die entsprechenden Gefühle wie Wut, Haß, Verzweiflung vorausgesetzt. Doch gerade das machte ihm Conrad als Täter so unwahrscheinlich. Die Tötung Jacksons – ob vorsätzlich oder nicht – war Folge eines Ausbruchs ungezügelter Wut. Würde die Tatsache, daß Jackson seinen Bruder erpreßte, Conrad wirklich in eine derartige Raserei versetzt haben können? – Verdammt! Er hätte selbst nach Abingdon fahren und Conrad aufsuchen sollen, statt in Radley hinter Mrs Hills ...

«Wenden Sie, Lewis, wir fahren zurück!»

«Wie?»

«Wir fahren nach Abingdon. Ich will selbst mit Conrad Richards sprechen. Treten Sie mal ein bißchen aufs Gas.»

Aber sie trafen ihn nicht mehr an. Seine Sekretärin teilte ihnen mit, er habe sich vor etwa zehn Minuten ein Taxi gerufen. Ihr gegenüber hatte er nur gesagt, daß es sich um eine Geschäftsreise handele, aber weder, wohin er fuhr, noch wann er zurückkommen wollte.

Morse verfluchte die Anwandlung von Schwäche, die ihn nach Radley gelockt hatte, und ließ seinen Ärger über sich selbst an der nun wahrlich unschuldigen Sekretärin aus. Nachdem er sie mit einigen eindrucksvollen Sätzen gründlich eingeschüchtert hatte, verlangte er barschen Tones alle verfügbaren Schlüssel. Der Inhalt von Conrads Schreibtisch (dessen Schubladen alle offen waren) erwies sich als harmlos: Verträge, Rechnungen, Unterlagen für die Bilanz – nichts, was für sie von Interesse hätte sein können. Hier hatte Conrad jedenfalls nichts versteckt – vielleicht aus dem einfachen Grund, daß es nichts zu verstecken gab. Morse setzte sich in den Schreibtischsessel und blickte um sich. In einem Rollschrank reihte sich eine Unzahl von Aktenordnern, aber er hielt es für sinnlos, sie auch noch durchzusehen – er glaubte nicht, daß sie dort etwas finden würden. Die Wände des Büros waren kahl und schmucklos bis auf zwei Bilder: das eine war eine farbige Reproduktion eines wie hingehaucht wirkenden Wandgemäldes aus Pompeji, das andere eine schwarzweiße Luftaufnahme des mauerumschlossenen Carcassonne, das immer noch aussah wie eine Stadt des Mittelalters. Und was ließ sich aus der Wahl der Bilder schließen?

Sie gingen hinunter in den ersten Stock, um sich auch in Charles Richards' Büro umzusehen. Das junge Ding, dessen Stelle Celia Richards gestern eingenommen hatte, war leicht davon zu überzeugen, daß es vor allem in ihrem eigenen Interesse sei, ihnen das Büro und den Schreibtisch mittels Übergabe der Schlüssel zugänglich zu machen. Auch hier wieder ein Rollschrank mit Aktenordnern, der Schreibtisch allerdings unaufgeräumter als der von Conrad, mit einem Haufen geöffneter Briefe, Stapeln von Ordnern, etlichen Büchern – wohl verlagseigenen Produktionen – und einem bis zum Rand vollen Aschenbecher. Es war Lewis, der ihn fand. Er lag unter einem Stapel Papier in der rechten unteren (abgeschlossenen) Schreibtischschublade.

«Ich glaube, das hier könnte wichtig sein, Sir», verkündete er strahlend und reichte Morse den zusammengefalteten Bogen.

Sehr geerter Mister Richards
Es ist wegen Missis Scott, das ich ihnen schreibe.
Ich weis über sie beide bescheid . . .

Beim Hinausgehen blieb Morse im Vorzimmer am Schreibtisch der Sekretärin stehen.

«Sie waren gestern nicht hier, oder?»

«Woher ...?» Seine scheinbare Allwissenheit schien sie völlig durcheinanderzubringen, und unter seinem durchdringenden Blick wurde sie über und über rot.

«Es ist ja nicht verboten, sich freizunehmen, aber ich hätte gern gewußt, warum.»

«Ich habe nicht freigenommen. Mr Richards sagte mir, er würde mich nicht benötigen, und ich solle ruhig ...»

«*Welcher* Mr Richards?»

«Mr Charles, Sir. Er sagte ...»

Aber Morse winkte nur ungeduldig ab und ging ohne Gruß hinaus.

«Besonders freundlich waren Sie aber nicht zu ihr, Sir», bemerkte Lewis mit leichtem Vorwurf.

«Man führt uns an der Nase herum, Lewis. Der gesamte Richards-Clan lügt wie gedruckt. Ich möchte wetten, daß das Mädchen da oben mit ihnen unter einer Decke steckt. Und jetzt geht's erst mal zurück ins Präsidium.»

Auf der Rückfahrt verfiel er wieder in sein übliches Schweigen. Der Brief, den Lewis gefunden hatte, lag aufgefaltet in seinem Schoß. Morses Blick kehrte wieder und wieder zu ihm zurück, und jedesmal runzelte er die Stirn – irgend etwas schien ihn zu befremden. Als Lewis auf den Parkplatz hinter dem Präsidium einbog, trug sein Gesicht einen Ausdruck tiefer Nachdenklichkeit.

«Wissen Sie was, Lewis», sagte er, als sie auf das Gebäude zuschritten. «Ich glaube, wir sind die ganze Zeit auf einer völlig falschen Fährte gewesen.»

«Aber woher ...»

«Ja, sind denn heute alle taub, oder was?» schnaubte Morse.

Lewis schluckte die Antwort, die ihm auf der Zunge lag, hinunter und folgte Morse in die Kantine. Nachdem er seine Tasse Tee ausgetrunken hatte, stand er jedoch gleich wieder auf.

«Ich werde jetzt mal rübergehen ins Labor und denen die Fingerabdrücke zeigen. Hoffentlich hab ich recht, und sie stimmen wirklich mit denen, die sie in Jacksons Schlafzimmer gefunden haben, überein. Hätten Sie Lust zu einer Wette?»

«Auf einmal so wagemutig, Lewis? Aber mehr als ein paar Shilling würde ich an Ihrer Stelle nicht riskieren. Die Wette verlieren Sie nämlich.»

Lewis zuckte nur mit den Schultern. Mochte Morse auch griesgrämig in die braune Brühe starren, die sie hier als Tee ausschenkten, und dasitzen wie sieben Tage Regenwetter, ihn focht das nicht an. Er hatte keine Ahnung, was den Chief Inspector auf die verrückte Idee gebracht hatte, sie seien auf der falschen Fährte, aber man mußte ja nicht alles, was er sagte, unbedingt ganz ernst nehmen. Der Erpresserbrief, den er (!) gefunden hatte, war schließlich eine Tatsache, und wenn sich jetzt noch herausstellte, daß die Fingerabdrücke übereinstimmten ... Weit konnte Richards noch nicht sein. Luton? Heathrow? Gatwick? Man würde, sobald das Ergebnis des Vergleichs vorlag, landesweit eine Fahndung auslösen müssen ...

Eine halbe Stunde später erhielt Lewis die niederschmetternde Nachricht, daß die Fingerabdrücke aus Jacksons Schlafzimmer mit denen von Conrad Richards in keinem Bogen, keinem Wirbel, keiner einzigen Schleife übereinstimmten.

Kapitel Neunundzwanzig

Und Isaak hatte Esau lieb
und aß gern von seinem Weidwerk;
Rebekka aber hatte Jakob lieb.
1. Buch Mose, Kap. 25, Vers 28

Edward Murdoch war abgekämpft und mißgelaunt, als er an diesem Mittwochnachmittag nach Hause radelte. Er hatte nicht verhindern können, daß sie ihn in der Schule rangekriegt hatten, die Rugbymannschaft seiner Klassenstufe zu komplettieren, und nicht zuletzt sein schlechtes Spiel war schuld daran gewesen, daß sie am Ende doch noch verloren hatten. Er hatte sonst Mittwoch nachmittags fast immer frei, und da mußten sie ausgerechnet heute auf ihn verfallen, wo er die Zeit so dringend gebraucht hätte, um die beiden Aufsätze zu schreiben, die er morgen abgeben mußte. Um diese Zeit, im dicksten Berufsverkehr, waren die Durchgangsstraßen in Summertown natürlich alle völlig verstopft und das Radfahren alles andere als ein Vergnügen. Zweimal mußte er einen gewagten Schlenker fahren, um einem in zweiter Spur stehenden Wagen auszuweichen, dessen Fahrer darauf wartete, in eine gerade frei werdende Parklücke setzen zu können, und wiederholt hatte er scharf bremsen müssen, weil irgendwelche motorisierten Deppen unbedenklich vor ihm die Spur gewechselt und ihn geschnitten hatten. Jede neue Rücksichtslosigkeit verstärkte noch seinen Ärger und seine Wut, dabei war er den Stress im Grunde längst gewöhnt – es war jeden Tag um diese Zeit dasselbe; aber anders als sonst schien ihm heute jegliche Gelassenheit abzugehen. Vielleicht lag es daran, daß seine Biorhythmen einander superponierten. Er hatte die Begriffe gerade heute im Unterricht neu gelernt, und der Klang der beiden Fremdwörter hatte ihm gefallen. Je mehr er sich dem heimatlichen Herd näherte, um so stärker wurde sein Hunger. Hoffentlich hatte sie heute etwas Anständiges gekocht. Während der letzten zwei Wochen hatte es, wenn auch in wechselnder Folge, stets nur dieselben drei Gerichte gegeben: Gehacktes, Eintopf, Baked Beans. Es hing ihm zum Hals heraus, er wollte endlich wieder einmal Roastbeef mit Yorkshire-Pudding oder Lammbraten mit Minzsauce oder ... Zwar wußte er theoretisch, daß er seiner Mutter keinen Vorwurf daraus machen durfte – sie hatte wegen Michael viele Ängste ausgestanden und immer noch auszustehen, und man konnte es ihr nicht verübeln, daß sie anderes im Kopf hatte als einen abwechslungsreichen Speiseplan. Und trotzdem ... Mit seinem Vorsatz zu mehr Verständnis war es wie mit dem anderen – weniger zu maulen und sie statt dessen mehr zu unterstützen: sie blieben im Ansatz stecken. Er schob sein Fahrrad in den Schuppen, stellte es unsanft in eine Ecke und stieß dabei mit dem Lenker eine Dose mit Nägeln um. Er fluchte leise, zuckte dann mit den Achseln, nahm seine Tasche vom Gepäckträger und zog krachend das Tor hinter sich ins Schloß.

In der Küche stand seine Mutter am Bügelbrett und war gerade mit einem seiner weißen Hemden beschäftigt.

«Was gibt's 'n heute zu essen?»

«Ich habe uns einen schönen Eintopf aus ...»

«Schon wieder Eintopf?! Verdammte Scheiße, kriegt man denn hier nie etwas anderes als Eintopf, Gehacktes oder ...»

Doch unvermittelt brach er ab. Seine Mutter hatte das Bügeleisen beiseite gestellt, er sah wie sie die Schultern hochzog und sich mit den Händen an die Schläfen griff, und dann begannen ihr die Tränen über das Gesicht zu laufen. Kraftlos sank sie auf einen Küchenstuhl, und ein unkontrollierbares Schluchzen erfaßte sie, so daß sie kaum Luft bekam und mühsam nach Atem rang. Edward hatte sie in seinem ganzen Leben noch nie so hilflos gesehen, und die Tatsache, daß seine tüchtige Mutter, die immer zur Stelle war, wenn man sie brauchte, in einen solchen Abgrund der Verzweiflung stürzen konnte, erschütterte seinen Kinderglauben an ihre unbezwingbare Stärke und öffnete ihm gleichzeitig die Augen dafür, wie egoistisch er gewesen war. Die letzte Zeit mußte furchtbar schwer für sie gewesen sein. Er spürte Mitleid mit ihr, und ein lange nicht mehr gekanntes Gefühl tiefer Zuneigung stieg in ihm hoch.

«Nicht weinen, Mutter, bitte! Es tut mir ja so leid. Ich wollte dich nicht ...»

Sie schüttelte den Kopf und wischte sich mit einem Taschentuch über die Augen. «Ach, das war es doch gar nicht. Es ist doch nur ...» Erneut kamen ihr die Tränen, und sie konnte nicht weiterreden. Edward legte ihr seine Hand auf die Schulter und stand ein wenig linkisch neben ihr – er war es nicht gewöhnt, seine Mutter trösten zu müssen.

«Ich bin dir keine große Hilfe gewesen, was?» fragte er nach einer Weile kleinlaut.

«Ach, mach dir darüber mal keine Gedanken. Das ist nicht der Grund, weswegen ich geweint habe. Es ist ... Die Dinge wachsen mir einfach über den Kopf. Ich habe das Gefühl, als verliere ich allmählich den Boden unter den Füßen, als breche alles zusammen. Ich ... ich ...» Wieder wurde sie von Schluchzen geschüttelt. «Ich weiß nicht, was ich tun soll. Ich habe so sehr versucht ...» Sie faßte nach der Hand ihres Sohnes, schluckte und versuchte, ihre Stimme unter Kontrolle zu bringen. «Aber mach dir um mich keine Sorgen. Ich habe heute einen schlechten Tag, das geht vorüber.» Sie stand auf und putzte sich geräuschvoll die Nase. «Wie war dein Tag heute?»

«Es ist wegen Michael, nicht wahr, Mutter?»

Sie nickte. «Ich war heute nachmittag bei ihm. Das rechte Auge ist nicht mehr zu retten, und sie wissen nicht, wie das linke ...»

«Das heißt, daß er vielleicht blind wird?»

Mrs Murdoch nahm wieder das Bügeleisen auf. «Ja. Sie tun alles, was in ihren Kräften steht, aber ...»

«Laß uns nicht die Hoffnung verlieren, Mutter», sagte er beschwörend. «Vielleicht findest du es ja komisch, daß ausgerechnet ich das jetzt sage, aber im Religionsunterricht in der Schule haben wir mal gelernt, Hoffnung sei eine christliche Tugend, etwas, um das man kämpfen müsse.»

Wenn Mrs Murdoch es sich gestattet hätte, ihrem Gefühl zu folgen, so hätte sie Edward jetzt in die Arme geschlossen und ihm für seine Worte gedankt. Doch zu zeigen, was in ihr vorging, hatte sie immer Hemmungen gehabt, selbst gegenüber Michael und Edward, und auch jetzt drang nichts von der spontanen Freude, die sie verspürte, nach außen. Sie stellte das Bügeleisen ab, nahm zwei Teller aus dem Schrank, tat sie in den Grill, um sie anzuwärmen, und dachte dabei, wie ihr vorher so geregeltes Leben auf einmal in ein Chaos aus Schmerz und Angst gestürzt worden war. Was hatte sie bloß falsch gemacht, daß nach all den mühevollen Jahren dies das Ergebnis war? Wenn nur ihr Mann noch lebte ... Und warum hatten sie sich auch entschlossen ... O Gott, so etwas durfte sie nicht einmal denken! Aber viel schlimmer konnte es nun eigentlich nicht mehr werden, oder? Doch tief in ihrem Innern wußte sie, daß sie das ganze Ausmaß dessen, was geschehen war, noch gar nicht richtig erfaßt hatte, und als sie die Topflappen nahm, um die Kasserolle mit dem Eintopf aus dem Ofen zu nehmen, war da einen Moment lang wieder die innere Stimme, die sagte, daß das, was geschah, zu Recht geschah, daß das, was geschah, die Strafe dafür war, daß sie Michael nie so geliebt hatte und nie so lieben würde wie ihren Sohn Edward.

Am Abend betrat der Augenchirurg Michael Murdochs Zimmer, um zu sehen, wie es seinem Patienten ging. Mit allergrößter Vorsicht löste er den Verband, nahm dann seine Armbanduhr ab und hielt sie ihm in ungefähr zwanzig Zentimeter Entfernung vor das linke Auge.

«Wie fühlst du dich heute, Michael?»

«Ganz gut. Nur müde – schrecklich müde.»

«Hast du Hunger?»

«Nein, eigentlich nicht. Ich habe auch gerade erst gegessen.»

«Na, das dürfte aber schon eine Weile her sein. Du hast ein paar Stunden geschlafen. Hast du eine Vorstellung, wie spät es jetzt ist?» Noch immer hing die Uhr vor dem Gesicht des Jungen.

«Es muß später Nachmittag sein. So gegen fünf.»

Die Zeiger der Uhr zeigten auf 8.45 Uhr. Doch das verletzte Auge, blutunterlaufen und furchtbar anzusehen, konnte sie nicht wahrnehmen und starrte blicklos ins Leere. Der Chirurg legte ihm behutsam wieder den Verband an. Dann blickte er zu der Schwester, die mit kummervollem Gesicht am Fußende des Bettes stand, hob hilflos die Schultern und schüttelte nur traurig den Kopf.

Gegen zehn vor elf, auf dem Rückweg vom Pub, traf Morse Mrs Murdoch, die ihren Labrador spazierenführte und Mühe hatte hinterherzukommen, so sehr zog er an der Leine. Auf diese Weise erfuhr er zum erstenmal, daß Michael Murdoch versucht hatte, sich zu blenden, und dabei ein Auge verloren hatte. Was mit dem anderen sei würde, konnte man jetzt noch nicht sagen ... Er hörte sic geduldig und voller Anteilnahme an und schämte sich, daß er nicht mehr zu sagen wußte als «Das tut mir aber leid» und «Das muß ja schrecklich für Sie gewesen sein». Daß es doch so schwer war, Worte des Trostes zu finden! Er starrte verlegen zu Boden und war erleichtert, daß das sandfarbene Ungetüm von Hund wieder an der Leine zu zerren begann und Mrs Murdoch sich notgedrungen verabschieden mußte, um ihm zu folgen.

Während er die wenigen hundert Meter zu seinem Haus ging, versuchte Morse, über die Murdochs und ihre Beziehung zu Anne Scott nachzudenken. Aber er war müde und hatte zuviel Bier getrunken, und es kam nichts dabei heraus.

Kapitel Dreißig

Es gibt mitunter Arbeiten, bei denen Satzbau, Rechtschreibung und Interpunktion sich an keine Regel halten und völlig willkürlich sind. Der Prüfer sollte in solchen Fällen nicht zögern, die Annahme der Arbeit abzulehnen und ein ‹Nicht bestanden› auszusprechen.

Kriterien für die Bewertung
des Zulassungsaufsatzes für die Oberstufe

Am Donnerstag kam Morse erst spät ins Büro und begrüßte Lewis nur mit einem kurzen Nicken. Er fühlte sich unausgeschlafen und verkatert und hatte sich im stillen gelobt, heute einmal nichts zu trinken. Ein notwendiger Entschluß, der ihn jedoch nicht gerade freudig stimmte. Während Lewis sich im Zwei-Finger-System abmühte, einen Bericht zu tippen, nahm Morse sich noch einmal den Erpresserbrief vor, den sie in Charles Richards' Schreibtisch gefunden hatten. Bei oberflächlichem Lesen schien es, als besitze er alle für derlei Schreiben typischen Charakteristika: er war ungelenk im Ausdruck, fehlerhaft in der Orthographie, die Interpunktion erratisch. Doch wenn man ihn ein zweitesmal etwas gründlicher las, war der Eindruck auf einmal ein ganz anderer.

«Lewis?» Der Sergeant hob den Kopf. «Hier, lesen Sie sich den Brief noch mal durch.» Er schob ihm den Bogen über den Schreibtisch. Lewis begann zu lesen.

«Na? Fällt Ihnen etwas auf?»

«Meinen Sie die Rechtschreibung? Noch schlechter als meine, würde ich sagen, aber dafür hatte er geschickte Hände.»

«Mit *er* meinen Sie Jackson, wenn ich Sie recht verstehe?»

Lewis sah ihn erstaunt an. «Ja, natürlich – wen denn sonst?»

«Sie glauben also, daß Jackson den Brief geschrieben hat?»

«Sie etwa nicht?»

«Nein, ganz recht, ich nicht. Ich bin fest davon überzeugt, daß Jackson nicht eine einzige Zeile hätte zu Papier bringen können, geschweige denn einen ganzen Brief. Ich habe Ihnen doch erzählt, daß ich unter seinen Sachen zwei Broschüren zu diesem Fernsehprogramm *Wir packen es* – oder wie das nun heißt – gefunden habe, und das ist nicht für Leute gedacht, die mit dem Schreiben oder

Lesen nur etwas auf Kriegsfuß stehen, das ist für Analphabeten, die überhaupt nicht lesen und schreiben können und sich zu Tode schämen, wenn jemand dahinterkommt. Wenn Jackson jemanden gebeten hat, den Brief für ihn zu schreiben, dann muß das jemand gewesen sein, zu dem er großes Vertrauen hatte ...»

«Aber der Brief ist doch fast wie der von einem Analphabeten. Damit würde er nicht mal mehr einen Sonderschulabschluß kriegen, wenn Sie mich fragen.»

«So, meinen Sie? Dann sollten Sie sich mal ansehen, was manche unserer Polizeibewerber in ihrer Eingangsprüfung so produzieren ... Und im übrigen ist das ganz und gar nicht der Brief eines Analphabeten. Da sind Sie gewaltig auf dem Holzweg, wenn Sie das denken. Hier, sehen Sie sich den Brief noch einmal genau an.» Er schob ihn erneut hinüber, lehnte sich in seinen Sessel zurück und betrachtete Lewis mit dem etwas herablassenden Blick eines Lehrers, der darauf wartet, daß einem begriffsstutzigen Schüler endlich ein Licht aufgeht. «Ein Brief ist doch in erster Linie dazu da, etwas zu *übermitteln*. Darin würden Sie mir doch zustimmen, oder? Ich gebe ja zu, daß die Rechtschreibung sehr zu wünschen übrigläßt; *aber,* Lewis, das, worauf es ankommt, nämlich die Aussage des Briefes, ist klar und eindeutig. Den Brief hat jemand geschrieben, der seine Sache verstand. Jemand, der gebildet ist – gebildet genug jedenfalls, um zu wissen, wie man glaubhaft den Eindruck mangelnder Bildung erweckt, wenn Sie verstehen, was ich meine. Der Brief an Richards war genau die Art Brief, die ich selbst auch schreiben würde, wenn ich aus irgendeinem Grund vortäuschen wollte, daß ich des Schreibens nicht recht mächtig sei. Die Anweisungen an Richards sind doch so formuliert, daß absolut nichts mißzuverstehen ist ... Und überlegen Sie mal, wie das war, als Sie den Brief gelesen haben; die Tatsache, daß er *Bescheid* klein und *weiß* mit ‹s› schreibt, hat Sie doch nicht gehindert, den Inhalt zu verstehen. Sie haben doch trotzdem sofort kapiert, was er meint. Nein, nein, Lewis, der Brief stammt nicht von Jackson. Nie und nimmer!»

Morse nahm ein Blatt Papier, schrieb etwas auf und reichte das Blatt Lewis. «Können Sie mir sagen, was das heißen soll?»

Lewis blickte stirnrunzelnd auf die beiden Wörter. *JE NEN*. Er schüttelte den Kopf. «Nein versteh ich nicht. Was soll das heißen?»

«Da werden Sie nicht schlau draus, was? Kann ich mir denken. Das, Lewis, stand als Antwort auf einem Fragebogen unter der Rubrik *Ausgeübter Beruf.* Die Frau konnte *tatsächlich* kaum lesen und schreiben. JE NEN sollte heißen: ‹ick jeh nähen›. Ein Bekannter, der beim Arbeitsamt tätig ist, hat es mir erzählt. Verstehen Sie jetzt, was ich meine, wenn ich von einem Analphabeten rede.»

Lewis nickte. Vielleicht war wirklich etwas dran an dem, was Morse sagte. Andererseits – Jackson konnte rein zufällig an die Broschüren von *Wir packen es* gekommen sein. Merkwürdig war es allerdings schon ...

«Es läßt sich doch sicher feststellen, ob Jackson schreiben konnte oder nicht, Sir», sagte er. «Er war doch Rentner und ...»

«Das ist eine großartige Idee, Lewis! Fahren Sie sofort nach Jericho, und fragen Sie diese Posthalterin ... wie war doch gleich ihr Name?»

«Mrs Beavers, Sir.»

«Genau die meine ich. Fragen Sie sie also, ob Jackson den Empfang der Rente mit seiner Unterschrift quittiert hat. Und wenn Sie sowieso schon bei ihr sind, dann fragen Sie auch gleich, ob sie weiß, für wen Jackson in letzter Zeit außer für Anne Scott noch gearbeitet hat. Diese Beavers macht ganz den Eindruck, als sei sie eine neugierige alte Ziege, die ist bestimmt über alles, was in der Nachbarschaft passiert, bestens informiert. Ich bin mal gespannt, wen sie uns nennen wird.»

Eine Dreiviertelstunde später wußte Lewis, daß Jackson in der Lage gewesen war, den Empfang seiner Rente mit ein paar Buchstaben, die man mit einigem guten Willen für seinen Namen ansehen konnte, zu bestätigen. «Er wollte das so», sagte Mrs Beavers, «ein Kreuz hätte sonst auch genügt. Wir haben zwei, drei ältere Leute, die ihre Unterschrift nicht leisten können und dann dafür ein Kreuz machen; das geht in Ordnung, ich muß nur dabei zusehen, damit ich bestätigen kann, daß es von ihnen selbst stammt.» Was nun das Lesen anging – darum sei es bei Jackson auch nicht viel besser bestellt gewesen. Fettgedruckte Blockbuchstaben, das sei gerade noch gegangen, bei allem anderen mußte er passen. Sie selbst hatte ihm oft die amtlichen Mitteilungen vorgelesen, wenn es Rentenerhöhungen gab oder wenn sich, wie etwa zu Weihnachten, das Auszahlungsdatum verschob. Jackson hatte nie Schwierigkeiten gehabt zu verstehen, was sie ihm vorlas. Ihrer Meinung nach sei er von völlig normaler Intelligenz gewesen – nur eben ein Analphabet oder jedenfalls so gut wie.

Natürlich war Mrs Beavers – ganz wie Morse vorhergesehen hatte – genau darüber im Bilde, wer Jackson in letzter Zeit beschäftigt hatte. Für Mrs Jones in der Cardigan Street hatte er einige Türen, die klemmten, abgehobelt; Mrs Purvis in Canal Reach hatte ihn geholt, weil in ihrem Haus neue Leitungen gelegt werden mußten – der Kostenvoranschlag des Elektrikers in der Victor Street war wirklich abenteuerlich hoch gewesen. Soviel sie wußte, hatte auch das junge Ehepaar, das vor kurzem das Eckhaus in der Albert Street bezogen hatte, vorgehabt, seine Dienste in Anspruch zu nehmen. Sie wollten Blenden für ihre Gardinenstangen. Ob er noch dazu gekommen war, den Auftrag auszuführen, konnte sie allerdings nicht sagen ...

Lewis hörte ihr zu und schrieb gewissenhaft alles mit, auch wenn ihm nicht ganz klar war, wozu Morse diese Informationen eigentlich brauchte. Zurück in Kidlington, erstattete er Bericht und stellte bald fest, daß Morses Interesse allein und ausschließlich Mrs Purvis' neuen Leitungen galt. Warum und wieso, war ihm auch hier nicht ganz klar.

«Soso, neue Leitungen. Ich würde ja gern mal wissen, was Jackson ihr dafür abgenommen hat. Ich muß nämlich bei mir auch neue Leitungen legen lassen, und mein Elektriker hat mir gesagt, das würde so an die zweihundertfünfzig Pfund kosten. Deshalb habe ich es auch bisher noch aufgeschoben.»

«Na ja, Leitungen zu legen, das kostet Zeit.»

«Und zweihundertfünfzig Pfund sind heute auch nicht mehr soviel wie noch vor zehn Jahren», gab Morse zu. «Also, ich denke wir fahren am besten zu ihr und fragen sie, wieviel sie nun wirklich bezahlt hat.»

Dies schien Lewis nun eigentlich kein ausreichender Grund, um deswegen extra nach Jericho zu fahren – noch dazu, wo es für ihn heute schon das zweite Mal war. Ob Morse noch einen anderen Grund hatte? Doch seine vorsichtigen Nachfragen blieben unbeantwortet, und als er den Wagen vor den Betonzylindern am Eingang von Canal Reach zum Stehen brachte, war er genauso schlau wie vorher.

Kapitel Einunddreißig

Sie setzte sich nieder
und gab auf vier Seiten einen knappen,
genauen Bericht der Ereignisse.
Thomas Hardy, Tess of the D'Urbervilles

Mrs Purvis war schon ein wenig erstaunt, als sich der Mann, der vor nicht ganz vierzehn Tagen als Abgesandter der *Royal Architectural Society* aufgetreten war, nun als Polizeiinspektor vorstellte, nahm es jedoch hin – so ein netter Mensch, es würde schon alles seine Richtigkeit haben. Nachdem Morse zunächst die hübsche Einrichtung des Wohnzimmers, dann den grauen Perserkater zu ihren Füßen («Er heißt Graymalkin, den Namen hab ich aus einem Stück mit dem Titel *Macbeth* von William Shakespeare») ausführlich bewundert und solchermaßen ihren früheren positiven Eindruck von ihm noch einmal bestärkt hatte, kam er behutsam zur Sache.

«Ich würde mich ja zu gerne noch weiter mit Ihnen über Ihren Prachtkater unterhalten, Mrs Purvis – ich bin selbst ein großer Katzenliebhaber, müssen Sie wissen –, aber ich habe da noch ein paar Fragen zu Mr Jackson, die ich gerne stellen möchte. Es geht aber sicher ganz schnell. Wir versuchen etwas über seine gelegentliche Tätigkeit als Handwerker herauszufinden; uns interessiert vor allem, was er dabei etwa verdient hat. Für Sie hat er doch kurz vor seinem Tod auch noch gearbeitet, oder?»

«Ja, er hat im ganzen Haus neue Leitungen gelegt. Ich habe ihn nicht sonderlich gemocht. Er war ein unfreundlicher Mensch, aber er hat gut gearbeitet, das kann ich nicht anders sagen.»

Wann ist er denn damit fertig geworden?»

«An den genauen Tag kann ich mich jetzt nicht erinnern, aber wenn es wichtig ist ...»

«Und Sie haben ihn gleich bezahlt?»

Mrs Purvis beugte sich zu Graymalkin hinunter und begann, ihn zu streicheln. Als sie wieder hochblickte, war ihr Gesicht von einer leichten Röte überzogen. «Ja, ich habe ihn gleich bezahlt ...»

«Würde es Ihnen etwas ausmachen, mir zu sagen, wieviel?»

«Nun, er war ja kein Fachmann und ...»

«Wieviel haben Sie ihm bezahlt?»

«Fünfundsiebzig Pfund.» Lewis, der die ganze Zeit stumm danebensaß, wunderte sich. Wieso sagte sie es, als sei es ein Schuldeingeständnis?

«Da kann man nichts sagen.»

Sie nickte nur und beugte sich wieder zu ihrem Kater hinunter.

«Hat er des öfteren für Sie gearbeitet?»

«Nein. Nur jetzt die Leitungen gelegt, und dann am Freitag, das war der Tag ... also, da hat er mir die Spülung auf meinem Klo repariert. Der Schwimmer ...»

«Haben Sie mal etwas für *ihn* getan?»

Mrs Purvis griff sich ans Herz und sah ihn voller Panik an. «Ich ... für ihn ... ich verstehe nicht ganz ...»

«Mr Jackson hatte Schwierigkeiten mit dem Schreiben und Lesen, nicht wahr?»

«Ich ... also davon weiß ich nichts. Es kann schon sein; ich glaube, er hatte keine besonders gute Schulbildung ...»

«Haben Sie mal einen Brief für ihn geschrieben?»

«Nein.» Sie sah ihn fest an.

«Nicht einen einzigen?»

«Nein. Warum glauben Sie mir nicht? Wenn Sie wollen, schwöre ich Ihnen auf die Bibel, daß ich ...»

«Nun mal ganz ruhig, Mrs Purvis! Warum regt Sie denn meine Frage gleich so auf? Sie tun ja so, als sei es ein Verbrechen, für einen Nachbarn einen Brief zu schreiben.»

«Es tut mir leid. Ich wollte nur nicht, daß Sie glauben, ich ...»

«Aber haben Sie ihm vielleicht mal einen Brief *vorgelesen?*»

Sie sah ihn aus schreckgeweiteten Augen an und öffnete den Mund, um etwas zu sagen, doch sie brachte kein Wort heraus. Morse legte ihr beruhigend die Hand auf den Arm. «Nun haben Sie mal nicht solche Angst, Mrs Purvis. Es passiert Ihnen nichts. Ich weiß sowieso Bescheid, aber ich muß es noch einmal von Ihnen selbst hören.»

Sie warf ihm einen dankbaren Blick zu, und dann begann sie zu erzählen. Jackson hatte ihr für die neuen Leitungen ursprünglich hundert Pfund berechnen wollen, war aber bereit gewesen, auf fünfundsiebzig Pfund herunterzugehen, wenn sie ihm einen Gefallen tue. Er habe da einen Brief, den er sich gerne vorlesen lassen wolle, sie müsse jedoch versprechen, niemandem etwas davon zu erzählen. Das war ihr einfach genug erschienen, und so hatte sie eingewilligt. Dann, beim Vorlesen, war ihr klargeworden, daß es sich um Miss Scotts Abschiedsbrief handeln mußte. Jackson hatte ihn wohl irgendwo im Haus gefunden, vielleicht hatte er auf dem Küchentisch gelegen. Sie sollte sich ja in der Küche ... Der Brief hatte vier Seiten umfaßt, sie hatte es genau gesehen, obwohl er ihn ihr, als sie noch nicht einmal ganz bis zur Hälfte gekommen war, plötzlich recht unsanft weggenommen hatte. Ob sie sich noch an den Inhalt erinnern könne? Sie wiegte nachdenklich den Kopf. Nur so ungefähr. Es sei eigentlich fast eine Art Liebesbrief gewesen. Anne Scott habe dem Mann, an den sie schrieb, beteuert, daß sie immer nur ihn geliebt habe und daß er das nie vergessen und sich keine Vorwürfe machen solle, was immer auch geschehen möge. Es sei allein ihr Entschluß ...

Morse hatte ihr schweigend zugehört. «Noch mal zurück zu Jackson – hat er Sie sonst noch um irgend etwas gebeten, was Sie für ihn tun sollten?»

«Nein. Ich sollte ihm nur den Brief vorlesen. Sonst nichts – wirklich! Wenn Sie wollen, dann schwöre ...»

«Sie haben also keine Telefonnummer für ihn herausgesucht?» Sein Ton war ruhig und freundlich, aber die Frage schien ihr den Rest zu geben. Sie brach in Tränen aus und beteuerte schluchzend, nein, sie habe ihm keine Telefonnummer herausgesucht, wirklich nicht, aber er habe sie gefragt, wie man die Auskunft anrufen könne, und sie habe es ihm erklärt. Erst hinterher habe sie dann angefangen zu überlegen, wen Mr Jackson da wohl anrufen wolle. Und da sei ihr, wenn sie ganz ehrlich sei, schon der Gedanke gekommen ... Und deswegen schäme sie sich jetzt auch so. Nie vorher in ihrem Leben habe sie etwas Unrechtes getan, und nun ...

«Ja, aber jetzt haben Sie uns alles erzählt, und es tut Ihnen leid. Jeder Mensch hat einmal eine schwache Stunde. Sie haben sicher nur eine kleine Rente, und fünfundzwanzig Pfund waren eine große Versuchung. Gehen Sie nicht zu hart mit sich ins Gericht! Was uns angeht, ist die Sache jetzt jedenfalls erledigt, nicht wahr, Sergeant?»

Lewis, der nicht damit gerechnet hatte, noch in das Gespräch einbezogen zu werden, brachte in seiner Verwirrung nur ein unbestimmtes Grunzen heraus, das Morse jedoch für Zustimmung zu nehmen schien, denn gleich darauf wandte er sich wieder Mrs Purvis zu.

«Und nun hätte ich noch eine letzte Frage an Sie, Mrs Purvis. Können Sie sich vielleicht noch erinnern, wie der Name des Mannes lautete, an den Ms Scott geschrieben hatte? Sie wird doch irgendeine Anrede benutzt haben ...»

Mrs Purvis biß sich auf die Lippen. Sie hätte so gern geholfen, aber sie konnte beim besten Willen nicht mehr sagen ...

«War es möglicherweise *Charles?*»

Mrs Purvis strahlte plötzlich übers ganze Gesicht. *«Mein lieber Charles»,* sagte sie, «die Anrede lautete: *Mein lieber Charles.*» Sie sah glücklich aus. Vielleicht hatte sie ja dadurch, daß sie sich erinnert hatte, ihre Schuld ein bißchen wieder gutgemacht?

Der Kater Graymalkin reckte sich und sah ihnen mit unergründlichem Blick nach, als sie das Zimmer verließen. Dann legte er den Kopf auf die Pfoten und schloß die Augen – im Haus war wieder Ruhe eingekehrt.

Gegen Abend fuhr Morse nach Headington in das *John Radcliffe Zwei* und sprach mit der Schwester, der die Intensivstation unterstand. Auf Zehenspitzen betraten sie das Zimmer, in dem Michael Murdoch lag, und blieben am Fußende des Bettes stehen.

«Ich darf ihn nicht wecken. Er braucht den Schlaf», flüsterte sie ihm zu.

Morse nickte und sah auf den Jungen, dessen Gesicht durch den weißen Verband halb verdeckt war. Er zog die Karte mit den Krankendaten aus dem Halter und begann sie zu überfliegen, doch die Aufzeichnungen sagten ihm nicht viel. Sein Blick wanderte zum Kopf der Karte: *Michael Murdoch, geb. 2. Okto* ... Er steckte die Karte zurück. Eine ungeheuerliche Ahnung stieg in ihm auf ...

Die Fakten lagen alle klar zutage, doch es bedurfte mehrerer Stunden Nachdenkens und einer halben Flasche Whisky, bis Morse sich sicher war. Er wußte jetzt, *warum* Anne Scott Selbstmord begangen hatte.

Kapitel Zweiunddreißig

Ein Mann ohne eine Adresse ist ein Vagabund,
ein Mann mit zwei Adressen ein Libertin.
George Bernard Shaw

Detective Constable Walters hatte, nachdem seine Mitarbeit am Fall Jackson durch Bells Beförderung zu einem abrupten Ende gekommen war, keine Gelegenheit mehr gehabt, seine Fähigkeiten unter Beweis zu stellen, und auch der neue Fall, der ihm jetzt zur Bearbeitung übertragen worden war, ein Villeneinbruch in Nord-Oxford, bot, wie es aussah, dazu keine Möglichkeit. Die Täter waren durch ein offenes Fenster im ersten Stock des Hauses eingestiegen, während die Bewohner, ein älteres Ehepaar, mit Verwandten und Freunden im *Hotel Randolph* Silberhochzeit gefeiert hatten. Die Eindringlinge hatten so gut wie keine Spuren hinterlassen – keine polizeitechnisch relevanten Spuren, um genau zu sein; einer von ihnen hatte nämlich auf den Teppich gepinkelt. Die Männer von der Spurensicherung waren nicht gerade entzückt gewesen. Die Fingerabdrücke – sofern die Einbrecher nicht überhaupt Handschuhe getragen hatten – befanden sich offenbar alle auf den gestohlenen Gegenständen und waren mit ihnen verschwunden. Und selbst die Annahme, daß es sich um zwei Täter handelte, stützte sich im Grunde genommen nur auf die recht vage Aussage einer Nachbarin, die am Tag zuvor zwei Jugendliche bemerkt haben wollte, die verdächtig langsam die Straße hinuntergeschlendert seien. Walters blätterte seufzend in dem dünnen Aktenordner. Was sollte er mit diesem mageren Material nun anfangen. Ein ungelöster Fall mehr, es sei denn, man erwischte die Täter irgendwann in flagranti und es käme zu einem großen Aufwasch, bei dem sie auch frühere Delikte gestanden. Unter diesen Umständen war es kein Wunder, daß er für jede Abwechslung dankbar war, und so blickte er erfreut auf, als die Tür sich öffnete und Lewis ins Zimmer trat.

«Wollen Sie zum neuen Super, Sarge?»

«Nein, zu Ihnen.»

«Ist Ihr Chef jetzt sauer, daß Bell den Posten gekriegt hat?»

«Morse sauer? Nee, glaube ich nicht. Als ich ihn eben gesehen habe, sah er aus, als habe er im Lotto gewonnen.»

«Was kann ich denn für Sie tun, Sarge?»

«Morse sagt, Sie hätten bei den Ermittlungen im Fall Scott Nachforschungen über ihren früheren Ehemann angestellt und die Zimmerwirtin ausfindig gemacht, bei der er wohnte, bevor er durch den Unfall ums Leben kam.»

«Ja. das stimmt.»

«Wissen Sie noch die Adresse?»

Walters nickte.

«Na, dann her damit.»

«Wollen Sie noch mal zu ihr?»

«Ja.»

«Aber die weiß bestimmt nichts, was uns interessieren könnte.»

«Da ist Morse anderer Meinung.»

Gegen Mittag, nachdem er selbst mit der Zimmerwirtin gesprochen und im Archiv des Präsidiums die Unfallakten studiert hatte, hatte sich Lewis, wie Morse ihm aufgetragen hatte, ein genaues Bild verschafft, fühlte sich aber trotzdem frustriert. Denn Morse, dem es nicht im Traum eingefallen wäre, sich einer so mühsamen Kleinarbeit zu unterziehen, hatte ihm bereits vorher gesagt, was er herausfinden würde: daß nämlich der zweite Beteiligte an dem Unfall, bei dem Anne Scotts früherer Ehemann ums Leben gekommen war, der Fahrer des entgegenkommenden Wagens, niemand anderer als Michael Murdoch gewesen war.

Wieder zurück im Büro, berichtete Lewis dem Chief Inspector, daß seine Vermutung hinsichtlich der Verwicklung Michael Murdochs in den Unfall von Anne Scotts früherem Mann sich als richtig erwiesen habe.

Doch anstatt, wie Lewis erwartet hatte, eine gewisse Befriedigung zu äußern, fragte Morse nur übellaunig: «Können Sie mir erklären, warum dieser Schwachkopf Walters die Adresse der Wirtin nicht in seinen Bericht aufgenommen hat, so daß wir erst hinter ihm herrennen müssen?»

«Wahrscheinlich hat er gedacht, sie sei nicht so wichtig.»

«Gedacht! Daß ich nicht lache. Das würde ja voraussetzen, daß er Verstand besitzt.»

«Aber er hat doch gerade erst angefangen, Sir, und ...»

«Und Sie, Sergeant? Hätten Sie mit Ihrer langjährigen Erfahrung es denn für notwendig erachtet, die Adresse festzuhalten?»

«Nein, ich glaube nicht, Sir», sagte Lewis, über seine eigene Kühnheit erstaunt. «Aber bislang haben Sie meinem Urteil darüber, was wichtig sei und was nicht, eigentlich immer vertraut.»

«Dann habe ich Sie wohl überschätzt», sagte Morse. Der scharfe Ton ließ Lewis aufhorchen. Das war mehr als bloß schlechte Laune. Morse war wütend auf ihn, er mußte irgend etwas verbockt haben. «Ich hatte immer angenommen, Sergeant», fuhr Morse in demselben unangenehmen Ton fort, «daß es die vornehmste Pflicht eines Kriminalbeamten sei, sich mit allen ihm zur Verfügung stehenden Kräften – auch und gerade wenn diese Kräfte vielleicht nur schwach sind – darum zu bemühen, sämtliche Fakten, auf die er im Laufe seiner Ermittlungen stößt, korrekt und vollständig wiederzugeben. Und zwar auch die, die ihm unerheblich erscheinen. Darüber zu befinden ist nicht an ihm.» Morses Stimme war kühl und kontrolliert, er sprach mit der überpräzisen Intonation eines Schulmeisters, der mit nur mühsam beherrschter Ungeduld einem besonders begriffsstutzigen Schüler einen wichtigen Lehrsatz zu erklären versucht. «Denn oft erlangt ja gerade anfangs unwichtig Scheinendes, wie Sie eigentlich inzwischen wissen sollten, Sergeant, im Laufe der Ermittlungen plötzlich ungeahnte Bedeutung.»

Lewis schluckte ein paarmal nervös und nickte kleinlaut. Heute war was fällig, das war klar. Er hätte nur gern gewußt, warum.

«Walters hat also, um das noch einmal ganz deutlich zu sagen, seine Sorgfaltspflicht verletzt, als er die Adresse wegließ, und ich wundere mich, ehrlich gesagt, Sergeant, welche Nachsicht Sie gegenüber seiner Fehlhaltung an den Tag legten. Aber vielleicht finden Sie Schludrigkeit ja auch nicht weiter tragisch, vielleicht ...»

«Was werfen Sie mir vor, Sir?» fragte Lewis leise.

«Was ich Ihnen vorwerfe? Das will ich Ihnen gerne sagen. Schlamperei, Lewis! Bodenlose Schlamperei. Ihre Berichte strotzen nur so von Fehlern ...»

«Rechtschreibung ist nun mal nicht meine starke Seite, Sir, das wissen Sie ...»

«Ihre Rechtschreibung meine ich auch gar nicht, Sergeant. Ich meine Ihren Umgang mit Fakten! In Ihren letzten Berichten standen Dinge, die waren einfach falsch – schlicht und einfach falsch. Ich habe den Eindruck, daß Sie Ihre Pflichten nicht mehr richtig ernst nehmen. Offenbar denken Sie, Sie könnten die Berichte so mal eben nebenbei schreiben, weil es nicht genau drauf ankommt. Aber da haben Sie sich geirrt!»

Lewis blickte zu Boden und schwieg. Zum Teil hatte Morse mit seinen Vorwürfen ja recht – aber nur zum Teil. Er hatte in der letzten Zeit manchmal wirklich etwas flüchtig gearbeitet und nicht, wie es sonst seine Art war, sämtliche Fakten, bevor er sie in einem Bericht festhielt, noch einmal überprüft. Aber das lag doch nicht daran, daß er seine Pflichten nicht mehr richtig ernst nahm oder gemeint hätte, es komme nicht so drauf an. Der Grund war, daß er abends, wenn er die Schreibarbeiten erledigte, oft einfach müde und kaputt gewesen war. Wenn Morse gegen fünf, sechs Uhr beschloß zu gehen, sich mit dem Mantel über dem Arm in der Tür noch einmal umdrehte und sagte: «Morgen früh hätte ich dann gern Ihren Bericht, Lewis», dann machte er sich wahrscheinlich überhaupt nicht klar, daß das bedeutete, daß Lewis noch bis lange in die Nacht dasitzen und sich den Kopf über passende Wörter und anständigen Satzbau zerbrechen würde. Und anschließend mußte das Ganze ja immer noch getippt werden – mit zwei Fingern auch eine rechte Mühsal. Und während er sich abquälte, saß Morse längst im Pub und ertränkte Ärger und Unzufriedenheit des Tages im Bier. Nein, wenn er es richtig bedachte, so waren Morses Vorwürfe – in dieser allgemeinen Form jedenfalls – nicht fair. Daß er einzelne Fehler begangen hatte, wollte er ja gar nicht bestreiten ...

«Wenn Sie mir sagen würden, Sir, was genau Sie meinen. Ich wüßte doch gerne, was ich nun ...»

«Na, zum Beispiel dies hier!» Morse wies mit einer Handbewegung gereizt auf einen Bogen mit der Aussage Celia Richards' und wischte ihn mit einem unwirschen «Da!» zu Lewis hinüber. «Was soll ich mit einem Sergeant anfangen, der nicht mal eine Adresse richtig wiedergeben kann? Den es offenbar überfordert, drei Ziffern in der richtigen Reihenfolge zu schreiben. In Ihrem Bericht steht als Hausnummer ‹261›; es muß aber heißen ‹216›. Und hier ...», er kramte in einem Stapel Papiere, «... hier irgendwo ist noch ein Bericht, in dem Sie ...» Aber Lewis hörte ihm nicht mehr zu; Morses Vorwürfe prallten wirkungslos an ihm ab. Er wartete auf eine Pause. Irgendwann mußte dem Chef ja mal die Luft ausgehen. Tatsächlich lehnte Morse sich nach einer Weile erschöpft zurück; er schien fürs erste fertig zu sein. Einen kostbaren Augenblick lang herrschte absolute Stille.

Dann sprach Lewis die Worte: «Die Adresse stimmt.»

Morse öffnete den Mund – und schloß ihn wieder. Er begann hektisch unter seinen Papieren zu wühlen. Schließlich hatte er gefunden, was er suchte.

«Aber sie wohnt doch nicht in 261 *und* in 216», sagte er einigermaßen ratlos.

Er reichte Lewis die Fotokopie eines Anschreibens, das dem Scheck, mit dem C. Richards das Strafmandat für den falsch geparkten Rolls-Royce bezahlt hatte, beigefügt gewesen war. Lewis spürte, wie sich ihm vor Aufregung der Magen zusammenzog, als er den kurzen Brief überflog.

> *Sehr geehrte Damen und Herren,*
> *hiermit übersende ich Ihnen einen Scheck in Höhe des festgesetzten Bußgeldes von £ 6.–. Das Strafmandat lege ich bei.*
> *Mit freundlichen Grüßen*
> *C. Richards*

Lewis' Blick wanderte zu dem gedruckten Briefkopf in der linken oberen Ecke. Die dort angegebene Adresse lautete: *Oxford Avenue 216, Abingdon, Oxon.*

Er hatte eher begriffen als Morse. «Es war also gar nicht Celia Richards, die das Bußgeld bezahlt hat. Das hier ist die Adresse von Conrad.»

Morse nickte. «Ja, so muß es gewesen sein. Conrad, der zuverlässige Freund, der jederzeit bereit ist, ihr einen Gefallen zu tun. Aber das wirft natürlich eine interessante Frage auf, Lewis! Warum hat sie mich angelogen? Sie hätte mir doch sagen können, daß es Conrad war. Ich hätte ihn selbst noch einmal zu der Sache befragt, und damit wäre ...» Er verstummte, und über sein Gesicht ging ein Strahlen. Hier hatte sich eben überraschend einiges erhellt.

Mit vor Freude funkelnden Augen sah er Lewis an. «Ich glaube, wir haben einen Grund zum Feiern, meinen Sie nicht?»

«Ich weiß nicht so recht. Eben machen Sie mir noch Vorwürfe ...» Lewis tat sich mit Morses raschen Stimmungsumschwüngen immer noch schwer.

«Ach, Lewis, nun seien Sie mal nicht nachtragend!» Er ging um den Schreibtisch herum und legte Lewis herzlich die Hand auf die Schulter. «Sie und ich, Lewis, wir sind ein Team – und was für eins. Gegen uns beide zusammen hat keiner eine Chance. Nehmen Sie Ihren Mantel, und kommen Sie!»

Lewis stand zögernd auf. Wieso mußte es eigentlich immer nach Morses Nase gehen? Aber irgendwie kam er eben gegen ihn nicht an.

«Ihnen scheint etwas klargeworden zu sein, Sir», sagte Lewis.

«Das scheint nicht nur so, mir *ist* etwas klargeworden, Lewis. Wir gehen jetzt in den Pub, und beim Bier erzähle ich es Ihnen.»

«Mir wäre es lieber, Sie würden es gleich jetzt tun.»

«Na schön, wenn Sie es gar nicht aushalten: Wir sind am Ziel, Lewis. Wir wissen jetzt nicht nur, wer Schuld trägt am Tod von Anne Scott, sondern auch, wer Jackson umgebracht hat. Wollen Sie die Namen wissen? Jetzt gleich?»

Lewis nickte heftig, und so nannte Morse ihm die beiden Namen. Den ersten hatte Lewis noch nie gehört, und er runzelte etwas verwirrt die Stirn; der zweite haute ihn beinahe um.

VIERTES BUCH

Kapitel Dreiunddreißig

Welches ist der Maid Geschick,
Wer führt sie als Braut zurück?
Sir Walter Scott,
Das Lied des letzten Minstrels

«Es gibt drei verschiedene Anschauungen darüber», begann Morse, «wie das menschliche Geschick sich gestaltet. Die eine besagt, daß alles, was geschieht – zum Beispiel, ob Sie an einem bestimmten Tag einer bestimmten Person begegnen –, aus purem Zufall geschieht; wir Menschen seien Atomen vergleichbar, die durch den Raum fallen, aufeinanderprallen, sich wechselseitig abstoßen, um wenig später erneut mit wieder anderen Atomen zu kollidieren. Ein großer Tanz mit Zufallspartnern! Daß Sie und ich heute abend hier zusammensitzen, ist dieser Anschauung zufolge allein dem höchst labilen Zusammenspiel glücklicher Umstände zu verdanken. Dann gibt es eine zweite Anschauung, die davon ausgeht, daß wir selbst es sind, die durch unsere Entscheidungen und Handlungen unser Leben bestimmen – jedenfalls bis zu einem gewissen Grad. Früher oder später würden unsere Verfehlungen uns einholen, und wir hätten die Konsequenzen zu tragen. (Und die sogenannten guten Taten hatten keine Auswirkungen? – dachte er flüchtig.) Vielleicht wird diese Anschauung für Sie plastischer, wenn Sie sich ein Spiel Bowls vorstellen. Die Kugel, die da auf dem Rasen rollt, ist einseitig beschwert und hat deshalb notwendigerweise einen gewissen Drall in eine bestimmte Richtung. Und dann gibt es noch eine dritte Anschauung, die annimmt, daß es völlig gleichgültig sei, was wir täten, da ohnehin von Anfang an schon alles feststehe, von oben bestimmt sei – der genaue Ausdruck ist *vorherbestimmt*. Auf eine kurze Formel gebracht, lautet diese Anschauung: Was kommen soll, das kommt. Oder: Wenn du dran bist, bist du dran. Und was da wirkt, das ist das Schicksal. Angeblich.»

«Und was denken Sie, Sir?»

«Also, dieses Raunen von *Schicksal* halte ich für kompletten Blödsinn. Meine eigene Meinung zu diesen Dingen liegt etwa in der Mitte zwischen der ersten und der zweiten Anschauung. Aber was ich meine und denke, ist im Moment völlig uninteressant. Ich habe Ihnen das alles erzählt, Lewis, weil es wichtig ist, um den Selbstmord von Anne Scott zu verstehen. Das ist nicht etwa nur eine Annahme von mir – sie selbst hat damals an dem Abend mir gegenüber von Schicksal gesprochen, und es war klar, daß es ihr damit sehr ernst war. Erinnern Sie sich nur mal an die vielen Bücher in ihrem Arbeitszimmer, ich denke vor allem an die Reihen von Penguin-Klassikern. Mir ist aufgefallen, daß sie die griechischen Tragiker anscheinend besonders oft in die Hand genommen hat; der Euripides und der Äschylos sahen ganz zerlesen aus. Aber wenn man von griechischen Tragödien spricht, dann darf man Sophokles nicht unerwähnt lassen, und er hat ein Stück geschrieben, das für Anne Scott offenbar besondere, ganz persönliche Bedeutung bekam. Sein Werk war vermutlich das letzte, was Anne Scott vor ihrem Tod gelesen hat – das Buch stand nicht im Regal, sondern lag aufgeschlagen auf ihrem Schreibtisch.»

«Ich glaube, ich weiß nicht so ganz, worauf Sie hinauswollen, Sir.»

«Also schön, dann hören Sie mal zu, ich werde Ihnen jetzt eine Geschichte erzählen. Es war einmal ein schöner junger Prinz, der kam in eine Stadt. Und als die Königin von seiner Ankunft erfuhr, da lud sie ihn zu sich in den Palast. Bald war er dort ein gerngesehener Gast. Die Königin war schön und sehr einsam – ihr Mann war erst vor kurzer Zeit während der Fahrt zu einer benachbarten Stadt auf der Straße umgekommen. Die beiden verliebten sich ineinander und beschlossen zu heiraten. Sie bekamen Kinder und führten ein glückliches Leben – doch dann holte sie das Schicksal ein. Sie wissen natürlich, wie es weiterging?»

Lewis schüttelte etwas traurig den Kopf und dachte daran, was ihm doch alles entgangen sei. «Nein, Sir, keine Ahnung. Von griechischen Tragödien haben sie mir in der Schule nichts erzählt.»

Morse schalt sich im stillen wegen seiner Gedankenlosigkeit; er hätte doch wissen müssen, daß Lewis bei seiner Schulbildung nicht mit antiker Dichtung in Berührung gekommen war. Er lächelte seinem Sergeant zu. Mochte er auch keine klassische Bildung besitzen, ein anständiger, ein liebenswerter Mann war er allemal.

«Dann hören Sie mal weiter zu, Lewis», sagte er. «Ich werde es Ihnen erzählen. Der Prinz hatte viel Zeit, und eines Tages beschloß er herauszufinden, auf welche Weise der erste Mann der Königin den Tod gefunden hatte. In jahrelanger Suche machte er Augenzeugen ausfindig und erfuhr so, daß der nicht durch einen Unfall ums Leben gekommen, sondern ermordet worden war. Und nun wollte er erst recht wissen, was genau damals geschehen war. Schließlich hatte er auch Erfolg und entdeckte, daß er selbst (Morse deutete in einer dramatischen Geste mit dem Zeigefinger der rechten Hand auf seine eigene Brust), daß *er selbst der Mörder war.* Aber das war noch nicht alles. Er entdeckte außerdem, daß der Mann, den er ermordet hatte, *sein eigener Vater* gewesen war. Und auf einmal ging ihm die ungeheuerliche Wahrheit auf: nicht nur, daß er seinen Vater getötet hatte; die Frau, die er geheiratet hatte, war *seine eigene Mutter.* Und er hatte mit ihr das Bett geteilt und Kinder gezeugt! Als das alles ans Tageslicht kam, da ging die Königin hin und erhängte sich, und der Prinz, als er dies hörte, blendete sich. Und der Name des Prinzen war Ödipus, und die Geschichte ist der Ödipus-Mythos.»

Lewis fühlte sich merkwürdig bewegt. Von der Geschichte selbst, aber auch von der Art, wie Morse sie erzählt hatte. Wie schade, daß man ihm solche Dinge während seiner Schulzeit vorenthalten hatte. Wenn man ihn damals an die griechischen Tragödiendichter herangeführt hätte, könnte er genauso selbstverständlich über sie reden wie eben Morse. Und dann wäre ihm vielleicht auch aufgefallen, welche Ähnlichkeit da bestand zwischen dem Ende der Königin und dem Tod, den Anne Scott sich gegeben hatte ... Obwohl ihm nicht so ganz klar war, wieso das nun wichtig sein sollte. Aber Morse ließ ihm keine Zeit, darüber nachzudenken.

«Sie können sich vielleicht vorstellen, Lewis, wie im Laufe der Jahre dieser Mythos, den sie sehr genau kannte, eine immer größere Rolle in ihrem Leben zu spielen begann. Bei ihrer Eheschließung war sie jung und sehr hübsch gewesen – genau wie Iokaste, als sie die Frau des Königs Laios wurde. Kurz nach ihrer Heirat bekam Anne Scott einen Sohn. Und genau wie Iokaste sich von ihrem Sohn trennte, weil das Delphische Orakel ihr geweissagt hatte, daß er, wenn er herangewachsen wäre, seinen Vater töten würde, so mußte auch Anne Scott auf ihren Sohn verzichten, weil sie und ihr Mann nicht genügend Geld hatten, um ihn so aufwachsen zu lassen, daß er gute Chancen im Leben haben würde. Iokaste und Laios setzten ihren Sohn auf einem Berg aus; Anne Scott und ihr Mann gaben das Kind sofort nach der Geburt einer privaten Gesellschaft, die Adoptionen vermittelt. Ich kenne die Vorschriften und Regeln nicht, nach denen solche Gesellschaften arbeiten, aber ich bin sicher, daß sowohl die leiblichen Eltern als auch die späteren Adoptiveltern eine Klausel unterschreiben müssen, die es ihnen untersagt nachzuforschen, wohin das Kind kommt beziehungsweise woher es stammt. Und nun überlegen Sie mal einen Moment lang, Lewis, und dann beantworten Sie mir die folgende Frage: An was, glauben Sie, wird sich eine Mutter, wenn sie an ihr Kind denkt, immer erinnern, selbst in dem Fall, daß sie sich gleich nach der Geburt von ihm getrennt hat – an sein Gesicht, sein Aussehen überhaupt? Wohl kaum. Nach ein paar Wochen verschwimmen auch die deutlichsten Bilder, und das Kind wächst ja auch heran, verändert sich ... Was also ist es, Lewis, das eine Mutter niemals vergißt? Sie haben noch Zeit, um nachzudenken, ich komme darauf zurück. Mein Freund Bell, *Superintendent* Bell, hatte ganz recht mit seiner Vermutung, daß an dem Abend des 2. beziehungsweise in den frühen Nachtstunden des 3. irgend etwas geschehen sein mußte, was Anne Scott zu ihrem Selbstmord, über den sie sicher schon lange vorher nachgedacht hatte, den letzten Anstoß gab.

Wir wissen, daß sie diesen Abend im Bridgeclub verbrachte, es liegt also nahe anzunehmen, daß es irgendeine Äußerung eines der Gäste war, vielleicht auch ein bestimmtes Thema, über das geredet wurde, welches die Krise, in der sie sich schon seit einiger Zeit befand, bis zur Unerträglichkeit zuspitzte. Nun haben wir ja durch unsere Ermittlungen eine ganze Menge darüber erfahren, wie der Abend verlief. Der 2. Oktober war der erste Jahrestag der Clubgründung, und so wurde gegen elf Uhr eine Pause eingelegt und Sherry gereicht, um auf das Jubiläum anzustoßen. So ein Glas Sherry, noch dazu, wenn der Abend schon etwas fortgeschritten ist, löst die Zunge, die Leute werden gesprächig, fangen vielleicht sogar an, ein bißchen zu tratschen. Von Miss Edgeley weiß ich, daß sich die Gespräche an diesem Abend unter anderem um Kinder drehten, Flüchtlingskinder aus Kambodscha und Vietnam. Wie ich die braven, biederen Hausfrauen aus Nord-Oxford kenne, werden sie wohl kaum über politische oder wirtschaftliche Aspekte des Flüchtlingselends geredet haben. Was sie berührt hat, war sicherlich das Schicksal dieser kleinen Würmer und die Frage, was man für sie tun könne – ob zum Beispiel die Möglichkeit bestehe, sie zu adoptieren. Mit anderen Worten, Lewis: Ich glaube, daß eines der Themen an diesem Abend Adoption war. Bei Bell hat sich, bevor er den Fall abgab, wie wir wissen, ein älterer Herr gemeldet, dieser Mr Parkes, dem plötzlich eingefallen war, daß sie sich an dem Abend auch über Geburtstage unterhalten hätten. Das lag ja auch irgendwie nahe: der erste Jahrestag der Gründung ist doch auch ein Geburtstag, wenn man so will. Nun habe ich Sie vorhin gefragt, Lewis, an was sich eine Mutter wohl ihr Leben lang erinnern wird. Die Antwort muß natürlich lauten: an das Datum, an dem ihr Kind geboren wurde. Und jetzt lasse ich mal ein bißchen meiner Phantasie freien Lauf. Ich könnte mir vorstellen, daß – nicht zuletzt dank des Sherrys – einer der Gäste, der Mrs Murdoch vielleicht näher kannte, etwas indiskret wird und den Umstehenden, darunter Anne Scott (unter dem Siegel der Verschwiegenheit, versteht sich), erzählte, daß ja auch der ältere der beiden Murdoch-Jungen, Michael, ein Adoptivkind sei. Und wenig später – man geht herum, stellt sich mal zu dieser, mal zu jener Gruppe – hört Anne Scott, wie Mrs Murdoch beiläufig erwähnt, daß Michael heute seinen neunzehnten Geburtstag feiere. (Sie erinnern sich, das zweite Thema dieses Abends waren Geburtstage.) Was für eine schicksalhafte Verkettung von Zufällen!»

«Ich dachte, Sie glauben nicht an Schicksal.»

Morse überhörte den Einwand und fuhr fort, an seinem modernen Ödipus-Mythos zu weben: «Laios, Iokastes Mann, wurde auf der Straße von Theben nach Korinth getötet, und auch John Westerby starb auf der Straße – durch einen Verkehrsunfall. Ich bin sicher, daß Anne Scott, obwohl sie seit vielen Jahren von ihm getrennt lebte und keine Verbindung mehr zu ihm hatte, von seinem Tod und dessen näheren Umständen erfahren hat. Schließlich war sie mit Mrs Murdoch und natürlich auch mit Michael schon mehrere Monate bekannt, als der Unfall passierte – er liegt ja erst etwas über ein Jahr zurück –, und die Murdochs haben bestimmt mit ihr darüber gesprochen. Für sich genommen, war er ja auch nichts, was die Beziehungen zwischen ihr und den Murdochs, insbesondere Michael, hätte belasten müssen; es war einer jener Unfälle, bei denen es schwierig ist festzustellen, welcher der Beteiligten die größere Schuld hat. Es war eben John Westerbys Pech, daß Michael Murdoch Anfänger war. Jemand mit mehr Erfahrung hätte vielleicht schneller oder geschickter reagiert. Aber Unerfahrenheit ist niemandem als Schuld anzulasten. Erst im nachhinein, im Zusammenhang mit neuen Informationen, wird Anne Scott den Unfall mit anderen Augen gesehen haben. Doch damit greife ich vor. Zunächst einmal lernten Anne Scott und Michael Murdoch sich besser kennen. Michael stand kurz vor dem Abitur und hatte auf Wunsch seiner Mutter angefangen, bei Anne Nachhilfe zu nehmen. So saßen sie nun regelmäßig einmal in der Woche nachmittags nebeneinander in ihrem kleinen Arbeitszimmer. Sie muß für ihn der Inbegriff der reifen, erotischen Frau gewesen sein. Er für sie, die in ihrem Leben nur einen einzigen Mann wirklich geliebt hat – einen verheirateten Mann, dem seine Ehe letzten Endes doch wichtiger war als die Liebe zu ihr –, eine Bestätigung, daß sie noch attraktiv war, vielleicht gefiel ihr auch sein jugendlich-athletischer Körper. Die beiden fühlten sich also zueinander hingezogen. Ich nehme an, daß sie ihn ein bißchen ermunterte; von sich aus dürfte er zu schüchtern gewesen sein für irgendwelche Annäherungsversuche. Na, und von ihrem Arbeitszimmer zum Schlafzimmer sind es ja nur ein paar Schritte … Eine Zeitlang genossen sie so ihre heimliche Beziehung. Doch dann kam das böse Erwachen. Ihre Periode setzt aus, sie ist unruhig, wartet aber zunächst einmal ab. Sechs Wochen, sieben Wochen, schließlich acht Wochen. Sie entschließt sich, einen Test machen zu lassen, und geht in die Schwangerensprechstunde der Poliklinik, wo man ihr eine Urinprobe abnimmt, um sie an die Jericho Testing Laboratories zu schicken. Aber sie weiß im Grunde schon vorher – genau wie auch Ihre Frau es gewußt hat, Lewis –, daß sie tatsächlich schwanger ist. Allein, finanziell nicht abgesichert, macht die Tatsache, ein Kind zu bekommen, ihr Angst. So schreibt sie an Charles Richards, bittet ihn, sich mit ihr zu treffen, denn sie brauche Beistand, bittet ihn vielleicht auch um Geld, damit sie eine Abtreibung vornehmen lassen kann. Aber wie wir wissen, erreicht der Brief seinen Empfänger nicht. Durch einen unglücklichen Zufall (Anne Scott hätte das bestimmt anders gesehen) gelangt der Brief in die Hände von Celia Richards – und das ist, denke ich, der Punkt, an dem alles spätere Verhängnis seinen Ursprung hat. Die Tage vergehen, und Charles läßt nichts von sich hören; Anne Scott muß sich völlig verlassen gefühlt haben. Michael Murdoch war niemand, dem sie sich mit ihren Sorgen hätte anvertrauen wollen, dazu war er viel zu jung und zu unreif. Außerdem war er inzwischen mit der Schule fertig; die wöchentlichen Nachhilfestunden, die zum Schluß nur noch Vorwand gewesen waren, um ein paar schöne Stunden miteinander im Bett zu haben, fielen fort, und sie werden sich wahrscheinlich nur noch sehr unregelmäßig und selten gesehen haben aus Angst, sonst aufzufallen. Ich nehme an, daß Anne, als die Zeit verstrich, ohne daß sie von Charles hörte, immer deprimierter wurde und in dieser Stimmung vielleicht eine Bilanz ihres Lebens zog, die gänzlich negativ ausfiel: Zuerst die überstürzte Heirat mit John Westerby, dann ihre langjährige, intensive Liebesbeziehung zu Charles Richards, bei der jedoch ziemlich bald klar war, daß sie sich nie aus der Heimlichkeit emanzipieren, nie legalisiert werden würde, nach dem Scheitern ihrer Beziehung zu Richards dann vermutlich ein paar andere Männer; vielleicht, daß man schön miteinander schlief, aber keiner dabei, den sie hätte lieben können. Und schließlich der junge Murdoch ...

Morse verstummte und betrachtete mit nachdenklichem Blick die Leute um sich her, wie sie da vor ihrem Bier saßen, über alltägliche Belanglosigkeiten schwatzten – oberflächlicher vielleicht als Anne Scott, mit weniger Ansprüchen an das Leben, aber möglicherweise auch weniger gefährdet, als sie es gewesen war. Lewis merkte, daß der Chef eine Anwandlung von Melancholie hatte, stand auf, nahm, ohne ein Wort zu sagen, die beiden Gläser und ging, um zwei frische Biere zu holen.

«Man kann also wohl sagen», fuhr Morse fort, als Lewis wieder zurück war, «daß Anne Scott zu denen gehört hat, die mit dem Leben nicht zurechtkommen. Allmählich wächst in ihr ein Gefühl von Aussichtslosigkeit, sie beginnt sich zu sagen, daß sie ihre Chance verpaßt hat, daß es mit ihr langsam bergab geht. Ihre Aussichten, noch einen Mann zu finden, mit dem sie eine Familie gründen kann, sind gering. Die Männer, die vom Alter her für sie in Frage kämen, sind entweder längst verheiratet – wie Sie, Lewis – oder aber unverbesserliche Hagestolze wie ich, eigenbrötlerisch und zur Ehe nicht geeignet. Daß einige ihrer Schüler sie angehimmelt, sich vielleicht in sie verliebt haben, nun ja, das mag ganz schmeichelhaft gewesen sein, aber das ist doch nichts, wodurch sie sich wirklich hätte bestätigt fühlen können. Um sich mit so etwas zu trösten, war sie viel zu klug. Hinzu kommt, daß auch ihre materielle Situation alles andere als rosig ist. Sie hat kein festes Einkommen, lebt von dem Geld, das sie für ihre Nachhilfestunden erhält. Ich kann mir vorstellen, daß sie von Natur aus eine gewisse pessimistische Grundeinstellung gehabt hat. So nimmt sie, als sie von Charles Richards nichts hört, an, daß sie ihm gleichgültig und nicht einmal eine kurze Nachricht wert sei. Aber wie ich sie damals kennengelernt habe, glaube ich eigentlich, daß sie eine zähe Person war, die sich nicht so leicht unterkriegen ließ, die vermutlich trotz aller Probleme doch noch wieder die Kurve gekriegt hätte – wenn ihr da nicht auf dem Bridgeabend eine furchtbare Wahrheit aufgegangen wäre, mit der zu leben ihre Kraft überstieg.

Was ihr an dem Abend klar wird, ist nichts weniger als die schokkierende Tatsache, *daß Michael Murdoch ihr Sohn ist.* Und damit natürlich auch der Sohn John Westerbys, der wie Laios auf der Straße umgekommen ist. Und wie Laios in Ödipus, der ihn umbrachte, nicht seinen Sohn erkannte, so wußte auch John Westerby nicht, daß der Fahrer des entgegenkommenden Wagens sein Sohn war. Anne Scott aber muß es in diesem Moment vorkommen, als sei ihr vom Schicksal, ohne daß sie es auch nur geahnt hätte, die Rolle der Iokaste zugeteilt worden. Sie beschließt die einzige Wahl zu treffen, die ihr noch bleibt: sich ihrem Schicksal nicht zu widersetzen, sondern es anzunehmen. Sie wählt den Tod, den auch Königin Iokaste gewählt hat – sie erhängt sich. Doch selbst nach ihrem Tod noch waltet das Verhängnis: Michael Murdoch, der mit einer Drogenvergiftung im Krankenhaus liegt, versucht, sich die Augen auszustechen – wie Ödipus. All das Schreckliche, Lewis, was John Westerby, Anne Scott und Michael Murdoch widerfuhr, ist nichts anderes als eine grausige getreue Neuinszenierung des Mythos, wie wir ihn bei Sophokles beschrieben finden. Ich denke, wenn Anne Scott diesen Mythos nicht gekannt hätte, wäre ihr ihre Lage vielleicht nicht ganz so unausweichlich erschienen. Deshalb nannte ich Ihnen vorhin den Namen Sophokles als den des Schuldigen an ihrem Tod.»

Die beiden Männer saßen eine Weile stumm, noch ganz unter dem Eindruck der schrecklichen Geschichte, die Morse erzählt hatte. Doch nicht lange, so bemerkte dieser, daß ihre Gläser leer waren, zog seine Brieftasche heraus und gab Lewis eine Fünfpfundnote.

«Jetzt bin ich wohl mal dran mit Bezahlen.»

Das war aus Morses Mund ein unerhörter Satz, und nicht genug damit, winkte er, als Lewis mit den Bieren zurückkam und ihm das restliche Geld wiedergeben wollte, lächelnd ab und bestand darauf, daß er es behielte.

«Sie sind in letzter Zeit viel zu großzügig gewesen mit Ihren Runden, Lewis. Ein Übermaß an Großzügigkeit ist genauso ein Fehler wie Kleinlichkeit. Das behauptet jedenfalls Aristoteles.»

Lewis wurde allmählich ganz schwindelig von den vielen illustren Namen. Sophokles, Aristoteles ... Doch er ließ sich nicht aus dem Konzept bringen und stellte trotzdem die Frage, die ihn die ganze Zeit über beschäftigt hatte.

«Und Sie wollen wirklich behaupten, Sir, Sie glaubten nicht an Schicksal?»

«Natürlich nicht! Wofür halten Sie mich?!» antwortete Morse gereizt.

«Aber was Sie da eben erzählt haben, das waren doch nicht alles nur Zufälle ...»

«Wieso sprechen Sie denn gleich in der Mehrzahl? Bei der ganzen Sache gab es doch nur einen einzigen Zufall: daß der Sohn, den sie als Baby weggegeben hatte, fast zwanzig Jahre später zu ihr kommt, um Nachhilfeunterricht bei ihr zu nehmen. Und das ist im Grunde auch nicht einmal so besonders unwahrscheinlich; sie hat eine ganze Reihe von Nachhilfeschülern gehabt, und dermaßen groß ist Oxford ja nun auch wieder nicht.»

«Und der Unfall?»

«Der Unfall? Du meine Güte, jedes Jahr gibt es zigtausend Unfälle, Hunderte jeden Monat allein in Oxfordshire ...»

«Jetzt übertreiben Sie aber.»

«Nein, keineswegs. Und im übrigen – Anne Scotts Tod ist jedenfalls kein merkwürdiger Zufall. Daß sie sich erhängt hat, war die Folge eines vorher von ihr gefaßten Entschlusses, einer bewußten Entscheidung, und geht nicht etwa zurück auf das Wirken irgendwelcher Nornen, die ihre Schicksalsfäden spinnen ... oder kappen. Und daß Michael Murdoch sich mit Rauschgift vollgepumpt und sich dann während einer Entziehungskrise versucht hat, die Augen auszustechen, ist auch kein merkwürdiger, sondern ein ganz banaler Zufall: genausogut hätte er sich auch irgendeine andere Verletzung beibringen können.»

«Also erst reden Sie von schicksalhafter Verkettung, und jetzt sind es auf einmal nur noch banale Zufälle, gar nichts Besonderes ...» beklagte sich Lewis.

Morse lächelte etwas gequält. Es stimmte, was er Lewis vorhin gesagt hatte, daß er nicht an das Walten eines Schicksals glaubte; andererseits ähnelten Leben und Tod von Anne Scott, wie er selbst zugeben mußte, auf wirklich höchst seltsame Weise denen der Königin Iokaste aus dem antiken Mythos ...

Er seufzte und gab sich einen Ruck. «Wissen Sie, Lewis, jetzt hätte ich Appetit auf Brateier mit Chips.»

Lewis sah ihn erstaunt an. Bei Morse war man heute offenbar vor Überraschungen nicht sicher. «Ich schließe mich Ihnen an.»

«Aber Sie werden mich wohl einladen müssen, Lewis. Ich habe kein Geld mehr.»

Kapitel Vierunddreißig

Das Gute an einem Hotel ist,
daß es Zuflucht bietet
vor dem Leben zu Hause.
G. B. Shaw

Das Zimmer war ein gepflegter, gutausgestatteter Raum, wie man ihn in allen größeren Hotels auf der ganzen Welt findet: ein bißchen steril und unpersönlich zwar und nicht gerade billig, aber alles in allem doch recht behaglich. Auf jeder Seite des breiten Doppelbetts war eine Wandleuchte angebracht, doch keine der beiden war angeknipst. Richards hatte es, als er wach geworden war und sich eine Zigarette angezündet hatte, vorgezogen, im Dunkeln zu liegen. Er wußte nicht genau, wie spät es war, wahrscheinlich so gegen halb acht. Er war seit einer Stunde wach. Neben ihm lag, das Gesicht abgewandt, Jennifer Hills. Ab und zu bewegte sie sich, murmelte im Traum ein paar unverständliche Worte. Charles sah dann jedesmal zu ihr hinüber. Die leichte Decke, die sie über sich gebreitet hatte, war etwas verrutscht, doch der Anblick ihres nackten Körpers erregte ihn nicht – er war in Gedanken bei seiner Frau. Verwundert, aber auch deprimiert fragte er sich, wieso sie ihn jetzt, da sie sich endlich ausgesprochen und beschlossen hatten, sich zu trennen, innerlich so sehr beschäftigte. Anfang der Woche hatte sie ihn wegen Anne Scott zur Rede gestellt. Sie hatte weder geweint noch ihm Vorwürfe gemacht, aber er hatte ihr angesehen, wie sehr es sie verletzt hatte, daß er erneut eine Beziehung zu ihr eingegangen war. Um ihren Mund hatte ein harter Zug gelegen, den er nie zuvor bei ihr bemerkt hatte. Doch dann zwischendurch, als sie sich alter Zeiten erinnert hatten, hatte sie ihn plötzlich angelächelt und so jung und schutzlos ausgesehen, daß er einen Moment lang Herzklopfen bekam, so als sei er frisch verliebt. Sie hatte nicht mit ihm über ihre Pläne reden wollen; da sie sich trennen wollten, ging es ihn nichts mehr an, was sie anfing. Wo sie jetzt wohl sein mochte und was sie wohl gerade tat? Sicher war sie schon zurück aus Cambridge. Vielleicht war sie wie er früher wach geworden und schon aufgestanden, dann hatte sie bestimmt schon das Bett gemacht. Das tat sie immer zuerst ...

Seine Gedanken wanderten zu Conrad – dem guten, treuen Conrad. Vor drei Tagen war er plötzlich aus heiterem Himmel aufgetaucht und hatte sich in einem der billigeren Hotels auf der anderen Seite der Plaza ein Zimmer genommen. Nach außen hin wirkte er ruhig wie immer, doch wenn man ihn gut kannte, dann merkte man ihm an, daß er nervös war und sich Sorgen machte, was allerdings unter den gegebenen Umständen nur natürlich war. Er hatte durchaus Verständnis dafür gehabt, daß Conrad nicht in Oxford hatte bleiben wollen, aber darum hätte er nicht gleich nach Madrid fliegen müssen. Die Polizei hatte keinen Verdacht gegen ihn und erst recht keine Beweise, so daß eine Fahndung nach ihm ausgeschlossen schien. Warum also hatte er sich nicht ein paar ruhige Tage in einem englischen Seebad gemacht? Als er ihn danach gefragt hatte, war seine Antwort gewesen, er habe alles möglichst weit hinter sich lassen wollen ... Na schön, das mußte er wohl akzeptieren, und jetzt ließ sich ja auch daran nichts mehr ändern.

Es klopfte leise an die Tür, und gleich darauf trat der Zimmerkellner, ein junger Mann mit schwarzem, glatt nach hinten gekämmtem Haar und kleinem Schnurrbart, ins Zimmer und setzte mit elegantem Schwung das Frühstückstablett auf den Nachttisch neben Jennifers Bett. Jennifer rührte sich jedoch nicht, sie schien noch tief zu schlafen; und Charles war darüber erleichtert. Gestern war sie beim Eintritt des Kellners hochgeschreckt und hatte sich im Bett aufgesetzt, und er hatte mit nur mühsam unterdrückter Eifersucht mit ansehen müssen, wie der Kellner sich schamlos am Anblick ihrer nackten Brüste geweidet hatte.

Einige Minuten später gab Jennifer einen kleinen Seufzer von sich, drehte sich zu ihm um und öffnete die Augen. Sie rutschte näher zu ihm herüber, fuhr mit der Hand unter seine Pyjamajacke und begann ihn zu streicheln. Im selben Moment wußte er, daß er wieder schwach werden und sich nach dem Frühstück in ihre Arme flüchten würde, und verachtete sich dafür, daß er eine schwierige Situation nie allein durchstand, immer wenn er Probleme hatte, nach der Wärme einer Frau – welcher Frau auch immer – suchte, um neues Selbstvertrauen zu gewinnen. Er verzog den Mund zu einem kläglich resignierten Lächeln, dann lehnte er sich hinüber, um an das Tablett zu reichen und ihnen beiden Kaffee einzugießen. Aber Jennifers Hand wanderte mit zärtlichem Nachdruck tiefer, und er ließ sich wehrlos und gereizt zugleich wieder zurücksinken.

«Kannst du nicht mal warten, bis wir gefrühstückt haben?»

«Neeiiin ... – ich will dich *jetzt*!»

«Du kannst wohl nie genug davon kriegen, was?»

«Nein. Und morgens finde ich es am aufregendsten, das weißt du doch.»

Gegen halb elf kam das Zimmermädchen. Sie sah das unangerührte Frühstück auf dem Tablett, und auf ihrem Gesicht erschien ein belustigtes kleines Lächeln, während sie daranging, das zerwühlte Bett in Ordnung zu bringen.

Conrad Richards hatte ebenfalls kaum gefrühstückt – wenn auch aus anderen Gründen. Er war beunruhigt über die Situation zu Hause, und außerdem hatte er das Gefühl, hier unerwünscht zu sein. Charles hatte nicht gerade begeistert ausgesehen, als er vor drei Tagen plötzlich vor ihm gestanden hatte. Es war ein Fehler gewesen, ihm hinterherzufliegen, das sah er jetzt ein. Aber er hatte so dringend seine Nähe gebraucht, hatte einen Rat von ihm haben wollen, was sie nun tun sollten, und sich von Charles' Optimismus und grenzenloser Zuversicht etwas aufrichten lassen wollen. Um neun Uhr ging er hinüber ins Reisebüro, um sich nach einer Rückflugmöglichkeit zu erkundigen. Wenn er wollte, konnte er noch an diesem Nachmittag eine Maschine nehmen. Ja, das würde er tun. Er freute sich darauf, Celia wiederzusehen, und was die andere Sache betraf, da mußte man eben abwarten und das Beste hoffen ...

Um elf waren die beiden Brüder in der Cocktailbar von Charles' Hotel verabredet. Conrad kam etwas zu spät, und Charles trat ihm mit einem strahlenden Lächeln entgegen und klopfte ihm herzlich auf die Schulter, als sei er doch froh, daß er hier sei.

«Was – du willst heute nachmittag zurückfliegen? Das kommt gar nicht in Frage. Du hast ja überhaupt noch nichts von Madrid gesehen.» Er deutete in einer großen Bewegung auf die Plaza ... «Der Brunnen da drüben mit der Neptunfigur, ist das nicht ein wunderbarer Anblick? Wir werden heute nachmittag zusammen eine Sightseeingtour machen, was hältst du davon?»

«Und was ist mit ...?»

«Um sie brauchst du dir keine Gedanken zu machen. Ich habe ihr eben beigebracht, daß sie heute nachmittag zurückfliegen muß.»

Celia war an diesem Morgen schon früh auf. Sie hatte beschlossen, Charles' Angewohnheit, sich auch samstags im Verlag blikken zu lassen, beizubehalten. Schon gestern hatte sie ihn dort vertreten, und der Tag war ein großer Erfolg für sie gewesen. Hinter Charles' Schreibtisch sitzend, hatte sie Telefongespräche geführt, Briefe diktiert, Kunden empfangen und einen lästigen Vertreter abgewimmelt. Die Selbstverständlichkeit, mit der ihr die Arbeit von der Hand ging, die Sicherheit, die sie dabei gespürt hatte, hatten sie selbst überrascht. Tätigkeit war offenbar genau das, was sie brauchte, um ihr angeknackstes Selbstvertrauen wieder zu stärken; und wenn in einem Augenblick der Ruhe plötzlich eine Welle von Panik sie zu überschwemmen gedroht hatte, hatte sie energisch dagegengehalten. Manchmal allerdings hatte sie das Gefühl gehabt, als sei es ihr nur ganz knapp gelungen, den Kopf über Wasser zu halten ... Charles fehlte ihr doch sehr! Seine Vitalität und sein Elan waren die Quelle gewesen, aus der sie in der Vergangenheit immer wieder neue Kraft für sich geschöpft hatte. Und ungeachtet dessen, was geschehen war, würde er auch in Zukunft der einzige Mann bleiben, den sie liebte.

Sie war gerade dabei, ihre Sachen wegzuräumen, als um zehn nach zwölf das Telefon klingelte. Der Anruf kam aus Madrid. Es war Charles.

Kaum war sie zu Hause, erhielt sie einen zweiten Anruf. Detective Chief Inspector Morse wollte von ihr wissen, wann sie ihren Mann zurückerwartete, und sie teilte ihm mit, daß er am kommenden Montag um 10.40 Uhr in Gatwick eintreffen werde. Es sei verabredet, daß sie ihn dort mit dem Wagen abhole. Um zwei Uhr schon? Wenn es unbedingt so früh sein müsse, lasse es sich vermutlich schaffen, vorausgesetzt natürlich, das Flugzeug komme wirklich pünktlich an. Aber vielleicht sei halb drei doch besser oder drei – um ganz sicher zu sein. Bei ihnen zu Hause? Ja gut.

«Können Sie mir übrigens sagen, Mrs Richards, wo sich Ihr Schwager im Moment aufhält?»

«Conrad? Nein, keine Ahnung. Ich weiß nur, daß er geschäftlich unterwegs ist, aber er hat mir nicht gesagt, wohin er gefahren ist.»

«Ach so.»

Celia schien viel daran gelegen, sich kooperativ zu zeigen. «Ich kann ihm gerne etwas ausrichten, wenn er zurückkommt.»

«Nein ...» sagte Morse, als überlege er noch, «das ist, glaube ich, nicht nötig. Vielen Dank. Ich wollte nur ... Nein, so wichtig ist es wirklich nicht.»

Bei seinen letzten Worten war Lewis ins Zimmer getreten. Morse legte den Hörer auf und sah ihn mit einem triumphierenden Grinsen an.

«Noch zwei Tage, Lewis! Am Montag ist das große Showdown. Um drei Uhr. Ich bin schon sehr gespannt. Sie auch?»

Lewis blickte merkwürdig desinteressiert, so als sei er in Gedanken mit etwas anderem beschäftigt; mit etwas, das ihn beunruhigte.

«He Lewis, ich habe Sie gefragt, ob Sie nicht auch gespannt sind.»

Lewis sah ihn bedrückt an. «Ich fürchte, ich habe eine unangenehme Nachricht für Sie, Sir.»

Morse sah ihn mit zusammengezogenen Brauen an. «Na los, raus damit!»

«Es war natürlich total gegen die Vorschriften, und normalerweise geben sie samstags überhaupt keine Auskunft ...»

«Aber sie haben es Ihnen trotzdem gesagt?»

Lewis nickte. «Ja, aber es wird Ihnen nicht gefallen; es stößt Ihre ganze Theorie um. Der Junge von Anne Scott ist von einem Ehepaar in Nord-London adoptiert worden. Einem Mr und einer Mrs Hawkins. Sie haben ihn *Joseph* genannt, und – tja, er ist gestorben, als er noch ganz klein war. Er war erst drei. Hirnhautentzündung.»

Morse blickte völlig ausdruckslos, so als starre er in einen tiefen, dunklen Abgrund. «Und Sie sind sich ganz sicher, daß die Information stimmt?»

«Ja, ganz sicher. Ihre Vermutung, daß Michael Murdoch adoptiert worden ist, war übrigens richtig. Aber seine Eltern leben beide schon lange nicht mehr. Sie sind bei einem Verkehrsunfall ums Leben gekommen. In der Nähe von ...»

Aber Morse hörte ihm schon nicht mehr zu. Wenn das stimmte, was Lewis da eben erzählt hatte ...

«Heißt das, daß wir jetzt wieder ganz von vorn anfangen müssen?» fragte Lewis besorgt.

«Reden Sie keinen Blödsinn!» sagte Morse scharf.

«Werden Sie mich dann morgen brauchen, Sir?»

«Morgen ist Sonntag, Lewis. Und der Sonntag sollte der Ruhe vorbehalten sein. Ich hoffe, daß ich morgen endlich dazu komme, den Band mit den Archers-Episoden zu Ende zu lesen.»

Kapitel Fünfunddreißig

Sir – (Nomen, mask.)
Form der Andrede für einen Mann,
die Respekt (oder
auch Mißbilligung) ausdrückt.
Chamber's Twentieth-Century Dictionary

Kurz vor drei traf Morse mit dem Polizeiwagen in der Oxford Avenue ein. Vor der Nummer 261 stieg er aus und ging den kiesbestreuten Weg hinauf zur Haustür. Das Garagentor war hochgeklappt, und er sah drinnen einen Rolls-Royce und einen Mini stehen – der Größenunterschied war frappierend. Auf sein Klingeln öffnete ihm Celia Richards.

«Kommen Sie herein, Inspector.»

«War das Flugzeug pünktlich?»

«Sogar ein bißchen zu früh.» Aus einem der Zimmer trat Richards in den Flur, stellte sich neben seine Frau und faßte nach ihrer Hand. Morse betrachtete sie nachdenklich. Hatte es zwischen den beiden in den letzten Stunden wirklich eine Versöhnung gegeben, oder war das alles nur Theater, inszeniert, um ihn zu täuschen? Er nickte Richards kurz zu.

«Guten Tag, Sir! Könnten wir beide vielleicht irgendwo alleine ... Ich hoffe, Ihre Frau hat nichts dagegen ...»

«Ich wäre sowieso gegangen, Inspector. Am besten setzt ihr euch ins Wohnzimmer, Charles. Du kannst mir ja Bescheid sagen, wenn das Gespräch beendet ist.» Ihre Stimme klang gelöst, fast heiter, und als sie sich jetzt umwandte und durch eine der Türen verschwand, hatte ihr Gang einen Schwung, den er bei seinem ersten Besuch nicht an ihr bemerkt hatte.

«Sie scheint sehr froh zu sein, Sie zurückzuhaben, Sir», sagte er, nachdem sie beide Platz genommen hatten und sich an dem Wohnzimmertisch gegenübersaßen.

«Ja, ich weiß.»

«Unter den gegebenen Umständen eigentlich recht erstaunlich, oder?»

«Sie sind doch sicher nicht hergekommen, um mit mir über meine Privatangelegenheiten zu sprechen, nehme ich an?»

«Ich fürchte, so ganz werden wir Ihre Privatangelegenheiten nicht ausklammern können.»

«Aber welche Beziehung ich zu meiner Frau habe, dürfte für Sie ja wohl kaum von Wichtigkeit sein.»

«Nein, da mögen Sie recht haben, Sir.»

«Ich wäre Ihnen übrigens dankbar, wenn Sie aufhören würden, mich fortwährend mit *Sir* zu titulieren.»

«Mein Sergeant sagt zu mir auch immer *Sir*. Das ist einfach eine etwas formale Form der Anrede, Sir ... oh, Entschuldigung, Mr Richards.» Morse zog bedächtig eine Schachtel Zigaretten aus der Jackentasche, als liege ihm daran, den Eindruck zu vermitteln, daß sie von seiner Seite aus nicht unter Zeitdruck stünden.

«Sie gestatten doch, daß ich rauche?»

«Ja, ja. Bitte rauchen Sie nur.» Richards stand auf, holte vom Kamin einen Aschenbecher und stellte ihn vor Morse auf den Tisch.

«Sie auch eine?» fragte Morse und hielt ihm die Packung hin, aber Richards schüttelte nur, ein wenig ungeduldig, wie es schien, den Kopf. «Nein danke. Im Moment nicht. Sie sind wegen Anne Scott hier, nicht wahr?»

«Ja, unter anderem auch ihretwegen.»

«Wenn wir vielleicht jetzt anfangen könnten ...»

«Selbstverständlich. Zunächst einmal würde ich gerne von Ihnen wissen, wo sich Ihr Bruder Conrad zur Zeit aufhält.»

«Keine Ahnung. Das weiß ich selbst nicht.»

«Hat er sich eigentlich bei Ihnen gemeldet, während Sie in Spanien waren?»

«Ja. Er hat mich angerufen und mir erzählt, daß Sie einen Beamten vorbeigeschickt hätten, um seine Fingerabdrücke zu nehmen.» Er verzog den Mund zu einem spöttischen Lächeln und schüttelte leicht den Kopf.

«Ihr Bruder hatte nichts dagegen einzuwenden.»

«Warum sollte er auch?»

«Ja, in der Tat – warum sollte er.»

«Ich wüßte allerdings schon gerne, wieso Sie überhaupt auf die Idee gekommen sind. Irgendeinen Grund müssen Sie doch gehabt haben.»

«Ich hielt es für möglich, daß er der Mörder von Jackson sei.»

«Was? Conrad?! Dann müssen Sie ja ganz schön im dunkeln getappt sein, wenn Sie ausgerechnet auf ihn verfallen sind.»

«Das sind wir wohl zu dem betreffenden Zeitpunkt auch noch.»

«Wollen Sie meine Fingerabdrücke auch haben?»

«Nein, das ist unnötig. Sie haben ja ein hieb- und stichfestes Alibi – ich selbst bin ja sozusagen Ihr Hauptentlastungszeuge.»

«Ich dachte immer, die Aufgabe der Polizei bestünde genau darin, solche sogenannten hieb- und stichfesten Alibis zu knakken. In Kriminalromanen ist der Täter doch meist der mit dem absolut wasserdichten Alibi.»

Morse nickte. «Ich weiß aber, daß das auf Sie nicht zutrifft. Ich kenne nämlich Jacksons Mörder. Und Sie sind es nicht.»

«Na, das ist ja direkt mal eine erfreuliche Mitteilung.»

«Man hat Ihnen sicher mitgeteilt, daß wir Ihr Büro durchsucht haben.»

«Ja.»

«Sie können sich wohl denken, was wir da fanden?»

«Den Erpresserbrief. Es war dumm von mir, ihn aufzuheben.»

«Also, mir haben Sie damit einen Gefallen getan. Mir hat der Brief einen wichtigen Hinweis gegeben.»

«Wie schön für Sie.»

«Der Brief stammt übrigens nicht von Jackson – falls Sie das gedacht haben sollten.»

«Was sagen Sie da?»

«Jackson hat den Brief nicht geschrieben. Er kann ihn gar nicht geschrieben haben, weil ...»

«Aber er hat sich drei Tage später telefonisch bei mir gemeldet. Der Brief *muß* von ihm sein. Sonst hieße das ja ...»

«Können Sie mir vielleicht wiederholen, was er gesagt hat?»

«Äh ... also genau nicht, nur so ungefähr.»

«Versuchen Sie, sich zu erinnern; es ist sehr wichtig!»

«Nun, er erwähnte meine Beziehung zu Anne ... er ... äh ... er sagte dasselbe wie in dem Brief, daß er über uns Bescheid wisse ...»

«Hat er den Brief ausdrücklich erwähnt?»

«Nein, ich ... äh ... ich glaube nicht.» Richards biß sich auf die Unterlippe und runzelte die Stirn. «Nein, er hat den Brief nicht erwähnt. Aber was mir nicht klar ist: wenn er den Brief nicht geschrieben hat, wieso hat er dann angerufen? Da können Sie mir erzählen, was Sie wollen, der Anrufer war Jackson, da bin ich mir ganz sicher.»

«Es würde mich interessieren, wieso.»

«Sie werden es sich ja inzwischen sowieso schon gedacht haben, nehme ich an, oder?» In Richards' Augen trat ein Ausdruck berechnender Schläue, der Morse überraschte.

«Denken kann ich mir viel. Ich muß Sie trotzdem bitten, es mir zu sagen.»

«Nun, als Jackson anrief, da erklärte ich mich zwar bereit zu zahlen, sagte ihm aber klipp und klar, daß ich ihm nicht die geforderte Summe in voller Höhe geben werde – ich dachte ja, *er* habe den Brief geschrieben und die tausend Pfund verlangt: Außerdem sagte ich ihm, daß *ich* die Bedingungen für die Übergabe des Geldes bestimmen würde, das heißt die Zeit und den Ort. Ich dachte, ich hätte so eine Möglichkeit ...»

«... ihm zu folgen?»

«Ja.»

«Wieviel Geld nahmen Sie mit?»

«Zweihundertfünfzig Pfund.»

«Und wo haben Sie es hinterlegt?»

«An der Rückseite einer Telefonzelle in der Woodstock Road, etwa in Höhe der Fieldside, äh ... nein, Fieldhouse Road war, glaube ich, der Name ... Ich kann mit Ihnen hinfahren, wenn Sie die Stelle selbst ...»

«Sie haben also das Geld hingebracht, es – wie verabredet – dort versteckt und dann gewartet?»

«Ja.»

«Er ist gekommen, hat es sich geholt, und dann sind Sie ihm hinterhergefahren?»

Richards nickte.

«Im Wagen?»

«Ja. War gar nicht so einfach, ich durfte mich nicht zu dicht hinter ihm halten; er sollte mich ja nicht bemerken.»

«War Ihr Bruder gleich damit einverstanden, Sie zu begleiten?»

«Mein Bruder? Ich verstehe nicht ... Wieso ...?»

«Wie ist er ihm denn gefolgt? Hat er ein Fahrrad benutzt?»

«Ich weiß überhaupt nicht, wovon Sie sprechen! *Ich* bin Jackson gefolgt. Im Wagen. Ich ...»

«Ich habe gerade eben, als ich den Weg zur Haustür hochging, in Ihrer Garage ein Klappfahrrad stehen sehen. Hat er das genommen?»

«Was soll ich denn noch sagen, damit Sie endlich aufhören, von dieser blödsinnigen Idee ...»

«Hatten Sie das Rad im Kofferraum verstaut, oder lag es auf dem Rücksitz?»

«Ich ...»

«Warum leugnen Sie eigentlich so hartnäckig? Sie haben doch gar nichts zu befürchten. Ich verdächtige weder Sie noch Ihren Bruder, Jackson umgebracht zu haben. Aber um den Mörder zu überführen, muß ich die Wahrheit wissen, auch, was die Tat selbst nicht betreffende Umstände angeht, und sei es nur, um die Richtung meiner Ermittlungen genauer bestimmen zu können und so Zeit zu sparen. Ich hoffe, Sie glauben mir und haben jetzt verstanden, um was es mir geht. Sie sollten wirklich reden! Aus zwei Gründen: erstens, weil ich glaube, daß sich, wenn ich die Ereignisse in Jacksons letzten Lebenstagen rekonstruieren kann, Hinweise ergeben, ob ich mich auf der richtigen Spur befinde; und zweitens, weil ich sowieso weiß, daß Ihr Bruder in der Sache irgendwie mit drinsteckt. Mag sein, daß ich mich mit dem Fahrrad irre, aber ...»

«Nein, nein. Sie haben mit Ihrer Vermutung ganz richtig gelegen», sagte Richards leise. «Wir hatten es tatsächlich im Kofferraum. Ich habe gleich vorn in dieser Nebenstraße, wie heißt sie doch gleich ... Fieldhouse Road oder so ähnlich, angehalten. Conrad hat geduckt neben mir gesessen und ist heimlich, als er sich sicher war, nicht beobachtet zu werden, ausgestiegen. Er hatte einen Talar mit und ein paar Bücher, sozusagen als Tarnung. Ich glaube, er ist auch wirklich nicht weiter aufgefallen.»

«Und als Jackson sich das Geld aus dem Versteck geholt hatte, folgte er ihm?»

«Ja.»

«Und dann?»

«Nichts weiter. Wir wußten jetzt, wo er wohnte – Canal Reach, letztes Haus rechts, und mußten nur noch seinen Namen herausfinden. Das habe ich dann gemacht.»

«Erzählen Sie weiter!»

«Da gibt es nichts weiter zu erzählen. Das war's.»

«Und am Freitag, als Sie nach Oxford fuhren, um vor der Literarischen Gesellschaft Ihren Vortrag zu halten, haben Sie da Conrad im Wagen mitgenommen und ihn irgendwo abgesetzt?»

«Nein, ich schwöre, ich ...»

«Wo war Conrad an diesem Abend, Mr Richards?»

«Ich weiß es nicht, wirklich. Ich habe ihn gefragt – nachdem ich erfahren hatte, daß Jackson ermordet worden war. Aber er sagte, er könne sich nicht erinnern. Vermutlich war er den ganzen Abend zu Hause ...»

«Er hat also kein Alibi für diesen Abend?»

«Nein, ich fürchte nicht. Steckt er jetzt in der Patsche?»

«Machen Sie sich mal keine Sorgen. Auf Grund eines fehlenden Alibis allein ist noch niemand verdächtigt worden. Im Gegenteil. Es ist, wenn Sie so wollen, eher ein Zeichen für seine Unschuld, wenn ihm der Freitagabend nur noch vage in Erinnerung ist.»

«Manchmal ist es auch wirklich nicht ganz einfach, sich zu entsinnen, was man vor einer Woche oder so gemacht hat.»

Morse nickte. «Ich möchte Sie trotzdem bitten, es zu versuchen und mir zu sagen, was Sie an dem Abend nach dem Vortrag noch gemacht haben.»

«Na, das kann ich Ihnen sofort sagen. Ich bin nach Hause gefahren. Ich denke, ich war so gegen halb elf wieder hier.»

«Würde Ihre Frau das bestätigen können?»

«Warum fragen Sie sie nicht?»

«Na, die Mühe kann ich mir wohl sparen – im Zweifelsfall haben Sie sich doch längst mit ihr abgesprochen.»

«Das nehmen Sie bitte zurück, Inspector! Ich gebe zu, daß mein Bruder und ich uns wie zwei Vollidioten benommen haben. Ich hätte Ihnen von Anfang an von dem Brief und dem, was folgte, erzählen sollen. Na schön. Aber Celia hat mit der ganzen Sache nun wirklich überhaupt nichts zu tun! Sie hat es in der letzten Zeit wahrhaftig schwer genug gehabt, und ich werde nicht zulassen, daß Sie ihr vielleicht jetzt noch zusetzen, sie würde ...»

«Nun regen Sie sich nicht gleich so auf. Es tut mir leid; ich gebe zu, ich hätte das nicht sagen sollen. Und es braucht mich ja auch im Grunde gar nicht zu interessieren, wann Sie an dem Abend nach Hause gekommen sind oder was Sie gemacht haben. Warum sollte es?»

«Aber vielleicht sollten Sie Celia trotzdem ruhig fragen, Inspector. Wahrscheinlich hegen Sie ja doch noch irgendwelche stillen Zweifel, ob ich Ihnen wirklich die Wahrheit gesagt habe, und sind, wenn Sie von Celia dasselbe hören wie von mir, vielleicht eher bereit, mir zu glauben.»

Morse winkte ab. «Nein, nein, das ist wirklich unnötig. Ich denke, ich habe jetzt alle Informationen, die ich benötige. Sie haben mir sehr geholfen, Sir ... äh, Mr Richards. Vielen Dank. Was Sie mir eben erzählt haben, muß natürlich noch zu Protokoll genommen werden. Aber das eilt nicht so. Ich schicke Ihnen in den nächsten Tagen meinen Sergeant vorbei.»

«Ich würde es lieber gleich hinter mich bringen, Inspector. Ich habe in den nächsten Tagen ein ziemlich volles Programm.»

«Schon wieder eine Reise nach Spanien?»

«Nein, aber ich muß gleich morgen früh für ein paar Tage nach Newcastle. Und anschließend ...»

«Ach, das ist kein Problem. Auf einen Tag mehr oder weniger kommt es bei dem Protokoll nicht an. Nur gemacht werden muß es. Vorschrift! Manchmal erlebt man dabei übrigens die merkwürdigsten Überraschungen. Es gibt Leute, die, wenn sie realisieren, daß das, was sie sagen, schriftlich festgehalten wird, ihre Aussage plötzlich ändern. Merkwürdig, nicht? Obwohl es natürlich sein kann, wenn zwischen der mündlichen und der schriftlichen Aussage ein paar Tage vergangen sind, daß sie sich in der Zwischenzeit wieder an etwas erinnert haben, was ihnen entfallen war. Das Gedächtnis läßt sich ja nicht zwingen, und es funktioniert nicht wie eine Datenbank. Plötzlich fällt einem dann irgend etwas ein, von dem man gar nicht ahnte, daß man es überhaupt wußte.»

«Wenn Sie damit andeuten wollen ...» sagte Richards scharf.

«Aber nein! Es lag mir völlig fern, irgend etwas anzudeuten, Sir. Ich wollte nur sagen, daß es manchmal gar nicht schlecht ist, wenn man ein paar Tage Zeit hat, über alles noch einmal in Ruhe nachzudenken.»

«Ich könnte es ja auch aufschreiben und Ihnen dann schicken.»

«Nein, das wird leider nicht gehen.» Morse schüttelte bedauernd den Kopf. «Die Aussage muß im Beisein eines Polizeibeamten unterschrieben werden. Wieder so eine Vorschrift.»

«Na gut. Dann schicken Sie Ihren Sergeant eben vorbei, wenn es sein muß. Wollen wir gleich einen Termin ausmachen?»

«Nein, ich glaube, das beste wird sein, daß Sie sich im Präsidium melden, wenn Sie wieder zurück sind. Verlangen Sie Sergeant Lewis, den kennen Sie ja schon.»

«Montag in einer Woche dann?»

«Wie es Ihnen paßt. Ich denke, das wäre jetzt alles. Es tut mir leid, daß ich Sie so lange aufgehalten habe.»

«Darf ich Ihnen noch eine Tasse Tee anbieten?»

«O nein, vielen Dank, aber ich muß zurück. Bitte grüßen Sie doch Mrs Richards von mir.» Richards begleitete ihn zur Tür. «Dürfte ich wohl mal ganz kurz einen Blick auf Ihren Rolls-Royce werfen? – atemberaubend», stellte er bewundernd fest.

«Soll ich gerade das Fahrrad vorholen? Vielleicht wollen Sie es sich ansehen. Es ist ja fast so eine Art Corpus delicti.» Richards lächelte zerknirscht.

Morse schüttelte den Kopf. «Nein, lassen Sie nur.»

Sie verabschiedeten sich, und Morse ging zum Wagen, wo Lewis, geduldig wie immer, seiner Rückkehr harrte.

«Na?» fragte Morse, nachdem er eingestiegen war und neben Lewis Platz genommen hatte.

«Sie hatten recht, Sir.»

Morse lehnte sich zufrieden ins Polster zurück. «Der Köder ist ausgeworfen, Lewis. Jetzt brauchen wir bloß zu warten, bis der Fisch anbeißt.»

«*Wenn* er anbeißt.»

«Er wird, er wird – keine Sorge. Sie hätten mich mal hören sollen, Lewis. Eine grandiose Vorstellung. Sie haben wirklich etwas verpaßt.»

«Das glaube ich Ihnen gerne, Sir.»

«Warum reden Sie mich eigentlich immer mit *Sir* an?»

«Das ist doch so üblich bei Vorgesetzten, Sir. Ein Zeichen von Respekt oder so.»

«Denken Sie denn, ich habe Respekt verdient?»

«Na jaa ...» Lewis zögerte etwas, «inzwischen ist es eher so eine Art Gewohnheit bei mir geworden ... Sir.»

Morse lächelte. Die Dinge entwickelten sich zu seiner vollsten Zufriedenheit. Jedenfalls an der einen Front.

Kapitel Sechsunddreißig

Prahlhans und Lügner sind nahe Verwandte.
Geoffrey Chaucer, «Troylus and Criseyde»

Die Schwester hatte, wie verabredet, im Präsidium angerufen und ihnen Bescheid gegeben. Michael Murdoch war in die Augenabteilung des Radcliffe in der Walton Street verlegt worden, und so saßen Morse und Lewis am Dienstagabend gegen acht Uhr auf dem Flur vor der Tür zur Station und warteten darauf, daß Edward Murdoch den Besuch am Krankenbett seines Bruders beenden würde. Schließlich hörten sie Schritte, und er trat durch die Tür. Bei Morses Anblick blieb er überrascht und ein wenig verunsichert stehen. Morse verzichtete auf jede Erläuterung und wies nur stumm auf einen Stuhl. Edward hatte sich kaum gesetzt, als Morse ihn schon fragte: «Buchstabier mir mal *erzählen.*»

Der Junge schluckte und öffnete den Mund, um etwas zu sagen, doch Morse sah ihn scharf an, schob ihm schweigend den Erpresserbrief über den Tisch, und der Junge wurde über und über rot, senkte den Blick und schwieg.

«Du kannst dir die Antwort sparen, die Frage war sowieso nur rhetorisch gemeint. Ich weiß, daß du *erzählen* richtig schreiben kannst – es sei denn, du hättest einen ganz bestimmten Grund, einen Fehler einzubauen. Nein! Faß den Brief bitte nicht an. Er muß noch auf Fingerabdrücke untersucht werden.»

Der Junge rutschte unruhig auf seinem Stuhl hin und her, schielte ab und zu nach dem Brief und schien nicht recht zu wissen, wie er sich verhalten sollte.

«Hast du selbst ihn geschrieben, oder war es dein Bruder?» fragte Morse, nachdem eine Weile ungemütliches Schweigen zwischen ihnen geherrscht hatte.

Der Junge schüttelte heftig den Kopf. «Sie machen wohl Witze», sagte er pampig.

«Sie behaupten also, daß Sie ihn nicht geschrieben haben», stellte Lewis sachlich fest.

«Freut mich, daß Sie das begriffen haben», sagte der Junge.

«Na gut, das wollte ich ja nur wissen.» Lewis blieb ganz ruhig. Er beugte sich zu Morse hinüber und flüsterte ihm etwas ins Ohr.

Morse wiegte den Kopf, als handele es sich um eine heikle Entscheidung, die er da treffen müsse, nickte Lewis schließlich zu und sagte: «Ja, machen Sie nur.»

«Jetzt gleich?» fragte Lewis.

Morse nickte erneut. Lewis zog einen Kugelschreiber aus seiner Brusttasche, nahm den Block vom Tisch, stand auf und ging mit entschlossenen Schritten auf die Tür zur Augenstation zu.

Morse griff sich eine Nummer von *Country Life*, die auf einem der Stühle herumlag, schlug die letzte Seite auf und machte sich daran, das Kreuzworträtsel zu lösen. Er brauchte genau elf Minuten. Der junge Murdoch hatte ihn, während er dasaß und überlegte und ab und zu etwas niederschrieb, immer wieder verstohlen von der Seite angeblickt und einige Male zum Sprechen angesetzt, es aber dann gelassen. Als Morse jetzt das letzte Wort in die Kästchen eintrug und anfing zurückzublättern, hielt er es nicht länger aus.

«Wie lange soll ich hier eigentlich noch sitzen?» fragte er in aggressivem Ton, der seine Angst nur schlecht verbarg.

«Bis der Sergeant zurückkommt.»

«Und wie lange wird das noch dauern?»

Morse zuckte die Achseln und betrachtete mit gespieltem Interesse das Porträt der ehrenwerten Fiona Forbes-Smithson, die in Kaschmirpullover und Tweedrock an dem Kamin ihres Landhauses lehnte. «Das kann man vorher nie so genau sagen. Manche sind vernünftig und beantworten die Fragen, die wir ihnen stellen, andere suchen erst lange nach Ausflüchten ...»

«Er ist zu Michael gegangen, oder?»

Morse nickte.

«Das ist gemein von Ihnen! Michael ist krank. Der Arzt hat gesagt, jede Aufregung könne ihm schaden.»

«Ich habe mich erkundigt. Es geht ihm schon sehr viel besser», sagte Morse ungerührt. «Er wird sogar auf dem einen Auge wieder sehen können. Da hat er noch mal Glück gehabt.»

«Das heißt doch aber nicht ...»

«Jetzt hör mir mal zu, mein Junge», sagte Morse freundlich. «Sergeant Lewis und ich haben die Aufgabe, einen Mordfall zu klären. Das braucht viel Zeit und Geduld, und manchmal sind wir auch gezwungen, Dinge zu tun, die wir eigentlich lieber nicht täten. Andererseits – wenn wir Leute finden, die uns helfen und uns sagen, was sie wissen, gelingt es uns vielleicht, den Dingen auf den Grund zu kommen und den Mörder zu finden. Und das kann unter Umständen sehr wichtig sein; manchmal verhindert man auf diese Weise, daß noch ein zweiter Mord passiert.»

«Aber ich habe Ihnen doch gesagt, daß ich ...»

«Hör endlich auf zu lügen!» donnerte Morse. «Glaubst du im Ernst, daß es mir und Sergeant Lewis Spaß macht, jemanden zu befragen, der krank im Bett liegt? Du hast vollkommen recht: dein Bruder ist tatsächlich noch krank. Glaubst du, ich weiß das nicht oder es wäre mir gleichgültig? Glaubst du, ich würde riskieren, daß er eventuell Schaden nimmt, wenn ich nicht dazu gezwungen wäre?»

Edward sah ihn einen Moment lang mit weit aufgerissenen Augen an, dann beugte er sich plötzlich vor, preßte beide Hände flach auf den Brief und lehnte sich dann wieder schwer atmend zurück. Ein Lächeln des Triumphes spielte um seinen Mund.

«Das war nun nicht gerade sehr klug von dir», sagte Morse und schüttelte den Kopf. «Denn jetzt muß ich dich fragen, warum du das gemacht hast, und es dürfte dir ganz schön schwerfallen, eine plausible Erklärung zu geben.»

«Sie haben den Brief extra da liegenlassen, um mich in die Falle zu locken!» rief der Junge mit einem schrillen Unterton von Verzweiflung. «Warum machen Sie nicht endlich, daß Sie wegkommen, und lassen mich in Ruhe!»

«Nein, nein», sagte Morse ruhig, «da irrst du dich, wenn du das annimmst. Du begehst eine Dummheit nach der anderen, ich muß dir gar keine Fallen stellen, du reißt dich schon von selber rein.»

«Aber wenn ich es Ihnen doch sage! Ich habe den Brief nicht geschrieben!»

«Na, dann ist ja alles in Ordnung. Dann brauchst du dich ja auch nicht so aufzuregen. Der Sergeant wird wohl gleich mit der Aussage deines Bruders zurücksein. Und dann nehmen wir dich mit nach Kidlington aufs Präsidium, und da wiederholst du deine Aussage, daß du den Brief nicht geschrieben hast. Das wird dann getippt, und hinterher mußt du unterschreiben, daß alles stimmt, was drinsteht. Das Ganze wird nicht lange dauern. Höchstens eine Stunde. Ich werde deine Mutter anrufen und ihr erklären, warum ...»

«Meiner Mutter geht das gar nichts an.»

«So, meinst du? Glaubst du nicht, daß sie ein Recht darauf hat zu erfahren, wenn ihr Sohn von der Polizei verhört wird? Hoffentlich hält sie das nervlich durch. Sie hat ja jetzt nur noch dich zu Hause, und die Sache mit Michael wird eine große Belastung für sie gewesen sein ...»

Der Junge warf Morse einen gequälten Blick zu, dann vergrub er sein Gesicht in den Händen und begann zu weinen.

Morse stand auf und ging durch dieselbe Tür, durch die vor einer Weile Lewis verschwunden war. Der Sergeant saß auf einer Bank am Ende des Korridors und blickte erfreut von seiner Zeitung hoch, als Morse auf ihn zukam. Er hätte das Kreuzworträtsel sowieso nicht herausbekommen, aber jetzt brauchte er sich seine Niederlage wenigstens nicht einzugestehen.

Stockend erzählte Edward, wie es zu dem Brief an Richards gekommen war. Es war eine miese kleine Geschichte. Er hatte, als er eine Woche vor ihrem Tod zu Anne Scott zur Nachhilfestunde gekommen war, eine Weile auf sie warten müssen, weil sie im Bett gewesen war, die Zeit verschlafen hatte und sich noch anziehen mußte. Da hatte er die Gelegenheit benutzt, um sich in ihrem Arbeitszimmer ein wenig umzusehen, und unter einem Stapel Bücher auf ihrem Schreibtisch den Brief entdeckt. Er war schon mit einer Adresse versehen, auch frankiert, aber noch nicht zugeklebt. Daß der Empfänger ein Mann war, hatte ihn neugierig gemacht, und so hatte er den Brief herausgezogen und gelesen. Es war ein einziger Notschrei. Anne Scott bat diesen Charles Richards um Unterstützung. Sie schrieb, daß sie Geld brauchte, daß sie sich sicher sei, ein Kind zu erwarten. Nur er könne der Vater sein – er sei seit zwei Jahren überhaupt der erste Mann, mit dem sie wieder geschlafen habe. Sie flehte ihn an, sich mit ihr zu treffen, und zwar möglichst schnell, es lasse sich doch sicher einrichten, wenn er nur wolle, er könne ihr diese Bitte doch eigentlich nicht abschlagen nach all den Jahren, die sie sich gekannt und in denen sie sich soviel bedeutet hätten. Vor kurzem habe sie noch einmal alle seine Briefe gelesen und die hätten ihr Hoffnung gegeben, daß er sie jetzt nicht im Stich lassen werde, auch wenn er nun nicht mehr ihr Geliebter, sondern nur noch ein Freund sei. Er habe immer gewollt, daß sie diese Briefe vernichte – sie sei dazu bereit unter der Bedingung, daß er ihr jetzt beistehe. Sie wolle ihn nicht unter Druck setzen – er müsse wissen, daß das nicht ihre Art sei –, daran könne er sehen, wie verzweifelt sie sei.

Das sei nach seiner Erinnerung der Inhalt des Briefes gewesen. Nach dem Lesen habe er ihn schnell in den Umschlag zurückgesteckt und wieder unter den Bücherstapel gelegt, denn er habe Miss Scott kommen hören. Am Abend hatte er seinem Bruder von dem Brief erzählt. Der habe immer damit angegeben, daß Anne Scott mit ihm geschlafen hätte, und er, Edward, sei immer furchtbar neidisch und eifersüchtig gewesen und habe sich als der dumme kleine Bruder gefühlt. Da habe er ihm endlich einmal beweisen können, daß er die ganze Zeit gelogen hatte. Er habe das richtig genossen. Michael habe zwar versucht, sich rauszureden: das sei doch klar, daß Anne Scott nicht zugeben dürfe, daß sie auch mit einem anderen geschlafen habe, wenn sie von dem Typen Geld haben wolle, aber er habe ihm nicht geglaubt. Ein paar Tage später hatten sie aus der Zeitung erfahren, daß Anne Scott Selbstmord begangen habe. Und am selben Abend, es sei ein Samstag gewesen, habe Michael ihn gefragt, ob er sich noch an den Namen und die Anschrift des Mannes erinnere, an den Anne Scott geschrieben hatte. Dann haben sie sich zusammengesetzt und den Brief entworfen. Er habe es witzig und spannend gefunden. Bei Michael sei das wohl etwas anderes gewesen – ihm sei sehr an dem Geld gelegen gewesen; durch seine Drogensucht sei er ständig auf der Jagd nach neuen Geldquellen. Sie hatten den Brief auch abgeschickt; doch am nächsten Tag war Michael dann zusammengebrochen – er hatte eine Überdosis genommen – und war ins Krankenhaus gebracht worden. Allein, ohne Michael, hatte er die ganze Sache plötzlich gar nicht mehr komisch gefunden und nichts weiter unternommen – eigentlich hätte er oder Michael bei Richards anrufen wollen, um einen Termin für die Geldübergabe auszumachen. Jetzt im nachhinein schäme er sich, daß er sich überhaupt auf so etwas eingelassen habe. Es tue ihm wirklich sehr leid, er würde dergleichen nie wieder machen – ganz sicher nicht.

Während Lewis noch emsig die letzten Sätze niederschrieb, ging Morse den Korridor hinunter zum Zimmer von Michael Murdoch, klopfte an die Tür und trat ein. Michael lag auf dem Rükken; auf dem rechten Auge war ein dicker Verband, das linke Auge, noch immer völlig verschwollen, starrte gelangweilt zur Decke.

«Ich habe mich eben mit deinem Bruder unterhalten. Er hat zugegeben, daß ihr beide einen Erpresserbrief an Charles Richards geschrieben habt. Stimmt das, daß du auch dabei warst?»

«Wenn Ted das sagt, wird es wohl so sein. Ich hab's vergessen. An vieles vor der Zeit im Krankenhaus kann ich mich nur noch ganz schwach erinnern.»

«Aber wer Anne Scott war, weißt du noch?»

Der Junge nickte desinteressiert.

«Und du weißt auch noch, daß ihr miteinander geschlafen habt?»

Aus Michaels blutunterlaufenem Auge traf Morse ein Blick, in dem Hohn und zugleich Triumph zu liegen schienen.

«Eine tolle Frau, was?»

«Das kann man wohl sagen. Klasse Figur. Sah auch sonst super aus», Michael sprach ganz im Tonfall eines alten Genießers.

«Sie hat sich also ... sie hat sich also ausgezogen?»

«Na klar! Was denn sonst?»

Morse nickte. «Hat dich das riesige Muttermal auf ihrer Hüfte nicht gestört? Das sah doch sehr abstoßend aus.»

«Ich hab woanders hingeschaut, wenn Sie verstehen, was ich meine», sagte der Junge mit einem anzüglichen Grinsen.

«Aber es ist dir aufgefallen!»

«Ja klar, aber ...»

«Was für ein dreckiger kleiner Lügner du bist, Murdoch.» Morse sprach leise, aber seine Stimme war von einer gefährlichen Schärfe. «Sie hatte weder ein Muttermal noch sonst einen Makel. Und sie war großzügig und warmherzig. Jede andere hätte so ein Bürschchen wie dich gleich wieder auf die Straße gesetzt, aber sie hat sich mit dir abgemüht! Du bist ein Arschloch, Murdoch, daß du's nur weißt!»

Der Junge verzog mürrisch und ein bißchen beschämt den Mund, sagte aber nichts. Morse drehte sich abrupt um und ging hinaus. An einem der Fenster im Flur blieb er ein paar Minuten stehen und atmete tief durch, um sich zu beruhigen. Im Grunde war er selbst genauso ein dreckiger kleiner Lügner wie der Junge da drin. Er hatte Anne Scott nur ein einzigesmal gesehen – auf einer Party, und da war sie angezogen gewesen –, er wußte nicht, ob sie einen schönen Körper hatte. Er hatte es sich nur immer vorgestellt.

Zur selben Zeit, als Morse und Lewis sich in der Augenabteilung des Radcliffe aufhielten, meldete der Lautsprecher auf dem Flughafen Gatwick die planmäßige Ankunft der Maschine aus Madrid. Als die ersten der gerade gelandeten Fluggäste durch die Sperre kamen, lösten sich aus der Gruppe der Wartenden zwei unauffällige Herren, gingen auf einen der Passagiere, einen gutgekleideten Mann in mittleren Jahren, zu und nahmen ihn in die Mitte.

«Mr Conrad Richards?»

Er nickte. Um seinen Mund lag ein kleines, resigniertes Lächeln.

«Wir verhaften Sie wegen Verdacht des Mordes an Mr George Jackson, Canal Reach Nr. 10, Jericho ...»

Das alles war so schnell und unauffällig vor sich gegangen, daß keiner der Umstehenden etwas davon mitbekommen hatte, nur der bärtige Zöllner, vor dessen Schalter sich alles abgespielt hatte, hatte begriffen, was geschah, es interessierte ihn aber nicht sonderlich. Er wollte gerade einen weiteren Koffer mit Kreide markieren, als der Name *Jericho* ihn aufhorchen ließ. Der kam ihm doch irgendwie bekannt vor! War das nicht so ein Ort im Heiligen Land ...? Natürlich – die Trompeten von Jericho! Und gab es da nicht noch so eine Geschichte, die in Jericho spielte ... Aber sie fiel ihm nicht mehr ein ...

Kapitel Siebenunddreißig

Noch niemals sah ich einen Mann,
Der schaute so gebannt
Hinauf zu dem blauen, winzigen Zelt,
Vom Häftling ‹Himmel› genannt …
Oscar Wilde,
Die Ballade vom Zuchthaus zu Reading

Morse war noch am selben Abend, als er gegen Viertel vor zehn ins Präsidium zurückgekehrt war, von Richards' Verhaftung unterrichtet worden. Die Dinge hatten sich schneller entwickelt, als er erwartet hatte, aber das war ihm nur recht, und er sandte umgehend ein Telegramm an Interpol, um sich für ihre Hilfe zu bedanken. Da das Präsidium mit Zellen schlecht ausgestattet war, hatte er gleich von vornherein angeordnet, daß Richards im Falle seiner Festnahme auf das Revier Mitte in der St. Aldate's Street gebracht werden solle.

Am nächsten Morgen ließ er sich mit seinem Besuch bei Richards Zeit. Es schadete gar nichts, wenn er noch ein wenig länger warten mußte; das würde seiner Gesprächsbereitschaft nur förderlich sein. Als Morse schließlich auf dem Revier eintraf, war es schon fast zehn.

«Ich möchte erst mal allein mit ihm sprechen», sagte er zu Lewis.

Dieser nickte. «Ist gut, Sir. Dann gehe ich solange einen Kaffee trinken.»

Richards saß auf einem schmalen Bett und las den *Daily Express*. Als Morse die Zelle betrat, blickte er hoch und stand auf.

«Guten Morgen, Sir», begrüßte ihn Morse. «Na, endlich lerne ich *Sie* auch mal kennen. Ihren Bruder habe ich ja schon einige Male getroffen. Mein Name ist Morse – Detective Chief Inspector Morse.»

«Charles hat mir schon von Ihnen erzählt.»

«Bitte setzen Sie sich doch wieder. Unser Gespräch wird sicher etwas länger dauern. Ich habe übrigens gestern gleich hier auf der Wache Bescheid gegeben, daß man Ihnen, wenn Sie wollen, gestatten soll, einen Rechtsanwalt beizuziehen. Ich hoffe, man hat Ihnen das ausgerichtet.»

Richards nickte. «Ja, aber ich denke, ich werde keinen brauchen. Sie müssen mich ohnehin bald wieder gehen lassen – war übrigens eine ganz interessante Erfahrung, mal eine Nacht in einer Zelle zu verbringen.»

«Ich hoffe, man hat Sie gut behandelt?»

«Ja, ja. Ich will mich nicht beklagen. Das Essen hatte ich mir eigentlich schlechter vorgestellt, es hat mir direkt geschmeckt. Wahrscheinlich liegt das daran, daß ich nach einer Woche Spanienaufenthalt froh war, endlich wieder vertraute Kost zu bekommen. Aber vielleicht ist ja das Gefängnisleben auch insgesamt viel erträglicher, als man immer so annimmt, wenn man draußen ist.»

«Ich fürchte, da werden Sie noch eine böse Überraschung erleben, Sir», sagte Morse ruhig und ganz ohne Häme.

Richards tat so, als habe er die Bemerkung nicht gehört. «Ich denke, jetzt sind Sie mir erst mal eine Erklärung schuldig, Inspector.»

«Ich Ihnen? Ich war eigentlich davon ausgegangen, daß Sie mir etwas zu erklären hätten.»

«Sie beschuldigen mich, einen Mann umgebracht zu haben; ist das richtig?»

«Ja.»

«Da habe ich ja wohl ein Recht darauf, die Gründe dafür zu erfahren.»

«Ja, das stimmt wohl. Am besten, ich schildere Ihnen, wie ich mir die Tat vorstelle. Aber ich muß dafür ein bißchen ausholen. Das Ganze beginnt damit, daß Ihr Bruder einen Erpresserbrief erhält. Er schmiedet einen Plan, wie er demjenigen, der ihm diesen Brief geschickt hat, auf die Schliche kommen kann, und bittet Sie, ihm bei der Durchführung dieses Plans zu helfen. Sie sind immer bereit gewesen, für Ihren Bruder alles zu tun, was in Ihren Kräften stand, und willigen auch diesmal sofort ein. Ein paar Tage nach dem Brief bekommt Ihr Bruder einen Anruf. Der Anrufer sagt nur wenig, aber Ihr Bruder merkt schnell, daß es sich um einen Erpresser handelt. Er nimmt natürlich an, daß er es mit derselben Person zu tun hat, die ihm auch den Brief geschrieben hat, erklärt sich grundsätzlich einverstanden zu zahlen, macht aber zur Bedingung, daß er selbst Zeit und Ort der Übergabe des Geldes bestimmen könne. Zum verabredeten Zeitpunkt fährt er mit Ihnen nach Oxford. Als Sie sich der Woodstock Road nähern, ducken Sie sich, um von dem Erpresser, falls er den Ort, an dem das Geld deponiert werden soll, unter Beobachtung hält, nicht gesehen zu werden. Ihr Bruder parkt den Wagen im Field House Drive, einer dunklen kleinen Nebenstraße. Sie steigen vorsichtig aus und halten sich zunächst im Schatten des Wagens. Ihr Bruder geht, um das Geld zu hinterlegen; Sie warten noch eine Weile, nehmen dann das Klapprad Ihres Bruders, das er für Sie aus dem Kofferraum geholt hat, und fahren langsam damit die Woodstock Road hinauf. Sie sehen einen Mann hinter der Telefonzelle hervorkommen. Das muß der Erpresser sein! Mit Erleichterung stellen Sie fest, daß er auch mit dem Rad unterwegs ist, und folgen ihm nach Jericho. Später treffen Sie sich an einem vorher verabredeten Ort mit Ihrem Bruder und berichten ihm ...»

«Am Martyrs' Memorial.»

«Sie geben also zu, daß es so war, wie ich es eben geschildert habe?»

«Ja, natürlich. Nur, daß das Klapprad mir gehört.»

«Selbst der Beste macht mal einen kleinen Fehler.»

«Na, erzählen Sie erst mal weiter. Ich habe den Verdacht, daß das nicht Ihr einziger Fehler bleiben wird.»

«Das wird sich ja herausstellen, Sir», sagte Morse höflich. «Was ich eben beschrieben habe, war erst die Generalprobe. Zwei Tage später, am Freitag, kam dann die richtige Vorstellung. Ihr Bruder mußte an diesem Abend vor der Oxforder Literarischen Gesellschaft einen Vortrag halten. Sie fuhren mit ihm nach Oxford, und irgendwo in Jericho ließ er Sie aussteigen. Sie verabredeten, daß er Sie so gegen Viertel nach zehn am selben Ort wieder abholen würde.»

Richards schüttelte energisch den Kopf und hob abwehrend die Hand. «Hören Sie, Inspector, das sind alles Phantastereien, Sie haben sich ...»

«Nun lassen Sie mich erst mal zu Ende reden. Ich glaube nicht, daß Sie zu Jackson gingen mit der Absicht, ihn umzubringen; Sie wollten ihn vielmehr einschüchtern und ...»

«Also ich kann mir das wirklich nicht länger mit anhören», unterbracht ihn Richards heftig. «Sie sind völlig auf dem Holzweg! Es stimmt, daß ursprünglich geplant war, daß Charles – wohlgemerkt Charles, nicht ich! – Jackson einen Besuch abstatten sollte.

Und Sie können mir glauben, daß er wahrscheinlich nicht gerade sanft mit ihm umgesprungen wäre! Charles ist leicht reizbar und kann sich dann nur schlecht beherrschen. Aber zu diesem Besuch kam es nicht mehr. *Weil Jackson vorher umgebracht wurde.* Für Charles war die ganze Sache damit erledigt – wenn Jackson tot war, konnte ihm ja nichts mehr passieren.»

«Sie waren also an dem Freitagabend nicht bei Jackson?»

«Nein.»

«Wo waren Sie dann?»

«Ich weiß es nicht mehr», sagte Richards. «Ich kann mich einfach nicht mehr erinnern. Meistens bin ich abends zu Hause; ab und zu gehe ich allerdings auch in den Pub gleich um die Ecke.»

«Aber am Freitagabend waren Sie nicht dort?»

«Vielleicht doch. Ich sagte Ihnen ja eben schon, ich erinnere mich nicht mehr an den Abend.»

«Wenn Sie zu Hause waren, was werden Sie dann gemacht haben? Haben Sie ferngesehen?»

«Ich habe keinen Fernseher. Ich nehme an, daß ich gelesen habe.»

«Und was?»

«Ich sitze schon seit längerer Zeit an Gibbons *Geschichte vom Aufstieg und Fall des Römischen Weltreichs.* Ein unglaublich faszinierendes Buch ...»

«Wie weit sind Sie denn da bis jetzt gekommen?»

«Bis Band vier. Die Einnahme und Plünderung Roms durch Alarich.»

«Steht das nicht im Band drei?»

«Das kommt darauf an, welche Ausgabe Sie haben.»

Morse ließ es hingehen. «Jackson bat Sie also ins Haus, und was dann?»

Richards lächelte nachsichtig und ein wenig amüsiert. «Sie scheinen keine besonders hohe Meinung von meiner Intelligenz zu haben, Inspector.»

Morse schüttelte den Kopf. «Nein, Sir, da irren Sie sich. Im Gegenteil – noch dazu, wo ich gerade von Ihnen erfahren habe, daß Sie Gibbon lesen. Aber kommen wir noch einmal zurück zu dem Mord an Jackson. Ich werde Ihnen jetzt erzählen, wie ich mir denke, daß es passiert ist. Wichtig erscheint mir vor allem festzuhalten, daß die Tat nicht geplant war. Ich glaube, daß der Besuch bei Jackson eigentlich nur dazu dienen sollte, ihn zu bewegen, etwas herauszurücken?»

«Und was?»

«Einen Brief. Jackson hatte am Montag und Dienstag für Ms Scott gearbeitet; er hatte ihr die Gartenmauer ausgebessert. Am Mittwoch ging er noch einmal hinüber, weil er gemerkt hatte, daß er seine Kelle und sein Mörtelbrett drüben bei ihr vergessen hatte. Um in den Garten zu gelangen, mußte er durch die Küche – und dort entdeckte er ihre Leiche. Er war ein mieser Typ und fand wohl, dies sei eine günstige Gelegenheit, sich einmal ungestört umzusehen. Irgendwo lag dann der Brief, und er steckte ihn ein. Zuerst dachte ich, es müsse sich um einen Abschiedsbrief handeln; man kann sich leicht vorstellen, daß er, egal ob er nun anklagend oder voller Verzeihung war, in jedem Fall für Ihren Bruder höchst unangenehm gewesen wäre. Ich habe inzwischen jedoch meine Meinung in diesem Punkt geändert. Ich glaube jetzt, daß der Brief, den Jackson fand, ein Brief war, den Ihr Bruder an Ms Scott geschrieben hatte, und daß der Inhalt in etwa lautete, zwischen ihnen sei alles aus, er könne ihr nicht helfen und sie müsse selbst zusehen, wie sie zurechtkäme. Ich denke, daß sie den Brief gerade am Morgen bekommen hatte und daß er der entscheidende Auslöser war für ihren Entschluß zum Selbstmord.»

«Und haben Sie diesen Brief?» fragte Richards kühl.

«Nein», sagte Morse. «Nein, wir haben Jacksons Haus gründlich durchsucht, aber er hat sich nicht gefunden. Ich bin jedoch überzeugt, daß er noch irgendwo dort versteckt ist ...»

«Merken Sie nicht selbst, daß das, was Sie da eben ausgeführt haben, auf tönernen Füßen steht?»

«Das würde ich so nicht sagen. Ich weiß zufällig, daß Ihr Bruder ein paar Tage später in Jacksons Schuppen eingedrungen ist, um dort nach etwas zu suchen. Oder waren Sie das, der da den Weidenkorb durchwühlt hat?» Er sah Richards scharf an.

«Er soll in einen Schuppen eingedrungen sein?» Richards lachte ungläubig.

Morse ließ sich nicht beirren. «Ihr Bruder nahm zu diesem Zeitpunkt an, daß, wenn seine Frau von dem Inhalt dieses Briefes erführe, dies das Ende seiner Ehe bedeuten würde.»

«Aber Celia weiß doch, daß er, seit wir herkamen, erneut eine Beziehung zu Anne Scott aufgenommen hatte.»

«Ja, aber sie hatte es erst kurz vorher erfahren und ihm noch nichts davon gesagt.»

Richards nickte unglücklich. «Ja, das stimmt, glaube ich.»

«Sie haben ein sehr enges Verhältnis zu Ihrer Schwägerin, Sir. Lieben Sie sie?»

Richards blickte nachdenklich zu Boden, dann hob er den Kopf und sah Morse an. «Ja, ich liebe sie. Ich werde wohl nie aufhören, sie zu lieben.» Es klang ehrlich.

Morse nickte, als kenne er den Schmerz, den es bereitet, wenn das eigene Gefühl nicht auf die gleiche Art erwidert wird.

«Und was nun, Inspector? Bis jetzt haben Sie nichts Stichhaltiges gegen mich vorbringen können.»

«Sie sind verhaftet worden, weil Sie verdächtig sind, George Jackson umgebracht zu haben, und dieser Verdacht besteht nach wie vor. Wir werden nicht umhin können, uns noch einmal über den Freitagabend zu unterhalten, vielleicht fällt Ihnen ja doch noch ein, wo Sie gewesen sind oder was Sie gemacht haben.»

Richards stand auf und begann in der engen Zelle hin- und herzutigern. «Ich habe Ihnen doch schon gesagt, ich erinnere mich nicht. Alles, was ich Ihnen versprechen kann, ist, daß ich versuchen werde, weiter darüber nachzudenken, aber ...» Er schüttelte den Kopf und fuhr sich verzweifelt mit den Fingern durch die Haare. «Es gibt außer mir sicher noch Tausende, ach was, Millionen Menschen, die auch kein Alibi für diesen Abend vorweisen könnten.»

«Da haben Sie vermutlich vollkommen recht.»

«Aber wieso kommen Sie dann ausgerechnet auf mich. Was für Beweise haben Sie, daß Sie ...»

«Ahh!» sagte Morse. «Endlich! Ich habe mich schon gewundert, daß Sie nicht eher danach gefragt haben. Sie können doch nicht im Ernst annehmen, daß wir Sie festnehmen lassen, nur weil Sie keinen Zeugen benennen können, der bestätigen kann, daß er Sie gesehen hat, wie Sie an dem Abend Gibbon lasen. Für wie leichtfertig halten Sie uns?»

Richards sah ihn skeptisch an. «Sie haben also einen Beweis gegen mich in der Hand?»

«Na, in der Hand wäre wohl etwas zuviel gesagt – aber ich hoffe, ihn zu bekommen. Wir haben in Jacksons Schlafzimmer ein paar sehr brauchbare Fingerabdrücke gefunden, und mein Sergeant war ja neulich bei Ihnen, um Ihre Abdrücke zu nehmen – zu Vergleichszwecken.»

«Ja. Und ich bin absolut sicher, daß das Ergebnis negativ war. Ich bin nämlich nie in diesem verdammten Haus gewesen, und deshalb kann ich dort auch keine Fingerabdrücke hinterlassen haben.»

«Sie müssen besser zuhören, Sir. Ich habe davon gesprochen, daß ich *hoffe*, den Beweis zu bekommen. Wir haben die Abdrücke nämlich noch gar nicht vergleichen können. Der Sergeant ist in solchen Dingen nicht besonders geübt und hat da offenbar etwas verbockt. Das Labor hat jedenfalls mit den Abdrücken, die er von Ihnen genommen hat, nicht viel anfangen können. Das ist bedauerlich, aber nun nicht mehr zu ändern. Wir müssen die Prozedur eben noch einmal wiederholen. Ich hoffe, Sie sind ihm nicht allzu böse. Ich habe ihm gesagt, er solle erst einmal draußen warten, aber wenn es Ihnen recht ist, dann rufe ich ihn jetzt herein ...»

Während seiner letzten Worte war Richards auf das Bett gesunken und hatte das Gesicht in die Hände vergraben. Wie er so dasaß, sah er aus wie ein müder alter Mann.

«Möchten Sie jetzt eine Zigarette?» fragte Morse nach einer Weile.

Richards nickte, und Morse reichte ihm die Packung und gab ihm Feuer.

«Wie haben Sie es herausgefunden?» fragte er, als er ein paar tiefe Züge gemacht hatte.

«Daß Sie nicht Conrad Richards sind? Da muß ich erst mal überlegen ...»

Auf dem Gesicht des Mannes, der ihm gegenüber auf dem Bett hockte, erschien ein kleines, trauriges Lächeln.

Charles Richards wußte, daß er verloren hatte.

Kapitel Achtunddreißig

Fingerabdrücke werden so häufig am Schauplatz des Verbrechens hinterlassen, daß im FBI mehr als 10 000 Einzelabdrücke archiviert sind. Selbst den raffiniertesten Tätern gelingt es oft nicht, alle Spuren zu beseitigen.
Murder Ink

«Wie haben Sie es herausgefunden?» fragte der Assistent Chief Commissioner, als Morse ihm am Nachmittag Bericht erstattete.

«Ich glaube, so etwas wie eine erste Ahnung kam mir, als ich mir, nachdem ich immer wieder über den Freitagabend und Charles Richards' Alibi nachgedacht hatte, klarmachte, was es bedeutete, daß Anne Scott diejenige gewesen war, die ihn aufgefordert hatte, den Vortrag zu halten. Das hieß nämlich, daß niemand sonst in der Literarischen Gesellschaft Charles Richards zu Gesicht bekommen hatte, sie war also die einzige, die ihn kannte und hätte merken können, daß nicht er da auf dem Podium stand, sondern Conrad. Aber da sie nun tot war ... Ein gewisses Risiko sind die Richards schon eingegangen, weil sie natürlich nicht wissen konnten, wer an dem Abend im Publikum saß. Andererseits war dieses Risiko aber nicht allzu groß. Die beiden sind keine bekannten Persönlichkeiten. Sie haben es verstanden, sich auf einem sehr abgegrenzten Gebiet zu spezialisieren und einen florierenden Verlag aufzubauen; aber es ist und bleibt ein kleinerer Verlag. Abgesehen davon – selbst die Chefs unserer großen Verlage sind in der Öffentlichkeit weithin unbekannt, vielleicht weiß man ihren Namen, aber niemand würde sie auf der Straße erkennen. Und hinzu kommt, daß die Richards ja erst vor gerade drei Monaten nach Oxfordshire gezogen sind, und ihre Firma hat ja ihren Sitz nicht einmal in Oxford selbst, sondern etwas außerhalb in Abingdon. Unter diesen Umständen hielt sich das Risiko, wie schon gesagt, in Grenzen, und sie waren bereit, es darauf ankommen zu lassen. Sie folgten demselben Muster wie schon am Mittwoch bei der Hinterlegung des erpreßten Geldes. Da hatte Conrad so getan, als sei er Charles, und den Rolls gesteuert, während Charles Jackson auf dem Fahrrad zum Canal Reach folgte.

Ich glaube, diese Rollenverteilung hat ihren Grund nicht nur darin, daß es ja *Charles* war, der das Problem hatte, so daß Conrad schon von daher nur die Aufgabe des Helfers zufiel; sie kam wohl auch dem Naturell der beiden entgegen. Charles war immer der Energischere, Vorwärtsdrängende, und Conrad war zeit seines Lebens zufrieden, hinter ihm zurückzustehen und unauffällig im Hintergrund zu wirken. Am Freitag tauschten sie also erneut ihre Identität: Conrad trat unter dem Namen von Charles vor der Oxforder Literarischen Gesellschaft auf und hielt einen Vortrag mit dem Titel *Sorgen und Freuden eines kleinen Verlegers*, während Charles inzwischen Jackson einen Besuch abstattete. Charles hatte seine Notizen sicherlich schon eine Zeitlang fertig, und ohnehin war wohl Conrad derjenige, der mehr Know-how besaß. Conrad ist ja ein eher schüchterner Mensch, und ein brechend voller Saal hätte ihn vielleicht irritiert, die Veranstaltungen der Oxforder Literarischen Gesellschaft sind jedoch in der Regel nur mäßig besucht, und in diesem speziellen Falle hatte die kurzfristige Vorverlegung des Termins (die übrigens auf Charles Richards' Wunsch erfolgte) bewirkt, daß nicht mehr als gerade mal fünfundzwanzig Zuhörer erschienen. Aber ich möchte jetzt wieder zurückkommen zu Charles. Als er sich entschloß, Jackson aufzusuchen, war ihm sicher von vornherein klar, daß Gewaltanwendung nicht auszuschließen war. Das heißt aber nicht, daß er den Vorsatz gehabt hätte, ihn umzubringen. Sein Ziel war es, den Brief wieder an sich zu bringen. Um dieses Ziel zu erreichen, war er zu so ziemlich allem bereit. Ich nehme an, daß er zunächst versucht haben wird, Jackson einzuschüchtern, aber der war ein zäher kleiner Bursche. Ich stelle mir vor, daß weder er noch Richards nachgeben wollten. Richards konnte, von seiner Warte aus gesehen, auch gar nicht nachgeben. Der Brief und die Tatsache, daß Anne wenige Stunden, nachdem sie ihn erhalten hatte, Selbstmord beging, legten den Schluß nahe, daß er der eigentlich Schuldige an ihrem Tod sei. Er mußte fürchten, daß, wenn dies publik würde, auf welche Art auch immer, es sowohl das Ende seiner Ehe bedeuten würde als auch seinen Ruf als Ehrenmann – und damit die Firma – gefährden würde. So gerät er wohl angesichts von Jacksons Widerstand in Wut, wahrscheinlich auch in Panik; und im Schlafzimmer verliert er dann die Beherrschung und behandelt Jackson so rabiat, daß der mit dem Kopf gegen den scharfkantigen Bettpfosten schlägt. Nun war er natürlich erst recht in der Bredouille. Er kann sich denken, daß wir eine Beziehung herstellen werden zwischen dem Selbstmord von Anne Scott und dem Mord – die beiden Ereignisse liegen ja nicht einmal zwei Wochen auseinander – und daß wir im Laufe unserer Ermittlungen irgendwann auch auf seinen Namen stoßen werden. Er ist offenbar ein Mann schneller und gutdurchdachter Entschlüsse, denn er begreift sofort, wie entscheidend wichtig es ist, den Mord unverzüglich zu melden, und zwar noch solange sein Bruder auf dem Podium des Clarendon Institute steht und ihm damit ein Alibi verschafft. So ruft er uns an – anonym natürlich – und macht dann, daß er wegkommt. Conrad und er sind am Martyrs' Memorial verabredet; gegen Viertel nach zehn hat Conrad ihn da abgeholt.»

«Und hat er den Brief noch gefunden?»

«Er sagt nein, und ich bin geneigt, ihm zu glauben.»

«Sie erwähnten eben, daß der Termin des Vortrags auf Charles Richards' Wunsch vorverlegt worden sei – gehörte diese Änderung des Datums schon zu ihrem Plan?»

«Nein, ich denke nicht. Charles mußte Ende Oktober / Anfang November sowieso geschäftlich nach Spanien und fragte seine Freundin, eine gewisse Mrs Jennifer Hills, ob sie ihn begleiten könne. Sie wollte zwar, konnte aber nur zwischen dem 23. und dem Monatsende. Deshalb rief Charles den Vorsitzenden der O. L. G an und bat ihn, den Vortrag zu einem früheren Zeitpunkt halten zu dürfen. Im nachhinein sollte diese Vorverlegung sich dann als wahrer Glücksfall erweisen.»

«Weil sowenig Leute kamen. Wieviel, sagten Sie, waren da? Fünfundzwanzig?»

«Ja. Das lag aber auch daran, daß sie mit dem Ausweichtermin selbst auch noch mal großes Schwein gehabt hatten. Am 19. war abends nämlich die Übertragung der Wahl zur Miss Universum oder Miss Welt oder wie das heißt, und das hat natürlich viele Leute vor den Fernseher gelockt.»

«Ich muß schon sagen, ich finde es ja sehr bemerkenswert, daß Sie sich angesichts dieser Möglichkeit für den Vortrag im Clarendon Institute entschieden haben. Oder haben Sie nichts von der Übertragung gewußt?»

«Haben sie denn wenigstens die Richtige gekürt?»

«Nein, ich war sogar ausgesprochen enttäuscht; ich fand – also, Sie schaffen es doch immer wieder … weiter!»

«Ich nehme an, daß Charles seinem Bruder auf der Heimfahrt nach Abingdon alles erzählte. Sie werden ziemlich gedrückter Stimmung gewesen sein, als sie sich überlegten, in welchem Schlamassel Charles jetzt steckte, und werden ziemlich schnell realisiert haben, daß das wichtigste jetzt war, *den Schein aufrechtzuerhalten*. Gefahr, wirkliche Gefahr drohte erst, wenn im Zusammenhang mit unseren Ermittlungen im Fall Scott sein Name ins Spiel käme und wir herausfänden, daß *Conrad* den Vortrag gehalten hatte, Charles also für den Abend des 19. kein Alibi besaß. Die Brüder entwickelten daraufhin eine Strategie, mit dem Ziel, uns zu täuschen, deren erster Schritt war, Celia einzuweihen – ihr fiel ja bei dem Ganzen eine nicht unwesentliche Rolle zu.»

Der ACC nickte. «Es ist den dreien ja erstaunlich lange gelungen, Sie an der Nase herumzuführen. Eigentlich ist mir nicht ganz klar, wieso Sie nicht eher ...»

«Das lag daran, daß Sergeant Lewis und ich jeweils immer allein waren, wenn wir einen der Brüder trafen, andererseits aber natürlich auch die Brüder nie zusammen in Erscheinung traten. Ich nehme an, das ist etwas verwirrend für Sie – ich werde am besten mal erzählen, wie es konkret ablief. Ich traf den Mann, der sich Charles Richards nannte, in Wirklichkeit aber Conrad Richards war, zum erstenmal am Abend des 19. im Clarendon Institute, wo er einen Vortrag hielt. Am nächsten Tag rief ich bei Charles Richards zu Hause an; da hatte ich natürlich den echten Charles Richards am Apparat, aber ich kam gar nicht auf die Idee, daß mein Gesprächspartner jemand anderer sein könnte als der Mann, mit dem ich am Abend zuvor gesprochen hatte, und ich achtete nicht besonders auf seine Stimme. Außerdem war, wie ich mich erinnere, die Verbindung nicht sehr gut, es war ein starkes Rauschen in der Leitung, und dadurch war seine Stimme für mich nicht klar zu hören. Zwei Tage später versuchte ich erneut, ihn zu erreichen, und zwar diesmal in der Firma. Aber er war nicht da, und ich hinterließ eine Nachricht bei seiner Sekretärin, er möge sich bei mir melden. Charles Richards meldete sich auch – nur war es natürlich Conrad, der mich anrief. Das zu arrangieren war ja ein leichtes, da er sein Büro nur ein Stockwerk höher im selben Haus wie Charles hatte. In diesem Gespräch nun bat ich um eine persönliche Unterredung. Ich weiß noch, daß Conrad alias Charles darüber nicht besonders glücklich war, was auch verständlich ist, weil in diesem Fall, um die Täuschung aufrechtzuerhalten, doch relativ umfangreiche organisatorische Maßnahmen erforderlich waren. Als ich am Dienstagmorgen im Verlag eintraf, waren sie jedoch gut vorbereitet, und Celia Richards und Conrad spielten mir eine hübsche kleine Komödie vor – Celia in der Rolle als Sekretärin, Conrad als Charles. Zusätzlich kompliziert wurde das Ganze noch dadurch, daß Mrs Richards irgendwann aus ihrer Rolle ausstieg und mir gestand, daß sie mich getäuscht hätten. So erzeugten sie bei mir den Eindruck – ohne daß ich mir darüber Rechenschaft ablegte –, daß das übrige, was ich gesehen und gehört hatte, authentisch sei. Einen Punkt allerdings gab es, der mir später half, die Wahrheit herauszufinden. Am Ende unseres Gesprächs bat Mrs Richards nämlich *mich* um eine Zigarette; wenn der Mann neben ihr wirklich Charles Richards gewesen wäre, hätte sie das nicht nötig gehabt – Charles ist ein starker Raucher und hat garantiert immer Zigaretten dabei. Aber das erfuhr ich erst später. Die drei müssen sich, nachdem sie mich so erfolgreich getäuscht hatten, ziemlich sicher gefühlt haben, auch bei möglichen weiteren Nachforschungen ihre Fassade aufrechterhalten zu können.

Am nächsten Tag hätten wir mit etwas Glück das Vertauschungsspiel der beiden Brüder durchschauen können; ich entschloß mich nämlich zu einem Überraschungsbesuch bei Conrad Richards. Ich hatte zu diesem Zeitpunkt schon ein Gefühl, daß er vielleicht von seinem Bruder in die Jackson-Sache mit hineingezogen worden war. Ich hielt es für möglich, daß *er* derjenige gewesen war, der Jackson am Freitagabend aufgesucht hatte. Aber dummerweise ließ ich Lewis allein zu ihm gehen. Da Lewis Conrad nie als Charles erlebt hatte, ging die Sache glatt über die Bühne. Lewis nahm seine Fingerabdrücke; aber natürlich fiel der Vergleich mit den Abdrücken, die wir aus Jacksons Schlafzimmer hatten, negativ aus, weil eben *Charles* und nicht Conrad am Freitagabend in Canal Reach Nr. 10 gewesen war. Als Lewis von seinem Besuch bei Conrad Richards zurückkam, schilderte er mir seinen Eindruck von ihm: er hatte ihn als einen freundlichen und entgegenkommenden Mann kennengelernt, und ich mochte plötzlich an meine Theorie, daß *er* derjenige sein könnte, der Jackson umgebracht hatte, nicht mehr glauben. Ich beschloß, mich selber einmal mit ihm zu unterhalten – und zwar sofort. Doch ich kam zu spät. Wir durchsuchten die Büros der beiden Brüder und fanden, wie Sie wissen, in Charles' Schreibtisch den Erpresserbrief. Aber der wichtigste Hinweis entging mir auch jetzt immer noch. In Charles' Büro quoll der Aschenbecher nur so über von Stummeln – er mußte Kettenraucher sein –, während es in Conrads Zimmer keinerlei Anzeichen gab, daß er überhaupt rauchte; weder war ein Aschenbecher vorhanden, noch hing der typische Geruch von kaltem Rauch in der Luft. Erst am Freitag ging mir dann ein Licht auf, und mir wurde die Bedeutung dieser Tatsache klar. Bei meiner dritten persönlichen Begegnung mit Conrad Richards am darauffolgenden Dienstag, bei der er und Celia sich alle Mühe gaben, mich glauben zu machen, sie seien ein glücklich versöhntes Paar, hatte ich ihre Täuschung endlich durchschaut. Mein Besuch bei ihnen hatte zwei Gründe. Der erste war, Conrad zu bewegen, sich draußen vor der Haustür zu zeigen (ich bat ihn, mir seinen Rolls ansehen zu dürfen, und er begleitete mich, wie ich erwartet hatte, höflicherweise zur Garage) – dies alles, um von Lewis, der draußen im Streifenwagen saß, die Bestätigung zu bekommen, daß dieser Mann, der mir hier als *Charles* Richards gegenübertrat, in Wahrheit *Conrad* war. Der zweite Grund meines Besuchs war, quasi einen Köder auszulegen, der Charles Richards veranlassen würde, aus Spanien zurückzukehren. Zu diesem Zweck informierte ich Conrad darüber, daß ich seine Aussage noch in schriftlicher Form brauche und Sergeant Lewis deshalb bei ihm vorbeischicken würde. Der Punkt war natürlich: Lewis kannte Conrad; wenn er eine Aussage von Charles aufnehmen sollte, mußte also der echte Charles her. Na, und der kam dann ja auch prompt aus Spanien zurück – schneller, als ich dachte.»

«Und Sie hatten dafür gesorgt, daß er in Gatwick erwartet wurde?»

«Ja. Als ich ihn dann am nächsten Morgen in der Zelle besuchte und ihm sagte, daß Sergeant Lewis beim Abnehmen seiner Fingerabdrücke etwas verbockt habe und die Prozedur deshalb wiederholen müsse, der Sergeant warte schon draußen, wußte er, daß sein Spiel aus war. Lewis würde natürlich sofort bestritten haben, daß dieser Mann Conrad Richards sei ...»

«Was mich jetzt aber noch interessieren würde, Morse – ich nehme doch an, Sie haben Charles Richards tatsächlich noch Fingerabdrücke abgenommen und sie mit denen aus Jacksons Haus verglichen, oder?»

«Ja.»

«Und? Waren sie identisch?»

«Äh ... also eigentlich nicht, nein. Ich fürchte, äh ... daß ich selbst, äh ... nicht ganz die nötige Vorsicht habe walten lassen, äh, und ...» Der ACC hatte sich langsam von seinem Stuhl erhoben und sah Morse drohend an. «Soll das etwa heißen ...?»

Morse senkte schuldbewußt den Kopf. «Ja, Sir. Sie vermuten richtig. Die Fingerabdrücke, die wir bei Jackson gefunden hatten, stammten von mir.»

Kapitel Neununddreißig

Die Mühsal unsres stolzen zorn'gen Staubs
gibt es von Ewigkeit, für immerdar.
Doch wir können sie tragen, und so müssen wir's.
Schultre den Himmel, mein Junge, und trink dein Bier.
A. E. Housman, Last Poems

Wenn man von ein paar noch ungeklärten Details absah, konnte man die Fälle Scott und Jackson als gelöst betrachten. Doch Morse wußte, als er am nächsten Morgen in seinem Büro saß und noch einmal über alles nachdachte, daß er diese Akten nicht schließen würde, ehe er nicht auch sie einordnen konnte. Am meisten beschäftigte ihn die Frage, wo der Brief stecken mochte, den Charles Richards an Anne Scott geschrieben hatte. Oder war das nur eine fixe Idee von ihm? Denn ob er sich nun fand oder nicht – er würde die beiden Fälle kaum in einem anderen Licht erscheinen lassen. Es stand unzweifelhaft fest, daß der Brief der direkte Auslöser für ihren Entschluß zum Selbstmord gewesen war; genauer gesagt, einer der beiden Auslöser, denn sie hatte am Morgen des 3. gegen acht, als die Post kam, *zwei* Briefe erhalten: einen von den *Jericho Testing Laboratories*, in dem ihr bestätigt wurde, daß sie schwanger war, und einen zweiten, den Brief von Charles, in dem er ihr den Wunsch, sich mit ihm zu treffen, abschlug.

Morse nickte mehrmals mit dem Kopf: ja, es waren diese beiden Briefe gewesen, die als Katalysatoren gewirkt und ihre Tat beschleunigt hatten – *nicht* die Gespräche im Bridgeclub über Geburtstage und Adoptionen, wie er zu Anfang angenommen hatte. Aber wieso war sie schon so früh aufgewesen? Gewöhnlich blieb sie doch, wie er erfahren hatte, mittwochs lange, oft bis zum Mittag, im Bett, weil das Bridgespiel sich immer bis weit in die Nacht hinzog. Und was war der Grund, daß sie Edward Murdoch abgesagt hatte? Hatte sie vielleicht, auch wenn sie sich nicht in der Nachfolge der Königin Iokaste gesehen hatte, wie er nun wußte, doch einen gewissen morbiden Zug in ihrem Charakter gehabt und geglaubt, daß sie einem unbarmherzigen Schicksal hilflos ausgeliefert sei? Wenn er nur wüßte, was sie in den frühen Morgenstunden des Mittwoch, nachdem sie vom Bridge nach Hause gekommen war, gemacht hatte! Plötzlich verzog er nachdenklich die Stirn. Wieso war er eigentlich die ganze Zeit davon ausgegangen, daß sie aufgeblieben war? Er hatte sich immer vorgestellt, daß sie, bevor sie ihren Entschluß zum Selbstmord in die Tat umsetzte, noch ein paar furchtbare, quälende Stunden damit zugebracht hatte, über ihren Entschluß nachzugrübeln und in Gedanken Abschied zu nehmen. Aber natürlich konnte es ganz anders gewesen sein. Es war durchaus möglich, daß sie nach ihrer Heimkehr zu Bett gegangen war, geschlafen hatte, dann am Morgen früh aufgestanden war und ... Da war er wieder bei der Frage, warum sie überhaupt so früh schon aufgewesen war.

Morse seufzte. Die Dinge paßten nicht zusammen; hoffentlich kam Lewis bald, damit er mit ihm darüber reden konnte. (Wo steckte er überhaupt? Er hätte doch längst dasein müssen.) Er zündete sich eine Zigarette an und dachte an jenen Abend vor nun vier Monaten, an dem er und Anne sich auf Mrs Murdochs Party getroffen hatten. Wenn damals nicht ein unglückseliger Zufall gewollt hätte, daß er ausgerechnet an diesem Abend weggerufen wurde ... Er sah noch Lewis vor sich, wie er ins Zimmer getreten, ein wenig verlegen auf ihn zugekommen war und gefragt hatte: *‹Können wir los, Sir?›* Und er hatte geantwortet: *‹Ja, ja, sofort.›* Und dann waren sie gegangen.

«Guten Morgen, Sir!» Lewis strahlte wie der junge Tag. «Es tut mir leid, daß ich mich etwas verspätet habe, aber ...»

«Ein bißchen? Ich warte schon seit einer Ewigkeit, daß Sie hier endlich auftauchen», knurrte Morse unfreundlich.

«Aber gestern haben Sie doch gesagt ...»

«Haben Sie wenigstens Ihren Wagen dabei?»

«Ja, steht draußen.» Lewis lächelte leise. Morses schlechte Laune würde schon wieder vergehen.

«Ich möchte noch einmal nach Jericho fahren, Lewis. Ich muß die ganze Zeit an diesen verdammten Brief denken: erst hat Charles Richards danach gesucht (zweimal sogar), dann Bell und schließlich Sie – das Ergebnis war immer gleich Null. Deshalb werde ich jetzt mal selbst danach suchen! Sie drei behaupten ja, er sei nicht zu finden; ich bin da anderer Meinung. Das wichtigste ist eben, daß man an der richtigen Stelle sucht. Ich will damit nicht sagen, daß ich sicher sei, sie zu kennen, aber ich habe so eine Idee ... Und wenn ich mich irre, dann macht das auch nichts. Wo schon drei Leute vergeblich gesucht haben, kann ich mich kaum noch blamieren; aber ich glaube, ich bin Richards und Bell und auch Ihnen gegenüber im Vorteil: ich habe nämlich Phantasie!»

Lewis griente nur.

Ganz entgegen seiner sonstigen Angewohnheit, sobald er ein Auto bestieg, in tiefes Schweigen zu verfallen, war Morse diesmal während der Fahrt ungewöhnlich gesprächig. «Was für ein wunderschöner Morgen, Lewis! Man könnte fast froh sein, daß man lebt.»

«Ich bin immer froh, daß ich lebe, Sir», sagte Lewis.

«Wirklich?» Morse sah ihn ungläubig von der Seite an. An der Kreuzung Observatory / Walton Street mußten sie halten. Morse blickte gelangweilt aus dem Wagenfenster und betrachtete die stuckverzierten Fassaden der Häuserreihe. Auf einmal stutzte er.

«Lewis, ist das da drüben der Laden, wo Jackson sein Angelgerät gekauft hat?»

Lewis nickte.

Sie parkten den Wagen in der Canal Street und stiegen aus. «Wohin gehen wir zuerst?» fragte Lewis. «Nur, damit ich Ihnen den richtigen Schlüssel gebe.»

«Vielleicht brauchen wir gar keinen Schlüssel», sagte Morse ominös.

Sie gingen die schmale Straße hinunter, doch zu Lewis' Überraschung blieb Morse weder vor Nr. 9 noch vor Nr. 10 stehen, sondern schritt zielsicher durch das Tor der Bootswerft am Ende der Sackgasse, wandte sich dort gleich nach rechts, zog vor den erstaunten Augen des Sergeant eine Tonne an die Mauer und forderte ihn auf: «Na los, Lewis, jetzt zeigen Sie mal, wie sportlich Sie sind!» Sie kletterten über die Mauer und befanden sich gleich darauf in dem kleinen Garten hinter Jacksons Haus, der recht gepflegt aussah. Die Tür des Schuppens war nur angelehnt, so wie Morse sie zurückgelassen hatte, und sie traten ein.

«Das muß doch wohl die neue sein, oder?» fragte Morse und wies auf eine elegante Angelrute, die links in der Ecke lehnte.

«Sieht so aus», sagte Lewis.

Die Angel ließ sich zerlegen. Morse nahm sie in die Hand, schraubte sie auseinander und sah sich jedes Teil eingehend an. «Sehen Sie, Lewis, das ist eine von diesen neuen, die sind ganz leicht und innen hohl; der ideale Platz, um einen Brief darin zu verstecken. Man muß ihn nur einrollen, und dann ...» Er hielt jedes der Teile gegen das Licht, spähte hindurch, schüttelte es und bohrte forschend seinen Finger hinein. Doch sein anfänglicher Optimismus schwand bald dahin. Der Brief fand sich nicht ein.

«Ich verstehe das nicht! Ich war fest davon überzeugt, daß er ihn hier drin versteckt hätte», sagte Morse mit hilfloser Erbitterung.

Nach einer weiteren Viertelstunde gab er auf. Lewis hatte die ganze Zeit unbeteiligt und scheinbar desinteressiert danebengestanden und keine Hand gerührt.

«Sie sind ja keine sehr große Hilfe gewesen», raunzte Morse ihn an.

«Nun ärgern Sie sich mal nicht, Sir», sagte Lewis begütigend. «Die Idee an sich war doch ganz gut. Ich schlage vor, wir gehen jetzt erst mal rüber in den *Printer's Devil* und trinken ein Bier.»

Morse sah ihn befremdet an. «Was ist denn in Sie gefahren? Sie sind doch hoffentlich nicht krank?»

«Wir haben einen Fall gelöst», sagte Lewis, «und ich finde, das ist ein Grund zum Feiern.»

«Ich mag aber keine ungeklärten Details!» murrte Morse.

«Ach, es hat doch keinen Zweck, sich so in die Dinge zu verbeißen, Sir.» Sie verließen den Garten auf demselben Weg, den sie gekommen waren, und befanden sich kurz darauf wieder im Canal Reach. Vor Anne Scotts Haus blieb Morse stehen und blickte zu den beiden Fenstern im ersten Stock hoch.

«Es würde mich ja doch interessieren ...» sagte er.

«Ja, Sir? Was denn?»

«Sie haben den Schlüssel, sagten Sie?»

Lewis nickte und zog ihn aus der Tasche.

«Es würde mich wirklich interessieren, ob sie einen Wecker im Schlafzimmer hatte. Wissen Sie das noch, Lewis?»

«Nee, Sir. Aber wir können ja gerade mal reingehen und nachsehen.»

Sie schlossen auf. Auf der Schwelle blieb Morse plötzlich wie angewurzelt stehen. *Déjà vu*. Gleich hinter der Tür lag ein brauner Umschlag. Morse bückte sich und nahm ihn auf. Ein Brief von den Gaswerken – vermutlich eine Rechnung.

«Laufen Sie mal rasch hoch, Lewis, und holen Sie den Wecker, falls es einen gibt.»

Als Lewis nach oben verschwunden war, griff Morse in die Innentasche seines Jacketts und zog den Brief heraus, den er, als er sich letzte Woche hier umsah, gefunden und eingesteckt hatte. Er hatte ihn völlig vergessen. Ungeduldig riß er das Kuvert auf und zog den Brief heraus.

SUMMERTOWN GARDINEN CENTER *8. Okt.*

Sehr geehrte Miss Scott!
Durch ein Versehen unsererseits ist es leider unterblieben, Sie rechtzeitig davon in Kenntnis zu setzen, daß wir den vereinbarten Termin am 3.10., 9.00 Uhr, zur Anbringung von Schienen und Gardinen in Ihrem Schlaf- und Arbeitszimmer nicht einhalten konnten, da wir leider erst zu spät bemerkten, daß wir den von Ihnen gewünschten Vorhangstoff nicht mehr in der erforderlichen Menge am Lager hatten. Wir bedauern, daß wir Ihnen nicht eher davon Mitteilung machten, und hoffen, daß Ihnen dadurch keine Unannehmlichkeiten entstanden sind.
Wir haben den Stoff nachbestellt und rechnen damit, ihn bis spätestens Ende des Monats geliefert zu bekommen.

Mit freundlichen Grüßen
J. Burkitt (Geschäftsführer)

Morse war gerade mit Lesen fertig, als Lewis, einen kleinen schwarzen Wecker in der Hand, von oben herunterkam. «Was Interessantes, Sir?» fragte er.

Morse dachte einen Augenblick über den Brief nach und zeigte dann auf den Wecker. «Also, wenn er so auf halb acht gestellt ist, dann haben wir für eines der Details, die mir Kopfzerbrechen bereitet haben, jetzt eine Erklärung.»

«Er ist auf Viertel vor acht gestellt, Sir.»

Morse nickte. Ja, auf eine der noch offenen Fragen hatten sie jetzt eine Antwort.

«Der Brief, den Sie da eben gesucht haben, Sir, der von Charles Richards, meine ich – es wäre doch möglich, daß sie ihn verbrannt hat, genau wie den vom Labor. Sie sind doch beide mit der gleichen Post gekommen. Vielleicht könnten die von der Spurensicherung die Asche noch mal ...»

Morse schüttelte den Kopf. «Nein. Die Chance habe ich vermasselt, als ich selbst da herumgewühlt habe. Das hat jetzt keinen Zweck mehr.»

«Und Sie sind nach wie vor fest davon überzeugt, daß Charles Richards ihr wirklich geschrieben hat?»

«Ja. Nicht als direkte Antwort auf ihren Brief – der war ja Celia in die Hände gefallen, aber ich denke mir, daß Anne Scott sich, als jede Reaktion von ihm ausblieb, noch mal bei ihm gemeldet hat. Und da hat er sich dann hingesetzt und ... Ja, so wird es wohl gewesen sein.»

«Er selbst streitet es aber ab.»

«Na, was haben Sie denn erwartet?»

«Sie meinen, weil er Jacksons Tod auf dem Gewissen hat, will er nicht auch noch ...?»

Morse schüttelte den Kopf. «Ich glaube nicht, daß die Tatsache, daß er Jackson umgebracht hat, ein großes Problem für ihn darstellt – ein großes moralisches Problem, meine ich natürlich; denn schließlich hat diese Tat ja sein Leben ruiniert. Aber sonst haben Sie schon recht: Richards will um keinen Preis wahrhaben, daß er schuld ist am Tod von Anne Scott. Das hält er nicht aus.»

«Lassen Sie mich ... Ich lade Sie ein», sagte Lewis, als sie den *Printer's Devil* betraten. «Sie können sich ja derweil schon hinsetzen und das hier lesen.» Er drückte Morse einen Briefumschlag in die Hand, dem man ansah, daß er eng zusammengerollt gewesen war. «Ich war heute morgen schon ganz früh hier draußen und habe Jacksons Angelrute auseinandergenommen. Und da habe ich ihn gefunden. Ich hoffe, Sie sind mir nicht böse, daß ich es Ihnen nicht eher gesagt habe – aber es ist nicht der Brief, nach dem Sie gesucht haben.»

Lewis ging die Biere holen, und Morse setzte sich. Es war ein kleiner Schock, als er realisierte, daß der Name auf dem Umschlag sein eigener war.

Chief Inspector (?) Morse
Thames Valley Police
Nur für ihn PERSÖNLICH

Im Kuvert steckten ein einzelner Bogen sowie ein weiterer Umschlag, bereits geöffnet und adressiert an *Charles Richards*. Morse nahm den Bogen und begann zu lesen.

Lieber Inspector Morse,
vielleicht können Sie sich gar nicht mehr an mich erinnern. Wir haben uns vor ein paar Monaten auf einer Party getroffen. Sie hatten ein bißchen zuviel getrunken und waren sehr nett zu mir. Ich hatte gehofft, Sie würden sich mal bei mir melden, aber das haben Sie nicht getan. Darf ich Sie trotzdem jetzt um etwas bitten, was mir sehr wichtig ist: Bitte übergeben Sie den beigefügten Brief dem auf dem Umschlag angegebenen Empfänger. Und bitte tun Sie es selbst, und geben Sie ihn ihm nur persönlich. Was ich vorhabe, ist feige und egoistisch – ich weiß. Aber ich kann nicht mehr weitermachen. Ich will auch nicht mehr.

Anne Scott

Lewis war mit den Bieren zurück und setzte sich schweigend Morse gegenüber.

«Haben Sie gelesen, was sie geschrieben hat, Lewis?»

«Nein, der Brief war ja an Sie gerichtet.»

«Sie hat einen letzten Wunsch gehabt», sagte Morse, «und ich denke, den sollte ich ihr erfüllen.» Er schob Lewis den an Richards adressierten Brief über den Tisch. «Würden Sie ihn bitte zukleben und dafür sorgen, daß er ihn so schnell wie möglich bekommt?»

War das, was er da tat, wirklich richtig? Der Brief würde Richards schlimmen Schmerz zufügen und es ihm schwermachen, seine Schuld an ihrem Tod weiterhin zu leugnen. Aber wenn man ihm diesen Schmerz ersparte, dann nahm man ihm auch ein Stück Leben. Leben war auch Schmerz und Verzweiflung – und Scham. Das hatte er selbst gerade zu spüren bekommen. *Ich hatte gehofft, Sie würden sich mal bei mir melden*, hatte sie geschrieben, *aber das haben Sie nicht getan*. Hätte sie doch nur geahnt, was ihn hinderte, hätte sie es doch nur geahnt ...

Er fühlte, wie Lewis ihm die Hand auf die Schulter legte, und hörte ihn sagen: «Vergessen Sie nicht Ihr Bier, Sir!»

Epilog

Jericho hat sich seit den Ereignissen, die in diesem Buch beschrieben wurden, nur wenig verändert. Canal Reach allerdings ist inzwischen verschwunden. Die eingeschossigen Reihenhäuser wurden abgerissen – auch Nr. 9 und 10, in denen Anne Scott und George Jackson lebten und starben. Wo noch vor gut einem Jahr die kleine Sackgasse verlief, erhebt sich jetzt ein riesiger Neubaublock. Mrs Purvis aus Nr. 7, die aus der Gegend nicht weg wollte, ist dort eingezogen (natürlich zusammen mit Graymalkin), und auch der junge Polyhistor, der Morse – gründlicher, als ihm lieb war – über die Geschichte Jerichos belehrte, hat sich dort eine Wohnung genommen. (Er studiert übrigens seit dem letzten Frühjahr an der Universität London Ökologie.) Von den anderen, die in der Geschichte eine Rolle spielten, sind einige weggezogen, andere gestorben. Mrs Beavers aber gibt es noch; sie führt wie eh und je die Post, und auch Mr Grimes sitzt nach wie vor, inmitten einer Unmenge von Schlüsseln, Schlössern und Diebstahlsicherungsanlagen, in seinem Eckladen in der Great Clarendon Street. Und über allem ragt weithin sichtbar der Glockenturm von St. Barnabas.

Möglicherweise möchte der geneigte Leser auch etwas über das weitere Schicksal einiger in Oxford lebender Personen erfahren. Michael Murdoch wurde einige Wochen später aus dem Krankenhaus entlassen und konnte mit einer Ausnahmegenehmigung noch in das bereits angelaufene Herbstsemester einsteigen. Seit seiner Verletzung damals trägt er eine schwarze Klappe über dem rechten Auge, die ihm ein sehr verwegenes Aussehen gibt, was ihm bei seinen Beziehungen zum anderen Geschlecht durchaus zum Vorteil gereicht. Sein Bruder Edward hat vor knapp einem Jahr Abitur gemacht und im Fach Deutsch erwartungsgemäß mit der Note *sehr gut* abgeschlossen. Der Bridgeclub in Nord-Oxford erfreut sich einer ständig wachsenden Mitgliederzahl. Als unlängst Mr Parkes starb und der Club zu seiner Beerdigung einen Kranz kaufte, standen auf der Schleife, wie Mrs Briggs mehrere Tage lang jedem, der es hören wollte, nicht müde wurde zu erzählen, nicht weniger als sechsunddreißig Namen. Die Beisetzung fand übrigens genau an demselben Tag statt, an dem ein Oxforder Schwurgericht Charles Richards des Mordes an George Jackson für schuldig befand. Zur großen Überraschung seiner Kollegen und Vorgesetzten faßte Detective Constable Walters irgendwann Mitte letzten Jahres den Entschluß, die Polizei zu verlassen und statt dessen zur Armee zu gehen. Besonders Superintendent Bell, der sich übrigens als hervorragend geeignet für seine jetzige Aufgabe erwies, mißbilligte seine Entscheidung und versuchte in einem längeren Gespräch, ihn umzustimmen, was jedoch fehlschlug. Anfang dieses Jahres wurde Sergeant Lewis' älteste Tochter von einem Sohn entbunden, und Mrs Lewis spendierte ihrem Mann zur Feier des Tages eine Flasche Rotwein zum Abendessen.

Und Morse? Er geht noch immer regelmäßig jeden Abend in seinen Pub, und es hat den Anschein, daß er seine Nahrung hauptsächlich in flüssiger Form zu sich nimmt; es ist jedenfalls schon sehr lange her, daß ihn irgendjemand in einem der Supermärkte in Summertown hat einkaufen sehen. Mitte Dezember letzten Jahres war er wieder einmal in Nord-Oxford auf einer Party. Vor ihm in der Schlange am kalten Buffet stand eine junge Frau, und als sie sich nach vorn beugte, um an die Schüssel mit dem Salat zu kommen, betrachtete er beinahe andächtig die sanfte Kurve ihres schmalen Hinterns. Doch er sprach sie nicht an. Er setzte sich allein in eine Ecke, und in einem unbeobachteten Moment, als die Gastgeberin beschäftigt war, schlüpfte er hinaus, stieg in seinen Lancia und trat auf das Gaspedal. Er wollte nichts als nach Hause.

Paula Gosling

Töten ist ein einsames Geschäft

Deutsch von Ute Tanner

Zu diesem Buch

«Es ist vorbei», sagte er und deutete auf die Leiche, die auf dem Teppich lag. «Er ist tot und kann Ihnen nichts mehr tun.»

Doch sie schüttelte den Kopf, den Blick auf das leblose Gesicht neben ihrem Fuß gerichtet. «Sie haben den Falschen erwischt», sagte sie leise. «Das ist nicht der Mann, den ich im Park gesehen habe.»

Der Mann, den sie im Park gesehen hatte...

San Francisco. Clare Randell hatte an diesem Sonntag ihren Wagen auf den Parkplatz einer Grünanlage gestellt und darüber nachgedacht, ob sie Dan Fowler nun heiraten sollte oder nicht. Sie hatte die beiden Männer, die im Park verschwunden waren, nur flüchtig wahrgenommen, und sie hätte auch nicht weiter registriert, daß der eine von den beiden allein zurückkam, wenn sich sein Aktenkoffer nicht geöffnet und ein paar Bogen Papier in die Gegend verstreut hätte. Ganz unwillkürlich hatte sie den Mann angerufen und ihn auf den Verlust aufmerksam gemacht.

Als sie wenige Tage später nach Büroschluß auf der Straße ein Taxi heranwinkt, wird sie heftig angerempelt. Doch im Taxi stellt sie fest, daß das Stechen im Arm nicht von der Prellung herrührt. Ihre Hand, die nach der schmerzenden Stelle tastet, berührt etwas Feuchtes, Klebriges. Voller Entsetzen muß sie erkennen, daß sie von einem Streifschuß getroffen worden ist. Bei der Polizei versucht man, sie zu beruhigen. Es gibt immer wieder Verrückte, die mit einem Gewehr in der Gegend herumballern und dabei schon mal jemanden verletzen. Aber am nächsten Tag besteht kein Zweifel mehr, daß man sie umbringen will.

Paula Gosling ist gebürtige Amerikanerin, die seit 1964 in England lebt. Dies ist ihr erster Kriminalroman, für den sie mit dem Silver Dagger der British Crime Writers' Association ausgezeichnet wurde. Inzwischen hat sie für ihren Roman Tod auf dem Campus (Nr. 2858) auch den Gold Dagger erhalten. Außerdem liegen vor: Blut auf den Steinen (Nr. 2826), Ein echtes Gaunerstück (Nr. 2939) und der Polizistenkiller (Nr. 2971).

Die Hauptpersonen

Clare Randell	kann einen Mann identifizieren, der alles daransetzen wird, eben dies zu verhindern.
Dan Fowler	wird das Opfer des Opfers.
Edison	verliert ein paar Bogen Papier – und das erweist sich als tödlicher Fehler.
Lieutenant Michael Malchek	kann sich aus eigener Erfahrung in die Denk- und Handlungsweise eines Killers versetzen.

I

Clare rutschte tiefer in den Sitz des Wagens und ließ den Wind, der durch die auf beiden Seiten geöffneten Fenster wehte, über sich hinwegstreichen. Der Himmel war fern und durchsichtig blau, ausgebleicht von einer Sonne, die sich vorgenommen hatte, den Sommer zu feiern.

Sie hatte im Parkverbot gehalten, weil sie hier ein frischer Luftzug vom Meer her erreichte; das machte den Aufenthalt im Wagen gerade noch erträglich.

Es war ein heißer Sommer gewesen, ungewöhnlich heiß bisher, und an diesem verlängerten Nationalfeiertagwochenende hatten sich die meisten Leute aus dem brütenden Häusermeer in eine eingebildete Kühle an der See geflüchtet.

Nicht so Clare. Sie liebte ihre Wahl-Heimatstadt San Francisco mit den staffelförmig dicht an dicht die Hügel hinaufgebauten Holzhäusern, deren bunte Farben und exzentrische Formen ihr auch an gewöhnlichen Wochentagen einen festlichen Anstrich gab. Ungestört von dem üblichen Geschiebe und Gedränge konnte sie den Anblick in Ruhe auf sich wirken lassen. Genau das tat sie jetzt. Seit einer Stunde.

Sicher, sie hätte nur die Wagentür aufzumachen brauchen, und ein paar Schritte über den Weg hätten sie zum Park hinuntergeführt, wo die kühlen Schatteninseln der großen Bäume sie erwarteten. Sie konnte über die gepflasterten Wege schlendern und den kleinen Jungen zusehen, die mit ihren verbotenen Feuerwerkskörpern alte Damen erschreckten und die faul im Gras liegenden Liebespaare zur Verzweiflung brachten.

Doch Clare Randell tat Buße.

Sie setzte sich bequemer zurecht und hob das schwere dunkle Haar im Nacken hoch. Sanft strich die Brise über ihre feuchte Haut.

Sie hatte sich nun doch entschlossen, Dan nicht zu heiraten – eigentlich wohl eine Schande, denn damit verleugnete sie letztlich die großen amerikanischen Ideale oder was man so dafür hielt. Und die Buße war nötig, weil sie nach diesem Entschluß ein so unverschämtes Gefühl der Erleichterung verspürte.

Welches Mädchen, das seine fünf Sinne beieinanderhatte, konnte sich den unbestreitbaren Vorzügen verschließen, die der bestrickende Dan Fowler zu bieten hatte, als da wären sein gutes Aussehen, seine vielversprechende Karriere, seine zärtlichen Aufmerksamkeiten? Oder seine Angewohnheit, sich jedesmal diskret zu räuspern, wenn er sich anschickte, sie zu küssen?

«Ich», vertraute Clare dem Lenkrad an. «Ich, das dumme kleine Schaf, das nicht weiß, was gut für es ist.» Das Lenkrad wußte darauf nichts zu sagen.

In diesem Augenblick sah sie den Mann. Er war gerade den ansteigenden Weg vom Park hinaufgekommen und wirkte angestrengt und erhitzt. Kein Wunder, dachte sie, wer trägt denn schon bei diesem Wetter einen schweren Straßenanzug? Und noch dazu eine Aktentasche! Manche Leute können es eben nicht lassen, nicht einmal am Wochenende.

Sie zuckte die Achseln. Es wurde Zeit zur Heimfahrt. Ehe morgen früh der Büroalltag wieder begann, hatte sie noch ein volles Programm vor sich: Haarewaschen, Papiere zusammensuchen, jede Menge schauderhafter alter Filme im Fernsehen, dazu den seltenen Genuß eines Grillhähnchens aus der Tüte. Dan kaufte nie Tütenhähnchen.

Aber statt den Schlüssel ins Zündschloß zu stecken, sah sie dem Mann nach, der zu einem der wenigen Wagen ging, die wie der ihre auf dem hitzeflimmernden Asphalt des Parkplatzes vor sich hinschmorten. Wo hatte er denn seinen dicken Freund gelassen, mit dem er vor zwanzig Minuten gekommen war? Die Aktentasche war wohl in großer Eile geschlossen worden, denn plötzlich fiel ein Bündel Papiere heraus und blieb unbeachtet hinter ihm am Rasenrand liegen. Sie steckte den Kopf aus dem Fenster.

«He», rief sie. Bei dem unerwarteten Laut ihrer Stimme fuhr er herum. «Sie haben etwas verloren.» Er zögerte, machte ein ratloses Gesicht, hatte wohl nicht genau verstanden, was sie gesagt hatte. Clare deutete auf die Stelle hinter ihm. Er wandte den Kopf in die angegebene Richtung, hatte aber offenbar noch nicht begriffen, was sie wollte. Ärgerlich vor sich hin murmelnd, machte sie die Tür auf, stieg aus und ging auf ihn zu. «Sie haben etwas verloren, aus Ihrer Aktentasche», wiederholte sie und deutete noch einmal auf die weißen Rechtecke, die sich von dem Grün des Rasens abhoben. Sie hatte sich ihm auf etwa zwei Meter genähert, als er plötzlich die Papiere sah. Sein Gesicht hellte sich auf, er hob die Hand in einer Geste, die gleichzeitig Dank und Abwehr signalisierte.

«T-tut mir leid», rief er ihr zu, seine Stimme über das Gezänk der Möwen erhebend. «H-hab Sie zuerst nicht verstanden.» Er kehrte um und bückte sich zu den Aktenstücken herunter.

Clare machte keine Anstalten, den Rückzug anzutreten. Sie hatte es nicht eilig; andererseits lag auch kein besonderer Grund vor, noch hierzubleiben. Der Mann sah recht sympathisch aus – um die vierzig, groß, ansehnlich. Er kam ihr fast bekannt vor, wie es einem oft mit gutaussehenden Männern geht, die einen an Filmstars, Baseballspieler oder andere Nationalgrößen erinnern. Makellos, wohlgestaltet, angenehm ... Sie war nicht der Typ, der Wildfremden Mut zum Anbändeln macht, aber durch sein scheues Lächeln fühlte sie sich nicht bedroht. Jetzt, da er nach seiner Kletterpartie wieder zu Atem gekommen war, erkannte sie, daß sein Gesicht für diesen Landstrich zu dieser Jahreszeit entschieden zu blaß war. Also kam er von außerhalb und hatte wahrscheinlich die Hälfte seiner Gedanken im Hotel, in seinem zweiten Anzug vergessen.

Er machte ein paar Schritte, sah sie noch dastehen und hielt inne. «Danke», sagte er. «Es waren wichtige Papiere, ohne sie hätte ich echt in Schwierigkeiten kommen können.»

Clare lächelte. «Es ist ja noch einmal gutgegangen.» Sie wandte sich ihrem Wagen zu, aber da erreichte sie noch einmal seine Stimme, und sie verlangsamte den Schritt.

«Ich ... Haben Sie ... K-kann ich –»

Sie wandte sich fragend um. Er griff in die Brusttasche. Glaubte er etwa, daß sie auf ein Trinkgeld wartete? Lächerlich. Sie wollte abwehrend die Hand heben, da kreischten Reifen hinter ihr, und beide drehten sich irritiert um.

Ein alter, verbeulter, aber offenbar geliebter Edsel bog auf den Parkplatz ein. Am Steuer saß ein sehr jugendlicher Möchtegernrennfahrer in rotem Sweatshirt, umgeben von einer Horde fröhlich-bierseliger Freunde. Beim Anblick der freien Fläche vor ihm begann der Fahrer den Motor hochzujubeln, der Wagen machte einen Satz nach vorn, und einer der Typen auf dem Rücksitz fiel quietschend vornüber in ein Gewirr von Armen und Beinen.

Clare lächelte und zuckte die Achseln. Der Wagen schoß zwischen ihr und dem Fremden hindurch, Gekicher hinter sich herziehend wie Papierschlangen. Seine grauen Augen verengten sich, die Lippen wurden schmal.

«Solange sie hierbleiben, fahren sie wenigstens niemanden über den Haufen», rief sie dem Mann belustigt zu.

«Mag sein.» Die Worte ertranken in einem neuerlichen Aufkreischen des gequälten Gummis.

«Passen Sie jetzt auf.» Clare ging zu ihrem Wagen, wobei sie vorsichtshalber den Edsel im Auge behielt. Im Rückspiegel sah sie, wie der gutgekleidete Mann in sein weißes Kabrio stieg und die Mappe nachlässig auf den Rücksitz warf. Wenn er nicht aufpaßt, verliert er auch noch den Rest seines Lebenswerks, dachte sie. Nicht, daß es mich etwas angeht ...

Noch war Sonntag, der Rest des Tages gehörte ihr allein. Worin bestand der Luxus, als Alleinstehende zu leben? Darin, daß sie tun durfte, was sie wollte, ohne jemanden um Erlaubnis zu fragen? Lächelnd lenkte sie den Wagen in Richtung Ausfahrt und schaltete dabei mit einer Hand das Radio ein. Gut möglich, daß sie sich damit fürs Alleinsein entschied, aber die Aussicht hatte nichts Erschreckendes für sie.

Und das war schade.

2

Der Montag war eine Katastrophe.

In der Werbeagentur Tandy-Nicholson, in der Branche nur T.N. genannt, mochte niemand arbeiten. Alle waren übersättigt mit Sonne, Essen, Sex – oder einfach nur so. Der ganze Vormittag und ein erheblicher Teil des Nachmittags gingen mit angeregtem Erfahrungsaustausch dahin.

Voller Verzweiflung tippte Clare schließlich selber den Text für einen Kunden, der tatsächlich eine knappe halbe Stunde später bei ihr aufkreuzte. Nachher stellte sich heraus, daß er ihn gar nicht lesen wollte.

Um vier war sie soweit, daß sie sich in ihrem Sessel zurücklehnte und für diesen Tag ihre Tätigkeit ostentativ einstellte. Ihr Art Director sah sie belustigt an. «Haben Sie kapituliert?»

«Hundertprozentig.» Sie legte aufs Geratewohl die Papiere auf dem Schreibtisch zusammen und stopfte sie in bereits überquellende Schubladen. «Was wir mit dem *Puschelpanda* machen, können wir morgen besprechen.»

Er sagte ihr, was er am liebsten mit dem *Puschelpanda* machen würde. Es war nicht salonfähig.

Während sie auf den Lift wartete, rief die Empfangssekretärin sie an ihren Schreibtisch am Ende der Halle.

«Hat der Herr Sie erreicht? Wegen Ihres Wagens?»

«Wegen meines Wagens?» fragte Clare verblüfft zurück.

Die Sekretärin nickte. «Er war gegen elf hier. Wie er sagt, hat er beim Rückwärtsfahren auf dem Parkplatz Ihren Wagen gerammt und wollte das Notwendige bei der Versicherung veranlassen. Ich habe bei Ihnen im Büro angerufen, aber Sie waren gerade nicht da, und als ich Sie ausrufen ließ, haben Sie sich auch nicht gemeldet.»

«Ich war im Vorführraum. Muß ein eigenartiger Typ sein, meist haben sie doch nichts Eiligeres zu tun, als sich aus dem Staub zu machen, wenn sie so was angestellt haben. Und das Komische ist, daß ich heute gar nicht mit dem Wagen gekommen bin, er ist in der Werkstatt.»

Die Sekretärin hob die sorgfältig gezupften Brauen. «Ich habe mir vorsichtshalber Namen und Nummer notiert. Vielleicht können Sie ihn anrufen, um die Sache zu klären.»

«Merkwürdig, daß er hierhergefunden hat.» Clare sah nachdenklich auf den Zettel. «Auf der Zulassung steht nur meine Privatadresse. Woher hat er gewußt, in welchem Büro er mich zu suchen hat?»

«Vielleicht hat er Sie ins Haus kommen sehen und einfach alle Büros abgeklappert. Als er hier aufkreuzte, hat er gefragt, ob bei uns eine Clare Randell arbeitet.»

«Und alles, weil er gedacht hat, er hätte meinen Wagen gerammt? Das kann ich mir einfach nicht vorstellen.»

Die Empfangssekretärin zuckte die Achseln. «Vielleicht war es nur ein Vorwand. Er hat Sie als eine ‹hübsche kleine Brünette mit guter Figur› beschrieben und wollte wissen, ob er in Ihrem Büro warten könnte. Ich habe ihm gesagt, daß das nicht geht, da ist er abgezogen.»

«Wahrscheinlich ein Versicherungsvertreter. Ich bin keine Vogelscheuche, aber daß die Männer hechelnd meinen Spuren folgen, würde ich mir nun auch wieder nicht einbilden.»

«Stellen Sie Ihr Licht nicht unter den Scheffel.» Die Sekretärin war überzeugte Feministin – wenn sie gerade keinen Freund hatte.

Clare verzog halb belustigt, halb resigniert das Gesicht. «Schönen Dank jedenfalls. Irgendwann wird sich die Geschichte schon aufklären.» Hinter ihr erklang die Liftglocke. Sie stieg ein und ließ sich zu Dans Stockwerk fahren.

Er saß am Schreibtisch, die Ellbogen auf eine geöffnete Zeitschrift gestützt. Ein paar kurze blonde Haarsträhnen waren ihm in die Stirn gefallen, und seine breitrandige Brille war ihm fast bis auf die Nasenspitze gerutscht. Es wäre einfacher, dachte sie flüchtig, wenn er nicht so unerlaubt gut aussehen würde. Wenn irgend jemand ihm im Laufe seines Lebensweges vom Kindergarten über die exklusive Privatschule bis nach Harvard die Nase eingeschlagen oder eine Augenbraue aus der Form gebracht hätte. Aber das war nicht geschehen und war wohl auch in Zukunft nicht zu erwarten.

Er stand auf, trat zu ihr und küßte sie flüchtig auf den Mund. Und noch ein zweites Mal, weniger flüchtig. Einen dritten Anlauf verhinderte sie mit einem Lächeln.

«Wie war dein einsames Wochenende?» wollte er wissen. «Du hättest wirklich mitkommen sollen, wir haben uns blendend amüsiert.»

«Das glaube ich gern. Ich hoffe, du hast deinen Eltern gesagt ...»

«... daß du sterbenskrank mit einem Virus darniederliegst, wie du es mir aufgetragen hast. Folgsam bin ich, das muß mir der Neid lassen. Und du?» fragte er die bedrückt im Zimmer auf und ab wandernde Clare. Sie zuckte die Achseln und schaltete seine Klimaanlage ab.

«Eines Tages kriegst du noch eine Lungenentzündung», warnte sie.

«Darauf warte ich doch nur. Dann verklage ich T.N., und die müssen bluten.»

Sie warf einen Blick in seine Zeitschrift, aber auf dem Mittelblatt prangte enttäuschenderweise nur ein Mähdrescher. Zwei seiner Kundenkonten waren stark landwirtschaftlich ausgerichtet, aber sie konnte ihn sich nur schwer mit Stroh im Haar vorstellen.

«Hast du dich entschieden, Clare?»

«Ja.»

«Und?»

«Dan – ich ...» Sie begegnete widerstrebend seinem Blick, dann hatte sie es plötzlich sehr eilig, alles loszuwerden.

«Dan, du mußt das verstehen, ich – ich will überhaupt nicht heiraten, weder dich noch sonst jemanden. Wenn ich heiraten wollte, würde ich keine Sekunde zögern, dich zu nehmen, aber ...»

«... aber du hast gezögert.»

«Ja.» Was hätte sie sonst sagen sollen.

«Mach nicht soviel davon her, Clare. Ich kann dich ja verstehen. Deine Unabhängigkeit ist dir wichtig und so weiter.» Seine Stimme klang herzlich, aufrichtig. «Ich will dir was sagen: Vergessen wir einfach das Ganze, machen wir weiter wie bisher. Wäre das nicht das Einfachste?»

«Es wäre zu einfach, Dan. Du wirst immer wieder versuchen, mich davon zu überzeugen, daß ich unrecht habe.»

«Sicher – aber ich werde dich nicht zu sehr bedrängen, das verspreche ich dir.»

Sie war zu schlapp zum Diskutieren. Es war ein ganz und gar verkorkster Tag gewesen. Was hätten Worte geändert? Wenn er unbedingt wollte, würden sie eben Theater spielen. Gewohnheiten sitzen tief. «Wir wollten uns mit den Whites auf einen Drink bei *Clancy* treffen, nicht?»

«Ja, um sechs, danach essen wir zusammen, und dann –»

«Du, das geht nicht.» Sie hob besänftigend die Hand, und Dan machte den Mund wieder zu. «Ich meine – bis sechs geht es nicht. Ich muß noch zum Gericht, ich bin sowieso schon spät dran.» Rasch wandte sie sich zur Tür.

«Strafzettel?»

«Idiot! Nein, es geht um diese San-Ex-Spray-Geschichte, da hat jemand sich beim Staatsanwalt beschwert, und ich bin als einigermaßen unverdächtige Vertretung von T.N. benannt worden, um die Vorverhandlungen zu führen. Wo essen wir, falls ich es bis zu *Clancy* nicht schaffe?»

Er sagte es ihr. Es gelang ihr, ohne einen Abschiedskuß davonzukommen, und sie beschloß, die Abrüstungsverhandlungen später fortzusetzen. Unten kaufte sie rasch eine Zeitung und überflog die Schlagzeilen, ehe sie ein Taxi heranwinkte. Die neuesten Nachrichten waren schnell zur Kenntnis genommen. An dem langen Wochenende hatte es das übliche Verkehrschaos gegeben, und die Leitartikler lieferten erboste Kommentare. Die Zahl der Verkehrstoten hatte sich wieder erhöht, über die Feiertage waren mehrere Morde begangen worden, und die Politiker schlugen sich heftig an die Brust ob der Zustände im Land der allzu unbegrenzten Möglichkeiten.

Sie ließ die Zeitung im Taxi liegen und betrat das Gerichtsgebäude, um sich ohne große Überzeugung für San-Ex zu schlagen. Das Gespräch dauerte länger, und sie engagierte sich heftiger, als sie erwartet hatte. Sie schaffte es nicht zu *Clancy* und mußte sich zu dem Restaurant ein Taxi nehmen, noch immer kochend vor Wut und total frustriert durch die Bockbeinigkeit der Justiz.

In ihrer Eile, zu Dan und den Whites zu kommen, bemerkte sie den Mann nicht, der ihr folgte.

Sie hätte ihn auch nicht erkannt. Er hatte sich erheblich verändert.

3

Am Dienstag lief es besser.

Die T.N.-Leute schienen, nachdem sie am Tag zuvor das Wochenende ausgiebig durchgehechelt hatten, wieder mehr oder weniger arbeitswillig zu sein. Durch den Feiertag und den unproduktiven Montag waren erhebliche Rückstände entstanden, aber plötzlich gingen alle mit erstaunlichem Schwung ans Werk. Es wurde fast halb sieben, bis Clare wegkam. Es war ein langer und trotz Klimaanlage schwüler Tag gewesen, und zum späten Nachmittag war die Arbeitswut verdächtig in Richtung Reizbarkeit abgerutscht.

Die Hauptverkehrszeit war fast vorüber. Ein paar freie Taxis kamen vorbei, allerdings hielten sie sich alle beharrlich an der Straßenmitte und schienen fest entschlossen, mögliche Fahrgäste auf dem Gehsteig zu ignorieren. Mit wenig freundlichen Gedanken an die Werkstatt, in der ihr Wagen noch immer auf ein unentbehrliches Ersatzteil aus Los Angeles wartete, verlegte sich Clare auf die bewährte Technik, sich hart an der Bordsteinkante haltend, im Gehen ein Taxi zu fangen.

Die Fußgänger um sie herum hatten noch genug Energie, sich gegenseitig anzugiften, und ein Mann lief in sie hinein, ohne auch nur den Mund zu einer Entschuldigung aufzumachen. Als sie zum zehntenmal den Arm hob, sah endlich ein Taxifahrer hin. Er reagierte mit einem matten Winken, sah sichernd nach hinten und setzte seinen Blinker. Er würde sich nur ganz allmählich zum Straßenrand vorarbeiten können, soviel war ihr klar. Langsam ging sie weiter. Plötzlich spürte sie fast gleichzeitig zwei Stöße. Der eine kam von einem Mann vor ihr, der ausgeschert war, um ebenfalls ein Taxi zu ergattern, der andere von links.

«Gern geschehen», rief sie erbittert hinter dem ersten Mann her, wirbelte herum, um den zweiten abzufertigen. Aber es war niemand mehr zu sehen. Wahrscheinlich war der Kerl schon vorbeigerannt. Er hatte ihr richtig weh getan. Sie rieb ihren schmerzenden linken Arm, aber da näherte sich endlich das Taxi der Bordsteinkante, und sie setzte sich in Trab, damit niemand es ihr vor der Nase wegschnappen konnte.

Sie fiel auf die Rückbank, schlug die Tür zu und stieß einen erleichterten Seufzer aus. Der Fahrer grinste sie im Spiegel an.

«Haben's alle eilig, die Leute», meinte er.

«Ja, und es ist ihnen ganz egal, wen sie dabei über den Haufen rennen», bestätigte sie und nannte ihm die Adresse. Er fuhr an und fädelte sich vorsichtig in den Verkehr ein.

Jetzt, nachdem sie zur Ruhe gekommen war, wurde ihr richtig flau von der Hetze des Tages. Die stickige Luft im Taxi benahm ihr den Atem, und das Geruckel wurde bald ausgesprochen unangenehm. Als sie sich vorlehnte, um das Fenster herunterzukurbeln, spürte sie den Riemen ihrer Schultertasche an ihrem Arm. Ein stechender Schmerz durchfuhr sie. Dieser Idiot, der da in sie hineingerannt war, mußte irgend etwas Scharfkantiges getragen haben, ein Buch oder einen Karton. Sie hob die Hand, um über die Abschürfung zu fahren.

Clare spürte mehr als eine Abschürfung, spürte etwas Nasses, Klebriges. Sie ließ den Taschenriemen nach unten gleiten und starrte ungläubig auf ihren Arm.

«Großer Gott», stöhnte sie auf. Eine Welle schwitzig-feuchter Übelkeit ging über sie hinweg, während sie das runde dunkle Loch in ihrem Fleisch ansah.

«Was ist? Haben Sie was vergessen?»

«Jemand hat auf mich geschossen», brachte sie heraus. «Jetzt eben. Hier auf der Straße.»

Der Fahrer bremste scharf, es schleuderte sie nach vorn.

«Was war das?»

«Ich habe ein Loch im Arm», erläuterte sie und kam sich ziemlich albern vor. «Ich blute Ihnen das ganze Taxi voll.»

«Ach, du ahnst es nicht.» Er drehte sich um, ohne das hinter ihm anschwellende Hupkonzert zu beachten, holte ein Taschentuch aus seiner Hosentasche, stieg aus und dann zu ihr auf den Rücksitz um. «Keine Aufregung, Lady, der Knochen ist nicht kaputt, das hätten Sie nämlich gleich gemerkt, nur 'ne Fleischwunde, wie man so sagt. Blutet allerdings gemein. Lehnen Sie sich mal vor. Ja, glatter Durchschuß. Legen Sie den Kopf auf die Knie, ja, sehr schön ... alles halb so schlimm.» Er band ihr das Taschentuch sehr fest um den Arm. «Sie werden mir doch nicht meinen schönen neuen Wagen vollkotzen?»

Clare schüttelte den gesenkten Kopf, der graue Flausch des neuen Teppichbodens verschwamm ihr vor den Augen. Die schweren schwarzen Schuhe des Fahrers wirkten wie Riesen neben ihren schmalen gelben Slingpumps.

«Was ist denn hier los?» Eine schwere Stimme, resigniert, nicht sehr gut gelaunt. Der Taxifahrer sah auf und blickte über die Schulter.

«Mann, was bin ich heute mal froh, daß ihr kommt. Die Lady hier ist angeschossen worden.»

Der uniformierte Cop schob sich auf den Rücksitz, so daß der Fahrer sich ganz in die Ecke zwängen mußte. «Stimmt das?»

«Ich habe ein Loch im Arm», wiederholte Clare. Wie blöd das klang ... «Es blutet», ergänzte sie.

«Verdammt – tatsächlich!» Der breitschultrige Cop stieg wieder aus und winkte seinem Kollegen in dem schwarzweißen Streifenwagen, der sich vor das stehende Taxi gesetzt hatte. Der zweite Cop machte die Wagentür auf, kam langsam auf sie zu. Der Taxifahrer blieb, leise durch die Zähne pfeifend, neben Clare sitzen.

«Jetzt kommt alles in Ordnung», tröstete er sie. «Nur locker bleiben.»

Die beiden Polizisten berieten sich leise, dann beugte der erste sich wieder zu Clare herunter. «Wo ist es passiert?»

Der Fahrer erklärte, wo er Clare aufgenommen hatte. «Und wissen Sie, wer es war, Miss? Jemand, den Sie kannten, der es auf Sie abgesehen hatte?»

«Nein, ich habe nicht einmal gemerkt, daß es ein Schuß war. Ich dachte, jemand hätte mich angestoßen, mit einem Karton oder so. Etwas wie einen Schuß habe ich nicht gehört.»

Der Cop blinzelte, er war jetzt hellwach. «Es war also niemand in der Nähe, Sie haben keinen Schuß gehört, keine Fehlzündung, nichts dergleichen ...»

«Sie lief am Gehsteig entlang und winkte mir», schaltete sich der Taxifahrer ein. «Ganz normal, wie es alle machen.»

«Verdammter Mist.» Der Cop lief zu seinem Wagen und griff zum Funkgerät. «Zebra Fünf Charlie, möglicherweise Heckenschütze Ecke Cleary und Buchanan. Ein Opfer, nur Fleischwunde. Bitte Bestätigung.»

Im Gerät knisterte es. «Danke, Zebra Fünf Charlie. Bestätigung Meldung Code Zwei-eins-sieben, Ecke Cleary/Buchanan. Ihren Standort bitte.»

«Cleary und Polk.»

Clare registrierte verschwommen, daß sich ein zweiter Uniformierter, jünger als der erste, an Stelle des Taxifahrers neben sie setzte. Die Rückbank schwankte unter seinem Gewicht und machte sie ein bißchen seekrank. «Darf ich mal sehen, Miss?» Er hatte eine sanfte Stimme, und seine Bewegungen waren leicht und sicher, als er das blutdurchtränkte und nutzlos gewordene Taschentuch löste. Sie hatte sich aufgesetzt und den Kopf an die Sitzlehne gelegt und starrte auf die Lampe am Wagendach. Eine Ecke der Plastikabdeckung war herausgebrochen, eine Schraube fehlte.

«Es ist nichts Ernstes.»

«Das hat der Taxifahrer auch gesagt.» Ihre Stimme kam ihr sehr fern vor. «Aber es tut weh.»

«Das will ich gern glauben. Sie sind tapfer, wirklich, sehr tapfer.» In seiner Stimme schwang ein leichter Südstaatenakzent.

Draußen diskutierte der Fahrer mit dem ersten Cop, der jetzt versuchte, den Verkehr an den beiden mitten auf der Straße stehenden Fahrzeugen vorbeizulenken. Der Taxifahrer trat von einem Fuß auf den anderen und kickte nach einem Fetzen Papier.

Die Stimme des jungen Cop erhob sich über dem Lamento des Fahrers. «Alles in Ordnung, Miss?»

«Randell, Clare Randell.»

«Bleiben Sie ganz ruhig sitzen, Miss Randell, der Krankenwagen muß gleich hier sein. Wir würden Sie selber hinbringen, aber wenn sich hier wirklich irgendwo ein Heckenschütze herumtreibt, brauchen die Kollegen jeden Mann, das verstehen Sie sicher.»

«Natürlich. Sie meinen, daß er sonst das nächste Opfer umbringt.» Clare versuchte, klarer zu sehen. Der junge Cop hatte die Mütze abgenommen. Sein Gesicht war ein blaßpfirsichfarbener Luftballon mit Ohren, der beharrlich versuchte, durch das Autodach zu entschweben. Dann fing der Ballon wieder an zu sprechen.

«Ja, leider. Es ist eine schlimme Geschichte.»

In der Ferne hörte man ein mißtönendes Sirenenkonzert. Der grelle Klang erhob sich wie ein Protesttransparent zwischen den Türmen aus Glas und Beton.

4

«Eins von den dreien muß es sein.»

Malchek sah von der anderen Straßenseite her an den Häusern hoch – neutral-anonyme Fassaden, ausdruckslose Fensteraugen, die in die sinkende Sonne blinzelten.

«Wahrscheinlich Nr. 12», bemerkte er zu Gonzales. «Haarige Entfernung, aber kein Gegenüber. Kommt drauf an, ob er töten oder nur Angst machen wollte. Und es sind bestimmt keine weiteren Treffer gemeldet worden?»

Gonzales schüttelte den Kopf. «Zwei Geschäfte haben angerufen, bei denen die Scheiben zu Bruch gegangen sind, einem Wagenbesitzer hat es einen Reifen zerfetzt, aber Menschen sind sonst nicht zu Schaden gekommen.» Er sah auf die geräumte Kreuzung. Vor zehn Minuten hatten sie Großalarm gegeben, jetzt sperrten Streifenwagen alle vier Zufahrten und die beiden Durchgänge. Weiter hinten wurden die Straßenbahnen umgeleitet, Fußgänger desgleichen. In einiger Entfernung drängten sich Schaulustige an den Absperrbarrieren, die Hand vor die Augen gelegt, um besser sehen zu können. An einigen Bürofenstern sah man neugierige Gesichter. Er griff nach der Flüstertüte.

«Treten Sie von den Fenstern zurück. Bitte zurücktreten. Hier spricht die Polizei, bitte von den Fenstern zurücktreten. Es besteht Gefahr.» Er senkte das Megaphon und ließ den Knopf los.

«Richten wird sich doch keiner danach», meinte er.

«Sofern er nicht anfängt herumzuballern.»

«Genau.» Er legte das Megaphon auf den Rücksitz. «Willst du jetzt rauf?»

«Meinst du, ich bin bloß hergekommen, weil du so schön durch deine Flüstertüte säuseln kannst?»

Malchek knöpfte sein Jackett auf und setzte sich in Trab. Plötzlich schien ihm das Gewehr einzufallen, das er in der Hand hatte. Er blieb stehen, kam ein paar Schritte zurück und warf es Gonzales zu. «Brauchst du das nicht?» fragte dieser erstaunt.

Malchek zuckte die Achseln. «Von hier aus schießt du wie aus einem Brunnenschacht. Wenn die Kugel ihren Höhepunkt erreicht hat, saust sie wieder senkrecht runter und trifft mich wahrscheinlich ins Auge. Da oben genügt der Achtunddreißiger.»

«Und du bist sicher, daß er da oben ist und nicht in einem der anderen Kästen?» Gonzales legte das Gewehr auf den Rücksitz neben das Megaphon und schloß sich dem Jüngeren an.

Wieder zuckte Malchek die Achseln. «Es ist das Naheliegendste. Jetzt, am späten Nachmittag, kriegen die Leute Langeweile und schauen aus dem Fenster. Hätte er von Nr. 6 oder Nr. 9 geschossen, hätte ihn längst jemand gesehen.»

Sie gingen durch die leere Halle zu den Fahrstühlen. Ein uniformierter Streifenpolizist stand neben einem geöffneten Lift. Die anderen waren stillgelegt worden. Der Hausverwalter sah hinter einem Sonnenöl-Schild im Drugstore-Fenster der Lobby hervor. Er wirkte ein bißchen verlegen.

Gonzales drückte den Knopf zum 12. Stockwerk, und die Türen schlossen sich hinter dem Verwalter und seinem angekratzten Selbstwertgefühl. Die Zahlen der Anzeigetafeln begannen zu flackern.

«Und wenn er nun in einem Büro steckt?» Gonzales war noch nicht zufrieden.

«Möglich. Aber der Verwalter sagt, daß zur Zeit keine Büroräume leerstehen, und die Toiletten haben alle keine Außenfenster, sie gehen auf den Lichtschacht hinaus.»

«Aber es war fast halb sieben. Um diese Zeit sind viele Büros nicht mehr besetzt.»

«Wir sehen erst mal auf dem Dach nach, okay?» sagte Malchek fast gelangweilt.

Jetzt hob Gonzales die Schultern. «Du kennst dich ja aus.»

«Bei diesen Typen kennt sich niemand aus.»

Gonzales sah ihn von der Seite an. Seit fünf Jahren arbeitete er jetzt mit Malchek zusammen, aber noch immer begriff er nicht, was ihn in derartigen Situationen motivierte. Malchek war Spezialist für Hekkenschützen und gedungene Killer, so stand es in seiner Akte. Wenn sie Ärger in dieser Richtung hatten, war es meist Malchek, der ihnen mit seinen Tips half, den Kerl zu fassen und festzunageln. Gonzales schätzte Expertenarbeit, aber im normalen Dienst war Malchek ihm sympathischer.

Knirschend glitten die Aufzugtüren zurück, als der Korb anhielt, und sie traten auf den Gang hinaus. Hinten, an der Tür mit der unübersehbaren Aufschrift «Dach», stand ein uniformierter Streifenpolizist. Als sie auf ihn zugingen, hallten ihre Schritte von den Glastüren, dem Linoleum, den Deckenlampen wider, die aussahen wie Eiswürfelbehälter.

«Unverschlossen?» fragte Gonzales, als sie bis auf etwa sechs Meter herangekommen waren.

Der Cop nickte. «Ja, Sir. Gehen Sie rauf? Ich sollte drinbleiben.» Man merkte ihm an, daß er darauf gebrannt hatte, nach draußen zu gehen. «Es sei denn, daß wieder geschossen würde, hieß es.»

«Stimmt – meine Anweisung.» Malchek gähnte. Der Cop glotzte fassungslos. Malchek grinste. «Stressreaktion. Der Körper verlangt nach zusätzlichem Sauerstoff, um die Adrenalinproduktion zu erhöhen. Lesen Sie's gelegentlich mal nach. Keine Angst, ich schlaf schon nicht ein.»

«Nein, Sir», sagte der Cop. Aber es klang nicht sehr überzeugt.

Malchek griff unter sein Jackett, zog den Revolver aus dem Halfter, und Gonzales tat es ihm nach. Möglichst langsam und geräuschlos den Türknauf drehend, öffnete Malchek die Tür einen Spalt breit und sah in das Treppenhaus hinein. Es war steil und dunkel. Oben zeichnete ein Lichtstreifen die Umrisse der geschlossenen zweiten Tür zum Dach nach. Die Treppe selbst war leer – kahle, rußgeschwärzte Betonstufen.

Malchek ging rasch nach oben und blieb neben der Tür stehen, während Gonzales unten wartete. Zentimeterweise die zweite Tür öffnend, ließ Malchek das späte Sonnenlicht ein, das sein Gesicht und die oberste Stufe blutrot färbte. Als sich nichts weiter tat, setzte er einen Fuß auf den rissig-blasigen Asphalt des Daches, zögerte sekundenlang und trat dann ganz hinaus.

Noch immer tat sich nichts.

Gonzales folgte ihm und bekam gerade noch die Tür zu fassen, als Malchek sie losließ. Vor ihnen lag die weite Dachfläche. Unmittelbar neben der Tür stand das Gehäuse für Klimaanlage und Wassertank. Der kastenförmige Aufbau der Aufzugsapparatur warf seinen Schatten halb bis zur hinteren Brüstung.

Vorsichtig ging Malchek an der Wand des Aufbaus entlang, während Gonzales leise die Tür schloß.

Der mächtige Aluminiumrahmen der Fernsehantenne stand hinter dem Ende der Wand, und während Gonzales sich bückte, um darunter hinwegzukriechen, griffen sich die langen Metallfinger seinen Hut und streiften ihn ab. Als er vorsichtig um die Ecke kam, sah er, daß Malchek schon am vorderen Dachrand stand und hinuntersah. Gonzales knurrte halb erleichtert, halb enttäuscht, schob seinen Revolver ins Halfter zurück und trat zu ihm.

«Der falsche Dampfer?»

Malcheks Gesicht war ausdruckslos. «Nein, wir waren nur nicht fix genug.» Er wies mit dem Fuß an den unteren Rand der Brüstung. Halb unter einer zusammengeknüllten Papiertüte versteckt lag ein Häufchen Patronenhülsen. «Wirklich keine weiteren Verletzungen? Nur die Sachbeschädigungen?» vergewisserte er sich noch einmal. Er lehnte sich vor und spähte auf die leere Straße hinunter, von der nur die wartenden Polizisten zu ihnen hinaufsahen.

«Nein. Die Meldungen über die Sachschäden kamen ganz schnell, nachdem die Frau getroffen worden war. Nur diese eine Frau. Ein Treffer in den Arm, heißt es, als sie auf ein Taxi zulief.»

«Sonderbar. Was ist sie denn für ein Typ?»

«Typ?»

«Alt, jung, dick, dünn, Hausfrau, berufstätig ...»

«Ziemlich jung, gut aussehend, arbeitet im Büro.»

Malchek nickte, er war offenbar zu einer Entscheidung gekommen. «Sag ihnen, sie können die Sperre unten aufheben, er ist längst über alle Berge.»

«Glaubst du?»

«Ja, das glaube ich.» Malchek hockte sich hin, drückte mit dem Revolverlauf die Ränder der Tüte auseinander und sah hinein. Pergamentpapier, ein Stück Vollkornsandwich. Er behandelte es vorsichtig. An Schweiß und Hautfett auf Papier lassen sich heutzutage sehr brauchbare Fingerabdrücke ermitteln. Er griff nach den Patronenhülsen – und hielt mitten in der Bewegung inne.

Als Gonzales zurückkam, der dem unten an der Treppe wartenden Polizisten Anweisungen zugerufen hatte, hörte er Malchek fluchen.

«Was ist?»

Malchek machte eine Bewegung mit dem Revolverlauf, während er gleichzeitig in die Jackentasche griff. Eine Reihe schwach erkennbarer weißer Streifen zeichnete sich auf dem Asphalt und dem unteren Rand der Brüstung ab. Einer, dicker als die anderen, schimmerte noch feucht. Er stippte eine Taschentuchecke hinein, schnupperte, rümpfte die Nase. Langsam richtete er sich auf und faltete das Taschentuch zusammen, mit der befeuchteten Ecke nach innen. «Die Aufregung war zuviel für ihn», bemerkte er angeekelt, schob das Tuch in seine Tasche und verstaute den Revolver im Halfter. Dann wandte er sich wortlos ab. Gonzales betrachtete noch einen Augenblick die weißen Streifen, dann folgte er ihm.

«Ich sage im Labor Bescheid, sie sollen jemanden herschicken», meinte er, während sie die Treppe hinuntergingen. «Vielleicht finden sich auch Speichelspuren auf dem Brotrest. Eins wissen wir jedenfalls: Eine eifersüchtige Ehefrau war es nicht.»

Clare versuchte gerade, nacheinander ihre Finger zu biegen, als die beiden Männer ihr spartanisches Krankenzimmer betraten. Mißtrauisch sah sie auf.

«Miss Randell?» fragte der Ältere mit ermutigendem Lächeln. Er streckte ihr einen Ausweis mit seinem Bild und eine goldblitzende Dienstmarke hin. «Ich bin Lieutenant Gonzales, Police Department San Francisco, das ist Lieutenant Malchek.» Der jüngere Kollege nickte, ohne eine Miene zu verziehen. «Wir kommen wegen der Schießerei. Haben Sie ein paar Minuten Zeit für uns?»

«Sicher – aber ich weiß eigentlich nicht, was ich Ihnen dazu noch sagen könnte.»

«Ich denke, es hat Sie am Arm erwischt?» ließ sich Malchek abrupt vernehmen. Er hatte am Fußende ihres Bettes Position bezogen und musterte sie kalt.

«Hat es auch.» Sie machte eine leichte Bewegung mit dem Arm, der in der Schlinge lag.

«Und was ist mit Ihrem Kopf?»

Clare wurde rot, sie fühlte sich durch seinen unfreundlichen Blick in die Defensive gedrängt. «Es ist mir sehr unangenehm – aber nachdem sie mir unten eine Tetanusspritze verpaßt hatten, bin ich einfach umgefallen. Dabei habe ich einen Instrumentenwagen zu Boden gerissen. Sie hatten mich eigentlich nach Hause schicken wollen – aber jetzt muß ich die Nacht über zur Beobachtung hierbleiben.» Sie griff an den Rand des Stirnverbands. «Der Arzt sagt, daß ich wahrscheinlich noch ein blaues Auge kriegen werde. Hübsch, nicht?» Sie wandte sich an den älteren Beamten, der vertrauenerweckend wirkte. «Ich komme mir ausgesprochen blöd vor.»

«Eine durchaus verständliche Reaktion, Miss Randell. Viele Leute fallen aus weitaus geringfügigerem Anlaß in Ohnmacht. Das braucht Ihnen nicht unangenehm zu sein.»

«Ja, schon ... Aber ich bin ja schließlich kein kleines Kind mehr.» Der jüngere Cop machte ein Gesicht, als sei er ganz ihrer Meinung. Sie tat, als hätte sie seinen arroganten Gesichtsausdruck nicht bemerkt. «Was ich weiß, erzähle ich Ihnen natürlich gern.»

«Zunächst eine ziemlich direkte Frage.» Gonzales holte Notizbuch und Stift hervor. «Können Sie sich vorstellen, daß jemand darauf aus sein sollte, Sie umzubringen?»

«Da wüßte ich niemanden.»

«Sie arbeiten in dem Bürohaus, vor dem Sie angeschossen wurden, nicht wahr? Als Sekretärin?»

«Nein, ich bin Cheftexterin bei der Werbeagentur Tandy-Nicholson.»

«Ein verantwortungsvoller Posten, nicht wahr?»

Der Jüngere schaute aus dem Fenster und wandte sich nach rechts und nach links, als versuche er, draußen irgend etwas genauer zu erkennen. Ob er überhaupt zuhörte? Sie wandte sich wieder Gonzales zu. Er hatte ein nettes Gesicht, liebe Spanielaugen, olivenfarbene Haut, Übergewicht, buschige Brauen und dunkle, hinter einem kahlen Halbkreis kurzgeschnittene Haare.

«Verantwortungsvoll? Ich weiß nicht recht ... Sicher, ich habe einige Entscheidungsfreiheit, bekomme ein ordentliches Gehalt und glaube, daß ich meine Sache recht gut mache. Bisher hat man mich jedenfalls noch nicht gefeuert. Ich bin seit acht Jahren bei der Firma.»

«Aber Sie haben einen leichten Mittelwestakzent, oder irre ich mich? Sie sind doch noch nicht acht Jahre hier?»

Der Jüngere – Malchek, so hieß er ja wohl – blätterte in einer Mappe, die eine Schwester zusammen mit Clares Zeitung auf den Tisch gelegt hatte. Er holte ein gelbes Blatt Manuskriptpapier hervor und vertiefte sich darin.

«Ich bin in Connorsville, Indiana, geboren und habe an der Northwestern University studiert. Danach habe ich erst für T.N. in New York gearbeitet und mich vor sechs Jahren hierher versetzen lassen.» Sie hielt inne. Malchek sah sie an. Wieder wurde ihr unbehaglich unter seinem Blick, aber sie hielt ihm tapfer stand. Er hatte ein großflächiges Gesicht, eine lange, gerade Nase, ruhige grüne Augen, dichtes hellbraunes Haar, das ihm knapp bis über den Kragen reichte. Volle Unterlippe, geschwungene Oberlippe, kein Lächeln, nur diese frostige Arroganz.

«Die Werbebranche ist ein ganz schön mörderisches Geschäft», meinte er. Seine Stimme war hell, mit einem metallischen Unterton. «Bei den großen Konten wird, wie man hört, mit recht harten Bandagen gekämpft. Piraterie nennt man das wohl ...»

«Manchmal schon. Aber für so etwas haben wir unsere Spähtrupps. Ich schreibe nur die Texte, und die rechtfertigen bisher noch keinen Mordanschlag.»

Er zuckte die Achseln und ging zurück zum Fenster. Kein Wunder, daß die Polizei in Mißkredit geraten ist, dachte Clare. Bei diesen Manieren ...

Lieutenant Gonzales räusperte sich. «Haben Sie einen Freund, Miss Randell?»

«Ist das wichtig?»

«Möglicherweise ja. Es gibt Leute, die sich zum Beispiel ziemlich aufregen können, wenn sie einen Korb bekommen haben. Haben Sie in letzter Zeit irgendwelche Körbe verteilt?»

Clare sah ihn einigermaßen entsetzt an. Dan? Ausgeschlossen.

«Körbe verteilt, wie Sie es ausdrücken, habe ich nicht. Seit zwei Jahren gehe ich ziemlich regelmäßig mit einem Mann aus, wir sind mehr oder weniger verlobt.»

«Was heißt ‹mehr oder weniger›?» fragte Malchek, ohne sich umzudrehen.

«Daß wir auch ohne kirchlichen Segen glücklich sind.»

«Sie wohnen zusammen?»

«Nein.»

Jetzt sah er sie doch an. «Eine platonische Freundschaft?»

«Nein.»

«Miss Randell!» Sie ließ ihren Blick von der schmalen Gestalt am Fenster zu Gonzales hinüberwandern.

«Entschuldigen Sie, Lieutenant. Aber ich glaube wirklich nicht, daß Dan mich umbringen will.»

«Dan – das ist der Name Ihres Verlobten?» Gonzales waren offenbar konventionelle Kategorien lieber. Ein netter Mann, rund, fleischig, freundlich. Die schokoladenbraunen Augen wirkten gütig, verständnisvoll. Plötzlich begann sie leise zu lachen. Es gab ihm einen Ruck.

«Was ist?»

«Sie – er – es ist mir gerade erst aufgegangen ...»

«Was ist Ihnen aufgegangen?» wollte Malchek wissen, aber sie konzentrierte sich auf Gonzales.

«Sie spielen Ihr berühmtes Rollenspiel vom guten und vom bösen Cop. Was für ein Geständnis erwarten Sie eigentlich von mir?»

«Sieht das wirklich so aus? Wie findest du das, Mike, die Dame glaubt, wir manipulieren sie.»

«Tja, wie soll man das finden ...» Malcheks Stimme war ausdruckslos.

«Ehrlich, Miss Randell, das war nicht beabsichtigt.» Gonzales lächelte nur noch mit gebremster Kraft. «Tut mir leid, wenn Sie diesen Eindruck hatten. Mike redet immer so müde daher, er kann nicht anders. Das ist ihm so angeboren, stimmt's, Mike?»

«Stimmt.»

Gonzales tätschelte ihr väterlich-wohlwollend ob ihres Scharfblicks die Hand. «Daß der eine oder andere von uns manchmal mit diesem Dreh kommt, ist schon wahr, das haben Sie ganz richtig erkannt. Aber Mike und ich arbeiten normalerweise nicht zusammen, er ist diesmal nur ausnahmsweise dabei, weil er Spezialist für Heckenschützen ist.»

«Dann entschuldigen Sie bitte.» Clare suchte sich eine andere Lage, die Wirkung des Schmerzmittels begann nachzulassen, und die Armwunde klopfte wie ein kaputter Zahn. «Möchten Sie sonst noch etwas wissen?»

«Im Augenblick nicht. Bei unseren Kollegen haben Sie gesagt, daß Sie nichts gehört oder gesehen haben.»

Clare schilderte, was sich zugetragen hatte, ehe der Schuß gefallen war. Als sie fertig war, nickte er und klappte sein Notizbuch zu. «Das wär's, Miss Randell. Sie scheinen mir nicht der Typ zu sein, dem jemand nach dem Leben trachten würde.»

«Wie soll ich das verstehen? Sie meinen, ich bin eine Art Neutrum?»

«Nein, das meint er nicht, Miss Randell.» Malchek war neben Gonzales getreten. «Soweit wir das jetzt schon beurteilen können, haben Sie einfach Pech gehabt.»

«Pech?»

«Ja. Wir haben auf dem Dach, auf dem der Heckenschütze hockte, einen Haufen Patronenhülsen gefunden. Weitere Verletzte sind uns nicht gemeldet worden, nur Sachschäden. Vermutlich war es ein Spinner, der nur aus Spaß in der Gegend herumgeballert hat.»

«Aus Spaß?»

Er zuckte die Achseln. «Das gibt's. Eine sexuelle Marotte, sagen die Psychologen. Machtgelüste. So ein Typ dreht durch, kriegt ein Gewehr zu fassen, sucht sich eine möglichst hoch gelegene Stelle und läßt seinen Haß an den ahnungslosen Ameisen da unten aus. Wohlgemerkt – er tut, als ob. Natürlich gibt es auch echte Massenmörder, auch das hatten wir schon ein paarmal. Aber die meisten interessieren sich gar nicht für die Realität, sie genießen das Gefühl, daß sie könnten, wenn sie wollten.»

«Wie kommen Sie darauf, daß es einer aus dieser Kategorie war?»

«Wir haben Spermaspuren neben den Patronenhülsen gefunden. Er stellt sich auf das Dach, zielt, befriedigt sich dabei – und dann sieht er Sie. Sie sind jung, sehen gut aus, da hat er wohl den Finger ein bißchen zu krumm gemacht.»

«Besten Dank!»

«Daß er Sie tatsächlich getroffen hat», fuhr Malchek nüchtern fort, «war ihm wohl zu real. Er hat sich sofort aus dem Staub gemacht. Wir werden uns ein paar der einschlägig bekannten Typen vornehmen. Vielleicht haben wir Glück, aber ich bezweifele es.»

«Und das, glauben Sie, ist des Rätsels Lösung?»

«Glauben Sie das nicht? Ansonsten gibt es nur noch die Möglichkeit, daß jemand ganz gezielt darauf aus ist, Sie umzubringen, und das kaufen Sie mir ja nicht ab. Es ist nicht unser erster Fall dieser Art, glauben Sie mir.»

Sie schüttelte sich. «Ein ekelhaftes Gefühl ...»

«Seien Sie froh, daß Sie noch am Leben sind», sagte Gonzales ermutigend und stand auf. «Jetzt ruhen Sie sich erst mal schön aus. Ist Ihr Verlobter verständigt?»

«Ich wollte ihm gerade Bescheid sagen lassen, als Sie kamen.»

«Tun Sie das. Lassen Sie sich ein bißchen von ihm bemitleiden, das wird Ihnen guttun. Wir bedauern es sehr, daß Ihnen das passieren mußte. Man könnte vielleicht sagen, daß es unsere Schuld ist, weil wir nicht hinreichend für den Schutz der Bevölkerung sorgen und so weiter.»

Sie schüttelte den Kopf. «Die Welt läßt sich nicht abschalten, Lieutenant, dazu sind wir zu viele und Sie zu wenige.»

Malchek wartete schon ungeduldig an der Tür. Gonzales lächelte ihr noch einmal freundlich zu, dann gingen sie zusammen hinaus. Draußen verging ihm das Lächeln.

«Nimmst du ihr das ab?» fragte er Malchek. «Daß es ein Zufall war?»

«Vermutlich stimmt es.»

Gonzales schüttelte den Kopf. «Da muß noch irgendwas sein. Als ich sie fragte, ob sie letzthin jemandem einen Korb gegeben hat. Der Ausdruck in ihren Augen ... Wenn du mich fragst, hat sie sofort an ihren Freund gedacht.»

«Der hätte es nicht aus dieser Distanz gemacht.»

Gonzales sah ihn an. «Wie meinst du das?»

«Sie ist so der Typ ... Wenn du sie schon erschießt, dann möchtest du auch, daß sie es weiß.»

5

Der hochgewachsene Mann hatte im verblassenden Abendlicht zwei Stunden lang den Eingang zur Unfallstation beobachtet. Jetzt sah er wieder auf die Uhr. Er hatte nicht viel Zeit, die Maschine startete um elf, und er mußte noch die beiden Koffer aus dem Hotel holen.

Er hatte sie zu Fuß vom Krankenwagen zur Aufnahme gehen sehen, also war sie nicht ernsthaft verletzt. Leider. Wäre nicht dieser dicke Trottel auf dem Gehsteig ausgerechnet in dem Augenblick in sie hineingerannt, als er abgedrückt hatte, wäre er sie jetzt schon los.

Im Grunde war die ganze Sache ziemlich unwichtig, nur – er mußte morgen vor zwei in Buenos Aires sein. Die Feierlichkeit war auf vier Uhr anberaumt. Sicher, eine halbe Stunde Verspätung war bei solchen Veranstaltungen erfahrungsgemäß immer drin, aber er brauchte auch noch Zeit zur Vorbereitung. Mit einem leisen Fluch stieg er aus und betrat die Aufnahme, in der es schwach nach Desinfektionsmitteln roch.

Die Schwester bedauerte lebhaft, ihm nicht so helfen zu können, wie sie es gern gewollt hätte. «Es tut mir leid, ich bin erst vor einer Stunde gekommen. Aber ich höre mich gern mal um, vielleicht weiß jemand was. Bitte warten Sie hier.» Lächelnd und mit einem leichten Hüftschwung kam sie hinter ihrem hufeisenförmigen Tisch hervor.

Nach ein paar Minuten kam sie wieder, langsam, damit er Zeit hatte, sie ausgiebig zu mustern, während sie über den linoleumbedeckten Boden auf ihn zukam.

«Man behält sie die Nacht über zur Beobachtung hier, es hat irgendwelche Komplikationen gegeben. Soll ich versuchen, die Zimmernummer zu erfahren?»

«Das wäre sehr nett von Ihnen.»

Sie telefonierte kurz, dann wandte sie sich wieder ihm zu, eine Hand über den Hörer gelegt. «Sie liegt im vierten Stock, aber die Schwester sagt, daß sie Besuch hat. Die Polizei. Soll ich Sie anmelden?»

Er schüttelte bedauernd den Kopf. «Nein, bitte bemühen Sie sich nicht weiter. Ich muß leider zum Flughafen. Aber ich melde mich dann morgen telefonisch. Wenn ich weiß, daß es nichts Ernstes ist, bin ich schon beruhigt. Vielen Dank für Ihre Hilfe.»

«Dafür bin ich ja da.» In ihrem Lächeln lag mehr als Höflichkeit. Ein andermal, Puppe, dachte er und ging.

Draußen wendete er scharf und raste, einen Strafzettel riskierend, zum Hotel. Die Zeit wurde knapp, aber das Mädchen war ein Problem, dessen Lösung keinen Aufschub duldete.

Er wußte nicht einmal, ob er genug dabei hatte. Für den Job hier in der Stadt hatte er das Zeug nicht gebraucht. Aber schätzungsweise reichte es für jetzt und außerdem noch für Buenos Aires. Notfalls konnte er dort noch Draht nachkaufen, obgleich das eigentlich nicht sein Stil war.

Wenn Clare Randell die Nacht im Krankenhaus verbrachte, stand ihre Wohnung leer. Während er die Hotelhalle verließ, sah er noch einmal auf die Uhr. Wirklich, es war mehr als knapp. Gut, daß er sich in der Wohnung gestern schon umgesehen hatte.

Es war nicht weit zu dem Apartmenthaus. Er parkte den Wagen unter einem jungen Bäumchen, das in dem Gras zwischen Gehsteig und Randstein zu überleben versuchte. Eine Minute später stand er unten in der Tiefgarage und sah sich um. Ihr Cougar stand wieder an seinem Platz. Gestern war er nicht da gewesen. Er zögerte. War der Wagen vielleicht besser?

Zweierlei verhalf ihm zu seiner Entscheidung. Ein Wagen rollte die Rampe hinunter, als sich vor ihm die Aufzugtüren öffneten.

Und ihm fiel ein, daß sie mit dem Arm in der Schlinge wohl nicht viel fahren würde.

Die Wohnungstür setzte ihm keinerlei Widerstand entgegen. Die Diele war schmal und schmucklos bis auf eine Reihe von Federzeichnungen an der Wand, die er sich gern näher angesehen hätte. Die Technik kam ihm bekannt vor.

Er ging weiter ins Wohnzimmer und sah sich um. Ein großer Raum, eigentlich zu groß für das, was er vorhatte. Doch er registrierte anerkennend die weißen Wände, den bronzefarbenen Veloursboden, den Rauchglastisch unter dem großen Fenster, das den Rahmen für einen schnell dunkler werdenden, türkisfarbenen Himmel bildete, vor dem sich schwarz die schon mit Ketten flimmernder Lichter bedeckten Berge erhoben.

Es war nur eine Sache von Minuten, bis er eine Porzellanschüssel in der passenden Größe gefunden hatte.

Als er fertig war, klopfte er sich die Tweedhosen ab und steckte den Stecker wieder ein. Wenn er zügig fuhr, schaffte er es noch zum Flugplatz. Aber er würde fleißig in den Rückspiegel sehen müssen.

Die Bullen hatten gerade Schichtwechsel gehabt, ausgeruhte Streifen patrouillierten auf den Schnellstraßen und warteten nur darauf, ihr Strafzettelsoll zu erfüllen, ehe die Betrunkenen auszuschwärmen begannen.

6

Clare tat sich an diesem Abend schwer mit dem Einschlafen. Der Arm tat ihr weh, der Kopf tat ihr weh, das Ego tat ihr weh.

Was Malchek gesagt hatte, war ihr gründlich gegen den Strich gegangen: Daß ein Perverser sie im Augenblick seines sexuellen Höhepunkts angeschossen hatte. Weil sie jung war und gut aussah, hatte er gemeint. Sie kam sich besudelt vor, als sei sie vergewaltigt worden.

Und dann war Dan gekommen, hatte sie mit Blumen und seiner Fürsorglichkeit überschüttet, sie geherzt und geküßt wie eine Zehnjährige.

Ärgerlich suchte sie sich eine neue Lage und zog mit einem ungeduldigen Ruck die Decke glatt. Außer Dan gab es offenbar noch jemand, der sie so sah – dieser Cop.

So lächerlich es war, sein Aussehen, seine sparsamen Bewegungen, seine straffe Haltung, das alles hatte ihr auf Anhieb gefallen. Er hatte Lachfältchen um die Augen, aber es war ziemlich klar, daß sie in letzter Zeit keine Verstärkung bekommen hatten. Warum war er nur so wütend gewesen? Vielleicht hat er ein Magengeschwür, dachte sie und verbannte entschlossen sein Bild aus dem Zimmer. Sie rutschte tiefer unter die Decke und legte den verbundenen Arm möglichst bequem hin. Zwanzig Minuten später schlief sie. Keine wütenden Cops, besitzergreifenden Freunde oder Perverse mit ejakulierendem Gewehr störten ihren Schlummer.

Um zehn kam der Arzt, leuchtete ihr mit einer Lampe in dic Augen, stach ihr mit einer Nadel in den Arm und sagte, sie möge schleunigst verschwinden, das Bett würde gebraucht.

Um halb zwölf erschien Dan in aufreizend guter Laune. Sie sollte sofort ins Büro fahren, fand er, Arbeit sei die beste Ablenkung. Gleich wieder hinauf auf den Gaul, so drückte er es aus.

Sie sträubte sich standhaft. Schließlich lenkte er ein und brachte sie in ihre Wohnung. Sie müsse ihre Identität festigen, ehe sie sich wieder in die Arbeit stürzen konnte, sagte sie. Schließlich war sie gestern abend nicht heimgekommen. Zumindest brauchte sie frische Unterwäsche, das müsse er ja wohl einsehen. Im Grunde wäre es ihr am liebsten gewesen, wenn man sie mit einem Brathähnchen aus der Tüte, einem Kitschroman und möglichst wenig Realität allein gelassen hätte. Aber mit dieser Therapie wäre Dan schwerlich einverstanden gewesen.

«Ich komme nur rasch mit herein und mache es dir gemütlich», sagte er, ihre Proteste überhörend.

«Ich habe noch nie einen Hütehund mit Brille gesehen», sagte sie unfreundlich, während sie ins Wohnzimmer ging und die tröstliche Atmosphäre ihrer Wohnung auf sich wirken ließ. Die Mittagssonne zeichnete einen hellen Kreis auf den Teppich und eine Seite des Sofas, die Bai leuchtete heute tiefblau, ein Hitzeschleier zitterte über den Bergen.

«Du wolltest etwas essen», sagte er, sich zielstrebig die Hände reibend, eine Angewohnheit, die sie immer in Harnisch brachte. «Daß du hier allein bleibst und noch dazu bei lebendigem Leibe verhungerst, kommt überhaupt nicht in Frage.»

«Ich habe keinen Hunger, Dan», schwindelte sie.

«Erzähl mir nichts, du hast immer Hunger. Geh und wirf dich in etwas Lässig-Elegantes. Ich führe dir inzwischen einen echten Rollentausch vor und mache dir einen Salat.»

«Ich will keinen Salat», rief sie aus dem Schlafzimmer. Was sie wollte, war eine große runde fetttriefende Pizza und ein Riesenbecher Mokka-Eis. Salate, das war etwas für die Weltklugen, die Vernünftigen, die Diätbewußten. Sie wollte etwas haben, was ihr am Kinn herunterlief.

«Dann vielleicht einen Käsetoast. Oder worin ich noch ganz groß bin –»

Sie erfuhr nie, worin er noch ganz groß war.

Ein kurzer Donnerschlag schleuderte Dan Fowler und den Inhalt des Kühlschranks quer durch die Küche und gegen das schmiedeeiserne Gitter der Frühstücksbar, bis es schließlich nachgab und zu Boden stürzte. Clare, durch den Rahmen der Schlafzimmertür vor der vollen Wucht der Explosion geschützt, wurde aufs Bett geworfen und rutschte Sekunden später auf den hochflorigen weißen Teppichboden.

Noch eine ganze Weile klirrte Glas, schepperten Gegenstände zu Boden, splitterte Holz, dann züngelte die erste Flamme am Wohnzimmerteppich hoch, schwärzte die goldfarbenen Fasern, versengte Fetzen eines Leinen-und-Polyester-Sakkos, das einmal einem Hütehund mit Brille gehört hatte. Rauch und der süßliche Gestank von Plastiksprengstoff waberten durch die Wohnung, verfinsterten die teure Aussicht, drangen in jede Ecke, krochen in Bücher, Polster, Kleidung, Vorhänge.

Die eiligen Schritte, das entsetzte Stimmengemurmel der Menschenmenge an der ausgehängten Wohnungstür, das Geheul von Feuerwehr und Streifenwagen – das alles drang nicht bis zu Clare. Sie hatte das Bewußtsein verloren.

Und das war die einzige Gnade, die ihr an diesem Tag zuteil wurde.

7

Gonzales bekam die Meldung von der Explosion in Clare Randells Wohnung erst nachmittags gegen fünf. Vormittags hatte er in einer Verhandlung als Zeuge ausgesagt, nach einem hastigen Lunch hatte er sich ein paar Typen aus der Perversenkartei vorgenommen. Das Verhör war in allen Fällen ergebnislos verlaufen.

Malchek hatte nicht daran teilgenommen. Er arbeitete gerade intensiv an einem anderen Fall und hatte am Vortag Gonzales nur begleitet, weil man hinter dem Anschlag einen Heckenschützen vermutete. Sein Büro war noch leer, als Gonzales schwitzend vor Hitze und Ekel vom Vernehmungsraum heraufkam.

Er hatte seinen Kaffee noch nicht ganz ausgetrunken, als Grogan hereinkam. Der Bericht wäre sonst am nächsten Morgen bei der Dienstbesprechung erörtert worden, Fowlers Tod war zunächst als gesonderter Fall aufgenommen und Grogan und Johnson übertragen worden. Aber Grogan hatte ein gutes Namensgedächtnis.

«Ist das nicht die Frau, mit der du gestern zusammen mit Mike wegen der Heckenschützengeschichte gesprochen hast?» fragte er, an die Tür gelehnt, und reichte Gonzales seinen vorläufigen Bericht.

«Verdammt!» Gonzales überflog rasch die wenigen Zeilen. «Da hat sich Mike also tatsächlich geirrt. Ist sie verletzt?»

«Ich glaube, es ist nicht schlimm. Aber sie ist wieder im Krankenhaus. Ihn kratzen wir gerade noch von der Wand.»

«Ist bekannt, wer er ist?»

«Fowler, Dan Fowler. Seine Brieftasche lag aufgeschlagen auf dem Kaffeetisch, stell dir das vor. War durch die Druckwelle aus seiner Tasche geflogen. Mit der Mitgliedskarte im Downtown Athletic Sportclub obenauf. Tja, da sind sie einen Handballspieler los.»

«Sehr komisch.» Gonzales verzog keine Miene. «Wo steckt Mike?»

«Geht einer Spur im Dondero-Mord nach. Er ist überzeugt davon, daß es ein Racheakt war und kein Raubmord. Manchmal habe ich den Eindruck, daß er bloß noch bezahlte Killer im Kopf hat.»

«Es ist sein Spezialgebiet.»

«Sicher, aber nicht jeder Mörder ist unbedingt ein Auftragskiller, stimmt's? Weißt du noch die Sache, wie Funky Donoghan vor zwei Monaten von seiner Alten kaltgemacht worden ist? Wie sich herausstellte, war er mit der Metzgersfrau fremdgegangen. Das war nun wirklich kein gekaufter Mord. Obwohl er Verbindungen zum organisierten Verbrechen hatte.»

«Ja, schon ... Aber nicht auf Donderos Niveau.»

Grogan machte schmale Lippen und legte den Kopf schief. «Mag sein, aber Dondero war kein Legs Diamond.»

«Das ist Clare Randell auch nicht. Trotzdem hat es offenbar jemand auf sie abgesehen.»

«Vielleicht ist sie mit dem Metzger fremdgegangen», meinte Grogan.

«Möglich. Sag bitte Mike Bescheid, wenn er kommt, wegen der Randell, meine ich.» Gonzales griff sich seinen Hut und ging an Grogan vorbei in den Dienstraum.

«Du nimmst Johnson und mir den Fall also weg?» Grogan folgte ihm bis zum Trinkwasserkühler. Im Weitergehen wandte Gonzales sich halb zu ihm um. «Es war gar nicht euer Fall. Er gehört zu der Randell-Geschichte. Trotzdem schönen Dank für die Vorarbeit, ich revanchiere mich bei Gelegenheit.»

«Geschenkt. Ich hab was gegen Bomben.»

Gonzales hob eine Augenbraue. «Neuerdings so empfindlich?»

Grogan machte ein finsteres Gesicht. «Vergiß nicht, daß ich Ire bin.»

Gonzales blieb stehen. «Ach so. Wenn du willst, schick ich dich für eine Weile zur Jugendkriminalität.»

«Wozu? Ich hab selber schon sechs Bälger. Wär froh, wenn ich die verstehen würde. Bleib mir bloß vom Leib mit fremder Leute Kindern!»

In der Krankenhausverwaltung besaß jemand offenbar einen Sinn für Kontinuität. Clare Randell lag wieder in ihrem alten Zimmer.

«Sie hätten das Bett nicht mal neu zu beziehen brauchen», sagte sie mit vom Rauch und vom Jammer rauher Stimme zu Gonzales.

«Daß jemand es tatsächlich auf Sie persönlich abgesehen hat, Miss Randell, dürfte jetzt wohl klar sein.» Er setzte sich aufstöhnend. Wenn es warm wurde, schwollen seine Füße an.

Tränen stiegen in Clares Augen hoch und rannen in die Mullbinde über Wange und Kinn, wo die Stichflamme die Haut verbrannt hatte.

«Aber auf Dan hatte es doch niemand abgesehen.»

«Nein, er kam nur dazwischen.»

«Aber er ist tot. Keiner will es mir sagen, aber ich weiß es. Ständig heißt es: Jetzt machen Sie sich mal darüber keine Gedanken. Als wäre ich ein Baby ...»

Gonzales sah sie ernst an. «Ja, Miss Randell, er ist tot. Es muß ganz schnell gegangen sein, er hat nichts gespürt.»

Er hatte sie richtig eingeschätzt, seine Worte riefen keine neuen Tränenfluten hervor, kein Schluchzen, keine Hysterie. Im Gegenteil, sie wirkte jetzt ruhiger. «Ja, ich habe es mir gedacht. Besser als –»

«Es war für Sie bestimmt. In gewisser Weise hat er Ihnen das Leben gerettet.»

«Glauben Sie, das ist ein Trost, Lieutenant? Ich weiß, daß es für mich bestimmt war. Dan hatte keine Wahl, er hat sich nicht freiwillig für mich zerfetzen lassen. Aber warum? Womit habe ich einen derartigen Haß verdient?»

«Ich weiß es nicht. Wir werden gemeinsam versuchen müssen, es herauszufinden. Können Sie schon darüber sprechen?»

Sie seufzte. «Alles ist besser, als hier allein herumzuliegen und über Dan nachzudenken.» Jetzt weinte sie wieder, aber es waren eher Tränen des Schocks und der Erschöpfung als Tränen der Trauer. «Wir waren gar nicht richtig verlobt, ich habe Ihnen das nur erzählt, weil ich keine komplizierten Erklärungen abgeben wollte. Er hat mir letzte Woche einen Heiratsantrag gemacht, und ich habe ihn abgewiesen. Aber das mochte er nicht akzeptieren. Er hat mich einfach weiter umsorgt und getan, als gehörte ich ihm. Da konnte ich sagen, was ich wollte ...»

Und das war alles, was der Ausdruck in ihren Augen gestern besagt hatte, dachte Gonzales beschämt, während er ihr ein Kleenextuch vom Nachttisch reichte. Daß sie sich aus dieser Beziehung zurückgezogen hatte, war von Fowler offenbar nicht zur Kenntnis genommen worden. Ihm fiel noch etwas ein. «Mit wem waren Sie vor Fowler befreundet?»

«Ach, da hatte ich eigentlich keinen festen Freund. Ich habe mich mal mit dem, mal mit jenem getroffen, aber es war alles nichts Ernstes. Bei Dan war es anders, er hat mich ganz allmählich vereinnahmt – er war ein Typ, der immer das tat, was er sich in den Kopf gesetzt hatte. Mit den anderen habe ich ganz den Kontakt verloren.»

«Und dort, wo Sie vorher waren?»

«In New York? Da hatte ich natürlich auch männliche Bekannte, aber es war nicht so, daß ich gebrochene Herzen reihenweise zurückgelassen hätte.»

«Sie haben eine scharfe Zunge, Miss Randell», sagte Gonzales mit leichtem Tadel.

«Das stimmt.» Sie schloß die Augen und fuhr leiser fort. «Ich weiß. Es ist wohl eine Waffe, die ich allzu häufig einsetze, manchmal noch ehe ich angegriffen werde. Entschuldigen Sie bitte.»

«Mich stört es nicht. Wenn es Sie erleichtert ...»

Sie brachte ein halbes Lächeln zustande. «Vermutlich, aber das ist im Grunde keine Entschuldigung, nicht wahr? Ja, also ich bin nicht der Typ, bei dem die Männer den Kopf verlieren. Daß ich nicht häßlich bin, weiß ich, keine Frau braucht heute mehr häßlich zu sein, wenn sie nur ein bißchen auf sich hält. Aber sagen wir so: Kein Mann wäre bereit, sich meinetwegen in ein Duell zu stürzen. Ich bin nicht gerade eine Rose ohne Dornen.»

«Schön, da finden wir also nichts. Wie steht es mit Ihrer Arbeit?»

«Ich sagte es ja gestern schon: Ich bin nicht wichtig genug. Ich könnte mir vorstellen, daß jemand einen Auftraggeber umbringen würde, das hätte ich selber gelegentlich gern getan. Aber mein Tod würde überhaupt nichts bewirken.»

«Wie steht es mit der Familie? Haben Sie eine Erbschaft zu erwarten?»

«Nein. Und ich habe auch nicht die geheime Formel für einen Wundertrank im Kopf.»

«Besitzen Sie etwas, woran jemandem gelegen sein könnte? Stehen Sie irgendwelchen Menschen, irgendwelchen Plänen im Wege?»

«Ich glaube, Lieutenant, Sie sehen zu viele Fernsehkrimis.» Sie strich sich das Haar aus dem Gesicht. «Ich habe eine Eigentumswohnung, aber niemand gedenkt, das Haus abzureißen, um einen Parkplatz auf dem Grundstück zu bauen. Ich spiele nicht und spekuliere nicht an der Börse. Ich habe ein Auto, aber das läuft zur Hälfte auf Wechsel. Und ich besitze keinen Pelzmantel.»

Darüber mußte Gonzales lachen. «Etwas haben wir noch nicht erwähnt – die Politik. Sind Sie in irgendeiner politischen Gruppe aktiv? Haben Sie sich in letzter Zeit öffentlich für irgend etwas eingesetzt?»

«Bei dem Unternehmen, das unser Apartmenthaus betreut, habe ich Krawall gemacht. Wegen der Wasserrohre im Keller. Sie stinken.»

«Haben Sie Freunde, die mit Politik, mit Verbrechen zu tun haben?»

«Mit Politik schon mal gar nicht. Neuerdings ist Politik in der ganzen Werbebranche verpönt, und T.N. war auf diesem Gebiet schon immer neutral. Verbrechen? Ich weiß nicht ... Die meisten meiner

Freunde sind natürlich auch in der Werbung tätig. Manche Leute sehen schon darin ein Verbrechen.» Sie legte den Kopf zurück und schloß die Augen.

Als Gonzales von seinem Notizbuch aufblickte, sah er ihr die Anstrengung an.

«Sie haben in den letzten vierundzwanzig Stunden einiges mitgemacht, Miss Randell. Daß Sie in Gefahr sind, dürfte feststehen, und somit haben Sie Anspruch auf Schutz, wenn wir damit auch etwas spät dran sind. Wir stellen Ihnen eine Wache vor die Tür, und Besuche kann ich Ihnen leider zunächst nicht gestatten, bis wir festgestellt haben, von wo die Anschläge kommen.»

«Oder von wem.» Ihre Stimme war leise geworden, und sie hatte die Augen wieder geschlossen.

«Ganz recht. Ich lasse Sie jetzt allein, und Sie ruhen sich erst einmal aus. Morgen früh machen wir weiter, bis wir gefunden haben, was wir suchen. Irgendwo muß es einen Ansatzpunkt geben. Niemand macht sich soviel Mühe, einen Menschen zu ermorden, wenn er nicht sehr gewichtige Gründe dafür hat.»

Sie schlug die Augen auf, sah ihn an. »Aber Sie können doch etwas dagegen tun? Ich werde doch nicht so weiterleben müssen?»

«Ich bin überzeugt davon, daß wir den Fall sehr schnell werden klären können. Wir haben immerhin einige Erfahrung auf diesem Gebiet.» Er tätschelte ihre Hand und verabschiedete sich. Der uniformierte Posten saß zwischen den Aufzügen und ihrem Zimmer, und Gonzales wies ihn an, jeden zu überprüfen, der Clares Zimmer betreten wollte, auch das Pflegepersonal, und auch, wenn das zu Spannungen führen sollte. «Wenn es zu schwierig wird, können wir sie auf eine Gefängnisstation verlegen, obgleich wir uns damit unter Umständen Ärger anderer Art einhandeln. Wenn etwas passiert, soll man mir Bescheid sagen. Aber ich hoffe, das wird nicht nötig sein. Klar?»

Der Wachmann grinste. «Alles klar, Sir.»

Gonzales nickte und wandte sich zum Gehen. Seine Hartgummiabsätze quietschten auf dem gefliesten Boden.

Den ganzen Abend über ließ Clare in dem abgedunkelten Raum den Fernseher laufen. Die Bilder auf dem kleinen Schirm tanzten in regellosen Mustern vor ihren halb geschlossenen Augen. Ab und zu schlief sie ein, verpaßte den Schluß der einen, den Beginn der nächsten Sendung, schreckte auf, wenn sich wieherndes Lachen vom Band über den leise gestellten Ton erhob.

In einem dieser kurzen wachen Momente spürte sie, daß jemand am Fußende ihres Bettes stand. Sie wandte den Kopf, erwartete eine Schwester und sah, daß Malchek sie beobachtete. Er stand in tiefem

Schatten, nur das Licht vom Gang fiel über seine hohen Wangenknochen und das harte, gekerbte Kinn. Sie setzte zum Sprechen an – aber es gab ja nichts zu sagen. Die Augen fielen ihr wieder zu.

Am Morgen war sie sich nicht sicher, ob er überhaupt dagewesen war.

Nach dem Frühstück kam Gonzales. Heute fiel es ihr schon leichter, sich seinen Fragen zu stellen.

Er konzentrierte sich zunächst auf ihre Familie. Nichts. Dann fragte er, ob sie einmal Mitglied einer Jury gewesen war. Nein. In irgendwelche Prozesse verwickelt? Nein, nur die San-Ex-Spray-Sache. Sie erzählte ihm von dem verstimmten Kunden.

«Na schön.» Seufzend machte er sich einen weiteren Vermerk in seinem allgegenwärtigen Notizbuch. «Gehen wir einmal durch, was Sie in den letzten Tagen gemacht haben. Was war am Wochenende?» Er hatte sich aus der Kaffeemaschine an der Aufnahme einen Becher Kaffee geholt und hatte ihr auch einen mitgebracht. Langsam nahm er einen Schluck.

Clare zuckte die Achseln. Ein scharfer Schmerz erinnerte sie daran, daß ihr Arm noch nicht vergessen hatte, was ihm angetan worden war.

«Eigentlich habe ich überhaupt nichts gemacht. Dan hatte mich zu seinen Eltern eingeladen, aber ich hatte dann doch keine Lust. Da wußte ich schon ziemlich genau, wie ich Dans Antrag beantworten würde, und ich wollte das Verhältnis nicht noch mehr komplizieren. Sie sind sehr nett, und ich fand es irgendwie nicht fair ...»

«Ja, ich verstehe. Wie haben Sie die Zeit also verbracht?»

«Am Freitagabend habe ich meine Einkäufe für die nächste Woche gemacht, am Samstag war ich vormittags beim Friseur, nachmittags zu einer Ausstellungseröffnung.» Er sah, daß sie ein bißchen rot geworden war. «Ich habe bei *Carlo* gegessen, mit einer Freundin, sie kann es Ihnen bestätigen ...»

«Ich verlange kein Alibi von Ihnen, Miss Randell», sagte er lächelnd. Warum war sie plötzlich so verlegen?

«Nein, natürlich nicht. Am Sonntag habe ich lange geschlafen, und nach dem Frühstück habe ich eine Spazierfahrt gemacht.»

«Wohin?»

«Nicht weit ... Durch den Golden Gate Park, am Point Lobos vorbei, einfach so ein bißchen kreuz und quer. Im Radio lief ein Konzert ... Irgendwo an einem Aussichtspunkt habe ich dann haltgemacht. Ich wollte über Dan nachdenken, mir überlegen, was ich wirklich wollte. Ich habe wohl versucht, mir Mut zu machen.»

«Gehört denn Mut dazu?»

«Eigentlich schon. Im Grunde ging es um die Frage, ob ich nun endgültig ledig bleiben sollte oder nicht. Ich bin dreißig – und da, wo ich herkomme, ist man in diesem Stadium schon eine alte Jungfer. Ich weiß, heute ist das anders, aber bei der Entscheidung ging es mehr um meine Einstellung zu mir selbst als zu Dan.»

«Und nach der Spazierfahrt?»

«Ich bin in meine Wohnung zurückgefahren, habe gebadet, Papiere geordnet und vor dem Fernseher gesessen. Das ist alles.» Das Rot auf ihrem Gesicht hatte sich vertieft.

«Warum ist Ihnen das so peinlich, Miss Randell? Sie sind ganz rot geworden.»

Sie seufzte. «Es ist nur ...» Sie zupfte abwesend an der Bettdecke herum. «Es hört sich so trist an, wenn man es erzählt. Keine flotten Parties, keine leidenschaftlichen Liebhaber, nichts. Einfach eine Frau, die herumsitzt wie bestellt und nicht abgeholt.»

«Hätten Sie zu Parties gehen können, hätten Sie – wie sagten Sie noch – leidenschaftliche Liebhaber haben können?»

Sie lächelte. «Einen schon.» Ihre Augen verdunkelten sich, sie sog scharf die Luft ein. Dann fuhr sie fort: «Und Parties ... ja, irgendwo gibt es immer eine Party, ich hätte alles mögliche machen können. Statt dessen saß ich allein auf Sutro Heights und sah den Möwen nach. Sehr emanzipiert, sehr selbständig ... Was ist denn?» Er machte ein ganz komisches Gesicht.

«Das haben Sie vorhin nicht gesagt», stellte er vorwurfsvoll fest.

«Was denn?»

«Daß Sie nach Sutro Heights gefahren sind.»

«Doch.»

«Nein, Sie sagten, Sie seien durch den Park und zum Point Lobos gefahren.»

«Das kommt doch auf dasselbe heraus.»

«Es liegen drei Kilometer dazwischen. Um welche Zeit waren Sie dort?»

«Also daß Sie sich darüber so aufregen ... Na schön, von etwa halb zwei bis so gegen drei, schätze ich. Ich bin im Wagen sitzengeblieben.»

«Erzählen Sie.»

«Aber was denn nur?» fragte sie ratlos. «Ich habe dort gesessen und hinausgesehen. Es war heiß. Ich habe die Fenster heruntergekurbelt und den Wind durch den Wagen wehen lassen. Ich habe mir das Konzert im Radio angehört. Ich bin gern allein. Auf dem Parkplatz standen nur wenige Wagen, ein oder zwei Leute kamen vorbei. In der Ferne habe ich natürlich Leute gehört. Schließlich wurde es mir langweilig, und ich fuhr heim.»

«Genauer bitte. Was für Leute kamen vorbei?»

Sie verlor die Geduld. «Was weiß ich ... Eine Familie mit zwei Kindern, zwei Teenager, ein paar Männer, noch eine Familie ... Wie soll ich mich daran jetzt noch erinnern?»

«Haben Sie etwas gehört?»

«Gehört?» Er nickte, versuchte, sie nicht zu drängen, sich nichts von seiner Spannung anmerken zu lassen. Sie schüttelte den Kopf. «Die Möwen habe ich gehört, die Musik, Lachen, Reden, Kindergeschrei, Feuerwerk, Frachtersignale, Wagengeräusch.»

«Feuerwerk ist in diesem Staat verboten», meinte er.

«Und die Leute packen sich mit dem Zeug in Mexiko den Kofferraum voll und bringen es über die Grenze, das wissen Sie doch ganz genau», sagte sie ungeduldig. «Wenn die Eltern dumm genug sind, werden den Kindern am 4. Juli immer noch die Hände weggerissen.»

«Erzählen Sie mir von den Männern.»

«Von welchen Männern?»

«Sie haben gesagt, Sie hätten ...» Er warf einen Blick auf seine Notizen. «Sie hätten ein paar Männer gesehen.»

«Ach so. Ja, es waren zwei. An den Größeren erinnere ich mich noch. Wegen der Papiere.» Sie sah, wie er die Augen zusammenkniff, und fuhr rasch fort: «Zwei Männer in einem weißen Kabrio fuhren auf den Parkplatz. Sie fielen mir auf, weil sie Straßenanzüge trugen, und das fand ich ziemlich albern an einem heißen Sonntag. Sie gingen zu Fuß in den Park hinunter. Später kam der eine zurück, und als er an mir vorbeikam, fielen ihm ein paar Papiere aus der Aktentasche.» Kurz erzählte sie von ihrem Wortwechsel mit dem großen, gutaussehenden Geschäftsmann und der Störung durch die Teenager in dem Edsel.

«Würden Sie ihn wiedererkennen?»

«Ich denke schon. Allerdings war er kein sehr ausgeprägter Typ. Er sah gut aus, graue Augen, gute Zähne, gute Knochenstruktur ...»

«Sie waren ihm nahe genug, um seine Augenfarbe erkennen zu können.»

«Ja, etwa drei Meter entfernt.»

«Trug er einen Hut?»

«Nein. Dunkles Haar, sehr kurz geschnitten.» Sie erstarrte, in ihrem Gesicht begann es zu arbeiten. «Ist das der Mann, der versucht, mich umzubringen?»

«Ich weiß es nicht. Aber es wäre möglich. Sie sagen, die beiden waren bis drei dort?»

«Ja, etwa bis drei.»

«Können Sie den anderen Mann beschreiben?»

«Der, mit dem er gekommen ist? Den würde ich bestimmt wiedererkennen. Ein kleiner Dicker mit langem schwarzem Haar und sehr blasser Haut. Er trug eine Menge Ringe, es funkelte richtig, wenn er die Hand bewegte. Er machte keinen sehr sympathischen Eindruck, im Gegensatz zu dem anderen. Der Dicke war ordinär, aber der Große wirkte distinguiert, durchaus anziehend.»

Gonzales sah sie scharf an. «Hm.»

Sie wartete auf seine nächste Frage, aber er blickte sie nur unentwegt an. In seinen Augen stand fast so etwas wie Mitleid.

«War es das, wonach Sie gesucht haben?» fragte sie schließlich.

«Vielleicht.» Er stand auf und schob sein Notizbuch in die Jacke. «Gleich kommt Ihr Essen, Miss Randell. Heute nachmittag komme ich wieder und bringe einen Zeichner mit. Ich möchte Sie bitten, ihm den Mann zu beschreiben. Wenn wir Glück haben, kommt ein gelungenes Bild dabei heraus. Glauben Sie, daß Sie das können?»

«Welchen Mann?»

Er lächelte ein wenig. «Den Sympathischen, Miss Randell.»

«Ich werd verrückt.» Malchek rieb sich den Nasenrücken, fuhr sich mit den Händen durchs Haar, schüttelte es aus dem Gesicht. «Der Dicke war Dondero, gar kein Zweifel. Die Ringe, das Haar ...»

«Und die blasse Haut.»

«Kann ich mir vorstellen, daß er blaß war. Wenn er wußte, wen er da bei sich hatte ...»

«Das werden wir jetzt nicht mehr erfahren.»

«Nein. Drei Meter entfernt.»

«Er hat graue Augen, sagt sie.»

Malchek konnte es offensichtlich noch nicht fassen. «Keine Narben, keine Warzen, kein Hinkebein.»

«Ein sympathisches Gesicht, sagt sie. Gute Knochenstruktur. Ich hatte den Eindruck, daß er ihr richtig gefallen hat.»

«Killer mit Charme, das ist mal was Neues.» Malchek stand auf, ging zum Fenster, straffte und beugte die Schultern, öffnete und schloß die Hände.

«Dein Mann ist in der Stadt.»

«Hab ich dir doch gesagt.»

«Ja, hast du mir gesagt.» Gonzales klappte sein Notizbuch zu. «Du hast mir auch gesagt, daß er sich nirgendwo länger aufhält. Daß er seine Jobs innerhalb von vierundzwanzig Stunden erledigt.»

«So hat er es bisher jedenfalls gemacht.»

«Wenn er es wirklich ist, hat er sich diesmal länger hier herumgedrückt. Der Mord an Dondero war am Sonntag, aber erst am Dienstag hat er sich die Randell vorgenommen. Mit dieser Perversenspur hat er uns ganz schön aufs Glatteis geführt.»

Malchek verzog den Mund. «Ausgebuffter Profi.»

«Und erst am Mittwoch hat er die Bombe hochgehen lassen.»

«Gelegt hat er sie wahrscheinlich schon am Dienstag, nachdem er Miss Randell verfehlt hatte. Er weiß, daß sie ihn identifizieren kann, da muß er auf Nummer Sicher gehen.»

«Aber bei ihr hat er zwei Anläufe gemacht. Ich denke, er ist der große Perfektionist?»

Malchek zuckte die Achseln. Er sah noch immer aus dem Fenster. «Vielleicht hat sie einen Schutzengel.» Malchek war in Kalifornien aufgewachsen, aber der skeptische Tonfall war reiner Missouri-Slang.

8

Es war eine kleine Notiz auf einer der Innenseiten der *Times*.

Der hochgewachsene Mann kaufte sich sein Exemplar am Zeitungsstand in der Hotelhalle, zählte gelassen-routiniert die Pesos ab und behielt genug zurück, um der Kellnerin im Coffeeshop noch ein Trinkgeld geben zu können.

Er war bei seinem zweiten Toast, als er die Nachricht vom Tod des Dan Fowler las. Selbst der duftende mexikanische Honig, den er bevorzugte, konnte ihm heute früh die Laune nicht versüßen. Die Kellnerin kam um ihr Trinkgeld, er stürmte aus dem Restaurant und knallte die Tür hinter sich zu.

In seinem Zimmer spülte er zwei Pillen mit einem Glas Wasser herunter und legte sich aufs Bett, um die Wirkung abzuwarten. An manchen Tagen dauerte es länger.

Diese Störungen mußten aufhören. Der Job hier in Buenos Aires war einer der bedeutsamsten und ganz gewiß einer der kompliziertesten der letzten zehn Jahre. Die Sicherheitsvorkehrungen waren praktisch wasserdicht, und er hatte drei Tage gebraucht, um eine Lücke im System zu finden. Das Timing mußte auf die Minute genau sein, sonst war seine Chance dahin.

Und jetzt dieser Ärger. Ausgesprochen unfair war das – er mußte schließlich an seine Arbeit denken.

Langsam lösten die Pillen die Spannung und erfüllten ihn mit einem wohligen Gefühl erhabener Einsamkeit.

Warum sollte er sich um die Person eigentlich selber kümmern? Dutzende standen bereit, um das für ihn zu besorgen.

Er rollte sich auf der Tagesdecke herum und zog das Telefon zu sich heran. Das war etwas für Morrie, der konnte das alles regeln, ohne auch nur sein Büro verlassen zu müssen. Es gab immer Nachwuchskräfte, die nur auf eine Chance warteten, von Morrie in die engere

Wahl gezogen zu werden. Er lachte leise vor sich hin, als er die erste Zahl wählte. Weiß Gott, darüber war er hinaus. Er hatte Geld genug, um seine kleinen Probleme von kleinen Leuten lösen zu lassen.

Was war diese Clare Randell denn für ihn?

Ein minimales Loch in seinem Schweizer Bankkonto.

9

Clare lag auf dem Krankenhausbett und beobachtete Malchek, der vor dem Fenster auf und ab marschierte, langsam, immer wieder pausierend, aber unaufhörlich, ruhelos, hin und her.

«Ich begreife immer noch nicht, warum dieser – wie heißt er gleich –, dieser Edison mich umbringen will. Wie kommt er überhaupt darauf, ich könnte ihm gefährlich werden? Wenn er mich nicht angeschossen hätte, wäre ich nie darauf gekommen, entsprechend zu kombinieren.»

«Das hat er nicht gewußt. Er war davon überzeugt, daß Sie ihn schon identifiziert hatten.»

«Aber wie denn?» fragte sie ungeduldig.

«Überlegen Sie mal, was Sie gemacht haben, als Sie am Montag aus dem Büro gekommen sind – Sie haben es Gonzales erzählt. Sie sind aus dem Haus getreten, haben eine Zeitung gekauft, einen Blick hineingeworfen und sich dann ein Taxi herangewinkt. Angenommen, er ist Ihnen gefolgt. Wohin sind Sie gefahren?»

«Zum Gericht.»

«Eben nicht.» Er schüttelte den Kopf wie ein unzufriedener Prüfer. «Zur *Hall of Justice* sind Sie gefahren. Das ist ein großes Haus. Sicher, darin ist auch das Gericht untergebracht, aber außerdem sitzen dort noch Hunderte anderer Dienststellen, unter anderem auch wir. Ihr Leben bedeutet ihm nichts, Miss Randell. Wenn er auch nur als möglich annehmen muß, Sie könnten ihn der Polizei gegenüber identifiziert haben, war das für ihn Grund genug, Sie umzubringen. Töten ist sein Beruf, es ist für ihn so einfach wie Atemholen.»

«Nein!» stöhnte sie auf. «Und wie wär's, wenn ich in den *Examiner* eine große Anzeige einrücken lasse: ‹Lieber Mr. Edison, Ihr Geheimnis ist bei mir gut aufgehoben!›?»

Er betrachtete sie verärgert. «Ja, bilden Sie sich wirklich ein, das ist ein Spiel mit festen Regeln? Wachen Sie auf, Miss Randell. Mir tut's leid, Ihnen tut's leid, ihm tut's leid. Aber umbringen wird er Sie trotzdem.»

«Aber Sie werden mich beschützen, Sie haben es versprochen ...»

In ihrer Panik fielen plötzlich zwanzig Jahre von ihr ab. Gonzales drückte ihr beruhigend die Hand.

«Natürlich werden wir Sie beschützen, Clare.»

«Ist er – wann ...»

Malchek schob sich mit einer Hüfte auf die Kante des Tisches unter dem Fenster. «Wir glauben, daß er zur Zeit nicht hier ist. In Buenos Aires ist am späten Mittwoch ein Attentat begangen worden, das deutlich seine Handschrift trägt. Selbst wenn er heute morgen wieder hergeflogen ist, brauchte er eine Weile, um Sie hier zu finden. Und bis dahin haben wir Sie hier herausgeschafft.»

«Warum? Bin ich denn hier nicht sicher?»

«Vor Edison sind Sie nirgends sicher, begreifen Sie das endlich.»

«Mike», sagte Gonzales warnend, aber Malchek überhörte den unausgesprochenen Tadel.

«Sie soll ruhig wissen, was auf sie zukommt. Um so besser wird sie sich in acht nehmen.»

«Es ist unsere Aufgabe, auf sie achtzugeben», sagte Gonzales. Malchek schüttelte entschieden den Kopf. «Ihre auch. Wenn ich ihr sage, sie soll sich hinwerfen, und sie zögert auch nur eine Sekunde lang, ist es vorbei. Wenn sie überleben will, muß sie parieren.»

«Und wie lange?» fragte Clare, den Blick auf den kleinen Berg unter der Bettdecke gerichtet – ihre Knie, die sie fest zusammengepreßt hatte, damit sie nicht so zittern sollten. «Wie lange werden Sie über mein Leben bestimmen?»

«Wenn ich nicht darüber bestimme, wird es ein sehr kurzes Leben sein.»

«Das ist keine Antwort.»

Etwas regte sich am Grund der graugrünen Augen. Etwas wie Verlangen. «So lange, bis wir ihn haben. Mit Ihrer Beschreibung haben wir endlich eine echte Chance.»

«Endlich?»

Gonzales räusperte sich. «Mike ist schon lange hinter Edison her, Clare.»

«Und warum hat er ihn noch nicht?» Sie sprach zu Gonzales, aber ihre Augen hielten noch immer Malchek fest.

«Bisher hatten wir keine zuverlässige Beschreibung. Er ist berühmt für seine Verkleidungen. Und ich konnte ihn nicht zwingen, in San Francisco zu morden, ich mußte darauf warten.» Malchek wandte den Blick ab, sah sie wieder an und sagte schroff: «Wenn ich sage ‹Springen!›, dann springen Sie, verstanden?»

«Nein. Warum machen Sie das nicht?» fragte sie Gonzales.

Er zog ein verlegenes Gesicht. «Es ist Mikes Fall, Clare. Sie sind auf komische Art hineingeraten, aber es geht im Grunde genommen um den Mord an Dondero, und den bearbeitet er. Sie könnten nicht in besseren Händen sein.»

«Aber in freundlicheren.»

Malchek funkelte sie beide an, sagte aber nichts.

«Komm jetzt, du Dickschädel», sagte Gonzales überredend. «Da liegt eine Lady, eine hübsche junge Lady, die in der Klemme steckt. Was ist nur los mit dir?» Das klang schon schärfer.

Malchek stand auf und machte eine Verbeugung. «Ergebensten Dank, Miss Randell», sagte er ironisch. «Ich werde danach trachten, Sie nach besten Kräften zu schützen, solange es nötig ist, Miss Randell. Und jetzt entschuldigen Sie mich bitte, Miss Randell, ich muß nämlich noch einen hübschen hohen Elfenbeinturm für Sie bauen.» Als er sich aufrichtete, stand Verachtung in seinem Blick. Er ging hinaus, ohne sie noch einmal anzusehen.

Clare machte ein betroffenes Gesicht. «Was hat er denn? Ist er meinetwegen so giftig?»

Gonzales starrte auf die leere Türöffnung. «Ich weiß nicht. Er war immer ein bißchen komisch, wenn es um Edison ging und die anderen Auftragskiller. Aber so schlimm habe ich es bei ihm noch nie erlebt. Es tut mir leid. Schließlich ist es gar nicht einzusehen, daß Sie nun auch noch unter seinem Haß leiden müssen.»

Malchek stand regungslos in der brütenden Nachmittagssonne und wartete, bis sich die ärgste Hitze aus der geöffneten Wagentür verzogen hatte.

Er hätte Gonzales erklären können, was mit ihm los war. Aber es war nicht seine Art, mit anderen über seine Probleme zu sprechen.

Er war auf Umwegen zur Polizei gekommen. Lange hatte sein Talent unbemerkt in ihm gekeimt, bis dann in Vietnam die tödliche Saat aufgegangen war.

In der Army hatte er keine besonderen Ansprüche an seinen Arbeitsplatz gestellt, er würde tun, was von ihm verlangt wurde, hatte er gesagt, Fronteinsatz, Schlosserarbeiten, Schreibstubendienst, Kartoffelschälen, es sei ihm egal. Also beobachteten sie ihn und wogen ihn und prüften ihn, und dann sagten sie, was sie von ihm erwarteten, und er stellte fest, daß es ihm ganz und gar nicht egal war. Zuerst schon, aber später nicht mehr.

Malchek wurde Heckenschütze.

Für den Captain seiner Einheit war Malchek eine Waffe, nicht mehr und nicht weniger. Wie ein Raketenwerfer oder eine Bazooka. Dementsprechend wurde er immer dort eingesetzt, wo er am meisten Schaden anrichten konnte.

Und das war nicht auf einem Baum.

Sie nannten es «taktische Beseitigung». Oder «selektive Eliminierung». Oder «vorbeugende Entfernung». Hundert Bezeichnungen, hundert Worte, um nur die eine nicht zu nennen: Mord.

Er setzte sich ans Steuer und startete, die schmerzenden Augen mit der Sonnenbrille vor dem gleißenden Licht schützend. Er hatte zu lange nicht geschlafen. Zuviel gejagt, gespäht, gewartet.

Er fuhr zu dem Haus, das er ausgewählt hatte, und ließ sich dabei von der auslaufenden Flut des Mittagsverkehrs treiben. Wie sicher ist ein «sicheres Haus»? Und wie sicher, dachte er, will ich es überhaupt haben? «Was ist los mit dir?» hatte Gonzales gefragt. Das will ich dir sagen, Gonzo, alter Freund. Die hübsche junge Lady mit den großen Augen und den hübschen, griffigen Titten unter dem Krankenhausnachthemd, die möchte ich nehmen und als Köder aufhängen. Schau, Edison, möchte ich sagen, schau, was ich Schönes für dich habe. Und wenn er dann kommt, möchte ich ihm eine Kugel durch den Kopf jagen.

Das Dumme ist nur, daß es möglicherweise zuerst die hübsche junge Lady erwischt. Und dieses Geschäft betreibe ich nicht mehr. Nicht mehr seit der Sache mit dem Alten im Garten.

Er parkte in der Auffahrt und schloß die Tür des langgezogenen eingeschossigen Hauses auf. Es war genau das Richtige. Besonders gefiel ihm der geharkte Kies im Garten an Stelle von Gras, das jeden Laut schluckte. Die drei Meter hohe Hecke war alt und bewachte mit knotigen Fingern den Gartenrand, dicht und geschlossen bis auf die Lücke, durch die die Auffahrt ging.

In der ganzen Gegend wohnte – fast klösterlich-diskret – viel gutes Geld. Die Inneneinrichtung «seines» Hauses, das normalerweise als Gästeheim für prominente Besucher der Stadt genutzt wurde, hatte einen orientalischen Anstrich. Große Räume. Schlichte, elegante Möbel als Inseln im Meer des moosgrünen Teppichbodens. Nichts Überladenes. Schönheit pur. Das bedeutete andererseits auch, daß sie sehr wenig Deckung hatten, falls Edison sich für einen Überfall entschied, aber das war unwahrscheinlich. Edison arbeitete lieber allein.

Auch Malchek war das stets lieber gewesen.

Der Arzt im Krankenhaus hatte ihm gesagt, sie könnten Clare jederzeit verlegen. Das Problem war nur, sie herauszubringen, ohne daß Edison es merkte. Daß sie verletzt war, wußte er bestimmt, möglicherweise war ihm sogar das Ausmaß der Verletzungen bekannt. Er hatte in den letzten Jahren genug verdient, um sich kaufen zu können, was und wen er wollte. Der Armschuß, zwei gebrochene Rippen, ein verstauchtes Knie – wie verbirgt man so etwas?

Malchek hatte eine Idee, aber sie war lächerlich theatralisch, und es würde nicht einfach für sie sein. Sie würde mit ihrem lahmen Knie eine lange Strecke laufen müssen, ohne zu hinken, denn darauf würde Edison besonders achten. Edison würde auf alles achten.

Als Malchek wieder zum Krankenhaus zurückfuhr, war die ärgste Hitze vorbei. In der Luft sammelte sich Feuchtigkeit, aber die Sonne stand noch über dem Horizont.

Gonzales sei vor etwa einer Stunde gegangen, berichtete der Posten, und Clare habe ihr Essen unberührt zurückgehen lassen. In dem kleinen Fernseher lief eine Nachrichtensendung.

«Guten Abend.»

Sie war sichtlich überrascht. «Guten Abend.» Kein Lächeln, wachsames Mißtrauen in den dunklen Augen.

«Ja, also –» begann er verlegen. Sie wandte sich halb zu ihm um, während sie mit einem Auge noch die Wetterkarte verfolgte. «Es tut mir leid, daß ich heute nachmittag so schroff war. Es wäre nicht nötig gewesen, Sie können ja nichts dafür.»

«Allerdings nicht.»

Er lächelte ihr befangen zu, was sie noch mehr zu verblüffen schien als vorher sein ruppiges Benehmen. Zu verdenken war's ihr nicht...

«Gonzo hat schon recht, ich führe regelrecht Krieg gegen Edison. Ich jage ihn schon lange. Er vergiftet alles, was er berührt, so sehe ich das jedenfalls. Wenn ich ...» Plötzlich lag ihm daran, daß sie seine Einstellung begriff. «Er widert mich an. Diese Auftragskiller sind absolut das Letzte.»

«Lieutenant Gonzales hat gesagt, daß Sie Spezialist auf diesem Gebiet sind. Daß Sie selber Heckenschütze waren, in der Army. Sie wissen, wie diese Leute vorgehen, wie sie denken, hat er gesagt.» Sein schmales Gesicht verhärtete sich schon wieder und wurde blaß, obgleich ihr Ton lediglich Neugier verriet. «Hassen Sie diese Leute deshalb so?»

«Vielleicht.»

Die Folgerung war logisch, und sie konnte es sich nicht versagen, sie auszusprechen. «Bedeutet das, daß Sie sich selber hassen?»

Er stand sehr plötzlich auf und sprach zur Decke. «Das hat mir gerade noch gefehlt! Wieder mal eine, die sich einbildet, es reicht, wenn man in den richtigen Büchern immer das erste Kapitel liest.»

Bedauernd sah sie, daß sein Gesicht sich wieder verschloß; sie hätte sich ohrfeigen mögen. Fast eine volle Minute lang hatte er richtig menschlich ausgesehen. «Manchmal lese ich sogar das zweite Kapitel», sagte sie abbittend. «Wenn es ein bißchen Sex verspricht...»

Aber er biß nicht an, sie hatte nicht den richtigen Ton getroffen. Er lehnte sich über den Fußteil des Metallbettes zu ihr hinüber. «Sie werden bald hier herauskommen. Ich habe mit dem Arzt gesprochen, er wird das Knie bandagieren und Ihnen eine Spritze geben, damit Sie vernünftig laufen können. Gehinkt wird nicht, klar?»

Eine Stunde später sagte Clare: «Das Hinken macht mir weniger Sorge. Ich habe nur Angst, daß ich lachen muß, sobald ich Sie ansehe.»

«Dann sehen Sie mich nicht an. Schlagen Sie die Augen nieder und denken Sie daran, daß bei jedem Schritt, den Sie tun, jemand Sie im Fadenkreuz hat, daß irgendeiner von den Menschen, an denen Sie unten in der Halle und draußen auf der Straße vorbeigehen, ein Klappmesser im Ärmel hat, das durch Sie hindurchgehen könnte wie durch Butter oder mit dem er Ihnen die Kehle aufschlitzen könnte wie einem Kalb am Metzgerhaken.»

«Was hat dieser Mann bloß für ein Mundwerk?» Die Polizistin steckte Clares Ärmel an der Vorderseite des Habits fest und ließ die Sicherheitsnadeln in dem üppigen Fall der grauen Falten verschwinden.

Malchek hatte schon seine Tracht an, er stand wieder am Fenster und sah durch die Jalousien auf die Straße hinunter. Zum Glück war das Krankenhaus von der Straße zurückgesetzt und von einem breiten Baumgürtel umgeben.

Als die beiden Nonnen in ihr Krankenzimmer gerauscht waren, hatte Clare zunächst an eine Verwechslung gedacht, aber dann hatte die Größere bemerkt: «Verdammt warm, diese Klamotten. Wie die das bloß aushalten?» Dann hatte sie sich umgedreht und die Tür hinter sich zugemacht.

Malchek hatte sich über Clares verblüfften Gesichtsausdruck amüsiert. Die «Nonnen» – zwei Polizistinnen – hatten ihre Tracht rasch abgelegt. Die Dunkelhaarige, die etwa Clares Figur hatte, war ihr Double. Die Größere, Blonde, würde, wenn Clare und Malchek fort waren, noch eine Weile im Zimmer bleiben und sich dann unter die Krankenhausbesucher mischen und mit ihnen das Haus verlassen.

Malchek hatte sich nicht mit weitschweifigen Erklärungen aufgehalten. «Die Matthäusschwestern haben ständig hier im Krankenhaus zu tun, das hat mich auf die Idee gebracht. Heute nachmittag war ich bei der Oberin und habe ihr das Problem geschildert. Einem braven Katholiken wie mir hilft sie gern, hat sie gesagt.» Er deutete auf die Tracht. «Nonnen gehen immer mit zusammengelegten Händen, wir können also Ihren linken Arm ruhigstellen. Der Pflasterverband um die Rippen ist unter dem vielen Stoff nicht zu sehen. Haube und Schleier verändern Gesichtsschnitt und Gesichtsform, und einer Nonne sieht sowieso kaum einer direkt ins Gesicht.»

Als sie eingekleidet war, schaute Clare in den Spiegel. Was sie sah, faszinierte sie. Von ihrem Gesicht war nur ein von weißem Leinen eingerahmtes Dreieck zu sehen, steif erhob sich die Flügelhaube darüber, und die grauen Stoffbahnen hingen über ihre Schultern bis zur Erde. Nur die Schuhspitzen sahen hervor. Um die Taille hing schwer ein Rosenkranz mit dicken schwarzen Perlen. Als sie die rechte Hand in die herunterhängenden Finger der linken legte, sah man nur ihre Knöchel. «Wie unglaublich kompliziert das ist – so viele Schichten, so viele Einzelteile.»

«Das dürfte im Mittelalter selbst den aufdringlichsten Mönch abgeschreckt haben, möchte ich meinen. Ordenstrachten haben sich in den letzten fünfhundert Jahren nicht wesentlich geändert», sagte Malchek vom Fenster her. Merkwürdigerweise stand ihm die Tracht viel besser als Clare. Die straffen Leinenbänder hatten sein Gesicht nicht verzerrt, und nachdem das dunkle Haar unter der Haube verschwunden war, konzentrierte sich der Blick mehr auf die schmale Nase, den unnachgiebigen Mund. Sie konnte sich vorstellen, wie er ohne ein Lächeln Bücher und ketzerische Jungfrauen verbrannte.

Ihr Widerspruch war schon fast automatisch. «Einige Orden haben ihre Tracht schon geändert. Und es gibt moderne Nonnen, die überhaupt keine Tracht mehr tragen, sie laufen in Bermudashorts herum, wenn es heiß ist, und drehen sich die Haare ein.»

«Ihr Glück, daß die Matthäusschwestern in dieser Hinsicht noch so konservativ sind.» Er legte sich den schweren Rosenkranz um die Finger und ließ die weiten Ärmel über seine unverkennbar maskulinen Hände fallen.

Nach der Injektion, die der Arzt ihr gegeben hatte, schmerzte das geschwollene Knie praktisch nicht mehr, so daß sie ganz ungezwungen laufen konnte. Lange würde die Wirkung nicht anhalten, hatte er gesagt, es war das Zeug, das sie Sportlern spritzten, wenn niemand hinsah.

«Also los», sagte Malchek unvermittelt aus der Tiefe seiner Flügelhaube hervor. «Blick nach unten, ausdrucksloses Gesicht und möglichst gleichmäßig und zügig gehen.»

Der Weg durch die Gänge und die Krankenhaushalle war problemlos. Aber sie hatten kaum das Krankenhaus verlassen, als er merkte, daß sie sich quälte. Offenbar machten ihr die gebrochenen Rippen zu schaffen – daran hatte er nicht gedacht. Mit dem Gehen hatte sie keine Schwierigkeiten, die Injektion wirkte noch. Den Impuls, möglichst viel Tempo vorzulegen, hatte Malchek sowieso unterdrückt, das hätte nicht zur Rolle gepaßt. Doch nach einer Weile mußte er noch langsamer werden, um es ihr leichter zu machen. Sie klagte nicht, aber sie atmete so flach wie möglich, und er hörte jedesmal ein leises Pfeifen in ihrer Kehle, wenn der Schmerz zuschlug.

Eine Gänsehaut überlief ihn unter seinem Habit, er spürte, daß er beobachtet wurde, aber dagegen war jetzt nichts zu machen. Schließlich zupfte er sie am Ärmel und blieb stehen, und sie taten, als sähen sie sich die Auslagen in einem Uhrengeschäft an. Es hätte schlimmer kommen können, dachte er, am Ende wären wir aus Versehen noch vor einem Pornoshop gelandet. In der spiegelnden Scheibe beobachtete er die Straße. Aber außer vorbeifahrenden Wagen und vorübergehenden Passanten war nichts zu sehen. War einer von ihnen Edison?

«Können wir nicht ein Taxi nehmen?» bat Clare.

«Nonnen gehen zu Fuß, das ist gut fürs Seelenheil. Es ist jetzt nicht mehr weit zum Mutterhaus. Dort können Sie sich ein paar Stunden ausruhen. Nach Anbruch der Dunkelheit schaffen wir Sie in einem Wäschewagen hinaus. Beißen Sie die Zähne zusammen, es sind nur noch sechs Blocks.»

«Heiliger Gott», stöhnte sie.

«Sehr gut», lobte er spöttisch. «Stanislawski wäre stolz auf Sie gewesen.»

Ihre Antwort paßte ganz und gar nicht zu ihrer frommen Rolle.

10

Malchek organisierte den Wachdienst im Zwölf-Stunden-Rhythmus, um die Personalbewegungen vor dem «sicheren Haus» möglichst gering zu halten. Er postierte je zwei Wagen pro Schicht an verschiedenen Stellen vor dem Haus, stellte die Lieferung von Lebensmitteln sicher (der Besitzer von *Dave's Supermarkt* war ein früherer Polizeibeamter) und sorgte für Unterhaltung (eine Kiste mit Taschenbüchern, Farbfernseher, sechs Spiele Karten). Die Hauswache hatten jeweils zwei Kriminalbeamte und eine Polizistin. Jeder Wagen war mit zwei Mann besetzt.

Er selbst wollte sich draußen auf Edison konzentrieren.

Die Zeitungen waren voll von der Ermordung des amerikanischen Botschafters in Buenos Aires. Man nahm an, daß der Attentäter einer der Anarchisten war, die sich vor der Botschaft zusammengerottet hatten, als der Botschafter durch einen Hintereingang das Haus verlassen hatte, um zum Flughafen zu fahren. Die Presse zumindest meinte den Mörder in Anarchistenkreisen suchen zu müssen und spekulierte darüber, wen die Partei, der der Botschafter angehört hatte, jetzt zum Präsidentschaftskandidaten nominieren würde.

Malchek bat die Polizei von Buenos Aires fernschriftlich um eine Kopie der ballistischen Untersuchung. Das Ergebnis bestätigte seine Vermutung. Die Streifen und Rillen auf den Kugeln waren die gleichen wie in zwei Mordfällen aus seiner Akte, die beide Edison zugeschrieben worden waren und ein beziehungsweise drei Jahre zurücklagen. Einmal hatte er in Denver, einmal in Palo Alto zugeschlagen. Elf mögliche Schußwaffen hatte er bisher für Edison notiert.

«Wir hätten uns die ganze Schau sparen können», sagte er ärgerlich zu Gonzales. «Er war gar nicht hier.»

«Das konntest du nicht wissen. Es war schon richtig so.»

«Mag sein.» Er öffnete mit einer heftigen Bewegung eine Schublade. «Jedenfalls ist sie im Augenblick in Sicherheit.»

«Mich wundert, daß du nicht selber eine Schicht übernommen hast.»

«Wozu gibt es niedrige Ränge?» Malchek heftete den Bericht aus Buenos Aires in seiner Akte ab. «Die wahren Organisationstalente wie du und ich müssen am Schreibtisch sitzen bleiben und Akten lesen.»

«Bisher warst du nicht gerade scharf aufs Aktenstudium.»

«Wir bekommen Clare Randell am schnellsten aus dieser vertrackten Situation heraus, wenn wir Edison fassen, ehe er es noch einmal versucht. Nachdem die Phantomzeichnung im Umlauf ist, kriegen wir ihn höchstwahrscheinlich.»

«Eben. Wir sind ja nicht der einzige Staat, der ihn haben will. Er ist nicht wählerisch, ihm kommt es nicht darauf an, wo er zuschlägt. Die Feds fahnden wegen des Strinder-Attentats vor fünf Jahren nach ihm.»

«Ein bißchen kommt es ihm schon darauf an, wo er zuschlägt, Gonzo. Im Osten ist er bisher überhaupt noch nicht aufgetaucht. Und die Feds suchen ihn, wenn ich nicht irre, auch wegen des Mordanschlags auf Senator Santos.»

«Das war er auch? Davon war bisher nie die Rede», meinte Gonzales zweifelnd.

«*Ich* sage, daß er es war. Er hatte seine dreckigen Pfoten in der Sache, darauf wette ich. Die ‹hochgewachsene Frau›, die das Päckchen abgegeben hat, der Edelstahldraht, die Kiste mit den teuren Zigarren, die Knoten in der Schnur – doppelter Palstek, typisch für ihn –, es war Edison, verlaß dich drauf.»

Gonzales sah den Kollegen an, der mit zornig verkrampften Schultern am Fenster stand. «Donnerwetter, du kennst den Burschen ja wirklich in- und auswendig. Du solltest lieber Clare Randell bewachen, Mike. An dir kriegt er keine Zigarrenkisten vorbei, das ist mal sicher.»

Mike antwortete nicht. Er konnte selber nicht erklären, warum er zögerte, sich mit Clare Randell in dem «sicheren Haus» zu verbarrikadieren. Sicher, das Naheliegendste wäre es, nur dort waren seine

Kenntnisse wirklich praktisch verwertbar. Seine Berichte hatte jeder mitnehmen und dort lesen können.

Aber Clare Randell machte ihn unsicher. Sobald er versuchte, sich ihr mit etwas menschlicheren Zügen zu zeigen, machte sie mit ihrer scharfen Zunge alles wieder kaputt. Wut beeinträchtigt die Funktionstüchtigkeit, und wenn er mit ihr zu tun hatte, war er fast immer wütend.

Gonzales hatte miterlebt, wie Mike sich bei der Kriminalpolizei Stufe für Stufe hochgearbeitet hatte. Er war früher einer seiner Inspectors gewesen. Malchek galt jetzt unter den Kollegen als eiskalt, ziemlich humorlos, supertüchtig und streng, aber gerecht seinen Untergebenen gegenüber.

«Notfalls könntest du wohl auch die Koordinierung übernehmen», meinte Malchek widerstrebend.

«Hm.» Gonzales starrte zur Decke.

«Ach verdammt, du hast ja recht», murrte Malchek und wandte sich um. «Aber was glaubst du, wie langweilig das wird, wenn wir da herumhocken.»

«Nicht, wenn Edison aufkreuzt. Meinst du, damit werden deine Inspectors und Sergeants fertig?» Gonzales löste den Blick von der Neonlampe und lächelte in Malcheks finsteres Gesicht hinein.

Kurz vor neun betraten Malchek und Grogan unangemeldet das Wohnzimmer. Der Posten im Wagen hatte sie angehalten, aber aus purer Neugier hatte Malchek die Haustür mit seinem Dietrich aufgemacht. Die Ketten waren nicht vorgelegt, das Geplärr des Fernsehers übertönte ihre Schritte. Wütend schaltete er den Apparat ab.

«Das hier ist ein sicheres Haus, verdammt noch mal, und kein Zirkus. Wenn ich Edison gewesen wäre, könntet ihr euch jetzt schon die Radieschen von unten besehen. Idioten!» Er sah zornig die beiden Kriminalbeamten an, die es sich ohne Schuhe in den tiefen Sesseln bequem gemacht hatten, aber der dienstliche Tadel blieb ihm in der Kehle stecken.

Clare Randell sah ihn aus ihrer Couchecke heraus wortlos an. Es kam ihm vor, als sei sie kleiner geworden, seit er sie zum letztenmal gesehen hatte – bis auf die Augen. Die waren riesengroß, tief verschattet und voller Angst.

Etwas regte sich in ihm, wie ein rascher Flügelschlag, dann brach der Sturm los.

«Verschwindet», fuhr er die erschrockenen Cops an. «Und morgen früh braucht ihr euch hier nicht mehr blicken zu lassen. Den nächsten Einsatz findet ihr am Schwarzen Brett. Wenn ihr noch Fragen habt, könnt ihr morgen damit kommen, ich bin gegen zehn im Haus.»

Sie zogen die Schuhe an, wechselten einen stummen Blick und verzogen sich schleunigst.

Er ging zu Clare hinüber. «War ein Arzt bei Ihnen? Sie sehen furchtbar aus.»

Er wandte sich an die Polizistin, die mit einem Geschirrtuch in der Hand aus der Küche kam. «Rufen Sie in der Zentrale an, Bannermann soll sofort herkommen. Und Sie gehen ins Bett», wandte er sich an Clare.

«Ich will aber nicht ins Bett.»

«Wenn ich es Ihnen sage, gehen Sie ins Bett, verdammt noch mal. Los jetzt. Sie gehen mit ihr», sagte er zu der Polizistin. «Mit Bannermann rede ich selber.»

Die Polizistin nickte und trat zur Couch. Trotz blitzte kurz in Clares Augen auf und verlosch. Mit hängenden Schultern stand sie auf und folgte der Polizistin wie ein Automat.

«Ich denke, Sie sind Familienvater», ging Malchek jetzt auf Grogan los. «Und bisher habe ich auch gedacht, Sie sind ein guter Cop. Warum haben Sie mir nicht gemeldet, wie es um sie steht? Aber nein, da lese ich immer denselben Quatsch: ‹Lage unverändert, R. befindet sich wohl.› Nach dem Fußmarsch vom Krankenhaus nach hier hat sie besser ausgesehen als jetzt. Haben Sie keine Augen im Kopf?»

«Sie schläft nicht besonders, das ist alles», verteidigte sich Grogan.

«Und ißt nicht besonders, wetten? Ißt sie überhaupt? Sieht mir gar nicht danach aus.» Er ging zum Telefon und begann zu wählen, ohne Grogans Antwort abzuwarten. «Sie ist nicht unsere Gefangene, Dave», fuhr er fort. «Wir sollen sie betreuen und nicht – geben Sie mir Dr. Bannermann, hier Lieutenant Malchek.» Er rückte einen unordentlich aufgebauten Zeitschriftenstapel gerade, der zum Telefon hinüberzurutschen drohte. Dann meldete sich eine Stimme in der Leitung.

«Bannermann? Hier Mike Malchek. Ich habe ein Problem, Sie müssen sich jemanden ansehen. Können Sie gleich kommen?» Er gab ihm die Adresse und ließ eine in sanftem, vorwurfsvollem Ton vorgetragene Kurzvorlesung über sich ergehen. «Weiß ich alles, aber Naudo ist ein Arschloch, es handelt sich um eine junge Frau, die eine leichte Hand braucht. Also seien Sie nett und kommen Sie rüber, ich verbuddele auch den nächsten Strafzettel für Ihre Frau.» Die sanfte Stimme sprach weiter.

Als Malchek auflegte, hatte er nicht mehr den unwiderstehlichen Drang, mit einem gezielten Fußtritt den Fernseher zu zerschmettern. Wenn Bannermann auf Clare Randell ebenso wirkte, hatte er, Malchek, eine Sorge weniger.

Clare hörte das tausendfache Getrippel der Regentropfen, als sie am nächsten Morgen die Augen aufschlug. Es schien einer dieser Güsse zu sein, die den ganzen Tag dauern, silbrige Vorhänge um das Haus legen und noch vor dem Mittag Abendkühle ins Haus bringen.

Sie hob den Arm, um auf die Uhr zu sehen, und stellte überrascht fest, daß es erst sieben war. Es hätte sie nicht gewundert, wenn sie mit den Pillen, die ihr der Arzt gestern abend gegeben hatte, den halben Tag verschlafen hätte. Aber sie fühlte sich besser, entschieden besser. Selbst der Arm tat nicht mehr so weh, sie hatte ihn gehoben, ohne nachzudenken. Es war die erste Nacht, die sie in diesem Haus durchgeschlafen hatte.

Das Wohnzimmer war leer, und die Vorhänge waren noch vorgezogen. Es sah anders aus als am Vorabend, ordentlicher. Die Lampen brannten noch, aber der Fernseher saß blind und stumm in der Ecke. Sie machte die Pendeltür zur Küche auf.

Malchek machte sich fluchend an der Kaffeemaschine zu schaffen. Sein Oberkörper war nackt, um seinen Hals hing eine Goldmünze an einer langen, dünnen Kette. Sein Körper war nicht hager, wic sie gedacht hatte, nur schmal und muskulös, die Muskeln waren straff unter der leicht gebräunten Haut. Er trug weder Schuhe noch Strümpfe, das lange, dichte Haar hing ihm wirr in die Augen.

Er fuhr herum, als er das Geräusch an der Tür hörte, und griff automatisch an seine linke Hüfte und die Waffe, die dort im Halfter steckte. «Sie könnten wenigstens pfeifen, wenn Sie so früh am Morgen hier herumkriechen», meinte er unfreundlich.

«Tut mir leid.»

Er ließ die Waffe los und fuhr sich verlegen durchs Haar. Sein Gesicht wurde eine Spur freundlicher. «Wissen Sie, wie man das verdammte Ding zum Spucken bringt?» Er deutete auf die Kaffeemaschine.

Sie ließ die Tür los. Die Kaffeemaschine reagierte gehorsam auf ihre Berührung.

«Und weshalb hat sich bei mir nichts getan?»

«Ich hab für die Firma mal die Werbung gemacht», sagte sie leichthin, als sei damit alles klar. «Der Kaffee ist im Schrank hinter Ihnen.»

Er wandte sich um und griff nach oben. Dabei sah sie die gekerbte Narbe auf seinem Schulterblatt, die noch so frisch war, daß sie sich rosa von der Haut abhob. Eine andere, ältere Narbe zog sich silbrigweiß über seine hinteren Rippen, knapp oberhalb der Taille. Er gab ihr den Kaffee, und sie maß ihn ab. «Wo sind Sergeant Grogan und Nancy?»

«Schlafen. Nancy braucht nur wach zu sein, wenn Sie auf sind,

Grogan hat gestern abend drei Stunden für mich Wache geschoben, heute früh haben wir gewechselt. Es wird ein, zwei Schichten dauern, bis ich im Rhythmus drin bin.»

«Ach so.» Sie schaltete die Maschine ab.

«Sie sehen heute besser aus», meinte er.

«Ja, ich fühle mich auch besser. Es war nett, daß sie diesen Dr. Bannermann hergeholt haben.» Der höflich-distanzierte Ton zwischen ihnen war ungewohnt.

«Er ist ein guter Mann. Sie hätten schon längst einen Arzt kommen lassen sollen.»

«Mag sein.» Nach einiger Mühe bekam sie die Toastpackung auf. «Ich wollte keine Umstände machen.»

«Das war albern.» Die Höflichkeit klang schon etwas angestrengt. «Laut Bannermann leiden Sie an Unterernährung, schweren Erschöpfungszuständen und einer beginnenden Blutvergiftung. Was hat es für einen Sinn, Sie vor Edison zu schützen, wenn Sie uns auch ohne ihn draufgehen?»

«Sehr unangenehm für Sie, das will ich gern glauben», sagte sie erbittert und fuhr zu ihm herum. Einen langen Augenblick funkelten sie sich an, dann ging sein Blick zu ihrem Morgenrock, der sich teilweise geöffnet hatte. Unwillkürlich zog sie den Gürtel fester, ihrer Nacktheit unter dem leichten Flanell plötzlich sehr bewußt. Als er den Blick wieder hob, hätte sein unbeteiligtes Gesicht jedem Assistenzarzt Ehre gemacht. «Pax?» fragte er leise.

Sie lächelte und wandte sich ab. «Pax. Zumindest, bis ich wieder zu Kräften gekommen bin.»

Sie saßen nebeneinander an der Frühstückstheke, aßen Toast, tranken Kaffee dazu und sahen durch die Jalousien in die wehenden Regenschleier hinaus. Als Clare aufstand, um frischen Toast zu machen, drehte er sich auf seinem Hocker herum.

«Noch Hunger?»

«Ja, schrecklichen Hunger. Möchten Sie Eier?»

«Wenn Sie welche machen ...» Er sah ihr zu, wie sie zum Kühlschrank ging und sich eine Bratpfanne griff. «Hat er Ihnen gestern abend was für den Appetit gegeben?»

Sie zuckte die Achseln. «Darf ich nicht frühmorgens ein bißchen Hunger haben?» fragte sie, die schmelzende Butter in der Pfanne.

«Wenn Ihr schlechtes Gewissen sich nicht daran stört – ich habe gewiß nichts dagegen.»

Die Eier zischten protestierend. «Ich denke, wir haben einen Friedensvertrag geschlossen?»

«Einen Friedensvertrag, aber keinen Schweigevertrag. Es interessiert mich eben.»

Sie warf einen raschen Blick über die Schulter. «Was? Mein schlechtes Gewissen?»

«Wenn Sie so wollen.»

«Hart oder weich?»

«Weich. Sie haben überhaupt keinen Anlaß, sich Vorwürfe zu machen. Es war reiner Zufall, daß er den Kühlschrank geöffnet hat. Ebensogut hätte es Sie treffen können.»

«Es *sollte* mich treffen, das ist doch der springende Punkt. Er war nur da, weil ...» Sie verstummte.

«Weil er Sie gern hatte und sich ein bißchen um Sie kümmern wollte, stimmt's?»

So wie er es sagte, klang es sehr vernünftig, sehr normal. «Ja, aber ...» Sie holte tief Atem, nahm sich zusammen. «Ich wollte ihn gar nicht in meiner Wohnung haben.»

«Nein?» Er trank seinen Kaffee aus und ging langsam an ihr vorbei zur Kaffeemaschine. «Ich denke, Sie waren verlobt?»

«Ein Schweigevertrag wäre vielleicht doch nicht das Schlechteste», sagte sie schließlich und schnüffelte ein bißchen.

Er schenkte sich Kaffee nach, goß Sahne dazu. «Na schön. Nur noch eine Frage, ehe wir den Sprechverkehr einstellen: Möchten Sie noch Kaffee?» Sie nickte, und er brachte den Glaskrug mit.

Jetzt hörte man nur noch das Klappern von Besteck und das Wispern des Regens. Als sie fertig war, zog sie mit ihrer Gabel Muster durch die Eigelbreste.

«Ist das eine Schußwunde an der Schulter?»

«Klappmesser.»

«Muß frisch sein.»

«Ein halbes Jahr.» Er rührte in seiner dritten Tasse Kaffee herum.

«Und die andere?»

«Welche andere?» fragte er ehrlich verblüfft.

«An Ihrer Seite. Da.» Ihre Finger streiften über seine Haut, und er zuckte.

«Ach die. Uralt. Ein Gewehrschuß in Vietnam. Ich wußte gar nicht, daß man sie noch sieht.»

«Sie sind ja ein richtiger Glückspilz.»

«Wie kommen Sie auf so was?» fragte er mit plötzlicher Schärfe. Sie wurde rot, rutschte von ihrem Hocker, stellte die Teller zusammen und flüchtete sich zur Spüle.

«Weil Sie noch am Leben sind – mit zwei kleinen Narben. Und wieviel Gewalt haben Sie erlebt, wie viele Attacken?»

Er hatte sich tief über seinen Kaffee gebeugt. «Das war kein Glück, das war Vorsicht. Zweimal war ich nicht vorsichtig genug. Das ist alles.» Abrupt schob er seine Tasse weg und stand auf. «Wenn man

Lust hätte, melodramatisch zu werden, könnte man sagen, daß man die wahren Narben nicht sieht.»

Sie beschäftigte sich weiter mit dem schmutzigen Geschirr, hantierte unter dem Schaum mit dem Abwaschtuch, Messer und Gabeln klirrten unsichtbar gegeneinander. «Und – sagen Sie das?»

«Blödsinn. Ich ziehe mich jetzt an.» Er verschwand. Sie wusch weiter ab, immer wieder denselben Teller. Die Tür ging noch einmal auf. «Übrigens – besten Dank für das Frühstück.»

Sie ertappte sich dabei, daß sie noch nickte, als die Pendeltür schon längst wieder zur Ruhe gekommen war.

In dem Zimmer, in dem er vorhin geschlafen hatte, besah sich Malchek seinen Rücken im Spiegel und streifte leicht über die silbrige Narbe.

Glückspilz – ja, so hatten sie ihn früher schon genannt. Es war Glück, daß er genug Grips hatte, um Einsen nach Hause zu bringen, Glück, diese Begabung für Geländelauf und Tennis zu haben, sich Hoffnung auf leicht errungene Erfolge machen zu können.

Aber es waren anderer Leute Hoffnungen, nicht seine eigenen, und das brachte ihn schließlich so weit, daß er drauf und dran war, das Studium hinzuwerfen. Immer planten andere sein Leben. Er wurde mürrisch, unzufrieden, zügellos.

Aber auch aus seinen eigenen Plänen war nicht viel geworden.

Mit scharfer Stimme hatte der Alte seinem Jüngsten, seiner größten Hoffnung und seiner bittersten Enttäuschung, die Leviten gelesen.

«Wenn du so weitermachst, Mike, sitzt du in Jahresfrist im Gefängnis. Was soll das für einen Sinn haben? Du willst nicht weiterstudieren? Okay, dann gibt es nur zwei Möglichkeiten. Entweder du gehst zum Militär und läßt dir beibringen, was Disziplin ist, oder du verläßt mein Haus und kommst nie mehr hierher zurück. Es tut mir weh, dir das sagen zu müssen, mein Junge, aber anders geht es nicht.»

Die traditionelle Abschiebelösung für den schwierigen Sohn. Lachhaft – wenn nicht aus dem Mund seines Vaters die Worte so selbstverständlich geklungen hätten – Worte, in denen noch eine Spur des vom Großvater aus der Alten Welt mitgebrachten Akzents schwang. Daß es seinem Vater weh tat, so mit ihm zu reden, bezweifelte er nicht. Das sah er, das hörte er.

Waffen, Drogen, Bagatellvergehen – er hatte alles ausprobiert, was typisch für die jugendlich-aggressive Auflehnungsphase ist. Aber diesen letzten Schritt konnte er nicht tun. Er konnte nicht aufhören, seinen Vater zu lieben und den eisernen Willen zu bewundern, mit dem der Alte die Tränen zurückhielt.

Und er hatte sich für die Army entschieden. Hinter Gittern wäre er wohl doch besser dran gewesen. Sie hätten ihn dort vielleicht nicht die Kunst des Tötens gelehrt.

Als er abends zur Schicht kam, sah Malchek verärgert, daß seit dem Vormittag wieder die alte Unordnung eingekehrt war. Die beiden neuen Cops der Tagesschicht hausten womöglich noch schlimmer als die früheren.

Grogan kam herein und schüttelte die nasse Jacke aus. «Der Nebel wird dichter, man riecht es förmlich.»

«Das hat uns gerade noch gefehlt», sagte Malchek. Er ging an den beiden Polizistinnen vorbei, die vor dem Schichtwechsel noch ein bißchen zusammenstanden und miteinander schwatzten, klopfte leise an der Schlafzimmertür und machte sie auf. Die Nachttischlampe brannte. Clare legte das aufgeschlagene Buch hin.

«Alles in Ordnung?» Er sah an ihr vorbei zum Fenster, überzeugte sich davon, daß es geschlossen und der Vorhang vorgezogen war. Sie trug ein altmodisches Nachthemd mit langen Ärmeln, Stehkrägelchen mit Knöpfen und einer Spitzenrüsche unter dem Kinn. Sie sah aus wie zwölf.

«Ja, danke. Ich habe eine von den Pillen genommen, die mir der Doktor gegeben hat. So langsam komme ich wieder zu Kräften, morgen kann ich wieder mit Ihnen streiten. Hier tanzt nämlich alles viel zu sehr nach Ihrer Pfeife. Dr. Bannermann und ich haben uns lange miteinander unterhalten, wir haben Sie in der Luft zerrissen.»

«Ich spüre nichts», grinste er.

«Ja, davon haben wir auch gesprochen», sagte sie, und das Lachen verging ihm.

«Als Sie krank waren, haben Sie mir besser gefallen», erklärte er knapp und machte die Tür zu, ehe sie antworten konnte.

Um Mitternacht hörten sie am Golden Gate das Nebelhorn. Grogan und Nancy waren in einen alten Bogart-Film vertieft, aber Malchek fand keine Ruhe. Er ging in die vordere Diele, die sich zur Hintertür in einem etwas schmaleren Gang fortsetzte, zog seinen Regenmantel über und trat hinaus in die Nacht.

Das Haus lag im Nebel wie in Gazeschleier gehüllt, in die nur hier und da ein schwacher Windstoß fuhr und etwas wie Wellenbewegungen über dem Kies erzeugte.

Vor dem Haus stand, alles beherrschend, ein großer Findling. Er hockte dort wie eine riesige schwarze Kröte, das blinde Gesicht der Auffahrt zugewandt. Malchek hielt sich auf dem Kies. Seine Schritte knirschten an dem Findling vorbei. Der Nebel bot ausgezeichnete Deckung, und das wollte ihm gar nicht gefallen. Hundert Mann in jeder Nacht hätte ich umlegen können, wenn ich in Vietnam so einen Nebel gehabt hätte, überlegte er.

Er trat durch die Lücke in der Hecke auf die Straße hinaus und begann einen Rundgang ums Haus. An der dunklen Limousine, die zwanzig Meter vom Eingang entfernt stand, blieb er stehen, um ein paar Worte mit den Männern zu wechseln.

«Wie läuft's, Mike?» fragte der eine.

Malchek zuckte die Achseln. «Wahrscheinlich drin besser als bei euch da draußen. Irgend jemanden gesehen?»

Sie schüttelten beide den Kopf. «Nur Anwohner – der Mann, der mit seinem Hund Gassi geht, die Frau, die Bewegung wegen ihrer Krampfadern braucht.»

«Ihr könnt euch auch ein bißchen Bewegung verschaffen. Macht ein paar Runden zu Fuß, damit ihr nicht einrostet. Wenn er auf seine Chance wartet, ist dieser Nebel ein Himmelsgeschenk für ihn.»

Er ging weiter, ohne die Antwort abzuwarten. Tut ihnen gut, sich mal auszulüften, dachte er. In einer Gegend wie Highshore Wache zu halten war schon eine verdammt langweilige Angelegenheit – ein Plus für Edison, ein Minus für sie. Er wußte aus Erfahrung, daß die Männer dort im Wagen nicht die ganze Nacht hellwach dasitzen würden. Sie würden sich darauf verlassen, daß ihr Unterbewußtsein Alarm schlug, sobald ein ungewohnter Laut zu hören war. In einer so ruhigen Gegend trugen Geräusche weit.

Aber der Nebel nahm nicht nur die Sicht, sondern täuschte auch das Ohr. Hohe Luftfeuchtigkeit wirkt lautverzerrend. Seine Schritte schienen ihm bald zu folgen, bald vor ihm herzulaufen. Mehr als einmal wirbelte er herum, ehe er begriff, daß er sein eigener Verfolger war.

Er erreichte die Grenze des Grundstücks. Das neuerbaute Haus auf dem Nachbargrundstück war umgeben von weicher, frisch umgeworfener Erde. Es roch nach Torf, moschusartig, durchaus angenehm. Malchek schob sich unter größtmöglicher Schonung des werdenden Rasens an der stachligen Hecke entlang, wobei er zweimal um ein Haar das Gleichgewicht verloren hätte. Beim zweitenmal geriet er mit der Hand in die Hecke, die harten Zweige schoben seinen Jackenärmel zurück und zerkratzten ihm den Unterarm. Leise fluchend blieb er stehen und saugte die Blutstropfen aus dem Riß. Dabei fiel ihm ein Nebelband auf, das über seine Füße kroch, ein breiter, grauer Strom, der sich über den Boden ergoß wie eine Flüssigkeit.

Da stimmt doch was nicht, dachte er. Da stimmt etwas ganz und gar nicht ...

Der gärtnerische Ehrgeiz des Nachbarn war vergessen. Malchek sprintete über die weiche Erde zurück, rannte zur Haustür und die

Auffahrt hinauf. In dem «sicheren Haus» stand etwas offen. Eine Tür, ein Fenster, irgend etwas. Die warme Luft von innen trieb den Nebel nach außen.

Er konnte das Haus kaum erkennen, ahnte es nur als einen langen, niedrig-dunklen Umriß zwischen den hohen Nebelgardinen. Er ging an den Wohnzimmerfenstern und am Küchenfenster vorbei um die hintere Ecke. Die Küchentür war nur angelehnt. Er griff unter die Jacke, holte den Revolver aus dem Halfter und entsicherte ihn. In diesem Augenblick tauchte vor ihm eine Gestalt aus dem Nebel. Sein Finger krümmte sich um den Abzug, ehe er die breite, rundschultrige Gestalt Grogans erkannte, der ebenfalls seine Waffe gezogen hatte. Sekundenlang erstarrte er, als er Malcheks ansichtig wurde, dann, als er ihn erkannt hatte, atmete er sichtlich auf.

«Was ist denn, Grogan?» zischte Malchek. Grogan trat zu ihm.

«Ich habe ein Geräusch gehört. Sie konnten es noch nicht sein, dazu war es zu früh. Ich wollte mal nachsehen.»

«Und haben die verdammte Tür offengelassen?»

«Nancy ist drin, und von der Küche geht's nur durchs Wohnzimmer zum Ausgang», verteidigte sich Grogran. Er machte Anstalten, seine Waffe wegzustecken.

«Was war das für ein Geräusch?» Malchek behielt den Revolver in der Hand.

«Eine Art Poltern, als wenn was hinfällt. Aber die Fenster sind dicht, keine Spuren, über den Kies ist keiner gekommen.»

«Okay, dann gehen wir jetzt rein, warten zehn Minuten und machen noch eine Runde.» Er schob Grogan in die dunkle Küche, machte die Tür zu, schloß ab und traf an der Tür zum Wohnzimmer wieder mit ihm zusammen. «Ab zur Haustür», sagte er leise, «und einmal ums Haus herum. Rasch!»

«Sie haben doch gesagt, ich soll zehn Minuten warten.»

«So, das haben Sie mich sagen hören?»

«Klar, Sie haben gesagt –»

«Wenn da draußen jemand war, hat er das auch gehört. Los jetzt.»

Malchek rief ihre Namen; zusammen gingen sie durch die Pendeltür. Nancy hatte das Gewehr auf die Tür gerichtet, den Lauf auf der Sofalehne abgestützt, und hielt es mit der linken Hand über dem rechten Handgelenk ruhig. Sie hatte offenbar einen Schreck bekommen, aber die Mündung schwankte nicht.

Erleichterung zeichnete sich in ihrem Gesicht ab, und sie ließ die Waffe sinken. Grogan ging sofort wieder hinaus.

«Schauen Sie nach ihr», sagte Malchek zu Nancy, dann folgte er Grogan. Sie öffneten lautlos die Haustür und gingen in entgegengesetzter Richtung einmal um das Haus herum. Zwei Minuten später trafen sie sich an der Küchentür.

«Muß wohl eine Katze gewesen sein», meinte Grogan. «Tut mir leid.»

«Besser als ein zweibeiniges Tier.» Malchek prüfte die Küchentür, das Schloß hielt. «Diesmal sehen wir uns auf dem Grundstück um. Wir treffen uns vorn.»

Sie knirschten über den Kies bis zur Mitte der inneren Heckenkante, trennten sich und waren Sekunden später allein im Nebel. Mit gesenktem Kopf leuchtete Malchek das Gelände ab, den Strahl der Taschenlampe mit der Hand abschirmend. Aber er fand nichts.

An der Haustür trafen sie wieder zusammen. Malchek schloß zweimal herum und schob die Riegel oben und unten vor. «Ein bißchen frische Luft ist doch was Schönes.»

Fünf Minuten nachdem sie sich im Wohnzimmer gesetzt hatten, hörten sie ein Geräusch. Ein deutliches Poltern, wie Grogan es beschrieben hatte.

«Da ist es wieder.»

Sie horchten. Es wiederholte sich noch einmal, dann war es, als rutschte oder schleifte etwas über das Dach.

«Jetzt seht euch dieses Bild an!» Nancy deutete auf den Bildschirm, auf dem sich die Figuren in Streifen und Wellenbewegungen aufzulösen begannen. «Diese verflixte Antenne – der Mann hat sie offenbar nicht richtig montiert.»

«Was für ein Mann?» fragte Malchek mit gefährlich leiser Stimme. Nancy erstarrte.

«M-Mary hat erzählt, daß sie heute vormittag Ärger mit der Antenne hatten, die Zentrale hat ihnen einen Monteur geschickt. Er war heute nachmittag da, hinterher war alles wieder in Ordnung, Sie haben es ja gesehen.»

«Verdammte Schweinerei», fuhr Malchek auf. «Warum haben Sie mir das nicht gesagt? Warum haben Fiddler oder Dunn es mir nicht gesagt? Wie zum Teufel soll ich hier noch arbeiten –»

«Aber er kam von der Zentrale», verteidigte sich Nancy. «Ich hab schon daran gedacht, aber er hatte einen richtigen Dienstausweis, sagt Mary, und er ist überhaupt nicht im Haus gewesen. Außerdem war es ein Schwarzer, und Edison ist doch nicht –»

«Und wenn er knallrot war und in der Auffahrt seine Hosen runtergelassen hat, um die australische Nationalhymne zu singen, das ist mir scheißegal. Ich will wissen, was hier vorgeht, bis in alle Einzelheiten.» Sein Gesicht war weiß vor Wut, und er griff wieder nach seinem Revolver. Grogan erhob sich zögernd. «Auf», schrie Malchek ihn an. «Bewegung, Alter, ab mit dir ...»

Er war schon auf halbem Wege zur Diele, als von oben noch einmal ein lauteres, wie abschließendes Poltern ertönte. Dann zischte vor den Fenstern eine Stichflamme hoch. Selbst durch die schweren Vorhänge hindurch erkannte man das blendend-silberblaue Licht, das von einem bösartigen Prasseln begleitet war. Gleich darauf wurde aus dem Silberblau ein mattes Rot, und das Licht begann zu flackern.

«Herrgott noch mal», brüllte Malchek. «Brandbombe mit Zeitzünder. Verfluchter Mist.» Er rannte in die Diele, dicht gefolgt von Grogan. Nancy stand schon am Telefon.

Grogan schob die Riegel zurück, kämpfte gleichzeitig mit dem Sicherheitsschloß und mit seiner Waffe. Durch das Glas rechts und links der Tür sahen sie Flammenbänder vom überhängenden Dach herunterzüngeln und vom Kies hochspritzen.

Malchek stürmte in Clares Zimmer.

Ich hätte an das Dach denken sollen, ich hätte nachsehen sollen, als ich kam, es war noch hell genug. Du Idiot du, verfluchte er sich.

Edison wußte natürlich, daß die Wachmannschaft vor lauter Langeweile ständig vor dem Fernseher hocken würde. Mit einem Gewehr, das einen Schalldämpfer und ein gutes Zielfernrohr hatte, war es ein Kinderspiel, im Laufe des Vormittags von einem leeren Haus aus die Stützen der Antenne zu beschießen, bis sie zur Seite fiel. Klar, daß sie sofort einen Monteur kommen lassen würden.

Er riß die Tür auf, sah fassungslos auf das leere Bett. Dann hörte er hinter sich die Wasserspülung gehen. Er sah den Gang entlang. Die Badezimmertür öffnete sich einen Spalt breit. Er wirbelte herum, schob die verschlafene, überrumpelte Clare zurück in den gekachelten Raum und knipste das Licht aus. Sie stolperte, setzte sich abrupt auf den Badewannenrand und klammerte sich am Duschvorhang fest. Dann machte er die Tür zu, und es war stockdunkel um sie.

Nach einer Weile kam ihre Stimme, leise, noch unter der Wirkung des Schlafmittels: «Lange können wir uns nicht mehr so treffen, Liebling, der Klempner wird schon mißtrauisch.»

«Seien Sie ruhig!»

Er drehte den Türknauf und zog die Tür so weit zu sich heran, daß er durch einen knapp zentimeterbreiten Ritz in den Gang sehen konnte. Die Tür zu Clares Zimmer stand noch offen, ebenso wie die Tür zur vorderen Diele.

«Ist es ...» Ihre Stimme wurde schärfer, als die Wirklichkeit den Schlafmittelnebel zu durchdringen begann.

«Still!» zischte er.

Der Gestank von angesengter Farbe drang zusammen mit einem kleinen Rauchschleier vom vorderen Teil des Hauses zu ihnen. Da wird sich der Bürgermeister freuen, dachte er, während sich der Laut der noch fernen Sirenen über das Knistern der Flammen erhob. Wieder einmal staunte er über das Tempo der Jungs von der Feuerwehr. Aber diesmal würde unter den Schlauchausrollern, den Äxteschwingern und Ordnungskräften eine gelbe Ölhaut sein, die nicht dazugehörte. Ich wette, er wartet draußen nur darauf, daß sie vorfahren. Kommen Sie nur, Mister, Sie werden gleich bedient . . .

Wäre Clare nicht schon im Badezimmer gewesen, hätte er sie hier hereingeschleppt. Ein ideales Versteck. Keine Fenster, keine Tür, solide gebaut.

«Steigen Sie in die Wanne», flüsterte er. «Legen Sie sich auf den Bauch, Sie können ein paar Handtücher unterlegen, wenn's sein muß.» Sie gehorchte sofort, ohne ein Wort, ohne die Handtücher mitzunehmen. Er hörte sie nach Luft schnappen, dachte daran, daß sie wahrscheinlich nur ihr Nachthemd anhatte und die Badewanne bestimmt eiskalt war. Er tastete in der Dunkelheit herum, spürte flauschigen Frotteestoff und warf die Handtücher in Richtung Badewanne. In diesem Augenblick hörte er eine Bewegung am Eingang.

Er hatte sich verkalkuliert. Edison hatte nicht gewartet, um Feuerwehrmann zu spielen. In der Diele stand ein motorisierter Streifenpolizist, der weiße Helm glänzte unter der Lampe. Da stimmte alles, bis in alle Einzelheiten. Grogan war vermutlich in seiner Aufregung direkt an ihm vorbeigelaufen, und todsicher stand in der Auffahrt ein echtes Dienstmotorrad, noch heiß und im Nebel dampfend. Aber um zu erkennen, daß dies kein Cop war, brauchte Malchek keine besondere Gehirnakrobatik anzustellen.

Die Zwölf-Zentimeter-Klinge, die der Weißbehelmte aufspringen ließ, während er Clares Schlafzimmertür ansteuerte, sagte alles. Malchek schob seinen Revolver durch den Spalt der Badezimmertür. «Werfen Sie die Kanone weg, Edison.»

Der ameisenähnliche Helmkopf drehte sich beim Klang von Malcheks Stimme nicht einmal zur Seite. Eben noch war er da, ein schwarzes, gesichtsloses Insekt mit tödlichem Stachel, im nächsten Augenblick war er im Schlafzimmer verschwunden. Malchek schoß, sobald sich die Gestalt in Bewegung setzte, und verfluchte sich wieder einmal, daß er sich an die vorgeschriebene Warnung gehalten hatte. Ich hätte ihm sofort eine verpassen und ihn dann warnen sollen. Wer zum Teufel sollte mich verpfeifen? Sie etwa?

Als er sich der Tür zum Schlafzimmer näherte, wurde von innen geschossen. Er drückte sich an den Rahmen. Verdammt, jetzt hält er sich an seinen Ballermann. Na, das kann ja spannend werden. Suchend blickte er sich im Gang um, sah aber nichts, was er hätte gebrauchen können. Er trat ein Stück zurück, streckte den Arm, knipste das Licht aus. «Ich mag die Dunkelheit, Edison. Sie auch?»

Offensichtlich war das der Fall, denn gleich darauf erlosch auch das Licht im Schlafzimmer. Ein wenig Helligkeit kam jetzt nur noch aus der vorderen Diele; in das Licht, das aus dem Wohnzimmer fiel, mischte sich der Flackerschein der Flammen. Das Rot des Feuers dominierte. Er hörte die Feuerwehr vor der Auffahrt halten, hörte gebrüllte Befehle, das Klappern der Geräte. Im Haus herrschte teppichgedämpfte Stille. Malchek hörte fast seinen eigenen Schweiß aus den Poren treten.

Er wußte, daß er selbst in dem matten rötlichen Glimmen für den im dunklen Schlafzimmer wartenden Edison zu sehen sein konnte. Edison selbst hatte zwei Möglichkeiten: die Tür oder das Fenster. Wenn er das Fenster nimmt, muß er die Vorhänge zurückziehen und macht sich damit zur Zielscheibe, dachte Malchek. Aber ich muß mich auch decken. Er streifte einen Schuh ab und warf ihn in flachem Winkel in den Raum. Während er zu einer Begleitmusik von splitterndem Glas an der gegenüberliegenden Wand landete und erwartungsgemäß ein Schuß darauf antwortete, war Malchek mit einem Sprung an der Tür zur vorderen Diele und brachte mit einer Armbewegung das verräterische Licht zum Verschwinden. Die Tür zur Diele schlug zu, der Gang war so schwarz wie das Schlafzimmer, die Chancen hatten sich wieder etwas ausgeglichen.

Er zog den anderen Schuh aus, legte sich auf den Teppichboden und robbte, den Revolver in der einen, den Schuh in der anderen Hand, auf den Ellbogen vorwärts, diesmal die Schlafzimmertür von der anderen Seite anpeilend. Daß er – und die Wiederholung seines Tricks – dort erwartet wurde, war ihm klar. Leider hatte er im Augenblick nichts zu bieten, und er wußte, was Edison dachte. Er warf den Schuh. Tatsächlich, der Revolver im Schlafzimmer bellte wieder. Diesmal aber flog die Kugel durch die Tür hinaus auf den Gang, gefolgt von einer zweiten, die höher, und einer dritten, die niedriger placiert war. Alle drei landeten in der gegenüberliegenden Wand. Das genügte Malchek. Er wollte ja gar nicht ins Zimmer hinein, er hatte nur das Mündungsfeuer lokalisieren wollen, und das war ihm gelungen.

Er schoß auch dreimal, setzte die Schüsse senkrecht untereinander auf das Mündungsfeuer, dessen Bild seine Netzhaut noch festhielt. Man hörte ein tierhaftes Aufstöhnen, und nach einer kurzen Stille das Geräusch von zerreißendem Stoff. Malchek sah, wie die Hand eines zu Boden sinkenden Mannes die langen, schweren Vorhänge von der Gardinenstange riß, sah einen Schatten unter den Stoffmassen zappeln, zusammensinken, noch einmal aufzucken, still liegenbleiben.

Malchek senkte die Stirn auf den Teppichflor und wartete. Er atmete ganz flach. Was er an Geräuschen hörte, kam von draußen. Vielleicht übertönen sie auch Edisons Atemzüge, dachte er. Vielleicht ist es nur ein Trick. Vielleicht tut er da drin dasselbe wie ich hier draußen: warten.

Aber eine Minute nach der anderen verging, und er wußte, irgendwann mußte er handeln. Er rollte sich an die Wand, gab sich einen Ruck und richtete sich langsam auf. Tief atmend streckte er den Revolver vor und betrat das Zimmer, bereit, sich bei der geringsten Bewegung wieder fallen zu lassen.

Nichts rührte sich.

Er schob sich um den Türrahmen, wartete. Nichts. Er spürte, wie der Lichtschalter sich in seinen Rücken drückte, bückte sich, schob ihn mit den Schultern nach oben, den Revolver mit beiden Händen auf die schattenhafte Masse unter dem blassen Rechteck des Fensters gerichtet.

Das Licht ging an, er blinzelte kurz in die plötzliche Helligkeit, aber die ledergekleidete Gestalt lag still, den Kopf verdreht, den Mund unter der Sichtscheibe des Helms schlaff geöffnet.

Das erwartete Triumphgefühl wollte sich nicht einstellen, Malchek verspürte nur eine etwas flaue Erleichterung darüber, daß nicht er es war, der dort lag, und jenen dumpfen Druck auf den Magen, der sich jetzt immer meldete, wenn er, gleichgültig unter welchen Umständen, einen Menschen getötet hatte.

Er ging um das Bett herum, stieß den Regungslosen mit dem Fuß an. Tot, zweifellos. Das Gesicht, durch den Helm eingezwängt, durch das Rauchglas der Sichtscheibe verzerrt, wirkte lasch und leer, die Augen waren halb geöffnet.

Er ging zur Tür. «Clare? Alles in Ordnung, Sie können herauskommen. Clare!» Er legte den Kopf schräg, hörte, wie sie sich bewegte, aus der Wanne stieg.

Mit einem Klick ging das Licht im Badezimmer an, es gab eine Pause, dann öffnete sie die Tür. Eigentlich hätte er jetzt ärgerlich werden müssen, es hätte genausogut Edison sein können, der ihren Namen gerufen hatte.

«Es ist vorbei», sagte er ruhig. «Er ist tot.»

Ein Rest von Adrenalin pulste durch seine Adern. Unwillkürlich registrierte er die Linien ihres Körpers unter der dünnen Baumwolle des Nostalgienachthemdes, und er spürte, wie sein Körper auf die unbewußte Einladung reagierte. Vielleicht gehören deshalb Krieg und Vergewaltigung so oft zusammen, dachte er plötzlich. Es hätte nur eines winzigen Anstoßes bedurft, und er hätte sich auf sie gestürzt, hätte sich über sie geworfen, sie geöffnet und genommen.

Sie atmete kurz und flach.

«Es ist vorbei», sagte er, selbst ziemlich atemlos, machte einen Schritt, blieb stehen, wartete, bis sie von selbst zu ihm kam.

«Sie haben ihn getötet?» fragte sie benommen. Der Nachthemdstoff über einer Schulter war naß, das glänzende Haar lag an einer Seite feucht an. Der Kaltwasserhahn hatte getropft, während sie dort, erstarrt vor Angst, im Dunkeln gelegen und auf die Schüsse gelauscht hatte, besessen von der Vorstellung, daß die Badewanne geformt war wie ein Sarg.

Als sie bei ihm war, nahm er sie unvermittelt am Arm, zog sie heftiger als nötig ins Zimmer und führte sie vor die Leiche ihres Jägers. Die leere Hülle lag still da und färbte den Teppich rot.

Er schaute sie an und sah erstaunt, daß ihr Gesicht einen ratlosen Ausdruck angenommen hatte.

«Was ist denn? Es ist vorbei, er ist tot. Sie können heimgehen, er kann Ihnen nichts mehr tun.»

Doch sie schüttelte nur mit beängstigender, aufreizender Beharrlichkeit den Kopf in stummem Widerspruch.

Er beugte sich über die Leiche, nahm, von einem jähen, schrecklichen Verdacht erfüllt, den Helm ab. Dichte blonde Locken quollen über den weißen Plastikrand. Ohne die Einengung durch Riemen und Kopfschutz wirkte das Gesicht breiter, flacher.

«Das ist nicht der Mann aus dem Park», sagte sie leise, den Blick auf die Totenmaske neben seinem Fuß gerichtet. «Das ist nicht der Mann, den ich gesehen habe.»

Aber er hatte es gewußt, noch ehe sie den Mund aufmachte. Er kannte das Gesicht, aus Jugendgerichtsverhandlungen, von Verhaftungen.

Es war schlimmer, als er gedacht hatte.

Edison hatte seinen eigenen Auftrag an einen «Unterlieferanten» vergeben.

11

Malchek war noch nie im Büro des Commissioner gewesen. Er kannte Clyde Reddesdale vom Hörensagen, alle Cops in San Francisco kannten ihn. Ausnahmsweise war mal irgend jemand intelligent genug gewesen, den richtigen Mann für dieses Amt auszusuchen. Reddesdale arbeitete – obgleich er wohlhabend und auf eine Stellung nicht angewiesen war – seit achtzehn Jahren bei der Polizei; gleich nach dem Studium hatte er dort angefangen. Bei seiner außergewöhnlichen Begabung hätte er unter einem Dutzend Angeboten wählen können – aus Anwaltskanzleien, aus der Politik, vom FBI. Aber all das lockte ihn nicht. Was er sich in den Kopf gesetzt hatte, war, klein anzufangen, als ganz gewöhnlicher Streifenpolizist, und sich auf dem normalen Dienstweg hochzuarbeiten bis zu dem Amt, das er jetzt bekleidete, um dort seine Ideen zu verwirklichen.

Reddesdale hatte von Anfang an seine eigenen Vorstellungen darüber gehabt, wie ein Laden wie der seine zu laufen hatte. Zwar hatte die Berufspraxis gewisse Einzelheiten in diesem Bild leicht korrigiert, aber im Grundsatz hatte sich daran bis heute nichts geändert.

Einer dieser Grundsätze war, daß die dicke Vorschriftensammlung unentbehrlich war. Man konnte Türen damit offenhalten, man konnte seine Notizen darin aufbewahren. Man konnte ein Fenster damit einschlagen, um Rauch oder ausströmendes Gas abziehen zu lassen. Und wenn wirklich mal Not am Mann war, gaben die Vorsatzblätter ein durchaus brauchbares Klopapier ab.

Ansonsten war sie nur als Unterlage gut, während man versuchte, die menschliche, vernünftige, faire Lösung für die Probleme zu finden, mit denen man Tag für Tag konfrontiert wurde. Oft, hatte er festgestellt, reduzierte sich das schlicht und einfach auf eine Wahl zwischen dem, was korrekt, und dem, was durchführbar war. Unweigerlich entschied er sich für das letztere und stellte sich hinterher der Kritik. Malchek fand das richtig. In einer Stadt mit einer unglaublichen ethnischen und religiösen Vielfalt, mit finanziellem, politischem und sozialem Druck von oben und unten, mit einem Nebeneinander von Touristen, Terroristen, organisiertem Verbrechen und normalen Bürgern in demselben guten Restaurant hatte man nur eine Chance, wenn man flexibel blieb.

Reddesdale muß etliche Vorschriftensammlungen als Unterlagen benutzt haben, um die vorgeschriebene Größe zu erreichen, dachte Malchek. Oder aber er war im Lauf der Jahre zusammengeschnurrt – denn der massige Schreibtisch drohte ihn fast zu erdrücken. In seinem Sessel zusammengekauert wie ein Kind, betrachtete er Malchek und die anderen und hörte sich ihre Probleme an.

Daß es zwei Uhr morgens war, daß man ihn und Captain Halliwell zu diesem Gespräch aus dem Bett geholt hatte, störte den Commissioner offenbar überhaupt nicht. Das Thema interessierte ihn.

«Wir sollen also das Blaue vom Himmel herunterschwindeln, darauf läuft es doch hinaus – oder?»

«Mehr oder weniger», räumte Malchek ein.

«Halliwell?» Reddesdales blaßblaue Augen richteten sich auf das Gesicht des Älteren, der längere Zeit nachdachte.

«Gar nicht so einfach, das wasserdicht zu kriegen», murrte Halliwell schließlich widerstrebend.

«Aber zu machen wäre es?»

Halliwell sah zu Malchek hinüber, dann an ihm vorbei zu Gonzales im nächsten Sessel. «Man könnte es versuchen», sagte er schließlich resignierend. «Aber jemand muß von oben den Daumen draufhalten, damit uns nicht der ganze Brei um die Ohren fliegt.»

«Deshalb hat ja wohl Lieutenant Malchek mitten in der Nacht auch ausgerechnet mich sprechen wollen.»

Malchek nickte. Es war riskant gewesen, und wenn er an seinen Schritt dachte, kam er noch immer ins Schwitzen. Die oft wiederholte Erklärung des Commissioner, er sei jederzeit für jeden seiner Mitarbeiter da, hätte auch nur Gerede sein können.

Reddesdale sah Malchek an, sah ihm durch die Haut bis auf die Knochen, prüfte Blutdruck, Herzschlag, Verdauung und Liebesleben. Das jedenfalls war Malcheks Eindruck.

«Und warum?» fragte er.

Malchek holte tief Luft, atmete aus, scheuerte mit der Schuhspitze auf dem Teppich herum. «Edison hält auf seinen Ruf. Ehe Miss Randell ihn uns beschrieb, hatte er kein Gesicht. Seine Aufträge vermittelt ihm ein Börsenjobber, Morrie Wallack, und selbst für ihn benutzt er offenbar einen Telefonverwürfler. Wir wußten, daß er groß ist und Weißer. Selbst darüber, ob er gut aussieht oder nicht, gingen die Meinungen schon auseinander.»

«Und Miss Randell fand, daß er gut aussah?»

«Ja.»

«Warum geht er dann nicht einfach zu einem Schönheitschirurgen? Sie hat ihn nur dieses eine Mal gesehen – er braucht doch nur sein Gesicht zu ändern.»

«Ich glaube nicht, daß er das kann.»

«Warum nicht?»

«Im Laufe der Jahre hat sich in seiner Arbeit ein Muster herausgebildet. Zwei, drei Monate passiert überhaupt nichts. Dann kommt eine ganze Serie von Morden, dann wieder große Pause, neue Morde – so geht das weiter. Er hält sich aus irgendeinem Grund an einen genauen Zeitplan. Meiner Meinung nach führt er irgendwo noch ein anderes Leben. Dort kennt man sein Gesicht, und er kann nur zu bestimmten Zeiten weg. Vielleicht hat er sogar Familie. Da kommt plastische Chirurgie nicht in Frage.»

«Er könnte einen Unfall arrangieren.»

«Sicher, aber für ihn ist es bestimmt die schnellere und leichtere Lösung, Miss Randell einfach umzubringen. Ich halte ihn nämlich auch für eitel. Außerdem braucht es seine Zeit, einen vorgetäuschten Unfall vorzubereiten.»

«Eitel?»

«Er ist Spitze in der Tarnung, und er hat eine mächtige Portion Stolz. Er legt Wert darauf, daß man erkennt, *wer* das Ding gedreht hat

– deshalb die deutlichen Spuren, die er hinterläßt. Wenn eine Sache gut gelaufen ist, kann ihm das nur nützen. Manchmal haut er natürlich auch daneben, aber nicht oft. Zum Beispiel, als die Zigarren nicht dem Senator Santos um die Ohren geflogen sind, sondern seinem Assistenten, weil der für das Nachfüllen des Zigarrenbehälters zuständig war.»

«Das war Edison?»

«Ich glaube schon.» Er nannte die Gründe, die er schon Gonzales erläutert hatte.

«Ach, deshalb macht das FBI um diese Clare Randell so ein Getue. Die sind nämlich auch hinter ihm her.»

Malchek erstarrte. «Es ist *unser* Fall.»

«Noch ...» meinte Reddesdale gelassen. Er stand auf, ging zur Kaffeemaschine und schenkte das dampfende Gebräu aus. Wie alle Cops konnte er Kaffee zu jeder Tages- und Nachtzeit in sich hineinschütten, aber als Malchek das Etikett auf der Flasche sah, aus der Reddesdale einen Schuß in jeden Becher gab, zog er unwillkürlich die Augenbrauen hoch.

Dann wandte sich Reddesdale wieder an Malchek. «Sie glauben also, Sie könnten Edison ködern, indem Sie ihn bei seiner Eitelkeit packen?»

«Ja, das glaube ich.» Malchek trank einen Schluck Kaffee. «Meiner Meinung nach ist Edison enorm eingebildet, und wenn man es so hinstellt, als hätte er schlampig gearbeitet, giftet er sich gewaltig.»

«Wenn er also Clare Randell nachgeht, und das steht ja wohl für Sie fest ...»

«Felsenfest!»

«... dann wird er versuchen, sie auf eine besonders spektakuläre Art und Weise umzubringen.»

Reddesdale wirbelte auf seinem Drehsessel im Kreis herum wie ein kleiner Junge auf dem Kinderkarussell. Niemand lächelte, obgleich ihm die Fahrt offenbar Spaß machte. Er bremste, hielt an.

«Sag mir, daß Mike gut genug ist, Tom», forderte er unerwartet Halliwell auf. Der Captain wurde ziemlich blaß; er mochte sich nicht festlegen.

«Gut ist er», knurrte er endlich.

«Das weiß ich selber. Ich hätte nicht meine weiche, warme Frau allein gelassen, wenn ich ihn nicht soweit kennen würde. Ich hab gefragt, ob er gut genug ist.»

Halliwell fuhr sich nervös mit der Zunge über die Lippen.

«Er ist gut genug», erklärte Gonzales sachlich. Es war das erste Mal, daß er seit Beginn des Gesprächs den Mund aufmachte.

Reddesdale sah ihn an. «Sie sind mit ihm befreundet.» Es war ein leiser Vorwurf.

Gonzales ließ sich nicht provozieren. «Ich gehe mit ihm, wohin Sie wollen», sagte er ruhig, «und lasse meine Kanone im Schreibtisch.»

Es war eine ungeheuerliche Erklärung, und der Commissioner veranschlagte sie um so höher, als er wußte, daß Gonzales Malcheks vertrauliche Personalakte nicht kannte. Er, Reddesdale, kannte sie.

Malchek wußte kaum, was er von Gonzales' gelassener Erklärung halten sollte, und beschloß, darüber lieber erst später nachzudenken.

«Sie muß schriftlich ihre Einwilligung geben, das ist Ihnen hoffentlich klar. Sie hat es nicht nötig, auf diese Weise Kopf und Kragen zu riskieren», überlegte Reddesdale laut.

Malchek seufzte. «Was bleibt ihr schon übrig? Sollen wir sie noch weitere Wochen oder Monate in Schutzhaft halten? Wir könnten sie natürlich auch wieder frei herumlaufen lassen und hoffen, daß wir ihr die gesamte Bevölkerung von San Francisco einschließlich eines Unbekannten vom Leib halten können. Oder wir können ihr eine Kanone in die Hand drücken und hoffen, daß ihr noch Zeit zum Treffen bleibt.»

«Statt dessen offerieren Sie ihr eine Kombination dieser drei verlokkenden Möglichkeiten in hübscher Geschenkverpackung, stimmt's?» grinste Reddesdale.

«Eine konzentrierte Aktion hat ihre Vorteile, das gebe ich zu.» Auch Malchek lächelte.

Halliwell gab ein Knurren von sich. «Ich finde ja nach wie vor, daß sie hier, wo wir sie im Auge behalten können, besser aufgehoben ist als auf einer Reise quer durch den ganzen Staat nur in Ihrer Begleitung.»

«Vergessen Sie nicht meine sechs Mann», korrigierte ihn Malchek. «Und nicht beliebige sechs Mann. Ich habe ja schon erklärt –»

Halliwell wehrte müde ab. «Ja, ja, ich weiß, alles Supermänner wie Sie.»

Als ob er die Bemerkung nicht gehört hätte, fuhr Malchek fort: «Ich meine trotzdem, daß wir, wenn wir die Sache richtig angehen, die Gefahr für Außenstehende minimal halten können. Es ist ihm durchaus zuzutrauen, daß er die ganze Werbeagentur in die Luft sprengt, nur um sie zu erwischen. Wollen Sie das auf sich laden? Wenn wir mit ihr unterwegs sind, beschränkt sich das Risiko auf acht Leute – allerhöchstens. Das ist preiswert.»

«Preiswert dürfte nicht ganz der richtige Ausdruck sein.» Reddesdale zählte an den Fingern ab: «Zusätzliche Wagen, Spesen für acht Mann, die Gehälter, die hier weiterlaufen ...»

«Malchek ist gern großzügig mit anderer Leute Geld», knurrte Halliwell.

«Sachen sind billiger als Menschen», sagte Malchek.

«So haben Sie nicht immer gedacht, Sie Kunstschütze», gab Halliwell zurück.

Nur Reddesdale sah, daß Malchek die Fäuste ballte und dann die Hände langsam wieder löste, einen Finger nach dem anderen. Gonzales starrte in seinen leeren Becher, Halliwell und Malchek sahen sich an.

«Vielleicht habe ich ja etwas dazugelernt», sagte Malchek schließlich sehr ruhig. «Vielleicht lernt man aus seinem Leben – und auch aus seinen Fehlern.»

«Okay, Mike, machen Sie die Anweisungen fertig, ich zeichne sie Ihnen ab», sagte der kleine Commissioner plötzlich. Er hatte genug gesehen.

Halliwell schaute ihn einigermaßen fassungslos an. «Einfach so?»

«Wie denn sonst?»

Reddesdale saß noch immer hinter seinem überdimensionierten Schreibtisch, als es klopfte. Er hatte beschlossen, nicht heimzufahren, es lohnte sich nicht, er würde warten, bis um halb neun Dempster und die Sekretärinnen kamen. Er konnte sich später ein, zwei Stunden auf der Ledercouch langlegen, das hatte er früher oft genug gemacht.

Natürlich würde er Dempsters diskrete Mißbilligung ertragen müssen, wenn er mitbekam, wie der Commissioner sich rasierte. Dempster war die rechte Hand des früheren Commissioner gewesen, und als der dann ganz in die Politik gegangen war, hatte er Dempster dagelassen. Sein Gesicht war nicht so recht auf Volksnähe zugeschnitten. Da er ohnehin in fünf Jahren pensioniert wurde, hatte Reddesdale ihn behalten. Reddesdale schwärmte für Tüchtigkeit, und tüchtig war Dempster. Also stellte er seine persönliche Meinung über seinen protokollhörigen Assistenten zurück, denn Dempster kannte alles und alle, er wußte, welche Dienstwege einzuhalten waren und wie die Dinge liefen. Die Büroroutine funktionierte unter seiner Leitung reibungslos, so daß Reddesdale sich ungehindert seinen eigentlichen Aufgaben widmen konnte. Wenn er dafür eine ständige Stimmung der Mißbilligung in Kauf nehmen mußte, dann war das eben der Preis, den er zu zahlen hatte.

«Bitte», sagte er, als es zum zweitenmal klopfte.

Sie wechselten einen Blick, Malchek machte die Tür hinter sich zu, und der Commissioner nickte. «Hab mir schon gedacht, daß Sie noch nicht fertig waren.»

«Das habe ich mir gedacht, daß Sie sich das gedacht haben.» Malchek ließ sich müde in den Sessel sinken, aus dem er vor zwanzig Minuten aufgestanden war.

Die blaßblauen Augen sahen wieder in ihn hinein.

«Welchem von ihnen trauen Sie nicht?»

«So einfach ist das nicht. Leider», sagte Malchek.

«Wenn es einfach wäre, könnte meine Mutter hier den Laden schmeißen.»

Malchek lächelte bläßlich. «Das Haus allein – das wäre noch einzusehen. Oder der Zeitplan. Aber es waren sechs Schlafzimmer. Im hinteren Gang standen drei Türen offen, und der Kerl ist geradewegs zu ihrem Zimmer gegangen, ohne sich zu besinnen.»

Reddesdale sah ihn mißbilligend an. «Wenn es sechs Zimmer waren, hätten Sie ja auch mal abwechseln können.»

«Sie war ziemlich fertig, das wäre ihr kaum zuzumuten gewesen. Deshalb habe ich in den anderen Zimmern immer nur das Licht ein- und ausgeschaltet, damit sie in demselben Bett bleiben konnte. Sie ist –»

«Okay, okay, Sie sind ein rücksichtsvoller Mensch, und die Frau wäre Ihnen infolgedessen beinah draufgegangen. Ich bin Protestant, Beichten ist bei mir nicht drin. Und jetzt heraus mit der Sprache.»

«Ein Leck.»

«Augenscheinlich. Wie viele kommen in Frage?»

«Um die fünfzig; wenn jemand im Umkleideraum gequatscht hat, vielleicht noch mehr. Aber der Kerl, der uns aufs Dach gestiegen ist, hatte einen Dienstausweis, und wegen der Fernsehreparatur ist die Zentrale verständigt worden. Den hat uns einer von hier auf den Hals geschickt.»

«Wackelig, Malchek. Sehr, sehr wackelig.»

«Was soll ich sonst noch sagen?»

Reddesdale zuckte die Achseln. «Ich würde Ihnen ja gern die Kleinarbeit abnehmen, aber es würde sich schon ein bißchen komisch ausnehmen, wenn ich mich plötzlich im Dienstraum herumdrücken würde, dort habe ich nämlich jetzt eigentlich nichts mehr zu suchen. Schlagen Sie jemanden vor.»

«Gonzales.»

«Nicht Halliwell?»

«Zu alt. Schwankend. Ängstlich.»

«Gonzales nicht?»

«Er hat, soweit ich weiß, eine völlig reine Weste, und er hat nicht viel zu verlieren. Geschieden, keine Kinder, auf halbem Wege zur Pensionierung. Arbeitstier. Aber mit Herz.»

«Ich weiß. Ich habe ihn schon zweimal für Sonderaufträge eingesetzt. Den Mund halten kann er auch.» Er lächelte, als er Malcheks

Gesicht sah. «Sonst würden Sie jetzt nicht so blöd aus der Wäsche gucken ...»

Malchek nickte und trank einen Schluck Kaffee, während Reddesdale ein paar Runden in seinem Sessel drehte.

«Also gut, Mike, ich werde mit Gonzales reden, und wir können dann nach und nach von hier aus durchsickern lassen, wo ihr steckt. Aber dafür müssen Sie Edison zur Strecke bringen, ohne ihn zu töten. Das ist meine Bedingung.»

Malchek war wie vom Donner berührt. «Warum denn das?»

«Wir können ihn gebrauchen. Wenn er weiß, daß er nicht mehr entkommen kann, wird er sich mit dem, was er zu verkaufen hat, das Leben so angenehm wie möglich zu machen versuchen. In zwanzig Minuten könnte er einen ganzen Haufen Prominenz hochgehen lassen.»

«Eben. Und deshalb werden sich, selbst wenn ich ihn am Leben lasse, seine früheren Auftraggeber liebevoll seiner annehmen.»

«Aber ich brauche diese zwanzig Minuten. Mehr, wenn möglich.»

«Das kann ich nicht versprechen. Wie zum Teufel –»

«Sie können versprechen, es zu versuchen. Wenn er draufgeht und Sie konnten nichts dafür, merke ich das schon. Aber wenn Sie ihn lebend hätten bringen können und keinen Finger dafür gerührt haben, mache ich Gulasch aus Ihnen. Abgemacht?»

Malchek seufzte. Er wünschte sich Edisons Tod, aber mit Reddesdale feilschte man nicht. «Abgemacht.»

«Und was ist mit dem Mädchen?» fragte Reddesdale.

«Ich habe sie noch nicht gefragt. Wozu auch ...»

«Schafft sie es?»

«Ausprobieren ...»

«Clare Randell ist Ihre Schwachstelle. Gleichzeitig schießen und streicheln, das geht nicht.»

«Ich weiß. Daß sie mich besonders gern hat, glaube ich nicht. Aber sie hat Vertrauen zu mir.»

«Und haben Sie das Mädchen gern?»

«Ja.» Die Antwort überraschte ihn selbst, aber es stimmte, er hatte sie gern. Sie blökte nicht, sie biß zu. Und damit konnte man fertig werden.

«Geschmackssache.» Reddesdale stand auf. «Aber trotzdem: Viel Glück, Mike.»

12

Der hochgewachsene Mann holte die Zeitungen ab, die während seiner Abwesenheit zusammengekommen waren. Es wäre ihm nie in den Sinn gekommen, sie abzubestellen. Er schätzte es, nach seiner Heimkehr in aller Ruhe nachzulesen, was sich inzwischen in der Welt getan hatte.

Den Koffer stellte er beiseite, er würde später auspacken. Jetzt hatte er zunächst einmal Hunger und beschloß zu frühstücken, obgleich es schon weit nach Mittag war, fast halb zwei.

Als Schinken, Würstchen, Eier, Bratkartoffeln und Tomatenscheiben in geschmackvoller Anordnung auf seinem Teller lagen, ging er damit in sein Arbeitszimmer, lehnte sich behaglich zurück und ließ es sich schmecken, während er las.

Er hatte die Zeitungen in chronologischer Reihenfolge sortiert und konsumierte ein Ei, zwei Streifen Schinken, eine halbe Tomate und ein Würstchen, ehe ihm der Appetit verging.

Sieg der Polizei bei Schießerei in Kalifornien, lautete die Schlagzeile auf der zweiten Seite der *Times*. Darunter brachte das Blatt eine unscharfe Totenmaske, die völlig austauschbar war, und ein Foto von Clare Randell und einem Polizisten, die Seite an Seite in die Kamera grinsten.

Während Wut und ein Bissen Frühstück ihn in der Kehle würgten, erfuhr er von seinem Tod. Das war schlimm genug, ließ sich aber korrigieren. Blindwütig zum Telefon stürzte er aber, als er las, was der Cop auf dem Foto, ein gewisser Lieutenant M. Malchek, über ihn getönt hatte:

«Es wundert mich im Grunde nicht, daß es uns endlich gelungen ist, den Mann zu fassen. Er war schon lange im Geschäft, und man merkte deutlich, daß er in letzter Zeit immer leichtsinniger wurde. Dieser spezielle Einsatz war ausgesprochen schlampig vorbereitet, und es war nur eine Frage der Zeit, wann die Polizei ihm das Handwerk legen würde. Zufällig war ich es, aber ebensogut hätte es auch ein ganz einfacher Streifenpolizist sein können.»

Er verzichtete auf die Verwürfelung und sprach direkt mit Wallack.

«Sag den Leuten, daß ich nicht tot bin, daß ich das nicht war in K-K-Kalifornien, daß ich damit überhaupt nichts zu tun hatte.»

«Du hast den Auftrag gegeben.»

«Nein, Morrie, ich habe gezahlt, aber den Auftrag vergeben hast du. An einen deiner kleinen Protegés, und der hat Mist gebaut. Du bist der Blamierte, nicht ich. Aber wenn du schon dabei bist, k-k-kannst du den Leuten sagen, daß ich noch lange nicht am Ende bin. Sie sollen schön regelmäßig die Zeitung lesen, dann werden sie bald was Interessantes über diese Randell und ihren großmäuligen Cop erfahren.»

Er knallte den Hörer auf und vertiefte sich wieder in seine Zeitungen. Er war so wütend, daß es zwanzig Minuten dauerte, bis er sich wieder konzentrieren konnte. Das Foto über Mary Byatts Klatschspalte ließ ihn innehalten. Meist war ihm seine Zeit für die Frauenseite zu schade, aber wenn dort ein Bild von Clare Randell und diesem Cop prangte, war das natürlich etwas anderes.

«Sie sind ein ansehnliches Paar, sie – klein, dunkel, bildhübsch und schlagfertig; er – gut aussehend, reserviert, mit einem Lächeln, das zögernd beginnt und sich ebenso zögernd wieder verabschiedet. Es ist eine im besten Sinne des Wortes romantische Geschichte. Wo kann ein Ritter heute noch einen Drachen erschlagen? Lt. Michael Malchek hatte das Glück, für seine Liebste, Clare Randell, ein solches Ungetüm zu erlegen.

Malchek, als ihr Leibwächter zum Schutz vor dem nur unter dem Namen ‹Edison› bekannten Auftragskiller eingesetzt, brachte den Verbrecher zur Strecke, rettete seiner Schutzbefohlenen das Leben und machte ihr einen Heiratsantrag – alles innerhalb von vierundzwanzig Stunden. Ich erkundige mich, ob schon ein Termin für die Hochzeit festgesetzt ist.

‹In den letzten zehn Tagen haben wir beide unter erheblichem Stress gestanden›, sagt Lt. Malchek ruhig. ‹Wir werden zusammen ein bißchen ausspannen, das ist alles.›

Und das war tatsächlich alles. Ich war schon draußen, ehe ich so ganz begriffen hatte, daß das Interview zu Ende war. So fabelhaft Clare Randells Drachentöter auch aussieht – seine Dominanz wäre nichts für mich. Ich habe es bisher nie fertiggebracht, einen Mann derart verklärt anzusehen, wie sie es tut. Andererseits bin ich auch noch nie von einem Ritter in schimmernder Wehr gerettet worden. Habe ich da vielleicht etwas versäumt?»

Als er mit dem Artikel fertig war, wußte Edison, daß er ihnen auf den Leim gegangen war.

«Du Schwein», flüsterte er und starrte auf das Bild des lächelnden Malchek. «Du gerissenes Schwein.»

13

Es packte Clare, als die Brücke etwa vierzig Minuten hinter ihnen lag. Sie hatte Malchek unauffällig beobachtet. Er hatte die Fahrt mit zusammengebissenen Zähnen begonnen. Sein Blick war fast so oft zum Rückspiegel wie zu der Strecke vor ihm gegangen. Die Sonnenbrille verdeckte sein Gesicht, und seine Hände waren fest um das Lenkrad gekrampft. Allmählich wich der starre Zug um Mund und Augen, er blickte nicht mehr ganz so oft in den Spiegel, nicht mehr ganz so oft zum Handschuhfach.

Obgleich es noch früh am Morgen war, wurde es schon heiß, und sie hatten die vorderen Fenster heruntergekurbelt. In dem knapp bemessenen Budget der Polizei von San Francisco waren klimatisierte Wagen nicht vorgesehen. Sie überholten viele Autos, in denen ganze Familien saßen. Als die breite Straße anstieg und sie weiter in die Berge hineinbrachte, sah man immer mehr Wohnwagen auf der äußersten rechten Spur entlangkriechen.

«Ferienanfang», meinte er, als ihm zwei vergnügte Kinder, unangreifbar hinter der Heckscheibe des Wagens vor ihnen, die Zunge herausstreckten. Clare verblüffte sie, indem auch sie ihnen die Zunge zeigte. Sie grinsten und sagten etwas zu ihren Eltern. Als Malchek den Blinker setzte und den Wagen überholte, sahen die Eltern zu ihnen herüber und lächelten.

Für sie sind wir überhaupt nichts Besonderes, dachte Clare, ein ganz normales Ehepaar. Sie lächelte zurück. Das Lächeln blieb. Sie wurde es nicht wieder los. Es war, als sei die Angst in der Stadt zurückgeblieben. In dem fahrenden Wagen hatte sie nicht das Gefühl des Eingesperrtseins, das sie in dem «sicheren Haus» gequält hatte. Mit der Straße stieg auch ihre Stimmung an.

Als das idiotische Grinsen gar nicht mehr weichen wollte, holte sie tief Atem und stieß, die Arme vorstreckend und die Kehle weit und lustvoll öffnend, einen lauten Schrei aus.

Malchek hätte sie um ein Haar in den Straßengraben gefahren.

«Sag mal, spinnst du? Wir wären beinah als Nr. 873 in der Unfallstatistik erschienen.»

«Was Sie nicht sagen, Mike Malchek, Volksheld und Beschützer hilfloser Frauen. Da hätten sie uns dann in tausend Jahren am Grund des Canyon gefunden und sich den Kopf über uns zerbrochen, diese zwei seltsamen Wesen in der metallenen Kiste.»

Er wollte seinen Ohren nicht trauen. Wahrhaftig, sie hatte schon durchgedreht. Automatisch nahm er den Fuß vom Gas. Dann bemerkte er, als sie ihn herausfordernd ansah, das durchtriebene Glitzern in ihren Augen. Sie sah auf eine ganz und gar verrückte Art sehr mit sich zufrieden aus – und plötzlich mußte auch er lachen. Und merkte, daß es gar nicht so einfach war, damit wieder aufzuhören.

«Du hast einen Knall», brachte er schließlich heraus.

Sie freute sich darüber, was ihre Albernheit bewirkt hatte. Hinter der Fassade des kalt-nüchternen kriminalistischen Fachverstandes steckte ein richtiger Mensch.

«Sie sind ein schöner Mann, Mike Malchek», erklärte sie.

«Du hast den Volkshelden vergessen», beschwerte er sich, noch immer belustigt.

«Und Beschützer hilfloser Frauen, richtig. Und was bist du noch?»

«Ach, ich weiß nicht. Dichter vielleicht, Liebhaber, Philosoph. Ich bin ja sehr fürs Hehre ...»

Und damit ging es natürlich wieder los. Malchek hatte das Gefühl, als wenn ihm buchstäblich eine Last von der Brust genommen wurde, Stück für Stück. Je mehr er lachte, desto tiefer konnte er durchatmen, und je tiefer er atmete, desto besser fühlte er sich.

Aber den eigenen Namen im Radio zu hören, wenn man nicht darauf gefaßt ist – das kann einen doch sehr verunsichern. Die Stimme des Nachrichtensprechers ließ ihnen jäh das Lächeln vom Gesicht rutschen.

«Der Saga von Clare Randell und Police Detective Mike Malchek scheint noch kein Happy-End beschieden zu sein. Erst vor wenigen Tagen brachte Lieutenant Malchek den Killer zur Strecke, der Miss Randells Leben bedrohte. Danach gaben die beiden ihre Verlobung bekannt, und die Romanze beschäftigte die Phantasie der Öffentlichkeit. Vor einer Stunde legten Sprengsätze die Wohnungen der beiden in Schutt und Asche. Die Wohnungsinhaber waren nicht daheim. Der Sachschaden ist beträchtlich. Wie ein Polizeisprecher erklärte, ist das Zerstörungswerk wahrscheinlich Vandalen oder Spinnern zuzuschreiben, die sich von den Berichten in der Presse anregen ließen. Von Miss Randell und Lieutenant Malchek war keine Stellungnahme zu bekommen.»

Die letzten Worte des Sprechers ertranken in einer Flut von Flüchen, wie sie Clare in dieser Güte in ihrem ganzen Leben noch nicht gehört hatte. Daran änderte auch nichts, daß die Hälfte davon auf russisch war (das einzige Erbe, das Malcheks eingewanderter Großvater ihm hinterlassen hatte). Als er endlich schwieg und sich wieder einigermaßen beruhigt hatte, sagte sie behutsam: «Es tut mir leid, Mike. Wegen deiner Wohnung, meine ich.»

Er zuckte die Achseln. «Es war eine Schlafstelle, mehr nicht. Außerdem bin ich versichert.»

Jetzt, nachdem er den ersten Zorn losgeworden war, wirkte er geradezu unanständig vergnügt, fand sie. Ihr selbst war elend zumute, nicht nur, weil ihre Habe jetzt endgültig dahin war, sondern weil die Wirklichkeit sie so rasch eingeholt hatte. Sie wurde noch immer gejagt. Unruhig sah sie sich um.

«Bist du sicher, daß sie da draußen sind? In unserer Nähe?»

«Wer? Meine Männer? Völlig sicher. Keine Angst, Clare, wir sind auf ihn vorbereitet.»

«Mein Gott, Mike ...» Sie konnte kaum sprechen. Das Zittern kroch an ihren Handgelenken hoch, wand sich schlangengleich durch ihren Körper, sie konnte nichts dagegen tun.

Wortlos setzte er den Blinker, schnitt ein Chevy-Kabrio, einen Cadillac, hielt auf dem staubigen Bankett. Dann stellte er den Motor ab. Sie hörten nur noch den Verkehr, der unbeteiligt an ihnen vorüberrauschte.

«Heraus damit, Clare. Das ist die letzte Chance, die du von mir bekommst.»

«Kann ich es mir noch einmal überlegen? Kann ich noch zurück?»

Seufzend sah er hinaus auf die rauhe Felswand, die vor ihrem Fenster aufragte. «Du kannst tun, was du willst.»

Clare konnte den Blick nicht von ihm wenden, obgleich sie wußte, daß Tränen sie zu verraten drohten. Er ist eigentlich klein, stellte sie erstaunt fest. Schmal und feingliedrig, nicht groß, nicht massiv, nicht das, was man sich unter einem Leibwächter vorstellt. Edison war groß, sie sah ihn deutlich vor sich. Groß und langarmig und breitschultrig.

Ein Kombiwagen schob sich langsam an ihnen vorbei. Malchek rückte die Sonnenblende zurecht, um ihnen ein bißchen Schatten zu verschaffen. Dic heiße Sonne heizte jetzt, da der kühlende Fahrtwind fehlte, den Wagen auf wie einen Backofen.

Clare sah ihn noch immer an. Was tue ich hier draußen mit diesem kleinen Mann? In der nächsten Minute kann Edison hinter uns auftauchen und mich erschießen. Das Zittern wurde stärker, sie war ihm restlos ausgeliefert.

Malcheks nachdenkliche Stimme drängte sich in ihre Gedanken. «Er glaubt, daß die Zerstörung unserer Wohnungen uns einsam und verwundbar macht. Es ist ein Zeichen dafür, daß er wütend ist, und das ist gut. Seine Wut ist für ihn eine größere Gefahr als die Isolation für uns. Wir können jederzeit neue Möbel kaufen, aber die Fehler, die er in seiner Wut macht, kann er nicht zurückkaufen. Er hat uns im Grunde nichts anhaben können, Clare, es hat sich nichts geändert.»

Er spürte, wie sie zitterte, und wandte sich zu ihr um. Die dunklen Augen waren riesengroß, und er sah ihre Zweifel. Sie ist wieder ganz klein geworden, dachte er. Seltsam, wie sie in ihrer Angst immer kleiner wird, winzig klein wie ein Vogel, mit ganz zarten Knochen, aber ohne Flügel zum Davonfliegen. Er rückte ein Stück an sie heran und legte den Arm um sie, es war eine ganz instinktive Bewegung, als habe er ein verängstigtes Kind vor sich, das getröstet werden mußte.

An ihn gelehnt, merkte sie besonders deutlich, wie schmal gebaut er war im Vergleich zu Edison. Aber seine Muskeln waren hart und unnachgiebig, seine Arme hielten sie sehr fest, und langsam wich das Zittern, brachten seine Arme sie zur Ruhe. Ich bin in Sicherheit, spürte sie überrascht. Nichts kann an mich heran, solange er bei mir ist. Sie horchte dem nach, was er gerade gesagt hatte.

«Woher weißt du, was er denkt?»

Seine leise Stimme brachte ihre Schädeldecke zum Schwingen, sein Gesicht lag an ihrem Haar. «Das kann ich nicht erklären. Ich weiß es eben.»

«Weiß er demnach auch, was du denkst?»

«Wahrscheinlich.»

Also kam es gar nicht so sehr auf Kraft und Körpergröße an. Sie entspannte sich plötzlich, er spürte es. Das Schlimmste war vorbei, sie hatte sich gefangen. Er wartete. Endlich richtete sie sich auf, er ließ sie los.

«In Ordnung?»

Sie nickte, aber sie sah ihn nicht an.

Um so besser, dachte er und betrachtete den schimmernden Haarvorhang. Ich weiß nicht, wie ich im Augenblick aussehe, aber einen besonders erhebenden Anblick biete ich gewiß nicht. Wie warm ihr Körper gewesen war, er hatte sie gar nicht wieder loslassen wollen. Es hatte ihm in den Händen gezuckt, diesen warmen Körper zu erforschen, zu öffnen, sie zu überraschen. Und das jetzt, am hellichten Tage, während Hunderte von Autos an ihnen vorübersausten und irgendwo gar nicht weit von ihnen ein Killer lauerte. Er zwang sich zur Strenge.

«Das darf nicht noch einmal passieren, Clare. Ich kann mir das nicht leisten, verstehst du?» Er sprach Reddesdales Worte nach wie eine Zauberformel: «Gleichzeitig schießen und streicheln, das geht nicht.»

«Es wird nicht wieder vorkommen.» Sie faltete die Hände im Schoß.

Dabei ließ er es bewenden. Er rückte zum Steuer herüber, ließ den Motor an, fädelte sich bei der nächsten Gelegenheit in den Verkehr ein, gab Gas, schaltete am Berg, sah rückwärts in den Spiegel nach der Yamaha, blickte nach vorn, auf der Suche nach dem Impala-Kabrio.

Sie hatten etwa zehn Minuten verloren. Und vielleicht noch mehr.

Der Alte im Garten hatte sich umgedreht, ganz plötzlich, aber die Kugel war schon aus dem Lauf, traf zarte Knochen, traf Fleisch, das in einem rot aufsprühenden Ballon der Zerstörung zerstob – ein schreiender Mund ohne

Kiefer, Augen fort, Nase fort, nur noch eine Kehle, zuckend im Aufbrüllen eines langsamen, viel zu langsamen Todes.

Ein Schweißrinnsal krabbelte über seinen Bauch wie ein schnellfüßiges Insekt, und das Hemd klebte ihm plötzlich an den Schultern.

Er öffnete das hintere Fenster auf seiner Seite, mit einer Hand das Lenkrad festhaltend und sich über die Sitzlehne beugend, während er sich hinten mit der Kurbel mühte.

Es war bald Zeit zur Mittagspause.

Am frühen Nachmittag tauchten die ersten Motels auf. Sie hielten am dritten, am Rand von Richardson Grove. Malchek war zufrieden. Es war das erste Motel auf der Liste. Garner und Martin würden ganz in der Nähe ihr Zelt aufschlagen können.

Als sie auf der Suche nach einem Restaurant in die Stadt fuhren, sah er das Kabrio vor dem nächsten Motel stehen. Es würde nicht immer so leicht sein, und es wäre ihm fast lieber gewesen, wenn das Glück noch etwas hätte auf sich warten lassen, im weiteren Verlauf der Reise würden sie es wahrscheinlich nötiger haben.

Er hatte auf Entfernung gesetzt, obgleich er wußte, daß sie letztlich keine entscheidende Rolle spielte. Edison konnte, wenn er wollte, überall seine Beziehungen spielen lassen.

Und sie würden in Bewegung bleiben – allerdings in Maßen. Bis morgen würden sie hier pausieren, um Edison seine erste Chance zu geben, würden den Vormittag, Mund und Nase aufsperrend vor Bewunderung, mit den übrigen Touristen zwischen den ragenden Redwoods, den amerikanischen Mammutbäumen, herumspazieren. Mit den Touristen, aber ein bißchen von ihnen getrennt, in der typischen Pose des ganz in sich versunkenen zärtlichen Flitterpaares. Sie mußten sich isolieren, um die Bedrohung möglichst nur auf sich zu ziehen.

Danach ging es dann in den weiten nördlichen Halbkreis der Nationalparks, blauer Himmel, ziehender Sommerdunst. Ihm und seinen sechs Männern war das Terrain recht gut bekannt, der eine kannte sich in der einen Gegend besser aus, der andere in einer anderen, die Kenntnisse ergänzten sich. Er würde jeweils einen Kontaktmann pro Tag haben. Und Gonzo natürlich.

Gonzo würde sie von San Francisco aus exponieren, jeden Tag ein Stückchen mehr, bis die Botschaft bei Edison ankam.

Malchek wartete an dem Tisch, den sie sich ausgesucht hatten, bis er das Kabrio in den Parkplatz einbiegen sah. Als Terson und Gambini sich gesetzt hatten, etwa drei Meter von Clare entfernt, den Zugang zu ihr von vorn und von hinten deckend, stand er auf und ging zu dem Münzfernsprecher neben der Küche.

Gonzales machte einen gehetzten Eindruck. «Du hast eine Stunde Verspätung», fuhr er los.

«He, Mann, ich bin auf Urlaub», protestierte Malchek ganz friedlich.

«Ich habe eine schlechte Nachricht für dich.»

«Wenn du unsere Wohnungen meinst, das haben wir schon in den Nachrichten gehört.»

«Ach so. Ist sie okay?»

«Du hast einen Vaterkomplex. Es geht ihr blendend.» Er schaute zu ihrem Tisch hinüber. Clare las die Speisekarte. Sie war ein bißchen blaß, aber sonst sah sie fabelhaft aus. Sie hatte sich zum Essen umgezogen, trug ein weißes Jerseykleid, unter dem sich ihre Brüste abzeichneten. Ein roter Gürtel betonte die schmale Taille.

«Wie klappt die Tarnung?» fragte Gonzales. Malchek gab sich einen Ruck.

«Soweit ganz gut. Garner und Martin auf der Yamaha, Terson und Gambini im Kabrio. Sie sind jetzt hier. Morgen fahren sie weiter, und Van kommt zur Ablösung. Er wechselt sich mit Davis ab, in den Kombis.»

«Wann holst du Gambini und Terson wieder ein?»

«Übermorgen, sie steigen irgendwo am Forest Glen in einen Kombi um, den Tag darauf in ein Buick-Kabrio. Gibt's bei euch was Neues?»

Er sah sich noch einmal im Restaurant um, registrierte Türen, Fenster, Gesichter, die staubigen Wagen draußen auf dem Parkplatz, die langsam auskühlten, während die Sonne sank.

«Ich habe heute nachmittag im Dienstraum Richardson Grove fallenlassen, als Versuchsballon. Du bleibst dabei?»

«Ja. Was hört man von der Straße?»

«Keinen Ton. Alles dicht.»

«Komisch. Er läßt sich's wohl was kosten.»

«Muß wohl so sein. Oder es mischt noch jemand mit. Jedenfalls weiß niemand was. Wie geht's, wie steht's, schönes Wetter heute ... Du weißt ja, was für einen Quatsch sie dir vorsetzen. Und dabei grinsen sie aus allen Knopflöchern.»

«Ja, ich weiß. Aber du läßt hoffentlich nicht locker ...»

«Was denkst du wohl? *Ich* mache ja keinen Urlaub, rolle nicht mit einer gutaussehenden Puppe durchs Land, mampfe genüßlich das feine Spesenessen und lege mich nachts auf kühlen Laken lang.»

«Einer muß ja die Arbeit machen», sagte Malchek trocken. «Wenn's sein muß, kannst du mich über Terson erreichen.»

«Bis wann?»

«Er sagt dir Bescheid, ehe er losfährt.»

Als er wieder an ihren Tisch kam, machte Clare ein unbehagliches Gesicht. «Der Mann in der Ecke schaut mich an.»

Malchek griff nach der Speisekarte, schlug sie rasch auf und ließ das rote vervielfältigte Blatt mit den Tagesmenüs zu Boden flattern. Als er sich, das Blatt in der Hand, wieder aufrichtete, hatte er den Mann im Visier. Gut aussehend, blond, hängende Schultern. Er stierte angestrengt in seine Speisekarte.

«Beobachtet er dich immer noch?» fragte Malchek, während er das lose Blatt wieder an der Büroklammer befestigte. Sie warf einen Blick hinüber.

«Nein, jetzt nicht mehr. Ist es einer von deinen Leuten?»

«Nein – einer von deinen», grinste er.

«Was soll das heißen?»

«Daß du – Gonzales hat mich soeben darauf aufmerksam gemacht – eine gutaussehende Puppe bist. Der Typ hat sich gefragt, ob du allein reist, das ist alles. Jetzt weiß er, daß du nicht solo bist. Ende.»

«Er ist nicht einer von –»

«Er könnte einer von meinen Leuten sein, sicher. Aber da siehst du mal, wie gut es ist, daß ich dich nicht mit ihnen bekannt gemacht habe. Ich möchte auf jeden Fall vermeiden, daß man auf meine Leute aufmerksam wird.»

Sie sah ihn erbittert an. Er trug ein dunkelblaues Denim-Shirt mit offenem Kragen, Jeans und eine Lederjacke, die den Revolver verdeckte.

«Und was mache ich, wenn er dich niederschießt? Woher soll ich wissen, an wen ich mich wenden, wen ich um Hilfe bitten soll?»

«Wenn ich in Deckung gehe, tust du das einfach auch.» Er lächelte, als sei die Rede von den jeweiligen Vorzügen der sechs angebotenen Pizzasorten. «Bleib liegen, sie kommen zu dir. Was bekommst du?»

«Magengeschwüre.»

«Mit Salat oder Pommes frites?» fragte er ungerührt, und sie begriff, daß sie auch deshalb immer wieder versuchte, ihn aus der Reserve zu locken, weil er sie so mühelos von sich wegschieben konnte. Wenn er – selten genug – die Beherrschung verlor und zurückschlug, spürte sie so etwas wie Triumph. Plötzlich erschien ihr das sehr billig. Immerhin versuchte er, ihr Leben zu bewahren.

«Für mich das Lammkotelett», sagte sie abbittend.

Es ist leicht, neben einem Menschen zu schlafen, der einem nichts bedeutet. Neben einem Menschen zu schlafen, den man mag, ist eine ganz andere Sache. Besonders wenn man beschlossen hat, seine Gefühle strikt im Zaum zu halten.

Vor der Abfahrt am Morgen hatte er ihr einen Trauring angesteckt.

Auch er trug einen Ring. Sie hatte kommentarlos wieder zur Bürste gegriffen und ihr Haar weiterbearbeitet. Vielleicht eine Idee energischer als zuvor.

Natürlich hätten sie es sich leichtmachen können. Sie waren gesunde, ansehnliche Menschen, und prüde waren sie beide nicht. Wie einfach wäre es gewesen zu sagen: «Hör mal, wenn wir nun schon zusammen sind, laß uns wenigstens ein bißchen Spaß dabei haben.» Oberflächlich betrachtet, war die Situation tatsächlich unkompliziert. Nur – sie waren es nicht.

Und deshalb stellte das Doppelbett im ersten Motel sie vor ein Problem. Aber eine Münze zu werfen und einen von ihnen auf einen Sessel zu verbannen, das kam ihnen auch albern vor. Schließlich machten sie sich beide fertig für die Nacht und legten sich hin. Doch was sie trennte, war mehr als eine Decke.

Er war sich ihrer Nacktheit unter dem weißen Jerseypyjama, für den sie sich entschieden hatte, um gleichsam geschlechtslos zu erscheinen, sehr bewußt. Es war eine Fehlentscheidung gewesen: Der Schlafanzug zeichnete ihre Körperformen deutlicher ab, als es ein Nachthemd getan hätte.

Normalerweise schlief er ganz nackt. Für die Reise hatte er sich einen Pyjama geborgt, aber der Stoff engte ihn ein, machte ihn unfrei. Schließlich zog er die Jacke wieder aus und warf sie in den Koffer.

Als Clare später aus Versehen mit der Hand an seinen nackten Rükken kam und die samtige Wärme seiner Haut spürte, mußte sie sich abwenden. Der Drang, seinen Rücken und die Narbe auf seiner Schulter zu streicheln, war so stark, daß ihre Hand ihr fast vorkam wie ein selbständiges, nicht kontrollierbares Wesen. Aber dann schlief sie doch ein.

Zum erstenmal seit Tagen konnte auch Malchek ruhig schlafen. Er wußte, daß irgendwo draußen in der Dunkelheit Garner und Martin lagen und abwechselnd in ihrem gemeinsamen Schlafsack Wache hielten.

Der Alptraum überkam ihn unversehens. Seit über drei Jahren hatte er ihn nicht mehr gehabt. Vielleicht lag es an dem Krabbensalat, vielleicht an dem Kriegsfilm, den sie sich im Fernsehen angeschaut hatten, vielleicht war es einfach Erschöpfung. Seine Lider begannen zu flattern, er warf sich herum, umklammerte die Decke, begann immer heftiger vor sich hin zu reden. Er stöhnte – nicht einmal sehr laut.

Clare fuhr erschrocken hoch. Sie wußte nicht, was sie geweckt hatte. Als er sich wieder heftig bewegte, wandte sie sich um, sah, daß ein zweiter Schrei in ihm hochstieg. In dem schwachen Licht, das von draußen hereinfiel, sah sie, daß sein Gesicht sich in eine Maske unmenschlicher Angst verwandelt hatte.

Instinktiv rückte sie zu ihm heran, hielt ihn fest, schüttelte ihn, rief seinen Namen.

«Nicht, Mike, es ist gut, es ist ja alles gut, es ist alles in Ordnung.» Sie klammerte sich an ihn, versuchte ihn über die Angst hinweg zu erreichen, bis er zusammenschauerte, in einer einzigen heftigen Bewegung hochfuhr und aufwachte. Der Schrei war wie abgeschnitten, die Augen standen weit offen in der Dunkelheit.

Sie drückte sich noch immer an ihn, hatte die Arme um ihn gelegt, ihr Haar streifte seinen Mund. Er merkte es nicht.

«Mein Gott», sagte er mit seltsam flacher Stimme. «Mein Gott.» Dann begann er zu zittern. Sie ließ ihn langsam los, weil sie nicht wußte, ob es ihm recht war, wenn sie ihn berührte. Nach einer Weile warf er die Decke zurück, dann stand er neben dem Bett, ein dunkler Schatten ohne Gesicht.

«Entschuldige», sagte er kurz und verschwand im Badezimmer. Sie machte Licht. Badewasser lief, dann war es still hinter der geschlossenen Tür, eine lange, beängstigend lange Zeit verging. Schließlich bekam sie es mit der Angst zu tun. Sie stand auf, klopfte. Ihre nackten Sohlen krümmten sich, als sie den kalten Boden berührten.

«Alles in Ordnung, Mike?»

«Bestens. Leg dich wieder hin.» Seine Stimme klang kräftig, ruhig, normal. Die wenigen Worte kosteten ihn ungeheure Mühe.

Er lag in dem warmen Wasser, wie sie es ihm beigebracht hatten, und hörte, wie sie wieder ins Bett ging. Den Kopf hatte er an den Badewannenrand gelegt, gelegentlich wandte er das Gesicht zur Seite, um die glühende Haut an dem kalten Porzellan zu kühlen.

Es würde noch eine Weile dauern, bis das Zittern aufhörte. Schlimm genug, daß er den Alptraum bekommen hatte. Schlimmer, daß sie es miterlebt hatte.

Als er schließlich wieder zu ihr kam, wußte er, daß sie nicht schlief, spürte ihr waches Warten über den Raum hinweg, der sie trennte. Während er das Streichholz anriß, um sich eine seiner seltenen Zigaretten anzuzünden, spiegelte sich die Flamme in ihren offenen Augen.

Nach einer Weile holte sie tief Atem. Er hatte gehofft, sie würde gar nichts sagen, aber das war wohl zuviel verlangt. Wahrscheinlich kam jetzt wieder irgendeine Gemeinheit. Er wappnete sich.

«Passiert das oft?» In ihrer Stimme lag keine Aggression.

Er atmete auf. «Es ist seit Jahren nicht mehr passiert. Ich dachte, ich hätte es hinter mir, ein für allemal.»

«War es der Krieg? Etwas im Krieg?»

«Ja. Aber ich möchte nicht darüber sprechen. Es ist ja vorbei.»

Es überraschte ihn, daß sie die einmalige Gelegenheit nicht nutzte, eine spitze Bemerkung anzubringen oder Amateurpsychologie zu betreiben. Allmählich akzeptierte er ihre tröstlich-stumme Gegenwart. Er drückte die Zigarette im Aschbecher aus und rutschte unter die Decke.

Noch immer sagte sie nichts. Aber unter der Decke kam ihre Hand zu ihm, und er schloß seine Finger darüber.

Nach einer Weile merkte er, daß ihr Atem flach und langsam geworden war.

Kleine Clare, die du immer noch ein bißchen kleiner wirst, wenn du Angst hast, wie soll ich es erklären? Ich kann es nicht – ebensowenig, wie ich es meinem eigenen Vater habe erklären können. Er hat mich weggeschickt in der festen Überzeugung, daß die Army besorgen würde, was er nicht geschafft hatte. Daß sie einen Mann aus mir machen würde. Statt dessen ... Er seufzte und schloß die Augen.

Statt dessen war eine schmutzige Nacht der anderen gefolgt, eine schmutzige Kugel der anderen. Messer, Garotte. Sein Vater war kurz vor seiner Rückkehr aus Vietnam gestorben. Weil sich in seinen Kummer eine demütigende Erleichterung mischte, daß sein Vater ihm nie die Wahrheit über seinen Krieg abverlangen würde, hatte er sich Tränen über den Tod seines Vaters versagt.

Wie konnte Clare, wie hätte sein Vater verstehen können, was für ein Untier dort aus ihm geworden war? Wie er es hatte tun können, immer wieder, es gut gemacht hatte, bis – nein ... Das war der Weg zurück in den Alptraum.

Die hartgetretene Erde unter nackten Füßen, Weidenzweige und Farnwedel, das Gewehr schwer in seinen Händen ...

Er wandte den Kopf auf dem Kissen und sah auf Clares Profil, bis ein reinerer Schlaf ihn aufnahm.

Als er morgens aufwachte, sah er, daß sie sich im Schlaf von ihm abgewandt hatte. Aber ihre Hand, klein und warm, lag noch immer in der seinen.

14

Am neunten Tag schien es Clare, als hätte sie ihr ganzes bisheriges Leben als Touristin verbracht. Als hätten sie und Malchek sämtliche Redwoods in den Wäldern betrachtet, alle Berge bewundert, alle Canyons, Schluchten und Täler durchwandert, die im Bereich der Nationalparkverwaltung lagen.

Es hätte sogar Spaß machen können, wenn er in ihre bewundernden Ohs und Ahs eingestimmt hätte. Aber sein Blick umfaßte alles andere, nur nicht die Landschaft. Die Spielregeln waren, wenn auch etwas aufgelockert, nicht anders als in der Stadt. Es war dieselbe Art, ihr in Bars, Restaurants oder Hotelzimmer vorauszugehen, es waren dieselben Rituale des Argwohns.

Als sie an diesem Abend aus dem Bad kam, stand er am Fenster und sah hinaus. Er hatte ihren Koffer auf die Gepäckablage gestellt, und während sie im Dunkeln zu ihm hinüberging, sah sie, wie er sich nach rechts und nach links beugte, als suche er draußen etwas. Er summte leise vor sich hin.

«Laß mich raten», sagte sie. «Wir haben Aussicht auf eine Nudistenkolonie.»

«Nein», antwortete er gelassen. «Ich schätze nur die möglichen Flugbahnen ab.»

Er hockte sich hin und sah zu den Bergen hinauf, die sich hinter dem Motel erhoben. Es war inzwischen fast ganz dunkel geworden, er konnte gerade noch die Kuppe des Berges hinter ihnen erkennen und kam zu dem Schluß, daß der Winkel zu steil war, um gefährlich zu werden. Wälder waren gefährlicher als Anhöhen. Er zog den Vorhang vor, machte Licht und sah sie wie erstarrt vor sich stehen.

«Aber warum denn nur?»

Er war plötzlich befangen. «Gewohnheitssache.» Sein Lachen mißlang. «Ich habe einfach keine Ruhe, bis ich alle Schwachstellen geprüft habe. Zugänge, Ausgänge und so weiter. Ich muß wissen, wie ich wieder rauskomme, egal wo ich bin.» Sie sah ihn unentwegt an. Er ging zur Tür hinüber, dicht an ihr vorbei. «Du hast wohl keine dummen Angewohnheiten, was?» knurrte er im Hinausgehen.

Sie war vor ihrem Koffer stehengeblieben und sah ihm nach. Es war die erste Spur von Reizbarkeit seit der Alptraumnacht. Am nächsten Tag hatte er zwar angestrengt und erschöpft gewirkt, aber auch entspannter und zugänglicher als bisher. Als habe der Traum irgendeinen Giftstoff aus seinem Körper geschwemmt. Offenbar aber war die Befreiung nur vorübergehend gewesen. Inzwischen war er ihr immer sympathischer geworden, ohne daß sie sich dagegen gewehrt hatte. Sie lernte einen Mann kennen, der sich hinhockte, um die Eichhörnchen zu füttern, der abgehetzten Kellnerinnen ein höheres Trinkgeld gab als hübschen. Es war eigentlich sehr angenehm, von diesem Malchek betreut und umsorgt zu werden.

Aber jetzt war der andere wieder da, der Fremde.

Seufzend suchte sie im Koffer nach dem weißen Jerseykleid. Es mußte gewaschen werden. Als sie es herausnahm, fiel eine braune Medizinflasche auf den Teppichboden. Richtig, sie hatte das Fläschchen zusammen mit ihren eigenen Sachen im letzten Motel von dem Brett im Badezimmer genommen und eingepackt. Neugierig las sie das Etikett: «M. Malchek. Paludrin. Nach Bedarf. Dr. K. Stammel.»

Wahrscheinlich war es etwas, das er einnahm, um so unterkühlt und distanziert zu bleiben wie zuerst.

Wie albern, sich einzubilden, der alte Malchek sei verschwunden. Die Rituale, die Wachsamkeit – das alles war ja geblieben, die scharfen Befehle: vorwärts, zurück, stehenbleiben. Ein Lächeln hatte sie erträglicher gemacht, aber Befehle waren es trotzdem, und sie hatte gehorcht. Sie wußte, daß er auf geheimnisvolle, ihr unverständliche Art und Weise ständig ein Netz von Beobachtern um sie spannte. Wenn sie sich unvermittelt umdrehte, ertappte sie ihn dabei, wie er irgend jemandem irgendwo ein verstohlenes Zeichen gab. Aber sie hatte es aufgegeben zu enträtseln, wie das Ganze funktionierte.

Sie wünschte fast, Edison würde sein Glück bald versuchen. Zumindest war sie dann aus dieser lächerlichen Situation erlöst.

Als Malchek wieder ins Zimmer kam, hörte er den scharfen Strahl der Dusche und Clares trotzig-falschen Gesang. Sing nur, Baby, dachte er. Du hast es verdient.

Nervös kramte er die Zigaretten hervor, zündete sich eine an, blinzelte, als der trockene Tabak aufflammte. Seine Zigaretten waren immer alt, er rauchte durchschnittlich nur zwei die Woche.

«Hallo!» Sie fuhr sich mit dem losen Ärmel des Bademantels über Gesicht und Haar, während sie aus dem Badezimmer kam. «Ich bin in ein paar Minuten fertig.»

«Ich hab's nicht eilig.»

«Ich denke, du hast solchen Hunger?» Sie griff sich ihre Sachen aus dem Koffer, eine Spitzen- und Nylonkaskade, während sie ihn erstaunt ansah.

«Es ist vorbei, Clare, du kannst aufatmen.»

«Hat Gonzales ihn erwischt?» Sie wußte, daß er im Präsidium angerufen hatte. Er nickte.

«Nicht Gonzo selbst. Ein Sheriff in einem Nest namens Spider Meadows.»

Sie konnte es kaum glauben. «Ehrlich?»

Er lächelte flüchtig. Genau das hatte er Gonzo gefragt. Gonzos Stimme am anderen Ende der Leitung hatte triumphierend und unnatürlich hoch geklungen.

«Wegen Vergewaltigung, was sagst du nun?» hatte er Malchek aufgeräumt ins Ohr gebrüllt. «Dieser Sheriff ist entweder ein toller Hecht, oder er hat nichts weiter zu tun, als unsere Fahndungsblätter zu lesen. Kurz und gut, er sagt, der Typ sei ihm bekannt vorgekommen, und da hat er sich das Blatt gegriffen und noch einmal hingesehen. Angeblich ist es tatsächlich Edison.»

«Komm, komm, das nehme ich dir nicht ab», hatte Malchek protestiert.

Gonzales lachte vor sich hin. «Hab ich auch gesagt. Aber ich habe die Fingerabdrücke hier, habe sie mit denen aus deiner Akte verglichen.»

«Das sind nur Fragmente.»

«Weiß ich. Trotzdem – ich habe sieben Übereinstimmungen festgestellt. Nicht schlecht, was?»

«Aber auch kein Beweis.»

«Was willst du denn noch? Blutgruppe und Geburtsnamen der Mutter?»

«Und wo steckt er im Augenblick?»

«In einem gottverlassenen Nest ganz in deiner Nähe – Spider Meadows. Route 32. Du kannst morgen dort sein.»

«Und in einem Nest namens Spider Meadows haben sie einen Fernschreiber mit Bildübermittlung? Muß wahrhaftig ein toller Hecht sein, dieser Sheriff.»

«Blödsinn, natürlich nicht. Er ist nach Paradise gefahren, und hat die Fingerabdrücke von der dortigen Polizeistation abschicken lassen.»

«Edison ist also in Paradise?» Das schien wünschenswert, aber unwahrscheinlich.

«Äh – nein, er ist noch in Spider Meadows.»

«Warum?»

«Ja, also – dieser Sheriff Hoskins hat Bedenken, ihn nach Paradise ins Gefängnis zu bringen.»

«Warum denn das?» Die Geschichte begann Malchek zu langweilen.

«Na ja, die Kleine, die der Kerl vergewaltigt hat –»

«Die Kleine? Daß Edison ein Sittenstrolch ist, war mir nicht –»

«Nein, nein, sie ist fünfzehn, sagt der Sheriff, und groß für ihr Alter. Aber – na ja, sie ist wohl seine Nichte. Es ist eine Kleinstadt, und da –»

«Da hat er Edison zusammengeschlagen, das willst du mir doch schonend beibringen, stimmt's? Na großartig ...» Er überlegte einen Augenblick. «Route 32, sagst du. Na schön, wir bringen ihn mit. Dieser Hoskins wird keine älteren Ansprüche geltend machen?»

«Bestimmt nicht. Ich glaube, er ist froh, wenn er den Fall los wird. Edison ist ihm irgendwie unheimlich, und mit der Anzeige wegen Notzucht scheint er es auch nicht mehr so eilig zu haben.»

Malchek grinste und schüttelte den Kopf, sich mit der freien Hand durchs Haar streichend. «Was macht dieser vorzügliche Sheriff denn im Hauptberuf?»

«Er ist der Korn- und Futtermittelhändler des Ortes.»

«Gepriesen seien die Amateurpolizisten!»

«Immerhin hat er ihn erwischt», sagte Gonzales, hörbar verstimmt durch Malcheks gebremste Begeisterung.

«Okay, er hat Glück gehabt, und du und ich und die großen Tiere aus der Stadt haben das Nachsehen, ich verstehe schon. Wir holen ihn morgen ab. Übrigens sind zufällig alle meine Leute hier, wir wollten morgen wechseln. Sechs, schätze ich, reichen sogar für einen Edison.»

«Ihr seid doch sieben.»

«Ich habe noch das Mädchen – oder hattest du das vergessen?»

«Richtig ... Sie wird sich nicht darum reißen, bei der Rückfahrt neben ihm zu sitzen, was?»

Malchek lachte leise. «Das glaube ich auch nicht.»

Als sie nach dem Essen mit den sechs anderen Cops ins Motel zurückkamen, war Clare beschwingt und ein bißchen beschwipst. Malchek hatte nicht viel getrunken, sie dafür um so mehr. Er stand über die Farbeinstellung des Fernsehers gebeugt, als sie hinter ihn trat, ihre Hände über seine Schultern gleiten ließ und ihm das Haar zerstrubbelte. Noch eine weitere Minute beschäftigte er sich damit, dem Gesicht des Fernsehkommentators einen blasseren Farbton zu geben, dann richtete er sich langsam auf und wandte sich zu ihr um. Sein Gesicht war völlig ausdruckslos.

«Ich wollte nur ...» Unter dem kalten Blick der grünen Augen kam sie ins Stottern, aber sie sprach weiter, getrieben von einer Regung, die sie selbst nur halb begriff. «Ich wollte mich nur bedanken, für – für alles, was du getan hast. Ich meine ... ich weiß ... die Gefahr ... er hätte –»

«Und diesen Dank wolltest du im Bett abstatten, ja?» Seine helle, metallische Stimme fuhr scharf durch ihr Gestammel. Sie wich einen Schritt zurück.

«Nein, das heißt –»

Er legte den Kopf schief. «Eine nette Geste, wirklich. Mir soll's recht sein. Gar nicht so einfach, jede Nacht neben einer gutaussehenden Puppe zu schlafen, ohne aktiv zu werden. Warum also nicht?»

Er musterte sie vom Scheitel bis zur Sohle, lächelte zynisch und griff nach ihr. Sie trat noch einen Schritt zurück.

«Bitte nicht. So wie du es sagst, hört es sich an wie eine – eine rein körperliche Sache.»

Seine Augen wurden schmal. «Ja, was denn sonst? Wie gesagt: Eine nette Geste. Kommt jeden Tag vor, so was. Völlig normal.»

«Ich – es war nicht als ‹nette Geste› gedacht.» Sie kämpfte mit der

Bestürzung über seine unerwartete Schroffheit. «Ich – ich mag dich, Mike. Ich habe das Gefühl, daß –»

«Sehr gut, ich mag dich auch», sagte er ungeduldig. Aber aus seinem Mund klang es anders, mit jedem seiner Worte machte er etwas kaputt. Wie klein sie plötzlich wieder ist, dachte er bestürzt, während er sich hinter seine Maske zurückzog.

«Nein ...» Jetzt wandte sie sich ab. «Entschuldige, ich glaube, ich habe einfach zuviel getrunken.»

Er ballte die Fäuste und fauchte sie an: «Willst du nun bumsen oder nicht?»

Sie hob mit einem Ruck den Kopf, ihre Schultern versteiften sich. «Nein. Nein, danke. Ich – ich möchte nicht bumsen. Vergiß es. Entschuldige.»

«Auch gut. Auf Vergewaltigung bin ich nicht scharf.» Er sah, wie sie blind nach ihrem Nachtzeug tastete und die Badezimmertür zuschlug. Er schloß die Augen.

Du Schwein, dachte er, während er auf den Fernsehschirm starrte. Nein, falsch. Ein richtiges Schwein hätte gelächelt und es ihr leichtgemacht. Es ist ja sowieso nur eine Cop-Schwärmerei. Es ist nur die Erleichterung und Dankbarkeit und eine Flasche Wein. Bumsen will ich dich auch nicht, Clare, lieben möchte ich dich, und damit würden wir uns gegenseitig betrügen. Aber wenn es einen Schutzpatron für Cops gibt, mal herhören: Bitte mach, daß sie mich nicht noch einmal so ansieht. Bitte.

Ich habe hier drin nur Platz für mich, versuchte er dem Schutzpatron zu erklären. Ich kann niemanden zu mir hereinlassen. Ich will nicht mehr verwunden. Ich will auch nicht verwundet werden. Als ich den ersten kaltblütig umlegte, habe ich die Tür zugeschlossen. Sie hat Besseres verdient.

Spider Meadows' Einwohnerzahl stieg nur im Winter über tausend an, wenn es den Überlauf der nahe gelegenen Skigebiete aufnahm. Jetzt, im August, brütete die Leere unter den Bäumen, die Häuser hockten mit heruntergelassenen Jalousien hinter ihren Rasenflächen. Den Weisungen folgend, die Gonzales ihnen durchgegeben hatte, wandten sie sich vor der eigentlichen Stadtmitte nach links und fuhren etwa eine halbe Meile über einen ungepflasterten Nebenweg. Als Malchek ausstieg, traf ihn die Stille fast wie ein Schlag. Kein Kindergeschrei, kein Hundegebell, nichts. Das Kabrio hinter ihm stieß mit den Reifen an die geborstene Bordsteinkante, und in der Ferne sah er die zweifache Staubwolke von Van Schaatens Pickup und Davis' Kombi. Garner und Martin waren schon vor ihnen eingetroffen und saßen unter einer Fichte neben ihrem Motorrad. Hitzeschleier stiegen von dem

Motor auf und verloren sich zwischen den schweren Zweigen über ihnen. Er habe schon hinter dem Haus nachgesehen, rief Garner zu Malchek hinüber. Ein Wagen ohne besondere Kennzeichen. Kein Mensch weit und breit zu sehen.

«Warte hier, bis ich dich rufe», sagte Malchek. Clare nickte, und er wandte sich dem Haus zu.

Die knarrenden Verandastufen meldeten sein Kommen wirkungsvoller als jede Klingel, und die Haustür öffnete sich, noch ehe er die oberste Stufe erreicht hatte. Eine schwere Gestalt in Braun stand hinter der Gittertür und sah ihm entgegen.

«Sind Sie Malchek?» knarrte eine scharfe Stimme.

«Hoskins?» Malchek klappte seine Identitätskarte auf und zeigte die Dienstmarke. Der schwere Mann warf kaum einen Blick darauf. Er schien sich mehr für Terson und Gambini zu interessieren, die sich vom Kabrio her näherten. Die runden dunklen Augen schossen an ihnen vorbei zu Van Schaaten und Davis, die jetzt auch langsam herankamen, gingen an Malchek vorbei zu Garner und Martin unter dem Baum und zu Clare in der Limousine.

«Reisen Sie immer mit großem Gefolge?»

«Zufall», gab Malchek zurück. «Wo ist der Gefangene?»

«Hier drin.» Eine lässige Hand schob den Riegel zurück, öffnete die quietschende Gittertür.

Ungefiltert durch das rostige Fliegengitter der Tür erwies sich Hoskins als ein großer, rotgesichtiger Mann mit sich lichtendem grauem Haar und einem Ansatz von Bauch. Er hatte ein blaues Auge, ein Pflasterstreifen klebte über der Schwellung auf einer Wange und verdeckte nur unvollständig die verschorfte Schramme, die sich rot entzündet vom Ohr zur Nase zog.

«Er hat Ihnen Ärger gemacht, wie ich sehe.» Malchek betrat die lange, dunkle Diele, die bis zur Hintertür durchging. Rechts neben einer Doppeltür führte eine steile Treppe hinauf. Eine weitere Doppeltür war gegenüber.

«Er ist ein ganz schöner Brocken.» Hoskins ließ die Gittertür zuschnappen, als Gambini gerade die Veranda erreicht hatte. Terson griff an ihm vorbei und machte sie wieder auf, sie lehnten mit geöffneten Sakkos am Türpfosten und schauten hinein.

«Und Sie sind sicher, daß es Edison ist?» beharrte Malchek, während er die schmale Diele mit den Flickenteppichen auf den alten, ungebohnerten Dielenbrettern musterte. Hinten erkannte man eine etwas schief in den Angeln hängende Pendeltür, ihre Griffplatte war geschwärzt vom Alter. Das Haus machte einen frauenlosen Eindruck, hier schien ein Mann allein zu leben, dem jede auf die eigene Pflege oder Bequemlichkeit verwandte Minute zu schade war, ein Haus zum

Kommen und Gehen, in dem nicht Gewohnheit Ordnung schaffte, sondern Abwesenheit. So war es auch mit seiner, Malcheks Wohnung gewesen.

Hoskins musterte ihn feindselig. «Jetzt sieht er dem Bild ja nicht mehr sehr ähnlich, aber er hat so ausgesehen, schließlich hab ich die Fingerabdrücke. Sie stimmen überein, hat er gesagt.»

«Wer hat das gesagt?»

«Ihr Mann, dieser Gonzales oder wie er heißt. Er hat zurückgerufen und gesagt, daß Sie den Kerl mitnehmen sollen.»

«Und Sie haben nichts dagegen?» Er fragte eigentlich mehr der Form halber, aus Höflichkeit. Er konnte Edison auch ohne Hoskins' Einwilligung mitnehmen und sich mit dem Amtsschimmel später auseinandersetzen.

«Scheiß, ich will ihn nicht haben. Ich hab noch was anderes zu tun, muß mich um mein Geschäft kümmern. War von Anfang an 'ne ganz verfahrene Geschichte.» Er wandte sich um und begann, die steile Treppe hochzusteigen.

«Es ist Ihre Nichte, hat mir Gonzales gesagt.»

«Ja, Sherrill Anne. Seit die 'nen Busen gekriegt hat, haben wir nichts als Ärger mit ihr. Das Hinternschwenken kann die schon wie ihre Alte. Trotzdem, das hätte er nicht zu machen brauchen. Sie ist ja schließlich noch ein K-Kind.»

«Genau.» Malchek sah das Mädchen vor sich. Sie wuchsen alle so schnell heran heutzutage.

Im Obergeschoß angekommen, wandte sich Hoskins nach links zu einer offenen Tür. Er trat ein und wartete. Malchek blieb draußen stehen und besah sich die schweren Möbel zwischen den schmutzigen Wänden. Den meisten Platz in der Mitte des Zimmers beanspruchte ein dunkles Doppelbett aus geschnitzter Eiche, und den meisten Platz auf dem Bett beanspruchte ein Mann.

Hoskins hatte recht, er sah dem laut Clare «gutaussehenden» Edison nicht mehr sehr ähnlich. Er war groß und gut gebaut, daran war nicht zu tippen. Aber das Gesicht war ein Schlachtfeld in Rot und Grün, mit Schorf auf nicht gereinigten Platzwunden, zugeschwollenen Augen und einem merkwürdig schief sitzenden Unterkiefer.

«Sie haben ihm den Kiefer gebrochen», stellte Malchek sachlich fest.

«Er ist die verdammte Treppe runtergefallen.»

«So was Ungeschicktes.» Malchek trat an das Bett heran, musterte die Schädelform, Ohren, das kurzgeschnittene dunkle Haar, die in zu enge Handschellen eingezwängten, angeschwollenen Hände. Er zog ein Lid zurück, aber die Augen waren verdreht. Immerhin, er sah einen grauen Irisrand. «Gut zu wissen, daß der Gefangene so gut aufgehoben war. Sie machen dem Strafvollzug alle Ehre, Hoskins.»

«Wollen Sie Sherrill Anne dazu hören?»

«Nein, danke.» Er drehte eine der gefesselten Hände herum. Die Fingerspitzen waren noch laienhaft mit schwarzer Farbe beschmiert, entsprechende Flecken fanden sich auch auf dem Bettuch. Er ließ die Hand sinken, hielt inne. Das rechte Bein hatte eine eigenartige Stellung. «Das Geld für Fußeisen haben Sie auch gespart, was?»

«Ich sag doch, er ist die Scheißtreppe runtergefallen.»

Malchek wandte sich dem breitschultrigen Mann zu, der an dem geschnitzten Eichenschreibtisch lehnte. «Sie hätten Gonzales sagen sollen, daß wir einen Krankenwagen brauchen. Ich bin doch kein Knochenklempner», fuhr er ihn an. Daß Hoskins dem Mann in seiner Wut das Gesicht zerschlagen hatte, konnte er unter diesen Umständen noch verstehen, aber ihm auch noch ein Bein zu brechen und ihn dann liegenzulassen wie eine Rinderhälfte, das ging denn doch etwas weit. «Was Sie da am Hemd haben, ist ein Sheriffstern, Hoskins, keine Folterlizenz.»

«Ach nein!» Hoskins warf ihm einen bösen Blick zu. «Das werde ich mal Sherrill Anne erzählen, wenn sie aus dem Krankenhaus in Paradise kommt. Wird sie interessieren.»

«Sie mußte ins Krankenhaus?» fragte Malchek überrascht. Auch das paßte nicht zu dem, was er über Edison in den Akten hatte.

«Na ja, er ist ein langer Kerl, er hat ganz schön zugestoßen. Stimmt schon, Malchek, er ist nicht runtergefallen, ich hab ihn runtergeschmissen. Wenn Sie mich anzeigen wollen – nur zu. Ist mir piepe. An dem Scheißstern liegt mir sowieso nichts mehr.»

Malchek sah noch einmal zum Bett hinüber und nickte. Dann ging er zur Tür und rief Terson zu: «Hol Clare her, aber bereite sie ein bißchen vor, er ist nicht gut beieinander.»

Er sah, wie Tersons Brillengläser aufblitzten, als er in die Sonne hinaustrat und Gambini allein an der Tür zurückließ.

«Wir brauchen etwas, worauf wir ihn transportieren können, Gambini, eine Trage oder so etwas, sieh mal zu, was sich machen läßt. Van hat allerlei Zeug in seinem Pickup, vielleicht könnt ihr davon etwas gebrauchen.» Gambinis schwarze Augenbrauen schnellten hoch, aber dann ließ er nur wortlos die Gittertür zufallen.

Clare betrat zögernd das Zimmer. Beim Anblick des Mannes auf dem Bett erstarrte sie. Malchek trat neben sie. «Ist es Edison?» fragte er sie nach einer vollen Minute. «Ich weiß, nach dem Gesicht ist das schlecht zu beurteilen. Schau dir die Kopfform an, die Ohren, alles, was nicht entstellt ist.»

Sie gab sich große Mühe. «Es wäre möglich», meinte sie schließlich. «Das Haar ist genauso, der Haaransatz an der Stirn, meine ich ...»

«In Ordnung. Okay, Hoskins, wir nehmen ihn mit.» Der große Mann sah Clare an, und in seinem Ausdruck lag etwas, was Malchek nicht gefiel. Er ging mit ihr zusammen an dem Sheriff vorbei auf den Gang hinaus.

«Du wartest unten», befahl er. «Ich komme in ein paar Minuten nach.»

Sie war sehr blaß und vermied seinen Blick. Er sah ihr nach, wie sie langsam die Treppe hinunterging und zur Seite trat, als Gambini und Van Schaaten mit der improvisierten Trage heraufkamen. Jetzt dauert es ja nicht mehr lange, Clare, sagte er leise. Ich fahre dich heim, und dann ist Schluß. In ein paar Monaten treffen wir uns vor Gericht wieder, dann nicke ich dir zu und lächele, aber spüren werde ich nichts, überhaupt nichts. Dafür werde ich schon sorgen.

Sie mußten zu dritt anpacken, um den Gefangenen auf die Trage zu heben. Hoskins rührte sich nicht von seinem Schreibtisch weg und sah ohne besondere Anteilnahme zu, wie sie sich mühten. Der Gefangene war bewußtlos, vielleicht eine Gehirnerschütterung, überlegte Malchek. Man sollte über Funk einen Krankenwagen bestellen und einen Arzt, sagte er zu Gambini. Oder vielleicht war es auch besser, in Sacramento haltzumachen.

Mehr schlecht als recht bekamen sie ihn die Treppe hinunter und verstauten ihn im Laderaum von Davis' Kombi. Martin und Terson sollten sich zu ihm nach hinten setzen, Garner und Gambini würden die Vorreiter machen, Van Schaaten die Nachhut. Der Pickup hatte nicht viel Leistung und konnte nicht mithalten, wenn sie in der Ebene waren und auf die schnellen Interstates 5 und 80 kamen.

Malchek sah ihnen nach und dachte daran, daß Clare noch im Haus war. Sie geht dich nichts mehr an, beruhigte er sich. Trotzdem ging er, sobald Van Schaatens Pickup nicht mehr zu sehen war, rasch wieder ins Haus. Sie saß neben der Tür, auf dem Sitz einer altmodischen Garderobe. Sie wirkte erschöpft und sehr verloren dort im Halbdunkel.

Hoskins stand oben hinter dem Treppengeländer. Er sah zu Clare hinunter, und Malchek spürte, daß er etwas zu ihr gesagt hatte, ohne eine Antwort zu erhalten. Als er die Gittertür hinter sich zufallen ließ, sahen die schwarzen Augen ihn an. Hoskins wiederholte die Frage.

«Ihre Lady sieht ein bißchen abgespannt aus, Lieutenant. Wie wär's mit einer T-Tasse Kaffee, ehe Sie wieder losfahren? Ich hab welchen auf dem Herd stehen, müßte jetzt gerade richtig sein.»

«Clare?» Sie hob langsam den Kopf, als sei sie in einem anderen

Zimmer, einem anderen Haus gewesen und habe ihn vom Garten her rufen hören. «Möchtest du eine Tasse Kaffee? Der Sheriff hat uns welchen angeboten.»

«Ach so. Ja. Ja, gern.» Sie sah zu dem hochgewachsenen Mann auf, der sich oben ans Treppengeländer lehnte. «Ja, danke.» Langsam erhob sie sich und sah durch die Gittertür zum Wagen hinaus.

Hoskins nickte und kam die Treppe hinunter. Er lächelte breit, als hätte sie ihm gesagt, er erinnere sie an John Wayne. «Zum Aufmöbeln g-gibt's nichts besseres als Kaffee. Ich nehme meinen schwarz, aber für die Lady hab ich richtige Sahne. Machen Sie es sich drüben im Wohnzimmer g-gemütlich, ich komme gleich nach.»

Er ging breitbeinig durch die Diele und verschwand durch die Pendeltür. Sie hörten Geschirr klappern. Malchek wandte sich Clare zu.

Es rann ihm kalt den Rücken herunter. Sie sah in den Spiegel, dort begegnete sie seinem Blick. Ihre Lippen waren leicht geöffnet, und es war schwer zu sagen, wo das Weiß ihres Kleides aufhörte und ihre Haut begann. Alles Blut schien aus ihr gewichen zu sein.

«Er ... Mike ...» Sie quälte sich schrecklich, und er wußte nicht, wie er ihr helfen, was er tun oder sagen sollte, um sie zum Sprechen zu bringen. Er trat einen Schritt auf sie zu, streckte die Hand aus. Sie drehte sich um. «Das ist er. Bestimmt. Er hat gestottert ... Seine Ohren, sein Rücken ... Ich habe ihn im Rückspiegel gesehen ...» Die Worte überstürzten sich jetzt, Clare brachte sie gar nicht schnell hinaus, aber er hatte schon genug gehört.

Er packte sie an den Ellbogen, zog sie herum. «Raus», befahl er leise. «Raus, zum Wagen ...» Sie war steif wie eine Holzpuppe. «Los, Clare, lauf ...» Mit der einen Hand schob er sie von sich weg, mit der anderen griff er nach dem Revolver. Aber er schaffte es nicht mehr.

Die Tür zu ihrer Rechten flog auf, und Edison/Hoskins stand in der Öffnung.

«Warum denn so eilig? Der K-Kaffee ist fertig. Hier herein bitte.»

Malchek hielt mitten in der Bewegung inne. Sein Blick ging erst zu Edisons Gesicht, dann zu der Automatik mit Schalldämpfer, die er in der Hand hielt. Im Wohnzimmer war es heller als in der Diele. Eine Sonnenbahn fiel über das Gesicht des Mannes in der Tür, und Malchek erkannte, daß das blaue Auge sich etwas verwischt hatte und die Schramme teilweise verschwunden war. Im Halbdunkel der Diele hatte geschicktes Make-up genügt, jetzt nicht mehr. Zu allem Überfluß griff Edison jetzt mit der freien Hand nach der strähnig-grauen Perücke und nahm sie ab. Das eigene Haar, kurz und dunkel, lag eng um den gutgeformten Kopf. Mit der Zunge und dem linken

Handrücken arbeitend, holte er Wattebäusche hervor, die seine Wangen rundlich hatten erscheinen und seiner Stimme den typischen Altmännertonfall gegeben hatten.

«Nur damit Sie mich diesmal erkennen, Miss Randell», lächelte er.

Clare stieß ein kleines Wimmern aus. Malchek zuckte bei dem Laut zusammen, aber er wagte nicht, sich zu rühren. Edison vibrierte wie eine straff gespannte Saite, er war auf dem Sprung, war unglaublich gefährlich, aber er hielt sich noch zurück, zögerte, freute sich an etwas. Woran aber? Worauf wartete er noch? Und – war das vielleicht eine Chance für sie?

«Ich habe Ihnen einen K-Kaffee angeboten, und Sie werden ihn trinken. Hier in diesem Zimmer.»

Die Automatik winkte, die Stimme zog sie hinein wie eine Schlinge. Sie betraten das Wohnzimmer. Edison hielt Malchek nur so lange an, wie er brauchte, um ihm den Revolver aus dem Gürtel zu nehmen, dann schob er ihn nicht einmal unsanft hinter Clare her.

Tatsächlich – auf dem runden Tisch in der Mitte des Zimmers stand ein Kaffeetablett.

Einem neuerlichen Wink der Automatik folgend, setzten Clare und Malchek sich auf ein verstaubtes altes Roßhaarsofa, das krummbeinig im Erker hockte. Edison blieb stehen. Die Perücke ließ er auf den Tisch fallen wie eine tote Ratte, Malcheks Revolver legte er daneben.

«Ich habe mich über Sie informiert, Malchek», sagte er im Gesprächston, während er die schwere silberne Kaffeekanne hob und die drei Tassen füllte. «Ich weiß gern, mit wem ich es zu tun habe. Interessantes Vorleben haben Sie. Ehrlich.»

Malchek spürte, wie Clare zitterte. Er griff nach ihrer Hand. Edison sah die Bewegung, sein Blick wurde schärfer.

«Wissen Sie überhaupt, neben wem Sie da sitzen, meine Beste? Der Mann da hat mehr Opfer auf dem Gewissen als ich, und das will was heißen. Wie viele waren es, Malchek? Siebenundachtzig oder neunundachtzig?»

Malchek wartete. Jetzt würde Clare ihm ihre Hand entziehen. Aber ihr Griff wurde noch eine Spur fester. «Geschenkt, Edison», sagte er mühsam. In seiner Stimme schwang ein Zorn, der alt und müde war. «Lassen Sie Clare laufen, ich fahre mit ihr weit weg, wir fangen ein neues Leben an, und ich sorge dafür, daß sie Ihnen nie gefährlich wird, das verspreche ich Ihnen.»

«Zu spät, du rettest den Freund nicht mehr ... Aber es ist Ihnen ernst damit, stimmt's?» fragte Edison ehrlich erstaunt.

«Fragen Sie nicht so dämlich.»

«Ja, man merkt's.» Edison wandte sich lässig um, ließ sich Zeit mit der Sahne und den Zuckerstückchen. Dann wandte er sich wieder den beiden zu, die Waffe lag ruhig in seiner Hand. «Der Artikel war also keine Falschmeldung? Sie lieben sie tatsächlich? Was es alles gibt ... Ein Jammer, daß d-daraus nichts mehr werden kann.»

«Wir werden sehen.»

«Nein. *Ich* werde sehen. Sie werden dann nämlich leider zu tot sein, um überhaupt noch etwas zu sehen.»

Edison trat mit einer Tasse Kaffee zu Clare. Malchek wartete, bis er nah genug heran war, dann hob er den Fuß, schlug sie ihm aus der Hand und versuchte durchzuziehen. Aber der Versuch endete an der Mündung des Schalldämpfers, der ihm gegen das Brustbein gedrückt wurde.

«Setz dich, Bulle», zischte Edison. Malchek setzte sich und ließ die Hände schlaff zwischen die Knie fallen.

«Ihre Reflexe sind auch nicht mehr, was sie waren», stellte Edison fest. «Das kommt vom Stubenhocken. Mir zum Beispiel könnte das nie passieren. Ich halte mich zweimal die Woche fit, Gymnastik und Scheibenschießen. Was man macht, sollte man auch ordentlich machen, finde ich. Das haben Sie wohl vergessen, was?»

Malchek sagte nichts. Hinter der Pose scheinbarer Kapitulation beobachtete er Edison scharf. Vielleicht hatte der Mann ja recht, er war nicht mehr ganz auf der Höhe. Also mußte er sich etwas anderes einfallen lassen. Vielleicht konnte er Edison bei seiner Eitelkeit packen?

«Es geht doch nichts über ein bißchen Effekthascherei», begann er. «Sie brauchen den Beifall, nicht? Ich bin mehr für Zurückhaltung.»

«Wie in Vietnam, nicht? Wie hat man Sie da genannt? General Bekker hat es mir mal erzählt. Ach ja: den Eismann. ‹Der Eismann kommt!›, so hieß es, wenn Sie wieder einen Job erledigt hatten. Kein Flair, Malchek, überhaupt kein Flair.»

«Was soll das eigentlich sein, ein Wettkampf?» fuhr Clare dazwischen.

Malchek zwang sich, die Verzweiflung zu überhören, die in ihrer Stimme schwang. «Nein, aber der springende Punkt ist, daß es Edison darum geht, sich in Positur zu setzen. Was ich getan habe ...»

«Siebenundachtzigmal», ergänzte Edison.

«... habe ich getan – vierundachtzigmal übrigens –, weil ich damals dachte, es sei notwendig. Erst später habe ich begriffen, wie nutzlos es war. Wie sinnlos und wie falsch. Da, wo unser Freund sein Handwerk gelernt hat, hat er sich auch in den billigen Glanz verliebt, der nach Meinung mancher Leute dazugehört.»

«Nicht billig», protestierte Edison. «Daß ich billig wäre, hat mir noch keiner nachsagen können.»

«Schluß jetzt», schrie Clare ihn an. «Wir sind hier, weil Sie mich umbringen sollen. Also gut, tun Sie's, wenn Sie so große Angst vor mir haben. Aber versuchen Sie nicht, Mike bei mir anzuschwärzen. Das schaffen Sie nämlich nicht. Ein Verbrecher wie Sie kann ihm nicht das Wasser reichen, so einer wie Sie wird nie begreifen, wie er wirklich ist.» Sie stand sehr plötzlich auf, und Edisons Waffe zuckte, während er erschrocken zurücktrat. Malcheks Augen verengten sich; er maß die veränderte Distanz zwischen ihnen, ohne den Kopf zu heben. «Los doch, tun Sie's», tobte Clare weiter. «Los, warum tun Sie's denn nicht?»

Edison sah sie verblüfft an, lächelte, dann begann er zu lachen. Es war ein greller, häßlicher Laut, und es war rasch wieder vorbei.

«Und *Sie* lieben ihn auch», brachte er schließlich heraus. «Ist das nicht unglaublich, Malchek?» Er lachte noch einmal kurz auf. «Wirklich, Clare, Sie haben einen grauenhaften Geschmack. Finden Sie ihn wirklich so wundervoll, weil er bei Ihnen den heldenhaften Beschützer gespielt hat? Es war ein Spiel, finden Sie sich damit ab. Wenn man ihm die blanke Dienstmarke wegnimmt, ist er nichts anderes als ich. Ein Killer, mehr nicht. Wahrscheinlich sogar sehr viel weniger. Hinsetzen.»

Malchek griff nach ihrer Hand und zog sie zurück. «Setz dich, Clare», sagte er müde. Sie ließ sich neben ihn fallen, aber ihr Zorn brannte noch. Die Resignation in seiner Stimme war ihr unerträglich.

«Es ist mir egal, ob es sieben waren oder siebzig oder siebenhundert», sagte sie zu Edison. «Das war dort, und dies ist hier. Er war Soldat, handelte auf Befehl. Und welche Beweggründe haben Sie? Geld? Am Ende wollen Sie uns noch einreden, das wäre nobler.»

Edison nickte ganz freundlich. «Ja, die Kasse stimmt, das ist wahr. Alles steuerfrei, wohlgemerkt. Aber seltsam, daß ausgerechnet Sie nach meinen Beweggründen fragen. Gerade Sie nämlich müßten am besten begreifen können, warum ich es tue, Clare. Gerade Sie. Ich will Ihnen etwas über einen Mann erzählen, den wir beide kennen.»

Malchek rührte sich nicht. Hier schwang plötzlich etwas Neues mit. Clare hatte Edison an einer empfindlichen Stelle getroffen, er spreizte sich vor ihr. Seine Knöchel, die um den Griff der Automatik lagen, waren nicht mehr weiß. Langsam, sehr langsam verlagerte sich Edisons Gewicht zurück auf seine Fersen. Ja, Clare, ja, dachte Malchek. Gib's ihm, gib's ihm tüchtig. Und er wartete.

«Diesen Mann», fuhr Edison fort, «sehen alle, aber niemand nimmt ihn wahr. Ein Arbeitstier. Gut in seinem Job, aber ohne Inspiration. Er ist da, wenn man ihn braucht, und nicht im Wege, wenn man Besseres zu tun hat. In der Werbung, meine liebe Clare, gibt es, wie Sie wissen, sehr viele Menschen dieses Typs. Sie stehen im Schatten der Strahlemänner, der Macher – die Lohnschreiber, die Verläßlichen, der Durchschnitt. Es wimmelt von ihnen in New York, in Chicago, Detroit, wo Sie wollen. Sie kommen und sie gehen, sie haben ihren Nutzen, und folglich werden sie ausgenutzt. Ja, weiß Gott, das werden sie.»

Malchek spürte, wie es Clare einen Ruck gab. Was war geschehen? Was hatte Edison gesagt, getan? Da kam er nicht mit. Er ließ den Kopf locker nach vorn hängen, das Haar über die Augen fallen und wartete auf seine Chance.

«Klick, klick, Clare, nun sag mal was.» Edisons Stimme klang fast neckisch. Was wollte er von ihr?

Plötzlich hielt Clare den Atem an, stieß ihn in einem langen verlöschenden Seufzer wieder aus, es war wie Sterben. Malchek hätte gern zu ihr hingesehen, aber er wagte es nicht.

«Alva?» fragte sie ungläubig. «*Alva?*»

«Ja. *Ja.*» Edison freute sich wie ein Kind. Malchek überlief eine Gänsehaut. «Ich weiß, miteinander bekannt gemacht hat uns niemand, aber Sie müssen mich gesehen haben, ich muß Sie gesehen haben. Ich erkannte Ihren Namen, als ich ihn in Ihrer Wohnung fand. Ich bin noch immer in New York. Jawohl, ich weiß, was T.N. und die anderen Agenturen von mir halten: Ein nützlicher Trottel. Den langweiligen Job hier, den geben wir dem guten Tom, dann haben wir Luft für die besseren Sachen. Es gab Geld dafür, gewiß, ich mußte ja leben, aber es hat nie gereicht. Und es war fade, öde, leer. Andere Männer fangen vor lauter Langeweile an zu golfen, zu trinken, zu huren. Aber ich hatte eine andere Möglichkeit. Ich hatte nämlich noch ein Handwerk erlernt, und darin war ich Spitze. In Ihrer Welt, Clare, mag ich eine Null sein, aber ich bin der beste Killer im ganzen Land. Vielleicht auf der ganzen Welt. Tom Alva, der brave, langweilige Trottel, jawohl, genau der. Zum Totlachen ist das, wenn ich ihre lächerlichen Layout-Aufträge entgegennehme und ein dankbares Gesicht dazu mache. Zu gern würde ich ihnen die Wahrheit sagen. Was würden die wohl sagen, wenn der Hund sich plötzlich auf die Hinterbeine stellt und sie beißt? Was sagen Sie dazu, Clare? Sie sind die einzige, die es je erfahren wird. Was sagen Sie jetzt zu mir?»

Malchek ließ sich hochschnellen und warf sich zwischen Clare und Edisons Waffe. Noch im Sprung wußte er, daß es die falsche Entscheidung gewesen war. Er hätte abwarten, hätte daran denken sollen, daß er nicht mehr allein arbeitete, seit Vietnam nicht mehr. Er hatte nur an Clare gedacht. Jetzt kam von draußen das Geräusch, auf das er nur noch eine Minute länger hätte zu warten brauchen: ein schwerer Krad-Motor. Garner.

In diesem Sekundenbruchteil der Fehlentscheidung spürte er tiefste Verzweiflung, und dann fiel der Schuß dicht vor seinem Gesicht, und er spürte nichts mehr.

Edison packte Clare und zerrte sie hoch, während Malchek zu Boden stürzte, Arme und Beine von sich gestreckt, wie hingeschleudert, sein Gesicht eine blutige Masse. Clare schrie auf und wehrte sich gegen Edisons wilde Kraft, die Hacken in den Teppich grabend, der mit einem staubtrockenen Laut unter ihr zerriß. Flüchtig sah sie Garner draußen in großen Sätzen über den Rasen laufen, die Maschine hatte er am Straßenrand fallen lassen, die Räder drehten sich noch, der Motor erstarb langsam. Edisons Automatik hustete wieder, so nah an ihrem Körper, daß sie die Hitze spürte, und das untere Erkerfenster zersplitterte in einem Regen von Glasscherben. Sie schlug mit der freien Hand auf Edison ein, aber er wich ihr aus, ohne ihren Arm loszulassen. Langsam, erbarmungslos richtete sich die Waffe auf sie.

Garner mußte ihre Schreie gehört haben, noch ehe das Fenster zu Bruch gegangen war. Er hatte, als er die Stufen hinaufstürmte, seinen Revolver gezogen, und Edison war gezwungen, sich der größeren Gefahr zuzuwenden. Während er seinen Schwerpunkt verlagerte, begann Clare zum letztenmal verzweifelt zu ziehen und zu zerren, kam von ihm los, fiel gegen den Tisch. Einen Augenblick schien er nicht recht zu wissen, auf wen er die Waffe richten sollte, dann schoß Garner aus dem Schatten der Diele. Es war ein ohrenbetäubender Krach, ganz im Gegensatz zu dem unheimlichen, halb verschluckten Husten von Edisons schallgedämpfter Automatikwaffe. Fluchend lief Edison zur anderen Wand, um einen besseren Schußwinkel in die Diele zu bekommen. Inzwischen kroch Clare hinter den Tisch und zog ihn über sich. Die Kaffeekanne fiel knapp an ihrem Kopf vorbei zu Boden und versprühte heiße Flüssigkeit, die ihr Kleid befleckte. Sahne und Zukker ergossen sich über den dunkelroten Teppich. Und noch etwas war zu Boden gefallen. Mikes Revolver.

Sie griff nach der Waffe, starrte sie an, wie sie schwer und schwarz in ihrer Hand lag. Die runde Tischplatte schützte sie vor Edison. Ob er wußte, daß sie Mikes Waffe hatte? Nach dem Klappern und Krachen der Kaffeesachen war vorübergehend Ruhe eingekehrt, die offenbar Edison wie Garner überraschte. «Lieutenant, sind Sie da drin?» kam Garners Stimme aus der Diele. Edisons Automatik spuckte wieder, und Clare rief: «Ich bin's nur!» Aber ihre leise Stimme ertrank in den rollenden Echos von Garners Antwortschuß. Sie spähte um die Tischkante herum, sah, daß sich etwas im Zimmer bewegte, sah Edison durchs Eßzimmer zur Küche laufen. «Er will durch die Hintertür hinaus», rief sie und hob mit unsicheren Händen Mikes Waffe.

Sie drückte mit beiden Fingern ab, und der Schuß löste sich. Sie spürte den Rückschlag als schmerzhaften Ruck in den Handgelenken, es gab einen entsetzlichen Lärm. Edison schwankte, aber er lief weiter. Sie schluchzte jetzt vor Wut und Angst und drückte noch einmal ab, obgleich sie überhaupt nichts mehr klar erkennen konnte. Und noch einmal.

Sie hörte Schritte in der Diele, sah Garner an der offenen Tür vorbei nach hinten zur Küchentür laufen. Gleichzeitig kam von hinten ein anderer Laut, eine schwere Tür schloß sich, ein Tisch schurrte über Linoleum, die Tür öffnete sich wieder. Dann Stille. Nur ihr eigener, keuchender Atem, von Schluchzern unterbrochen, und ein Gestank wie von Feuerwerkskörpern im Zimmer.

Plötzlich heulte hinter dem Haus ein Motor auf, Reifen schleuderten Kies durch die Luft. Der Wagen fuhr am Haus entlang, wurde lauter, schoß an der Verandaecke vorbei und raste in Richtung Straße.

Garner rannte zu seiner Maschine. In diesem Augenblick nahm Edison ihn aus dem offenen Seitenfenster seines Wagens unter Beschuß. Garner ging mit gespreizten Beinen zu Boden, die Arme ruderten noch eine Weile wild in der Luft, dann lag er erschreckend ruhig. Das Motorengeräusch verhallte.

So plötzlich wie vorhin der Lärm kam jetzt wieder die Stille. Kein Vogelgezwitscher, keine Rufe, keine Schüsse, kein Wagenrollen, kein Laut. Nichts.

Ein leichter Wind bewegte die Zweige der Fichten draußen vor den Tüllgardinen, und Clare hielt den Atem an. War Edisons Wagen zum Stillstand gekommen, oder war er einfach schon außer Hörweite? Fuhr er fort, oder hatte er kehrtgemacht?

Und was war dieses andere Geräusch, dieses ständige Wispern hinter ihr?

Sie wandte sich um und sah zu Mike hinüber, der noch so dalag, wie er vorhin gefallen war. Seine linke Gesichtshälfte war eine einzige blutige Maske, Blut rann in sein Haar, in seinen offenen Mund, tropfte auf den roten Teppich. Aber als sie um das Sofa herumstolperte und neben ihm niederkniete, begriff sie, was für ein Geräusch sie vorhin gehört hatte. Er atmete. Er war am Leben.

15

Im Haus fand sich kein Telefon. Clare wußte, sie hätte eigentlich hinausgehen müssen, um zu sehen, ob sie Garner helfen konnte, aber sie hatte es plötzlich schrecklich eilig, Mike das Blut vom Gesicht zu wischen, sie wollte sehen, wie es um ihn stand, wie nah oder fern er dem Tod war. In einem Schrank in der Küche fand sie eine Schüssel, füllte sie mit Wasser, gab eine Handvoll Salz aus dem Plastikstreuer auf dem Tisch dazu. Dann griff sie sich noch eine Küchenrolle, die auf dem Herd stand, und lief zurück ins Wohnzimmer.

Mike hatte sich nicht gerührt. Sie riß eine Handvoll Blätter von der Küchenrolle, tauchte sie in das Salzwasser und begann sein Gesicht zu reinigen. Während sie sich vom Kiefer bis zum Haaransatz vorarbeitete, zeigte sich Strich für Strich nur unverletzte Haut. Die Wunde selbst lief in einer zackigen Furche direkt an seinem Wangenknochen entlang. Die Kugel hatte auch ein Stück vom Ohr mitgenommen. Einen Augenblick überlegte sie allen Ernstes, ob sie auf dem Teppich danach suchen sollte.

So schnell sie auch arbeitete, das Blut begann ebenso rasch wieder zu fließen. Erst nachdem sie zweimal das Wasser gewechselt hatte, war ein Erfolg abzusehen. Aus dem Blutstrom wurde ein Rinnsal, und schließlich quollen nur noch ein paar Tropfen aus der Wunde.

Die ganze Zeit über dachte sie schuldbewußt an Garner, der draußen auf dem Rasen lag. Wenn nur Mike wieder zu sich kommen würde, wenn er nur sprechen, stöhnen, zucken, irgendwas tun würde. Aber bisher hatte er sich überhaupt noch nicht geregt.

Warum war niemand gekommen? Irgend jemand mußte doch die Schüsse gehört haben. Nein, natürlich nicht. Es war ein altes Haus, solide gebaut, die Fenster waren geschlossen gewesen. Edisons Automatik hatte einen Schalldämpfer, und der einzige Schuß im Freien war von dem Motorengeräusch übertönt gewesen.

Wieviel Zeit blieb ihnen? Sie wandte sich wieder Malchek zu. Es gab ihr einen Ruck, als sie merkte, daß er die Augen geöffnet hatte und sie ansah.

«Liebling ... Mike, ach, Mike.» Sie lehnte sich zu ihm hinüber, wartete sehnsüchtig auf eine Reaktion.

In seinen Augen schimmerte Begreifen auf, es war, als habe ihn jemand aus einem tiefen Brunnen wieder ans Tageslicht gezogen. «Wo – ist er ...» Seine Stimme war schwach wie ein Hauch.

«Fort. Garner kam zurück ...» Ihre Stimme geriet ins Schwanken. «Er liegt draußen auf dem Rasen, ich glaube, er ist tot. Edison hat ihn getroffen, im Wegfahren. Mike ... Ist alles in Ordnung?»

Sie preßte ein neues Stück Zellstoff gegen seine Wange und strich ihm ungeschickt das dichte Haar aus der Stirn.

Mühsam setzte er sich auf. Sie sah, wie ihn Übelkeit und Schwindel erfaßten, und versuchte, ihn wieder hinunterzudrücken. Aber er war trotz der Verletzung und des Blutverlusts noch immer stärker als sie. Und er war wütend.

«Bist du in Ordnung?» fragte er schroff. «Was ist passiert, nachdem ... Wie lange ...»

«Ja, ja, mir geht's ganz gut, wirklich. Garner kam gerade in dem

Augenblick, als Edison auf dich schoß. Hast du das Motorrad nicht gehört? Liebling ... bitte ...»

Er rückte langsam ein Stück von ihr ab und sah ihr ins Gesicht. Es war, als habe er ihr Herz in seine Hand genommen und heftig gedrückt.

Dann stand er auf, es ging so schnell, daß sie fast hintenübergekippt wäre.

«Wo ist mein Revolver?» Hastig griff er nach der Sofalehne, als seine Beine ihn im Stich ließen. Sie deutete auf die Stelle, an der er ihr aus der Hand gefallen war, unter dem Fenster. Er ging hinüber, hob ihn auf und machte ein erstauntes Gesicht.

«Damit hat ja jemand geschossen», sagte er und roch an der Mündung.

«Ich – ich habe geschossen», stotterte sie. Aus irgendeinem Grund war es ihr fast peinlich, es ihm zu erzählen. «Ich dachte, er hätte dich umgebracht. Und der Revolver lag dort auf dem Tisch ...»

Sein Blick ging zu dem Tablett am Boden, zu dem wilden Durcheinander von Kaffeekanne, Sahnekännchen und Zuckerdose in einem klebrigen weißen Teich. Eine Fliege summte emsig zwischen den verschütteten Köstlichkeiten hin und her.

«Du hast auf ihn geschossen?»

Sie nickte stumm und sah erleichtert, wie ein Lächeln seine Mundwinkel hob.

«Hast du ihn getroffen?»

«Ich glaube schon, aber so richtig erkennen konnte ich es nicht.»

«Wo war er, als du geschossen hast?»

«Er bewegte sich in Richtung Küche.» Sie saß noch am gleichen Fleck, ganz plötzlich wie gelähmt vor Erschöpfung.

Er ging ins Eßzimmer, prüfte, sich an der Wand abstützend, den Fußboden. «Du hast ihn tatsächlich getroffen, schwer verletzt kann er aber nicht sein, es ist nicht viel Blut da.» Er wandte sich lächelnd um, dabei ging sein Blick zum Fenster, dorthin, wo Garner auf dem Rasen lag.

«Mein Gott, Garner ...» Das Lächeln verschwand wie weggewischt, er stolperte hinaus, die Gittertür fiel quietschend hinter ihm zu.

Vor Malcheks Augen waberte ein Schleier, durch den er kaum sehen konnte. Das Mündungsfeuer der Waffe, die aus nächster Nähe vor seinem Gesicht losgegangen war, hatte ihn betäubt. Wahrscheinlich eine leichte Gehirnerschütterung. Ein Hammerwerk arbeitete in seinem Kopf. Die verletzte Gesichtshälfte pochte, und sein Ohr brannte wie höllisches Feuer. Er kniete neben Garner nieder und drehte ihn behutsam um. Er war tot.

Als Clare aus dem Haus kam, machte sich Malchek schon am Funkgerät des Motorrads zu schaffen. Es knisterte schwach, er hörte Gambinis Stimme wie ein winziges Insekt darin herumsummen, ohne sie verstehen zu können. Zu spät fiel ihm ein, daß Garners Verstärker in seinen Helm eingebaut war, und der war nicht zu sehen. «Passen Sie auf, Gambini, ich kann Sie nicht hören, ich kann nur senden. Hier Mike. Garner hat es erwischt. Edison war hier. Ich habe keine Ahnung, wen ihr da bei euch im Wagen habt, aber Edison ist es jedenfalls nicht. Er ist entkommen, in einem ...» Er wandte sich an Clare. «Hast du den Wagen gesehen?»

Sie überlegte. «Er war dunkelgrün. Ein Cougar, glaube ich.»

«Zulassungsnummer?» Sie schüttelte den Kopf. «Edison fährt in einem dunkelgrünen Cougar, Nummer unbekannt, möglicherweise in eure Richtung», fuhr er fort. «Er ist verletzt, nicht schwer, aber er blutet etwas. Wenn wir Glück haben, steckt die Kugel noch drin. Kommt sofort zurück.»

Er legte das Funkgerät aus der Hand und trat neben Clare. «Los, wir fahren.»

Sie starrte ihn fassungslos an. «Und lassen ihn hier?»

«Wir können nichts tun. Die anderen kommen gleich.»

«Aber –»

«Los.» Er nahm leicht schwankend ihre Hand, hielt sich aber auf den Beinen. «Wenn Edison soweit ist, daß er wieder klar denken kann, kommt er zurück. Er weiß, daß du noch lebst. Folglich ist er wieder genau da, wo er angefangen hat. Du fährst.»

Er zog sie zum Wagen. Sie folgte ihm zögernd, immer wieder zu Garner zurückschauend. Malchek angelte die Schlüssel aus seiner Jeans, gab sie ihr und ging hinüber zum Beifahrersitz. Er schlug die Tür zu, während sie startete.

«Dreh um und fahr zurück. Richtung Lassen.»

«Zurück?»

Er nickte und lud den Revolver auf seinem Schoß neu. Das Blut rann ihm jetzt wieder die Wange herunter, aber es war nur ein dünnes Rinnsal, das er geistesabwesend mit dem Ärmel wegwischte.

«Los, Baby, ein bißchen Beeilung», knurrte er. In ihrer Hast brachte sie den Wagen zum Schlingern, aber sie schaffte die Kehrtwendung und fuhr den Kiesweg zurück, auf dem sie gekommen waren. Tage schien das her zu sein, dabei konnte es kaum mehr als eine Stunde her sein.

Der Zorn, der Malchek erfüllte, verdrängte für den Augenblick das, was er für Clare empfand. Wäre Gonzales jetzt am Straßenrand aufgetaucht, er hätte ihm ohne Zögern eine Kugel zwischen die Augen geschossen. Doch laut sagte er nur: «Erzähl mir von Alva.»

Sie hielten kurz an einem Drugstore, dann fuhren sie durch das Geschäftsviertel. Die Stadt hieß Fraser's Grove und lag in einer Senke am Ende der Straße. Auch hier stiegen, wie in dieser Gegend üblich, die Einwohnerzahlen während der Wintermonate sprunghaft an. Für durchreisende Sommergäste waren die Hauptferienstraßen zu weit weg, immerhin hatte Fraser's Grove zwei Motels annehmbarer Größe zur Auswahl. Er entschied sich für das zweite und ließ Clare die Formalitäten erledigen. Ihn mit seinem blutverschmierten Haar, der blutenden Wange und dem lädierten Nervenkostüm hätten sie sofort wieder weggeschickt.

Als Clare aus dem Verwaltungsgebäude kam, hielt sie neun Finger hoch. Er wendete den Wagen. Sehr schön, sie hatte ein Zimmer erwischt, das von der Straße her durch das große Neonschild auf dem Hof geschützt war. Als sie am Kofferraum standen, nahm sie ihm ihren Koffer ab.

«Mit meinen Armen ist alles in Ordnung», fuhr er sie an.

«Mit meinen auch. Ist das Leben nicht schön? Unsere Arme jedenfalls funktionieren noch.»

Er sah sie böse an. Daß sie verraten worden waren, beschäftigte ihn so sehr, daß er mit der alten Reizbarkeit reagierte. Aber er merkte, daß ihr das Lächeln schwerfiel, und der Ärger hielt nicht lange an.

Er ließ sie aufschließen, stellte die Koffer ab, ging ins Badezimmer und ließ Wasser in die Wanne laufen. Er schälte sich aus dem blutverschmierten Hemd, dann griff er nach dem Shampoo, das sie erstanden hatte, und ließ auch im Waschbecken Wasser einlaufen.

Zwanzig Minuten später sackte er sauber, aber am ganzen Leib zitternd und bis zuletzt erbittert gegen seine Schwäche ankämpfend, auf dem Bett zusammen und verlor das Bewußtsein. Vielleicht war es ganz gut, daß ihm Clares erschöpftes Schluchzen erspart blieb, während sie seine schmerzhafte Wunde verpflasterte.

Als er wieder aufwachte, war es dunkel im Zimmer. Jäh fuhr er hoch, und das Hammerwerk begann wieder in seinem Kopf zu dröhnen.

«Herrgott noch mal.» Er wartete einen Augenblick, bis das Schlimmste vorüber war. Im Badezimmer brannte Licht, die Tür stand halb offen. Es fiel gerade so viel Helligkeit ins Zimmer, daß er Clare erkennen konnte, die sich, noch vollständig angezogen, auf dem anderen Bett zusammengerollt hatte. Er knipste die Nachttischlampe an, die sich wie eine verwelkende Tulpe zu ihm hinbog. Neben der Lampe lag der Revolver. Er war so groggy gewesen, daß er ihn auf dem feuchten Badezimmerboden liegengelassen hatte, unter den zusammengeknüllten Jeans. Jetzt hingen die Jeans naß über der Stuhllehne, der Revolver war sauber abgewischt, sogar ein leichter Ölfilm schimmerte auf den Metallflächen. Sie hatte offenbar seine Putztasche aus dem Koffer genommen. Er sah zu ihr hinüber.

«Clare?» Sie rührte sich nicht, aber ein Traumlächeln huschte kurz über ihr Gesicht. Neben dem Revolver standen das Plastikröhrchen mit Aspirin, ein Glas Wasser, Zigaretten, Streichhölzer, sein Paludrin. Verdammt, was machte er mit diesem Problem? Sollte er es darauf ankommen lassen? Was sonst? Es würde schon nichts schiefgehen, es war ja nicht das erste Mal. Und lange konnte es jetzt nicht mehr dauern. Er schluckte vier Aspirin und zündete sich eine Zigarette an. Auf seiner Uhr war es fast Mitternacht.

Clare hatte sich noch immer nicht gerührt, sie atmete tief, träumte, lächelte.

Wie hast du es geschafft, Clare? Wie bist du zu mir hereingekommen? Und warum? Edison hat dir die reine Wahrheit gesagt. Ich bin ein Killer. Warum hast du es nicht geglaubt?

Etwas würgte ihn in der Kehle. Er zerdrückte seine Zigarette, bis nur noch Krümel übrig waren.

Dann zog er sich Hosen an und nahm einen dunklen Pullover aus dem offenen Koffer. Dabei ließ er Clare nicht aus den Augen. Sie soll aufwachen, sie soll mich ablenken. Er trat an das andere Bett, sah auf sie herab. Nein, schön ist sie nicht. Die Nase ist zu kurz, der Mund zu groß. Und um die Augen haben sich die ersten Falten eingenistet. Warum ist sie so schön? Und warum kann ich sie immer noch nur dann richtig ansehen, wenn sie schläft?

Er wandte sich abrupt ab, ging hinaus und schloß hinter sich ab. Am Straßenrand kurz vor dem Motel hatte er eine Telefonzelle gesehen. Die Nummer, die er brauchte, hatte er im Kopf. Er griff sich einen Stein vom Rand der Moteleinfahrt, ging zur Telefonzelle und schlug die Lampe an der Decke ein, ehe er die Tür schloß.

Das Telefon schlug zweimal an, dann meldete sich Reddesdale. Malchek gab sich zu erkennen und legte los.

«Gonzo hat mich hochgehen lassen, Reddesdale, er hat mich in den Schlamassel reingeritten, scheißfreundlich bis zuletzt. Und ich hatte keine Ahnung.» Er spürte, wie die Wut wieder in ihm aufstieg. Da hinten lag Clare. Und sie hatte nur noch ihn.

«Nein, das hat er nicht.» Reddesdales Ruhe brachte ihn zur Raserei.

«Hat er doch, verdammt noch mal. Das Schwein hat mich verschaukelt, und ich Idiot hab noch danke dafür gesagt. Es war eine Falle, eine gottverdammte Falle.»

«Es war ein Versehen.»

«Versehen? Daß ich nicht lache. Gibt es einen Sheriff Hoskins in Spider Meadows?»

«Nein.»

«Hätte mich auch sehr gewundert. Und wer liegt bei euch mit gebrochenem Kiefer im Krankenhaus?» Er merkte, daß er brüllte, und vergewisserte sich, daß die Tür geschlossen war.

«Das wissen wir noch nicht. Aber Edison ist es nicht.»

«Das weiß ich, verdammt. Edison hätte mich um ein Haar abgeknipst.»

«Wo sind Sie jetzt?»

«In Südamerika. Olé. Was unternehmen Sie gegen Gonzo?»

«Nichts.»

«Nichts? Verraten und verkauft hat er mich, das Schwein. *Er* hat mir die Geschichte mit Hoskins aufgetischt, *er* hat gesagt, daß alles in Ordnung ist, *er* hat mich in die Scheiße geschickt. *Er* ist das Leck, das er suchen sollte.»

Die Aspirin nützten nichts, sein Kopf dröhnte, sobald er die Stimme hob.

«Es war ein Versehen, Mike, begreifen Sie das doch endlich. Wir wollten alle so gern glauben, daß es Edison war, daß wir einen schweren Fehler gemacht haben: Wir haben die Angaben nicht nachgeprüft. Aber vermutlich wäre Ihnen das auch so gegangen. Überprüfen wir denn sonst jeden Cop, der über die Polizeileitung anruft und uns über den Fernschreiber einer Polizeistation Fingerabdrücke schickt? Fragen wir ihn, wann er von der Polizeihochschule abgegangen ist?»

«Edison hat jemanden in der Polizeistation geschmiert.»

«Natürlich hat er jemanden dort geschmiert, der Chef in Paradise rotiert ganz schön deswegen. Aber Edison mußte Ihre Reiseroute kennen, ehe er die Sache anleiern konnte. Lange vorher schon.»

«Gonzales hat sie ihm verkauft.»

«Nein.» Langsam begann auch Reddesdale die Ruhe zu verlieren. «Gonzales hat Garner zurückgeschickt, weil er wissen wollte, warum Sie die anderen noch nicht eingeholt hatten. Nicht ich – ich war bei einer dieser blödsinnigen Bürgerversammlungen –, Gonzo war es.»

«Ach nee ...»

«Jawohl, Gonzo. Als Gambini von einem Münzfernsprecher aus anrief, wegen des schlechten Zustands des Gefangenen, wollte Gonzo mit Ihnen sprechen. Sie seien noch dort, wurde ihm gesagt, woraufhin er Gambini schleunigst zu Ihnen zurückbeorderte, man könne ja nie wissen. Als dann die anderen nachkamen und sich herausstellte, daß Sie und das Mädchen fort waren, ist er fast die Wände hochgegangen. Wir alle übrigens. Warum zum Teufel sind Sie abgehauen?»

Malchek lehnte sich gegen die Wand der Telefonzelle und legte das Gesicht gegen das kühle Glas. Die Nacht draußen war warm und duftete nach Harz. Weit hinten näherte sich ein einsamer Wagen. Malchek duckte sich instinktiv, aber das Auto rauschte unbeteiligt an ihm vorbei.

«Sind Sie noch da, Mike?»

«Ich bin noch da ...»

«Sind Sie in Ordnung? Wir haben eine Menge Blut im Haus gefunden.» Besorgnis schwang in Reddesdales Stimme. «Geht es Clare gut?»

«Der geht's gut. Ich hab eine Schramme abgekriegt, nicht weiter wichtig.»

Reddesdale fing an zu fluchen, fließend und geläufig. Malcheks gelegentliche Zweifel, ob der Commissioner früher tatsächlich selber Streife gegangen war, verflüchtigten sich in diesem Augenblick sehr rasch. Man roch den Slum in jedem Fluch.

«Alle Achtung», sagte er trocken. «Die kenne nicht einmal ich alle.»

«Besten Dank. Aber jetzt mal ernsthaft: Kommen Sie zurück?»

Malchek seufzte. «Nein.»

Stille. «Mike –»

«Die Sache ist sehr einfach. Wenn es nicht Gonzo war, muß es jemand anders gewesen sein. Ich komme nicht zurück, bis Sie das Leck gefunden haben oder bis Edison geschnappt ist. Ich kann Ihnen den Kerl jetzt übrigens mundgerecht servieren.»

«Was soll das heißen?»

«Sitzen Sie gut? Dann passen Sie mal schön auf. Clare wußte nicht nur, wie Edison aussah, als er mit Dondero im Park war, sie wußte sogar, wer er war. Nur hat sie das erst vor ein paar Stunden begriffen. Mit seiner freundlichen Nachhilfe – deshalb hat er nämlich die ganze Schau abgezogen. Er wollte ein Publikum haben, das ihn wirklich zu würdigen wußte, und wenn es nur ein paar Minuten war.»

«Wovon reden Sie eigentlich?»

«Erinnern Sie sich, daß Clare sagte, er sei ihr fast bekannt vorgekommen, weil er so ein regelmäßiges, gut geschnittenes Gesicht hatte?»

«Ja.»

«Es war nicht nur das. Er kam ihr bekannt vor, weil sie ihn schon gesehen hatte. In New York, in ihrer Agentur, in den Pinten und Klubs, in denen die Werbeleute verkehren. Sie hatte ihn gesehen und doch nicht gesehen, weil er in diesen Kreisen ein Niemand war. Er heißt Tom Alva, ist freiberuflicher Layouter und kriegt immer die miesesten Aufträge für uninteressante Konten.»

«Alva?»

Müde buchstabierte Malchek den Namen.

«Aber warum hat er nicht einfach –» setzte Reddesdale an.

«Meinetwegen», erklärte Malchek. «Weil ich mich eingemischt, ihn geärgert habe. Daß jemand sich über ihn lustig gemacht hat, daß jemand ihn in schlechtem Licht erscheinen ließ, das muß ihm furchtbar an die Nieren gegangen sein. Er ist sehr besorgt um seinen Ruf. Clare war doppelt gefährlich, denn wenn sie ihn jemals in New York gesehen und entsprechend kombiniert hatte, war er von zwei Fronten her bedroht. Aber die Sache mit mir, das war wieder etwas anderes.»

«Verdammt.»

«Ja, ich weiß. *Mea culpa*. Ich hätte sie eben doch dem guten Halliwell überlassen sollen. Zumindest haben Sie jetzt was für die Presse. Damit ist sie aus dem Schneider, denn jetzt gewinnt er nichts mehr, wenn er sie umbringt. Und mich geben Sie als tot aus. Damit sind wir ihn schätzungsweise zunächst mal los. Wenn Sie ihn haben, kommen wir zurück, und sie kann, wenn nötig, in der Dondero-Sache aussagen. Ich habe so das Gefühl, daß da noch dickere Dinger anliegen. Mit dem, was Sie jetzt haben, müßten Sie ihn eigentlich rasch greifen können.»

«Möchte ich auch annehmen. Wie kann ich –»

«Ich melde mich wieder. Sagen Sie einfach, daß Clare irgendwo in Sicherheit ist, mehr nicht.»

«Mike –»

Es trieb ihn plötzlich zurück ins Motel, er wollte nachsehen, ob sie wach war, ob sie überhaupt noch da war. Er legte rasch auf, sah auf die Spiralschnur, die sich in der Dunkelheit schlangenartig drehte und wand, sich immer enger zusammenziehend. Vor der Zelle schrie eine Eule, ein klägliches Aufquieken verstummte unter schwerem Flügelschlag.

Angenommen, Edison war rechtzeitig genug nach Spider Meadows zurückgekommen, um sie zusammen wegfahren zu sehen? Angenommen, er strich hier draußen irgendwo herum?

Malchek umrundete das Motel und sah sich auf dem Gelände um. Auf keinem der Parkplätze stand ein Cougar, und zum Wagenwechsel hatte Edison bestimmt keine Zeit gehabt, wenn er noch einmal zurückgekommen war. Seither waren sie unterwegs, und daß niemand ihnen gefolgt war, wußte er ziemlich genau. Clare hatte an der Rezeption einen falschen Namen angegeben, und ihr Wagen war von der Straße aus nicht zu sehen. Bis zur Autobahn waren es sechs Meilen, und daß sie ausgerechnet hier übernachtet hatten, war reiner Zufall. Im Augenblick waren sie also in Sicherheit.

Als er eintrat, war sie wach. Wartend kauerte sie in dem einzigen Sessel und sah mit weit geöffneten Augen blicklos vor sich hin. Er machte die Tür zu und schloß ab.

«Ich mußte ihnen das mit Alva durchgeben, ich wollte dich nicht wecken.»

Sie sah ihn nur wortlos an.

«Im Augenblick sind wir in Sicherheit, ich habe mich überzeugt. Es ist jetzt nur noch eine Frage der Zeit, bis sie ihn erwischen. Dann ist alles überstanden.»

Clare hatte das Gefühl, in der Dunkelheit zu ertrinken. Es war ein furchtbares Gefühl gewesen, aufzuwachen und zu merken, daß er weg war. Ihr schien, als habe sie seit Stunden in diesem Sessel gehockt und gewartet, daß er endlich in der Tür erschien.

«Ach, Mike ...» Jetzt lief sie zu ihm, keine Macht der Welt hätte sie mehr aufhalten können. Sein Mund fand den ihren, ihre Lippen öffneten sich seiner Ungeduld. Er hatte keine Kontrolle mehr über seine Hände, konnte sie nicht oft genug berühren, nicht schnell genug anfassen, erforschen, erkunden. Nach so vielen Tagen und Nächten der Verstellung hielt er sie endlich leibhaftig in den Armen. Sie sank in ihn hinein, spürte seine scharfen Hüftknochen, die straffen Muskeln seiner Schenkel, dann das Begehren, das sich in ihm hob.

Er begann zu reden und konnte nicht mehr aufhören. Der große Schweiger öffnete sich plötzlich weit. Und sie schenkte ihm die zärtliche Stille, die er brauchte, und ließ ihren Körper zu ihm sprechen.

Er trug sie zum Bett und zog sie aus, so wie man ein unerwartetes Geschenk auspackt. Sein Mund ging über ihre Brüste, seine Zunge suchte ihren Nacken, ihren Bauch, seine Hand schob sich zwischen ihre Schenkel, lange, schmale Finger suchten die flutende Wärme.

Sie führte ihn in sich hinein, hob sich ihm entgegen, Stoß für Stoß, immer wieder, bis zur befreienden Preisgabe ihrer selbst.

Die Neonschrift warf bunte Lichter über sie, während sie still nebeneinander lagen und kaum zu glauben wagten, daß die Türen zwischen ihnen nun für immer offenstanden.

Noch vor dem Morgengrauen – Clare schlief noch fest an seiner Schulter – weckte der Wundschmerz Malchek wieder auf. Er lag regungslos und ertrug ihn, weil er sie nicht stören wollte.

Wie einfach so ein Leben plötzlich sein kann, dachte er. Wie viele Irrwege bin ich gegangen, und dabei war ich doch immer auf dem Weg hierher. Ich hätte gar nicht erst versuchen sollen, einen Haken zu schlagen ...

Er beobachtete das flackernde Motelschild, das wirre Muster an die Decke zeichnete. Ob sie etwas zu bedeuten hatten? Es war ein hübscher Gedanke: Eine Nachricht in einem Code, den er nicht lesen konnte.

Weiß, orange, weiß, weiß, orange, weiß.

Codes, die mein Vater mich gelehrt hat.

Plötzlich fiel in der Erschöpfung die letzte Schranke. Nach all den Jahren der Verdrängung akzeptierte er, daß diese letzte Leere bleiben würde. Die Tränen kamen heiß und mühsam, lautlos weinte er um den Tod seines Vaters, der ihn verlassen hatte, ehe er ihn hatte um Verzeihung bitten können. Der starb, während er in Vietnam tötete.

Sie verließen das Motel kurz nach Sonnenaufgang; die Rechnung hatten sie schon am Vorabend bezahlt. Zwischen den Nadelbäumen wehten Nebelstreifen, die Zweige hingen reglos im Zwielicht, nur ab und zu fiel ein Tropfen von einer Nadelspitze. Noch drei Wagen standen mit beschlagenen Scheiben vor dem Motel, und in den Zimmern waren alle Jalousien heruntergelassen.

Die Koffer waren verstaut, die Türen geschlossen, der Motor klopfte kurz, dann ließ Malchek den Wagen im Leerlauf den kleinen Abhang hinunterrollen. Erst nach einer ganzen Weile gab er vorsichtig Gas. Sie sprachen nicht, bewegten sich langsam, leise, wie Tiere des frühen Morgens es tun.

Die Autobahn war leer, dunkel von Tau auf beiden Seiten, ohne Reifenspuren. An der Kreuzung hielt er, bedachte die verschiedenen Möglichkeiten.

Wie schwer Edisons Verletzung war, inwieweit die Wunde seine Bewegungsfreiheit, seine Absichten beeinflussen würde, wenn überhaupt – das alles konnten sie nicht wissen. Er wandte den Wagen nach Norden.

Sobald die Zeitungen herauskamen, würde Edison wissen, daß ihm der Rückweg verbaut war. Auf immer. Er war Freiwild – und sie auch. Bis zu seiner Verhaftung.

«Wieviel Geld hast du noch?» fragte er Clare.

Sie griff nach ihrer Handtasche und zählte. «Ungefähr dreihundert Dollar. Warum?»

«Nimm dir die Karte und nenn mir die nächste größere Stadt.»

Papier raschelte. Dann: «Redding, nächster Abzweig rechts.» Er nahm den nächsten Abzweig rechts.

Als Malchek an diesem Abend von einem Motel aus Reddesdale anrief, war die Verbindung schlecht. Die Stimme des Commissioner klang angestrengt, aber siegesbewußt. Die Meldung über Alva stand in den Nachmittagsausgaben.

«Ein großer Treffer, Mike. Das FBI hat Alvas Wohnung durchsucht. Es war alles da, in sagenhafter Ordnung. Waffenkammer im Keller, Sprengstoff, alles, was dazugehört. Akten, Aufzeichnungen. Wie aus dem Bilderbuch.»

«Er versteht eben sein Geschäft», meinte Malchek säuerlich und sah zu Clare hinüber, die gerade seine Socken aus dem Koffer in den Schrank packte.

«Kann man wohl sagen. Dummerweise sind seine Aufzeichnungen in einer Art Geheimschrift. Ein paar recht interessante Namen tauchen in Langschrift auf, aber die dazugehörigen Informationen sind codiert; die Feds haben einen Computer eingesetzt, aber sie nehmen an, daß es wahrscheinlich ein sogenannter Buchcode ist. Wenn sie das Buch nicht kennen, ist er nicht zu knacken.»

Schweigen.

«Was haben Sie noch?»

«Fingerabdrücke natürlich. Er war in der Army. Scharfschütze in Korea.»

«Können Sie mir nicht mal was Neues erzählen?»

«Auch das. Bei den Banken in Redding war heute allerhand los.»

Malchek schnappte nach Luft. «Tja, ich hab mir eben eine reiche Braut geangelt. Jetzt fängt das gute Leben an.» Clare wandte sich um und schnitt ihm ein Gesicht.

«Herzlichen Glückwunsch, kann man da nur sagen. Leider ist das noch nicht alles.» Malchek hörte Papier rascheln. «Um neun Uhr dreißig hat die Hauptniederlassung der Bank of America in Redding für Miss Randell ein Geschäft mit der Bank of America hier in San Francisco abgewickelt. Sie hat persönlich mit einem der Direktoren gesprochen und ihr Sparkonto auflösen lassen und verließ die Bank mit siebzehntausend Dollar in bar, zum Kummer der Bankbeamten in Redding, die sie davon nicht haben abbringen können.»

«Ihr Freund hat was gegen Kreditkarten.»

«Hm ... Um halb drei hat die Hauptgeschäftsstelle der First Federal Bank in Redding ein Geschäft für einen gewissen Thomas Prentiss Alva mit der First Federal in New York abgewickelt. Er verließ die Bank mit neuntausend Dollar in bar, zum Kummer der Beamten, die ihn nicht davon überzeugen konnten, daß Reiseschecks sicherer sind.»

Malchek überlief es heiß und kalt. Die beiden Banken hatten ihren Sitz im gleichen Block in der City von Redding. Clare sah sein Gesicht und setzte sich neben ihn aufs Bett.

«Haben Sie noch mehr Meldungen über ihn?»

«Die Fahndung läuft – auf Flughäfen, Bus- und Eisenbahnhöfen, an den Häfen und Grenzen. Außerdem hat sich das FBI sehr nachdrücklich eingeschaltet, Mike. Offenbar haben einige der Namen ganz schön alarmierend gewirkt. Big Business, Gewerkschaften, Politik.»

«Den politischen Gegner umzubringen kommt inzwischen billiger als ein Wahlkampf.»

«Offenbar. Was wird er tun?»

«Das Geld nehmen und abhauen, was sonst? Er hat bestimmt einen ganzen Batzen im Ausland angelegt. Ich hätte das jedenfalls an seiner Stelle getan. Was haben Sie über Clare und mich gesagt?»

«Kein Wort. Die halten mich für eine Art Zauberkünstler, der Lösungen aus dem Zylinder zieht.»

Malchek lächelte kurz, aber es tat weh, also ließ er es bleiben. «Was hört man auf der Straße? Ganz allein kommt er nicht durch, allerdings werden bei dieser Publicity die Preise erheblich gestiegen sein.»

«Bisher nichts. Aber es ist nur eine Frage der Zeit.»

Malchek legte auf, behielt den Hörer noch einen Augenblick in der Hand und sah ihn mit leerem Blick an. Eine Frage der Zeit, gewiß. Aber wieviel Zeit hatten sie? Und wenn Edison nicht gefaßt wurde – woher würden sie wissen, wann sie in Sicherheit waren?

Es folgten zwei relativ ruhige Tage. Sie fuhren weiter, warteten weiter. Der ständige Ortswechsel begann sie beide zu ermüden, alle Motels sahen gleich aus, die Straße summte unter ihnen, sie hatten nur einander. Aber es würde nicht mehr lange dauern. Es *konnte* nicht mehr lange dauern.

Und dann war auch das zu Ende – beim Frühstück in einem kleinen Lokal in Weed. Der Fall Edison/Alva machte noch immer Schlagzeilen. Die Fotos und Interviews mit früheren Kollegen müssen dem Kerl ganz schönen Auftrieb geben, ärgerte sich Malchek. Endlich Ruhm und Anerkennung, wenn auch zu einem hohen Preis.

Er blätterte um – und erstarrte. Er sah so konsterniert, so fassungslos aus, daß Clare ihren Kaffee überschwappen ließ, als sie die Tasse absetzte.

«Was ist, Mike? Haben sie ihn?»

Langsam legte er die Zeitung zwischen sie. Die Seite war leer, nur in der Mitte prangten sechs schwarze Worte.

MALCHEK: SIE SIND EIN TOTER MANN

16

Reddesdale hing am Telefon, und Gonzales nahm seinen Kaffeebecher, um nachzuschenken. Kaum hatte der Commissioner das Gespräch mit dem FBI beendet, als Dempster schon wieder einen neuen Bericht der Einsatzgruppe brachte, die sie auf den Fall angesetzt hatten.

Wieder läutete das Telefon – diesmal das weiße. Reddesdale sah Gonzales mit erhobenen Augenbrauen an.

«Er hat's gelesen.» Er hob ab, Gonzales konnte noch auf der anderen Schreibtischseite Mikes wütende Stimme hören. Der Commissioner nickte, nickte wieder, wartete darauf, zu Worte zu kommen.

«Mike, um Himmels willen, jetzt halten Sie mal die Luft an und hören Sie mir zu, ja? Wir haben den Mann von der Zeitung, wir haben ihn ausgequetscht wie eine Zitrone, aber herausgekommen ist dabei nichts. Gestern kam ein Bote von der Publicity-Abteilung von Daystar Industries, einem dieser Unterhaltungskonzerne, zu ihm und brachte eine Anzeige, einen eiligen Auftrag, angeblich eine Werbekampagne für einen neuen Film. Um die Leute neugierig zu machen. Der Zeitungsfritze hat sich nichts dabei gedacht, das Layout war okay, der Bote hat die richtige Kontonummer angegeben, es war alles in Ordnung. Daraufhin hat er den Auftrag sofort weitergegeben. Wie meinen Sie?»

Gonzo sah, wie der Ausdruck des Commissioner mehrmals wechselte. «Nein, der Bote war dort bekannt. Was? Natürlich haben wir das verfolgt. Wie das Layout in die Publicity-Abteilung geschleust worden ist, weiß kein Mensch, niemand will die Verantwortung übernehmen. Aber das ist ja auch nicht weiter wichtig. Wir wissen, wer es war. Wir wissen nur nicht, was es bedeutet.»

Wieder quollen wilde, zornige Worte aus dem Hörer, dann herrschte Stille. Reddesdale legte auf und warf Gonzales einen trüben Blick zu.

«Er versucht es auf eigene Faust. Nur hier, sagt er, ist bekannt, daß er noch lebt. Das Leck ist hier, vor unserer Nase. Er will nichts mehr mit uns zu tun haben. Wir können die Grenzüberwachung einstellen, sagt er, das ist nur Zeitverschwendung. Edison wird das Land nicht verlassen, ehe er Malchek umgebracht hat. Davon ist er überzeugt.»

«Er muß es ja wissen», sagte Gonzales gepreßt.

Reddesdale nickte, drehte seinen Sessel zur Seite und sah aus dem Fenster. Er hörte, wie Gonzales sich in einen der Ledersessel fallen ließ. Irgendwo im Zimmer summte eine Fliege, drehte ihre Runden um die beiden Männer, die Angst hatten, einen Blick, ein Wort zu wechseln. Weil man ja nie wissen konnte ...

Während er wartete, wechselte der hochgewachsene Mann sorgfältig den Verband, behutsam den Mullstreifen von der langen, verschorften Wunde über seinen Rippen lösend. An ein paar Stellen quoll ein bißchen Blut und Serum heraus, aber die Verletzung war sauber und schloß sich langsam. Er wusch die Umgebung der Wunde, tupfte Jod darauf und klebte einen sauberen Verband darüber.

Dann spülte er die schmutzigen Mullbinden durch die Toilette und rasierte sich. Seine Augen waren klar, mit einer Infektion brauchte er jetzt nicht mehr zu rechnen. Er hatte in der vergangenen Nacht gut geschlafen.

Als Morrie ihn schließlich von einem Münzfernsprecher aus zurückrief, hörte er schon aus den ersten Worten die Panik heraus.

«Schluß, Morrie, das interessiert mich nicht. Du weißt, was ich will, und du weißt, was passiert, wenn ich es nicht bekomme.»

«Tom, ich bitte dich ... Sie haben mich auseinandergenommen, bis ich nicht mehr wußte, was oben und was unten ist. Wie lange willst du denn hier noch herumhocken? Sie nehmen dich in die Zange, da gibt's gar nichts, du kannst sie nicht ewig hinhalten.»

«Ewig vielleicht nicht, aber solange es nötig ist. Keine Angst, ich habe noch etliche Tricks auf Lager.»

«Aber es ist so blöd, Tom. Ich kann ihn jederzeit umlegen lassen, wenn du weg bist, und das Mädchen auch.»

«Nein, darum muß ich mich selber kümmern. Seinetwegen muß ich mein gutes Leben im Stich lassen, und dafür soll er zahlen. So nehme ich das nicht hin. Mich schlägt keiner.»

«Du bist verrückt», entfuhr es Wallack.

Edison lachte auf. «Nicht v-verrückt. Nur verdammt wütend. Ich mach mich nicht mit eingezogenem Schwanz davon, Morrie. Ich habe vor, woanders noch mal anzufangen, und wenn ich mich von einem lausigen C-Cop aus meinem eigenen Spiel verdrängen lasse, ist das keine besondere Empfehlung für meine neuen Kunden. Hast du mir die Nummer besorgt?»

«Ja, aber sie wird dir nichts nützen. Malcheks Dienstwagen ist gestern nachmittag in Weed verlassen aufgefunden worden, ohne Gepäck, völlig leer.»

«Mist.» Er überlegte. «Wie groß ist Weed?»

«Nicht sehr groß. Warum?»

«Beschaff mir einen Wagen und ein paar Fotos von den beiden. Und eine FBI-Legitimation, braucht gar nicht besonders gut zu sein. Ist der Paß fertig?»

«Ich bekomme ihn heute nachmittag. Wohin willst du ihn haben?»

Edison nannte ihm eine Adresse in Salinas. «Den Wagen stellst du in die Ausfahrt, Schnauze nach vorn, Schlüssel in einem Loch hinter dem Hinterreifen. Punkt zwei Uhr. Die Papiere legst du ins Handschuhfach. Ich melde mich wieder. *Ciao*, Morrie.»

Am Mittag des nächsten Tages war er am Ziel. Sie hatten Weed in einem blauen VW, Baujahr 1971, in nördlicher Richtung verlassen. Er gab Morrie telefonisch die Nummer durch und bat ihn, mit Hilfe seiner Beziehungen zur Polizei in Los Angeles den VW auf die

Fahndungsliste des Bundesstaates setzen zu lassen. Er aß gut zu Abend und verbrachte im besten Hotel von Weed eine ruhige Nacht.

Der VW tauchte zwei Tage später bei einem Gebrauchtwagenhändler in Redding auf. Ein neuer Wagen war dort nicht gekauft worden, aber von dem Besitzer war zu erfahren, daß die früheren Besitzer des VW ihr Gepäck in ein Taxi umgeladen hatten. Zufällig kannte er den Fahrer, er fuhr regelmäßig diese Strecke. Der Fahrer berichtete, er habe sie zum Flughafen gebracht, besah sich Edisons Dienstmarke, betrachtete die Fotos und erkannte Malchek auf dem einen, auf dem man ihm einen Schnurrbart angemalt hatte. Aber die Frau in seiner Begleitung sei blond gewesen, sagte er. Und hochschwanger.

Bei der dritten Fluggesellschaft geriet Edison an eine hübsche junge Angestellte, die ihnen einen Flug nach Crescent City gebucht hatte – mit Umsteigen in Arcata. Auch sie identifizierte den schnurrbärtigen Malchek, aber die Frau in seiner Begleitung, sagte sie, sei nicht schwanger gewesen. Die beiden waren ihr in Erinnerung geblieben, weil es aussah, als hätten sie sich zerstritten. Der Mann war sehr blaß gewesen, und sie hatten müde ausgesehen, als hätten sie schon eine weite Reise hinter sich.

Weil die Fahrt durchs Gebirge ihn zuviel Zeit gekostet hätte, buchte Edison einen Platz auf der nächsten Maschine nach Arcata. Den Wagen ließ er auf dem Flughafenparkplatz stehen.

Als sie in der Luft waren, holte er noch einmal die Bilder heraus. Er hatte verschiedene Varianten gezeichnet, Bart oder Schnurrbart für Malchek, Brille, unterschiedliche Haarschnitte und Haarfarben. Offenbar wußte Malchek ebensogut wie er, worin das Geheimnis einer erfolgreichen Verkleidung bestand.

Aber als es in Arcata Mitternacht geworden war, mußte Edison zugeben, daß der kleine Scheißkerl das Spiel nur zu gut beherrschte. Sie waren in Arcata ausgestiegen, aber den Weiterflug nach Crescent City hatten sie sausenlassen. Er hatte es bei den anderen Fluggesellschaften versucht, den Leihwagenfirmen, Gebrauchtwagenhändlern, bei den Taxis, den Buslinien, sogar bei einigen Bootsverleihern in dem kleinen Hafen. Jetzt gab es nur noch zwei Möglichkeiten. Er konnte sich weiter die Hacken ablaufen, sein Geld zum Fenster hinauswerfen und sich in Gefahr bringen – oder er konnte es noch einmal bei seinem Informanten von der Polizei versuchen. Riskant, aber unvermeidlich. Die Zeit drängte. Letztlich konnten sie sich das Warten eher leisten als er.

Grübelnd betrachtete er die Landkarte im Busbahnhof. Die hinter der verschmierten Plastikscheibe nur undeutlich sichtbare Fläche führte ihm das Ausmaß seines Problems vor Augen, das riesige Gebiet des Staates Kalifornien, Urlaubstummelplatz für Millionen.

Er wischte sich mit dem Ärmel den Schweiß von der Stirn und schlug sich nachdenklich mit der Zeitung an die Hüfte, während er einer Wespe zusah, die trunken über das verfärbte Plexiglas der Karte tanzte, dagegenstieß, summend wegflog, wieder anstieß, wieder wegflog. Wie Malchek, immer in Bewegung.

Plötzlich stieg Zorn in ihm hoch, er holte aus und klatschte die Wespe mit der Zeitung gegen die Wand. Die Zerstörung des Ersatz-Malchek erfüllte ihn mit so tiefer Zufriedenheit, daß er die leichte Berührung auf seinem Handrücken erst spürte, als es schon zu spät war. Als er sich umdrehte, stach die zweite Wespe noch einmal zu.

Vielleicht wäre das eine Lektion für uns beide, Malchek, dachte er, während er auf den Bus zuging, der unter dem Schild «San Francisco» stand: Cool bleiben – und sich den Rücken freihalten.

17

Das Geräusch beunruhigte ihn. Schließlich stand er noch einmal auf und sah auf die leere Straße hinaus. Aber da waren nur die Fahrbahn und die Straßenlaterne und eine leere Zigarettenschachtel am Rasenrand. War die vorhin auch schon da gewesen?

Er rieb sich die Augen und ging ins Badezimmer, um ein Aspirin zu schlucken. Auf dem Weg zurück ins Bett sah er noch einmal aus dem Fenster. Nein, die Zigarettenschachtel hatte vorhin bestimmt noch nicht da gelegen. Vielleicht war jemand vorbeigegangen, waren das die Schritte gewesen, die er gehört hatte? Und der Mensch, der vorbeigegangen war, hatte die leere Packung weggeworfen. Aber wer?

«Mike?» fragte Clare leise. Sie hatte gelernt, mit gedämpfter Stimme zu sprechen, damit er nicht zu schnell zur Waffe griff oder zur Tür stürzte.

«Alles in Ordnung, Baby, schlaf.»

«Leicht gesagt, wenn du nackt vor dem Licht stehst.»

Daran, wie er die Arme um sie legte, merkte sie, daß er zu müde war, um auf den Wink einzugehen. Sie legte den Kopf an seine Schulter, spürte, wie die spitzen Knochen gegen ihren Hals drückten.

«Hast du überhaupt schon geschlafen?» fragte sie nach einer Weile.

«Aber ja . . . Ich mußte nur mal raus. Schlaf jetzt.»

Aber ihre Augen blieben offen. Sie sah an ihm vorbei zum Fenster. Wonach hatte er jetzt wieder gesehen? Auch das hatte sie gelernt: Keine Fragen zu stellen.

«Nichts», hieß es in solchen Fällen immer. «Gar nichts.»

Langsam wurde sein Atem flacher; er schlief. Wie lange diesmal, eine Stunde, zwei? Länger war es nie. Nacht für Nacht wachte sie auf und sah ihn am Fenster stehen. Immer wieder an einem anderen Fenster, in einem anderen Motel, in einer anderen Stadt, aber immer in der gleichen Haltung. Auf dem Sprung, bereit, sie vom Bett zu stoßen, nach der Waffe zu greifen, zur Tür herumzuwirbeln. Einmal hatte er das tatsächlich getan, hatte dagestanden, die Waffe mit beiden Händen vorgestreckt, während der Motelbesitzer den Abfall in die Mülltonne geworfen, den Deckel wieder aufgesetzt hatte und pfeifend in sein Büro zurückgekehrt war.

Tagsüber war es nicht besser. Er fuhr nie selbst. Er hatte Vertrauen zu ihren Fahrkünsten, aber das war es nicht allein. Er wollte die Hände frei haben.

Und jetzt hatten sie also dieses Apartment gemietet. Zur Abwechslung, hatte er gesagt. Sie hatten die Miete für ein Vierteljahr bezahlt, aber nach ein paar Tagen würden sie sich davonmachen und ihren Zug durch die Motels wiederaufnehmen.

Wenn sie miteinander ins Bett gingen, geschah es unvermittelt, sie liebten sich tief und leidenschaftlich, und dann hatte er sich schon wieder von ihr gelöst, ehe sie die zärtlichen Worte hatten sagen können, die Worte danach. Er hatte einen zwanghaften Ordnungstick entwickelt. Daß etwas nicht an seinem Platz war, nicht in Reih und Glied lag oder stand, konnte er nicht ertragen. Alles mußte nach der Benutzung sofort weggeräumt werden. Er mußte von allem wissen, wo es war. Immer. Sie kauften jeden Tag sechs Zeitungen, und er las auf der Suche nach irgendeinem Hinweis jedes Wort, dann legte er sie ordentlich zusammen und warf sie fort.

Der Revolver war immer dabei, an der Hüfte oder in der Hand. Er lag auf dem Nachttisch, wenn sie sich liebten. Sie brauchte nur den Kopf zu wenden, um ihn dort blauschwarz glänzend, funktionstüchtig, liegen zu sehen.

Vor zwei Tagen hatte er ein Gewehr gekauft. Heute abend war er ins Schlafzimmer gekommen und hatte sie dabei ertappt, wie sie darüberstrich, als sie vor dem Schrank niederkniete, in dem sie die Schuhe in einer schnurgeraden Reihe für ihn ausgerichtet hatte.

«Du kannst es ruhig in die Hand nehmen», hatte er mit einem seltsamen Lächeln in den Mundwinkeln gesagt. «Es ist nicht geladen.»

«Warum muß so ein Ding auch noch schön sein?» fragte sie bitter. «Es ist doch nur eine Tötungsmaschine. Warum dieses So-tun-als-ob, mit Schnörkeln und Gravuren? Das ist doch lächerlich.»

Sie wußte, was geschah, aber sie wußte nicht warum. Immer wieder hatte sie ihn gefragt, warum sie nicht einfach heimfahren konnten. Warum er nicht der Polizei ihren Schutz überließ. Er hatte vorher sechs Mann gebraucht, wie wollte er das jetzt ganz allein fertigbringen?

«Du lebst noch, oder?» hatte er gesagt und sich geweigert, noch weiter über das Thema zu sprechen.

Sie wußte nur, daß sie warteten, daß er Angst hatte, daß er täglich, stündlich schmaler, blasser, müder wurde.

Und sie fragte sich, wann er anfangen würde, sie dafür zu hassen.

Als er sie weckte, war es noch dunkel.

«Zieh dir was an. Etwas Warmes. Beeil dich.»

«Reisen wir ab? Ich habe nicht gepackt, ich –»

«Nein, wir reisen nicht ab. Aber wir haben noch etwas zu erledigen.»

Sie gehorchte stumm und ging mit ihm zum Wagen. Er hatte, in eine Decke gehüllt, das Futteral mit dem Gewehr bei sich. Schweigend fuhren sie durch die stillen, schlafenden Straßen. Ein Hund bellte, als er den Wagen hörte, aber sonst rührte sich nichts.

Malchek fuhr etwa zwanzig Minuten, vorbei an den dunklen Läden und Supermärkten von Crescent City, vorbei an den Holzhäuserzeilen, um die Bucht herum und ein Stück die Autobahn entlang. Über die Berge und in die Wälder.

Sie ließen den roten VW am Rand eines Kiesweges ein paar Kilometer hinter Mill Creek stehen – ein Käfer mehr im Wald. Der Himmel wurde langsam heller. Clare sah sich voller Scheu um. Die starken Regenfälle der letzten Zeit hatten die Farne am Fuß der Redwoods wuchern lassen. Morgennebel hing in langsam ziehenden Streifen über den Tälern und Bächen. Mächtige gestürzte Stämme lagen zwischen ihren noch aufrecht stehenden Brüdern, in der rauhen, flechtenbewachsenen Borke moderte Laub, zogen Insekten jahrhundertealte Bahnen. Feuchte und Alter zogen wie dichter Weihrauch durch diesen Dom.

Zwanzig Minuten lang kämpften sie sich durch das Dickicht, bis sie an eine Lichtung kamen, die ihm geeignet erschien. Während Clare die Decke ausbreitete, lud er das Gewehr und gab ein paar Testschüsse auf einen alten Baumstamm auf der anderen Seite der Lichtung ab.

Der tückisch-leise Laut der Schüsse erschreckte Clare. Sie hatte ein ehrlicheres, lauteres Geräusch erwartet. Mehr eine Explosion, nicht so sehr einen Peitschenknall. Malchek schoß noch fünfmal, dann kam er mit dem Gewehr zu ihr herüber, zog den Revolver aus dem Halfter und gab ihn ihr.

«Ich möchte, daß du lernst, mit diesen Schußwaffen umzugehen. Das ist ein Smith and Wesson-Revolver, Kaliber 38, fünf Patronen im Zylinder. Ich habe ihn seit drei Jahren, er zieht ein bißchen nach links.» Er tippte an den Gewehrschaft. «Das da ist neu, ein Ruger Mini-Fourteen-Karabiner, eine halbautomatische Waffe, zehn Schuß in jedem Magazin.» Rasch zeigte er ihr die Abzugsmechanik und das Einschieben des Magazins. «Die effektive Reichweite des Revolvers ist für dich fünfundzwanzig Yards, wenn es hoch kommt. Die Ruger tötet bis auf dreihundert Yards zuverlässig, bei weiteren Entfernungen hängt es von der Kunst des Tötenden ab.»

«Ich will aber niemanden töten, Mike», protestierte sie.

«Du hast auf Edison geschossen. Ging es da nicht um Tod und Leben?»

«Doch, aber ich dachte, er hätte dich umgebracht, und da war mir alles egal. Ich wollte –»

«Sag's!»

«Ich wollte ihm weh tun, ich wollte ihn schreien hören.» Ihre Stimme war belegt vor Scham.

Er schluckte, dann nahm er sich zusammen. «Ich möchte, daß du dich an dieses Gefühl erinnerst, daß du es schmeckst, auskostest. Es ist in uns allen.»

«Aber –»

«Jawohl, in uns allen. Bei manchen dauert es nur länger, bis es zum Vorschein kommt. Der Mensch ist ein Raubtier, nur hat er ein größeres Gehirn als die anderen Raubtiere. Das kann dir vielleicht mal das Leben retten, also verdräng es nicht. Und jetzt lädst du das Gewehr.»

Und so ließ sie sich von ihrem Experten schleifen, stundenlang, erbarmungslos. Ekelhaft. Aber doch eigentlich ganz interessant. Sehr interessant. Wenn man nicht so müde wäre. Hundemüde. Aber auf die Dauer wird es langweilig. Sehr langweilig. Und man wird kribbelig. Fuchtig. Stinkwütend. Und darf endlich ausruhen.

Sie ließ sich auf die Decke fallen, legte die Stirn auf die Knie, Wald, Waffen, Mike Malchek aussperrend, von sich schiebend.

Stumm reinigte er die Waffen. Dann sagte er, schon wieder wachsam, schon wieder auf dem Sprung: «Komm, Clare, ich möchte nicht länger als nötig hier draußen zubringen. Wir haben keine Deckung, er kann von überallher kommen.»

Sie erhob sich mit steifen Gliedern und nahm behutsam-argwöhnisch das Gewehr in den Arm. «Vielleicht haben Bonnie und Clyde auch mal so angefangen.»

Er sah sie scharf an. «Darüber kann ich nicht lachen.»

«Du lachst überhaupt sehr selten in letzter Zeit.»

«Ich liebe dich, Clare.»

«Ich weiß. Aber wenn ich dir wie ein Klotz am Bein hänge, kannst du nicht töten, stimmt's?»

Er sah sie lange an. In ihren Mundwinkeln standen Speichelbläschen, ihre Augen waren voller Tränen.

«Clare –»

«Weißt du, daß ich dich jetzt erschießen könnte? Du hast es mir beigebracht.»

«Offenbar nicht gut genug. Habe ich dir nicht gesagt, daß man eine geladene Waffe, wenn man sie nicht benutzen will, nie über Kniehöhe anheben darf?»

Sie blickte nach unten. Das Gewehr war genau auf seinen Gürtel gerichtet, Mündung und Gürtelschnalle waren kaum einen halben Meter voneinander entfernt. Obgleich jeder Muskel seines Körpers danach schrie, sich hinzuwerfen oder wegzulaufen, fuhr er ganz ruhig fort: «Andererseits hast du vielleicht recht. Warum sollen wir darauf warten, daß Edison uns umbringt, wenn wir es so leicht selber besorgen und ihm die Mühe sparen können?»

Er sah, wie ihr Zorn wich, während sie begriff, was sie unbewußt getan hatte. Was aus einem Augenblick der Erbitterung und des Leichtsinns hätte werden können. Sie sah ihn an, und als der Schock ihre Augen erreicht hatte, war es aus.

Er fing das Gewehr auf, ehe es zu Boden fallen konnte. Clare warf sich auf die Decke, krümmte sich zusammen wie ein krankes Kind, weinend, stammelnd, um Verzeihung bettelnd. Sein Kopf dröhnte, sein Mund war trocken. Er nahm sie in die Arme und wünschte, er wüßte eine Zauberformel, um sie beide zu trösten.

Als das Schlimmste vorüber war, sprach er leise in ihr Haar, während sein Blick über die Bäume ging, die sie umstanden, und er über ihre schluchzenden Atemzüge auf andere Laute lauschte.

«In Ordnung?» Er rückte ein Stück weg und sah sie an.

Sie schüttelte unglücklich den Kopf. «Wie lange noch, Mike?»

«Bis du es kannst», lächelte er.

«Das meinte ich nicht.»

«Ich weiß.» Er sah sich unruhig um. «Laß nur, für heute ist es genug. Wir fahren zurück zum Apartment. Du wirst sehen, es wird alles gut.»

Aber später, am Nachmittag, als sie beieinanderlagen und er tief in sie eindrang, immer wieder und wieder, spürte sie, wie seine Arme vor Anstrengung zitterten. Und das war ihm bisher noch nie passiert.

Abends um zehn merkte sie, daß etwas mit ihm nicht stimmte. Sie saßen dicht nebeneinander, sahen sich einen alten Film an und genossen den unvermeidlichen Triumph des guten Sheriffs über den bösen Revolverhelden. Während eines Werbespots stand er auf. Als er zurückkam, hatte er einen dicken Pullover an und drehte im Vorbeigehen die Heizung höher.

«Es ist kalt geworden», meinte er und setzte sich wieder neben sie.

«Machst du Witze? Ich finde es fast zu heiß hier.»

Zwanzig Minuten später begann er zu zittern.

«Dir ist wirklich kalt», sagte sie erschrocken. Seine Haut wirkte bläulich, Kälteschauer schüttelten ihn. «Was ist denn mit dir? Du mußt dich heute früh erkältet haben ...»

«Es ist keine Erkältung, sondern pure Dummheit. Ich bin ein Idiot, falls du das noch nicht gemerkt haben solltest.»

Sekundenlang glaubte sie, er würde das Bewußtsein verlieren, er verdrehte die Augen, wurde brettsteif. Gleich darauf setzte der Schüttelfrost mit verstärkter Heftigkeit wieder ein.

«Komm, sitz nicht hier herum, leg dich ins Bett. Ich schalte die Heizdecke ein. Siehst du, es war doch nicht so dumm, daß wir sie gekauft haben.»

Er stolperte hinter ihr her ins Schlafzimmer, ließ sich widerspruchslos die Schuhe ausziehen und kroch so, wie er war, unter die Decke. Sie stellte den Thermostat ein und betrachtete Malchek besorgt.

«Wann wird diese Wunderdecke endlich warm, zu Weihnachten?» knirschte er.

Clare faßte unter die Decke, sie war schon ganz heiß. Sie setzte sich auf die Bettkante. «Pure Dummheit, hast du vorhin gesagt. Was ist es nun wirklich?»

«Eine ganz gewöhnliche Feld-, Wald- und Wiesenmalaria. Viele von uns haben sie in Vietnam erwischt, es gab ein Mittel dagegen, aber du wurdest quittegelb von dem Zeug, und sobald es uns besser ging, haben wir es nicht mehr genommen. Wie ein Gelber wollte keiner aussehen, das war da unten nämlich lebensgefährlich. Und es war ja auch alles in Ordnung, wir blieben gesund. Dann habe ich mich vor ein paar Jahren übernommen, und bums, da ging es wieder los. Mein Arzt bot mir das gleiche Mittel an, aber ich habe mich höflich dafür bedankt. Schließlich hat er mir dann etwas anderes verschrieben, und es ging wieder weg.»

«Den Eindruck habe ich nicht gerade.»

«Okay, er hat auch nicht behauptet, daß ich endgültig geheilt wäre, und hat gemeint, es könnte wiederkommen, wenn ich nicht aufpasse.» Wieder packte ihn der Schüttelfrost. «Aber ich habe ja die Tabletten mit, es kann also gar nichts passieren.»

«Ich hole sie.» Sie ging ins Badezimmer, kam mit der kleinen braunen Flasche zurück, schraubte den Deckel ab und versuchte, die Tabletten herauszuschütteln, hörte aber nichts klappern. Vielleicht blokkierte eine den schmalen Flaschenhals? Sie fuhr mit einem Finger hinein und holte den Störenfried heraus: ein Päckchen Silikagel zum Trockenhalten der Tabletten. Die Flasche war leer.

Sein Gesicht verdüsterte sich. «Ich habe es immer klappern hören, und da dachte ich eben ...»

Clare wandte sich ab. Der immer heftiger werdende Schüttelfrost, sein mutloses Gesicht – sie konnte es plötzlich nicht mehr ertragen. «Ich rufe einen Arzt.»

«Nein! Ich weiß genau, wie es läuft, reg dich bloß nicht so auf. Es ist ganz einfach. Der Schüttelfrost dauert noch eine Weile, und dann bekomme ich Fieber, vielleicht ziemlich hohes Fieber. Ein paar Stunden wird es mir ziemlich dreckig gehen, dann kommt die Krise, und ich fange an zu schwitzen.»

«Mein Gott, du kannst doch nicht –»

«Jetzt stell dich bitte nicht so an. Wenn ich es ertragen kann, wirst du es wohl auch können. Laß mich einfach in Ruhe. Bald merke ich sowieso nichts mehr.»

«Und wenn ich dir nun ganz gewöhnliches Chinin hole?»

«Das hat jetzt keinen Zweck mehr. Wenn es einmal angefangen hat, muß man es durchstehen. Mit Chinin läßt sich vielleicht der nächste Anfall abblocken. Aber davon reden wir später. Du gehst nicht allein auf die Straße, verstanden?»

«Der nächste Anfall?» Das wurde ja immer schlimmer.

«Es kommt schubweise, alle zwei Tage.» Er schloß die Augen und überließ sich dem Schüttelfrost.

Sie beobachtete ihn eine Weile, überwältigt von der Veränderung, die mit ihm vorgegangen war. Sein Gesicht war eingefallen, seine Fingernägel waren blau vor Kälte. Weil sie nicht wußte, was sie sonst hätte tun sollen, legte sie sich schließlich neben ihn ins Bett und versuchte, ihm etwas von ihrer Wärme abzugeben. Sekunden später war sie unter der Heizdecke in Schweiß gebadet, aber seine Haut blieb kalt.

«Wetten, daß du im Bett noch nie so auf einen Mann gewirkt hast?» murmelte er undeutlich. Er drehte sich um und legte die Arme um sie, dankbar für ihren weichen, warmen Körper.

«Halt mich fest, Baby, bitte, halt mich fest. Mach mich warm.»

Sein Flüstern war so erschreckend wie ein Aufschrei. Es sah ihm so gar nicht ähnlich, um etwas zu bitten. Er war der Starke, der Bestimmende. Zum erstenmal brauchte er sie, und sie konnte ihm nicht helfen.

Morgens um drei delirierte er. Als sie zum letztenmal das Fieber gemessen hatte, waren es 40,2 Grad gewesen. Dann war das Thermometer bei einer seiner unkontrollierten Bewegungen hingefallen und zu Bruch gegangen. Beim Einsetzen des Fiebers hatte er noch über Übelkeit und Gliederschmerzen geklagt, aber darüber war er jetzt hinweg. Er schlug wild um sich, so daß sie es nur ab und zu schaffte, ihm mit den in Eiswasser getauchten Handtüchern über den glühenden Körper zu fahren.

Clare war entsetzt. Für sie war ein Mensch mit über 39,5 Grad Fieber ein Fall fürs Krankenhaus. Im Haus und auf der Straße war es totenstill. Plötzlich bellte irgendwo in der Ferne ein Hund, der rauhe Stakkatoton kam durch das offene Fenster. Die kalte Nachtluft half ebensowenig wie das Eiswasser, das Fieber zu senken.

Zuerst stöhnte er nur vor Schmerz, dann fing er an, vor sich hin zu murmeln, dann wild zu phantasieren. Manches von dem, was er sagte, widerte sie an, machte sie ratlos. In seinem Leben hatte es genug Gewalt gegeben, um hundert Seelen zu verseuchen. Vietnam, die Straßen der Stadt, die Durchgänge, die Slums – all das brach aus ihm heraus.

Doch dann wurde es einfacher. Viel einfacher.

«Hilf mir, Clare. Hilf mir, Clare. Hilf mir, Clare.»

Aber sie konnte nichts tun. Um fünf war sie felsenfest davon überzeugt, daß er sterben mußte. Er hatte nicht genug Nahrung, nicht genug Schlaf gehabt, er war schon am Ausbrennen, ehe das Fieber kam. Jetzt schien er vor ihren Augen zu vergehen.

Die Fieberphantasien hatten aufgehört, er lag reglos, von brennender Glut verzehrt, mit geschlossenen, tief in den Höhlen liegenden Augen, hochgezogenen Lippen, flach hechelnd wie ein flüchtendes Tier.

Der erste Arzt im Telefonbuch hieß Aarons, und nach dem ersten verschlafenen Abtausch von Frage und Antwort klang seine Stimme fest und klar. «Was Ihr Mann Ihnen gesagt hat, stimmt, Mrs. Michaels. Sie tun alles Menschenmögliche für ihn. Ich weiß, es sieht schlimm aus, aber glauben Sie mir, das Fieber hat jetzt bald seinen Höhepunkt erreicht. Sobald es heruntergeht, versuchen Sie bitte, ihm Flüssigkeit zuzuführen, soviel wie möglich. Ich komme vor der Sprechstunde bei Ihnen vorbei und gebe ihm etwas zum Einnehmen.»

«Etwa nach dem Motto: Schlucken Sie zwei Aspirin, und rufen Sie mich morgen wieder an, ja?»

Er lachte trocken, sie haßte ihn in diesem Augenblick, umklammerte den Hörer, bis ihre Hand schmerzte.

«Bitte glauben Sie mir, wenn ich irgend etwas unternehmen könnte, wäre ich in zehn Minuten bei Ihnen.» Er hielt inne, seufzte. «Ich weiß, wie beängstigend das für Sie sein muß. Malaria kommt bei uns nur noch selten vor, aber in vielen Teilen der Welt ist sie auch heute noch so alltäglich wie Ziegenpeter. Manche Fälle können selbst in unseren Tagen der sogenannten medizinischen Wunder sehr hartnäckig sein. Aber er wird nicht sterben, das verspreche ich Ihnen. Noch ehe ich komme, wird es ihm sehr viel besser gehen. Fremde könnten ihn bestimmt nicht besser pflegen, als Sie es tun. Zum Glück scheinen Sie ja eine Frau zu sein, die nicht so schnell die Nerven verliert. Wir sehen uns in ein paar Stunden.»

Sie starrte noch eine Weile wie blind den Apparat an. So oder so – es war vorbei. Morgen würde Mike zu schwach sein, um ihrer beider Sicherheit zu gewährleisten. Es war vorbei, die Flucht war zu Ende. Sie kamen allein nicht mehr durch. Liebe war wichtiger als Ehre, was immer man darunter verstand. Von mir aus, dachte sie, kann Edison den ganzen Staat in die Luft gehen lassen, wenn nur Mike am Leben bleibt. Es war fast eine Erleichterung, daß ihr die Entscheidung abgenommen wurde. Für sie beide.

Blieb nur die Frage des Vorgehens. Gonzales anrufen? Aber Mike hatte ausschließlich mit Reddesdale Kontakt gehalten, das mußte seinen Grund haben. War Gonzales noch immer verdächtig? Sie ging ins Schlafzimmer, lehnte sich über Mike, bat ihn um die Privatnummer des Commissioner. Aber er hatte es entweder nicht gehört, oder die Sperre in seinem Kopf war so stark, daß sie selbst dem Fieber standhielt.

Sie wählte die Auskunft, aber Reddesdales Nummer stand nicht im Buch. Schließlich ließ sie sich die Nummer seines Anschlusses im Präsidium geben. Irgendwer mußte sich dort ja melden – arbeitete nicht die Polizei angeblich rund um die Uhr?

Nach zweimaligem Läuten meldete sich der Anrufbeantworter. Auch nicht schlimm, es war schließlich Reddesdales Anschluß. Und zu ihm hatte Mike Vertrauen. Der Gedanke, bis zum Morgen zu warten, war ihr unerträglich, sie wollte es hinter sich bringen, und sie wollte es sich nicht wieder ausreden lassen.

«Commissioner, hier ist Clare Randell. Mike und ich sind in Crescent City, und Mike ist sehr krank. Die Adresse ist Apartment 4B, 312 Blaine Street. Bitte lassen Sie uns holen.»

Langsam legte sie den Hörer auf. Ihre Rettung lag jetzt in Reddesdales Hand. Wie lange würde er brauchen?

18

Edison wischte sich mit dem Ärmel die Nässe vom Gesicht, dann rückte er die gestrickte Seemannsmütze wieder zurecht. Wenn sein Mann das mitbrachte, worauf er wartete, war es bald vorbei, vielleicht konnte er dann morgen schon auf dem Weg nach Rio sein.

Das persönliche Treffen war ihm gar nicht recht gewesen, aber so war es abgemacht. «Auge in Auge oder gar nicht», hatte die Stimme am Telefon erklärt, als er in der Pension, in der er als angeblicher Hafenarbeiter wohnte, den Anruf entgegengenommen hatte. Mit den Arbeitspapieren hatte Morrie keine Schwierigkeiten gehabt. Auch die Gewerkschaften legten Wert darauf, ihre Geheimnisse zu bewahren.

Noch lag Frühnebel über dem Hafenbecken, aber mit jeder Minute traten die Konturen deutlicher hervor, die dichte Nebelbank trieb mit der Tide zurück zum Meer.

Er sah dem kleinen Mann entgegen, der über die lange Mole auf ihn zukam.

Kamelhaarmantel, blankgeputzte Schuhe, sehr proper. Was doch mit Geld alles zu machen war ...

«Bißchen klein für einen C-Cop», sagte Edison.

«Damals waren sie noch nicht so wählerisch.»

«Was haben Sie mir mitgebracht?»

«Was Sie haben wollten – die Adresse. Malchek ist offenbar krank, die Frau hat angerufen. Zum Glück kam ich zeitig ins Büro, die Nachricht war im Anrufbeantworter.»

«Wo sind sie?» drängte Edison.

Der Kleine sah zu ihm auf, und Edison gab es einen Ruck, als er den Haß auf dem glatten Gesicht bemerkte. Er wartete.

«Sie werden die beiden umbringen und dann das Land verlassen, nicht wahr? Endgültig ...»

«Genau. Wo sind sie?»

Der Kleine nannte eine Adresse. «Wenn das erledigt ist, bin ich Wallack los, ist das klar? Er hat von mir keine Unterstützung mehr zu erwarten. Ich habe jetzt zuviel zu verlieren, und das setze ich für niemanden aufs Spiel.»

Edison zuckte die Schultern. «M-machen Sie das mit Wallack ab. Mich geht das nichts an.»

«Aber *Sie* haben von dem früheren Commissioner die Beweise bekommen, nicht Wallack.»

«Stimmt. Aber wenn ich in Brasilien bin, dürften die mir wenig nützen.»

«Was ist mit Ihren Akten, den codierten Aufzeichnungen? Wenn sie den Code nun knacken?»

«Nicht mein Problem. Sie werden sich daran noch ganz schön die Zähne ausbeißen, so schnell kriegen sie das nicht hin. Aber ich werde an Sie denken, Sie haben mir wirklich sehr geholfen. Vielleicht will ich ja doch mal wieder zurück, dann melde ich mich, wenn Sie noch da sind.» Edison grinste. «Ich gebe ungern was aus der Hand, und wenn es Kleinigkeiten sind. Irgendwann kann ich jeden mal wieder gebrauchen. Ich bin noch n-nicht g-ganz oben.»

«Nein», flüsterte der Kleine entsetzt. «Das können Sie nicht tun. Ich habe alles gemacht, was Sie wollten, ich habe gelogen und betrogen, alle habe ich sie hinters Licht geführt. Sie Schwein, Sie können mir doch nicht eben noch die Freiheit versprechen und mich gleich darauf wieder einsperren.»

Edison zuckte die Schultern. «Warum nicht? Wer soll mich daran hindern? Sie etwa?»

Die Bewegung war langsam, und er hatte sie von Anfang an erwartet. Das – oder einen Hinterhalt. Die Adresse war zu bereitwillig herausgekommen, sie *mußte* falsch sein. Aber so wie er vorhin die zögernde, nicht vollendete Bewegung zur Brusttasche registriert hatte, bemerkte er jetzt den unentschlossenen Griff zur Manteltasche. Es war schon zum Lachen, daß gewöhnliche Menschen sich immer wieder einbildeten, einen Mann wie ihn übertölpeln zu können.

Das Messer grub sich unter das Brustbein des Kleinen, ehe er den Revolver aus der Kamelhaartasche hatte holen können. Die blauen Augen quollen vor, und Edison griff rasch zu, ehe sein Opfer in sich zusammenfiel. Für einen zufälligen Beobachter mußte es ausgesehen haben wie eine freundschaftliche Geste.

Behutsam führte Edison den Toten zu einer Bank mit Blick auf die Bucht, setzte ihn mit dem Gesicht zum Wasser hin und schloß ihm mit dem Daumen die Augen. Passanten würden denken, er wäre eingenickt, und würden ihn in Ruhe lassen. Zunächst jedenfalls.

Edison setzte sich neben den Toten, zog das Messer heraus und schob es in die Scheide zurück, die er unter dem dicken blauen Pullover mit einem Riemen am Unterarm befestigt hatte. Dann griff er sich die Brieftasche und sah den Inhalt durch. Da war die Adresse – auf Pedanten war eben Verlaß. Apartment 4B, 312 Blaine Street, Crescent City. In dünner Schrift standen die Buchstaben M und R darüber.

Lässig ließ er die Kreditkarten durch die Finger gleiten, während er überlegte, was jetzt zuerst zu tun war. Mein Gott, was für ein Name. Calhoun Farley Dempster. Mit so einem Namen mußte man ja geradezu schwul werden.

19

Um sechs Uhr fünfzehn war das Fieber gefallen. Kurz nach acht kam Dr. Aarons.

Von seinem Klopfen und Clares plötzlicher Bewegung aufgeschreckt, öffnete Mike die Augen. «Wer zum Teufel ist das?»

Sie blieb an der Tür stehen. «Wahrscheinlich Dr. Aarons. Ich habe ihn heute nacht angerufen, als ich dachte, du müßtest sterben.»

«Du hast – was?» Er versuchte, sich aufzurichten, aber es gelang ihm nicht, und er rollte auf die Seite, während er nach dem Revolver auf dem Nachttisch griff.

«Ich habe gedacht, du würdest sterben», sagte sie, in die Defensive gedrängt.

«Aber ich habe dir doch gesagt –»

«Ja, ich weiß. Aber selbst wenn es Edison wäre, der vor der Tür steht – was könntest du dagegen tun?»

Es klopfte noch einmal, energischer. «Ich liebe dich, Mike, aber du hast unrecht. Es ist Zeit, daß sechs oder sieben Mann den Job übernehmen, den du im Alleingang hast erledigen wollen.»

Sie wandte sich um und verließ das Zimmer, ehe er antworten konnte, gequält von dem unklaren Gefühl, ihn verraten zu haben. Sie wollte ja gar nicht recht haben ...

Als der Arzt gegangen war, öffnete sie leise die Tür und sah ins Schlafzimmer. Mike schlief. Sein Gesicht war verschattet, aber nicht mehr so blaß. Sie machte die Tür wieder zu, blieb einen Augenblick stehen und ließ sich durch den Kopf gehen, was der Arzt gesagt hatte, ehe er ging. Von halsstarrigen Männern war die Rede gewesen und von den Schwierigkeiten, die sie sich und den Menschen bereiteten, die sie liebten. Er hatte ihr mehr oder weniger deutlich zu verstehen gegeben, daß sie mit Mike einen Mann hatte, der sich seine eigenen Schwächen nie eingestehen würde, und daß sie damit wohl oder übel würde leben müssen.

Aber das wußte sie ja.

Um Viertel vor zehn läutete das Telefon.

Sie erschrak so, daß sie den Apparat eine volle Minute lang fixierte, ehe sie den Hörer abnahm.

In diesem Augenblick flog die Schlafzimmertür auf, und Mike erschien in der Türöffnung.

«Hallo?» meldete sie sich vorsichtig.

«Clare, sind Sie das?» fragte eine Stimme, die sie nicht erkannte.

«Bedaure, Sie haben wohl –»

«Hier Clyde Reddesdale, Clare. Es ist schon gut, Sie brauchen keine Angst zu haben, es sei denn – sind Sie allein?»

«Nein, nein, Mike ist hier.»

Sie hatte noch nie in ihrem Leben ein so zorniges Gesicht gesehen. Selbst Mikes Händen, die rechts und links den Türrahmen umkrampften, sah man den Zorn an. «Was hast du getan?» fuhr er sie an.

Die Stimme sprach weiter: «Bitte, Clare, hören Sie jetzt genau zu. So wie ich Mike kenne, wird er einen Beweis haben wollen, daß –»

Aber da war Mike schon neben ihr, riß ihr den Hörer aus der Hand, hörte eine Minute zu, dann fragte er: «Hat sie bei Ihnen angerufen?» Er hörte sich die Antwort an, dann sackte er kraftlos auf die Couch. «Dempster?»

Sie hörte Reddesdales Stimme weiterreden und griff trostsuchend zu Mike hinüber. Er reagierte nicht. Jetzt kamen die Tränen. Was hatte sie sich und ihm da eingebrockt?

Er horchte, nickte, hatte die Augen geschlossen. «In Ordnung, ich verstehe. Offenbar hat er bekommen, was er wollte, wozu hätte er ihn sonst umbringen sollen?» Er machte die Augen wieder auf, sah auf die Uhr. «Nein, selbst mit dem Flugzeug könnte er es so schnell nicht schaffen. Wer? Brand. Okay, ganz wie Sie meinen. Ja. Danke.» Er legte auf, dann vergrub er das Gesicht in den Händen. Seine Stimme klang dumpf, schleppend.

«Ich habe Reddesdale immer zu Hause angerufen, denn bei seinem Personal ist offenbar eine undichte Stelle. Er war noch nicht dahintergekommen, wo das Leck war. Es kamen mehrere Leute in Frage, die über den Fall Bescheid wußten – Gonzo, Dempster, ein paar Sekretärinnen. Wir wissen jetzt, daß es Dempster war, der brave, aufopferungsvolle, pingelige Dempster, der Mann, den niemand richtig wahrnahm.»

«Wie Tom Alva.»

«Ja, so ähnlich. Dempster war bekannt dafür, daß er als erster kam und als letzter ging, das war heute auch nicht anders. Er ließ den Anrufbeantworter ablaufen, erfuhr unsere Adresse und brachte sie Edison.»

«Nein ...»

«Vielleicht wollte er Edison umbringen und seinen eigenen Verrat vertuschen. Vielleicht auch nicht. Sein alter Dienstrevolver steckte in seiner Manteltasche, als sie die Leiche vor einer halben Stunde unten an der Bucht fanden. Und Edison hätte ihn nicht umgebracht, wenn er nicht doch noch das bekommen hätte, was er wollte.»

Clare stand auf und ging steif durchs Zimmer. «Es tut mir leid, Mike», sagte sie. Ihr Mund war staubtrocken.

Er nahm die Hände vom Gesicht und holte tief Atem. «Wahrscheinlich ist nichts weiter passiert. Sie haben sich mit dem zuständigen Sheriff in Verbindung gesetzt, er kommt gleich vorbei und bringt uns woandershin, wo wir sicher sind. Vor Mittag kann Edison unmöglich hier sein, wenn er nicht das Raumschiff Enterprise gekapert hat. Kein großes Unglück.»

«Machst du Witze?»

Er stand auf und ging leicht schwankend auf sie zu, schob seine Hände unter ihre Ellbogen und zog sie zu sich herum. Sie sah nicht auf.

«Du denkst, ich habe eine Wut auf dich, nicht? Mag sein. In alten Zeiten wäre ich einfach mit dir in den Schuppen gegangen und hätte dich durchgeprügelt. Aber heutzutage haben wir ja die sogenannte Gleichberechtigung. Ich lag flach, also mußtest du als das Familienoberhaupt eine Entscheidung treffen – ob richtig oder falsch, das sei mal dahingestellt – und entsprechend handeln. Wenn es dich tröstet: Meiner Meinung war es die richtige Entscheidung. Ich brauche Hilfe, Clare. Ich kann nicht mehr den Supermann spielen. Du brauchst mich ja bloß anzusehen.»

Aber sie sah ihn nicht an.

«Jetzt komm schon, du Dickschädel», sagte er leise. «Sieh mich an.»

Sie sprach leise in sein Schlüsselbein hinein. «Wenn ich von jetzt ab sehr lieb bin und den Wagen nur noch am Mittwoch nehme und dir alle deine Lieblingsplätzchen backe und immer über deine Witze lache, – versprichst du mir dann etwas?»

«Kommt drauf an.» Er wischte ihr mit dem Daumen eine Träne von der Wange.

«Wenn du wieder zu Kräften gekommen bist, gehst du dann mit mir in den Schuppen und prügelst mich durch? Nur ein kleines bißchen? Bitte ...»

Er nahm sie fester in die Arme. «Also gut. Nur ein kleines bißchen.»

20

Sheriff Brand war groß und hager, er hatte einen scharfen Blick und eine schroffe Art. Sie saßen fast auf Tuchfühlung in seiner Küche, der Ältere trug Hosen mit messerscharfen Bügelfalten, Malchek verwaschene Jeans und ein T-Shirt, das Clare ihm gekauft hatte. Es war mit dem Bild eines Schweinchens geschmückt, das nach zahlreichen Gängen in den Trocknern der Waschsalons einen ziemlich grämlichen Ausdruck angenommen hatte, aber er fand es immer noch ganz lustig.

«In großen Zügen hat mich der Commissioner informiert, aber ich wüßte doch ganz gern noch ein bißchen genauer Bescheid. Sie gehören zu den großen Tieren da unten?» eröffnete Brand das Gespräch.

«Nein, ich bin ein ganz gewöhnlicher Kriminalbeamter», sagte Malchek ruhig.

«Aber immerhin Lieutenant, nicht?»

«Ja.»

«Haben sich in letzter Zeit nicht gerade wie ein Lieutenant aufgeführt, scheint mir.» Das klang nicht feindselig, sondern einfach neugierig.

«Nein, aber der Fall ist für mich auch so eine Art Ausnahme.»

«Für mich auch, Lieutenant. Fischereistreitigkeiten, Prügeleien im Suff, ein bißchen Drogenhandel von See her – das sind so die Dinge, die mich hier beschäftigen. Ein Profikiller hat uns bisher noch nicht die Ehre gegeben.»

«Immerhin – Sie haben Ihre Leute ausschwärmen lassen. Das hört sich gar nicht kleinstädtisch an.»

Brand grinste plötzlich, sein Gesicht zog sich zusammen wie eine Ziehharmonika. «Zwanzig Jahre Dienst in San Diego, war Lieutenant, als ich mich zur Ruhe gesetzt habe. Wie Sie. Nur älter. Ungefähr hundert Jahre älter, würde ich sagen.»

Malchek nickte. Er war erleichtert, daß er es mit einem Profi zu tun hatte, nicht mit einem bequemen Beamtentyp oder einem heißblütigen jungen Cowboy, der sich einen Namen machen wollte. Er schilderte Brand den Fall und ließ dabei so gut wie nichts aus, bis auf seine Beziehung zu Clare. Aber wie es damit stand, brauchte man ja nicht groß zu erklären.

«Keine sehr schwierige Entscheidung, scheint mir», sagte Brand schließlich. «Ich meine, daß Sie zurück müssen, ist klar. Fragt sich nur: heute oder morgen?»

«Können Sie heute nacht eine Wache für mich abstellen?»

«Sicher.»

«In Ordnung. Morgen früh kann ein Hubschrauber uns ausfliegen. Wenn ich eine Nacht durchschlafen kann, habe ich mich von diesem blöden Anfall erholt.»

Aber am nächsten Morgen zeigte es sich, daß vom Macnamara Field kein Hubschrauber würde starten können. Gegen Mitternacht hatte sich von Südwesten her ein Sturm genähert und peitschte die Bäume vor dem Haus des Sheriffs.

«Dann setzen wir Sie am besten doch auf die Zehn-Uhr-Linienmaschine», meinte Brand.

«Abgelehnt. Ich bin ja mit Clare gerade deshalb verschwunden, weil es Edison völlig gleichgültig ist, wer stirbt, wenn nur wir mit draufgehen. Ich habe keine Lust, fünfzig Passagiere schreien zu hören, wenn wir abschmieren.»

«Dann müssen Sie eben Geduld haben.»

Malchek wandte sich vom Fenster ab und ging zu Clare hinüber, die in einem Sessel saß und zu lesen vorgab. Er legte ihr die Hände auf die Schultern und streichelte mit den Daumen ihren Nacken, während er angestrengt nachdachte.

Der Junge in dem dunkelblauen Pullover schlief schon fast, als die beiden Wagen gegenüber vorfuhren. Das Rauschen von Sturm und Regen um das verlassene Baumhaus war wie eine unwiderstehlich einschläfernde Melodie. Es war Dusel gewesen, daß er in dem Garten direkt gegenüber von Brands Haus diesen Ausguck gefunden hatte. Durch die Zweige hindurch konnte er genau erkennen, wie sie herauskamen: die Frau und der Mann, flankiert von Leuten des Sheriffs, dann die anderen, die vorhin gekommen waren, in Zivil. Er schrieb die Einzelheiten auf eine zerknitterte Tüte, in der er seine belegten Brote gehabt hatte. Als die beiden Wagen weg waren, kletterte er herunter und kämpfte sich mit gesenktem Kopf durch die Windböen bis zur nächsten Telefonzelle. Er wählte die Nummer in Klamath Glen.

«Per Auto, wie du gesagt hast. Ja, ganz recht, zwei Wagen. Fords. Die Frau in einem weißen Falcon, der Mann vornweg in einem gelben Galaxie. In jeder Karre außerdem noch zwei Mann, macht sechs. Nein, richtig, die Frau kannst du vergessen. Ja, hab ich.» Er las die Zulassungsnummer vor, die er sich notiert hatte. «Nein, davon hab ich nichts gesehen. Doch, der Dünne hatte ein Gewehr in der Hand, in einem Futteral. Nein, richtiges Gepäck haben sie nicht eingeladen. Nur zwei Plastiktüten. Ja.» Sein Gesicht verfinsterte sich. «Wem sollte ich denn was stecken? Klar weiß ich, was Eddie gesagt hat.» Die Stimme am anderen Ende der Leitung wurde schärfer. «Nein, nein, das vergeß ich schon nicht.» Er legte auf. Plötzlich brauchte er dringend eine Toilette. Einen Block weiter war eine Texaco-Tankstelle. Er lief zu seinem Wagen, noch im Laufen rollte er den Ärmel hoch.

Clare saß mit Gambini auf der Rückbank. Er hatte eine Jagdflinte auf den Knien, die Mündung zeigte zur Tür. Terson fuhr.

Der gelbe Wagen vor ihnen schob sich in gleichbleibendem Tempo durch den spätnachmittäglichen Verkehr, vorbei an knatternden Markisen und leeren Blechdosen, die über den Gehsteig rollten. Als sie an der Bucht entlangfuhren, sah Clare, daß hinter den Wellenbrechern die Wogen hochschlugen. Der Leuchtturm lag unsichtbar im Dunst. Zwischen den tiefhängenden Wolken und der Gischt schien der Horizont zum Greifen nahe. Der Wagen schlingerte leicht, sobald sie die schützenden Häuserfronten verließen und von der vollen Wucht des Windes getroffen wurden.

«Kein Wunder, daß sie bei diesem Wetter keinen Hubschrauber in die Luft lassen», sagte Terson. «Mindestens zehn Knoten, und es soll noch schlimmer werden. Die Linienflüge haben sie schon umgeleitet.»

Hätten wir ein Flugzeug genommen, dachte sie bedrückt, dann wären wir jetzt schon zu Hause und in Sicherheit. Aber Mike konnte sich einfach nicht damit abfinden, sich expedieren zu lassen wie ein Postpaket. Durch die Heckscheibe des gelben Wagens vor ihnen sah sie gerade noch seinen Hinterkopf. Alle paar Minuten drehte er sich nach ihnen um, aber sie konnte sein Gesicht nicht erkennen. So weit voneinander getrennt waren sie seit Wochen nicht gewesen; es war ein scheußliches Gefühl.

In jedem Wagen waren mehr Waffen als Menschen, aber ohne ihn kam sie sich vor, als sei sie ohne Mantel dem Sturm ausgesetzt.

Vor der Auffahrt zur 101 hatte sich ein Stau gebildet, und Terson fuhr stoßstangendicht an den gelben Galaxie heran. Durch die beschlagene Scheibe konnte Clare jetzt Mike deutlicher sehen. Er lächelte ihr zu.

Als sie auf die 101 einbogen, war es erst halb sechs, aber schon fast dunkel. In dem fahlen Zwielicht wirkte alles um sie her sonderbar zweidimensional. Der Regen rann in tausend Glitzerschlangen über die Wagendächer, die Farben waren bilderbuchbunt vor dem lastenden Grau des Himmels.

Müde Menschen gingen an diesem müden Freitag heim zu ihrem Fernsehfeierabend. Und während eines Werbespots würden sie zueinander sagen: «Hör dir den Wind an.» Zwischen Mahagoni und Glas würden Schüsse fallen und Reifen quietschen, und die Helden der Mattscheibe würden ihren Schauspieler-Kollegen ein «Stehenbleiben, Freundchen!» zuschreien, während sie durch eine wirkungsvoll auf schäbig getrimmte Straßenkulisse rannten. Richtige Cops, das wußte Clare jetzt, waren anders. Richtige Cops waren wie Terson und Gambini, die mit der Waffe in der Hand die Wagen und die Straßen um sie her beobachteten. Sie waren höflich, ein bißchen befangen und genau in Kleinigkeiten, und sie rochen nach Aftershave.

«Wie geht's ihm denn, Miss Randell?» fragte Gambini.

«Er war schlimm dran.»

«Jetzt scheint's ja wieder in Ordnung zu sein.»

«Ja.»

«Wundert mich, daß sie ihn mit dieser Krankengeschichte überhaupt bei der Polizei genommen haben.»

«Die Army hat ihnen damals gesagt, daß die Malaria ausgeheilt ist.»

«Ach so.» Er zündete sich eine Zigarette an.

«Ich an seiner Stelle würde mich langsam nach einem neuen Job umsehen», meinte Terson trocken.

«Du schon – aber er noch lange nicht.» Gambini grinste. «Wirst sehen, der redet sich raus.»

Die beiden Männer wechselten einen Blick im Rückspiegel, und auch Terson lächelte ein bißchen.

Als die Straße im Wald verschwand, war es, als habe jemand das letzte Fenster in einem Haus geschlossen. Der Wagen rollte ruhig dahin.

Scheinwerfer ließen die Regentropfen auf der Windschutzscheibe aufblitzen, wenn ein anderer Wagen sie überholte. Unter den Bäumen war es stockdunkel. Nach einer Weile wurde Clare schläfrig. Im Wagen hörte man nur das Schleifen der Scheibenwischer und hier und da das Klicken des Blinkers, wenn sie ein anderes Fahrzeug überholten. Sie schlief ein.

Eine Stunde später fuhr sie hoch, als sie Mikes Stimme im Wagen hörte. Einen Augenblick war sie völlig verwirrt, denn sie sah nur Terson und Gambini. Dann knisterte es wieder im Funkgerät. Sie hatte es beim Einsteigen gar nicht bemerkt.

«Wir tanken da drüben links einen Kaffee.»

Sie fuhren durch einen Vorort, vorbei an Supermärkten, die für die Wochenendkäufer noch geöffnet hatten, vorbei an Drugstores, Reinigungen, Restaurants, Motels. *Hamburgers* stand auf dem Schild des Drive-in. Auf dem Hof erhob sich ein gigantischer, in seiner Einsamkeit leicht melancholisch wirkender Redwood.

Sie warteten nicht auf die Bedienung am Wagen, sondern Terson und Davis holten selbst große Behälter mit Kaffee und einen Turm von Pappbechern aus dem Lokal. Zehn Minuten später fuhren sie wieder und aßen die belegten Brote, die Mrs. Brand ihnen eingepackt hatte.

Nach Klamath wurde die Straße wieder mehrspurig. Die wenigen Wagen, die sie überholten, wirbelten schmutziges Wasser auf, und Terson mußte respektvollen Abstand halten, um nicht in die Bugwelle des Galaxie zu geraten. Bei der Fahrt über die allmählich ansteigenden Serpentinenwindungen der wunderbar angelegten Straße wurde Clare fast wieder schläfrig. Als der Wagen langsamer wurde, achtete sie zuerst nicht darauf. Aber dann sagte Gambini:

«Als wir heute nachmittag hier durchkamen, bei Tageslicht, war es phantastisch. Als wenn man durch eine Kirche fährt, die ein bißchen vergammelt ist.» Er kurbelte ein Fenster herunter. Die plötzlich hereinströmende kalte Luft machte Clare mit einem Schlag hellwach. «Hören Sie mal», sagte er.

Sie lauschte. «Ich höre nichts. Nur den Wagen.»

«Das ist es ja. Der Wald ist hier so dicht, daß kein Wind durchkommt. Wir sind nur zwei, drei Kilometer von der Küste entfernt, würde kein Mensch glauben, nicht?» Er nahm sich noch einen Apfel.

In der feuchten Luft hing der Geruch von Wald und nasser Erde. Gambini kurbelte das Fenster langsam wieder hoch und ließ es oben einen Spalt breit offen. «Es stört Sie doch nicht? Bäume riechen besser als Thunfisch.»

Terson fing plötzlich an zu fluchen. «Dieser Scheißlaster klebt seit zehn Meilen an der Mittellinie. Er weiß ganz genau, daß wir hinter ihm sind, aber denkst du, er geht rüber?»

Plötzlich hörten sie wieder Mikes Stimme. «Der Sattelschlepper da vorn gefällt mir nicht. Er blockiert uns absichtlich. Ich würde vorschlagen, daß wir ...» Und dann stellte sich der schwere rote Laster plötzlich quer, der Anhänger scherte nach innen aus, so daß beide Bahnen blockiert waren.

Der Galaxie, der, um ihn zu überholen, dicht hinter ihm geblieben war, hatte keine Chance, er traf den Laster frontal unterhalb des hochgelegenen Führerhauses, wobei Lenkrad und Reifen den Stoß teilweise abfingen.

«Verdammt, eine Falle.» Terson trat scharf auf die Bremse, noch ehe der Galaxie zum Stillstand gekommen war. Der Falcon fing sofort an zu schleudern, aber Terson nutzte die kreisende Bewegung, um das zu tun, was er sowieso vorhatte – weisungsgemäß zu drehen und schleunigst zu verschwinden. Gambini hatte, den Apfel noch zwischen den Zähnen, die Flinte gehoben. Er sah sich um.

«Da kommt noch einer, Jake. Mist, sie nehmen uns in die Zange.»

Der Falcon war inzwischen fast zum Stehen gekommen. Während Terson in den niedrigsten Gang schaltete, öffnete Clare die hintere Tür, sprang heraus, rutschte aus, fiel hin und versuchte krampfhaft, auf der von Tannennadeln und Benzinrückständen schlüpfrigen Straße wieder auf die Füße zu kommen. Im Licht der Scheinwerfer des zweiten Lasters, der sich hinter ihnen näherte, konnte sie den großen roten Sattelschlepper jetzt deutlicher erkennen. Der gelbe Wagen klebte an der Fahrerkabine wie eine tote Wespe an einem Stein.

«Mike», rief sie, bemüht, das Lärmen der Motoren zu übertönen.

Gambinis Wutschrei kam ihr nach wie ein Lasso. Während sie auf den gelben Wagen zurannte, sah sie, wie aus dem Anhänger des Sattelschleppers vier Männer kamen. Der Fahrer war auf das Heck des Galaxie hinausgetreten, der unter der Fahrertür zum Stehen gekommen war. Er war, wie Gambini, mit einer Jagdflinte bewaffnet, und sie wußte sofort, daß es Edison war.

Der Schrei blieb ihr in der Kehle stecken, aber er hatte über das Röhren des näherkommenden Lasters hinweg den dünnen Laut gehört, hob den Kopf und gleichzeitig den Doppellauf der Flinte. Sie meinte, weiße Zähne in einem Lächeln aufblitzen zu sehen – da flog die Beifahrertür des Galaxie auf, Malchek rollte auf die Fahrbahn, blieb einen Augenblick liegen und eröffnete dann das Feuer auf Edison, der direkt über ihm stand.

Malcheks Schuß schlug Edison die Tür aus der Hand, er zog sich eilig in die Fahrerkabine zurück. Malchek, der Clare nicht gesehen hatte, rief Van Schaaten und Davis etwas zu, die noch im Wagen saßen. Davis war offenbar verletzt, lebte aber noch, denn sie sah, daß er das Gewehr hochhob und mühsam in Richtung Straßengraben warf. Mike ging in Deckung, während es über den nassen Asphalt schlitterte. Im gleichen Augenblick zerschmetterte ein Schuß aus Edisons Flinte die Windschutzscheibe des Galaxie.

Auch Clare hatte sich hingeworfen. Ungeschickt drückte sie sich in den flachen Graben zwischen Straße und Wald. Ihr Gesicht tauchte in das kalte Regenwasser, das am Boden des Grabens entlanglief, und sie hob den Kopf, um noch einmal zu rufen, als es einen dumpfen Knall gab und der Galaxie in Flammen aufging. Sie hörte Davis schreien. Übelkeit stieg in ihr auf, während sie durch den Schlamm auf Mike zukroch. Er hockte etwa zehn Schritt vor ihr, eine Hand vor den Augen, um nicht von dem grellen Feuerschein geblendet zu werden. Er war drauf und dran, zurückzulaufen, um Davis zu holen, aber da sah er sie – und zögerte.

«Zurück, Clare», rief er. «Um Himmels willen, geh zurück.» Sie kroch weiter in seine Richtung. Wie hatte Gambini gesagt? Eine Falle ... Gut, dann saßen sie eben beide drin.

Noch ein paar Sekunden, dann war sie bei ihm, lauschte auf das Knistern der Flammen über dem Ächzen und Stöhnen des überhitzten Metalls. Davis hatte aufgehört zu schreien.

Ein breiter Lichtstreifen fiel über sie, als der zweite Laster herankam, sie hörten Gambini und Terson schießen.

«Er hat also tatsächlich eine richtige Armee», flüsterte ihr Malchek ins Haar, während er den Arm um sie legte. Sie drückte sich erschauernd gegen ihn. Der Graben war hier etwas tiefer, Wasser umstrudelte ihre Knöchel und Knie. Hinter ihnen erhob sich der Wald, die dichten Zweige hielten einen Teil des Regens ab, aber nicht alles. Sie hatte sich vorhin, als Gambini das Fenster heruntergekurbelt hatte, einen Regenmantel übergezogen, um nicht zu frieren, aber Mike trug nur eine Jeansjacke über einem dünnen Pullover. Sie würden beide bald bis auf die Haut durchnäßt sein.

Die Flammen waren kleiner geworden, sie konnte Mikes Gesicht nicht mehr deutlich erkennen. Er riskierte einen Blick über den unkrautbewachsenen Grabenrand, duckte sich gleich wieder und legte seine Lippen an ihr Ohr.

«Edisons Armee scheint keine Lust zum Kämpfen zu haben, die Burschen stehen einfach hinter dem Anhänger herum. Wir müssen in den Wald, es ist unsere einzige Chance. Wenn ich ‹Los!› sage, geht's ab, klar? Und immer schön unten bleiben.» Er legte ihr das Gewehr in den Arm. «Du hast es neulich mit geschlossenen Augen geladen, das machst du jetzt wieder. Die Magazine sind in der Außentasche. Wenn du geladen hast, fang an zu schießen, was das Zeug hält. Wenn du was triffst, ist das eine willkommene Zugabe. Nur bitte nicht mich, wenn's geht.»

«Aber –»

«Los jetzt!» Er gab ihr einen unsanften Stoß, und sie rannte auf den Schutz der Bäume zu, die hoch in die pechschwarze Dunkelheit hineinragten. Sie hörte seinen Revolver hinter sich aufbellen, dann streiften die ersten niedrigen Ranken ihre Knöchel.

Hinter einem sechs Fuß dicken Stamm blieb sie schwer atmend stehen und schob sich tief zwischen die Farne, die sie mit einem zusätzlichen Wasserguß bedachten. Im schwachen Schein des noch immer brennenden Wagens fand sie die Magazine in der Außentasche, zog das Gewehr aus dem Futteral und tastete eine Weile erfolglos in der Dunkelheit herum, bis sie merkte, daß sie dabei war, das Magazin verkehrt herum einzuschieben. Endlich saß es fest, sie stopfte sich die Taschen des Regenmantels mit Reservemagazinen voll. Vorsichtig spähte sie um den Stamm herum und legte das Gewehr an die Schulter. Es ließ sich schwer halten, ihre nassen Hände rutschten immer wieder am Schaft ab. Sie zielte auf die Männer hinter dem Anhänger und drückte ab. Die Schüsse waren zu hoch, und als sie ausgleichen wollte, kamen sie so tief, daß sie den Vorderreifen des Falcon traf und dadurch Gambini und Terson endgültig den Rückweg abschnitt.

Sie schoß das Magazin leer, zog es heraus, schob ein neues ein, schoß weiter. Sie war so vertieft, daß sie beinah laut aufgeschrien hätte, als Mike um den Stamm herumkam. Er tastete in der Dunkelheit nach dem Futteral und steckte die übrigen Magazine in die Jackentasche zu der Ersatzmunition für den Revolver.

«Gambini und Terson haben schon genug Ärger. Mußt du da auch noch auf sie schießen? Was ist denn passiert?» Sie erklärte es ihm, und er nickte. «Bei Regen schießt man leicht zu hoch, das hätte ich dir sagen müssen.» Plötzlich riß er ihr das Gewehr aus der Hand und schoß auf den Anhänger. Die Männer, die während der Feuerpause vorsichtig um die Ecke gesehen hatten, verschwanden wieder.

«Komm weiter. Es geht jetzt nur darum, Zeit zu gewinnen. Wir sind auf einer Hauptstraße, es kann nicht lange dauern, bis sich jemand um diesen Schlamassel hier kümmert. Wir können die Nacht abwarten, einen Kreis schlagen und morgen früh Hilfe holen. Auf geht's.»

Es war, als liefen sie geradewegs in einen schwarzen Sack hinein. Minuten später war auch der letzte Lichtschein verschwunden. Mit eng ineinander verklammerten Händen tasteten sie sich durch das Gewirr von Farnen und Wurzeln.

«Nicht loslassen», keuchte Mike.

Clares Angst war so groß, daß sie keine Antwort herausbrachte. Schon bei Tag hatten die Redwoods sie eingeschüchtert, in der Dunkelheit wirkten sie beängstigend. Über ihnen heulte der Wind und peitschte die ineinander verwachsenen Baumkronen, aber hier unten war es still, wie am Grund eines tiefen Meeres.

Der Wald war so hoch und so dicht, daß am Boden nur noch Farne wuchsen. In dem diffusen Dämmerlicht, das hier Tag und Nacht herrschte, wucherten sie üppig und verdeckten den unteren Teil der Stämme. Eben noch kämpfte man sich durchs Unterholz, gleich darauf stieß man mit der Nase an Borke.

Malchek murmelte etwas vor sich hin.

«Wie meinst du?»

«Nichts.»

Die Dunkelheit war wie eine eigene Wesenheit, die sich immer dort verdichtete, wo die Redwoods standen.

«Vorsicht, ein Stamm», warnte er.

Sie streckte die Hand aus, stieß an den nassen Jeansstoff seiner Jacke. «Wenn wir um den Stamm herum sind, können wir dann kurz ausruhen?»

«Okay.» Besonders enthusiastisch klang das nicht, aber Malchek begann, immer mit den Schultern an dem Baumstamm bleibend, sich nach rechts zu bewegen. Plötzlich verlor sie seine Hand. Man hörte ein Rascheln. Dann Stille.

«Mike!»

«Alles in Ordnung. Der Stamm ist hohl, da war so eine Art Eingang. Immer geradeaus, du kannst mich gar nicht verfehlen.»

Ihre suchenden Finger fanden das Loch in dem hohlen Stamm, sie schob sich an der Innenfläche entlang, bis sie fast über Mike fiel, der auf dem weichen Teppich von moderndem Farnkraut und morschem Holz saß. Er fing sie auf und hielt sie einen Augenblick fest, ehe er sie neben sich setzte.

Hoch oben tobte der Sturm durch die Zweige wie ein wildes Tier, das durch ein undurchdringliches Labyrinth rast. Unten wehte nur ein leise flüsternder Windhauch, der Regen war wie ein feuchter Nebel.

«Glaubst du, er ist hinter uns her?» Hinter jeder Bewegung der Farne schien ihr Bedrohung zu lauern.

«Noch nicht. Vielleicht kommt er gar nicht. Oder vielleicht doch. Ich weiß es nicht.»

Es schien eine seltsam mehrdeutige Antwort, und sie lehnte sich trostsuchend an ihn. Aber sie fand keinen Trost, sie spürte, daß er zitterte, erst leicht, dann immer heftiger. Der Schüttelfrost hatte wieder eingesetzt.

Er hielt den Arm hoch, seine Uhr war ein blaßgrünes Leuchtfeuer in der Finsternis. «Pünktlich auf die Minute: Zehn nach zehn. Aber es ist nicht so schlimm wie beim erstenmal.»

Wenn auch das Fieber diesmal nicht so hoch ging, konnten sie es schaffen. Sicher, eine ideale Malariabehandlung war es nicht, in leichter Kleidung durch kalten Regen um sein Leben zu laufen, aber zumindest gegen Lungenentzündung hatten sie ja inzwischen etwas erfunden.

In den Farnen rund um ihren Baum raschelte es plötzlich stärker als vorher, eine Bewegung, die sie mehr fühlten als hörten. Jemand ging auf der anderen Seite des gestürzten Baumes entlang. Die leise Hoffnung, es könnten Gambini und Terson sein oder ein Elch, den der Sturm und der Lärm auf der nahe gelegenen Straße unruhig gemacht hatte, verflüchtigte sich sehr rasch.

«Verdammter Bulle, ich krieg dich noch.»

Einen Augenblick dachte Malchek, sie seien tatsächlich entdeckt worden, aber als die Stimme in ihrer monotonen Litanei fortfuhr, legte sich sein erster Schreck. Er blieb ganz still sitzen, Clare klein und atemlos neben sich. Der nächste Kälteschauer packte ihn, und er brauchte seine ganze Energie, um zu verhindern, daß die Farne das Zittern zu Edison hinübertrugen, der hinter dem Baumstamm stehengeblieben war.

Sie hörten ihn keuchen, spürten den leichten Stoß, als er sich zum Ausruhen gegen den Stamm lehnte. Nur ein knapper Schritt trennte sie. Edisons Stimme hob sich, die dicken Stämme und der Sturm über ihnen verzerrten seine Stimme.

«Ich geh nicht weg, bis ich deinen Skalp habe, du mieses kleines Schwein. Lauf nur, lauf, ich krieg dich schon.»

Noch einmal erzitterte der Stamm, als Edison sich von der rauhen Borke abstieß und sich durch das Unterholz weiterkämpfte. Ein plötzlicher Lichtstrahl streifte über ihre Köpfe hinweg, wanderte weiter über die naßglänzenden Farne. Regentropfen blitzten wie helle Augen in dem dunklen Grün auf. Edisons Stimme war nur noch ein Gemurmel, wie eine ferne Nachrichtensendung mit lauter Katastrophenmeldungen, und dann hörten sie nur noch das Röhren des Windes und das Tropfen und Rascheln der Farne um sie herum. Er hätte gern Edison sofort erledigt, aber der Schüttelfrost hinderte ihn am genauen Zielen, und wenn er ihn verfehlte ... Nein, das war zu riskant.

Er nahm seine Hand von Clares Gesicht. Sie legte die Arme fester um ihn, ihr Atem ging warm über seine Brust hinweg. Er vergrub sein Gesicht in ihrem nassen Haar, das nach Regen schmeckte.

«Wir kommen durch, Baby, wir schaffen es.»

«Ich liebe dich, Mike.»

«Gleichgültig, was – was ich war?» Die Frage, die er nie, nie hatte stellen wollen, entfuhr ihm beim nächsten heftigen Schüttelfrost.

«Gleichgültig, was du warst oder sein wirst. Ich kann nichts dagegen tun, es gehört zu mir. *Du* gehörst zu mir, begreifst du das nicht? Und ich gehöre zu dir.»

Er küßte sie, spürte Wärme, endlich Wärme – und dann begriff er, daß es nicht das Begehren war, das ihn erhitzte, sondern das Fieber. Die nächste Phase hatte begonnen.

Mike bestand darauf, daß sie sich wieder in Bewegung setzten, und sie nahmen ihren stolpernden, blinden, qualvoll langsamen Weg wieder auf. Er strebte in die entgegengesetzte Richtung wie Edison und wollte später einen Bogen zurück zur Straße schlagen, wo es inzwischen von Rettungswagen und Polizei wimmeln mußte. Aber selbst der Sturm konnte nicht verhindern, daß das Fieber unaufhaltsam stieg. Alles verschwamm ihm vor den Augen, die Wirklichkeit rückte weit weg. Als er Clare einen Befehl gab und sie nicht reagierte, wurde ihm klar, daß er Pidgin-Englisch gesprochen hatte.

Schließlich stolperten und rutschten sie in eine schmale Rinne, an deren Grund sich ein Bach durch den Wald schlängelte. Die Wände der Rinne waren ganz mit Farnen bedeckt, es fühlte sich an wie ein mit Pelz ausgeschlagener Tunnel. Sie waren noch immer geschützt, aber der Wind war hier viel stärker, und ihm kam der Gedanke, die Rinne könne direkt zum Meer führen.

Immer, wenn ein Farnwedel über sein brennendes Gesicht strich, kam die Erinnerung, das Dort und Damals und das Jetzt und Hier verknäulten sich unentwirrbar ineinander.

Seine nackten Füße hatten Bahnen in jenen fernen Dschungel getreten, die schwere baumwollene Bauernjacke und die kniekurzen Hosen saßen locker und bequem, die schwarze Tarnfarbe auf seinem Gesicht verbarg die blasse Furcht darunter.

«Mike, wollen wir nicht anhalten? Du glühst ja. Mike?»

Er hatte am Rand des Bambushains gestanden, die dünnen, silbrigen Blätter um ihn herum zitterten leise.

«Sobald wir hier raus sind, halten wir an», sagte Clare energisch. «Irgendeinen Unterschlupf finden wir schon.»

Wer sprach da, das Mädchen oder der Alte? Er blieb stehen, atmete mühsam kalte Luft ein, heiße Luft aus. Er war wie eine Streichholzflamme in der Finsternis, er sah förmlich, wie er die Luft in Brand setzte, blasse, flackernde Hitze.

Er war froh gewesen, daß es so dunkel war, daß kein Mond schien, daß eine sanfte Brise wehte. So viele Blätter wisperten miteinander dort im Dunkel, daß sich sein Atem darunter verlor. Das Gewehr lag schwer in seiner Hand. Schwer. Immer schwerer. Aber er hatte es gehoben und hatte durch das

Visier den Alten im Garten gesehen und in ihm plötzlich alle alten Männer dieser Welt. Als die Kugel den Lauf verließ, sah er seinen Vater, seinen Großvater, sah er alle, die er je geliebt hatte – alt geworden, hilflos geworden.

Zehn schreckliche Sekunden später war da nur noch eine leere Hülle in einer immer größer werdenden dunklen Lache. Und er sah alle seine Opfer. Und es war unrecht. Automatisch tötete er die Wachen, die aus dem Haus gerannt kamen, aber es war unrecht. Er fing an zu weinen und konnte nicht aufhören, weil es unrecht war. Er entschuldigte sich für jeden Schuß, weil es unrecht war. Er hatte noch immer das Gewehr in der Hand, als er sich zum Gehen wandte, aber er wußte, daß er es nun nie mehr benützen würde. Nicht so. Und wenn sie ihm noch so sehr zusetzten.

«Schau, Mike, eine Höhle, fast eine richtige Höhle. Und ganz trokken.» Sie zog ihn am Arm, versuchte ihn zum Weitergehen zu bewegen.

Clare. Clare sagte, er sollte anhalten. Sich verstecken.

Aber sie mußten doch weiter. Sie waren noch zu weit hinter den feindlichen Linien. Als sie ihn zur Höhle zerren wollte, wehrte er sich, zog sie zu sich heran, hielt sie fest. Er würde sie beschützen, komme, was da wolle. Er liebte sie, Herrgott, wie er sie liebte. Und sie brauchte seinen Schutz.

Denn da draußen strich so ein Schwein herum, ein gewisser Malchek, der versuchte, sie umzubringen.

21

Etwas wackelig stieg Gonzales aus dem Wagen. Die Fahrt von San Francisco hierher, mit Reddesdale am Steuer, der verbotenerweise das Blinklicht gesetzt hatte und die Sirene hatte heulen lassen, was ihnen auf wundersame Weise die Straße leerfegte, war ein einziger Alptraum gewesen. Nein, schlimmer. Wenn es in einem Alptraum kritisch wurde, wachte man meist auf. Bei dieser Fahrt war ihm das beim besten Willen nicht gelungen.

Als die Meldung von dem Überfall auf der 101 gekommen war, hatte Gonzales etwas davon gemurmelt, wie schade es sei, daß er nicht dort sein könnte – und ehe er wußte, wie ihm geschah, waren sie schon unterwegs.

Zu spät hatte er begriffen, was das Glitzern in Reddesdales Augen bedeutete. Aufsitzen, Leute, am Paß schneiden wir ihnen den Weg ab. Daß der Commissioner of Police in einer der größten Städte des Landes bei einem Einsatz persönlich mitmischen wollte, fand er nicht unpassend. Höchstens verrückt. Aber das Bild, das sich ihnen hier bot, war geeignet, einem einige Verrücktheiten auszutreiben. Es war deprimierend genug.

Ein Kran hatte den Sattelschlepper, an dessen Fahrerkabine noch immer die Reste des gelben Galaxie klebten, an den Straßenrand gezogen. Der Regen hatte schon das Gröbste abgewaschen, aber im Vorbeigehen nahm Gonzales noch immer den Geruch von verbranntem Fleisch wahr, der aus dem geschwärzten Metall aufstieg. Krankenwagen hatten die Leichen fortgeschafft.

Weiter hinten standen ein zweiter Sattelschlepper und der weiße Falcon, der einen Plattfuß hatte, davor und dahinter zwei Wagen der Highway Patrol, den Schluß machte ein Wagen mit den Kennzeichen des Sheriffs von Crescent City. Auf der anderen Straßenseite waren noch zwei gelbe Jeeps des Nationalpark-Service aufgefahren, mehrere nasse, müde Männer versuchten, in dem strömenden Regen ihre Zigaretten in Brand zu halten.

Unter ihnen waren auch Gambini und Terson. Gambini hatte einen Verband um die linke Hand, Terson ein blaues Auge. Halb verlegen, halb wütend kamen sie auf ihre Vorgesetzten zu.

«Tut mir leid», sagte Gambini. «Sie sind weg. Alle.»

«Wohin?» fragte Reddesdale.

Terson seufzte. «Davis und Van Schaaten liegen in der nächsten Leichenhalle, Edisons ‹Truppen› sind im Gefängnis, und der Fahrer des zweiten Sattelschleppers liegt im Krankenhaus.»

«Er gehörte nicht dazu?» fragte Gonzales.

«Ganz dumme Geschichte. Er kann nur soviel sagen, daß er etwa fünf Meilen vorher einen Sattelschlepper überholt hat, der mit Maschinenschaden am Straßenrand stand, ein Haufen Leute stand mit besorgten Gesichtern darum herum. Geht mich nichts an, denkt er, und fährt weiter. Plötzlich sieht er den anderen Sattelschlepper quer über der Straße stehen, an der Fahrerkabine klebt ein gelber Wagen, der lichterloh in Flammen steht, und er sieht noch einen Wagen, der gerade zu drehen versucht. Das waren wir. Und wie er auf die Bremse steigt, sagt er, fangen wir an zu schießen. Als sein Wagen zum Stillstand gekommen ist, hat er sich einfach auf den Boden gelegt und gebetet. Hat wohl gedacht, es ist ein Überfall. Verdenken kann man's ihm nicht. Der Mann ist fix und fertig.»

«Und Mike und die Frau? Edison?»

Terson nickte zum Wald hinüber. «Da drin.»

«Alle drei?»

«Alle drei.»

Sie sahen sich einen Augenblick stumm an. Dann traten noch zwei Männer zu ihnen. Gambini stellte sie vor: Captain Moore von der Highway Patrol; Sheriff Brand, Crescent City.

Moore war der diensthöhere Beamte, und Reddesdale wandte sich direkt an ihn.

«Wir wissen, daß wir hier nicht zuständig sind, Captain, wir sind nur gekommen, um unsere Hilfe anzubieten. Malchek ist ein persönlicher Freund von mir.»

Diese Erklärung mißfiel dem Captain sichtlich. Offenbar war er der Meinung, einem Commissioner stehe es nicht an, sich mit dem gemeinen Volk zu verbrüdern.

«Ihre Leute haben mir gesagt, sie hätten einen gefährdeten Zeugen in die Stadt fahren wollen. Warum wurde ich nicht verständigt? Wir hätten Verstärkung stellen können, und damit hätte sich dieses Fiasko vermeiden lassen.»

Reddesdale sah mit einem schiefen Blick zu ihm auf. «Die Dinge liegen etwas komplizierter, Captain.» Er entfernte sich ein paar Schritte von der Gruppe, so daß der Captain ihm folgen mußte.

Brand wandte sich grinsend an Gonzales. «Hoffentlich habt ihr genug Papier mitgebracht. Er hat alles gern in dreifacher Ausfertigung.»

«Ach, so einer ist das.» Gonzales grinste kurz, wurde dann aber wieder ernst.

«Sie haben Malchek gesehen. Wie ging es ihm? Schlecht?»

Brand, Gambini und Terson wechselten einen Blick. «Würde ich nicht sagen», meinte Brand. «Dünn wie 'ne Bohnenstange und weiß wie ein Laken, aber seine fünf Sinne hatte er beisammen.»

Gambini nickte.

Brand reichte seine Zigaretten herum. Die Packung war feucht geworden, das Zellophan blasig aufgequollen.

«Und das ist wirklich Ihr Commissioner?» fragte Brand und sah zu Reddesdale hinüber.

«An seiner Tür steht's. Ich glaube ja eher, daß er ein unverbesserlicher Streifencop ist, den sie an einen Sessel gebunden haben.»

«Na, heute hat er sich jedenfalls losgemacht.» Sie beobachteten alle verstohlen Reddesdales erregte Gesten, während er mit Moore sprach. Der Captain machte plötzlich überhaupt kein freundliches Gesicht mehr. Reddesdale ließ den Captain stehen und kam zu ihnen herüber.

«Captain Moore meint, daß im Wald genügend viele Leute eingesetzt sind. Er hat den Eindruck, daß wir die Suche nur behindern würden», erklärte er ausdruckslos.

Brand schnaufte. «Tja, wenn der Captain das meint, Commissioner, hat es wohl nicht viel Zweck, wenn wir hier noch länger im Regen herumstehen. Wissen Sie was, kommen Sie mit nach Klamath, dann trinken wir alle eine Tasse Kaffee zusammen.» Aber seine Augen sprachen eine andere Sprache, und sie kapierten es alle. Fünf Minuten später fuhren Reddesdale und seine Leute hinter Brands Wagen her, Gambini und Terson stumm auf der Rückbank.

Nach anderthalb Meilen, hinter einer Kurve, leuchteten Brands Bremslichter auf, er bog scharf nach links ab und fuhr über den Graben in den Wald hinein. Reddesdale folgte ihm, der Wagen rutschte und schlingerte auf Schlamm und Fichtennadeln, die Scheinwerfer tanzten über die Baumriesen. Nach zwanzig oder dreißig Yards hielt Brand an, stieg aus und lehnte sich durchs Fenster.

«Das ist ein alter Holzweg. Ich glaube, einer der Rangers kannte ihn, aber Moore hat ihn gar nicht zu Wort kommen lassen.» Brand schneuzte sich vielsagend in ein dunkelblaues Taschentuch. «Allerdings kommen wir mit dem Wagen nicht sehr weit. Eigentlich braucht man einen Jeep. Aber auf der anderen Seite geht ein Weg zu den Klippen herunter, vielleicht erwischen wir sie, wenn sie da rauskommen. Was meinen Sie?»

«Daß ich mir besser Gummistiefel angezogen hätte», sagte Gonzales grimmig.

21

Der Sturm war leicht abgeflaut, der Wind heulte nicht mehr ganz so hysterisch wie bisher. Malchek hatte zweimal stehenbleiben müssen, um, an einen Baum gelehnt, Frühstück, Mittagessen, Abendbrot und vielleicht auch noch die Mahlzeiten der vergangenen Woche von sich zu geben. Clare folgte ihm stumm, spürte seine glühenden Finger in ihrer eiskalten Hand und betete, er möge das Bewußtsein verlieren. Doch diesen Gefallen tat er ihr nicht.

Er legte den Kopf zurück und ließ sich vom Regen den säuerlichen Geschmack aus dem Mund spülen. Das Fieber war nicht so hoch wie beim ersten Schub, aber es reichte. Das Schlimme war, daß die Dinge an ihm vorüberdrifteten. Eben noch wußte er ganz genau, worum es ging, gleich darauf überlegte er, worauf er sich so krampfhaft zu besinnen versuchte. Nur ein konsequenter Gedanke war ihm geblieben: Weg. Wir müssen weg.

«Wir finden schon noch einen Unterschlupf.»

«Ich hatte schon einen», beschwerte sich Clare. «Aber du wolltest ja nicht hinein.»

«Was war das für ein Unterschlupf?»

«Eine kleine Höhle da hinten in der Rinne. Hinter den Farnen. Ich hab sie dir gezeigt.»

«Wirklich? Entschuldige. Was habe ich gesagt?»

«Daß du eine Glocke hörst. Das Angelus.»

«So was Blödes.» Warum hörte man das Meer noch nicht?

Er setzte sich wieder in Bewegung, die Richtung ganz willkürlich wählend. Jetzt hätten sie einen Pfadfinder gebraucht. Er hatte so viel vergessen. Und Vietnam war ganz anders gewesen. Bis auf den Regen.

Den Rest der Nacht war er marschiert, den nächsten Tag hatte er in einem winzigen verlassenen Hühnerstall verbracht, eine weitere Nacht war er gegangen und noch eine. Das Gewehr hatte er verloren und auch die eiserne Ration, in den trägen, öligen Wassern des Flusses, der so harmlos aussah, bis er darin stand und ihm das Wasser bis zur Hüfte reichte. Dann hatte ihn plötzlich die Unterströmung erfaßt, er war gestürzt, und dann ging alles sehr schnell, die Ufer rasten vorbei wie der Santa-Fé-Expreß, es hätte ihm fast die Hand aus dem Gelenk gerissen, als er endlich den Zweig zu fassen bekam. Am Ufer stand der Wald, aber kein Wald wie dieser. Bambus, Schlingpflanzen, Verwesungsgeruch. Und schwirrende Flügel, so viele, bis die Luft erfüllt schien von dem Summen eines einzigen lauernden, drohenden Rieseninsekts. Und dann der Regen, immer mehr Regen. Weiter und weiter, jede Meile wie die voraufgegangene, jede Stunde wie die voraufgegangene, bis er den Eindruck hatte, daß er stillstand und der Dschungel an ihm vorüberzog. Dann ein Baum. Wieder Bambus. Noch ein Baum. Kleine Bäume, man konnte die Wipfel erkennen. Und endlich ein Fleck zum Hinsetzen, ein Fleck, der nicht nur Schaum und Dreck über pechschwarzem, klebrigem Schlamm war. Da hatte der Schüttelfrost eingesetzt, und später war das Fieber gekommen.

«Hörst du etwas?»

Die Stimmen der Bauern, die ihn schließlich gefunden hatten? Die Stimmen der Ärzte von der Army? Die sagten, er würde durchkommen, er würde wieder so gut wie neu werden? Aber das stimmte nicht. Was stimmte schon ...

«Ist es Donner? Oder – Mike, ist das die Brandung?»

«Was?»

«Dieses Rumpeln und Poltern. Ist es das Meer?»

«Wir sind dreihundert Kilometer vom Meer weg.» Blödes Weibsbild.

«Was? Aber – nein, laß nur. Ich glaube, da drüben ist das Meer. Mike, sieh nur. Wirklich, das Meer.»

Er hielt sie mit eisernem Griff zurück.

«Tatsächlich – das Meer», sagte er verblüfft, mißtrauisch.

Sie stand hilflos da und sah ihn an. Hier waren weniger Bäume. Andere Nadelhölzer und auch Laubbäume, und mehr Licht. Sein Gesicht war ein weißes Oval, seine Augen glitzerten.

Ganz unvermittelt fiel er auf die Knie. Sie setzte sich neben ihn. Alles hatte sie erwartet, nur das nicht. Zuerst dachte sie, er sei einfach zusammengebrochen. Doch als er anfing, vorwärts zu kriechen, folgte sie ihm.

Er robbte bis zu einem niedrigen, runden Busch, in dessen Mitte eine Höhlung war, von einem Tier geduldig als Schlafplatz zurechtgetreten. Zentimeterlange Dornen stachen zu, wenn sie sich zu weit auf die eine oder die andere Seite bewegten, aber im Sitzen hatten sie beide Platz.

Einen Augenblick stützte er das Gesicht in die Hände, dann legte er einen Arm um sie. «Schluß für mich. Ich kann nicht mehr.»

«Wurde auch Zeit.»

Zuerst war es nicht viel anders als beim Laufen, sein Herz hämmerte, die Luft war knapp. Und es strengte an, sich still zu verhalten, wenn man am liebsten keuchend geatmet und sich die schmerzenden Schenkel gerieben hätte.

Wenn sie durchkamen, wenn sie diesen Wahnsinn überlebten – wie würde es mit ihnen weitergehen? Würden sie es schaffen, nicht an dem Trauma einer simplen Stromrechnung zu scheitern? Und würden gewöhnliche Stromrechnungen und eine Hypothek genug sein?

Denn während er den Scheck an die *Pacific Gas and Electric* ausschrieb, würde in ihm das Tier schlafen, das Tier, das er gewesen war. Zusammengerollt, wie sie jetzt im Dornbusch. Er konnte nur hoffen, daß es fest schlafen würde hinter der Hecke, gewachsen aus Heiterkeit, Kinderlachen, Clares Liebe, der täglichen Arbeit. Sterben würde es nie.

«Wie schaffst du es bloß, im Sitzen zu schlafen?» flüsterte Clare neidisch.

Er blinzelte und riß die Augen auf. «Lernt man bei Observierungen. Für den Fall, daß der Captain einen Kontrollgang macht.»

Sie berührte leicht seine Wange. «Du fieberst noch. Leg dich hin. Ich passe auf.»

Jetzt brauchte er nur noch zu entscheiden, wohin er sich fallen lassen sollte. In die Dornen. Oder auf Clare.

Mit einem Ruck war er wieder wach. Es war etwas heller geworden, oder vielleicht war es nur etwas weniger dunkel. Schwer zu sagen, wenn einem der Kopf zu platzen droht.

Es hatte aufgehört zu regnen, und aus dem Wind war eine leichte Brise geworden. Er versuchte tief durchzuatmen, aber es ging nicht. Jemand hatte ihm Stahlbänder um die Brust gelegt. Ob das Fieber heruntergegangen war, konnte er nicht sagen. Seine Sachen waren noch immer klitschnaß, aber kalt war ihm nicht.

Er hörte keine Vogelstimmen. Merkwürdig ... Gleich darauf wußte er, warum die Vögel schwiegen. Eine rhythmische Bewegung im

Unterholz, Schritte, Zögern, wieder ein Rascheln und Knacken. Ein Mensch, kein Zweifel. Elche pflegen bekanntlich keine Selbstgespräche zu führen. Noch ein paar Minuten, dann ein neuer Laut. Edison erleichterte sich, er hörte das prasselnde Zischen, ein zufriedenes Grunzen, das Scharren eines Reißverschlusses. Das Geräusch schien von links zu kommen. Er versuchte sich auf die Schatten zu konzentrieren, aber hinter den dicken Stämmen vor ihrem Dornbusch hätte man einen Zehntonner verstecken können.

Jetzt setzte Edison sich wieder in Bewegung. Er gab sich nicht einmal Mühe, leise zu sein. Merkwürdig, das war ihm vorhin schon aufgefallen.

Edison hatte das Handwerk des Tötens gelernt – wie er. Aber nicht auf die gleiche Art. Wer soviel Lärm machte, war es gewohnt, in der Gruppe zu marschieren. Marine, Luftwaffe, Infanterie ... Er bewegte sich leiser als normale Menschen, aber im Vergleich zu Malchek wälzte er sich wie ein Nilpferd durchs Gelände, und das war gut so. Sehr gut.

Allmählich wurden Edisons Schritte leiser. Lautlos begann Malchek, den Inhalt seiner Taschen auf dem Bett aus getrockneten Farnen und dürren Zweigen auszubreiten. Noch vier Magazine für das Gewehr, eine halbe Schachtel 38er Patronen für den Revolver. Er würde nur eine brauchen.

Clare beobachtete ihn. Sie konnte den Blick nicht von dem Häufchen Tod wenden, das er zwischen ihnen aufbaute. Er holte sein Taschenmesser aus der Brusttasche und schob es in die Innenseite seines rechten Stiefels. Dann nahm er sein Taschentuch heraus, das fast trokken war, und wischte das Gewehr ab. Er fand einen handlichen, faustgroßen Stein und knotete ihn in das Tuch, die Enden band er an seinen Gürtel. Er sah sich um. Die Dornen sahen brauchbar aus, nur hatte er weder Zeit noch Material, um etwas daraus zu machen. Aber man konnte nie wissen. Er steckte sich ein paar in die Tasche.

Sie stellte keine Fragen. Sie wußte Bescheid. Vielleicht hatte sie schon immer Bescheid gewußt, also waren Worte sowieso sinnlos. Worte waren ihre Sache. Seine Sache war Edison.

«Bleib, bis ich dich hole», flüsterte er und holte das lose Kleingeld aus seinen Taschen. Er riß den Saum seines Hemdes ab, wickelte die Revolverpatronen darin ein und schob sie zu einem flachen Päckchen zusammen, das in die hintere Tasche seiner Jeans paßte. Die Magazine verteilte er auf die Jackentaschen. Dann riß er noch einen Hemdstreifen ab und band sich damit das Haar zurück. «Wenn ich dich nicht holen komme, wartest du noch eine Nacht, dann machst du dich auf den Weg – weg vom Meer. Und schau dir jeden genau an, den du um Hilfe bittest. Auch wenn er eine Uniform trägt.» Er langte durch die

Dornenzweige hindurch, bis er nasse Erde spürte, schmierte sie sich über Hände, Gesicht, Ohren und Nacken.

Für Clare war er ein erschreckender Anblick. Schmutzbedeckt, klitschnaß, das Haar verfilzt, ein schwarzes Gesicht, in dem Zähne und Augen helle Inseln bildeten. Seine Sachen klebten ihm am Leib wie eine zweite Haut. In seinen Augen brannte das Fieber, brannte noch etwas, etwas Wildes, Hungriges.

So also sahen die aus, von denen sie sich ihre schmutzigen Aufträge hatten erledigen lassen, jene Jobs, von denen er phantasiert hatte.

Das ist ein Tier.

Er lächelte, ohne sich klarzumachen, daß sein Lächeln womöglich noch erschreckender wirkte. Der Kontrast zwischen dem, was sie von ihm wußte, und dem, was man ihr über ihn erzählt hatte, wurde dadurch noch krasser, wurde zu einem Problem.

Tiere können nicht lächeln.

«Für Charley ist das natürlich eine ganz große Sache», sagte er plötzlich.

«Wer – wer ist Charley?» stotterte sie. Hatte er jetzt endgültig den Verstand verloren?

«Unser ältester Sohn, Charley. Glühend beneidet von den anderen Jungs im Block. Zum Räuber-und-Gendarm-Spielen hat er einen echten Cop. Und zum Soldatenspielen einen richtigen alten Kämpfer. Wir werden nur aufpassen müssen, daß er nicht eines Tages Eintritt verlangt. Den Sinn fürs Kommerzielle, den hat er nämlich von dir.» Er lehnte sich rasch zu ihr hinüber, gab ihr einen harten Kuß, rutschte auf dem Bauch unter den Dornen durch und war verschwunden.

Sie schmeckte nasse Erde auf ihren Lippen, und es dauerte eine Weile, bis die Tränen sie weggewaschen hatten. Dein Vater ist verrückt, Charley, dein Vater ist total verrückt, dein Vater ist ... war ... Ach, Charley.

Nach dreißig Sekunden begannen sich die Bäume vor seinen Augen in Nichts aufzulösen. Er mußte sich festhalten, um auf den Beinen zu bleiben. Sich von Baum zu Baum abstoßend wie ein Bootsmann ohne Ruder, trieb er im Kreis um den Dornbusch herum, bis er zu dem feuchten Streifen kam, den er gesucht hatte. Jeder Psychologieprofessor, dachte er, könnte mir wahrscheinlich sagen, warum die meisten Männer lieber *gegen* etwas pinkeln. Vielleicht Gebietsabgrenzung. Aber er war froh darüber. Immer aufschlußreich, diese Details. Daß Edison groß war, wußte er natürlich schon, und es konnte ihm im Grunde völlig egal sein, ob er gelb war oder weiß oder lila. Und überhaupt wußte er nach all den Jahren nicht mehr, ob er den Unterschied im Geruch noch würde erkennen können.

In seinem Kopf drängten sich Hunderte von Signalen, gebrochen, unregelmäßig, sinnvolle Gedankenfetzen und solche, die überhaupt keinen Sinn ergaben. Edison war Rechtshänder, also würde er nach rechts abdriften, sosehr er sich auch dagegen wehren mochte. Ja, da war das erste Zeichen. Zweige, die sich ineinander verhakt hatten. Zweige wachsen nicht waagerecht. Er nahm die Spur auf.

Ganz langsam fand er sich wieder hinein. Er brauchte nur darauf zu achten, daß er selbst keinen Lärm machte, und das war einfach, besonders jetzt, da das erste schwache Tageslicht ihm half, die verräterischen Stellen zu vermeiden – trockene Zweige, Laubhaufen, nasse Erde, auf der man ausrutschen konnte, instinktiv und geräuschvoll nach einem Halt suchend. Und der Wind war sein Verbündeter. Mit dem Wind konnte man sich bewegen.

Auf dem Bauch am Rand einer Lichtung liegend, erkannte er Edisons Fußspuren auf dem dicken Nadelteppich so deutlich wie am Strand bei Ebbe. Auf Tannennadeln hält sich das Wasser nicht, es sikkert nach unten, und wenn jemand über den Nadelboden geht, hinterläßt er feuchte Spuren. Er hatte lange gezögert, ehe er sich über die Lichtung gewagt hatte. So lange, daß seine Füße hier am Rand, neben dem Baum, tief eingesunken waren. Malchek lächelte. Also war auch Edison nicht so ganz unbeschwert.

Er brauchte zwanzig Minuten und sehr viel Geduld und Vorsicht, bis er Edisons Atemzüge vor sich hörte. Malchek hielt inne und umfaßte die gerillte Borke eines Redwoods, während er sich zwang, selbst ganz flach und ruhig weiterzuatmen. Edison keuchte vor Anstrengung, während er sich durch das Unterholz kämpfte, das hier dichter war als am Waldrand.

Malchek hob den Kopf, prüfte die Deckung. Zu gut. Die Bäume standen hier dichter zusammen, junge Fichten und Laubbäume wuchsen zwischen den Riesen. Die Brandung war hier deutlicher zu hören, sie schien unter ihnen zu sein. Klippen? Das Atmen wurde leichter, und Edison war still. Erschrocken sah Malchek sich um. Alles in Ordnung. Das Blut trommelte in seinen Ohren, Schläfen, Handgelenken. Nicht einmal jetzt schwitzte er.

Er ließ die Borke los, man sah noch den Abdruck auf seiner Handfläche, während er einen Schritt vorwärts machte und sich zu Boden fallen ließ. Es wurde Zeit, einen Blick zu riskieren.

Er war fast enttäuscht.

Vermutlich sahen er und Clare genauso aus wie Edison. Zerfetzte Sachen, die naß um einen zerschrammten Körper flatterten, Schmutz an den Beinen, bleiches Gesicht.

Es war ein gerader Schuß, nicht mehr als vierzig Yards, ohne ein Hindernis dazwischen. Er kniete nieder, die Stellung war ideal, das

Gleichgewicht in Ordnung, das Gewehr lag ruhig. Aber er konnte nicht abdrücken.

Er holte tief Atem, nahm das Auge vom Visier, blinzelte zweimal, sah wieder hin, drückte den Plastikring fest an. Edison hatte sich nicht gerührt. Noch immer hatte er die Höhlung unter dem Schulterpolster der Jacke im Fadenkreuz, und noch immer gehorchte ihm sein Finger nicht.

Nun los doch, mach schon. Da drüben steht der Feind. Er wollte die Frau umbringen, die du liebst. Leg ihn um.

Er schoß. Daneben.

Edison ging lautlos zu Boden. Er war unverletzt, und Malchek wußte es. Er wußte auch, daß er tiefer hätte zielen, daß er den Drall feuchter Munition hätte berücksichtigen müssen.

«Gut gedacht, schlecht gemacht, kleiner Mann», kam Edisons Stimme hinter den Bäumen hervor. «Aber nett zu wissen, daß Sie noch da sind. Ich kam mir schon richtig vereinsamt vor.»

Malchek gab keine Antwort, sah auf die Wedel der Farne, die sich im Seewind wiegten. Edison ging nach links. Wieviel Munition mochte er haben? Mal sehen, ob ich seinen Vorrat ein bißchen anzapfen kann.

Er suchte sich einen kleinen Hügel zwischen einem Redwood und einer kalifornischen Zuckerkiefer. Wenn er sich jetzt aufrichtete und losrannte, war er etwa eineinhalb Sekunden ohne Deckung, dann nahm ihn wieder das Unterholz auf. Er holte kurz und schnell Luft, lief los und erwartete das Dröhnen der Jagdflinte zu hören. Statt dessen hörte er, sobald er aus seiner Deckung hochkam, hinter sich ein hohes, durchdringendes Zwitschern, das ihm nur zu gut bekannt war.

Mit dem Gesicht im Dreck flüchtete sich Malchek wieder einmal in die Sprache seines Großvaters. Unten an der Straße hatte er die Flinte gesehen, die Maschinenpistole nicht. Wie hatte er auch annehmen können, daß Edison ungenügend ausgerüstet in den Krieg ziehen würde? Die Flinte war für eine große, publicityträchtige Metzelei gedacht, die MPi als Rückversicherung. Edison ist ein Spinner, aber deshalb noch lange kein Dummkopf.

Die Farne bewegten sich noch immer, der nächste Zug war unvermeidlich. Malchek zog sich bäuchlings zurück, bis er einen schmalen Tierpfad fand.

Er beschloß, eine Schlucht anzusteuern, die er auf dem Weg hierher gesehen hatte, eine schmale Rinne, die zunächst ziemlich flach war, dann aber rasch tiefer wurde und wie ein Fragezeichen geformt war. Wenn er Glück hatte, konnte er diese Deckung benützen, bis er an Edison herangekommen war. Er wird jetzt nichts mehr riskieren, er weiß, daß ich hier bin.

Seine Gürtelschnalle verfing sich an einem vorstehenden Zweig, der unter einer Blattschicht versteckt gewesen war, das dürre Holz brach mit einem scharfen, trockenen Laut. Mist. Malchek richtete sich auf und rannte geduckt zu der Schlucht hinüber. Die Flinte spuckte Schrotkörner in die Bäume über ihm, ein paar fielen, klappernd wie Kieselsteine, weiter hinten zu Boden. Aber Malchek hockte inzwischen in dem tiefen Teil der Rinne, zitternd und mit einem Hustenreiz kämpfend.

«Suchen wir uns doch eine hübsche Lichtung, Malchek, und tragen wir es auf die alte Art aus. Wäre das nicht eine schöne, saubere Lösung?» höhnte Edisons Stimme.

Die Rinne war eine Enttäuschung. Sie lief auf der anderen Seite flach aus, ehe sie ihm das gebracht hatte, was er sich erhoffte. Nach unten komme ich also nicht. Aber vielleicht nach oben? Er hob den Kopf, sein Blick kletterte an Bäumen hoch, die keine Wipfel hatten. Nein, das war hoffnungslos. Die Redwoodstämme verjüngten sich nicht nach oben, sie waren zwar rauh genug, um den Füßen Halt zu bieten, aber so dick, daß man mit den Armen nicht herumreichte. Jetzt müßte ein Redwoodbaby her, so etwa bescheidene fünfhundert Jahre alt.

Er setzte sich wieder in Bewegung, mit dem Rücken zum Rand der Schlucht, bis er merkte, wie der Boden unter ihm anstieg und ihm die Farnwedel mit feuchten Fingern übers Haar strichen. Wartete Edison hier oben auf ihn oder weiter hinten, wo er den Zweig hatte knacken hören? Und in welche Richtung sah er? Das Licht war noch immer nicht gut, halb sechs nach seiner Uhr, die Bäume schufen sich ihre eigene Dämmerung.

Er zog den in das Taschentuch gewickelten Stein aus dem Gürtel, lehnte sich vor und warf ihn so weit und so kräftig er konnte in die Schlucht hinunter. Er schlug leise auf das Laubpolster auf, es klang täuschend echt wie ein Schritt. Edisons Flinte bellte ohrenbetäubend nah.

Mein Gott, er ist direkt über mir, begriff Malchek und schwang sich über den Rand der Schlucht. Er erkannte flüchtig Edison, der hinter einem Redwood Posten bezogen hatte, die Flinte wies in eine andere Richtung. Dann hatte Edison ihn gehört, wirbelte herum und drückte ab.

Gerissenes Schwein, darauf hat er nur gewartet, ärgerte sich Malchek, als ein Rest der Schrotladung seine Schulter traf. Er ließ sich ins Unterholz fallen und begann, sich rasch und geduckt vorwärts zu bewegen. Aus dem durchsiebten Ärmel am Oberarm sickerte Blut. Der Treffer hatte nicht viel Schaden angerichtet, er ignorierte ihn, ließ den Schmerz an sich abgleiten. Na also, rennen kann ich noch. Wenigstens kann man schon so viel sehen, daß man nicht jeden Baum umrennt. Was, zum Teufel, ist das?

Es war ein Wegweiser, Einbruch der Zivilisation, grünes Metall mit weißer Schrift und einem Pfeil: «Farn Canyon.» Unter dem Schild ging ein Weg entlang, breit genug für zwei Menschen nebeneinander, von tausend Touristenschritten kahlgetreten.

‹He, Hazel, schau dir bloß diese unglaublichen Bäume an.› Keuchend rannte Malchek über den Weg, Edisons polternde Schritte im Ohr. ‹Das muß man wirklich mal gesehen haben, findest du nicht? Aber ohne Foto glauben die uns das nie. So, stell dich unter den großen da. *Say cheese.*›

Malchek ging an der imaginären Hazel vorbei, grinste breit in den imaginären Fotoapparat und rutschte eine sehr wirkliche Treppe hinunter, die der touristenfreundliche Park Service für Hazels Lackleder-Slingpumps vorgesehen hatte. Allerdings waren die Stufen glatt und schlüpfrig vom Regen. Um ein Haar hätte er das Gewehr verloren und war schon halb durch den Wasserlauf am Grund des kleinen Canyons geschliddert, ehe er sich fangen konnte und hinter dem wehenden grünen Farnvorhang am inneren Rand des Canyons in Deckung ging.

Dann wartete er auf Edison.

Nichts.

Scheiße, verdammte Scheiße. Nun komm schon.

Er begann sich seitwärts an der grün bewachsenen Wand entlangzuschieben, der bittere Geruch zerdrückter Farne stieg ihm gefährlich kribbelnd in die Nase. Sind wir hier heute nacht vorbeigekommen? Clare hat mehr gesehen als ich, ich war ja wieder in Vietnam. Hatte sie nicht etwas von einer Höhle gesagt? Wie lang ist dieser Canyon? Lang genug, um einen Namen zu haben und einen eigenen Wegweiser, breit genug, um den gefälligen Park Service zu veranlassen, an den tieferen Stellen des Baches Trittsteine hinzulegen, groß genug, um im Sommer Touristenmassen anzulocken. Geduckt ging er weiter, prüfte jede Spalte, jeden Schatten. Dort? Auf der anderen Seite des Baches, natürlich, wie sollte es auch anders sein ...

Er setzte mit einem Sprung über den Wasserlauf, prallte schmerzhaft an die andere Canyonwand, seine Hände wühlten sich in Farne, zogen, zerrten, bis er in die Öffnung hineinstolperte, die Clare nachts entdeckt hatte. Trockene Farnwedel stiegen in einer staubigen Woge um ihn auf, die sich mit dem Nebel seiner Erschöpfung vermischte.

Noch immer kein Laut von Edison.

Malchek hatte es vermieden, durch das Wasser zu patschen, er hatte vor der Höhle nur einen ganz kurzen Augenblick ohne Deckung gestanden – vielleicht hatte er es tatsächlich geschafft. Er drehte sich, das

Gewehr senkrecht haltend, in dem begrenzten Raum um sich selbst wie ein Hund. Eine richtige Höhle war es natürlich nicht, eher eine Felsspalte, aber sie war vollkommen von den Farnen verdeckt, die sich vor der dreieckigen Öffnung bereits wieder geschlossen hatten.

Malchek setzte sich, um auf Edison zu warten, und sofort fiel ihn wieder das Fieber an. Das Atmen fiel ihm jetzt leichter, aber die Stahlbänder waren noch da, und von Zeit zu Zeit verschwamm ihm alles vor den Augen. Der Bach wurde mal breiter, mal schmaler, die Felswand vor ihm war bald nah, bald fern, wie ein wehender Vorhang. Er nahm die Dornen aus der Tasche.

Zuerst dachte Clare, Malchek sei zurückgekommen. Aber dann merkte sie, daß es viele Schritte waren, zu viele. Edisons Leute aus dem Sattelschlepper? Sie atmeten schwer, und sie hörte einen leisen spanischen Fluch. Sie rollte sich ganz eng zusammen, traute sich nicht, hinauszusehen, gab sich dann doch einen Ruck. In dem Dämmerlicht war es so schwierig ...

Den ersten, den Kleinen, erkannte sie nicht. Aber die anderen waren alte Bekannte: Brand, Terson, Gambini und Gonzales. «Bleib liegen, sie kommen zu dir», hatte Mike gesagt. Du hast ja so recht gehabt, Mike, so recht ...

Was sollte sie tun? Aufstehen, rufen? Wenn die Männer sie nun für Edison hielten und schossen, ehe ... Nein, das würden sie nicht tun, sie wußten doch, daß sie und Mike hier waren. Aber sie waren schon vorbei, entfernten sich. Ihr Blick fiel auf das Kleingeld, das Mike liegengelassen hatte. Sie griff sich das Häufchen Dimes und Quarters und warf sie mit aller Kraft hinter den Männern her. Das Geräusch war nicht laut, aber völlig unerwartet in diesem fast schweigenden Wald. Ebenso unerwartet – jedenfalls für Clare – war die Reaktion: Die fünf drehten sich um wie ein Mann, und sie sah fünf Gewehrmündungen, zehn Augen und fünf Bündel zerfranster Nerven.

«Mike?» Das war Gonzales.

«Nein, nur Clare», flüsterte sie und begann, unter dem Dornbusch hervorzurobben, wie Mike es getan hatte. Sie hatte sich gerade aufgerichtet, als sie einen Gewehrschuß hörten, gefolgt von einer Salve aus einer Maschinenpistole.

Sie sahen sich an. Keiner sprach.

Dann riß Clare dem verblüfften Brand das Gewehr aus der Hand und rannte in Richtung der Schüsse.

Es dauerte zehn Minuten, bis Edison heran war, und Malchek hätte ihn fast übersehen, weil er intensiv damit beschäftigt war, den Canyon zu beobachten und zwischendurch Dornen in seine Stiefel zu schieben. Nur ein flüchtiger Eindruck, daß sich etwas vor dem Hintergrund des Waldes bewegte, was nicht dazugehörte, ließ ihn zum Rand der Schlucht und damit zu Edison aufsehen. Er ging sehr schnell, die Flinte schußbereit, die Augen nach unten gerichtet.

Malchek nickte anerkennend und zog seinen Stiefel wieder an. Nicht seine Anerkennung verdarb ihm das Ziel, das besorgte ein loser Stein unter Edisons Fuß. Die Kugel erwischte ihn nicht am Knie, das Malchek anvisiert hatte, sondern an den Rippen.

Edison schrie auf und stürzte. Malchek drückte noch einmal ab, aber die zweite Kugel ging über Edisons Kopf hinweg, während er sich ins Unterholz schleppte. Malchek senkte das Visier und feuerte blind in die schwankenden Zweige.

Da er nicht wußte, ob er getroffen hatte oder nicht, stürmte er aus der Höhle heraus, watete durch den Bach, blieb unter den überhängenden Farnen stehen und horchte auf die Geräusche von oben.

Okay, mein Junge, zumindest habe ich dir das Tempo verdorben, das ist immerhin etwas. Malcheks Gedanken überstürzten sich, er sah nach rechts und nach links, suchte nach dem kürzesten Weg hinauf zum Rand der Schlucht. Er lief, stolpernd und schwankend unter der Anstrengung, den Weg zurück, den er gekommen war. Der Aufenthalt in der Höhle hatte ihn eher geschwächt als ausgeruht, die Muskeln waren schlaff geworden und wollten nicht recht wieder in Gang kommen, jeder Atemzug war ein Kampf für sich. Zweimal mußte er stehenbleiben, um nicht umzukippen, die Welt bewegte sich im Kreis um ihn, eine wilde Musik orgelte in seinen Ohren. Dann hatte er glücklich die Treppe erreicht, schleppte sich nach oben, das Gewehr als Gehstock benutzend. Ganz gegen die Vorschriften natürlich.

Edison würde eine Weile brauchen, um den Treffer zu verdauen. Er würde weitergehen, um der unmittelbaren Bedrohung durch Malchek auszuweichen, aber sobald er einigermaßen in Deckung war, würde er stehenbleiben, eine Denkpause einlegen. Fünf Minuten Frist, vielleicht auch nur drei, für Schock und Neuorientierung. Aber das Tempo, das er vorlegte, verriet, daß die Wunde nicht gefährlich war.

Endlich fand Malchek, was er gesucht hatte, eine junge Fichte, etwa zehn Meter hoch, direkt am Weg. Er bückte sich, angelte das Taschenmesser aus dem Stiefel und klappte es auf. Er hob den Arm so hoch er konnte, stieß das Messer tief in den Stamm und zog sich daran hoch, klammerte sich am Stamm fest, wiederholte den Vorgang.

Die Dornen in den Stiefeln hielten ihn wach, das war ja auch der Zweck der Übung, aber im Vergleich mit dem anderen waren es harmlose Moskitostiche. Die Fichtennadeln drangen durch seinen

Pullover und seine Hosen, das Stechen und Pieken machte ihn wahnsinnig. Gut, auch das half.

Er kam nicht so hoch, wie er wollte, es ging einfach nicht. Irgendwo war eben Schluß, damit mußte er sich abfinden. Er setzte sich rittlings auf einen einigermaßen dicken Zweig und versuchte, eine Stütze für das Gewehr zu finden. Er mußte sich sehr zusammennehmen, sonst wäre er kopfüber durch die Zweige auf den Weg hinuntergestürzt.

Als Edisons erster Schuß den Zweig über ihm zerschmetterte und Malchek die Aststücke um die Ohren flogen, konnte er es zuerst nicht fassen. Diesmal war es übrigens die MPi.

«Hübsch machst du dich da oben, kleiner Mann», sagte Edison irgendwo von rechts. Bei Malchek fiel der Groschen, aber es war schon zu spät. Die wabernden Schatten seines Fiebers hatten ihn getäuscht. Es war nicht mehr dunkel im Wald. Die Sonne war unaufhaltsam höhergestiegen, und die junge Fichte war bei weitem nicht dicht genug. In der zunehmenden Helligkeit hob sich seine Gestalt deutlich von dem Gezweig ab. Und Edison hatte das Glück gehabt, genau zur richtigen Zeit am richtigen Ort zu sein. Malchek begann auf das Unterholz zu seiner Rechten zu feuern, gleichmäßig den Bereich bestreichend, aus dem er Edisons Stimme gehört hatte. Aber es war sinnlos. Wenn er das Magazin leergeschossen hatte, konnte Edison ihn in aller Ruhe erledigen. Er mußte herunter. Schnell. Und da gab es nur eine Möglichkeit.

Als das Magazin leer war, ließ er einfach los, rutschte erst langsam, dann immer schneller, von Zweig zu Zweig, das Gewehr an die Brust gepreßt, den Kopf eingezogen, verzweifelt bemüht, die Beherrschung über seinen Körper nicht zu verlieren. Der Boden kam ihm entgegen wie eine Faust. Die Faust schlug zu.

Er lag platt auf dem Weg, ohne Atem, ohne Deckung, ohne Ausweg. Was würde er nehmen, Flinte oder MPi? Er dachte an Edisons Gesicht in Spider Meadows und tippte auf die Flinte. In den Kopf, wenn er Glück hatte. Aber mit seinem Glück war es in letzter Zeit nicht weit her gewesen.

Endlich bekam er wieder Luft, einen halben Atemzug nur, aber immerhin, das reichte. Er zog die Beine an, die Arme, langsam, mühsam. Das Gewehr rutschte ihm aus der Hand. Irgend etwas war mit seiner linken Schulter los, etwas Ernstes. Er mußte das Gewehr zurücklassen, denn er mußte weiter.

Kristallklar erkannte er alle Einzelheiten der Farne, die so dicht vor seinen Augen standen, die zarten Schuppen, die dunklen Sporen auf der Rückseite, die blassen Stengel, dazwischen Grashalme und andere Pflanzen. Der Boden war eine Gebirgskette, eine Ameise überquerte sie, während er sich mühsam in die grüne Böschung schob. Unter die Eichen. Unter die Redwoods. Unter den unmöglichen, blaßrosa gefärbten Himmel. Seine Gedanken kamen ins Trudeln.

Denk daran, du bist der Jäger, nicht der Gejagte. Denk nicht wie das Opfer, denk wie der Jäger. Wenn Edison dich klar im Visier hatte, was ist die Kehrseite der Medaille?

Daß ich Edison klar im Visier habe.

Ich liege nicht hier, um zu sterben, ich liege hier, um zu töten.

Die Geräusche waren jetzt ganz nah herangekommen, aber die Bewegungen waren langsam, demnach hatte auch Edison seine Schwierigkeiten. Es gab noch eine Chance.

Malchek tastete nach dem Revolver an der Hüfte. Daß er noch da war, wußte er, das Halfter drückte sich in seinen Bauch, er spürte gern die Waffe dicht an seinem Körper.

Zu dicht. Er würde keine Zeit zum Ziehen haben. Wenn er Edison aufhalten wollte, hatte er jetzt nur noch Sekunden. Und das bedeutete nur noch eine Möglichkeit. Er würde an seinem eigenen Körper vorbeischießen müssen, vielleicht durch ihn hindurch.

«Es war eine gute Partie, Malchek, nicht wahr?» Edisons Stimme war fast ein Singen, er war glücklich, richtig glücklich. «Mein Zug, dein Zug, unser Zug. Kannst du aufstehen? Dann steh auf und sieh mich an. Es ist schön, wir sind schön, begreifst du das nicht? Keiner von den anderen wird je wissen, was wir wissen, wird die Macht über Leben und Tod haben. Es ist etwas zutiefst Reines, vielleicht etwas Heiliges. Wir sind goldene Jäger, du und ich.»

Edison kam den Weg entlang, seine Worte waren trunken vor Triumph und Erschöpfung, aber seine Waffe, das wußte Malchek, würde ganz ruhig sein.

Wenn ich das von meiner nur auch sagen könnte, dachte er.

«Aber jetzt ist es zu Ende, nicht wahr?» fuhr Edison bekümmert fort. «Letztlich ist es also meine Entscheidung. Wie es sich gehört. Das hast du von Anfang an gewußt, nicht wahr?»

Edison erschien hoch und breit auf dem Weg, hoch wie die Redwoods, hoch wie die Sturmwolken von gestern, turmhoch, bedrohlich, lächelnd, immer näher kommend.

Malchek konnte nur hoffen, daß das, was seine Finger ihm über die Lage des Revolvers sagten, stimmte. Er drückte ab.

Eine sengende Flamme schoß über seinen Leib, der Schock der Explosion unter seinen Rippen entriß ihm einen unwillkürlichen Schrei. Verfehlt.

Edison, noch immer lächelnd, kam näher, Schritt für Schritt, und dann hörte Malchek einen einzigen, scharfen Schuß. Blut quoll aus Edisons linker Hüfte, er stieß einen kurzen Schrei aus, brach auf dem

Weg zusammen und rollte sich fötusartig um den Schmerz zusammen.

Malchek lag keuchend im Farnkraut. Zwei Grad höher, und er hätte Edison in den Bauch getroffen und erledigt. Aber zwei Grad höher bedeuteten auch zwei Grad tiefer in den eigenen Körper hinein, und er hätte nie erfahren, ob er gewonnen oder verloren hatte. Jetzt hatte ihm jemand seine Chance gegeben. Gambini? Terson? Ein namenloser Parkwächter? Irgend jemand hatte Edison endlich seiner Gnade ausgeliefert. Aber er mußte sichergehen. *Er* mußte es zu Ende bringen.

Stehen konnte er nicht, also kroch er an Edison heran, der sich immer noch stöhnend auf dem Weg wälzte.

Als er Malchek kommen sah, wandte Edison den Kopf, verdrehte die Augen, stieß wilde Verwünschungen aus.

Malchek griff nach der flechtenstreifigen Borke eines der Bäume am Weg, seine Finger rutschten ab, fanden Halt, klammerten sich an. Er zog sich an dem Stamm hoch, stand jetzt seinerseits turmhoch über dem Verletzten, in dessen Augen noch der Wahnsinn kreiste.

Die gefühllose Schulter an den Baum gelehnt, streifte Malchek mit der Hand über den angesengten Pullover und zog den Revolver aus dem zerschossenen Halfter. Nicht das Fieber war es, das ihn jetzt schüttelte, sondern nackte Wut.

Flucht und Verfolgung, vergeudete Zeit, geängstigte Menschen, Tote – und das alles wegen dieses stöhnenden Stücks Dreck dort am Boden.

«Wie war das doch? Etwas Reines, Heiliges, nicht? Besten Dank, für diese Art von Religion habe ich mich noch nie erwärmen können.» Er hob den bläulich-schwarzen Revolver hoch, so daß Edison ihn erkennen konnte.

Edison versuchte, seine Füße zu packen, aber Malchek holte tief Atem, tat einen Schritt nach vorn, stellte einen Fuß auf Edisons rechten Oberarm und verlagerte sein Gewicht erbarmungslos nach vorn. Er hörte, wie der Knochen brach. Wieder schrie Edison auf, versuchte, Malchek mit der freien Hand zu erreichen, die Finger griffen kraftlos nach dem Saum von Malcheks Jeans.

Sorgfältig zielend schoß Malchek die restlichen Kugeln Edison in den Arm.

«So, du goldener Jäger, mit dem Weidwerk ist es wohl jetzt aus. Und du wirst lernen müssen, dir den Hintern mit der linken Hand abzuputzen.»

Er wandte sich um, registrierte ohne Erstaunen das Bild, das sich ihm bot. Reddesdale, Terson, Gambini und Gonzales kamen den Weg entlanggerannt. Weiter hinten folgten Brand und Clare. Sie weinte und lehnte sich benommen an den Sheriff, der ein Gewehr in der Hand hielt. Weshalb weinte sie denn? Jetzt war doch alles vorbei ...

Immer mehr Leute tauchten auf, es war wie bei einem Verkehrsunfall, neugierige Gesichter, neugierige Augen. Vielleicht waren sie von den Bäumen gefallen. Sie waren stehengeblieben, sahen ihn an. Worauf warteten sie denn noch?

In diesem Augenblick, in dem die Zeit stillzustehen schien, beschloß Reddesdale, an seinen Schreibtisch zurückzukehren und in Zukunft dort zu bleiben.

Edison lag sehr still, umgeben von einer Blutlache. Malchek, eine hagere, schmutzstarrende Vogelscheuche, schwankte über ihm. Er lächelte verzerrt. «Vielleicht kann er lernen, mit einer Hand zu strikken», schlug er vor, tat einen Schritt zurück, einen nach vorn – Gonzales fing ihn auf.

23

Malchek war spät dran. Während er rasch durch die Halle ging, suchte er nach dem blanken neuen Messingschlüssel an seinem Schlüsselring. Er schloß die Wohnungstür auf, aber es war gar nicht so einfach, hineinzukommen. Hinter der Türkante sah eine Sessellehne hervor. Er schob, bis er sich durch den engen Spalt zwängen konnte.

«Du, wir haben es nicht mehr nötig, Blockaden zu bauen», rief er. Er schob den Sessel ungefähr an die Stelle, an die er gehörte, und sah sich um. Sie hatte schon wieder angefangen zu malen, dabei war sie doch auch erst aus dem Büro gekommen. Und da war noch etwas ...

Clare kam zögernd aus dem Schlafzimmer. «Findest du es gut?»

«Immer. Besonders unter der Dusche.»

«Ich meine die neue Lampe.» Sie kam lächelnd auf ihn zu und hob ihm das Gesicht entgegen. Er behielt ein Auge offen und peilte die Lampe auf dem Ecktisch an.

«Sehr gut sogar», murmelte er schließlich

Dann ließ er sich seufzend in den Sessel sinken. Als er den Kragen gelockert hatte und den Drink in der Hand hielt, den sie ihm gemixt hatte, drängte Clare ihn ein Stück zur Seite, um sich auf die Sessellehne setzen zu können.

«Wie war's?»

«Du riechst nach Terpentin.»

«Ich hoffe, du hast nichts gegen mein neues Parfüm. Haben sie es dir schwer gemacht?»

«Nicht schwerer als erwartet. Halliwell hat eine Pflichtübung über das Thema Insubordination abgespult, und die Hälfte der lieben Kollegen waren eingeschnappt, weil wir sie nicht zur Hochzeit eingeladen haben. Alles in allem ging die Palette von überdurchschnittlich bis beschissen.»

«Und wie fühlst du dich?»

«Überdurchschnittlich bis beschissen.»

Sie streifte mit einem Finger an seiner Wange entlang bis unter seinen Kragen und begann, seinen Nacken zu massieren. Er beugte den Kopf nach vorn. «Sehr schön so, sehr angenehm.»

«Vielleicht bist du zu früh wieder zum Dienst gegangen. Noch ein, zwei Tage ...»

«Nein, ich fühle mich ganz ordentlich. Das war nur Stimmungsmache. Du bist so lieb, wenn ich dir leid tue. Ich überlege ernsthaft, ob ich nicht Hypochondrie als Hobby betreiben soll.»

«Das fehlte noch.» Sie stand auf und ging in die Küche.

Er zog sein Jackett aus und warf es in Richtung Couch. Der Wurf ging daneben. Dann griff er nach seinem Glas und nahm einen langen Schluck.

«Wie war Gonzo?» fragte sie über das Geklapper von Töpfen und Tellern hinweg.

«Unverändert. Zuerst hing so eine Art vorwurfsvoller Aura im Raum, aber dann habe ich ihm gesagt, daß es mir leid tut. Alles. Er war so baff, daß er mich zum Mittagessen eingeladen hat.»

«Ich denke, du bist prinzipiell gegen Entschuldigungen?»

Malchek lächelte auf seine Eiswürfel herunter. «Das hat er auch gedacht. Wenn das so weitergeht, brauche ich die ganze Woche mein Mittagessen nicht zu bezahlen.»

Sie klapperte noch ein bißchen weiter, dann kam sie zur Tür, einen Holzlöffel in der Hand, auf den sie eifrig pustete.

«Haben sie dir schon einen neuen Auftrag gegeben?»

«Aber sicher. Nichts Sensationelles. Achtstundenschicht.»

«Tagsüber?»

«Zunächst ja. Schutzhaft.»

Eine kleine Pause. «Wenn sie hübsch ist, mache ich Theater.»

«Es ist ein Er.»

«Dann ist ja alles in Ordnung.» Sie verschwand wieder in der Küche.

«Es ist Edison», sagte er.

Diesmal hatte sie den Löffel nicht mitgebracht. «Aber warum?»

«Warum Edison Schutz braucht? Weil er sich eine gute Behandlung erkaufen kann, wenn er singt, und das weiß er ebensogut wie seine früheren Auftraggeber. Gefängnis ist zu gefährlich, deshalb die

Schutzhaft. Ein sicheres Haus. Etwas für einen Fachmann. Merkst du was?»

«Aber warum ausgerechnet du?»

«Anweisung von Reddesdale.»

«Aber das ist doch schrecklich. Und so sinnlos. Ich meine – Edison haßt dich, du haßt ihn ...»

«Nein, ich hasse ihn nicht. Nicht mehr. Nachdem Brand ihn abgeschossen hatte, gehörte er allen.»

Clare sah ihn an, wie er das Glas hob und trank, sah den gespannten Hals, der gleichzeitig verletzlich und stark war.

Nachdenklich sagte er: «Ich glaube auch nicht, daß er mich haßt. Sie haben ihn ruhiggestellt, er sitzt im Rollstuhl, für ihn ist alles vorbei. Wenn er nicht fliegen kann, ist er kein Adler. Es soll wohl ein Test für mich sein. Oder vielleicht eine Buße. Jedenfalls hat Reddesdale das zur Bedingung gemacht, wenn ich meine Dienstmarke behalten will. Und die will ich behalten Clare, sie bedeutet mir viel.»

«Ach, Mike ...»

«Sie hätten mich für jede meiner Dummheiten ein paarmal herausschmeißen können. Es ist eine Lehre für mich, vielleicht hatte ich sie nötig.» Er zog sie auf seinen Schoß. «Vergiß deine gerechte Empörung, Schatz. Ich werde es schon schaffen.»

Nach einer Weile sah sie ihn an. «Ist schon gut.»

Er merkte, wie schwer es ihr gefallen war, und fuhr ihr zärtlich durchs Haar. «Was hält die große Texterin davon, mit einem müden Cop ins Bett zu gehen?»

«Sie müßte erst den Herd ausschalten.»

«Tu das.»

Sie rutschte von seinem Schoß. Als er aufstand und sich streckte, sah er den Stapel Briefe auf dem Kaminsims.

«Was will die *Pacific Gas and Electric* von uns? Dreiundzwanzig Dollar achtundachtzig? Wir wohnen doch erst seit drei Wochen hier.»

«Anschlußkosten und so, schreiben sie», rief Clare aus der Küche.

Er überflog den Computerausdruck. «Richtig, ich sehe schon.»

Sie trat hinter ihn und griff nach seiner Gürtelschnalle. «Du wirst dich doch nicht von einer dummen kleinen Stromrechnung unterkriegen lassen?»

«Nicht wenn ich eine kluge kleine Frau habe, die mich wieder hochbringt.» Er schob sie sanft in Richtung Schlafzimmer. «Erinnere mich, daß ich einen Scheck ausschreibe, ehe ich zum Dienst gehe.»

Sie sah ihn über die Schulter an. «Du zahlst aber prompt!»

Er überlegte einen Augenblick. Dann nickte er. «Auf die Dauer kommt man dabei am besten weg.»

Boileau/Narcejac

«Trotz ihres zungenbrecherischen Doppelnamens sind die beiden fleißigen Franzosen **Pierre Boileau** und **Thomas Narcejac** für die Krimi-Gemeinde längst ein Begriff. Ihre temporeich und milieugenau abgespulten Geschichten haben stets das Maß an Mysterium, das Mordkommissionen fürchten und Kenner schätzen.» *FAZ*

Eine Auswahl der rororo thriller von Boileau/Narcejac:

Appartement für einen Selbstmörder
(thriller 2839)

Aus dem Reich der Toten
(thriller 2716)
Alfred Hitchcock benutzte diesen Erfolgsroman als Vorlage für seinen Film «Vertigo».

Das Geheimnis des gelben Geparden
(Sammelband thriller 2887)

Gesichter des Schattens. Die Gleichung geht nicht auf
(thriller 2963)
«... raffinierte Geschichten, in denen das Verbrechen die Menschen wie ein Alptraum befällt.»
Westdeutsche Allgemeine Zeitung

In inniger Feindschaft
(thriller 2913)
Eine bitterböse Geschichte, erfolgreich verfilmt mit Inge Meysel, Hildegard Knef und Micheline Presle.

Im Mord vereint
(thriller 2982)

rororo thriller

Der letzte Auftrag
(thriller 2980)

Mensch auf Raten
(thriller 2115)
Ausgezeichnet mit dem «Grand Prix des Schwarzen Humors».
«... ein Kriminalroman reinsten Wassers. Der spannendste, den ich bisher gelesen habe.»
Ulrich Brockmann im NDR

Tote leben nicht allein. Parfum für eine Selbstmörderin
(thriller 3008)
Er hat sie vor dem Selbstmord gerettet und will ihr helfen, ein neues Leben zu beginnen. Aber es war nicht das erste Mal, daß sie dem Tod entronnen ist. Natürlich gibt es immer Unfälle - aber so häufig?

Colin Dexter

«Es gibt nur wenige Autoren, die überzeugend Humor, Spannung, Phantasie und ein wenig Grausen miteinander verbinden können. **Colin Dexter** beherrscht das vorzüglich.»
Hamburger Abendblatt

Mord am Oxford-Kanal
(thriller 2960)
Ausgezeichnet mit dem «Golden Dagger» der English Crime Writers' Association.

Hüte dich vor Maskeraden
(thriller 2805)
«Ein intelligenter Krimi zum Mit-Denken. So etwas ist selten.»
Frankfurter Rundschau

Der letzte Bus nach Woodstock
(thriller 2718)
Die ganze Geschichte beginnt mit dem Auffinden einer Leiche. Und alle Vermutungen über den Mörder führen in gefährliche Sackgassen. «Eine der schönsten Krimientdeckungen des Jahres!»
Frankfurter Rundschau

Eine Messe für all die Toten
(thriller 2764)
In seinen Ferien hat Inspector Morse nichts Besseres zu tun, als einen alten Fall auszugraben, den seine Kollegen längst zu den Akten gelegt haben...

Das Rätsel der dritten Meile
(thriller 2806)
«...brillant, komisch, bizarr und glänzend geschrieben.»
Südwestpresse

rororo thriller

Die schweigende Welt des Nicholas Quinn
(thriller 2748)
Wer könnte Interesse daran haben, unter dem Deckmantel der ehrwürdigen Universität Oxford dunkle Geschäfte zu machen? Und warum lügen die einstigen Kollegen des toten Professors?

«Ein neuer Dexter ist ein Ereignis, das man gar nicht genug empfehlen kann.» Südwestpresse